처형인의 노래 2

The Executioner's Song

THE EXECUTIONER'S SONG
By Norman Mailer

세계문학전집 478

처형인의 노래 2

동부의 목소리들

The Executioner's Song

노먼 메일러

이운경 옮김

민음사

일러두기

1 본문의 각주는 모두 옮긴이 주이다.

차례

2권

동부의 목소리들

1부

선한 보아즈 왕의 치세

1장

추락의 두려움

1

11월 1일, 게리 길모어가 법정에서 자신에게 내려진 선고에 대해 항소하지 않겠다고 처음 진술한 날, 얼 도리어스 법무부 차관보는 솔트레이크시티 주 의사당 안에 있는 유타주 법무 장관 사무실의 자기 책상 앞에 앉아 있었다. 주 의사당은 황금빛 돔이 있는 기념비적인 건축물로, 직사각형 형태의 장엄한 대리석 건물이었다. 내부 바닥에는 쪽마루 형태의 대리석이 깔려 있었고, 그 중앙에서 올려다보면 광택 있는 흰색 난간이 달린 층들이 보였다. 얼은 이렇게 대리석에 둘러싸여 일하는 게 좋았다. 남은 공직 인생을 그곳에서 일하는 것도 싫지 않았다.

그날 오후, 얼은 유타 주립 교도소 소장으로부터 전화 한 통을 받았다. 도리어스는 교도소의 법률 고문이었기 때문에,

교도소장과 자주 통화했지만, 이번에는 샘 스미스가 초조해하는 기색이었다. 그의 호송 담당관이 방금 게리 길모어라는 재소자를 프로보로 데려가 법원 심리를 진행했는데, 듣자 하니 게리가 판사에게 자신에게 내려진 사형 선고에 대해 항소하고 싶지 않다고 말했다는 것이었다. 그래서 판사가 사형 집행 날짜를 확정했고, 그날이 지금으로부터 이 주밖에 남지 않은 상황이었다. 교도소장은 걱정했다. 준비할 시간이 많지 않았기 때문이다. 도리어스에게 그 소문을 확인해 줄 수 있는지 물었다.

얼은 노얼 우튼에게 전화했고, 기억에 남는 대화를 나눴다. 우튼은, 그것이 사실이며 자기도 길모어의 입장을 파악하려고 노력 중이라고 말했다. 법령에 따르면, 사형은 삼십 일 이상 육십 일 이내에 집행돼야 했다. 게리가 항소하지 않았으니, 재판 마지막 날인 10월 7일로부터 육십 일 후인 12월 7일까지 사형을 집행하지 않으면 어떻게 될까? 게리는 즉시 석방을 요청할 수 있었다. 그가 받은 형벌은 사형일 뿐, 징역형이 아니었다. 엄밀히 말해, 그를 붙잡아 둘 근거가 없는 것이다. 인신 보호 영장을 통해 풀려날 수도 있었다.

물론 변호인들은 길모어가 그렇게 쉽게 풀려나지는 않을 거라는 데 동의했지만, 확실히 당황스러운 상황이기는 했다. 입법부와 법원에서 법 문제를 해결하는 동안 이런저런 구실로 그를 교도소에 가두어 두는 주 정부가 우스꽝스럽고 무능해 보일 터였다.

얼 도리어스는 샘 스미스에게 다시 전화해서, 사형 집행 준비를 시작하는 게 좋겠다고 말했다. 소장은 아연실색했다.

그럼에도, 샘 스미스는 이윽고 몇 가지 합당한 질문을 쏟아 냈다. 총살대원이 몇 명이나 필요할까? 그 인원을 어디에서 선발해야 하지? 지역 사회 전체에서? 아니면 경찰관 중에서?

소장도 적절한 법령들을 찾아봤지만 미흡한 부분이 있었다. 예를 들어, 교도소 담장 밖에서 사형을 집행하는 것이 가능한지 알 수 없었다. 여러 문제들이 정확하지가 않았다. 결정이 필요한 사항들이 많았다. 예컨대 길모어는 자신의 신체 장기 일부를 대학 의료 센터에 기증하고 싶어 했다. 얼, 자네가 관련 법률을 찾아봐 줄 수 있겠나?

도리어스는 흥분했다. 그는 자신이 맡은 사건에 사람들의 관심이 집중되고 있다는 사실을 깨닫고, 사무실을 돌아다니며 말했다.

"믿지 못하겠지만, 곧 있을지도 모르는 사형 집행 건을 우리가 처리해야 해요."

그는 법무 장관 사무실로 갔지만 장관이 부재중이어서 비서들에게 말해야 했다. 얼은 그들의 반응에 조금 실망했다. 사람들이 자기 말의 의미를 제대로 이해하지 못하는 것 같았다. 미국에서 십 년 만에 거행되는 사형 집행! 사람들에게 이렇게 외칠 수는 없는 노릇 아닌가.

11월 1일

안녕, 자기야.

방금 스미스 소장에게 면회 시간을 좀 더 달라고 요청하는 편지를 썼어. 그게 우리 둘 모두에게 큰 의미가 있다고 말이야. 당신이 이야기하는 것도 아마 도움이 될 거야. 그가 어떤 사람인지도 모르니 편지에서 어떻게 다가가야 할지도 모르겠더군. 난 그저 11월 15일에 예정대로 사형이 집행되기를 기대하며, 내가 요청하는 것은 당신을 한 번이라도 더 보게 해 달라는 것뿐이라고 썼어. 나는 그에게 당신과 나는 정말 서로를 잘 이해하고 있으며 내가 처한 상황에도 불구하고 면회로 인해 서로 우울해지는 일은 없다고 말했어. 그렇게 말하는 게 좋을 것 같았어. 이 사람들이 가끔씩 어떻게 생각하는지 당신도 알잖아.

자기야, 며칠 전에 보낸 편지에서 자기는 이 세상 어떤 여자도 당신이 날 사랑하는 만큼 남자를 사랑한 적 없을 거라고 했지. 난 그 말을 믿어. 나는 당신의 사랑으로 축복받은 기분이야. 그리고 천사, 어떤 남자도 내가 당신을 사랑하는 만큼 여자를 사랑한 적 없을 거야. 내 모든 걸 다해 당신을 사랑해. 그리고 당신은 계속해서 나를 본래의 나보다 더 나은 사람으로 만들어 주고 있어.

선거일[1]인 2일의 이른 아침, 얼은 《내셔널 인콰이어러》의 에릭 미샤라에게서 전화를 받았다. 그가 교도소장에게 전화했을 때, 소장이 얼을 교도소의 법률 고문으로 소개한 것이다. 미샤라는 당장 길모어를 인터뷰하고 싶다고 말했다.

---

1) 1976년 11월 2일 처러진 미국 대선을 가리킨다. 지미 카터와 제럴드 포드가 맞붙어 카터가 선출되었다.

너무 막무가내라 도리어스는 부담스러웠다. 얼이 그를 진정시키려고 하자, 미샤라가 자신을 막으면 교도소를 상대로 무엇을 할지 이야기하기 시작했다.

얼은 바로 한 사건을 떠올렸다. '펠 대(對) 프로쿠니에'[2] 사건. 이것은 연방 대법원의 결정으로, 언론 매체 종사자들이 재소자들에게 특별한 접근 권한을 가질 수 없다고 판시한 사건이었다. 교도소 측은 그 입장을 취할 거라고 도리어스가 말했다. 게리 길모어는 인터뷰할 수 없어요.

미샤라는 소송을 제기하겠다고 말했다. 그는 뉴욕의 유력 변호사들에 대해 이야기하기 시작했다. 도리어스가 말했다. "당신의 변호사들이 어디 출신이건 상관없어요. 그들한테 '펠 대 프로쿠니에' 사건을 찾아보라고 해요. 내 말에 동의할 거요."

그 후 한동안 미샤라 씨로부터는 연락이 없었다.

데저트 뉴스
카터 당선

판사가 유죄 판결을 받은 살인범에 대한 검사를 명령

11월 2일, 유타 주립 교도소. ……길모어의 뜻이 관철된다면, 그는 유타주에서 십육 년 만에 처음으로 사형되는 인물이 될 것이다.

---

2) Pell v. Procunier. 1974년에 미연방 대법원이 수감자와의 대면 면담에 대한 캘리포니아 교도소의 제한을 지지한 사건.

2

11월 2일, 유타로 차를 몰고 가던 날, 데니스 보아즈[3]는 신문에서 게리 길모어에 관한 기사를 읽었다. 그리고 얼마 지나지 않아 죽을 뻔했다. 그것은 다소 의미심장한 동시적 사건들로 보였다.

그는 왼쪽 차선을 따라 이동하면서 솔트레이크시티의 웨스트민스터 대학에서 강의할 내용을 생각하고 있었다. 데니스는 요즘 두운에 관심이 많았기 때문에, 그 강좌를 '사회/상징주의/사건의 동시성'[4]이라고 부를 작정이었다. 혼자서 막 마지막 단어를 중얼거리는 순간, 그의 차 바로 앞에서 트레일러트럭이 브레이크를 세게 밟으며 멈춰 섰고, 그는 차를 재빨리 오른쪽으로 몰아 둘러 가야 했다. 그가 지나간 후 뒷거울에 믿을 수 없는 광경이 들어왔다. 앞 유리를 통과해 양팔을 땅바닥으로 뻗은 채 매달려 있는 한 남자의 상반신이었다.

그리고 또 다른 광경!

뒷거울을 통해, 첫 번째 트럭을 향해 달려오는 두 번째 트럭 운전자의 모습이 보였다. 데니스는 멈추지 않고 달렸다. 뒤

---

3) 한글 성경에서 '보아스'로 표기되는 Boaz는 구약 성경 「룻기」에 등장하는 신실하고 의로운 인물로, 룻과 결혼하여 그녀의 가문을 이어 주었다. 다윗 왕의 증조부이며 예수의 족보에도 등장한다.

4) Society/Symbolism/Synchronicity. 모두 S로 시작되는 단어들이다. '동시성'은 심리학자 칼 융이 제안한 개념으로, '우연처럼 보이지만 의미 있게 연결된 사건들'을 설명할 때 자주 쓰인다.

에 너무 많은 차들이 있었다. 하지만 그 일이 일어나기 직전에 그는 11월 2일이라는 날짜를 생각하고 있었다. 그는 마음속으로 그것을 11/2라고 썼다. 두 수를 더하면 13이었다. 메이저 아르카나 타로 카드[5] 13번은 죽음을 의미했다.

죽은 남자를 보는 순간에도, 머릿속에는 그 단어가 맴돌았다. 그는 생각했다. '와! 세상에! 다음 도로 표지판에는 또 다른 표시가 있을 거야.' 갓길에 출구가 나왔을 때는 표지판에 '별 계곡과 죽음'이라고 적혀 있었다. 그걸 보면 누구라도 '동시성'을 생각하지 않을 수 없을 터였다.

2일 저녁, 그는 독립당 라인으로 카터에게 표를 던지기 위해 솔트레이크에 서둘러 도착했다.[6] 그리고 3일 아침, 그는 길모어에 대해 생각하면서 잠에서 깼다. 데니스는 생각했다. '맙소사, 정말 중요한 일이 일어나려는 순간에 내가 이곳에 있구나.' 눈앞에 가능성들이 펼쳐지는 것이 보였다. 그는 이번 일이

---

5) 타로는 서양에서 초자연적 상징 및 점술을 위한 도구로 널리 쓰이는 카드의 일종으로, '메이저 아르카나'로 불리는 카드 22장과 '마이너 아르카나'로 불리는 카드 56장을 합쳐 총 78장으로 구성된다
6) 미국 일부 주에서는 복수 정당 추천제에 따라 한 후보가 여러 정당의 추천을 받아 투표용지의 여러 정당 라인에 동시에 이름을 올릴 수 있다. 보아즈가 민주당 라인이 아닌 독립당 라인을 통해 표를 던진다는 것은 같은 후보에게 투표하면서도 특정 정당 라인을 선택했다는 정치적 표현이다. 독립당(미국독립당)은 1967년 조지 월리스(George Wallace)를 중심으로 만들어진 극우 성향의 정당으로, 인종 차별 옹호 등 보수주의 색채가 강했다. 이런 정당을 지지한 보아즈가 민주당 후보에 투표하는 이유는 알 수 없으나, 어쨌든 보아즈는 민주당 후보에게 표를 던지되, 자신의 정치적 정체성이 독립당임을 표현하는 것이다.

작가에겐 엄청난 기회라고 생각했고 길모어에게 편지를 보내기로 마음먹었다.

보아즈는 실제로 편지를 보냈다. 젊은 검사였던 몇 년 전만 해도, 데니스는 사실 사형 제도를 반대했지만, 지금은 이상적인 사회에서도 사형이 여전히 필요할 수 있다고 믿게 되었다. 법정 최고형이 적절히 적용된다면, 자신의 행동에 책임을 지는 것에 대해 많은 것을 말해 줄 수 있으며, 중요한 것은 책임감을 되찾는 일이었다. 편지에 이 모든 내용을 담지는 않았지만, 보아즈는 길모어의 죽을 권리에 대해 지지 의사를 밝혔다.

3

'팀버 오크스 정신 건강원'에서 에이프릴을 내보내 주는 날 저녁이면, 캐서린은 그녀를 니콜의 아파트로 데려가 두어 시간 동안 머무르게 했다. 이따금 에이프릴이 말했다. "시시, 저들이 정말로 게리를 쏠까? 어째서 게리는 살고 싶어 하지 않는 거야?"

니콜의 반응은 아주 차분했다. "음, 나도 몰라." 그녀는 말하곤 했다. 정말로 담담하게. 마치 신경조차 쓰이지 않는다는 듯이.

캐서린은 너무 걱정되어 밤마다 울었다. 티브이에서 뉴스 진행자가 상업 광고들 사이사이에 게리 관련 보도를 하는 것도 견딜 수가 없었다. 티브이에 나오는 사람 모두가 미친 것 같았다.

가끔, 니콜이 아이들을 데리고 캐서린의 집에 와서 자기도 했다. 그녀는 입을 굳게 다물고 있었다. 캐시 이모에게조차 그랬다. 그녀는 서니와 제러미를 재우고 시를 썼다. 그게 다였다. 시를 쓰고 또 썼다. 아이들에게 욕을 하거나 손찌검을 하는 일은 없었다. 그냥 관심을 별로 기울이지 않았다.

11월 첫 주에 킵이 죽었다. 산에서 추락해 사망했다. 암벽을 등반하던 중에 벌어진 사고였다. 11월 4일에 출근 준비를 하던 캐서린이 라디오에서 이름 하나를 들었다. 앨프리드 에버하트라는 이름을 듣고 마음속으로 생각했다. '오, 맙소사, 저건 킵이 분명해.' 직장에서 하루 종일, 그녀는 시시가 이 소식을 어떻게 받아들일지 걱정했다. 실제로 직장에서 바로 스프링빌로 갔더니, 니콜이 작은 전등을 켜지도 않은 채 글을 쓰고 또 쓰고 있었다. 캐서린이 들어가 말했다. "어두운 데서 뭐 하니?"

니콜이 말했다. "아, 어두워진 줄도 몰랐어요." 니콜이 불을 켠 후 커피를 가져왔고, 함께 웃으며 농담을 했다.

캐서린은 그녀에게 앨프리드 에버하트가 킵인지를 어떻게 물어야 할지를 몰라 고민하다 마침내 불쑥 물었다. 니콜은 그저 그렇다고 대충 대답했다. 캐서린이 말했다. "그럴까 봐 걱정했었는데."

니콜이 말했다. "그러게요."

캐서린은 니콜의 반응이 자연스럽지 않다고 생각했다.

하지만 잠시 후, 니콜이 고개를 들더니 킵의 가족에게 전화하고 싶다고 했다. 캐서린이 찬성하자 니콜이 곧바로 말했다. "모르겠어요. 그들에게 뭐라고 해야 하죠?"

마음이 아픈 거야, 캐서린이 혼자 생각했다. 이 아이도 신경 쓰고 있어.

니콜은 수년 전 배럿을 떠나 자신이 가진 모든 것을 배낭에 담아 등에 지고, 갓난아기였던 서니를 팔에 안고 집을 나섰던 날을 떠올렸다. 히치하이킹을 하던 그녀를 킵이 차에 태웠고, 그날 밤 바로 두 사람의 로맨스가 시작되었다. 처음에 킵은 대단히 정열적이었다. 정말 첫날밤다운 첫날밤이었다.

다음 날 그들은 콜로라도 로키산맥을 지났고, 킵이 차를 멈추더니 니콜과 서니를 데리고 산길로 향했다. 한 지점에서 암벽을 타고 절벽 위로 올라가려는 남자가 보였다. 그는 땅에서 1미터 정도 떨어진 지점에 작게 튀어나온 바위를 딛고 있었는데, 거기서 더 높이 올라가려고 시도하다가 겁을 먹고 도로 내려오기를 반복했다.

몇 시간 후, 그들이 산길을 내려왔을 때도 남자는 여전히 그곳에 있었다.

"저 친구 완전히 얼었네." 킵이 말하며 웃으려 했지만, 어딘가 신경을 쓰는 눈치였다.

건물 8층이나 10층 높이에서 밧줄에 의지해 암벽에 붙어 있는 남자들도 있었다. 킵은 그들에게서 눈을 떼지 못했다. 니콜의 눈에 그는 우울해 보였다. 그는 이곳에서 새로운 여자 친구, 최고로 매력적인 여자 친구와 함께 있는데도, 이 친구들이 그에게 굴욕감을 주는 것 같았다. 사실, 니콜은 그들 가운데 한 명과 만나는 걸 마다하지 않았을 것이다. 다들 몹시 대담해 보였다.

라디오 보도에 따르면 킵은 초보 등반가였다. 니콜은 그가 밧줄에 의지해 산을 올랐는지, 아니면 절벽 아래쪽에서 옴짝달싹 못 한 채 어디로도 못 갔던 그 불쌍한 남자와 같았는지 궁금했다.

11월 3일

그냥 들어 줘. 무언가를 하라거나 하지 말라는 말을 들었을 때처럼 즉각적으로 반항하거나 고집 부리거나 마음대로 행동하지 말고. 자, 내가 당신에게 말하고 싶은 건 이거야. 당신은 나보다 먼저 가면 안 돼. 당신이 편지에서 언급했고 나는 언제나 당신의 말을 진지하게 받아들여. 나는 누구에게도, 하지만 특히 당신에게, 이유도 없이 무언가를 하라거나 하지 말라고 말하는 걸 좋아하지 않아. 이유는 이거야. 나는 먼저 가고 싶어. 그게 다야. 내가 그것을 원해. 둘째, 내가 당신보다는 삶에서 **죽음으로의 이행**에 대해 좀 더 많이 알고 있다고 믿어. 난 그냥 그렇다고 생각해. 당신이 그 시간에 어디에 있든, 나는 곧 당신이 물리적으로 존재하는 곳에 있게 되기를 의도하고 기대해. 당신의 슬픔과 고통, 두려움을 진정시키고 달래기 위해 내 모든 힘을 다할 거야. 내 영혼 자체와 내가 당신 주위에서 느끼는 그 엄청난 사랑을 모두 감싸안을 거야. 당신은 나보다 먼저 가면 안 돼, 니콜 캐서린 길모어. 내 말 들어.

번도 편지를 받았다. 편지에서 게리는 자신이 사형 선고를 받은 후 번과 아이다가 한 번도 면회를 오지 않았다고 적었다. "그러니 두 분이 나를 부끄러워하는 건 확실하네요." 그런 다음 덧붙였다. "내가 준 초상화는 액자에 끼워 넣지도 않았겠죠. 그 그림을 니콜에게 가져다주었으면 해요. 나는 두 분과 상관없는 사람이 되고 싶어요."

자신이 어떤 태도를 취해야 할지 결정한 후, 아이다가 편지를 썼다. "나는 네가 준 그림들을 소중히 여긴단다. 널 떠올릴 수 있는 물건은 그 그림 하나잖니. 그걸 포기하고 니콜에게 주라고? 그런 소리는 집어치우렴. 난 절대 그럴 생각 없다. 그 그림들은 내 거다."

번이 아이다의 편지에 쪽지를 첨부했다. "도대체 무슨 생각을 하는지 모르겠구나. 네가 구치소에 있을 때 면회하려 했지만, 네가 만나고 싶어 한 사람이 니콜뿐이어서 우리가 포기한 거다. 그게 사실이야. 난 끝까지 아이다 편이다. 우린 그 그림들을 포기하지 않을 거야."

니콜, 그 일이 큰 말다툼이나 불쾌한 상황으로 번지지 않았기를 바라. 오늘 번과 아이다에게서 편지를 받았어. 아이다가 당신이 "말썽을 일으키면" 경찰을 불러 당신을 체포하게 할 거래.(내 말이 아니라 아이다 말이야.)

맙소사, 자기야, 미안해. 나한테 그런 친척이 있어서. 당신이 번이나 아이다 때문에 불쾌한 일을 겪지 않았으면 좋겠어. 그들은 엿이나 먹으라고 해. 됐어, 저들더러 가지라 하지 뭐. 그들도 자기들이 그 그림들에게 환영받지 못한다는 걸 알 거야. 난 당신이 그들 때문에 귀찮은 상황에 휘말리는 건 싫어. 당황스럽네, 정말.

게리는 또한 브렌다에게 편지를 보내 니콜에게 자신의 유화를 주라고 말했고, 그녀는 번에게 의견을 물었다. 번은 양심이 시키는 대로 하라고 말했다. 그녀는 게리에게 편지를 보냈다. "난 그러고 싶지 않지만 오빠가 고집한다면 그렇게 할게. 오빠한테 중요한 게 아니면 나한테도 중요하지 않아. 집어치워. 난 그거 필요 없어. 그렇게 심술궂고 이기적이고 유치하게 군다면, 차라리 내가 가져다가 니콜 머리에 씌워 버릴 거야. 그럼 그녀가 제대로 걸치고 즐기겠지."

4

11월 3일에 에스플린은 게리로부터 편지 한 통을 받았다. 거기에는 이렇게 적혀 있었다. "마이크, 꺼져. 내 인생에 함부로 끼어들지 마. 당신은 해고야."

프로보 헤럴드

11월 4일. 두 변호인은 해고되었음에도 수요일에 — 그들의 이름으로 — 제4 지방 법원 판사 J. 로버트 불릭에게 항소장을 제출했다.

피고인의 '최선의 이익'을 위해서라고 그들은 말했다.

이 기사가 나가자 얼 도리어스에게 수많은 전화가 걸려왔고, 언론에서는 법무 장관실이 길모어 건에 대해 어떤 입장을 취할 것인지를 계속 물었다. 도리어스는 스나이더와 에스플린이 의뢰인의 동의 없이 항소를 제기할 수는 있지만, 그들에겐 원고 적격이 없을 거라 생각한다고 답했다.

얼은 '원고 적격'이 곧 사무실에서 중요한 법률 용어가 되리란 느낌을 받았다. 스나이더와 에스플린이 소송에서 손을 떼더라도, 그는 다른 집단들이 — 길모어가 그것을 원하든 원하지 않든 — 곧 항소를 시도할 거라고 판단했다. 그렇다면, 원고 적격 — 법정에 소송을 제기할 수 있는 권리 — 이 매우 중요해질 터였다.

11월 4일

자기야, 안녕.

오늘 페이건과 추가 방문에 대해 이야기하려고 했는데, 여자처럼 옷을 입은 이 친구가 내가 지나갈 때 다른 구역에서 날 불렀어……. 이놈은 교도관을 흠씬 두들겨 패서 최고 보안 교도소에 수감된 거거든. 내가 보기엔 그는 대부분의 면에서 사내이고, 들은 바로는 뼛속 깊이 죄수지만, 동시에 계집애든 여왕이든, 부르고 싶은 대로 불러도 되는 그런 부류야. 오늘 저녁 식사 때 그가 작은 쪽지를 보냈는데, 당신도 읽어 보라고 동봉했어. 재미있을 거야.

안녕, 길.

신문에서 너에 대해 읽었는데, 넌 모든 규칙에서 예외라고 말해야겠더군. 사람들은 널 어떻게 생각해야 할지 알지 못해. 그건 그들이 우리 텍사스 사람들을 몰라서야, 안 그래? 우린 이 망할 세상에서 무슨 일이든 처리할 수 있잖아, 그렇지?

오늘 아침에 나는 이런 말을 했어. 네가 어떻게 생각하고 행동하는지 알고 싶으니 너와 이야기하고 싶다고.

자기, 내가 내뱉는 헛소리는 신경 쓰지 마. 너도 내가 얼마나 멍청한 년인지 알잖아.

거기서 항상 뭐 해? 생각 많이 하는 거 빼고 말이야. 너에게 이런 바보 같은 질문들을 하면 안 되겠지만, 너도 창녀가 어떤지 알잖아, 항상 뭔가를 원하지!

그 아래에 게리는 이렇게 썼다.

니콜, 자기야, 질투 같은 건 요만큼도 하지 마!

지미 카터가 새 대통령이 됐더군. 대단하지 않아? 포드가 질 줄은 몰랐어. 전 우주 역사상 현직 대통령이 선거에서 패배한 건 이번이 두 번째인 것 같아.

데저트 뉴스

11월 5일. 유타주의 미국시민자유연맹(ACLU)과 전미유색인종지위향상협회(NAACP) 관계자들은 항소 절차에서 그들의 변호사들이 도움을 줄 수 있도록 하겠다고 말했다.

ACLU 대변인 셜리 페들러가 말했다. "우리의 입장은 그의 선택이나 결정과 관계없이 주 정부는 그의 생명을 빼앗을 권리가 없다는 것입니다."

오늘 수년간 알고 지낸 인디언을 만났어. 이름은 치프 볼튼이야. 여러 해 전 처음 알게 되었을 때, 그는 오리건 교도소의 교도관이었어. 체중이 130킬로그램 정도나 나가는 덩치가 꽤 큰 놈인데, 교도관치고도 괜찮은 놈이지. 그리고…… 그가 자기는 내 감정을 잘 이해할 수 있다고 말하더군. 인디언은 백인보다 죽음을 더 잘 이해하는 것 같아.

11월 5일

솔트레이크의 데니스 보아즈라는 사람한테서도 편지를 받았어. 캘리포니아 출신의 전직 변호사라더군. 그는 내 상황을 잘 이해하는 것 같아. 어떤 법률적 근거의 간섭 없이 최종 결정권은 나에게 있다고 생각한다더군. 이 보아즈라는 남자는 현재 프리랜서 작가로 활동하는데, 전국 단위 매체에 실을 기사를 쓰고 싶어 해. 원고료로 받은 돈을 내가 선택하는 사람과 나누겠다나.

글쎄, 난 단호히 거부하지……. 이 일을 이용해서 이득을 보는 일은 절대 없을 거야.

이건 개인적인 일이고 내 인생이야, 니콜. 어느 정도 관심을 받는 건 피할 수 없지만, 그건 내가 바라는 바가 아니야.

스미스 소장이 오늘 내게 마지막 식사로 무엇을 먹고 싶은지 물어보더라. 난 항상 그런 건 영화에나 있는 일이라고 생각했지. 잘 모르겠지만 쿠어스 맥주 두 캔을 마시고 싶다고 했더니, 그가 자기도 그에 대해서는 아는 바가 없지만, 아마도…….

5

유행성 감기에 걸린 얼은 일을 쉬고 집에 있어야 했다. 그날은 길모어가 사무실에 전화를 한 11월 5일 바로 그날이었다. 저녁에, 얼은 동료인 빌 배럿 ― 짐 배럿이나 니콜 배럿과는 아무런 관계가 없다고, 앞으로 얼은 사람들에게 말해야 할 터였다 ― 이 길모어와 나눈 전화 통화와 관련하여 인터뷰하는 뉴스를 두어 개 시청했다. 얼은 자신이 결근하는 바람에 그 전화를 받지 못한 것이 속상했다. 배럿은 직장에서 그의 가장 친한 친구이기도 하고, 작년에 함께 일할 때는 손발도 잘 맞았는데, 젠장. 얼이 키가 작고 몸이 다부진 반면 배럿은 키가 크고 몸이 마른 관계로 그들은 자기들이 한 문제에 대해서도 서로 견해가 다를 수밖에 없지 않느냐고 항상 농담을 하곤 했다. 그래도 교도소의 법률 고문으로서 모든 업무를 처리하는데 길모어의 전화를 받는 일처럼 가장 좋은 부분을 놓치는 것은 정말 속상한 일이 아닐 수 없었다.

배럿은 게리와 겨우 사오 분 정도 이야기를 나눴지만, 나중에 얼에게 말했듯이, 그건 그의 인생에서 결코 잊을 수 없을 것 같은 일 중 하나였다.

해치 부소장에게서 전화가 걸려왔다. 잠시 후, 최고 보안 교도소의 페이건 교위와 전화 연결이 되었고, 그가 죄수를 소개했다. 배럿은 말투가 부드럽고 매우 이성적으로 들리는 남자 목소리를 들었다. 그는 소리 지르거나 고함치거나 악쓰거나 흥분해서 떠들지 않았다. 사실 그는 계속 '배럿 씨'라고 말했다.

그는 가장 먼저 새 변호사를 구하는 문제에 관해 물었다.

"길모어 씨." 배럿이 말했다. "당신의 상황을 이해할 수 있을 것 같습니다만, 이 사무실에서 할 수 있는 일은 아무것도 없습니다. 새 변호사를 임명하는 건 법원의 일이라서요."

"글쎄요, 배럿 씨." 길모어가 말했다. "이건 충동적인 결정이 아닙니다. 이 문제에 대해 많이 생각했고, 저는 제가 한 일에 대한 대가를 치러야 한다고 생각합니다."

"길모어 씨." 배럿이 말했다. "이 경우 어려운 점은 변호사에게 사형 집행을 도와야 한다고 설득하는 게 흔한 일은 아니라는 겁니다. 하지만 당신이 알아야 할 진전 사항이 있으면, 제가 계속 알려 드리겠습니다. 저는 귀하의 입장에 공감합니다."

사실 배럿은 무력감을 느꼈다. 모든 것이 너무 앞뒤가 맞지 않았다. 자신의 일은 그 남자가 사형을 당하게 하는 것이니, 그들은 같은 편에서 일하는 셈인데, 실제로는 그렇지 않았다.

사무실 주변을 서성거리던 기자가 그 이야기를 주워 기사를 작성했다. 그 기사가 나간 뒤, 배럿은 전국 각지에서 전화를 받았다. ABC 방송국의 특파원 그렉 돕스는 시카고에서 전화를 걸어와 말했다. "이번 주말에 출장을 갈 예정인데 당신과 인터뷰할 수 있을까요? 당신의 집으로 찾아가도 될까요?" 전화 통화를 마치기 전에 그들은 시간을 정했다. 미국 최남단 지역의 라디오 방송국에서 전화로 그를 인터뷰했다. 유타에서!

전례 없는 업무 폭풍이 얼을 강타했다. 법무 장관실의 형사부에는 전임 변호사가 두 명뿐이었는데, 바로 배럿과 자신이었으며, 그 외에는 법무 직원과 비서 몇 명이 전부였다. 밀려드는 업무를 처리하기에 충분치 않은 인력이었다. 예를 들어 바로 다음 날, 도리어스는 솔트레이크의 유명 변호사인 길 아테이와 로버트 밴 시버를 우연히 만났는데, 두 사람은 법무 장관실 한 층 위에 있는 유타주 대법원 강당에서 기자 회견을 개최하고 있었다. 얼은 그들이 유타주 교도소의 다른 모든 사형수들을 대신해 길모어의 사형 집행 유예를 요청하겠다고 카메라에 대고 말하는 것을 들었다. 아테이의 의뢰인은 '하이파이 살인범'[7] 중 한 사람이었다.

하이파이 살인범들은 레코드 가게에서 여러 사람을 살해한 혐의로 유죄 판결을 받았다. 이들은 먼저 배수관 청소 용액을 사람들의 목구멍에 쏟아부은 뒤, 볼펜을 귓속에 쑤셔 넣었다. 이는 유타주에서 수년간 벌어진 살인 가운데 가장 끔찍한 사건으로, 사형제를 단번에 부활시킬 만한 바로 그런 유형의 사건이었다. 길모어가 자신의 사형 집행을 요청한 일로 인해, 하이파이 살인범들에 대한 대중 여론이 더욱 악화될 가능성이

---

7) 1970년대 미국에서 하이파이 살인범은 사이코패스 살인마들로, 고품질 오디오 장비나 음향 장비를 소유한 사람들을 표적으로 삼았던 범죄자들을 가리키는 용어였다.

있었다.

　그랬다. 상황은 빠르게 달아오르고 있었다. 지나치게 빨리. 도리어스는 피닉스에서 열리는 교정 기관 관계자 회의를 기대했고, 그 회의에는 그와 배럿이 함께 참석할 예정이었지만, 지금은 자리를 비울 때가 아니었다. 얼은 언론 매체 기자들로부터 미친 듯이 인터뷰 요청을 받고 있었다. 기자들은 그의 사무실에서, 집에서, 길거리에서, 그야말로 어디에서나 그를 붙잡았다.

2장

동시성

1

'교정 기관 관계자 회의'에 도착하자마자, 얼 도리어스와 빌 배럿은 게리 길모어가 피닉스에서도 뜨거운 화제라는 사실을 알게 되었다. 매일 밤 티브이 보도가 이어졌다. 사실, 그들은 「ABC 저녁 뉴스」에서 그렉 돕스가 빌 배럿과 진행한 인터뷰도 보았다. 배럿이 전국 방송에 나오는 걸 실제로 보다니!

그 후 얼과 빌은 오리건주에서 온 법무부 차관보 두 명을 만나, 길모어가 오리건 교정 시스템에서 얼마나 큰 골칫거리였는지 들었다. 길모어는 자신의 의치에 절대 만족하지 못했던 모양이었다. 교도소 측에서 새 틀니를 만들어 줄 때마다 그는 그것을 변기 물에 내려보냈다. 종국에는 의치를 또 그런 식으로 내버렸다간 남은 수감 기간 동안 음식을 잇몸으로 씹어야 될 거라는 경고를 받았다. 이제 이 법무부 차관보들은 유타주가 길모어를 처형한 후 그 의치를 오리건주 교정과로 돌려주어야 한다고 농담했다.

다음 날, 상황이 새롭게 전개되었다. 낡은 석고 천장을 들어 올린다 해도, 이 상황만큼 빠르게 금이 가는 일은 없었을 것이다. 유타주 대법원이 스나이더와 에스플린의 항소 청원에 대해 막 판결을 내렸고, 길모어가 원하든 원하지 않든 사형 집행의 유예를 승인했다. 형 집행이 언제 이루어질지는 이제 아무도 몰랐다. 같은 날, 길모어가 법원에 다시 편지를 보냈다. 신문들은 당연히 이것을 인쇄했다. 얼은 자신이 읽고 있는 내용을 좀처럼 믿을 수가 없었다.

유타주 사람들은 신념을 지킬 용기가 없습니까? 당신들이 한 남자 — 나 — 에게 사형을 선고했고, 나는 이 가장 극단적인 형벌을 우아하고 품위 있게 받아들이는데, 당신들, 유타주 사람들은 물러서서 나와 이 문제로 논쟁하고 싶어 하네요. 정말 어리석군요.

그 직후, 스미스 소장으로부터 전화가 걸려왔다. 길모어가 소장에게도 편지를 보내왔다는 것이다.

소장님, 저는 언론 매체의 그 누구도 만나고 싶지 않습니다. 하지만 전직 변호사이자 프리랜서 작가인 데니스 보아즈라는 남자가 있는데, 그는 꼭 만나고 싶습니다. 제 인터뷰 사절 원칙에서 보아즈 씨만은 예외입니다.

데니스 보아즈가 누구지? 얼은 궁금했다.

2

일요일 밤에 게리는 클라인 캠벨에게 말했다. "당신의 도움이 필요해요. 변호사가 없는데, 며칠 내로 제가 법정에 가야 될 것 같아요. 전 언제든 직접 나가서 스스로를 대변할 수 있지만, 옆에 변호사가 있으면 좀 더 진지해 보일 것 같아요." 그가 캠벨에게 편지 한 통을 건넸다. "이 남자가 스스로 변호사라고 하더군요. 그에게 연락해 주시겠어요?" 캠벨이 그러겠다고 약속하자, 길모어가 덧붙였다. "빨리 좀 부탁해요."

편지에는 전화번호가 적혀 있지 않았다. 월요일 아침, 캠벨은 봉투에 적힌 주소로 차를 몰고 갔고, 막 아파트에서 나오는 남자와 마주쳤다. 알고 보니 그는 보아즈의 룸메이트였다. 그가 말했다. "데니스는 지금 자는 중인데, 제가 깨울게요. 밤새 글을 썼거든요."

캠벨은 보아즈에게 자신이 온 이유를 말했고, 두 사람은 서로를 주의 깊게 바라보았다. 캠벨은 천장을 향해 눈을 가늘게 떠야 했다. 보아즈는 농구 선수만큼 키가 컸다. 적어도 193센티미터는 넘어 보였고, 망원경처럼 위로 길게 연장될 것만 같았다. 꼭대기에는 보기 좋게 진지한 얼굴과 검은 머리, 솔 모양의 콧수염이 있었다. 캠벨에게 그는 변호사로 보이는 만큼이나 키 크고 마른 의사나 치과 의사처럼도 보였다.

3

데니스는 지하실에서 월세를 내지 않고 살고 있었기 때문에, 캠벨이 도착했을 때 이 남자가 채권자일지 모른다는 생각을 제일 먼저 했다. 캠벨은 키가 작고, 군인처럼 강인하고 깔끔해 보였다. 단호한 인상에 태도는 딱딱하고 흐트러짐이 없었다. 물론, 데니스는 사브 차량을 새로 구입하는 바람에 곤란한 처지였다. 알 게 뭐야. 그는 파산한 상태였다. 사실, 그에게는 1만 달러의 빚이 있었다. 그런 상황이었으니 캠벨이 사브를 압류하러 왔다고 생각한 것도 무리는 아니었다. 하지만 짐작과 달리 클라인이 좋은 소식을 전하러 온 사람이라는 사실을 알게 된 순간, 데니스는 그에게 호감을 느꼈다. 말씨가 부드럽고 온화하며, 정중하고 배려하는 태도를 지닌 남자라고 판단했다.

집은 난장판이었다. 룸메이트인 에버슨이 그때 약간 정리를 잘 못 해 놔서 책과 서류들이 여기저기 널려 있었고, 거실에 커다란 더블 침대가 있어서 다소 혼란스러웠다. 캠벨에겐 그리 인상적인 공간이 아니었다. 분위기라도 좋으면 모를까, 여자들을 집에 데려오는 데 방해가 될 게 뻔한데도 보아즈를 그곳에 머물게 해 준 걸 보면, 에버슨은 좋은 친구임이 분명했다. 그리고 그렇듯 좋은 사람이었기 때문에, 에버슨의 태도는 그런 혼란을 누그러뜨렸다. 게다가 보아즈는 자신이 이제 긍정적인 흐름 속에 있다고 느꼈다. 그는 이보다 더 형편없는 모습도 그럭저럭 멋지게 소화할 수 있었다.

그는 캠벨에게 한 시간이면 준비를 마칠 수 있다고 말했지만, 녹음기에 쓸 건전지를 구하고 버스 운전사 노조를 위한 자신의 법률 업무를 확인해야 했다. 소액의 상담료를 받기로 되어 있었지만, 아직 받은 건 아니었다. 이 모든 일들 때문에 결국 그는 세 시간이 지난 2시가 되어서야 겨우 교도소에 갈 수 있었다.

교도소는 '포인트 오브 더 마운틴'에 있었다. 솔트레이크시티에서 남쪽으로 32킬로미터 떨어진 곳으로, 오렘과 프로보까지 가는 길의 중간 지점이며, 주간 고속 도로에서 산이 도로까지 내려오는 지점의 바로 맞은편에 자리하고 있었다. 출구에서 오른쪽으로 나가면, 서쪽으로 펼쳐진 황량한 사막과, 그 사막 바로 가장자리에 위치한 교도소의 모습이 한눈에 들어왔다. 높은 철조망 뒤에 낮은 노란색 석조 건물들이 모여 있었다.

보아즈가 사브를 주차한 뒤, 감시탑 아래를 지나 행정 건물로 걸어 들어갔다. 작은 입구, 로비 없이 직각으로 교차하는 두 개의 좁은 복도, 그리고 이 교차 지점의 한쪽에 안내 창구가 있는 건물이었다. 마치 대형 창고의 문 안쪽에 있는 허름한 사무실 같았다. 엉덩이가 커다란 사람이 입기엔 뒤판이 너무 짧은 고동색 블레이저를 입은 교도관들이 복도를 어슬렁거리거나 중급 보안 감방으로 이어지는 철저한 이중문을 드나드는 모습이 보였다. 한 직무수가 유리 진열장 옆에 서서, 관광객들에게 죄수들이 만든 공구 가죽 벨트를 판매하고 있었다. 데니스는 자신이 보아 온 캘리포니아 교도소와 비교했을 때,

이곳은 주립 교도소치고는 낡고 음습하다고 생각했다. 그래도 최악의 분위기는 아니었고 다소 농장 같은 느낌이 들었다. 교도관들의 얼굴에는 단순하면서도 교활한 빛이 돌았는데, 마치 건초 더미에서 한바탕 뒹굴고 온 사람들 같았다. 하지만 부당해 보이거나, 엄밀히 말해 부패해 보이진 않았다. 뭐, 나이 든 교도관들 중에는 배가 수레처럼 크게 튀어나온 사람도 있긴 했다. 그랬다. 상대적으로 말하자면 소박한 곳이었고, 시골 사람들이었다. 교도관 중에는 아주 거친 인간도 있었다.

교도소장실 바깥벽에는 인쇄된 메시지가 붙어 있었다.

비판자들보다

더 나은 위치에

오르기 위해

진취적으로

노력한 사람들을

비판하는 사람들을

나는 정말 싫어한다.

샘 스미스

이제 사무실로 들어갔다. 교도소장실치고도 작았으니, 데니스보다 체격이 더 큰 샘 스미스에게는 끔찍할 정도로 작은 공간이었다. 데니스의 생각에 그는 보리스 칼로프[8]와 앤디 워

8) Boris Karloff(1887~1969). 영국 출신의 배우. 1931년 영화 「프랑켄슈타

홀9)을 섞어놓은 듯한 모습이었고, 크고 옅은 색의 플라스틱 테 안경을 끼고 있었다. 사실, 그의 목소리는 조용했다.

"제가 여기 온다는 걸 아셨을 것 같은데요." 데니스가 말했다.

"아뇨, 전혀 몰랐소." 스미스가 말했다.

아주 조심스러운 사람이라고 데니스는 생각했다. 스미스는 얼어붙은 듯 무표정한 얼굴이었다. 그는 의자에 등을 기대고 신중하게 방문자를 바라보았다.

데니스는 자신이 작가로서 이곳을 방문했다고 설명했다. 길모어가 자신과의 인터뷰 가능성에 대해 논의하고 싶어 한다면서.

"아." 스미스가 말했다. "작가는 들여보낼 수 없소."

"글쎄요, 길모어가 절 만나고 싶어 합니다. 그가 교정 목사를 보냈어요."

스미스가 고개를 저었다. 데니스는 매우 교도소장다운 태도라고 판단했다. 두려움을 억제하는 여러 겹의 통제가 있었고, 그는 어떤 식으로든 그 통제가 방해받는 것을 원하지 않았다. "이게 뭡니까?" 화가 나기 시작한 데니스가 말했다. "그 남자는 곧 죽을 텐데, 아무도 그에게 접근할 수 없다니. 그는 절 만나기 원해요. 말하고 싶어 한다고요."

"작가는 절대 들일 수 없어요." 스미스가 말했다. 이런, 그의 몸은 딱딱하게 굳어 있었다. 체구가 큰 것치고는 움직임이 자연스러웠지만, 확실히 매우 절제하고 있었다. 데니스는 그가

인」의 '괴물' 역할로 유명하다.

9) Andy Warhol(1928~1987). 미국의 팝 아티스트.

미소도 띠지 않고 차갑고 곤란한 표정으로 의자에 앉아 있는 모습이 마음이 들지 않았다.

샘은 자리에 앉아 오랫동안 생각에 잠겼다. 그의 다음 발언이 데니스를 놀라게 했다. "음." 교도소장이 말했다. "당신은 변호사죠."

이자는 확실히 지금까지 내보인 것보다 나에 대해 훨씬 많은 걸 알고 있군. 데니스가 생각했다.

캘리포니아에서요, 데니스가 알려 주었다. 그러자 샘 스미스가 중얼거렸다. 뭐, 우리도 길모어가 변호사를 만날 권리는 방해할 수 없지.

이제 보아즈는 이해가 되기 시작했다. 혹시 스미스는 에스플린과 스나이더 대신 그를 곁에 두고 싶은 걸까? 해고되긴 했어도, 그들은 여전히 현존하는 길모어의 유일한 변호인들이었다. 그들은 이미 형 집행 지연을 끌어냈다. 당연히! 교도소장은 사형 집행이 예정된 시간에 이행되기를 원할 것이다.

샘 스미스는 여전히 우호적이지 않았다. 사실 그는 외형만으로도 위압적이라고 할 수 있었다. 하지만 이제는 보아즈를 쳐다보지도 않은 채 조용한 목소리로, 보아즈 씨가 안으로 들어갈 수 있는 방법은 법률 고문 자격으로 들어가는 것뿐이라고 말했다. 그러려면 뭔가 서면으로 작성된 것이 있어야 했다.

데니스는 잡지나 신문에 기사를 쓰지 않겠다는 각서를 작성하고 변호사 자격으로 교도소 안으로 들어갔다. 하지만 그는 교도소장의 요구로 문서를 작성했다고 덧붙이며, "우리의 합의는 불법입니다."라고 말하는 것을 잊지 않았다. 소장은 화가 났다. 달궈진 철제 프라이팬에서 열이 방사되듯이 화가 뿜어져 나왔다. 분명히, 이런 절차들은 샘 스미스에게 아주 중요한 의미가 있었다. 소장은 자신이 누구인지를 확실히 보여 주어야만 했다.

보아즈는 입장을 허가받았지만, 녹음기는 가지고 들어가지 못했다. 교도관이 그를 행정 건물 밖으로 데리고 나갔고, 두 사람은 11월의 공기를 마시며 90미터 정도를 걸어서, 최고 보안 교도소로 향했다. 외따로 떨어진 낮고 넓게 퍼진 형태의 보기 흉한 건물이었다. 그곳에서 보아즈는 약 12×8미터 정도의 꽤 커다란 면회실로 안내되었는데, 교도관 한 명만이 방탄유리 케이지 안에서 그를 지켜보고 있었다. 그 교도관은 출입문을 통제하고 있었지만, 아마 부스 안에서는 방에서 하는 말이 잘 들리지 않을 것이었다. 그는 반쯤 잠들어 있었다. 최고 보안 교도소에서 데니스가 느낀 슬픈 기운은 오래된 괴로움 위에 덧씌워진 무기력감에서 비롯된 것이었다.

4

데니스가 받은 첫인상은 방금 지적인 존재가 방 안으로 들어왔다는 것이었다. 얼굴만 보자면 길모어는 조용하고 내성적인 사람 같았다. 거리에서 봐도 눈을 마주치지 않으면 알아보지 못할 거라고 데니스는 생각했다. 길모어의 흐릿한 회청색 눈이 생기로 반짝였다. 놀라웠다. 또렷하게 직시하는 시선. 최고 보안 교도소의 헐렁한 흰색 작업복을 입고 맨발로 방에 들어온 그가, 데니스의 눈에는 뉴델리의 영적 지도자처럼 보였다.

출발이 좋았다. 보아즈는 엄청난 양의 정보를 빠르게 쏟아냈다. 자신의 법률 경력을 이야기하며 버클리의 볼트 홀[10] 출신임을 밝혔고 — 고개를 끄덕이는 것으로 보아 게리도 그것이 훌륭한 학벌임을 아는 것 같았다 — 또한 샌프랜시스코 북서쪽에 있는 콘트라 코스타 카운티의 지방 검찰청에서 검사보로 근무했던 시절에 대해서도 이야기했다. 그는 자신이 마리화나를 피우는 검사였다는 점을 게리에게 강조했다. 그는 법의 처벌적인 측면을 다뤄 온 사람이었지만, 오히려 피고 측에 더 많은 동정심을 느꼈다. 그건 아마도 그가 대학 신입생이던 1950년대 후반에 — 그와 길모어는 동년배라는 데 동의했다 — 긴스버그와 케루악[11]의 강연을 들었고, 나중에는 마리오 사비오[12], 제리 루빈[13] 같은 사람들과 버클리 운동[14] 전반

---

10) UC 버클리의 로스쿨을 가리킨다.
11) 미국의 시인 앨런 긴스버그(Allen Ginsberg, 1926~1997)와 소설가 잭 케루악(Jack Kerouac, 1922~1969)은 1950년대 후반과 1960년대 초반에 전통적 가치와 규범에 도전하며 자유, 개방성, 영적 탐색을 중시한 작가들의 문화적, 사회적 운동인 비트제너레이션을 대표하는 인물들이다.
12) Mario Savio(1942~1996). 미국의 사회 운동가로, 1960년대 학생 권리와 자유 연설 운동의 상징적 인물 중 한 명이다.
13) Jerry Rubin(1938~1994). 미국의 사회 및 정치 활동가로, 1960년대와 1970년대의 반문화 운동과 반전 운동의 주요 인물 중 한 명이다.
14) 1960년대 초반, 캘리포니아 대학교 버클리 캠퍼스에서 시작된 학생 주도의 사회 및 정치 운동으로, 학생들의 표현의 자유와 학문의 자유를 중심으로 발전했다. 이 운동은 시민권 운동, 반전 운동 등으로 확장되어, 1960년

에 동조했기 때문일 것이다. 그는 자신의 삶을 이러한 이름들과 연결 지어 설명했다. 길모어는 이 이름들을 알고 있었다.

최근에는 법률 관련 업무를 많이 하지 않았다고 보아즈가 말했다. 너무 제한적이라는 게 이유였다. 그는 의식 운동[15], 대면 집단(Encounter groups)[16], 수피즘[17], 피셔-호프만 과정[18]에 더 관심이 많았다. 그는 그 과정에서 자신에게 일어난 변화에 감동을 받아 피셔-호프만 상담사가 되었다. 하지만 그것 역시 자신을 구속한다는 것을 알게 되었다. 그래서 그는, 적어도 마음속으로는, 핀드혼[19]으로 옮겨 갔다. 그는 스코틀랜드에 1인치의 표토에서 20파운드의 양배추를 재배할 수 있는 곳이 있고, 식물과의 조응 및 내려오는 에너지를 안내하는 능력을 통

대 미국의 사회 변화와 젊은이들의 정치 참여를 촉진하는 데 중요한 역할을 했다.

15) 1960년대와 1970년대에 인기를 얻은 운동으로, 인간 의식의 확장과 탐구에 초점을 맞추어 명상, 요가, 심리학적 실험 등 다양한 방법을 통해 자아 인식을 높이고, 영적 성장을 추구하는 것이 특징이다.

16) 1960년대에 시작된 운동으로, 참가자들은 서로의 경험을 공유하며, 직접적인 피드백과 감정적인 소통을 통해 자기 인식과 인간관계 개선을 목표로 했다.

17) 이슬람의 신비주의 전통으로, 직접적인 신의 경험과 사랑을 통해 영적 성장을 추구한다.

18) 정신적, 감정적 문제를 해결하기 위해 개발된 심리 치료 과정 중 하나. 자기반성, 용서, 과거의 정신적 외상 극복 등을 통해 개인의 자기실현과 통합 도모를 목적으로 한다.

19) 핀드혼 재단(Findhorn Foundation). 1962년에 설립된 스코틀랜드 북부에 위치한 영적 커뮤니티로, 지속 가능한 생활 방식과 인간과 자연의 조화를 지향한다.

해 겨울에도 꽃을 피울 수 있다는 발상이 마음에 들었다.

길모어는 이 모든 내용을 흡수한 뒤 다시 적절한 질문으로 되돌려주었다. 예측했던 것과는 많이 달랐다. 길모어는 데니스가 솔트레이크시티에 와서 만난 최고로 지적인 대화 상대였다. 기묘했다.

그들은 책에 대해 열띤 대화를 나누었는데, 묵직한 이야기가 빠르게 오갔다. 게리는 헤르만 헤세의 『데미안』, 『캐치-22』[20], 켄 키지[21], 앨런 와츠[22], 『베네치아에서의 죽음』[23]에 대해 이야기했다. 그는 토마스 만을 톰 만이라고 불렀고, "그 예쁜 남자애한테 완전히 매료되었지."라고 말했다. 마지막으로 그가 말했다. "나는 그 아일랜드의 미치광이 J. P. 던리비가 쓴 작품들은 다 좋아해." 토론이라기보다는 취향의 공유였다. 그는 어빙 스톤[24]의 『고뇌와 환희』와 『삶의 욕망』도 좋아했다.

길모어가 하는 이야기들이 데니스의 입장에선 새로울 게

20) 미국의 소설가 조지프 헬러(Joseph Heller, 1923~1999)가 2차 세계 대전 복무 경험을 바탕으로 쓴 전쟁 소설.
21) Ken Kesey(1935~2001). 미국의 작가이자 반문화 운동가. 대표작으로 『뻐꾸기 둥지 위로 날아간 새』(1962)가 있다.
22) Alan Watts(1915~1973). 영국 출신의 철학자이자 작가, 강연자. 동양 철학과 서양 철학을 연결하는 데 큰 영향을 미친 인물이다.
23) 독일의 소설가 토마스 만(Thomas Mann, 1875~1955)이 1912년에 발표한 중편 소설.
24) Irving Stone(1903~1989). 미국의 작가. 주로 역사적 인물들의 생애를 다룬 전기 소설로 유명하다.

없었다. 뭐, 대부분의 사람들과 비교하면 그는 이런 문제들에서 꽤 교양 있는 축에 들었지만, 데니스의 기준으로 볼 땐 아마추어였다. 그럼에도 데니스는 그 분야에 친숙했기 때문에, 길모어가 실제로 의식에 관한 내용들을 꽤 잘 알고 있다는 것에 감명을 받았다. 새롭게 내놓을 만한 견해나 지식은 없었지만 본질적으로 게리는 이 주제에 대해 많이 생각한 듯 보였다. "자기 자신에게서 벗어날 수는 없어." 게리가 말했다. "스스로를 직면해야 하지."

데니스는 그 점에 전적으로 동의했다. 자기 행동의 책임은 자기에게 있었다. 그러나 그는 길모어가 환생에 대해 다소 교조적이라고 생각했다. 보아즈 자신은 환생을 진지하게 믿는 편이 아니었다. 환생은 여러 가능성 중 하나일 뿐이었다.

"있잖아, 게리." 그가 말했다. 그는 논쟁을 유발하기 위해 일부러 반대 입장을 취하기로 결정했다. "내게 전생 경험을 시켜 준다는 사람과 함께 몇 번 연습을 한 적이 있거든. 그런 게임쯤은 나도 할 수 있어. 내가 14세기에는 고문대에서 죽었고, 또 다른 시기에는 목신(牧神)이었다네. 내려다보니 갈라진 발이 보이더라고. 웃기지 않아? 그건 그저 창의적인 상상에 불과했을 수도 있어. 모르겠어. 나는 열린 사람이지만, 환생이 유의미하다고 생각하지는 않아. 환생을 믿지 않아도 윤리 기준을 가질 수 있다고 생각해."

길모어가 고개를 저었다. "환생은 있어." 그가 말했다. "난 알아."

보아즈는 그 주제에 관해 더 말하지 않았다. 아무리 토론을 좋아해도 굽힐 때를 감지해야 했다.

그들은 이제 숫자로 점을 보기 시작했다. 길모어의 생일을 더하면 21이 되었다. 타로에서 그것은 우주를 뜻하는 카드였다. 2와 1은 또한 3을 만들었고, 그것은 행운의 숫자이며 황후를 의미했다. 보아즈의 생일은 황제와 바보로 요약되었다. "우리는 균형이 맞네." 보아즈가 키득거리며 말했다.

"그러네." 길모어가 말했다. "좋은 파트너야."

하지만 이름의 글자에 숫자를 할당하면, 게리는 7, 길모어는 6으로 합산되었고, 13은 죽음을 의미했다. 보아즈는 죽음의 기운이 길모어를 관통하는 걸 느낄 수 있었다. 정말 아깝고 안타깝다고 생각했다. 그는 이제 인생의 마지막 주를 남겨두고 있었다. 보아즈는 자신이, 길모어가 존엄하게 죽는 것에 대해 진지하게 생각한다는 사실을 깨달은 극소수의 사람 중 하나라는 사실이 슬펐고, 길모어에게 그렇게 말했다.

길모어가 고개를 끄덕였다. 그리고 말했다. "당신과 인터뷰해 줄 생각이야." 하지만 다음 말을 덧붙였다. "도움이 좀 필요해. 내 변호사가 되어 주겠나?"

만약 자신이 동의한다면 분명히 많은 사람들이 이해하지 못할 거라고 데니스는 생각했다. 직업적으로 엄청나게 어려운 일이 될 것이다. 하지만 얼마나 대단한 경험인가!

"맙소사." 데니스가 말했다. "내가 이 일로 인해 어떤 평판을 얻게 될지 아나?"

"당신은 감당할 수 있을 거야." 게리가 말했다.

보아즈가 고개를 끄덕였다. 그는 감당할 수 있었다. 그래도 그는 말해야 했다. "당신의 처형을 돕다니, 내가 유다가 된 느낌이야."

"유다는 역사상 가장 부당하게 비난받은 사람이었지." 게리가 말했다. 유다는 무슨 일이 일어날지 알고 있었어. 길모어가 말했다. 유다는 예수가 예언을 이루도록 도운 거야.

이제 두 사람이 함께 일하기로 합의했으니, 보아즈는 게리의 강인한 면에 대해 깊이 생각하기 시작했다. 남성성을 지나치게 과시하려는 면이 어느 정도 있었다. 당연히 그는 자신의 힘을 증명하기 위해 총을 사용해야 했다. 극단의 삶을 살았다. 어린 시절 매우 예민한 아이였을 것이다.

이 시점에서 게리가 말했다. "마치 내가 폰즈이고 당신이 리치인 것 같군."[25]

이 말에 데니스는 프레즈노[26]에서 보낸 8학년 시절을 떠올렸다. 다른 친구들이 여자 친구를 사귀고 담배를 피우고 포르노 사진을 보고 불법적인 술을 마실 때도, 그는 내내 순진무구했었다.

나가는 길에 길모어가 말했다. "당신이 매일 오면 좋겠군."

보아즈가 그러겠다고 약속했다. 그는 세 시간 거리의 장소에 있었다.

---

25) 1970년대와 1980년대 초반에 방영된 인기 미국 티브이 시트콤 「행복한 나날들(Happy Days)」의 주요 등장인물이다. 폰즈는 거칠고 남성적이지만 의리 있는 청년, 리치는 평범하고 선량한 미국 청소년을 대표하는 인물로 그려졌다.
26) 미국 캘리포니아주 중남부에 있는 도시.

샘 스미스는 일이 어떻게 되었는지 알고 싶어 했다. 복도에서 데니스에게 다가와 미소를 지었다. "자, 보아즈 씨." 샘 스미스가 물었다. "이제 정말 우리 편인가요?"

우리 편?

그 말에 데니스가 씩 웃었다. 교도소장과 손잡은 피고 측 변호사라니.

"그럼요, 같은 편입니다, 소장님."

그래. 끝까지.

5

보아즈의 부모는 '오키'[27]들이 건조 지대에서 이주해 수년이 지난 후에 캘리포니아로 왔지만, 자신들이 오클라호마 출신이라는 것에 대해 민감했다. 대공황과 2차 세계 대전을 거치는 내내 프레즈노에서 '오키'는 나쁜 말이었다. 데니스의 양아버지가 육군 하사관이었다는 사실은 중요하지 않았다. 그것은 여전히 낙인이었다. 초등학교에 다니던 어린 시절, 데니스가 "내 동생, 그는……." 같은 식으로 말할라치면 학교 측에서

---

27) '오키(The Okies)'라는 용어는 주로 1930년대 대공황 및 미국 대평원 지역에서 발생한 심각한 환경 재앙인 지속적인 가뭄과 거대한 먼지구름으로 인해 농업에 심각한 타격을 입은 미국 중서부 지역, 특히 오클라호마주에서 캘리포니아와 다른 서부 지역으로 대규모 이주를 감행한 사람들을 가리키는 데 사용된다.

그에게 영어 보충 수업을 듣게 했다. 그는 고등학교에서 좋은 성적을 받고 중산층 부모를 둔 아이들과 친구가 되는 것으로 만회하려 했다. 캘리포니아 주민으로 자리 잡고 싶었다.

하지만 나이를 먹으면서, 그는 자신의 유산을 제대로 인식할 수 있었다. 그에게는 이 모든 중산층 정신에 결코 포섭되지 않는 부분이 있었다. 하지만 그는 열심히 노력했다. 9학년 때 학생회장에 선출되었고, 농구를 했고, 고등학교 때는 테니스 팀의 주장을 맡았지만, 대학과 로스쿨을 다니는 내내, 그는 항상 자신이 과잉 성취자라는 것을 알고 있었다. 그의 내부에 커다란 분열이 존재했다. 콘트라 코스타 카운티에서 지방 검사보로 일할 것인가, 아니면 놀이할 권리와 행복 추구에 관한 지하 운동에 뛰어들 것인가?

콘트라 코스타 지청의 검사 중 3분의 1 정도 되는 젊은 검사들은 편협한 태도와 FBI의 사고방식 ─ 흰색 반팔 셔츠와 폭이 좁은 검정색 넥타이 ─ 을 지닌 상사 밑에서 일하는 내내 대마초를 피웠다.

이 층짜리 방갈로에서 열린 한 파티에서, 데니스를 포함한 여섯 명의 젊은 검사들은 위층 다락 방으로 흘러 들어가 대마초를 피웠고, 상사들은 아래층 거실에서 술을 마셨다. 술과 대마초의 진정한 병치였다. 술꾼 상사들은 아래층 지옥에 있었고, 데니스와 그의 동료들은 위층 천국에 있었다고 할 수 있다.

그 무렵, 데니스는 아름다운 여성과 결혼하여, 그녀가 아들을 양육하는 것을 도왔다. 양아버지 밑에서 자란 그가 양아버지가 된 것이다. 좋은 대칭은 좋은 정서를 유지하는 데 도움이 되었다. 한동안 순탄한 결혼 생활이 이어졌다. 그는 지방검사 사무실을 떠나 형사 사건 변호를 했고, 그 일을 즐겼다. 누군가의 돈을 지키는 것보다 누군가의 자유를 위해 법정에서 싸우는 게 더 강렬한 경험이었다. 그 시기에 그와 그의 아내 아리아드네는 놀이할 권리의 감각적인 측면들을 맛보기도했다. 이기적인 것들, 좋은 차들, 프랑스 음식, 유럽 여행.

그러다 그와 아리아드네는 서로 다른 방향으로 나아갔다. 이혼은 충격적인 사건이었다. 데니스는 변호사라는 직업에 점점 흥미를 잃었다. 법은 재산 문제를 다루는데, 그는 여기에 심리적인 문제가 있었다. 그는 의식 함양 분야로 옮겨 가서, '하리시'라는 이름의 힌두교도와 어울리며 함께 활동했다. 그 구루[28]의 주변에는 물리학자, 시인, 예술가, 의사, 음악가, 연극인 들이 있었다. 그들 가운데 한 무리가 '마야 모듈레이션'을 결성했다. 그들은 모두 인도에서 제작될 발성 영화에 돈을 투자했지만, 일원 중 한 명이 그곳에서 사망했다. 모든 게 어느 정도는 실패로 끝났다.

1975년이 되자 데니스는 완전히 빈털터리가 되었고, 작가로 살기로 결심했다. 동오클랜드의 아리아드네 거리에서, 예전 핸드볼 파트너, 그리고 조깅에 미친 사람과 함께 지냈다. 집에서는 운동화와 땀에 전 양말 냄새가 났다. 데니스는 육 개월 동안 거실 소파에서 잤다. 아리아드네 거리에 있는 이

---

28) 힌두교, 시크교의 스승이나 지도자를 지칭하는 말.

집에는 곳곳에 개털 뭉치가 굴러다녔다. 그래도 그것은 전처의 이름이었다. 그 동시성에서 좋은 기운이 느껴졌다. 고군분투하는 작가를 불쌍히 여기고 보살펴 주는 여성 친구도 두 명 있었다.

하지만 1976년 무렵의 삶에는 들쭉날쭉 기복이 있었다. 어머니의 집에 얹혀살면서 공짜 밥을 얻어먹는 몇 주 동안, 그는 유망한 젊은 변호사가 모든 것을 포기해 버린 것에 대한 어머니의 잔소리를 감수해야 했다. 심야 클럽을 운영하는 친구와 두 달 정도 같이 지낼 때는, 잠도 자지 못하고 글도 쓰지 못했다. 그다음엔 친아버지를 위해 어떤 집을 페인트칠했다. 데니스는 그때그때 기지를 발휘하며 살았다. 물론 그는 위기의 순간들을 즐겼다.

하지만 그는 다시 법조계로 돌아가기로 결심했다. 책임감도 중요하게 생각했기 때문이다. 그의 친아버지는 배관공이었고, 데니스는 노동 계급으로서 자신의 정체성을 결코 잃고 싶지 않았다. 그래서 그는 솔트레이크 버스 기사 노조의 소송 의뢰를 맡았고, 버스 기사의 시민 밴드(CB) 무전기 사용을 허용하지 않는 버스 회사를 상대로 소송을 준비했다. 데니스가 보기에, 시민 밴드는 응급 상황에서 생명을 구할 수 있었다. 그런 까닭에 그는 사브를 타고 캘리포니아와 유타를 오갔고, 이런 짧은 여행들의 마지막에 카터에게 투표하기 위해 솔트레이크로 돌아오던 도중 고속 도로에서 죽은 남자를 목격한 것이다.

6

그로부터 일주일 후, 그의 인생은 큰 변화를 앞두고 있었다. 그는 아름다운 돔이 있는 의사당을 향해 언덕을 오르고 있었다. 솔트레이크의 언덕 아래에서는 어디에서나 보여 그 자신도 자주 쳐다보았던 건물이었다. 데니스에게는 분명 기분 좋은 상황이었다. 오늘 그는 법무 장관 책상 위에 명함을 올려놓은 뒤, 길모어가 내일 유타주 대법원에 출두해 자신을 대변할 변호인으로 데니스 보아즈를 선임했음을 알리고, 거기서 사형 집행 연기를 거부할 권리를 주장하고자 한다고 선언할 예정이었다. 평범한 만남이 아닐 터였기에, 데니스는 천천히 건물을 둘러보았다. 그는 오래된 모르몬교도들의 기운을 포착해 보려고 했다. 공기 중의 경건함은 모든 법정이나 정부 건물에서 느낄 수 있는 묵직한 경건함과 비슷했다. 오래 묵은 담배 연기가 없다는 점만 달랐다. 어쩌면 이 경건함에는 뒷돈이 덜 개입되었을지도 모른다. 확실히 경의의 분위기가 풍겼다. 마치 주님께서 나타나시는 첫날에 우리 모두가 그 자리에 함께할 것 같은 느낌이었다.

데니스는 이미 템플 광장을 방문하여 모르몬교회 합창단이 공연했던 건물을 보았고, 방문자 센터에서는 하나님이 천사 모로나이의 금판을 가지고 조지프 스미스[29]에게 찾아왔

---

29) Joseph Smith(1805~1844). 1805년에 출생. 1827년에 천사 모로나이로부터 금판을 발견했다며, 이를 번역하여 1830년에 『모르몬경』을 출판했다. 같은 해 예수 그리스도 후기 성도 교회를 창설했다. 1844년에 일리노이주에

다는 이야기를 들려주는 가이드의 목소리에 귀 기울였다. 테니스는 저도 모르게 크게 반응했다. 모르몬교도들 사이에서는 베드로와 바울만큼이나 중요한 하나님 직속의 두 천사, 모르몬과 모로나이[30]가 있었고, 그들의 이름이 그에게 암시하는 바가 있었기 때문이다.

의사당 건물로 걸어 올라가 계단에 서서 언덕 아래 솔트레이크시티를 내려다보고 나서야, 그게 무엇인지를 깨달았다. 맑은 날에 이곳에 서면, 유타주의 절반이 훤히 보였다. 하지만 오늘은 날씨가 좋지 않았다. 솔트레이크에서는 이제 맑은 날을 볼 수가 없었다. 한때 유타의 사막은 구약 성서에 나오는 팔레스타인 사막만큼이나 아름다웠지만, 지금은 로스앤젤레스 외곽보다 나을 게 없어 보였다. 허름한 목장 집들이 스모그에 가려 보이지 않는 곳까지 뻗어 있었고, 서쪽으로는 아나콘다 구리 제련소가 하늘을 오염시키는 공해 물질을 쏟아 내고 있었다. 테니스는 그때 정말로 이해했다. 그 천사들, 모르몬과 모로나이는 '모어 머니(더 많은 돈)'를 의미한다는 것을. 모르몬교가 미국에서 가장 부유한 교회가 된 것은 당연했다. '모어'와 '모어 머니'를 위해 그 모든 제재가 존재하는 것이었다. 테

서 반대자들에 의해 교도소에 갇혔다가 폭도들에게 암살되었다.
30) 모르몬은 『모르몬경』을 기록한 선지자로, 고대 아메리카 대륙의 니파이 문명을 지켜본 인물로 전해진다. 모로나이는 모르몬의 아들이자 마지막 니파이인 선지자로, 아버지가 편집한 『모르몬경』을 마무리하고 이를 금판에 새겨 보존했다. 후기 성도 교회 교리에 따르면 사후에 천사가 된 모로나이가 조지프 스미스에게 나타나 이 금판의 위치를 알려 주었고, 이것이 『모르몬경』의 기원이 되었다.

니스는 킥킥 웃었다. 이제 그의 의식은 법무 장관을 상대할 수 있을 만큼 고양되었다.

이름의 유사성이 흥미롭기는 하지만, 그럼에도 데니스는 법무 장관 당선자 로버트 핸슨이 전 법무 장관이자 유타주에서 가장 유명한 형사 전문 변호사인 필 핸슨과는 아무런 관련이 없다는 사실을 알고 있었다. 아니, 이 핸슨, 로버트 핸슨은 바로 지난주에 차관보에서 법무 장관으로 선출된 사람이었다.

데니스의 눈에는 나쁜 사람처럼 보이지 않았다. 친절한 편이고 말씨가 간결했다. 체격 좋고 잘생긴 얼굴, 검은 머리에 안경을 착용한, 공화당 내각에 어울릴 법한 보수주의자로, 클라크 켄트[31] 같은 인물이었다. 두 사람은 곧바로 로스쿨에 대해 이야기했고, 보아즈는 자신이 볼트(Boalt)[32]를 언급했을 때 밥(로버트) 핸슨이 자기에게서 좋은 인상을 받았음을 알았다. 핸슨 자신은 헤이스팅스[33]에 다녔다고 대답했다. 맞아요. 그렇죠. 호두나무 벽판으로 된 이 커다란 사무실은 파란색 깔개와 짙은 파란색 벨벳 커튼으로 매우 깔끔하고 격식 있게 꾸며져 있었다.

언론은 법무부가 길모어의 죽으려는 욕망에 협조할 뿐 아니라 심지어 그에 편승하고 있다고 추정한다는 게 핸슨의 설명이었다. 그러나 길모어가 죽는 것은, 그가 죽기를 원해서가 아니라 그가 저지른 일에 대한 합법적이고 정당한 판결이기

---

31) DC 코믹스의 슈퍼 히어로 「슈퍼맨」의 주인공 이름.
32) 2권 각주 10번 참조.
33) 캘리포니아 주립 대학교의 로스쿨.

때문임을 법무부는 주장할 것이었다.

그렇게 말한 뒤, 핸슨은 협조적인 태도를 보였다. 주 대법원에 출석하기 전에 보아즈에겐 보증인 역할을 할 유타주 변호사가 필요할 거라고 설명했다. 마침 당시 법무부 차관인 마이크 디머의 사무실에 톰 존스라는 이름의 동창이 있었다. 전화로 불려 온 톰 존스는 곧바로 동의했다. 모든 것이 팀워크에 맞춰 순조롭게 진행되었다.

그날 밤 소송을 준비하면서, 데니스는 자신이 출석할 유타주 대법원을 참작하려 애썼다. 유타주 대법관들은 배리 골드워터[34]보다 더 보수적이라는 평판이 있었다. 그들은 모두 모르몬교 신자였고, 법정에서 찾아볼 수 있는 것 중 신정 정치에 가장 가까운 예였다. 따라서 데니스는 변론에서 약간 감정을 자극하는 것이 가장 효과적일 거라고 판단했다. 1974년 봄 이후로 형법을 다뤄 본 적이 없지만, 그는 자신이 느슨해졌다고는 생각하지 않았다. 오히려 잘할 자신이 있었다. 결국 여기선 조사를 할 필요가 없었다. 핸슨이 그의 조수들과 함께 자신이 이 늦은 시간에 만들어 낼 수 있는 결과물의 대여섯 배를 처리할 수 있었다. 그래서 그는 존엄한 죽음을 원하는 길모어의 소망에 대한 판사들의 동정심을 열심히 불러일으켜 보기로 마음먹었다.

---

34) Barry Goldwater(1909~1998). 미국의 정치인이자 공화당의 상징적인 인물 중 한 사람. 보수적인 정책과 가치를 강력하게 지지했다.

핸슨 씨: 유타주는 길모어 씨의 권리를 촉구하기 위해 이 자리에 있는 게 아닙니다. 주민(州民)의 권리를 촉구하기 위해 있는 겁니다……. 사형 집행 유예는 피해자와 그 가족의 권리에 위배되며 유타주 법에 명시된 공공의 이익에 위배된다는 점을 말씀드립니다.

헨리오드 대법관: 알겠습니다. 여러분 중 누가 법정에 발언하겠습니까? 진행해도 좋습니다.

보아즈 씨: 유타주 대법원의 재판관님……. 저는 법무 장관이 설명한 사건을 검토했으며 그 의견에 동의합니다……. 제 의뢰인은 국가와 어떤 자살 협정을 맺거나 죽음에 대한 비뚤어진 동경을 표명하는 게 아닙니다. 그는 자신의 행위로 인한 책임을 기꺼이 받아들이는 사람이고, 따라서 강제적으로 진행되는 자동 항소로 인해 며칠, 몇 달, 어쩌면 몇 년까지도 이어질 수 있는 지지부진한 죽음에 반대하여…… 신속하고 정당한 처형이 이루어지기를 요청했던 것입니다. 이는 우리가 판단할 문제가 아닙니다. 여기 있는 우리 중 누구도 성인으로서 삶의 90퍼센트 이상을 짐승들이 있는 우리 안에서 보낸 적 없습니다. 그는 삶을 계속 이어 갈 것인지, 아니면 처형당할 것인지에 대해 지성적인 결정을 내렸습니다. 그는 이 자리에서 온전한 판단력과 책임감이 있는 사람으로서 행동하고 있습니다. 그는 사람들의 심판을 받아들이고, 스스로와 화해했으며, 자존심과 품위를 지닌 채 죽기를 소망합니다……. 이것이 그가 법원에 요청하

는 전부입니다. 항소 신청을 기각하고, 집행 유예를 취소하고, 다음 주 월요일에 자존을 지키며 죽을 수 있게 해 달라는 것입니다. 이제 길모어 씨에게 몇 가지 질문을 하겠습니다……. 게리 길모어, 이 사건에서 선고된 유죄 판결 및 형량에 대해 항소할 수 있는 절대적인 권리가 당신에게 있다는 것을 알고 있습니까?

길모어 씨: 네.

헨리오드 대법관: 길모어 씨, 이곳에 있는 모든 사람들이 들을 수 있도록 최대한 큰 소리로 말해 주겠습니까? 나한테도 잘 안 들리거든요.

보아즈 씨: 이 사건에 대해 항소를 원하지 않는다고 이전에 당신의 변호인들에게 밝힌 적 있습니까?

길모어 씨: 저는 재판 중에도, 그리고 아마 그 전에도 유죄가 인정되어 사형이 선고되면 지체없이 이를 받아들이겠다고 말했습니다. 그들이 제 말을 문자 그대로 받아들이지 않았던 것 같습니다. 왜냐하면 그것이 현실이 되었을 때…… 저는 여전히 같은 감정이었는데, 그들은 그 문제에 대해 저와 의견이 달랐고, 저의 반대와 상관없이 항소를 제기할 거라고 했거든요. 하지만 저는 교도소에 있는 탓에 판사를 만날 수 없었고, 그 때문에 판사 앞에서 그들을 해고하고 그 문제를 기록으로 남길 수 없었습니다. 하지만 저는 그들을 해고했고, 그들은 그것을 이해했습니다.

보아즈 씨: 게리 길모어, 당신은 실제로 지금 이 순간 사형을 받아들일 준비가 되어 있나요?

길모어 씨: 지금 이 순간은 아니고, 다음 주 월요일 아침 8시에…… 받아들일 준비가 되어 있습니다. 그때가 제가 그것을 받아들일 준비가 되는 시간입니다.

헨리오드 대법관: 법의 공정한 집행을 위해 우리는 스나이더 씨에게도 입장을 밝혀 달라고 요청해야 한다고 생각합니다. 아주 간략히 진술하기를 바랍니다.

스나이더 씨: 분명히 말해서, 저는 보아즈 씨보다 길모어 씨와 훨씬 더 많이, 훨씬 더 오래 이야기를 나눴습니다. 길모어 씨가 직면한 이러한 유형의 결정이 그에게 엄청난 감정적 압력과 부담을 주었다는 것이 저의 견해입니다……. 제 생각에 길모어 씨가 이 사건에서 시도하고 있는 것은 자살과 다르지 않습니다. 그는 죽을 필요가 없습니다……. 이 법정이 이 시점에 집행 유예를 철회하고, 원심 판결 및 후속 절차에서 제기된 중대한 사안들을 검토 및 고려하지 않은 채, 11월 15일에 길모어의 사형 집행을 허가한다면 안타까운 일이 될 것이라고 생각합니다.

헨리오드 대법관: 알겠습니다.

모핸 대법관: ……귀하의 관심사는 사실상 정당한 법 절차가 이루어졌는지 확인하는 것이라고 저는 이해했는데, 맞습니까?

스나이더 씨: 정확히 그렇습니다……. 저희는 길모어 씨가 오류 없이 공정한 재판을 보장받도록 법원에 의해 선임되었으며, 이 법정은 재판 과정을 검토했어야 합니다.

일레트 대법관: 귀하는 더 이상 관계자가 아닙니다. 귀하는 해임되었고 대체되었어요…….

스나이더 씨: 알고 있습니다…….

일레트 대법관: 그가 귀하를 해고했다는 사실을 이제 받아들이는 게 어떻습니까? 그가 법원의 선고를 받아들이려 하는 것처럼 말입니다.

크로켓 대법관: 저는 변호인들이 자신들의 양심에 따라 해야 할 일을 했다고 생각하며, 그들이 한 일을 우리가 비난해서는 안 된다고 생각합니다. 하지만 지금은 사정이 달라졌고, 모두 그 점을 이해하고 있습니다.

헨리오드 대법관: 길모어 씨, 이 시점에서 질문 없이 하고 싶은 말이 있습니까?

길모어 씨: 대법관님, 저는 제 말로 여러분의 시간을 많이 뺏고 싶지 않습니다. 저는 공정한 재판을 받았다고 믿으며 판결이 적절하다고 생각하고 남자답게 받아들일 생각입니다. 항소하고 싶지 않습니다. 에스플린 씨와 스나이더 씨의 동기가 무엇인지는 정확히 모릅니다……. 그들에게는 고려해야 할 직업적 이력이 있을 줄 압니다. 어쩌면 마음에 들지 않는 비판을 받고 있을지도 모르죠. 글쎄요. 그러나 저는 예정대로 처형되기를 원하며, 인간으로서 품위와 존엄성을 지키며 그것을 받아들이고 싶습니다. 그렇게 되도록 허락해 주시기 바랍니다.

8

결과가 나왔을 때, 게리와 데니스는 방에 함께 있었다. 유타주 대법원은 4대 1의 표결로 사형 집행의 유예를 해제했다.

11월 15일 월요일에 사형이 집행될 예정이었다.

게리는 결과에 신이 났다.

'이 모든 것을 떠난다는 사실이 마음에 평화를 주나 보군.' 데니스는 혼자 생각했다. 몇 분 후, 그는 기자 회견에서 그렇게 말할 생각이었다.

"글을 써서 얻은 건 모두 당신이 가져도 돼." 게리가 말했다.

"오, 아니." 데니스가 웃으며 말했다. "난 반반으로 할 생각이야. 그게 공평해."

그들이 조건에 대해 논의한 건 이번이 처음이었다. 50대 50이 될 것이다. 그들은 계약서를 작성하지도 않았다. 그저 악수를 한 게 다였다.

데저트 뉴스

11월 10일. 솔트레이크. 수갑과 족쇄가 채워진 길모어가 주 의사당 건물의 법정 안으로 이끌려 들어왔다. 보안이 삼엄했다. 그가 떠날 때 수많은 구경꾼과 전국 및 지역의 뉴스 기자, 카메라맨 들이 그를 완전히 에워쌌다.

그날 밤, 저녁 식사를 하면서 밥 핸슨의 아내와 아이들은 모두 길모어에 대해 듣고 싶어 했다. 개인 변호사로 활동할 때, 핸슨은 자신이 맡은 사건에 대해 절대 이야기하지 않았다. 하지만 법무 장관실은 늘 공적인 문제에 관여하고 있었다. 그것은 마치 유리 상자 속에서 법을 다루는 것과 같았다. 그래서 핸슨의 아이들은 단순히 궁금해하는 정도가 아니라, 아는 것도 많았다. 그들은 사실상 신문을 통해 그의 사건들을 조사했다.

이제 저녁 식탁에서, 그는 가족에게 보아즈의 발언이 명쾌하고 심지어 인상적이기까지 했으며, 길모어는 법정에 있던 사람들과 지성의 수준이 동등해 보였다고 말했다. 핸슨의 기억에도 피고인이 변호사와 판사들을 동등한 존재로 이해하고 대하는 듯 보이는 사건은 이번이 처음이었다. 하지만 길모어는 단 한 번도 자신이 변호사인 양 나서지 않았다. 핸슨은 그 점도 인상적이라고 생각했다. 그가 자신에게 유리하게든 불리하게든 논증할 수 있는 판사나 변호사의 권리를 경멸한다는 느낌은 전혀 없었다. 그것이 그에게 품위를 더했다. 실제로 그는 분명 정신이 혼미하거나 우울한 사람처럼 행동하지 않았고 오히려 완전히 제정신처럼 보였다고 핸슨은 논평했다. 그것이 상당히 인상적이었다고 그는 말했다. 가족은 생각에 잠겨 식사를 계속했다.

11월 10일

친애하는 길로이.

걔엔 그냥 어린애에잖아![35] 글을 쓸지 말지 고민하다가 그냥 몇 줄 적고 몇 달러를 동봉하기로 결정했어. 유용하게 사용할 거라고 믿어.

뉴스에서 네 얘기를 많이 들었어. 넌 내가 만나 본 중에서 제일 멋지고 품격 있고 배짱 두둑한 놈이야.

---

35) 1권 6부 24장 「기일모어와 기입스」 참조.

하고 싶은 말이 있는데 너도 알다시피 난 너처럼 말을 잘하지 못하잖아. 그러니까 그냥 나오는 대로 말할게.

네 가족이랑 친척, 그리고 니콜이 어떤 장례식을 준비하는지 모르지만, 내가 금전적으로 도움을 줄 수 있는 부분이 있다면, 누구에게 어디로 보내면 좋을지 알려 줘.

기입스

데저트 뉴스

길모어 관련 뉴스가 1면에 실리다

11월 11일. 솔트레이크. 게리 마크 길모어가 교도소 총살대 앞에서 죽는 것을 허용한 유타주 대법원의 결정이 오늘 자《뉴욕 타임스》,《뉴욕 데일리 뉴스》,《워싱턴 포스트》의 1면 뉴스였다.

뉴욕 타임스

1976년 11월 11일. 프로보 경찰서의 글레이드 M. 페리 형사는 총살대에 자원한 사람 중 한 명이었다.

"누군가는 해야 하잖아요." 그가 말했다. "그리고 우린 매일 목숨을 걸 용기를 갖고 있죠."

이름을 밝히기를 거부한 한 백발의 노인이 말했다.

"길모어가 죽인 청년들의 부모들에게 그를 쏠 수 있는 기회를 주어야 합니다."

오그던[36]의 보안관 에드 라이언은 과거에 총살대의 일원이

---

36) 유타주 북부의 도시.

되고 싶다는 요청을 수십 건 받았었다고 말했다. 하지만 그는 다음과 같이 덧붙였다.

"막상 그 일을 해야 할 때가 오면, 너무 긴장돼서 제대로 하지 못할 겁니다. 내 부서원 중 한 명이 거의 이십 년 전에 한 차례 사형 집행에 참여한 적이 있는데, 그 일을 정말 후회한다고 합니다. 아직도 늦은 밤이면 그때가 생각나 괴롭다더군요."

로스앤젤레스 헤럴드 이그재미너

11월 17일. 솔트레이크. 사형수의 전통적인 마지막 식사로 길모어가 선택한 것은 시원한 맥주 여섯 캔이었다는 사실이 알려졌다.

"게리는 항상 강한 남자인 척하려 하죠. 그건 분명해요." 보아즈가 말했다. "하지만 그렇게 냉혹한 사람은 아닙니다. 그는 카르마를 믿으며, 자신이 저지른 짓으로 인해 고통을 겪게 될 거라고 생각해요. 또한 영혼이 진화하고 환생이 존재한다고 믿죠. 죽음을 맞는 자신의 태도가 다른 사람들에게 교훈이 될 수 있을 거라고 여깁니다."

3장

감상적인 여기자

1

모든 기자들이 그 망할 교도소의 요구 때문에 게리와의 인터뷰가 불가능하다는 사실을 알게 됐을 무렵,《데저트 뉴스》의 태머라 스미스는 많은 관심이 니콜 배럿에게 집중되기 시작하는 것을 알아챘다. 니콜이 게리를 매일 만난다는 소문이 퍼지면서, 모두가 그녀를 만나려 애쓰고 있었다. 어느 날 밤 방송에서 길모어의 연인과 몇 분간 대화를 나눈 '채널 5'의 한 기자를 제외하고는 아무도 성공하지 못했다. 태머라는 니콜이 거기에서 최고의 모습을 보여 주지는 못했다고 생각했다. 사실 그녀는 흠뻑 젖은 작은 새처럼 기운 없고 걱정스러워 보였다.

어쨌든《데저트 뉴스》의 동료 기자 데일 밴 애타가 니콜에게 접근하기가 얼마나 힘든지 불평하고 있을 때, 태머라가 말했다. "전에 그녀를 만난 적이 있어요. 제가 한번 시도해 볼까요?"

밴 애타의 눈에 비친 태머라는 말 그대로 이제 대학을 갓 졸업한 여기자였다. 그녀가 말했다. "내가 보기엔 소용없을 것 같은데."

하지만 태머라가 교도소에 전화했을 때, 마침 니콜이 최고 보안 교도소의 면회실에 있었다. 태머라는 그렇게 빨리 그녀와 이야기를 나눌 수 있으리라고 예상하지 못했던 터라, 무슨 말을 해야 할지 갈피를 잡지 못했다. 다만 니콜이 그녀를 바로 기억해 냈기에 이렇게 제안했다. "같이 만나서 이야기 좀 나눌 수 있을까요?"

태머라는 전화상으로도 생각이 잘 전달되는 것을 느꼈다. 니콜은 항상 상대의 말을 매우 진지하게 받아들였다. 상대가 가볍게 던지는 말도 그녀는 온전히 흡수했다. 마치 상대방이 한 말을 모두 다 이해해야만 스스로가 정답을 내놓을 수 있다고 믿는 것 같았다. 이제, 잠시 말이 없던 니콜은 정말로 이야기하고 싶지 않다고 말했다. 하지만 그녀의 대답 방식에 뭔가 부추기는 면이 있어서, 태머라는 그렇다면 비공개로는 가능한지 물었다. 다시 잠시 말이 없던 니콜이 마치 손으로 턴테이블에서 레코드(Record)를 들어내는(Off) 것처럼 비공개로는(Off the Record) 괜찮을 것 같다고 답했다. 태머라가 교도소로 그녀를 데리러 가겠다고 말했다.

야외 주차장, 태머라가 11월 초의 눈 위에서 발을 동동 구르며 떨고 있는데, 최고 보안 교도소에서 걸어 내려온 니콜이 그녀를 보고 환한 미소를 지으며 다가왔다. 하지만 차를 타고 가는 동안, 니콜의 표정은 다시 어두워지기 시작했다. 할아버지가 돌아가서서 이틀 후에 장례식이 있을 예정인 데다, 하루이틀 전에는 전 남자 친구인 킵이 죽었다고 털어놓았다. 오늘아침 게리는 유타주 대법원에서의 승소로 들떠 있었다. 아마도 월요일에는 총살대 앞에 설 터였다. 니콜이 속상해 보이지 않는 것에 태머라는 놀랐다. 그녀는 말없이 앉아 정말 즐기는 사람처럼 담배를 피웠다.

태머라는 니콜에게 점심을 사 주기 위해 프로보에 들렀고, 두 사람은 센터가의 '제이비스'에서 빅보이 햄버거와 밀크셰이크를 먹으며 두 시간 가까이 이야기를 나눴다. '제이비스'는 평소 대학생들로 붐비는 곳이었지만, 한낮이라 꽤 한산했다. 태머라는 니콜이 자신과 대화하는 것을 대단히 즐기고 있음을 느꼈다.

2

지난 8월, 두 사람은 게리의 두 번째 예비 심문에서 만난 적이 있었다. 당시 태머라는《데저트 뉴스》의 프로보 비상근 통신원으로 일하고 있었다. BYU의《데일리 유니버스》에서 일한 경험을 바탕으로 얻은 일이었다. 대학에서 기자 활동을 했던 그녀는 경찰 담당 구역에서 취재하는 데 익숙했다. 하지만 법정에서는 확실히 니콜이 그녀의 관심을 사로잡았다.

길모어가 족쇄 찬 다리를 질질 끌며 법정으로 이끌려 왔을 때, 맨 앞줄에 이 젊은 여성이 앉아 있었는데, 그가 그녀 앞에 멈추더니 키스했다. 태머라는 그녀가 그의 애인이라는 걸 알았다. 심지어 그가 "사랑해."라고 말하는 소리도 들었다. 태머라는 자신이 그 여자에게 즉각적으로 공감한다는 걸 깨달았다. 당시 길모어는 그리 위압적으로 보이지 않았다. 그저 거칠고 다소 불량해 보이며 얼굴에 상처가 있는 평범한 범죄자 같았다. 태머라는 다리에 족쇄를 차고 마치 절름발이 괴물처럼 버둥거리듯 걷는 그가 느낄 굴욕감을 자신의 굴욕인 양 느꼈지만, 정작 그녀의 마음을 끌고 사실상 완전히 매료시킨 건 여자의 외양이었다. 태머라는 그녀에게 어떤 신비로운 분위기가 있다고 생각했다. 마치 고전 영화 속 배우처럼 은은한 광채가 나는 것 같았다. 태머라는 그 극적인 분위기에 강렬히 사로잡혔다. 이 이야기 속에는 남편을 잃은 여자들[37] 외에 또 다른 여자가 있었군, 그녀는 혼자 중얼거렸다.

법원에서 심리가 끝난 후, 태머라는 뒤에서 미적거리며 게리가 니콜에게 작별 키스하는 모습을 지켜보았다. 그리고 밖에서는, 그가 완전히 시야에서 사라질 때까지 니콜이 손을 흔드는 모습도 지켜보았다. 다소 고풍스럽고 단아한 롱 드레스를 입은 것으로 보아, 그녀가 그를 위해 완벽히 단장했음을 알 수 있었다. 이를 지켜보던 태머라는 자신이 너무 크고 볼품없고 지저분한 금발로 느껴져서, 니콜의 아름다움에 혼자 감탄사를 연발했다. 심지어 니콜이 그녀의 차 안으로 사라질 때까지 기다렸다. 결국 태머라는 더 이상 참을 수가 없었다. 이야

---

37) 젠슨과 부시넬의 두 아내를 가리킨다.

기를 나누고 싶은 충동을 이기지 못하고 길 건너편으로 달려갔다.

당시 그것은 기사와는 전혀 상관없는 행위였다. 길모어 건은 일상적인 사건이었다. 태머라는 그저 누군가가 염려하고 있다는 것을 니콜에게 알려 주고 싶었다. 프로보 같은 마을에서는 모두가 피해자의 편을 들었으니까.

차에서 그녀가 말했다. "제 이름은 태머라 스미스예요.《데 저트 뉴스》에서 일하는데 이야기를 좀 나누고 싶어요. 기사를 위해서가 아니라 친구로서요. 커피 한잔하실래요? 지금 생각이 많으시겠어요."

니콜이 망설이다가 좋다고, 그러자고 말했고, 그래서 그들은 그녀의 차에 탔다. 니콜의 차는 최악의 방식으로 작동했다. 기어가 어떤 식으로 변경되는지도 예측이 안 됐다. 니콜은 이틀 전에 사고가 있었다고 했다. 그들은 '샘보스'[38]로 가서 이야기를 나눴다.

여자들은 서로 자신에 대해 이야기했고, 실제로 태머라는 어느새 엄청난 속도로 말을 쏟아 내고 있었다. 그녀는 몇 년 전에 아버지가 돌아가셨고, 그 후로 내면에 항상 자신을 불안하게 만드는 끔찍한 빈 공간, 어떤 갈망이 생긴 사실을 스스로도 놀랄 정도로 금방 니콜에게 털어놓았다. 그녀는 교도소에 수감된 한 남자에게 편지를 썼는데, 열성적인 모르몬교도인 자신의 형제자매들이 모두 굉장히 화를 냈다고 이야기했

---

38) 1957년에 설립되어 1970년대에 큰 인기를 끈 미국의 레스토랑 체인.

다. 하지만 그 남자는 정말 좋은 사람이었고, 켄터키 교도소에 있는 그를 면회하러 간 적도 있다고 했다. 확실히 니콜의 마음을 여는 이야기였다.

대화를 나누는 내내 태머라는 황홀한 기분을 느꼈다. 니콜은 빼어난 미인은 아니지만, 그래도 미인은 미인이었다. 풍기는 분위기는 매우 차분했다. 마치 더운 7월의 오후 내내 뒷마루에 앉아 있는 듯 오랫동안 고요한 기분을 느꼈다. 니콜의 이야기를 들어 보면 그녀는 꽤나 다혈질인 듯했지만, 그날은 너무도 차분했다.

작별 인사를 나누면서, 태머라는 전화번호를 건넸고, 도움이 필요하면 언제든 연락 달라고 말했다. 그게 끝이었다. 신문사는 10월 재판에 그녀를 배정하지 않았고, 그녀는 더 이상이 사건에 관여할 일이 없었다. 그녀는 자기 길을 갔다. 그 일은 거의 잊었다.

3

그동안 믿을 만한 사람이 곁에 아무도 없었던지 '제이비스'에서 니콜은 속에 담아 두었던 말을 확실히 다 쏟아 냈다. 밀크셰이크를 앞에 두고, 그녀는 곧장 자기도 목숨을 끊을 계획이라고 태머라에게 말했다. 킵과 할아버지, 그리고 이제 곧 게리까지, 자신에게 드리워진 그 모든 죽음들과 함께, 자살 계획에 대해서도 솔직히 털어놓았다. 태머라가 보기에 그녀는 두려워하고 있었다.

태머라가 울고 싶었던 이유는 니콜이 길모어와 마찬가지로 스스로의 죽음을 기다리고 있었기 때문이었다. 그의 곁에 있을 때는 괜찮다고 그녀는 말했다. 게리는 죽음 이후의 삶에 대해 환상이 있었기 때문에 그녀도 두렵지 않았다. 하지만 게리의 곁에서 벗어나면 다시 무서워졌다. 그렇게 무서웠다가 괜찮아졌다가를 반복하는 것은 끔찍한 일이라고 태머라는 생각했다. 게리가 유예를 받을 때마다 니콜도 그랬다.

태머라에게는 놀라운 경험이었다. 친구들은 항상 그녀가 너무 감정적인 사람이라고 놀렸고, 태머라는 자신이 세상에 존재하는 가장 분열된 사람 가운데 하나라고 항상 생각했다. 한편으로는 열성적이고 독실한 모르몬교도, 다른 한편으로는 미친 듯이 충동적인 사람. 다른 사람이 보기에는 엉망진창이었을 것이다. 『교리와 성약』39)을 배우며 자랐고, 지금까지도 그것을 모두 믿고 있지만, 동시에 '롤링 스톤스'40)에 열광했다. BYU의 룸메이트들은, 그녀가 감정을 쏟아 내지 않으면 결국 밖으로 흘러넘칠 거라고 말하곤 했다. 그렇듯 그녀의 내면에는 수많은 감정들이 용암처럼 들끓었다. 자 이제, 이 이야기를 전해야 한다. 이것은 지금까지 그녀가 접근할 수 있었던 것들 중 가장 큰 기삿거리였다. 하지만 동시에 그녀는 니콜이 무척

---

39) 원문에는 'The Doctrine of Covenants(언약의 교리)'라고 되어 있는데, 태머라의 가족이 모르몬교도인 것으로 보아, 모르몬교의 주요 경전 중 하나인 'Doctrine and Covenants(교리와 성약)'의 오기(誤記)일 가능성이 높다.
40) 1962년에 결성되어 현재까지 활동하는 영국의 록 밴드.

걱정됐다.

캐물을 계획은 없었다. 하지만 이제는 질문하지 않을 수 없었다. "아이들은 어쩔 생각이에요?" 그녀는 알고 싶었다.

니콜은 금방이라도 울음을 터뜨릴 것 같았다. 그녀는 자신이 원하는 만큼 아이들에게 잘해 주지 못했다고 고백했다. 태머라는 그녀와 게리가 자살에 대해 이야기를 많이 나눴느냐고 물었고, 니콜이 대답했다. "우린 줄곧 그 얘기만 하는걸요."

태머라는 이 이야기를 기사로 다루고 싶은 욕망을 강하게 느꼈다.

니콜의 작은 아파트 건물 밖 거리에 솔트레이크 방송국 차량이 보였다. 아니나 다를까, 두 사람이 2층으로 이어지는 계단에 올라서자, 기자 한 사람이 대기하던 차량에서 다급히 뛰어나왔다.

"니콜 배럿이죠?" 그가 물었다.

"전 니콜의 동생이에요." 니콜이 말했다.

"아뇨, 당신이 니콜이잖아요." 기자가 고집했다.

그녀가 침착하게 뒤를 돌아보았다. "전 동생이에요. 언닌 지금 교도소에 갔어요."

"당신 얼굴을 알아요." 기자가 말했다.

"아뇨, 전 동생이에요."

그녀와 태머라는 기자를 무시하고 떠났고 발코니를 걸어 아파트 안으로 들어갔다. 문이 닫히는 순간 두 사람은 웃음을 터뜨렸다. 그 덕에 태머라는 잠시 후 용기를 내어, 이렇게 된 이상 기사를 써도 되겠느냐고 물어볼 수 있었다.

그런 질문을 하게 된 건, 니콜이 게리의 소묘 몇 장을 꺼내 놓았기 때문이었다. 태머라는 그 그림들에서 굉장한 재능을 보았다. 그녀는 사람들이 게리의 삶에 대해 더 알 필요가 있다고 말했다. 사용하기 좋은 논거였고, 태머라도 그것을 믿었다. 실제로 그림을 보면서 그녀는 그가 분명 강렬한 내면세계를 가지고 있을 거라고 느꼈다. 그림들은 너무도 슬프고 절제되어 있었다.

　　거기 앉아서, 그녀는 니콜에게 자신의 남자 친구였던 죄수에 대해 들려주었다. 태머라는 BYU 재학 시절, 프로보시 구치소에서 그를 인터뷰한 적이 있었다. 안으로 들어갔더니 한 감방 안에 친절하고 따뜻하고 잘생긴 남자가 있었다. 그가 한 짓이라곤 신용카드 몇 장과 카메라 같은 것들을 훔친 게 전부였다. 그녀는 곧 사랑에 빠졌고, 그가 켄터키 교도소로 보내졌을 때는 실제로 심리적인 타격을 입었다. 그는 정말 멋진 연애편지들을 써 보냈다. 그녀는 일 년 반 동안 그와 편지를 주고받았다. 때로는 하루에 일곱 통의 편지를 받기도 했다. 아버지의 죽음이 남긴 공백이 거의 메워지는 느낌이었다. 와, 당신은 정말 아름다워요, 당신 같은 사람은 처음이에요, 당신의 이해심과 인내심에 압도되었어요, 와, 와, 와. 그렇게 그는 편지에서 그녀에게 꾸준히 찬사를 보냈다.

　　심지어 그가 보내 준 돈으로 버스를 타고 켄터키까지 가서 일주일 동안 하루에 여섯 시간씩 그를 면회했다고도 했다. 가족들은 제정신이 아니라고 생각했지만, 그녀에겐 소중한 시간이었다.

그곳은 보안 등급이 가장 낮은 개방형 교도소였다. 그들은 잔디 위에 앉아 함께 책을 읽었고, 그녀는 평생 누구와도 공유해 본 적 없는 친밀감을 느꼈다. 그녀가 돌아왔을 때, 룸메이트들은 몹시 궁금해했다. 그들은 그녀를 도와야 한다고 생각해 그녀의 생일에 멋진 남자를 소개해 줬지만, 그녀가 아파트로 돌아와 데이트 상대에게 작별 인사를 하는 것을 듣고, 룸메이트 일곱 명이 모두 침실에서 뛰쳐나왔다. 그들은 모두 남자 친구의 수감 번호가 적힌 티셔츠를 입고 물총을 휘두르며 그녀를 납치해 한 음식점으로 데려갔다. 그녀는 자신이 BYU에서 일종의 전설 같은 존재일 거라고 짐작했다. 그녀의 룸메이트들조차 그런 상황에 대처하는 법을 배운 것에 자부심마저 느꼈다. "다음에 태미의 인생에서 어떤 일이 일어날지는 아무도 몰라." 그들은 우쭐하며 말하는 법을 배웠다.

그녀의 남자 친구는 출소한 뒤 프로보로 돌아와 목수로 취업했다. 약 삼 주 후, 그는 그녀의 집과 함께 살던 친구의 집에서 가져갈 수 있는 모든 것을 훔쳐서 태머라의 차에 싣고 떠나 버렸다. 태머라는 그 후로 그를 보지 못했다.

관계가 그런 식으로 끝나자, 그녀는 자신이 과연 그 남자와 가까웠던 적이 있었는지 의문스러웠다. 그의 인생 전체가 사기였을 것이다. 그가 그렇게 많은 거짓말을 했는데, 어떻게 그를 그렇게 가깝게 느낄 수 있었는지 의아했다. 두 사람이 내내 같은 진실을 공유했다고는 할 수 없지만, 그럼에도 어떤 종류의 진실은 존재했다고 그녀는 니콜에게 말했다.

4

그 후 이어진 침묵 속에서, 태머라는 더 이상 참을 수가 없었다. 그녀는 너무 흥분했다. "제발." 그녀가 말했다. "제가 그냥……." 그녀가 침을 삼키고 말했다. "있잖아요, 제가 타자기를 찾아 기사를 써서 가져와 당신에게 보여 줄게요. 제가 쓴 글이 당신 마음에 들지 않으면, 그냥 그걸 잊어버리는 거예요. 왜냐하면, 결국…… 전 비공개로 하겠다고 했고." 태머라가 말을 이었다. "그러니 당신이 여전히 그걸 원한다면 그렇게 해야죠. 하지만 시도는 해 봐야겠어요."

그녀는 예전 룸메이트의 아파트에 가서 무슨 일이 일어나고 있는지 말한 뒤, 앉아서 기사를 작성하기 시작했다. 기분이 이상했다. 제약이 너무 많아서, 두어 장을 쓰는 데 두 시간이나 걸렸다. 그녀가 그것을 가지고 돌아오자 니콜이 읽었고, 그것을 모두 소화한 다음, 고개를 들고 말했다. "아뇨, 느낌이 좋지 않아요."

태머라가 말했다. "그래요. 그럼 이걸로 끝이죠, 뭐."

그녀는 실망했다. 하지만 중요한 일이었다. 그녀는 기다리는 수밖에 없었다. 그녀는 합의를 어기지 않을 생각이었다.

실망감이 그녀의 얼굴에 바로 나타난 게 틀림없다. 이제 니콜 역시 미안해했기 때문이다. 태머라가 말했다. "신경 쓰지 말아요. 이미 합의했잖아요."

하지만 니콜이 일어나서 캐비닛 쪽으로 가더니 말했다. "누구에게도 보여 준 적 없는 걸 보여 줄게요. 게리의 편지들을 읽어 볼래요?"

빡빡한 하루였던 게 분명한 상황에서 그것은 또 하나의 중대한 사건이었다. 태머라가 말했다. "물론이죠."

니콜이 서랍째 들고 와서 안에 가득한 내용물을 탁자 위에 쏟아 놓았다. 봉투가 너무 많아서, 태머라는 그냥 아무거나 주워 읽기 시작했다. 믿을 수가 없었다. 처음으로 고른 편지부터 인용하기 정말 좋은 말들이 있었다.

"니콜." 그녀가 말했다. "제가 문장 몇 개를 베껴 적어도 될까요?"

그들은 일종의 합의에 도달했다. 지금은 기사를 쓰지 않겠지만, 니콜이 떠나고 나면 태머라가 원하는 건 무엇이든 쓸 수 있다는 것이었다. 그렇게 두 사람은 식탁에 앉아 편지를 읽었고, 태머라는 최대한 신속하게 인용할 글귀들을 베껴 적었다. 그리고 그날 밤 8시쯤 집을 떠났다. 그들은 정오부터 함께 있었다.

보통 프로보에서 솔트레이크까지 운전해 갈 때, 태머라는 라디오 볼륨을 최대로 키운 채 빠르게 달렸고, 딱지를 많이 끊었다. 하지만 이날 밤에는 시속 80킬로미터의 속도로 천천히 달리면서 생각하려고 애썼다. 그녀는 어떻게 해야 할지 몰라 밤새 잠을 설쳤다. 그리고 아침이 되자 편집장에게 말하기로 결심했다. 모든 게 너무 중차대해 보였다. 그의 개인 사무실에서 엄격한 비공개를 전제로, 그녀는 길모어가 세상을 떠난 후 니콜이 자살할 계획이라고 말했다. 그러자 편집장이 다른 기자들에게서도 비슷한 이야기를 들었다고 했다. 많은 소문이 돌고 있었다. 하지만 이 새로운 정보를 듣고 그는 당국에 알리기로 결심했다. 덕분에 태머라의 기분도 나아졌다.

그녀는 지금 니콜에게 가장 필요한 것은 친구라고 생각했다. 태머라가 친구가 되어 줄 작정이었다. 니콜을 밖으로 데리고 나와 이런저런 일을 하게 만들어서, 내내 길모어와 함께하며 사는 엄청난 부담감에서 벗어나게 해 주어야 했다.

5

오늘 당신이 내 눈에 키스했고, 그렇게 내 눈은 영원한 축복을 받았어. 이제 내 눈엔 오직 아름다움만 보여. 오, 아름다운 니콜 캐서린 길모어. 당신은 달콤하고 깔끔하고 맛볼 재미가 있는 작은 요정이야. 나는 대단한 시인은 아냐. 하지만 난 침대 위나 별빛 아래 풀밭에서 당신을 발가벗겨 내 혀로 내 손으로 내 자지로 내 입술로 고운 당신의 주근깨투성이 몸 온갖 곳에 사랑 노래를 새기고 당신의 아름다움을 부드럽게 속삭여서, 당신이 한껏 느끼고 날아오르고 항해하고 노래하고 태양과 달 주위를 돌며 춤추게 할 거고 하나가 되어 한 몸으로 절정에 오르고 오르고 또 올라 부드러운 신음을 내지르며 거칠게 눈을 까뒤집게 만들 거고 욕정으로 나른해지고 땀이 배어 축축해진 몸을 따뜻한 입술로 단단히 감싸고 달콤하게 젖은 키스 키스 키스로 가둬 버릴 거야. 당신의 알몸을 봐 당신의 알몸이 보고 싶어 아니면 그저 무릎까지 올라오는 양말과 요정같이 작고 탄력 있는 엉덩이의 달콤하게 갈라진 곳 사이로 당겨 입은 팬티 말고는 아무 옷도 걸치지 않고 집 안을 돌아다니는 당신의 모습을 보고 싶어⋯⋯. 섹시한 요정, 당신을 사랑해, 당신의 게리.

깁스도 그날 길모어에게서 짧은 편지 한 장을 받았다.

지금까지, 나폴레옹의 편지를 한 통 받았고, 산타클로스한테서도 하나 받았고, 악마로부터는 여러 통 받았어. 예수가 직접 사용한 소인과 반송 주소가 얼마나 많은지 넌 상상도 못 할 거야⋯⋯. 사람들은 내가 미쳤다고 생각해. 하하하.

내가 누구에게서 편지를 받았는지 넌 절대 짐작 못 할걸. 브렌다! 처음에는 내 체포를 돕고, 그다음엔 내 유죄 판결을 돕더니, 이젠 편지도 쓰고 면회도 하고 싶대. 갠 수코끼리보다 더 배짱이 좋다니까.

다음 날인 목요일, 태머라는 출근하자마자 《타임》의 특파원으로부터 전화를 받았다. 그녀가 니콜과 어울린다는 소식을 들었는데, 건네줄 정보가 있는지 알고 싶다는 것이었다. 그녀의 편집장들에게도 압력이 들어오고 있었다. 그들은 오랜 신문사 지인들의 추궁에 발뺌하느라 진땀을 흘렸다. 태머라는 신문 사업이 마치 중고품 가게와 같다는 것을 처음 알았다. "오늘은 제가 기삿거리 한 조각 드릴게요. 대신 내일은 당신이 절 챙겨 줘야 해요."

그녀는 항상 그것이 영화에 더 가깝다고 생각했었다. 혼자나가서 그것을 살아 있는 채로 데려오는 것.

이 시점에 뉴스 편집장이 태머라를 다른 업무에서 제외시키고 말했다. "니콜 건은 자네가 맡아. 필요한 일을 해." 그녀가 얼빠진 표정을 하자, 그가 덧붙였다. "그녀를 솔트레이크까지 데려와서 자네 집에 머물게 해도 상관없어. 필요하다면 데리고 나가서 저녁을 먹어. 얼마가 들든 상관없어. 무슨 일이든 하되 스토리는 놓치지 마."

글쎄, 이건 그녀가 하려고 마음먹었던 일과 비슷했다. 그런데 《타임》의 그 남자가 다시 전화해서 인용할 만한 문구가 있는지 물었다. 그녀가 "이건 나와 니콜 사이의 문제예요."라고 말하자, 그가 말했다. "그녀가 방금 《뉴욕 타임스》와 인터뷰했는데요?"

태머라로서는 "뭐라고요?"라는 말 말고는 생각나는 게 없었다.

그날 아침 늦게, 태머라는 니콜이 교도소에서 나오기를 기다렸다. 그녀가 《뉴욕 타임스》와 인터뷰한 이야기를 꺼내자 니콜이 바로 반박했다. "말도 안 되는 소리예요. 전 누구와도 이야기하지 않았어요."

"그냥 당신도 제 입장을 이해해 줬으면 좋겠어요." 태머라가 말했다. "저는 당신이 말한 비밀들을 지킬 거예요. 단, 당신도 지킨다는 조건에서요." 그녀는 니콜을 아주 똑바로 쳐다보았다. "하지만 당신이 다른 기자들과 이야기하는 순간, 저도 우리 약속을 지킬 의무가 없어진다고 생각해요. 이 일로 당신이 돈을 벌고 싶다 해도 그건 전적으로 정당해요. 누군가 당신에게 돈을 지불하길 원한다면, 그 역시 좋은 일이죠. 하지만 그런 일이 벌어지면 저도 기사를 쓸 거라는 걸 알았으면 좋겠어요."

니콜은 "동의해요."라고만 대답했다. 두 사람은 여전히 친구처럼 행동했다. 태머라의 화는 모두 가라앉았다. 그녀는 그냥 다시 니콜이 좋아졌고, 쉬는 날인 토요일에 함께 할 수 있는 일을 계획하기 시작했다. 산에 올라갈 수도 있었다. 밖으로 나가는 건 좋은 생각이었다. 니콜도 동의했다.

6

그런 다음 그들은 캐서린의 집으로 가서 통밀 토스트를 먹으며 이야기를 나눴는데, 도중에 니콜이 태머라에게 게리의 편지를 보관해 달라고 속삭였다. 자신이 떠난 후에 엄마가 그 편지들을 보지 않았으면 좋겠다는 것이다.

이어, 니콜과 캐서린은 도저히 타협이 불가능한 대화에 돌입했다.

"월요일 아침에 사형이 집행되는 거 보러 갈 거예요." 니콜이 말했다.

캐서린이 말했다. "시시, 난 네가 거기 안 갔으면 좋겠다."

"아무튼 난 갈 거예요." 니콜이 말했다.

"그러면 나도 갈 거다."

"게리는 엄말 초대한 적이 없어요."

"초대했든 안 했든 무슨 상관이니. 그를 보러 가는 것도 아닌데. 난 널 기다리러 가는 거야."

"안 돼요." 니콜이 말했다. "나 혼자 갈 거예요."

"확실히 하자, 애야." 캐서린이 말했다. "내가 널 데리고 갈 거야."

그때 라디오에서 뉴스가 흘러나왔다. 게리의 사형 집행이 또 연기되었다는, 누구도 믿을 수 없는 소식이었다. 램프턴 주지사가 방금 유예 명령을 내렸다는 것이다. 라디오 아나운서가 흥분한 목소리로 그 소식을 반복해서 전했다.

니콜 옆에 붙어 있으라는 편집장의 말에 태머라는 정말 기뻤다. 그렇지 않았다면, 그녀는 혹시라도 자신이 필요할까 봐 신문사로 서둘러 복귀했을지도 모른다. 대신 그녀는 이제 니콜에게 교도소로 데려가 주겠다고 제안할 수 있었다. 가는 길에 니콜이 그녀에게 스프링빌의 아파트 열쇠를 주었다. 편지를 가져가서 보관해도 된다고 말했다.

교도소로 이동하는 이십 분 동안, 니콜은 여전히 침착해 보였지만, 태머라는 그녀가 망연자실한 것을 알았다. 분명하게 전달된 메시지는 하나였다. 게리는 이제 스스로 목숨을 끊어야 한다는 것. 그것은 니콜에게 아주 가까운 문제로 다가오고 있었다.

니콜은 태머라에게 시어머니인 마리 배럿에 대해 이야기하기 시작했다. 자기는 마리를 정말 좋아하는데, 짐 배럿보다 훨씬 더 좋아한다고 했다. 마리는 멋진 여성이었고 서니와 제러미를 사랑했다. 그렇게 대단한 살림꾼만 아니었다면 자기는 그녀와 항상 무척 잘 지냈을 거라고 그녀는 말했다. 니콜도 집을 깨끗하게 유지하는 걸 좋아했지만, 시어머니는 그걸 자신의 방식대로 해야만 했다. 그 점만 빼면 아주 좋은 사람이었다. 니콜은 자신이 세상을 떠난 후 서니와 제러미가 마리와 함께 자라야 한다고 어느 정도는 결정해 둔 상태였다.

그런 다음 그녀는 마리를 마지막으로 본 게 킵이 사망한 직후였다고 말했다. "이제 곧 게리에게도 일어날 일이에요." 니콜이 마리 배럿에게 말했다. "저도 어떻게 될지 모르고요."

그녀는 심신이 괴롭고 비참했다. 마리가 말했다. "니콜, 어쩌면 너도 다음에는 좋은 관계를 맺을 수 있는 남자를 찾을 수 있을 거다. 다만 좀 더 신중해지렴. 결혼하기 전에 상대에 대해 좀 더 알아봐."

니콜이 말했다. "이다음은 없을 거예요."

"남자라면 이제 질렸니?" 마리가 물었다.

니콜이 말했다. "제 말이 무슨 뜻인지는 저도 모르겠지만, 이다음은 없을 거예요." 그녀는 거의 털어놓을 뻔했다. "만약 저에게 무슨 일이 생기면 애들을 좀 맡아 주시겠어요?"

"물론이지." 마리가 말했다. "내가 그러리라는 거 너도 알잖니. 다만 너한텐 아무 일도 없을 거야."

"그런데 그날 오후." 니콜이 태머라에게 말했다. "경찰들이 스프링빌 주변으로 와서 문을 두드리고는 나를 살펴보는 것 같았어요."

문간에서 예의 바르게 질문한 게 전부였지만, 그녀는 마리가 그들을 보냈다는 걸 알았다. 니콜은 여전히 그녀에게 아이들을 믿고 맡기려 하면서도, 개인적인 속내까지 털어놓지는 못했다. 태머라는 이것을 메시지로 받아들였다.

교도소 앞에 니콜을 내려 준 뒤, 태머라는 곧장 니콜의 아파트로 돌아가 편지들을 집어 식료품 봉투에 넣고는, 총이나 수면제가 있는지 뒤져 보았다. 무언가를 발견하면 어떻게 해야겠다는 생각까지는 하지 못했지만, 일단은 구석구석 찾아보았다.

프로보 헤럴드

1976년 11월 11일. 솔트레이크시티(UPI). 유타주 주지사 캘빈 L. 램프턴은 유타주 사면 위원회에 11월 17일 수요일에 열리는 다음 회의에서 길모어의 판결을 검토하고 사형이 정당한지 결정해 달라고 요청했다.

길모어는 주지사의 조치에 "실망과 분노"를 느낀다고 말했다. "보아하니 주지사는 나의 '복지'에 관심을 두기보다는 홍보 효과와 자기중심적인 이익에 의해 움직이는 여러 단체의 압력에 굴복한 것 같다."

4장

기자 회견

1

피닉스에 있는 동안, 얼은 쏟아지는 뉴스에 시달렸다. 로비에서 모두가 그를 붙잡고 유타에서 무슨 일이 벌어지고 있는지 물었다. 회의에 제대로 집중하기는 완전히 그른 것 같았다. 어느 것에도 귀를 기울일 수가 없었다. 계속 방으로 달려가 뉴스를 확인했다. 전화기를 들고 있지 않을 때는 티브이 채널을 돌렸다.

"주지사의 조치에 대해 어떻게 생각해요?" 모두가 그에게 물었고, 그는 이렇게 대답하곤 했다. "아직 조사할 기회는 없었지만, 제가 생각하기에 이번 집행 정지는 부적절해 보입니다. 외부 단체의 요청에 의해 승인된 것이니까요."

그는 이 시점에서 자신의 관심이 회의보다 사무실에 더 가까이 가 있는 것을 깨닫고, 피닉스를 떠나 업무에 복귀하기로 결정했다.

2

솔트레이크 트리뷴

1976년 11월 12일. 보아즈는 유타 주립 교도소 소장 새뮤얼 W. 스미스와의 약정에 서명했다. 자신은 길모어의 변호인으로서만 활동할 것이라는 내용이었다. 그러나 이후 그는 "작가로서 역할이 첫 번째이고, 변호사로서 역할은 그다음"이라는 자신의 의도를 거리낌 없이 밝혔다.

"우리는 그를 견책할 권한이 없습니다. 그는 유타주 변호사 협회 회원이 아니거든요." 유타주 변호사 협회 집행 위원회의 한 위원이 설명했다.

프로보 헤럴드

1976년 11월 12일, 프로보. 보아즈는 길모어의 이야기로 "돈을 벌어서" 그 돈을 그 사형수의 가족 및 그가 선택한 자선단체와 50대 50으로 나눌 계획이라고 말했다.

데니스가 교도소 안으로 막 들어섰을 때, 샘 스미스가 그를 불러들여 말했다. "길모어가 오늘 아침 한 런던 신문과 인터뷰했다는 말을 들었소. 그에 대해 아는 거 있소?"

데니스는 대단히 들뜬 상태였다. 방금 뉴욕의 데이비드 서스킨드[41]로부터 전화를 받았기 때문이다. 그는 게리의 삶에 관한 영화를 제작하는 데 관심을 보였다. 다른 한편으로는 큰 수익을 올릴 수도 있었다. 데니스의 머리가 바쁘게 돌아갔다.

"런던 신문이요?" 그가 샘 스미스에게 말했다. "오, 물론이죠. 제가 주선한걸요."

소장의 얼굴이 낯빛이 창백한 사람치고는 이례적으로 빨갛게 달아올랐다. 그러고는 고함을 질렀다. 복도 끝에 있던 사람들이 모두 사무실 밖으로 고개를 내밀었다. 데니스도 깜짝 놀랐다. 샘 스미스가 소리를 지르는 모습은 모두에게 익숙하지 않았다.

스미스는 고소하겠다고 말했다. 데니스가 말했다. "전 전혀 신경 쓰지 않습니다, 소장님."

그는 샘 스미스를 화나게 할 말을 찾는 데서 개인적인 즐거움을 느끼기 시작했다. 샘에게는 뭔가 괴롭히고 싶게 만드는 구석이 있었다.

데니스는 심지어 보복성 알몸 수색을 당했을 때 웃기까지 했다. 코미디였다. 교도관들이 그의 겨드랑이까지 샅샅이 훑었다. 이틀 전만 해도, 유타주 대법원에서 그가 보여 준 행동에 깊은 인상을 받은 교도관들은 그가 타자기를 가지고 들어가 게리와 대화를 나누는 것을 허용했었다.

알몸 수색을 거친 후, 보아즈는 니콜을 만났다. 면회실의 남쪽 끝을 따라 길고 폭이 좁은 창문이 있는데, 바로 그 창가에

---

41) David Susskind(1920~1987). 미국의 유명한 영화배우이자 영화 제작자.

서 그녀가 게리의 무릎 위에 앉아 있었고, 두 사람은 포인트 오브 더 마운틴을 바라보고 있었다. 그녀는 데니스에게 별다른 관심을 보이지 않았다. 게리와 껴안고 입 맞추는 데만 신경 쓰고 있었다.

하지만 그녀가 게리에게서 떨어졌을 때, 데니스는 예상했던 것보다 그녀의 얼굴이 더 귀엽고 순진해 보인다고 생각했다. 그녀는 피곤하고 심지어 기운이 없어 보였는데, 그래서 더욱 그가 확실히 좋아하는 우울하고 아련한 분위기를 풍겼다. 하지만 게리가 노려보았다. 니콜이 추파를 던진다고 생각하는 모양이었다. 그녀가 한 말은 할아버지의 장례식이 한 시간 정도 후에 시작될 거라는 얘기뿐이었는데.

그녀가 떠나고 데니스와 단둘이 남자, 게리는 서스킨드의 제안에 대해 말할 기회를 좀처럼 주지 않았다. 그는 램프턴 주지사 때문에 완전히 열받은 상태였다. 그 주제는 전염성이 있었다. 데니스는 자신의 울분을 상대에게 전염시키는 게리의 기술이 마음에 들었다. 실제로, 데니스 자신도 곧 보일러처럼 화가 끓어올라 주지사에 대해 똑같이 울분을 토하기 시작했다.

3

처음부터 데니스는, 사람들이 이전에는 한 번도 숙고해 본 적 없는 주제를 대면하게 할 만한 견해를 제시하고자 했다. 데니스는 공개 처형에 대한 몇 가지 충격적인 발언을 통해 사람들이 생각하게 만들고 싶었다. 사람들이 자문하게 만들고 싶었다.

"왜 우리는 닫힌 문 뒤에서 사형을 집행하는가? 우리는 무엇을 부끄러워하는가?"

바로 그날 아침만 해도 이목을 끄는 그의 발언 중 하나가 활자화되었다.

솔트레이크 트리뷴

1976년 11월 12일, 프로보. "저는 사형 집행 장면이 텔레비전 황금 시간대에 방송되어야 한다고 생각합니다." 보아즈가 말했다. "그러면 어느 정도 억지력이 발휘될 겁니다."

유타주 대법원에서 게리와 함께 승소한 이후, 그는 사실상 하루에 두 번씩 기자 회견을 열었다. 자신은 자유롭고 개방적인 접근 방식을 대변할 것이며 자신의 삶을 펼친 책처럼 드러내 보이겠노라고 언론에 반복해서 공언했다. 혹독한 비판을 받을 수도 있겠지만, 그의 책임은 매우 공정하고 객관적인 태도를 유지하면서 자신과 자신의 감정에 대해 다소 이상하게 보일 수 있는 부분까지 솔직하게 알리는 것이었다. 적어도 사람들은 조작되지 않고 공개적으로 다뤄지는 논의들을 접할 터였다. 언론이 그의 발언을 잘못 인용하고 잘못 전달하고 임의로 부분만 취해 왜곡할 수도 있었다. 그건 상관없었다. 그는 자신의 개성을 죽이지 않을 생각이었다. 실제로 유타주 대법원에서 나온 직후, 그는 기자들에게 자신이 솔트레이크에 있는 이유는 이곳이 그동안 가 본 도시 중 아름다운 여성의 비율이 가장 높기 때문이라고 말했다. 또한 그는 이 여성 중 많은 수가 악의 맛을 보기 위해 캘리포니아 사람들을 만나고 싶어 한다고 했다. 캘리포니아의 사고방식을 수입하면 엄청난 돈을 벌 수 있다고도 했다. 정말이에요, 그가 말했다. 물론 기자들은 이 말을 단 한 줄도 보도하지 않았다.

언론은 그의 재정 문제를 질문하는 것으로 대응했다.

"저는 숨길 게 없습니다." 그는 기자들에게 말했다. "사실 저는 1만 달러, 아니, 채권자뿐 아니라 친구에게 빌린 돈까지 포함하면 실제로는 약 1만 5000달러의 빚을 지고 있습니다. 부끄럽지는 않아요. 한 번 투자를 잘못한 결과로 모든 게 망가지더니 어느덧 돈이 사라지고 없더군요."

그가 돈을 벌기 위해 길모어를 이용하고 있다는 말로 기자들이 응수했다는 것을 곧 알게 되었지만 그는 신경 쓰지 않았다. 자기가 그렇지 않다는 걸 그들이 깨닫고 나면 말은 바뀔 테니까.

"지방 검사보로서 일했던 경험 때문에 길모어의 피를 원하게 되었다고 생각합니까?" 한 기자가 물었다.

"이건 확실히 합시다." 데니스가 대답했다. "검사실에서 일할 때가 국선 변호인이 되었을 때보다 사람들을 도울 권한이 더 많았어요. 혐의를 줄이고 합의를 볼 수 있었죠. 검사직을 떠나기 전에는 거짓말 탐지기로 연달아 아홉 명의 혐의를 벗겨 줬죠. 아시겠지만, 그것도 게임의 일부입니다." 그래도 그들은 그의 말에 귀를 기울였다. 언론은 쉼 없이 움직이며, 그저

보도 자료나 허튼소리로만 과도하게 채워지는 걸 원치 않는다
는 견해를 데니스는 수년 동안 갖고 있었다. 충동과 혀 사이
에 아무런 장애물이 없는 정직한 사람이 세상을 바꿀 수 있다
고 생각했다.

"제가 이 일에 관심을 갖게 된 이유는 부분적으로 수비학
(數秘學) 때문입니다." 데니스는 말하곤 했다. "물론 저는 수비
학 광신도는 아닙니다. 그러기엔 자유 의지를 너무 많이 믿죠.
하지만 수비학은 끊임없이 패턴에 민감하게 해 줍니다. 모든
영적 훈련은 결국 패턴을 드러내는 법이니까요. 그러면 그 패
턴들을 통해 자신이 가야 할 길을 선택할 수 있어요. 자유 의
지가 관여하는 게 바로 이 지점입니다."

"빚이 많다고 하셨죠?"

"빚을 공개합니다." 보아즈가 말했다. "저는 또한 '마스터 차
지'[42]에 2100달러의 빚을 졌지만, 그건 갚지 않을 생각입니다.
친구 하나가 제 마스터 차지 카드로 횡령을 했어요. 그건 마스
터 차지가 해결할 문제이지, 제 문제는 아니거든요."

기자들은 그에게 출판한 저작물이 있는지 궁금해했다. 아
직 출간하지는 않았어요. 당신 이름으로 썼나요? 'K. V. 키티'
나 '르존 마즈'라는 필명으로 썼죠. 'S. L. Y. 폭스'라는 필명도
있다고 그가 말했다. 폭스(여우)는 적그리스도의 표징인 666을
의미하죠. 물론 여러분은 '앨라이스터 크라울리'라는 이름은
들어 본 적 없겠죠?

---

42) 미국 인터 뱅크 카드 협회가 발행한 신용 카드.

그들은 그에게 다시 본래 주제에 대해 질문했다. 램프턴 주지사의 결정에 대해 어떻게 생각하나요? 극악무도하다고 생각합니다. 제 말을 인용해도 돼요. 그는 기자들이 자신의 말을 좀처럼 인용하지 않는다는 점이 늘 놀라웠다.

그들은 그가 다음에 한 말도 인쇄하지 않을 테지만, 그래도 그는 그들에게 알려 주었다. "게리는 양팔을 옆으로 죽 폈을 때 양쪽 벽에 손이 닿을 정도로 좁은 감방에서 살고 있어요." 그가 말했다. "하루 이십사 시간 내내 불이 켜 있죠. 교도관들이 창살을 두들깁니다. 그 소음 때문에 방금 했던 생각도 헷갈릴 정도죠. 게리가 창살에 수건을 걸어 불빛을 막아 보려하면 교도관이 수건을 걷으라고 말합니다. 안 그러면 들어와서 매트리스를 치워 버리겠다고 협박하죠."

그들이 그가 말한 것의 10분의 1밖에 이해하지 못해도 상관없었다. 아이러니를 놓쳐도 괜찮았다. 문은 열기 시작할 때 가장 큰 힘이 필요하지만, 정작 움직임은 그때 가장 적은 법이니까.

"게리는 비좁고 갑갑한 감방 안에 갇혀 있어요." 그가 말했다. "그래서 그들은 그에게 피오리날을 줘야 하죠. 대부분의 수감자들은 생존을 위해 약물을 복용해요. 그래야 답답함을 좀 덜 수 있으니까요." 기자들은 그에게 당국자들도 그걸 알고 있는지 물었다. "당연하죠. 당국자들은 죄수들이 약물에 취해 있기를 원합니다. 그래야 폭동을 일으키지 않거든요."

데니스는 반응이 오는 걸 감지했다. 한 기자가 속삭이는 소리가 들렸다. "저 남자 완전히 흥분했는데?"

그는 자신을 변호하기 위해 여기 있는 게 아니었다. 지금은 공격할 기회였다.

"교도소장은." 그가 말했다. "사형 집행을 비공개로 진행하고 싶어 합니다. 우리는 그걸 공개하길 원해요. 중동 아랍인들의 처형장에서는 군중이 환대를 받습니다. 군중이 희생자의 기운을 북돋워 줘요. 그들 모두가 의식에 함께 참여한다는 느낌을 주죠. 우리 모두가 신에게 바치는 제물이라는 사실을 모두에게 상기시켜 줍니다. 반면에 여기 이곳에서는 사형수의 마지막 순간에 사형 집행인 외에는 아무도 없습니다. 그건 정말 잘못된 거라고 생각해요."

"당신과 게리는 무슨 얘기를 나눕니까?"

"우리는 영혼의 진화에 대해 이야기합니다. 게리는 에드거 케이시[43]와 아카식 기록(Akashic Register)[44]에 대해 많이 알고 있어요. 우리는 카르마와 우리의 행위를 책임질 필요에 대해 논해요. 신과 여신 들이 완전한 자유를 누리는 건 그들이 전적인 책임을 갖고 있기 때문이죠."

기자들은 그가 한 말 중 어떤 것도 기사로 내지 않았다.

한 기자가 크레이그 스나이더의 성명을 낭독했다. "보아즈는 우리에게 단 한 번도 연락한 적 없다. 나는 유타주 대법원

---

43) Edgar Cayce(1877~1945). '잠자는 예언자'로 알려진 미국의 신비주의자이자 영적 치유사.

44) 모든 사람, 장소, 사건, 생각, 그리고 감정이 에너지의 형태로 기록되어 있는 우주의 기억 자료나 데이터베이스를 의미한다. 이 기록들은 물리적 세계를 넘어서는 차원에 존재하며, 특별한 영적 능력을 가진 사람들만이 접근할 수 있다고 믿어진다. 케이시는 자신이 독서를 할 때 이 아카식 기록에 접근하여 정보를 얻었다고 주장했다.

에 있었고, 그와 나는 서로 상반된 견해를 주장했다. 그러나 나는 소개되지도 않았고, 그 사람과 이야기를 나눈 적도 없다. 내가 알기로는 그가 재판 기록을 검토하거나 재판에서 무슨 일이 있었는지 알아본 적도 없다. 길모어와 맺은 그의 출판 계약은 윤리 강령에 정면으로 위배된다."

"그가 어디에서 그런 말을 했죠?" 데니스가 물었다.

"그의 사무실이 있는 프로보의 아델파이 빌딩에서요."

"푹신한 노란색 카펫이 깔리고 벽이 갈색이랑 노란색으로 칠해진 곳 맞죠?" 데니스가 물었다.

"본 적 있나요?" 기자가 물었다.

"아뇨." 보아즈가 말했다. "하지만 비밀 조직의 분위기는 알죠."

"오, 제발, 데니스." 기자가 말했다. "에스플린과 스나이더에게 왜 연락 안 한 거예요?"

"길모어는 항소를 원하지 않아요, 알겠어요? 나는 길모어를 대변하지, 그 빌어먹을 항소 시스템을 대변하지 않거든요."

"하지만 만약 당신이 녹취록을 읽어 봤다면 어땠을까요?"

"녹취록은 없어요."

한 기자가 물었다. "그건 아무도 그것을 요청하지 않았기 때문 아닌가요? 요청했다면 쉽게 얻을 수 있을 텐데요."

"녹취록에 지불할 돈이 없거든요. 게다가." 데니스가 덧붙였다. "그건 아무런 소용이 안 될 거예요. 길모어는 종신형으로 감형되는 걸 원치 않으니까요."

그 기자가 물었다. "하지만 그가 미란다 고지를 받지 않았거나 판사의 지시가 잘못되었다는 게 밝혀지면 어떻게 될까요? 만약 그가 새로운 재판을 받을 기회를 얻는다면 그건 또 다른 문제가 되겠죠, 그렇죠?"

"아뇨." 데니스가 말했다. "게리는 사실상 죽은 사람이에요. 그는 다시 유죄 판결을 받을 겁니다. 이봐요, 당신들은 길모어를 이해해야 해요." 데니스가 말했다. "물론 그는 악랄한 살인자일 수도 있겠죠. 하지만 공정해요."

"그가 죽인 그 두 남자들에겐 그다지 공정하지 않았는데요." 그 기자가 말했다.

"아뇨, 분명히 그는 공정해요 정말로." 데니스가 말했다.

그의 인터뷰는 그런 식으로 흘러갔다. 이제 이날, 이 계단 위에서, 스미스 소장이 분노에 휩싸였다는 새로운 소문을 들은 기자들은 데니스가 무슨 짓을 했기에 그가 그렇게 분노했는지 궁금해했다. 데니스가 교도소 계단 위에서 즉석 기자 회견을 열었다.

글쎄요, 그가 말했다. 샘 스미스는 제가 인터뷰를 두 번이나 팔아서 화가 났죠. 하나는 《런던 데일리 익스프레스》에 500달러를 받고 팔았고, 다른 하나는 스웨덴의 한 노동조합 신문사에 역시 500달러를 받고 팔았어요. 스웨덴 사람들은 역사적인 우연의 일치에 끌렸을 거라고 데니스가 추측했다. '워블리'를 조직한 유명한 스웨덴 출신 이민자 조 힐이 1915년에 유타주에서 사형됐으니까요.[45] 여러분도 이 노래 기억하

---

45) 조 힐(Joe Hil, 1879~1915)은 스웨덴 출신의 미국 작곡가이자 '국제노

죠? "어젯밤 꿈에 당신과 나처럼 살아 있는 조 힐을 봤죠."[46)]
아 글쎄, 조 힐은 절친한 친구에게 자신의 유해를 주 경계 넘어 와이오밍으로 옮겨 달라는 부탁까지 했다니까요. 조 힐이 말했죠. "유타에서는 하룻밤도 더 보내고 싶지 않아."

"또 어디에 팔았나요?" 기자들이 물었다.

"《데일리 익스프레스》의 브라이언 바인에게요. 그는 그 기사에 '나는 살인자와 이야기했다'라는 제목을 붙일 예정이에요. 그가 가장 먼저 내게 돈을 주겠다고 제안했죠." 데니스가 말했다. "그냥 대놓고 얘길 꺼내더라고요."

"얼마를 받았나요?"

"말했잖아요, 500달러라고!"

"싸다고 생각하지 않나요?"

"너무 많이 벌어서 욕심쟁이처럼 보이고 싶지 않았어요. 십분 인터뷰에 500달러라니! 시간 대비 괜찮은 금액이죠." 그렇게 그는 말했고, 그들은 글을 썼고, 그런 다음엔 신문 기사가 나왔다.

그들이 쓴 신문 기사에서 그는 비교적 책임감 있는 사람처럼 보였다. 통제된 미치광이처럼 말이지, 라고 데니스는 생각했다.

동자연맹(IWW, Industrial Workers of the World, 일명 워블리)'의 활동가로, 노동 계급을 위한 혁명적 노래를 많이 만들었다. 살인 혐의로 기소되어 처형되었지만, 증거 부족과 정치적 탄압 논란이 많았다.
46) 노래 「조 힐」의 가사 일부. 1936년에 발표된 이 곡은 특히 조안 바에즈 (Joan Baez)가 1969년 우드스톡 페스티벌에서 부른 것으로 유명하다. 노동 운동과 저항을 상징하는 곡으로 여겨진다.

4

태머라는 새벽 5시에 출근해서 장장 여섯 시간에 걸쳐 게리의 편지를 복사했다. 일부 기자들이 그녀가 그 문건을 남들이 못 보게 가리는 꼴을 보고 어이없어하는 걸 알았지만, 태머라는 누군가가 자신의 어깨 너머로 그것을 읽으며 신문사 사람들 특유의 냉소적이고 무심한 논평을 던지는 걸 원치 않았다. 하지만 그 누구도 대단한 흥미를 보이는 것 같진 않았다.

사실 금요일 오후 회의에서 편집국장이 말했다. "연애편지는 우리의 관심사가 아니야." 그냥 그렇게 무시하고 넘어갔다.

물론 그 신문사는 세계에서 선도적인 모르몬교 일간지로 유명했고, 교회 소유였기 때문에 다소 엄격하고 고루한 경향이 있었다. 확실히 태미(태머라)는 모르몬교도가 아닌 직원들의 불만을 들은 바도 있었다. 《데저트 뉴스》에는 신문사라고는 믿기지 않는 규칙들이 있었다. 교회 소유의 건물에 위치한 까닭에, 보도국에서 담배를 피울 수도 책상에서 커피를 마실 수도 없었다. 구내식당으로 가야만 했다. 많은 기자들이 하루 종일 정신없이 화장실에 다녀오곤 했다. 그러니 집 안에 연애편지가 있다는 사실에 흥분하는 것은 《데저트 뉴스》답지 않은 일이었다. 하지만 이틀 전만 해도 그들은 이 연애편지들을 손에 넣으려고 제정신이 아니었다. 이제 그 이야기는 뒷전으로 밀려났다. 태머라조차 회의적이었다. 이 모든 것이 그저 사기꾼과 그의 애인에 관한 또 하나의 이야기로 끝날 수도 있었으니까. 사형 집행이 다시 미뤄지면서, 게리의 죽음은 아주 먼

훗날의 일이 될 수도 있었다.

11월 12일

보아즈는 데이비드 서스킨드라는 이름의 영화 제작자이자 유명한 기자로부터 이 빌어먹을 이야기의 판권에 대한 계약금으로 현금 1만 5000에서 2만 달러를 제시받아 완전히 흥분한 상태야. 거기에 더해 영화 판권 수익의 5퍼센트를 더 주겠다고 했대. 수십만 달러에 달할 수도 있다고 보아즈가 말하더군.

자기야, 난 맘에 안 들어. 점점 더 통제 불가능한 수준이 되어 가고 있어.

보아즈는 내 변호인이지만, 이젠 대리인, 언론 홍보 담당자 역할을 더 많이 하고 있어.

모든 것이 서커스처럼 되어 버렸어.

아 자기야 그냥 스패니시 포크 시절로 돌아가 정원을 가꾸고 사랑을 나누었으면 좋겠어.

니콜은 할아버지의 장례식에 조금 늦게 도착했다. 캐서린은 가족들과 함께 맨 앞에 서 있는 그녀가 정말 슬퍼 보인다고 생각했고, 망자를 마지막으로 보기 위해 관에 가까이 다가가지 않는 것을 발견했다. 캐서린은 계속 생각했다. '오, 맙소사, 저 아이는 게리와, 다가올 그의 죽음에 대해 곱씹고 있겠구나.' 그 후, 니콜이 캐서린의 차를 가져가도 되는지 물었다. 게리를 한 번 더 만나고 싶다는 것이었다. 캐서린은 니콜이 오늘 이미 거기 다녀왔고 운전면허도 없다는 점을 지적하려 했지만, 돌아오는 대답은 계속 "사고 내지 않을게요."뿐이었다. 결국 캐서린은 "오, 세상에, 그냥 가져가."라고 말하고 말았다.

니콜은 저녁이 되어서야 집에 돌아왔고, 그때쯤 캐서린은 이미 화가 많이 난 상태였다. "너 심지어 교도소에도 안 갔다며." 캐서린이 다그쳤다.

니콜이 말했다. "그래요, 갔는데 안 들여보내 주잖아. 그래서 그냥 차를 몰고 돌아다녔어요. 이것저것 둘러보니 기분이 좋아지더라고요."

5

데이비드 서스킨드는 데니스와 통화하며 이제 정말 계약에 대해 이야기를 나누었다. 데니스는 서스킨드의 접근방식이 마음에 들었다. 매끄럽고 활기 있게 대화를 이끌었다. 많은 에너지를 발산하면서도 잘 조율하는 느낌이었다.

그리고 래리 실러라는 남자에게서도 전화가 왔다. 그는 자신이 《라이프》의 전직 사진작가였고 지금은 극장 및 텔레비전 방영용 영화를 제작 중이라고 말했다. 데니스는 그의 목소리가 마음에 들지 않았다. 그는 자기 의견을 강력하게 피력하는 데에만 지나치게 열중했다. 끈덕지게 물고 늘어져 강매하다시피 하는 판매원 같았다. 매우 직업적이라는 느낌이 들었다. 불편했다.

'호텔 유타'의 아래층 커피숍에서 만났을 때, 두 사람은 잘 어울리지 못했다. 데니스는 그냥 믿음이 가지 않았다. 커피숍은 지하실에 있었는데 넓고 한산하고 음침했다.

실러는 검은 수염을 덥수룩하게 기르고 콧수염도 턱수염에 닿을 만큼 길게 길렀으며, 풍성한 검은 곱슬머리에 얼굴이 잘생긴 사람이었다. 어딘가 피델 카스트로 같기도 했지만, 카스트로라기엔 체중이 너무 나간다고 데니스는 생각했다. 마치 피델 카스트로의 머리를 가져다가 두툼한 몸체에 끼워 넣은 것 같았다. 그는 원래 실러에 대해서는 별로 아는 바가 없어서 미리 기자 몇 명에게 물어봤고, 그 남자가 찰리 맨슨 사건의 공범 수전 앳킨스[47]의 생애에 관한 판권과 잭 루비[48]의 마지막 인터뷰에 대한 판권을 획득한 사람이었음을 알아냈다. 조심해야 할 인물이라고 누군가가 보아즈에게 경고했다. 그는 사람들이 죽어 갈 때 끼어든다.

그래도 대화는 즐거웠다. 우선, 실러가 서스킨드보다 큰 금액을 제시했다. 그는 자신이 성공시킨 모든 프로젝트에 대해 계속해서 이야기했다. 보아즈는 일부러 건방진 태도로 응대했다. "게리는 수전 앳킨스가 아니에요." 그는 말하곤 했다. 그는 요즘 거만하게 구는 걸 정말 즐겼다. 실러가 자신의 배짱을 싫어한들 무슨 상관이겠는가? 그런다고 해서 게리와 관련된 제

---

47) '맨슨 패밀리'의 일원으로, 샤론 테이트를 포함한 끔찍한 살인 사건에 관여한 것으로 유명하다.
48) 미국의 존 F. 케네디 대통령을 암살한 혐의로 체포된 리 하비 오스왈드를 사살한 인물로, 당시 암 환자였던 그는 케네디 암살 사건과 관련된 각종 음모론의 중심 인물 중 하나였다.

안이 줄어들진 않을 것이다.

"당신은 에이전트를 구하는 게 좋겠어요." 실러가 결론적으로 말했다.

그 말에 데니스는 당황했다. 그는 자신이 더 좋은 제안을 가지고 서스킨드에게 돌아가는 느낌을 즐기고 있었음을 인정해야 했다. 이것이 '황제'이자 '저글링하는 사람'[49]로서 그의 본성과 어떤 관련이 있을까? 공중에 던져질 주사위들을 모두 감당할 수 있을까?

6

토요일 아침에 니콜이 전화를 걸어 편지들을 돌려달라고 했다. 불신이 가득한 목소리였다. 태머라는 이해할 수 없었다. 그렇듯 사이좋게 헤어졌건만. 그녀는 게리나 보아즈가 니콜에게 편지들을 돌려받으라고 했는지 궁금했다. 어쨌든 태머라는 니콜에게 알겠다고 했다. 문제 될 건 없었다. 그녀에겐 사본이 있었으니까. 그래서 그녀는 만나는 남자에게 그날 밤 스프링빌로 태워다 달라고 부탁했고, 그들이 도착했을 때쯤 니콜은 문제를 일으켜 미안하다고 사과했다.

그들은 몇 시간 동안 머물면서 정말 즐거운 시간을 보냈다.

---

49) 타로의 '황제' 카드와 '마법사' 카드. 전자는 권위, 안정, 통제력을 상징하고, 후자는 창조성, 자원 활용, 잠재력 실현 등을 상징한다.

태머라가 데려온 남자는 필라델피아 출신으로 모르몬교도가 아닌 이탈리아인이었고, BYU에서 유명했던 인물이었다. 그의 성(姓)은 '밀밤비니'였다. 그가 그것을 '1000명의 개자식들'이라고 번역해 주고 진짜로 그 뜻이라고 말하자 사람들이 놀라 포복절도하는 바람에 아무도 그의 이름까지는 듣지 못했다. 어떤 학생이 그를 '필리[50] 출신의 밀리'라고 부르기 시작했다. 기막힌 발상이었다. 그 후 그게 그의 이름이 되었다. 그는 열정적이고 진지한 사람이었고 재미있는 이야기들을 많이 알고 있었으며, 정말 특이한 것들에 관심이 많았다. 태머라는 그가 정말 좋았다.

그날 밤 니콜은 밀리에게 매료되었다. 태머라는 그에게, 길모어 얘기는 꺼내지 말고 니콜의 기운을 북돋워 달라고 미리 말해 두었었다. 밀리는 정말 그녀를 웃게 만들었다. 태머라는 니콜이 기이한 방식으로 보호받아 와서 음악이나 오리건에서의 배낭여행, 심지어 이런 자유 토론과 같은 삶의 특정 측면들에 대해 잘 모른다는 사실을 깨닫기 시작했다. 그녀는 마치 그들이 먹여 주는 먹이를 먹듯 밤새도록 이야기를 들었고, 태머라는 낙관적인 기분으로 그녀의 집을 나섰다. 돌아오는 길에 밀리에게 말했다. "우리와 계속 어울리다 보면, 어쩌면 니콜도 삶에 대한 태도를 조금 바꿀 수 있을지 몰라."

태머라는 설사 길모어의 처형이 실행되더라도 시간이 좀 걸

---

50) 필라델피아의 애칭.

릴 거라고 생각했다. 그녀는 니콜의 자살 가능성은 배제해도
되겠다고 어느 정도 결론을 내렸다.

5장

유언장

1

솔트레이크 트리뷴

교회 지도자들, 사형에 대한 견해를 표명하다

1976년 11월 13일. 맥두걸 주교는 현대의 신학자 대다수가 사형이 사회적, 경제적 약자에게 불리하게 작용하는 경향이 있다고 믿으며, 사형 제도에 반대한다고 말했다.

동부 17번가 1626번지 와사치 장로교회의 목사 제이 H. 컨페어 목사는 "'눈에는 눈'이라는 구약의 개념이 사랑과 갱생이라는 신약의 개념으로 대체되었다."라고 말했다.

그러나 길모어의 사례는 다른 문제를 제시한다고 컨페어 목사는 말했다. "이 남자는 죽고 싶어 합니다. 갱생을 원하지 않아요." 그리고 이는 마치 병원에서 기계 장치로 생명을 유지하던 사람이 '플러그를 뽑기' 원하는 경우와 비슷하다고 지적했다.

여기서 많은 사람들이, 길모어의 경우와 같은 잔인한 범죄를 사형제로 다스리는 것의 효용을 믿는다고 말하면서도, 사형 집행 자체에 참여하는 것은 견딜 수 없다고 말한다.

"날 그리로 끌고 갈 순 없어요." 길모어를 기소한 카운티 검사 노얼 T. 우튼이 말했다. "난 내 할 일을 했습니다. 사형을 구형했고 얻어 냈죠. 그리고 사형의 효용을 믿어요. 하지만 사형 집행은 더럽고 지저분한 일로, 난 그 일에 참여하고 싶지 않습니다."

솔트레이크 트리뷴

필요하다면 예전 소총을 다시 사용할 수 있다

1976년 11월 13일. 유죄 판결을 받은 살인범 게리 마크 길모어의 사형 집행이 이루어진다면, 이전에 유타주의 사형 집행에 사용되었고 현재 총포사에 보관되어 있는 총 한 정을 포함한 총기 다섯 정이 솔트레이크 카운티 보안관 사무실에 대여될 예정이다.

이 총포사의 운영자 중 한 명인 레오 갤런슨은 그 미판매 소총이 6 내지 12건의 사형 집행에 사용된 것으로 추정했다.

로스앤젤레스 타임스

유타 살인범의 전 고용주가 총살대의 일원이 되려 한다

1976년 11월 14일, 유타 프로보. ……스펜서 맥그래스는 게리 마크 길모어에게 좋은 일자리는 물론이거니와, 개인적으로 주당 10~20달러를 추가로 지급했다. 그는 길모어의 차를 수리해 주었고, 그 전과자가 술을 마시고 지각했을 때도 급여를 계속 지급했다.

단열재 공장을 운영하며 많은 전과자를 도왔던 친절한 남자 맥그래스는 이제 자신은 기꺼이 길모어가 원하는 총살을 집행할 분대의 일원이 되고자 한다. "법이 게리에게도 적용된다는 걸 그에게 보여 주기 위해."

11월 14일

자기야, 난 아주 유명해지고 있어.

마음에 안 들어. 이런 식으로는 아냐, 이건 옳지 않아.

전생에 난 유명인이었기 때문에 가끔 명성이라는 게 뭔지, 유명해진다는 게 어떤 기분인지를 안다고 생각해. 이해가 되는 것 같아. 하지만 명성을 즐기다 우리 자신을 잃어버리는 지경까지 가고 싶지는 않아. 우리는 게리와 니콜일 뿐이고, 그걸 기억해야 해.

11월 14일

이봐 기입스.

걔엔 그저 어린애잖아.

소식 들어 반가워 — 있잖아, 너도 꽤 품격 있어.

언젠가 돈이 넉넉해져 여유 자금이 좀 생기면, 우리 엄마가 그 돈을 잘 쓸 수 있을 것 같아. 엄만 늙고, 다리도 못 쓰고, 복지 혜택에 의존해서 겨우겨우 살지. 아니면 지금이라도 네가 엄마에게 편지를 써서 조금이라도 이런 부담을 덜어 줄 수 있을까?

10달러 고마워.

친구, 게리

깁스는 혼자 생각했다. 한 번도 만난 적 없는 누군가의 어머니에게 어떻게 편지를 쓰지?

　친애하는 길모어 부인, 다 괜찮을 겁니다. 다섯 개의 소총 중 장전된 건 네 개뿐이거든요.

깁스는 빅 제이크에게 예쁜 카드를 가져다 달라고 부탁했고, 30달러를 동봉하여 그녀에게 우편으로 보냈다.

로스앤젤레스 타임스
사형 사건 변호사의 다채로운 이력

11월 14일. 지난 1월만 해도 보아즈는 스스로 '십자군 전사'를 자처하며, 그가 '체제의 위선'이라 부르는 것에 맞서려 했다. 그는 이곳 연방 건물 로비에서 마리화나를 피우며 일부러 체포되려고 했지만, 결국 실패했다.

이제 그는 사형수 게리 길모어의 변호인이자 그의 전기 작가로서 드레이퍼[51]의 유타 주립 교도소에 나타났다.

크레이그 스나이더는 그가 그 이중적인 역할을 수행할 수 없으며, 동시에 유타주 변호사 협회의 규범을 준수할 수도 없다고 주장했다. 변호인은 자기 자신의 경제 사정이 아니라 의뢰인을

---

51) 솔트레이크시티의 남동쪽 교외에 자리 잡은 도시.

대변해야 한다는 것이 변호사의 규범이다. "길모어의 사형이 집행된다면 보아즈는 이득을 볼 수 있습니다." 스나이더가 말했다.

보아즈는 이런 방식으로 의뢰인을 착취한다는 비판을 받았지만, 그럼에도 '볼트 홀'의 부학장인 제임스 힐은 그를 호의적으로 기억한다.

"그는 수줍음 많고 겸손하며 다정한 사람입니다. 아주 착한 친구예요." 힐은 이렇게 회상하며, 보아즈가 졸업한 후에도 가끔 그를 만났다고 말한다.

솔트레이크 트리뷴

1976년 11월 15일 유타. 사형이 확정된 살인범 게리 길모어는 오늘 오전 8시에 죽기를 원했다. 대신 그는 스위트 롤과 시리얼, 오렌지, 우유, 커피로 아침 식사를 하고 사형수 감방으로 돌아갔다.

스무 살의 이혼녀이자 두 아이의 엄마인 니콜 배럿이 오늘 길모어를 면회할 예정이다.

"그는 그 여자를 많이 생각했고 그녀도 분명 그에게 어떤 감정을 갖고 있을 겁니다. 그렇지 않았다면 지금처럼 그렇게 (길모어를 면회한다든가) 하진 않았겠죠." 그의 이모부 번이 말했다.

일요일 밤에 길모어와 세 시간 반을 보낸 보아즈는 자신의 의뢰인이 가수 조니 캐시를 만나고 싶어 한다고 말했다.

"조니 캐시의 열렬한 팬이거든요." 보아즈가 말했다. 그는 가수에게 전보를 보내 길모어의 소망을 알렸다.

2

번은 재판 마지막 날 이후 육 주 가까이 게리를 보지 못했다. 그를 만나러 가자니 어색한 기분이 들었다. 번은 무릎 수술을 받고 퇴원한 지 얼마 지나지 않았기에, 지팡이에 의지해 걸어도 뼈에 못을 박는 것 같은 아픔을 느꼈다. 교도소 정문 근처에 차를 세워 두고 최고 보안 교도소까지 가는 길은 고통스러운 여정이었다. 양쪽으로 늘어선 100미터 정도의 철조망 울타리 사이를 내딛는 한 걸음 한 걸음이 이를 악물게 할 정도로 괴로웠다.

하지만 면회실에는 그 어느 때보다 더 건강해 보이는 게리가 있었다. 그리고 그는 대뜸 아이다가 썼던 분노의 편지 이야기를 꺼냈다.

번이 말했다. "글쎄, 네가 먼저 고약한 편지를 보냈잖니. 이제 우리와는 아무 상관 없는 사람이 되고 싶다고."

두 사람은 서로를 바라보았고, 번이 말했다. "게리, 우린 화나지 않았다. 우린 널 돕고 싶어."

"좋아요." 게리가 말했다. "저도 아이다에게 그런 편지를 쓴 거 맘이 안 좋아요. 사과하고 싶어요."

"아이다도 네게 사과하고 싶대." 번이 말했다. "지난번에 자기가 보낸 편지는 찢어 버리라고 하더구나. 아이다가 네 편지를 찢어 버린 것처럼 말이다. 그냥 변기 물에 내려보내렴." 그걸로 끝이었다. 게리는 안도한 표정이었고, 그들은 잠시 이런저런 이야기를 주고받았다. 전혀 나쁘지 않은 방문이었다.

월요일 아침에 데니스가 교도소에 도착했을 때쯤, 번이 면회를 마쳤다. 보아즈는 곧 옛날의 번 이모부가 다시 관계 속에 들어왔음을 알아차렸다. 게리는 칭찬과 애정을 담아 이모부에 대해 이야기했다.

이전엔 게리가 그렇게 말하는 걸 들어 본 적이 없었다. 지금까지 많은 원한을 표출해 왔던 그가, 갑자기 이모부에 대한 감정을 완전히 바꾸려 하고 있었다. 데니스는 게리가 가족에게 사랑받고 싶어 한다는 것을 분명히 알 수 있었다. 이전에 무슨 일이 있었는지는 중요하지 않았다.

어제, 데니스는 그와 수상쩍은 실랑이를 벌였다. 토요일에 게리는 데니스더러 세코날[52] 50알을 몰래 가져다 달라고 계속 요구했다. 처음에는 해 주겠다고 했지만, 데니스는 그날 밤 잠을 이루지 못했다. 다음 날엔 게리에게 어떤 상황에서도 그런 일은 할 수 없다고 말해야 했다. 하지만 그는 동요할 수밖에 없었다. 일요일 밤 에버슨의 집으로 돌아가는 길부터 데니스는 사실상 스멀스멀 올라오는 자살의 냄새를 맡았다. 라디오를 켜는 순간, 「블루 오이스터 컬트」[53]의 노래가 나왔다. 지난 이틀 동안 그들의 노래가 라디오에서 미친 듯이 나왔고, 이제 그는 실제로 「사신을 두려워하지 마」의 가사를 듣고 있었

---

52) 수면제로 쓰이는 알약.
53) 1967년에 결성된 미국의 록 밴드. 그들의 히트곡 중 하나인 「사신을 두려워하지 마」는 1976년에 발표되었으며 죽음에 대한 두려움을 극복하자는 메시지를 담고 있다.

다. 신경 세포가 얼어붙는 것 같았다. "어서, 자기야, 사신을 두려워하지 마." 데니스는 저도 모르게 흥얼거렸다. "로미오와 줄리엣은 영원 속에서 함께해." 맙소사, 동시성에 너무 빠져들면 미쳐 버릴 수도 있겠어. 사소한 것들이 모두 거대한 연결 속에 엮여 들어가는 것을 느끼며 데니스가 생각했다. 정말 끔찍했다. 정신이 해파리처럼 출렁거리는 것 같았다.

월요일, 번의 방문 후에 브렌다는 게리의 전화를 받았다. 그가 그녀의 딸을 돌보는 의사가 누군지 이름을 물었다. 그는 사형 집행 후 자신의 뇌하수체가 크리스티에게 갈 수 있도록 의사가 확실히 처리해 주었으면 좋겠다고 했다. 세상에서 가장 비싸다 할 수 있는 뇌하수체 추출물을 크리스티에게 계속 주사하느라 조니와 브렌다는 항상 빈털터리였다. 그런데 난데없이 게리가 전화를 걸어서 자기가 죽은 후 의사를 통해 자신의 뇌하수체를 조니의 몫으로 주겠다고 말한 것이다. 그것은 1000달러를 넘겨주는 것이나 마찬가지였다. 정신없는 대화였다. 브렌다는 그들이 다시 친구가 되었는지는 확신할 수 없었다. "잘 지내, 게리." 그녀가 마지막에 말했다.

그는 그냥 전화를 끊었다.

3

그날 아침 태머라가 보도국에 들어오자 편집장이 말했다. "니콜에 대해 묻는 전화가 많이 오고 있어. 자네 기사는 게리가 사형당하기 전까지는 내보낼 수가 없지. 니콜에게 그걸 게 재해도 된다는 허락을 받아 와."

스프링빌로 차를 몰고 가면서, 태머라는 어떻게 물어야 할 지 고민했다. 하지만 그녀가 니콜에게 자신의 곤경을 털어놓자 니콜이 미소를 지으며 말했다. "음, 저도 할 말이 있어요. 2000달러를 받고 인터뷰하기로 결정했어요."

보스턴에 있는 NBC 계열사 같은 곳 — 니콜이 이해한 바로는 — 에서 잘생기고 키 크고 곱슬머리에 파란 눈과 턱수염을 가진 제프 뉴먼이라는 남자를 보냈다. 그의 설득으로 그녀는 이번 금요일에 인터뷰하기로 했다. 나중에 태머라는 그 것이 NBC의 무슨 보스턴 계열사가 아니라 《내셔널 인콰이어러》라는 사실을 알게 되었다. 하지만 지금으로서는 니콜이 기사를 게재해도 좋다고 허락했다는 사실에만 유일하게 반응했다. 그래서 태머라는 정말 기분 좋게 자리를 떠났다. 사무실로 돌아가 밤새도록 기사를 작성했다.

지난 한 주에 걸쳐, 니콜은 전화번호부에서 고른 여러 명의 의사들을 찾아가 자신이 다른 주에서 왔고 수면 장애를 겪고 있다고 말했다. 효과가 있었던 건 빨간 약[54]뿐이며, 세코날이 그 문제를 해결했다고 했다.

그녀는 세코날 50개와 달마네[55] 20개를 모으는 데 성공했다. 게리가 그 문제로 계속 압박하자, 그녀는 월요일 아침에

---

54) 세코날은 과거에 빨간색 캡슐 형태로 제조되어 '레즈(Reds)'라는 별칭으로 불렸다.
55) 수면제의 일종으로 불면증을 치료하는 데 사용된다.

그 약들을 게리에게 넘기기로 결정했다. 그녀는 세코날 25개와 달마네 10개를 게리 몫으로, 그리고 똑같은 양을 자신의 몫으로 나누고, 게리 몫의 약을 어린이용 풍선에, 사실 두 개의 풍선에 넣었다. 두 개 모두 노란색으로, 하나를 다른 풍선 안에 넣었다. 그런 다음 그 풍선들을 자신의 질에 삽입했다.

교도소로 가는 내내 그녀는 게리가 자신을 혼낼까 봐 두려웠다. 그는 계속 그녀에게 더 많이 얻어 내라면서 더 많은 의사들에게 가 보라고 강요했다. 하지만 그녀는 그 의사 중 누구도 자신을 믿지 않는 느낌이 들었고, 한 명에게라도 더 가면 모든 일이 물거품이 될 것 같았다. 그 의사들이 처방전을 작성한 지 십 분 만에 경찰에 신고할지도 모르는 일이었다. 일요일에 그녀는 하루 종일 땀을 정말 많이 흘렸다. 이제 그녀는 그 풍선들을 몸 안에 지닌 채 최고 보안 교도소 안에 있었다.

그녀의 알몸을 수색하면서도, 여성 교도관은 몸 안에 손가락을 넣거나 하지는 않았다. 그저 겨드랑이 밑과 볼 안을 들여다보고, 긴 머리카락을 훑어보았다. 외설적인 신체 수색은 아니었지만, 사실 풍선이 아주 깊숙이 밀려 올라가 있었기 때문에 교도관의 손가락을 넣었더라도 손가락이 꽤 길어야 했을 것이다.

마침 면회실에는 유리 부스 안의 교도관 말고는 아무도 없었다. 두 사람은 창가 의자로 갔고, 니콜은 게리의 무릎 위에 앉았다. 교도관이 허락할 때도 있고 안 할 때도 있었지만, 이날은 방해하지 않았다. 두 사람은 얼마간의 진한 애무를 나눌 수 있었다. 정말 운이 좋았다. 네다섯 명이 방 안에 있거나 변호사

두어 명이 있을 때도 있었지만, 이번에는 그녀와 게리뿐이었다.

그녀가 자기 무릎 위에 앉자, 게리는 손가락을 집어넣어 풍선을 찾았지만 어디에도 없었다. 지나치게 깊숙이 올라가 있었다. 결국 니콜은 교도관이 그녀의 몸을 볼 수 없도록 뒤로 게리에게 안긴 채로 창가에 서 있어야 했다. 그 자세에서 게리의 팔을 어깨에 두른 채, 그녀는 치마 밑으로 손을 넣어 풍선을 꺼내야 했다. 정말 땀이 뻘뻘 났다. 너무 깊숙이 밀어 올려 놓아서 손가락으로 만져지지가 않았기에, 아기를 출산할 때처럼 힘을 줘 밀어내야 했다. 사실 그녀는 손가락을 한껏 밀어 올려 내장을 심하게 압박한 나머지 그것을 잡기도 전에 머리가 아팠다. 눈에 별이 보일 정도였다. 별들이 계속 치솟아 올랐다. 머리가 사실상 깨지거나 혈관이 터진 것 같은 느낌이었다. 게리는 그녀가 무슨 일을 겪고 있는지 몰랐다. 그는 그저 다정하게 격려의 말을 할 뿐이었다.

그녀가 풍선을 건네자, 게리는 자리에 앉아 크고 통이 넓고 헐렁하고 헐거운 바지의 앞면 사이로 손을 뻗어 풍선을 직장 깊숙이 밀어 넣었다. 전혀 쉽지 않은, 느리고 까다로운 작업인지라, 일 분 이상이 걸렸다. 다 집어넣고 나서 그는 그저 이렇게 말했다. "그래, 거기 있어. 난 알아."

그런 다음 그녀는 그의 무릎 위에 앉아 그에게 키스했다. 그녀는 기분이 좋았다. 자신이 얼마나 걱정했었는지 깨달았다. 니콜은 교도소에서 의사들의 연락을 받고 자신을 검사할 거라고 확신했었다. 그래서 그녀는 지금 자신이 해낸 일에 자부심을 느꼈고, 게리는 그녀를 매우 자랑스러워했다. 면회는 그 후로도 한 시간 이상 계속되었다. 그들은 꼭 껴안고 미친 듯이 서로를 어루만졌다. 두 사람의 면회 중 가장 아름다운 순간이었다. 키스를 하지 않을 때는 서로에게 노래를 불러 주었다. 두 사람 모두 노래 실력이 형편없었지만, 그럼에도 여전히 아름다웠다. 살면서 그녀가 누군가의 영혼과 이렇게 가까워진 느낌을 받은 건 처음이었다.

4

그날 저녁, 마리 배럿은 자신을 데리러 와 달라고 부탁하는 니콜의 전화를 받았다. 니콜이 서니와 함께 방문하고 싶다고 했다. 그들은 거실에 둘러앉아 티브이로 「시빌」[56]을 시청했고, 니콜은 여주인공이 확실히 에이프릴을 연상시킨다고 말했다. 그녀는 침실로 들어가 서니에게 이야기책을 읽어 주고 기도를 들어 준 다음 마리, 그리고 그녀가 역시 좋아했던 전 시아버지 톰 배럿과 함께 거실에서 시간을 보내다가, 떠날 때 비록 머뭇거리긴 했지만 마침내 집으로 돌아왔다.

그런 다음, 이웃인 캐시 메이너드와 함께 야간 쇼핑을 했다. 쇼핑센터는 밤 9시까지 문을 열었다. 니콜은 돈을 펑펑 썼고 캐시의 아이들 모두를 위해 색칠 공부 책과 크레용을 사 주었

---

56) 1976년에 미국의 CBS 네트워크에서 처음 방송된 티브이 영화로, 다중 인격 장애를 겪는 여성을 주인공으로 한다.

다. 그들이 돌아왔을 때, 그녀는 캐시에게 10달러를 건네면서 말했다. "어서, 이거 안 받으면 나 서운할 것 같아."

캐시는 그냥 그녀를 바라보았다. 캐시는 키가 크지 않고, 옅은 금발에 동그란 눈, 그리고 착하고 순박해 보이는 인상의 여성이었다. 지금은 그저 얼떨떨해 보였다.

니콜이 말했다. "쓰고 싶은 데 써."

"아침에 봐." 캐시가 말했다.

"그래, 아침에." 니콜이 말했다.

곤히 잠든 제러미와 함께 아파트에 홀로 남아, 니콜은 자정을 기다렸다. 그녀와 게리가 약을 먹기로 선택한 시간이었다. 거기에 도달하기까지 오랜 시간이 걸렸지만. 약이 충분하지 않을까 봐 게리가 걱정하던 게 계속 생각났다. 그는 정신을 잃을 정도는 되는데 죽지는 않을 만큼만 먹으면 식물인간이 될 수도 있다고 설명했다. 그건 정말 우려되는 일이었다. 하지만 그들은 그냥 진행하기로 했다. 잘되든, 잘 안 되든. 니콜은 이제 유언장을 꺼냈다. 일요일에 그녀는 하루 종일 유언장을 작성했고, 철자 오류가 있는지 다시 한번 검토했다. 사실 몇 군데는 실수가 있을 거라고 그녀는 확신했다. 워낙 긴 유언장이니 미처 발견하지 못한 오류가 있을 테지만, 그 정도는 상관없다고 생각했다.[57]

---

[57] 니콜의 유언장에는 실제로 철자 오류가 군데군데 있지만, 번역할 때 굳이 적용하지 않았다.

니콜 K. 베이커

1976년 11월 14일, 일요일

관계자분들께.

저, 니콜 캐서린 베이커는, 어느 때고 제가 죽은 채로 발견될 경우를 대비해, 몇 가지 개인적인 부탁을 드립니다.

저는 저 자신이 강하고 논리적이고 완전히 제정신이라고 생각하며, 따라서 제가 쓰는 글이 모든 면에서 진지하게 받아들여져야 한다고 생각합니다.

이 글을 쓰는 시점에 저는 스티브 허드슨이라는 남성과 이혼 절차를 밟고 있습니다.

제 기준으로는, 사망이라는 사건이 발생하면 그 남자와의 모든 인연이 끊어지는 한편 무슨 수를 써서라도 이혼이 진행되고 마무리되어야 한다고 생각합니다.

저는 법적으로 결혼 전 성인 베이커로 돌아가고 싶습니다. 그리고 다른 성으로는 불리고 싶지 않습니다.

딸이 태어날 당시 저는 딸의 아버지인 제임스 폴 배럿과 법적으로 혼인 관계였지만, 딸의 출생증명서에는 이름이 서니 마리 베이커로 기재되었습니다.

아들은 출생증명서에 이름이 제러미 킵 배럿으로 기재되었습니다. 그 당시 저는 제러미의 아버지가 아닌 제임스와 여전히 혼인 상태였기 때문입니다.

제러미의 아버지는 고인이 된 앨프리드 킵 에버하트입니다.

따라서 제러미에게는 에버하트라는 성을 가진 법적 조부모가 있으며, 이 조부모는 아이의 소재에 대해 고지받기를 원할 수 있습니다. 그들은 펜실베이니아의 파올리에 거주하는 것으로 알고 있습니다.

제 아이들의 양육과 복지에 관해서는 — 저는 아이들에 대한 책임과 아이들에 관한 모든 결정이 — 유타주 스프링빌의 토머스 자일스 배럿 그리고/혹은 마리 배럿의 손에 직접, 그리고 즉시 맡겨지기를 바랄 뿐만 아니라 요구합니다.

배럿 부부가 제 아이들을 입양하고자 한다면, 저는 기꺼이 동의합니다.

만약 그들이 한 아이나 두 아이 모두에 대한 책임을, 그들이 선택한 다른 책임 있는 당사자에게 맡기고자 한다면, 저는 그 또한 기꺼이 동의합니다.

그것은 물론 아이들이 스스로 선택할 수 있는 법적 연령이 될 때까지 해당됩니다.

저에게는 스프링빌의 볼링장에 저당 잡혀 있는 진주 반지가 있습니다. 누군가가 그걸 도로 찾아와 제 동생 에이프릴 L. 베이커에게 주기를 정말로 바랍니다.

또한 저는 에이프릴의 정신 건강 문제를 위해 사용하도록 일정 금액을 마련해 두었습니다. 제 어머니는 에이프릴이 제정신을 되찾을 수 있도록 좋은 정신 병원에 비용을 지불하는 것 외에는 그 돈을 다른 용도로 사용해서는 안 됩니다.

이제, 제 시신의 처리 방법에 대해 결정하자면, 화장해 주실 것을 요청합니다. 그리고 베시 길모어 여사의 동의를 얻어 제 유골을 그녀의 아들 — 게리 마크 길모어 — 의 유골과 섞어 주세요. 그리고 나중에 편리한 날짜에 오리건주의 푸른 언덕에 뿌리고, 워싱턴주에도 뿌려 주세요.

제 어머니와 아버지가 이 요청에 동의하지 않는다면, 그렇게 하라고 하세요. 그들이 원하는 대로 결정하게 하세요.

제 장례식에서 최소 세 곡의 노래가 불리도록 준비해 주시길 요청합니다…….

존 뉴튼이 작사한 노래 「어메이징 그레이스」, 「어째서 나죠?」 라는 제목의 크리스 크리스토퍼슨의 노래, 그리고 마지막으로 누가 썼는지는 모르지만 「눈물의 계곡」이라는 노래입니다.

만약 친구든 가족이든 다른 어떤 누구든, 저를 대신하여 혹은 제 죽음에 슬퍼하거나 분노하거나 무관심한 사람들을 대신하여 제 장례식에서 다른 노래를 더 부르기 원하거나 혹은 불리기 원한다면, 그야…… 저로선 고마운 일입니다.

이제 그것을 훑어보면서, 니콜은 해야 할 말이 더, 아주 조금 더, 있다는 걸 깨달았다. 그녀는 자신의 소유물을 제대로 처분하지 못했다. 조용한 아파트에서, 그녀는 종이 한 장을 앞에 두고 탁자 앞에 앉아 있었다.

니콜 K. 베이커

1976년 11월 15일, 월요일

오늘은 별로 글을 쓰고 싶은 기분이 아닙니다. 하지만 처리해야 할 일들이 몇 가지 남아 있다는 생각이 듭니다.

아니, 이것뿐입니다.

제 아파트에 있는 모든 것을 어떻게 할지는 물론 어머니가 결정할 수 있습니다.

달을 바라보는 두 소년의 그림을 제외하면 여기엔 크게 가치 있는 것이 없습니다. 지금은 서니 마리 배럿의 그림입니다. 그것은 서니가 떼어 달라고 요청할 때까지 혹은 요청하지 않는 한 현재 톰 배럿과 마리 배럿의 집 아이의 방에 걸어 두었으면 하고 — 저로선 아이가 그 그림을 절대 팔지 않으면 좋겠지만 — 18세가 되면 아이가 선택하게 해 주세요.

다시 한번 명시합니다만, 게리 길모어가 그린 달을 바라보는 두 소년의 그림은 이제 서니 마리 배럿의 소유입니다.

어머니가 제 편지의 전부 혹은 일부를 가져가서 원하는 대로 사용하는 것에 동의합니다. 제 편지들이 어떤 식으로든 어머니에게 돈을 벌어다 줄 수 있다면, 더할 나위 없이 기쁠 겁니다. 하지만 저는 어머니가 공평하다고 생각하는 대로 — 제 모든 형제 자매들, 그리고 제 이모 캐시 캠프먼과 — 그 돈을 나누면 좋겠습니다.

게리 길모어와 저의 이야기로 돈을 벌기 위해 노력하고 성공하려는 사람이 아주 많기 때문에, 저는 제가 사랑하고 아끼고 신뢰하는 누군가도, 마찬가지로 그 성공의 일부를 갖기 원합니다. 따라서…… 이 편지들은 제 어머니, 캐서린 N. 베이커의 것입니다.

어머니가 그것들을 태워 버리기 원한다면, 그렇게 하세요.

어머니에게는 제 가재도구 — 아무 가치 없는 — 가 별로 소용이 없을 테니, 저의 좋은 친구인 캐시 메이너드가 이 아파트에 있는 가구나 벽에 걸린 것들을 — 어머니가 내어주는 데 크게 거부감을 느끼지 않을 만한 것은 무엇이든 — 골라 가져가면 정말 좋겠어요. 엄마가 합리적으로 행동해 주었으면 좋겠어요. 캐시 M.은 수많은 날 동안 제가 길고 힘든 하루하루를 살아 나갈 수 있도록 도와주었고, 가지고 있는 가구 같은 것도 거의 없으니까요…….

이게 다예요.

니콜 K. 베이커

6

약이 많았기 때문에 그녀는 한 번에 한두 알씩 천천히, 목이 막히지 않도록 조심하며 약을 삼켰다. 토하면 모든 것이 허사가 될 수 있었기 때문이다. 도중에 많은 생각이 들기 시작했다. 2만 달러를 지불하기로 한 보스턴 방송국의 남자가 생각났고, 자신이 떠난 지금 그가 약속을 지킬지 걱정되었다. 그 돈이 없으면 에이프릴의 병원비를 어디서 구한단 말인가? 그녀는 또한 그가 아침에 여길 온다고 했는데, 그의 초인종에 자신이 아무런 반응을 하지 않으면 어떻게 되나 하는 생각도 했다. 그가 들어올까? 만약 그때까지 그녀가 세상을 떠나지 않았다면, 사람들이 그녀를 살려 낼지도 몰랐다. 그래서 그녀는 문을 잠글지 말지 결정해야 했다.

그녀는 아무도 들어올 수 없기를 원했다. 하지만 문을 부숴야 할 경우, 그 소리에 제러미가 겁을 먹을 수 있었다. 반면에 문이 잠겨 있지 않다면, 제러미는 아침에 아무 문제 없이 문을 열고 밖으로 나가 돌아다닐 수 있었다. 캐시 메이너드가 그를 안아 들고 데려와 너무 빨리 그녀를 발견할 수도 있었다. 결국 니콜은 문을 잠갔다. 하지만 내일 아침 침울하게 서성거리며 자신을 바라보고 있을 제러미를 생각하니 마음이 괴로웠다.

이제 그녀는 한 번에 서너 개의 세코날을 물과 함께 복용하고 있었고, 게리가 그녀 곁에 앉아 있었다. 요즘은 게리를 생각하지 않는 시간이 단 몇 초도 없었다. 그러나 이제 그는 아주 가까이 있었고, 그녀는 자신이 곧 그와 함께할 수 있고, 자신이 얼마나 그를 신뢰하며 두려워하지 않는지를 생각했다. 그러다 그녀는 옷을 입지 않고 눕는 것에 대해 생각했고, 어떻게 해야 할지 고민했다. 그녀는 옷을 입은 채로 죽고 싶지 않았다. 그것은 분명했다. 그러나 옷을 벗는 것도 이상하게 느껴지긴 했다. 기자들이 아침에 들어와 자신의 벌거벗은 몸을 볼 수도 있었다.

그녀는 침대에 누워, 게리의 사진을 가져다 베개 밑에 놓고 그것을 손으로 꼭 쥐었다. 오늘 밤은 조금 더 특별히 벌거벗은 기분이었다. 약 기운이 기분 좋게 돌기 시작했다. 정말로 약효가 느껴졌다. 다리가 붕 떠서 움직이는 것처럼 좋은 기분을 느껴 보려고, 침대 밖으로 나와 주위를 조금 걸어 다녔다. 처음으로 걷는 법을 배우는 듯 기분이 끝내주게 좋다가, 다리가 무거워지기 시작했다. 그녀는 누워서 게리의 사진을 붙잡고 약을 먹기 십 분 전에 썼던 편지를 떠올렸다. 유언장과 가구 처분 방법을 적은 편지를 읽으며, 그녀는 엄마와 가족에게 보내는 진정으로, 아주 개인적인 글은 아무것도 없었음을 깨달았다. 그래서 그녀는 추가로 편지를 한 통 더 썼고, 그것을 떠올렸다. 그리고 그녀가 이제껏 만난 이웃 중 가장 좋은 사람이자 천사 같은 존재이고 믿음직한 이웃인 옆집의 캐시 메이너드 역시 떠올렸다. 그 마지막 편지가 머릿속을 맴돌기 시작하면서 니콜은 바로 잠이 들었다.

1976년 11월 15일, 월요일

엄마, 아빠, 릭, 에이프릴, 마이크, 에인절.

제가 여러분을 사랑하고 아끼는 건 모두가 알아요.

제가 이 세상을 떠나는 걸 원망하지 마세요.

누구에게도 상처 주려는 게 아니며 — 당신들이 고통을 겪지만 않을 수 있다면 — 전 분명 그렇게 했을 거예요.

하지만 전 가야 해요. 왜냐하면 너무도 간절히 원하거든요.

무언가를 그렇게 원하면서 — 그것을 스스로에게 허락하지 않는다면 — 어느 순간 저는 분명 비통하고 못생긴 늙은 여자로 변하거나 — 완전히 이성을 잃게 될 거예요.

여러분은 모두 저와 게리를 잘 이해하실 거라고 생각하지만, 그렇지 않다 하더라도 — 시간이 지나면 다 알게 될 거예요.

전 그를 사랑해요. 목숨보다 더요.

그리고 전 여러분 모두를 무척 사랑해요. 이보다 더 좋은 가족은 바랄 수 없을 거예요. 우리도 몇 번 어려운 시기를 지나왔지만, 제가 누구에게든 잘못한 게 있다면, 제가 용서하는 것만큼 저도 쉽게 용서받았으면 좋겠어요.

더 이상 말하고 싶지 않아요. 이 글을 더 일찍 썼어야 했는데 그러지 못해서 미안해요. 할 말이 너무 많았어요.

자, 결국 모든 것이 명확하고 올바르게 될 거예요. 그저 제가 오늘 여러분 모두를 사랑하고 언제나 사랑하리라는 것만 알아 주세요.

부디 저의 죽음을 비통해하거나 게리를 원망하지 말아 주세요.

전 그를 사랑해요.

제가 한 선택이에요.

전 그것을 후회하지 않아요.

부디 제 아이들을 늘 사랑해 주세요. 그 아이들도 가족의 일부니까요.

그들에게 결코 진실을 숨기지 말아 주세요.

여러분 중 누구라도 제가 필요할 때, 제가 곁에서 귀를 기울일 거예요. 저와 게리는 ─, 그리고 여러분 자신도 모두 놀랍도록 선하신 하나님의 일부이기 때문이에요.

이 이별을 계기로 서로에 대한 사랑과 이해와 기대 속에서 우리가 더욱 가까워지기를 기원합니다.

모두를 사랑해요.

시시

2부

독점권

6장

철야

1

캐시 메이너드가 아침에 세코날을 과다 복용한 채 침대에 누워 있는 니콜을 발견한 지 사 개월이 지났음에도, 여전히 주변에는 녹음기를 든 기자들이 출몰했다. 니콜에 대한 관심이 지대했고, 캐시 본인에 대한 호기심은 적었지만, 중요하든 안 중요하든 목격자 각각에게 그들의 삶에 대해 많은 질문을 던지는 일로 시작하는 것이 일부 기자들의 인터뷰 기법이다.

취재 기자: 결혼할 당시 당신은 몇 살이었나요?

캐시 메이너드: 열여섯이요.

취재 기자: 열여섯 살에 결혼한 이유는요?

캐시 메이너드: 다른 친구들이 하니까요.

취재 기자: 누구와 결혼했나요?

캐시 메이너드: 히버 시티의 팀 메어요.

취재 기자: 그는 몇 살이었죠?

캐시 메이너드: (킬킬거리며) 열일곱 살이요.

취재 기자: 열일곱. 그는 뭘 하고 있었죠?

캐시 메이너드: 목재 공장에서 일했어요.

취재 기자: 그러면 그를 어디서 만났나요?

캐시 메이너드: 학교 앞에서요. 잔디밭이었죠.

취재 기자: 결혼하기 전에 얼마나 오래 사귀었나요?

캐시 메이너드: 한 달 정도요.

취재 기자: 두 분은 어디서 결혼했나요?

캐시 메이너드: 히버에 있는 그의 집에서요.

취재 기자: 왜 당신 집이 아니라 그의 집에서 결혼한 거죠?

캐시 메이너드: 엄마가 모텔에서 살았거든요.

취재 기자: 어머니는 당신의 결혼을 기뻐하셨나요?

캐시 메이너드: 아뇨, 엄만 꽤 충격을 받았어요. 제가 그러지 않길 바라셨죠.

취재 기자: 애가 땅콩버터 병을 들고 있는데, 괜찮은가요?

캐시 메이너드: 케빈, 땅콩버터 올려놔! 어서!

취재 기자: 혼인 관계는 얼마나 오래 지속되었죠?

캐시 메이너드: 으으으음, 보자…… 석 달이요.

취재 기자: 결혼 전에 그와 잤나요?

캐시 메이너드: 오 그럼요. (킬킬거린다.)

취재 기자: 그렇군요. 그런데, 음, 그 결혼은 어떻게 됐나요?

캐시 메이너드: 남편이 자살했어요.

취재 기자: 자살했다고요?

캐시 메이너드: 네에.

취재 기자: 혼인 상태에서요?

캐시 메이너드: 네에.

취재 기자: 왜, 제 말은 무슨 일이, 무슨 사연이 있었나요?

캐시 메이너드: 음, 남편은 술을 마시고 있었고 저희는 프로보로 가고 있었고, 크리스마스 쇼핑을 하고 있었는데…… 그러다 그가 프로보를 나가는 길에 멈춰서 사냥용 칼을 샀어요. 그리고 그것에 대해 전 아무 생각이 없었죠…….

취재 기자: 그랬군요.

캐시 메이너드: 돌아오는 길에 저희는 말다툼을 했어요. 날씨도 추운데 남편이 자꾸 창문을 내렸거든요. 그래서 저희가 엄마 집에 돌아왔을 때…… 그는 저와 다시 다투기 시작했고, 엄마는 자고 있었고, 엄마가 심야 근무를 하거든요. 그래서 전 그저 남편에게 조용히 해 주지 않겠느냐고…… 엄마가 깨지 않게 목소리 좀 낮춰 달라고 부탁하니까, 그가 화가 나서 밖으로 나가 버렸어요. 전 침대에 누워 있었죠. 그리고 그때 그가 방향을 바꿔 다시 돌아와 불을 켜고 칼을 꺼내더니 말했어요. "잘 봐." 그러고는 스스로를 찔렀죠.

취재 기자: 당신 바로 앞에서요?

캐시 메이너드: 네에. 케빈, 땅콩버터 올려놔!

취재 기자: 그가 왜 그랬는지 아나요?

캐시 메이너드: 저도 몰라요. 언젠가는 자기 발을 쏜 적도 있어요.

취재 기자: 결혼하고 나서요?

캐시 메이너드: 결혼 전에요……. 왜냐하면 제가 다른 남자랑 사귀었거든요.

취재 기자: 그렇군요.

캐시 메이너드: 케빈, 잠깐 놀고 있으럼.

취재 기자: 자책했나요?

캐시 메이너드: 오, 한동안 그랬죠. 음, 저와 싸우지 않았다면 그런 일은 없었을 텐데 하는 생각에 충격이 컸죠…….

취재 기자: 예에.

캐시 메이너드: 모르겠어요, 많은 사람들과 이야기를 나눈 후에 그가 아픈 사람이었고 도움이 필요했다는 걸 깨달았어요.

취재 기자: 그는 어디를 찔렀나요?

캐시 메이너드: 음, 배요. 동맥을 묶어 출혈을 멈추려 했는데 실패해서, 쇼크가 왔고 피도 많이 흘렸죠…….

취재 기자: 아파트에서 사망했나요?

캐시 메이너드: 오 아뇨, 유타 대학교에서 죽었어요……. 솔트레이크의……. 이틀 후에요.

취재 기자: 이틀 후에요?

캐시 메이너드: 네에.

취재 기자: 그런데 음, 당시 임신 중이거나 그러지 않았나요?

캐시 메이너드: 음, 임신 중이었어요. 제 쌍둥이는 팀의 아이들에요.

취재 기자: 그런데 당신은 당시 임신 중이라는 사실을 알았나요?

캐시 메이너드: 아뇨!

취재 기자: 남편이 사망하고 얼마 후에 임신 사실을 알게 되었

나요?

캐시 메이너드: 으음, 땅콩버터 병과 뚜껑을 엄마한테 가져오는
게 어떠니, 응? 휴우, 어디 보자, 생리를 한 번 안 하고 지나갔지
만 이전에도 주기가 들쭉날쭉했었기 때문에 딱히 걱정하지 않
았죠…….

취재 기자: 그러면 두 달 후에 알게 된 건가요?

캐시 메이너드: 그렇죠.

취재 기자: 한숨 쉬며 말하네요.

캐시 메이너드: 오, 상황이 좀 복잡해졌으니까요. 말했듯이, 저는
팀이 그렇게 죽은 지 이 주 후에 레스 메이너드와 재혼했거든요.

취재 기자: 팀이 죽고 나서 바로 결혼했다고요?

캐시 메이너드: 팀의 장례식에서 레스를 만났어요.

취재 기자: 이전부터 레스 메이너드를 알았던 거예요, 뭐예요?

캐시 메이너드: 그가 누군지도 몰랐어요.

취재 기자: 그런데 그가 어떻게 장례식에 왔죠?

캐시 메이너드: 그는 팀의 친구 중 하나였어요. 그가 팀을 알았죠.

취재 기자: 그렇군요. 그러니까 당신은 그를 장례식에서 만났다
는 거죠? 그 후 무슨 일이 있었나요?

캐시 메이너드: 음. (잠시 말이 없다가) 어, 저는 제 사촌이랑 그녀
의 남편과 함께 지내고 있었는데 레스가 찾아왔어요. 저는 팀
이 죽은 후 이 주간 술에 취해 살았거든요…….

취재 기자: 취해 있었다고요?

캐시 메이너드: 그랬어요. (키득거린다.)

취재 기자: 맥주예요? 아니면 위스키나 그런 거?

캐시 메이너드: 오, 뭐든요……. 우린 뭐든 다 마셨어요. 팀의 장례식 때 받은 돈을 다 가져다가 술을 샀고 레스가 이 주 동안 거기서 저와 함께 지냈고 그런 다음 결혼했어요.

취재 기자: 레스와는 왜 결혼한 거죠?

캐시 메이너드: 외로워서요. 무서웠던 것 같아요.

취재 기자: 그렇다면 그는 왜 당신과 결혼한 거죠?

캐시 메이너드: 저도 모르겠어요……. 안돼 보였나 보죠.

취재 기자: 그와 이런 얘길 나눠 본 적 없어요?

캐시 메이너드: 네.

취재 기자: 그러면 레스와의 결혼 생활은 어땠나요?

캐시 메이너드: 끔찍했어요.

취재 기자: 처음부터?

캐시 메이너드: 글쎄요, 정신을 차리고 제가 한 짓을 깨닫고 나니 그가 저를 만지는 것도 참을 수가 없었고……. 항상 공동묘지 안의 팀 무덤 옆에 앉아 밤을 지새우고, 팀의 무덤에 결혼반지를 던졌어요. 저는 한동안 엉망진창이었고 몇 달 동안 떠나 있었더니 그로 인해 많은 문제들이 생겼어요. 질투나 그런 것들이 시작됐죠…….

취재 기자: 떠났을 때 당신은 다른 남자들과 관계를 가졌나요?

캐시 메이너드: 오 아니에요.

취재 기자: 그럼 그저 혼자 있고 싶어서 떠난 건가요?

캐시 메이너드: 네.

취재 기자: 그러니까 당신은 그를 사랑한 적이 없었네요.

캐시 메이너드: 그건 사랑이 아니었어요. 사랑이었을 리가 없죠.

하지만 어느 정도는 사랑으로 발전한 것 같기도 해요. 우리 아이들을 낳고 나서는요.

취재 기자: 첫 두 아이들이요?

캐시 메이너드: 으흠, 흠 맞아요.

취재 기자: 그와 얼마나 살았나요?

캐시 메이너드: 두어 주요.

취재 기자: 레스와도 단 두어 주를 같이 살았다고요. 그를 마지막으로 본 게 언제예요?

캐시 메이너드: 레스요? 하, 하, 그저께요.

취재 기자: 그럼 그를 주기적으로 만나나요?

캐시 메이너드: 으흠, 음, 그는 제 가장 친한 친구랑 지내요.

취재 기자: 그가 돌아와서 당신을 만나면, 당신과 관계를 갖거나 그러나요?

캐시 메이너드: 오 아뇨.

취재 기자: 당신과 레스는 이혼은 안 하나요?

캐시 메이너드: 지금 진행 중이에요.

취재 기자: 그는 지금 직업이 뭔가요?

캐시 메이너드: 스패니시의 주유소에서 일해요.

취재 기자: 스패니시 포크요?

캐시 메이너드: 바로 거기요.

2

캐시는 매일 아침 니콜을 깨웠다. 게리를 만나기 위해 일찍 나가려면 캐시가 꼭 들러 줘야 했다. 거의 매일 그랬다. 니콜은 혼자서 깨지를 못했다.

그 특별한 날 이른 아침에, 캐시는 커피가 담긴 커피포트를 가져가 노크를 하고 니콜의 아파트 초인종을 누른 다음 창문을 통해 잠들어 있는 니콜을 보았다. 그녀는 소파에 엎드려 누워 있었다. 그녀의 맨등이 살짝 보였다. 잠시 벨을 누르다, 그녀는 문을 열어 보려 했다. 문이 잠겨 있는 게 신경이 쓰였다. 그녀는 커피를 자기 집에 도로 가져다 놓고, 다시 돌아가 제러미의 이름을 불렀다. 마침내 제러미가 잠에서 깨어 침실에서 나왔다. 아이는 아직 반쯤 잠든 상태였고 소파 위의 니콜 옆에 풀썩 쓰러져 누웠다. 초록색 잠옷 차림의 아이는 다시 자고 싶어 했다. 결국 십오 분 만에 제러미를 시켜 문을 열게 했지만, 캐시가 들어가서 흔들고 뒤집어도 니콜은 반응이 없었다.

니콜은 작은 금색 액자에 들어 있는 게리의 사진 위에서 잠들어 있었다. 교도소에서 파란색 재킷을 입고 찍은 컬러 사진이었지만 멋져 보였다. 사진 옆에는 편지 한 통이 놓여 있었는데, 캐시는 그것이 8월 초에 쓰인 오래된 편지라는 것을 한눈에 알 수 있었다. 니콜이, 처음으로 그가 보낸 장문의 편지가 자신에게 얼마나 큰 의미가 있는지에 대해 자주 이야기했기 때문에, 그녀는 날짜를 알아보았다. 그런 다음 캐시는 니콜을 다시 깨우려고 애썼다. 그러는 내내 제러미는 두 사람을 쳐다보고 있었다.

결국 캐시는 이웃인 셰리를 찾아갔고, 두 여자 모두 니콜을 찾아가 흔들어 깨웠다. 그리고 발코니에서 청바지 차림에 맨발인 채로 서서 걱정스러운 표정을 지었다. 그들이 의사에게 전화하기로 했을 때쯤, 그 기자, 제프 뉴먼이 니콜의 집 문 앞으로 곧장 다가왔다. 그러자 캐시가 "그녀는 잠들었어요. 니콜은 자고 있어요."라고 외쳤다.

제프 뉴먼이 그들을 이상하게 쳐다보며 말했다. "그녀는 괜찮나요? 오늘 아침에 교도소에 데려다주기로 했는데요."

캐시가 말했다. "네, 그냥 피곤해서 그래요."

그가 말했다. "삼십 분 후에 다시 올게요." 그러고는 가 버렸다.

그리고 두 여자는 셰리의 주치의에게 전화했다. 니콜의 이름을 듣는 순간, 의사는 그들에게 병원에 전화하라고 지시했다.

경찰들은 아파트 주변을 뛰어다니며 약병을 수색했고, 구급대원들은 재빨리 출동해 니콜을 살펴보고는 들것에 태웠다. 캐시는 이제 자신의 아파트에서 자기 아이들과 함께 있는 제러미를 찾으러 갔다. 아이들은 모두 냉장고에서 젤리를 꺼내 먹고 있었다. 바로 그때 제프 뉴먼이 돌아왔다.

캐시가 말했다. "당신이 여기 있는 걸 니콜이 고마워할지 모르겠네요."

"글쎄요, 전 안 떠납니다." 그가 그녀에게 말했다.

캐시는 제프 같은 사람들이 기웃거리며 여기저기 뒤지고 다니는 걸 보면서, 니콜의 편지들을 챙겨 두는 게 좋겠다고 판단했다. 그래서 갈색 종이봉투에 편지를 빽빽이 채워서 모두 자기 아파트로 가져갔다. 그때 레스가 들렀고, 캐시는 아이들에게 줄 우유를 사러 나갔다. 그녀가 없는 사이에 경찰 두 명이 나타나 레스에게 자기들이 그 편지들을 가져가겠다고 말했다. 아마도 그들은 아파트를 지켜보고 있었던 듯했다. 그들은 레스에게 캐시가 큰 곤경에 처할 수 있다고 말했다. 레스가 말했다. "알았어요, 도로 가져가요."

그날 나중에, 캐시는 병원에 있는 니콜을 찾아갔지만, 병원 측은 가족 외에는 아무도 들여보내 주지 않았다. 사실, 캐시는 니콜을 다시는 만나지 못했다.

3

주말 동안 데니스가 게리와 나눈 대화는 교도소의 본질에 대한 문학적, 철학적 질문으로 가득했다. 이번 주 화요일 아침에는 살인 사건에 대해 이야기 나눌 수 있기를 고대했다. 당연히 그는 궁금한 게 많았다. 기자가 전화해서 게리와 니콜의 동반 자살 시도에 대해 보아즈 씨는 어떻게 생각하느냐고 물었을 때 그는 큰 충격을 받았다. 데니스는 "사신을 두려워 말라."는 말을 완전히 잊고 있었다. 그는 속으로 '난 아무것도 모르는데.'라고 생각했다. 기자에게는 "두 사람, 살아 있습니까?"라고 물었다.

"버티고 있어요." 그 기자가 말했다.

바로 어제, 한 친구가 데니스에게 게리로부터 서면 합의를 받아 두라고 조언했다. 하지만 그는 그러고 싶지 않았다. 이런 이례적인 상황에서는 계약이 인간적인 관계가 제대로 형성될 가능성을 질식시킬 수 있었다. 그러나 그는 게리가 점차 사업적인 태도를 보이고 있다는 점을 인정하지 않을 수 없었다. 어제 게리는 서스킨드에게 약간의 관심을 보였고, 그에게 전보를 보내온 실러에 대해서도 이야기했다. 데니스는 게리의 목소리에 새로운 관심이 스며드는 것을 느꼈다. 그가 자살 시도에 그토록 놀란 것은 바로 그 때문이었다.

그리고 그날, 상황은 더 악화되었다. 다른 기자가 전화해서, 보아즈 씨, 길모어에게 약을 전달했다고 샘 스미스가 의심하는 용의자 명단에 당신이 올라와 있어요, 라고 알려 주었다. 데니스는 욕지기가 났다. 그가 모르는 사이에, 교도소 측에서 그가 게리와 나누는 대화를 녹음하고 있었다면 어떻게 되는 건가? 그들이 그가 게리와 세코날 50개를 반입하는 문제에 대해 이야기하는 장면을 녹음했을 수도 있지만, 그가 게리에게 자기는 절대 그러지 않을 거고 그럴 수도 없다고 말하는 다음 면회 장면은 녹음하지 않았을 수도 있다. 그 순간, 데니스는 두려움의 차갑고 축축한 손이 내장을 움켜쥘 때의 감각을 얼마간 알게 되었다. 뻔한 표현이 아니었다. 그의 배짱도 외부의 힘에 의해 짓눌리고 있었다.

병원 밖에서 《뉴스위크》의 한 남자가 같은 소식을 전했다. 보아즈는 교도소장이 꼽은 가장 유력한 용의자였다. ABC 방송국의 허랄도 리베라도 같은 말을 했다. 데니스는 생각했다.

이런 건 전혀 필요 없는데.

그날 그는 카타르시스와 깊고 강렬한 감정을 경험했다. 게리가 죽거나 니콜이 사라진다고 생각하자 너무도 큰 상실감이 느껴졌고, 과연 자신이 양심의 가책 없이 계속해서 게리의 사형을 요구할 수 있을지 의문이 들기 시작했다.

바로 그 시점에 허랄도 리베라가 인터뷰를 제안했고, 두 사람은 그것을 논의하기 위해 그의 호텔 방으로 올라갔다. 데니스는 지난주에 게리를 보호하기 위해 대마초를 멀리하느라 그것을 소지하고 있지 않았다. 하지만 그는 리베라가 이 문제에서 자신을 도와줄 사람을 알고 있을 거라고 생각했고, 실제로 그 호텔에는 태국산 고품질 마리화나를 소지한 기자가 있었다. 데니스는 그것을 사랑인 양 폐 속으로 들이마셨다. 하지만 언제나 마리화나 속에 신의 사랑 일부가 깃들어 있다는 타당한 전제가 있었다. 물론, 폐 속에 들어오는 것은 사랑이 아니라 악마가 제공하는 가짜일지도 모른다는 흥미로운 반대 가설을 제시한 친구도 있었다. 흥미로운 주장이었지만, 지금 당장 데니스가 아는 것은 질 좋은 마리화나가 자신에게 정서적 영향을 준다는 것뿐이었다. 그것은 심장으로 곧장 파고들었다.

호텔 방에 앉아 허랄도 리베라와 이야기를 나누는 동안, 상황이 너무도 절망적이라는 사실을 느끼자 데니스는 눈물이 나기 시작했다. 어쩔 수 없었다. 그는 허랄도 앞에서 크게 흐느끼기 시작했다. 생각했던 것보다 훨씬 더 슬펐다.

4

훗날, 태머라는 분명 자기 말이 바보처럼 들렸다고 가장 먼저 인정했을 것이다. 하지만 당시에는 자기가 작성한 기사가 1면에 실릴 줄은 전혀 몰랐다.

몇 달 전,《데저트 뉴스》에서 일하고 나서 얼마 지나지 않아 그녀는 실제로 티턴 댐 붕괴 사건[58]에 대한 기사를 써서 1면 톱기사의 작성자로 이름을 올린 적이 있었다. 신입 기자로서는 엄청난 일이었다. 그녀는 티턴 댐 기사가 자신이 1면에 올리는 기사로는 처음이자 마지막일 거라고 생각했고, 다시 그런 대형 기사를 쓰게 되리라고는 생각하지 못했다. 그래서 월요일 오후, 니콜과 헤어져 신문사로 돌아온 후 편지를 읽으며 기사를 작성하면서도 이 기사가 어디에 실릴지는 전혀 예상하지 못했다. 하지만 작업을 마친 아침 7시쯤엔 그녀도 알았어야 했다. 이젠 편집자 두 명을 포함해 다른 사람들이 그녀를 돕고 있었다. 그녀는 이 이야기가 독자들에게 민감하게 받아들여질 수도 있는 내용이기 때문에 편집자들이 한 번 검토하고 싶어 한다고만 생각했다. 그런데 모두가 그녀의 책상 주변에 모여 막바지 수정을 도왔고, 심지어는 원고를 타자기에서 빼내자마자 곧바로 인쇄소로 보내야 할 정도로 상황이 급박해졌다. 그들은 아침 8시에 인쇄를 시작했고, 태머라는 사진에 곁들일 설명글

---

58) 1976년 6월 5일, 아이다호주의 티턴 댐이 완공된 지 불과 며칠 만에 붕괴된 사건.

을 쓰는 걸 도우며 버텼다. 그리고 8시 30분 내지 9시쯤, 그녀는 잘 준비를 마쳤다. 하지만 그 전에 인쇄된 기사를 보고 싶었다. 그래서 첫 번째 판이 나오기를 기다리며 산책을 나갔다.

태머라는 결국 템플스퀘어의 방문자 센터까지 가서 경사로를 올랐다. 공중으로 휘어진 커다란 나선형 산책로였는데, 마치 우주나 은하계 속으로 상승하는 것 같은 기분이 드는 장소였다. 짙은 파란색 천장이 머리 위를 덮었고, 정상에는 거대한 예수 동상이 있었다. 아름다운 곳이었다. 전에도 조용히 사색하기 위해 온 적이 있었다. 그곳에는 매우 온화한 평화로움이 존재했다. 강력한 존재들이 자신의 주위를 맴도는 느낌이 들었다. 그녀는 자기가 쓴 기사가 가치 있기를, 그리고 니콜을 위해 어떻게든 일이 잘 풀리기를 기도했다.

그러고 나서 태머라가 다시 신문사로 돌아와 보니, 보도국이 이전에 본 적 없을 정도로 긴박하게 돌아가고 있었다. 그녀는 마감을 코앞에 두고 엄청난 일이 일어났다는 것을 알았다. 기사가 매우 신속히 작성되어 곧장 단말기에 입력되었고 뒤이어 조판 작업이 이루어졌다. 정신이 하나도 없었다. 편집장이 다가와서 말했다. "니콜과 길모어가 자살을 기도했어. 지금 중환자실에 있대. 작은 것부터 쓰기 시작해."

태머라가 말했다. "와 이런."

뭘 해야 할지도 모르는 상태에서 일단 타자기 앞에 앉았다.

죽음과 자살이 ── 태머라의 기사는 이렇게 시작되었다 ── 유죄 선고를 받은 살인범 게리 마크 길모어와 그의 애인 니콜 배럿이 자살을 시도하기 전주에 나누던 대화의 주된 주제였다.

니콜은 그들이 나눈 대화를 나에게 털어놓았다. 긴장으로 가득 찬 한 주 동안 일련의 친밀한 대화를 나누면서 그녀는 길모어에게서 받은 많은 편지들을 나에게 보여 주었고, 그가 어떻게 자신에게 자살을 독려하고 그것에 대해 확신을 주었는지 이야기했으며, 죽음에 대한 자신의 감정을 솔직하게 털어놓았다.

이제 내 친구는 전 세계가 지켜보는 가운데 프로보의 한 병원에서 사경을 헤매고 있다…….

그녀는 자신과 니콜에게 일어난 모든 일에 대해 몇 페이지에 걸쳐 계속 글을 썼다.

나에게는 그 시점까지 아무도 접근할 수 없었던 자료가 있었다. 감정이 복잡했다. 나는 그녀를 한 인간으로서 좋아했고, 나와 같은 직업을 가진 누구라도 그렇듯 그녀에게서 기삿거리가 될 만한 이야기를 얻어 낼 수 있기를 바랐다. 하지만 그녀에게 부담을 주거나 원하지 않는 상황으로 몰아넣고 싶지는 않았다.

청바지 차림에 한 손에 스웨터를 들고 담배를 피우며 교도소에서 나오는 그녀에게 나는 면회가 어땠는지 물었고, 그렇게 우리의 대화는 시작되었다. 우리가 내 폴크스바겐에 올라탔을 때, 차 안이 조용해야 그녀가 말하고 싶어질 것 같아 라디오를 꺼 두었는데, 그녀는 정말 그런 것 같았다.

"처음 그를 만나러 갔을 땐 속이 울렁거렸는데, 나중에는 기분이 나아졌어요." 그녀가 말했다. "그는 아주 강한 사람이에요. 나보다 훨씬 더 강하죠. 그리고 언제나 날 안심시키고 기분 좋게 해 줘요."

그것은 태머라가 마치 로봇처럼 수행한 일이었다. 실제로 어떤 감정이 닥쳐오기도 전에 그녀는 이 새로운 기사를 단말기로 가져가서 입력하기 시작했다. 그러고 나니 정말 만감이 교차했다. 니콜이 오늘 그 일을 저지르리라고는 전혀, 아주 조금도 예상하지 못했기 때문이었다.

어떤 식으로든 진정되었다 싶으면 다른 식으로 다시 화가 났다. 게리는 최악의 방식으로 남을 조종하는 사람이었다. 누군가를 조종하여 자신과 함께 죽게 만드는 것은 누군가를 꾀어 함께 잠자리를 갖게 만드는 것과는 차원이 다른 문제이며 지극히 이기적인 행동이라고 태머라는 생각했다. 그가 보낸 편지들은 모두 미친 듯한 질투로 가득했다. 그녀가 다른 남자를 만난다는 생각만으로도 견디질 못했다. 애새끼 같았다. 태머라가 생각했다. 그냥 애새끼였다!

바로 그때, 그녀의 오빠 카델이 보도국으로 들어왔다. 그는 시내에서 일했지만, 이런 일은 처음이었다. 라디오에서 이야기를 듣고 태머라에게 자신이 필요할 거라고 생각했던 것이다. 그녀는 그냥 카델을 껴안고 울었다. 두 사람 모두 그녀의 옛 남자 친구를, 그 죄수를 생각했는지도 모른다. 그날 밤 늦게, 그녀의 오빠가 워싱턴주의 밴쿠버에서 전화를 걸어 축하 인사를 건넸고, 자신과 아내가 그녀를 무척 자랑스럽게 여긴다고 말했다. 그들은 가족들에게 보내 줄 기사들을 복사하고 있었다. 그녀는 나중에 자신의 글이 여기저기에 실렸다는 사실을 알게 되었다. AP(연합) 통신사를 비롯해,《런던 옵서버》, 스칸디나비아 지역 신문, 남아프리카의 일부 신문, 파리 뉴스 배급사,《뉴스위크》, 그리고 서독 언론에서도 그녀의 기사를 집중적으로 보도했다. 신문사는 그 기사를 각 언론사에 750달러에 팔았고, 이는 태머라가 지금까지 받은 급여를 훨씬 상회했다. 정말 멋진 일이었다.

5

노얼 우튼 사무실의 웨인 왓슨과 브렌트 불럭은 경찰로부터 편지에 대한 연락을 받고 니콜 배럿의 아파트로 갔다. 그들은 맥스 젠슨 사건으로 게리를 재판해야 할 경우, 사건에 도움이 될 만한 인정 진술이 그 편지들 안에 있을지도 모른다고 생각했다.

노얼의 사무실로 돌아와, 왓슨과 불럭은 편지를 훑어보기 시작했다. 그러나 처음 열 장쯤 읽고 나자 흥미가 거의 사라졌다. 그 남자는 분명 똑똑한 사람이었지만, 새로운 증거를 발견해야 한다는 관점에서 볼 때 그 편지들은 지루했다. 웨인 왓슨이 압운 속어를 번역할 줄 알아야 이해가 되는 문단 하나를 발견하긴 했다. 약이 '잭과 질'[59]로 지칭되어 있었던 것이다.

---

59) '잭과 질'은 영국 동요에서 유래한 것으로, 남녀를 함께 지칭할 때 사용

그래서 그는 약이 교도소 안으로 반입된 경위를 수사 중인 솔트레이크 보안관 사무실의 한 남자에게 연락해, 니콜이 범인일 수 있음을 알렸다.

사실, 이 모든 일에서 최고였던 부분은 브렌트 불럭과 웨인 왓슨이 니콜의 작은 거실에 있다가 언론사 사진 기자에 의해 사진이 찍혔다는 사실이었다. 거기서 그들은 각각 한쪽 무릎을 꿇고 쪼그리고 앉아 바닥 위의 편지들을 바라보고 있었는데, 두 사람 모두 프로 축구 선수만큼이나 덩치가 컸다. 양끝이 위로 살짝 말린 15센티미터 길이의 콧수염을 뽐내는 브렌트는 매우 잘생긴 모습이었다. 그 기사 사진이 나온 후, 그들은 아내와 친구들로부터 슈퍼 탐정이니 뭐니 하며 놀림을 받았다.

6

엄마인 스트롱 부인이 전화했을 때 캐서린은 '아이디얼 가구점'에서 일하고 있었다. "라디오에서 소식 들었니?" 그녀가 물었다. "라디오 켜 놨어?"

그러자 캐서린의 입에서 한마디가 툭 튀어나왔다. "니콜!" 캐서린은 마음이 무너져 내렸다. 비명을 질렀다. "안 돼! 안 돼! 안 돼!"

되는 무해한 표현이지만, 잭(Jacks)은 가끔 수면제, 특히 세코날 같은 약물을 의미하는 경우가 있다.

그녀는 최악의 상황을 상장했다. 매장 뒤쪽의 커다란 스테레오라디오가 켜져 있었지만, 볼륨이 낮게 설정되어 있어서 듣지 못했기 때문이다. 이제 그녀의 귀는 바로 라디오 소리에 집중했고, "길모어의 여자 친구…… 자살"이라는 말을 들었다. 캐서린은 발작적으로 흥분했다. 스트롱 부인은 그녀가 말을 제대로 알아들을 때까지 수화기 너머로 계속 소리를 질러야 했다.

　　"그 앤 죽지 않았어." 그녀의 어머니가 말했다. "지금 유타 밸리에 있다. 지금 바로 널 데리러 가마."

　　캐서린은 뇌진탕에 걸린 사람처럼, 멍하니 시간을 흘려보냈다. 어느새 매장 밖에서는 옛날부터 가족들이 농담처럼 '구린 링컨'이라고 부르던 낡은 링컨을 탄 어머니가 그녀를 차에 태우고 있었다. 다음 순간 그들은 병원 응급실 문 앞에 있었고, 접수처 여직원이 그들을 두 번째 문으로 보냈다. 니콜의 병실에 들어섰을 때 캐서린은 공포를 느꼈다. 그 무시무시한 기계가 다시 한번 그곳에 있었다. 불과 일주일 전에 아버지가 같은 기계를 달고 있었다. 이제 그는 죽었고, 병상에 누워 있는 사람은 니콜이었다.

　　병원에서 캐서린에게 신경 안정제를 주었다. 의사가 병실에 들렀다. 그는 말할 때 거의 입을 벌리지 않았는데, 니콜의 생존 확률로 50대 50도 장담하지 못했다. "어느 쪽이든 가능해요." 그가 말했다. 그러고는 덧붙였다, "뇌 손상 유무는 알 수 없습니다……. 문제는 기계가 폐를 계속 작동시킬 수 있느냐는 겁니다……. 그것도 장담할 수 없습니다." 희망적인 말은 분명 아니었다. "그녀의 몸속에서 모든 약물을 제거하기 전까지는 아무것도 장담할 수 없습니다."

병실 문밖에 경찰관 한 명이 앉아 있었다.

캐서린은 십오 분 동안 니콜의 병실 안에 있다가 나가서 복도에 앉았고, 그동안 그녀의 어머니를 들여보냈다. 그러고는 다시 들어갔다. 이런 일은 오후 내내 계속되었다. 외할아버지의 장례식을 위해 와이오밍에서 돌아와 아직 이곳에 머물던 리키가 중환자실 대기실에 머물며 기자들의 접근을 막았다. 기자들은 모두 아래층에서 대기했는데, 젊은 여자 하나가 중환자실로 몰래 올라와 바닥에 뜨개질 가방을 내려놓고는 하루 종일 앉아 있었다. 그들은 그녀가 기자라는 사실을 전혀 몰랐다.

세 시간 후, 그녀가 캐서린에게 물었다. "당신이 니콜의 어머닌가요?"

캐서린은 그녀를 힐끗 한 번 쳐다보고는 신경 쓰지 않았다.

그러자 그 여자는 캐시 캠프먼에게 물었다. "당신은 니콜의 가족인가요?"

캐시가 말했다. "우릴 귀찮게 하지 말아요."

그래도 여자는 또 물었다. "니콜에게 형제자매가 있나요?"

그제야 캐시는 깨달았다. "당신 티브이 리포터군."

그녀는 누군가 말을 시작할 때마다 여자가 뜨개질 가방에 몸을 숙이고 무언가를 켜는 것을 알아챘다. 캐서린은 길길이 날뛰었다. 그들은 곧장 여자를 쫓아냈다.

찰리는 처음엔 오지 않을 예정이었다. 그런데 니콜의 아파트에 다녀오는 동안 오후 3시경에 그가 불쑥 찾아왔다는 사실을 알고 캐서린은 깜짝 놀랐다. 베이커 씨가 그곳에 왔었고 니콜을 보자마자 완전히 무너져 내렸고, 그리고 떠났다고 간호사가 말했다. 나중에 캐서린은 찰리가 플레전트 그로브에 가서 에인절, 마이크와 함께 밤늦게까지 머물렀다는 사실을 알게 되었다.

캐서린은 버텼다. 그녀는 아무것도 먹은 기억이 없었다. 자정을 조금 넘긴 시각에, 그녀는 교회 장로 몇 명에게 전화했고, 그들이 찾아와 병상 옆에서 니콜의 머리에 기름을 바르고 이마에 손을 얹고는 캐서린과 함께 기도했다. 그녀를 살려 달라고 신께 기도했다. 스스로 목숨을 끊으려 했던 탓에 교회의 이름으로 기도할 수는 없었지만, 나머지 가족 모두의 믿음을 바탕으로 그녀의 목소리를 들어 달라고 주님께 간청했다.

오후 4시경, 캐서린의 어머니가 그녀를 집으로 데려갔고, 밤 10시까지 찰리와 함께 있다가, 그의 차로 병원에 돌아갔다. 그러는 동안 그녀는 한 번도 쉬지 못했다. 병원에 계속 전화해서 혹시 무슨 변화가 있지 않은지를 확인했다.

다음 날까지 너무 많은 기자들이 아래층에 모여 있어서, 캐서린은 긴 금발 가발을 쓴 채 병원에 드나들어야 했다.

데저트 뉴스

11월 16일, 테네시주 내슈빌. (AP). 컨트리음악 스타 조니 캐시가 유타 주립 교도소에 있는 게리 길모어에게 전화하여 '살기 위해 싸우라고' 당부하려 했지만, 전화를 걸기 몇 분 전에 유죄 판결을 받은 살인범이 자살을 시도한 듯 의식을 잃은 채 발견되었다고 한다.

"스스로 목숨을 끊으려 하는 사람에게 제가 뭐라고 말했을지는 모르겠습니다." 캐시가 말했다. "도움이 될 때도 있고 아닐 때도 있죠. 하지만 저는 그를 말리려고 노력했을 겁니다."

그 가수도 처음에는 개입하고 싶지 않은 충동이 강했다고 한다. "전 그(변호사)에게 언론의 주목을 전혀 원하지 않는다고 말했어요. 저 자신의 일이나 신경 쓰는 게 낫다고 생각했죠. 그런 식으로 언론의 주목을 받는 걸 누가 좋아하겠어요?"

자신의 의뢰인이 캐시를 만나거나 캐시의 방문을 원한다며 보아즈가 끈질기게 설득하자, 캐시는 교도소로 전화하기로 결정했다고 말했다.

7

브렌다는 소식을 들은 순간부터 매시간 전화를 걸었지만, 게리가 입원한 솔트레이크의 병원에서는 그가 아직 살아 있다는 말만 되풀이했다. 브렌다는 "제가 가면 그를 만날 수 있나요?"라고 물었고, 그들은 이렇게 답변했다. "오고 싶다면 주지 사님을 대동하고 들어오는 게 좋을 거예요." 그녀는 적어도 그를 돌보는 간호사 중 한 명하고라도 통화할 수 있게 해 달라고 부탁했고, 그들은 마침내 한 여성을 연결해 주었다. "게리에게 브렌다가 전화했고 그를 많이 생각한다더라고 전해 주시겠어요?" 그녀가 말했다. "그가 죽음에 맞서 싸워 줬으면 좋겠어요." 충격적인 경험이었다. 그녀는 그 간호사가 자신의 말을 게리에게 전했는지 알지 못했다.

　병원에서는, 게리가 진짜로 자살을 시도한 건 아니라고 판단했다. 그들의 가장 정확한 계산으로는, 그는 치사량의 절반인 20캡슐, 약 2그램을 복용했다. 3그램을 복용할 경우의 사망 확률이 50퍼센트로, 이 정도 양을 복용한 사람의 절반이 사망했다는 뜻이다. 길모어는 체격이 큰 남자였기 때문에 2그램으로 사망에 이를 가능성은 적었다. 게다가 그는 아침 점호 직전에 약을 복용했다. 의심이 갈 수밖에 없었다. 니콜은 그보다 몇 시간 전에 같은 양을 삼킨 것 같았고, 훨씬 더 위중한 상태였다. 어쨌든 그녀의 몸무게는 45킬로그램 정도밖에 나가지 않았다. 길모어의 체중은 그녀보다 두 배는 더 나갔다.

　샘 스미스 소장이 인터뷰에 응했다.

　취재 기자: 그가 어떻게 약물을 입수했는지 짐작되는 부분이 있나요?

　교도소장: 여러 가지 가능성이 있습니다. 스스로 약물을 축적해서 모아 두었다가 복용했을 수도 있고, 최고 보안 교도소에 수감된 다른 재소자들로부터 얻었을 수도 있고, 면회하러 왔던 사람에게서 얻었을 수도 있습니다.

　취재 기자: 누군가가 약을 들여와 그 남자들에게 전달하는 게 어느 정도로 용이할까요?

　교도소장: 글쎄요, 누군가가 약처럼 작은 물건을 자기 몸이나 신체 구멍에 숨겨 가지고 들어오는 걸 막기란 사실상 불가능합

니다.

취재 기자: 하지만 그를 면회하러 들어오는 사람들의 몸을 수색하지 않나요?

교도소장: 맞습니다. 철저히 알몸 수색을 하지만 그렇다고 해서 신체의 모든 구멍을 탐색해서 약이 없다는 걸 확인할 수 있는 건 아닙니다.

취재 기자: 길모어의 건강과 안전을 책임지고 있는 사람으로서, 오늘 일어난 일에 대해 어떻게 생각하시나요?

교도소장: 물론 안타깝게 생각하지만, 자살을 원하는 사람의 자살 시도를 장기간에 걸쳐 막는다는 건 현실적으로 상당히 어렵다고 인식합니다.

취재 기자: 인터뷰 감사합니다, 샘.

이 인터뷰 후 언론의 분위기는 험악했다. 한 기자는 샘 스미스의 말을 듣고 있으면 세코날이 필요 없을 정도라고 말하기도 했다.

기자들 사이에서 유타주의 도시에서 도로 주소를 찾는 것은 마치 지도에서 포격 좌표를 찾는 것과 같다는 농담이 돌았다. 북2575, 서1100.

"네." 배리 패럴이 공책에 적었다. "주소는 맞아요. 다만 당신은 지금 다른 도시에 가 있는 것 같네요."《뉴 웨스트》의 기사를 작성하기 위해 그곳에 온 배리 패럴은 가장 큰 즐거움을 느낄 수 있는 순간이 기록하는 것이었을 정도로 좌절감을 느꼈다. 그는 솔트레이크가 싫었다. "이곳에는 스위스적인 분위기가 있다." 그가 적었다. "해안 지역 출신이라면 분노할 만한 안일함이 있다. 이곳에서 술에 취하는 행위는 마치 메타돈 유지 치료 프로그램[60]에 등록하는 것과 같다." 그런 다음 덧붙였다. "1시가 지나면 시내에서 들리는 건 네온사인이 삐걱거리는 소리뿐이다."

이 이야기에 가까이 다가가기가 어려웠다. 모든 것이 차단되어 있었다. 패럴의 기억에 사건의 중심인물에게 이렇게까지 접근하기 어려웠던 경우는 거의 없었다. 그는 수년 동안《라이프》의 기자로 일하면서 여러 곳을 다녔다. 가끔은 다른 사람들이 성사시키지 못한 인터뷰를 따내기도 했다. 하지만 여기서는 한 건의 인터뷰도 성사시키지 못했다. 패럴이 공책에 썼다. "길모어가 얼마나 숨 막혔을지 상상만 할 수 있을 뿐이다……. 죄 지을 기회조차 주어지지 않을 때 따라오는 폐소 공포증 말이다."

얼 도리어스는 약물이 길모어에게 전달된 경위에 대해 당연히 우려했고, 교도소장에게 전화하여 정보를 요청했다. 샘 스미스가 주요 용의자는 니콜 배럿, 데니스 보아즈, 번 다미코, 아이다 다미코, 그리고 브렌다 니콜이라고 그에게 알려 주었다. 도리어스는 알려 주어 고맙다고 했다.

깁스가 이 소식을 들었을 때, 그는 최고 보안 교도소로 약물을 밀반입하는 방법에 대해 게리와 논의했던 일을 떠올렸다. 풍선을 이용하는 것은 자신의 조언이었다.

---

60) 강한 약물 의존을 관리하기 위한 치료 방법 중 하나로, 메타돈을 정기적으로 투여하여 금단 증상을 완화하고 약물 사용을 조절한다.

그날 밤 빅 제이크가 근무를 하러 와서, 깁스에게 교도소 당국자들이 멍청하다고 말했다. 프로보 경찰이 두 사람의 자살 시도 전날 니콜이 세코날 처방전 두 장을 수령한 사실을 교도소에 통보했는데도, 교도소 측은 그녀를 제대로 수색하지 않았던 것이다. 빅 제이크가 깁스를 보더니 덧붙였다. "틀림없이 네놈이 그 물건을 내부로 들여오는 방법을 알려 줬겠지." 빅 제이크가 활짝 웃더니 자리를 떴다.

데저트 뉴스
대부분의 편지가 선처를 촉구

11월 16일. ……미니애폴리스의 한 남자는 유죄 판결을 받은 다른 살인범들은 멀쩡히 살아 있는데 왜 길모어만 콕 집어 사형시켜야 하는지 물었다.

"'동양인 22명 이상을 계획적으로 살해한 혐의'로 유죄 판결을 받은 윌리엄 캘리 전 중위는 현재 거리를 활보하고 있습니다."라고 그가 썼다.

아이러니하게도, 길모어의 운명을 결정할 사면 위원회의 위원장인 조지 래티머는 캘리의 수석 민간인 변호사[61]였다.

데저트 뉴스

11월 16일. 코네티컷주 치필드의 '지혜의 딸들'[62]이 길모어에

---

61) 군 법무관이 아닌 일반 법률 체계의 변호사가 군 관련 사건을 다루는 경우를 지칭하는 용어.
62) 1703년 프랑스에서 성 루이 마리 드 몽포르 신부와 성녀 마리 루이즈

대해 이야기하면서, 다음과 같이 언급했다. "우리는 그가 인류를 위해 가치 있는 일을 할 운명이라고 믿습니다. 그에게는 그것이 무엇인지 알아낼 시간이 필요합니다."

데저트 뉴스

11월 16일. ……맥스 젠슨의 아버지이며 아이다호 농부이자 후기 성도 교회의 교구장인 데이비드 젠슨은 말했다. "우리는 아들의 죽음을 슬퍼하면서도 받아들이고 있습니다. 우리는 분명 길모어의 부모가 우리와 같은 처지가 되기를 바라지는 않습니다."

데저트 뉴스

11월 16일. 새해가 지나면 곧 또 다른 아이를 출산할 예정인고(故) 부시넬의 아내는 시어머니와 함께 살기 위해 캘리포니아로 떠났다. 가족들은 그녀가 남편의 이름만 들어도 완전히 무너져 내린다고 말한다.

트리셰에 의해 창립된 가톨릭 여성 수도회. 가난하고 소외된 이들을 위한 교육, 의료, 사회 복지 활동을 목적으로 한다.

7장

맛보기

1

월요일 저녁, 니콜이 자신의 유언장을 검토하는 동안, 래리 (로런스) 실러는 게리 길모어를 표제 기사로 쓴 《뉴스위크》를 사기 위해 LA 국제공항으로 차를 몰고 갔다. 실러는 공항이 일반 직판점보다 하루 일찍 잡지를 받는다는 사실을 알고 있었고, 가끔 취재 중에 경쟁사보다 먼저 뉴스 잡지를 구해야 할 때면 현지 배급처를 찾아보기도 했다.

실러는 월요일 저녁의 일부를 그 표제 기사를 검토하며 보냈다. 기사는 그에게 다섯 사람의 판권을 사야 한다는 사실을 알려 주었다. 당연히 게리의 것이 있었고, 니콜의 것까지 더하면 두 개였지만, 월요일 밤에 처음으로 에이프릴 베이커에 대해 듣고 그녀의 판권도 사기로 결심했다. 그러다 기사에서 브렌다 니콜의 이름을 읽었고, 그녀가 게리의 가석방을 주도한 장본인임을 알았다. 이것이 기사에서 핵심 연결 고리가 될 수도 있었다. 브렌다의 판권도 확보해야 했다. 그는 그녀가 번 다미코의 딸인지도, 심지어 그와 혈연관계라는 것도 몰랐지만, 번은 그의 명단에 오른 다섯 번째 이름이었다.

화요일 아침 첫 업무로, 그는 ABC 방송국의 루 루돌프에게 전화를 걸어 이 이야기에 관심이 많다고 말했다. 실러는 다양한 방법이 있다면서 여러 가지 가능성을 빠르게 제시했다. 티브이에서는 먼저 경영진에게 그 주제의 가치를 납득시켜야 한다는 점을 그는 오래전에 학습했다. 모든 판권을 확보하지 못하더라도 여전히 진정한 티브이 프로그램이 될 수 있음을 입증해야 했다. 예를 들어, 니콜의 허락이 없더라도 길모어의 허락을 얻으면, 교도소에서 출소하여 오래된 죄수로서의 습관과 싸우다가 결국 사람을 죽이는 남자에 관한 시나리오를 구성할 수 있었다. 출소 후의 고통에 대한 실제적 탐구인 셈이다. 그렇게 하면 사형 및 사람에게 죽을 권리가 있는가를 다루면서도, 사랑 이야기는 건드릴 필요가 없다.

반면에, 여자의 판권은 확보하지만 길모어의 서명을 얻는 데 실패한다면, 같은 범죄자와 사랑에 빠진 두 자매의 흥미로운 싸움을 보여 줄 수도 있다고 실러는 말을 이었다. 가상의 범죄자로 대체해야 하지만, 여전히 삼각관계를 탐구할 수 있다. 또는 니콜에게 완전히 집중하여, 몇 번의 결혼을 거치면서 부양할 아이들이 생기고, 그러다 범죄자와 사랑에 빠지는 젊은 여자에 대한 탐구로 전환할 수도 있다. 살인을 별거 아닌 일로 취급하고 사회가 신뢰하지 않는 남자와 살면서 겪게 되는 애정과 관련한 어려움들을 강조하는 것이다.

실러는 이러한 개별 시나리오들의 상대적 장점에 대한 판단
을 강요하려는 것이 아니라고 루돌프에게 말했다. 그저 길모어
를 우회하여 여성의 이야기로 만들어도 여전히 가치 있는 무
언가를 얻을 수 있다고 말하는 것이었다.

그가 전화를 끊자마자 라디오에서 길모어와 니콜이 동반
자살을 시도했다는 소식이 들려왔다. 그는 즉시 솔트레이크행
비행기표를 찾아보았다. 공항에서 그는 다시 루돌프에게 전화
해서 또 다른 대안을 제안했다. 그들이 길모어에 대한 권리를
얻을 수 없다면, 죽기를 원했던 한 소녀가 어떤 범죄자와 자살
협약을 맺고, 그렇게 함으로써 유명해지는 극적인 방식으로
견딜 수 없는 문제를 해결하려 했다는 이야기를 다룰 수도 있
다는 것이었다.

실러는 가능성을 확신한다면서 ABC 방송국이 현실적인 방
법으로 자금을 지원해 주기를 원한다고 거듭 강조했다. 호텔
숙박비나 비행기 요금 말고요, 실러가 말했다. 그런 건 말이에
요, 루, 내 신용 카드로 언제든 처리할 수 있어요. 아뇨, 그보
다는 내가 그곳에 들어가 길모어와 협상할 수 있도록 지원해
줘요.

그는 알았을 것이다. 자살 시도가 언론에 보도된 순간 래리
뿐만 아니라 모두가 비행기를 타고 솔트레이크로 향하고, 각
미디어 원숭이들이 다른 원숭이들을 지켜볼 수 있는 힐튼 호
텔에 체크인할 준비를 하고 있다는 것을. 그 동물원에는 수많
은 원숭이들이 북적일 예정이었다.

돌고 돌아 들어온 이야기들을 통해, 실러는 자신이 조급하고 활력 넘치는 사람으로 언론에 알려져 있다는 사실을 알고 있었다. 그런 이야기를 들을 때면 그는 항상 호탕하게 웃었다. 그런 소문이 그의 비밀 무기를 보호해 주었다. 그는 사실 인내심이 있었다. 사람들에게 굳이 알리지는 않았다. 정반대의 이미지를 구축했다. 하지만 그는 그저 앉아서 기다려야 하는 상황도 마다하지 않았다. 비행기 여행이든 대기실이든 가리지 않았다. 스키드 마크[63] 전문가로 돈벌이를 시작한 열네 살 때부터 계산하면 그의 추산으로 이십오 년 가까이 미친 듯이 달려온 셈이었다. 그래서 그는 가끔씩 앉아서 쉬는 것이 싫지 않았다.

어렸을 때 타임스퀘어에서 '데이비거'[64] 상점을 운영하던 실러의 아버지는 그에게 롤라이코드[65]와 경찰 밴드 라디오를 사 주었고, 그는 라디오에서 사고 소식이 들리면 자전거를 타고 현장으로 달려가곤 했다. 사고 현장이 멀리 떨어져 있어서, 차량이 치워진 후에 도착하더라도 스키드 마크는 촬영할 수 있었다. 그런 다음 그 사진을 보험 회사에 판매했다. 그것은 그가 전문 분야에 진입하기 위한 준비 과정이었다.

---

63) 자동차가 급브레이크를 밟았을 때, 노면에 생기는 타이어의 미끄러진 흔적.
64) 한때 뉴욕 대도시 지역에서 주목받던 소매 체인점. 1963년에 파산을 선언했고, 현재는 존재하지 않는다.
65) 독일의 '프랭크 앤드 하이데커' 회사에서 제작한 카메라의 일종.

2

　《라이프》의 최연소 사진 기자 중 한 명으로 언론계에 입성한 실러는 국제 연합에서 흐루쇼프[66]를, 수도원에서 마담 뉴[67]를 취재했고, 교황이 사망했을 때는 바티칸에 있었으며, 케네디에게 패배하고 우는 닉슨의, 유명한 사진을 남겼다. 그는 여행 가방 없이 여행하는 방법을 알고 있었다. 피셔네 다섯 쌍둥이 이야기를 여러 언론사에 팔았고, 알래스카 지진, 댈러스와 와츠[68], 올림픽 사진들을 찍었고, 시르한 시르한 재판[69]을 취재했다. 스물네 살 이전에 여섯 자릿수 이상의 수입을 신고했고, 늘 같은 몸에 얼굴만 바뀐 듯한 사진을 찍는 일에 진력이 났다.[70] 그는 세계 최고의 애꾸눈 사진 작가로 여겨졌지만 — 다

---

66) 니키타 흐루쇼프(Nikita Khrushchyov, 1894~1971). 냉전 시대의 중요한 소비에트 정치 지도자로, 1958년부터 1964년까지 소련의 수상으로 활동했다. 스탈린 비판과 소련의 개혁을 추진했으나, 불안정한 정책과 실패한 농업 정책으로 1964년 권력에서 물러났다.

67) 본명은 쩐레쑤언(Trần Lệ Xuân, 1924~2011). 베트남 전쟁 시기 남베트남의 중요한 정치 인물로, 시아버지 응오딘지엠 대통령의 재임 기간 동안 실질적인 영부인 역할을 했다. 1963년 쿠데타 후 남편과 시아버지가 암살당했고, 그녀는 이탈리아로 망명하여 2011년 사망할 때까지 살았다.

68) 각각 1963년에 존 F. 케네디가 암살된 장소와 1965년에 대규모 인종 폭동이 벌어진 장소.

69) 본명은 시르한 비샤라 시르한(Sirhan Bishara Sirhan). 팔레스타인 이민자 출신으로 1968년 6월 5일 미국 상원 의원 로버트 F. 케네디를 암살한 혐의로 1969년에 재판을 받았다. 그는 유죄 판결을 받고 처음에는 사형을 선고받았으나, 캘리포니아주에서 사형제를 폐지함에 따라 종신형으로 감형되었다.

섯 살 때 사고로 한쪽 눈을 잃었다 ─ 사람들의 삶 속으로 들어가 악수하고 사진을 찍은 뒤 걸어 나오는 일에 염증을 느꼈다. 그는 《라이프》를 떠나 책과 영화 제작, 그리고 주목도가 작지 않은 기삿거리들을 신속하게 여러 잡지에 배포하는 일에 뛰어들었다. 사람들을 깊이 있게 다루고 싶었다. 그런데 그 대신 임종을 앞둔 잭 루비나 맨슨 재판의 수전 앳킨스를 취재했고, 끔찍한 평판을 얻었다. 실러는 그 이미지에서 벗어나려고 무던히 노력했다. 일본의 수은 중독에 관한 책인 『미나마타』를 출간했고, 「부치 캐시디와 선댄스 키드」와 「여자는 블루스를 노래한다」71)의 스틸 몽타주를 제작했으며, 데니스 호퍼와 공동으로 「아메리칸 드림을 꿈꾸는 사람」을 제작 및 감독하고, 앨버트 골드먼의 레니 브루스72)에 관한 책을 위해 인터뷰를 진행했다. 「에베레스트에서 스키를 탄 사나이」로는 아카데미 특별 부문상을 수상했다. 그건 중요하지 않았다. 세간의 눈에 그는 죽음을 다룬 저널리스트일 뿐이니까.

비행기 좌석에 앉아서, 폭발 현장을 취재하다 표지 인물 사진을 찍고 폭동에서 선거에 이르기까지 이십오 년 동안 동분서주하다 휴식을 취하며, 이십오 년간의 피로를 스키드 마크처럼 사지에 깊숙이 새긴 채 한자리에 앉아서, 솔트레이크로

---

70) 서로 다른 인물들을 같은 구도나 방식으로 찍는 일이 지겨워졌다는 의미이다.

71) 미국의 유명한 재즈 가수 빌리 홀리데이의 생애를 바탕으로 한 전기 영화로 1972년에 개봉했다.

72) 미국의 스탠드업 코미디언이자 사회 비평가.

향하는 미디어 원숭이들로 가득 찬 이 비행기에 앉아서, 실러는 곰곰이 생각에 잠겼다. 길모어 이야기는 평판에 도움이 되지 않을 테지만 흘려보낼 수가 없었다. 그것은 포기할 줄 모르는 그의 신경을 자극했다.

지금까지 솔트레이크에 두 번이나 다녀왔지만, 모두 빈손으로 돌아왔다. 그로서는 받아들이기 힘든 빈약한 결과였다. 길모어가 항소하지 않겠다고 선언한 지 열흘 만에 본능에 따라 솔트레이크에 갔었지만, 아무것도 찾지 못했다. 보아즈가 현장을 장악하고 있었다. 그런데 보아즈는 그에게 관심이 거의 없었다. 보아즈는 데이비드 서스킨드를 상대하고 있었다.

실러는 자신이 이틀 전에 길모어에게 보낸 전보를 다시 읽어 보았다.

11월 14일

게리 길모어

유타주 드레이퍼 84020번지

유타 주립 교도소, 사서함 250호

새롭게 각광받는 회사인 ABC 영화사 및 저의 동료들을 대신하여, 저희는 귀하 혹은 귀하가 지정한 대리인으로부터 귀하의 실제 인생 이야기에 대한 영화 및 출판의 권리를 구매하고자 합니다. 저희의 성과로 내세울 수 있는 건 십사 년간 제작한 주요 영화들과 여섯 권의 베스트셀러 전기입니다. 최근에는 유콘에서 경비행기 추락 사고를 당한 후 사십구 일 동안 음식 없이 살아남은 모르몬교 평신도 목사인 랠프 플로레스와 한 젊은 여자의 실화를 다룬 영화, 「이봐요, 나 살아 있어요」를 제작해 큰 호평을 받았습니다. 신에 대한 믿음과 신념을 다룬 이 영화는 모르몬 교회에서 찬사를 받았고, 3000만 명이 넘는 사람들이 시청했습니다. 다른 성과 중에는 딸과 시간을 보내기 위해 젊은 나이에 목숨을 바친 콜로라도 덴버의 젊은 어머니 린 헬튼의 실화를 다룬 「선샤인」도 있습니다. 죽을 권리의 문제와 신념의 힘에 대한 이 이야기는 7000만 명 이상이 시청했으며, 그녀의 말을 바탕으로 한 책도 800만 명 이상이 읽었습니다. 별도의 봉투에 담아 한 권 보내 드립니다. 귀하의 이야기를 허구가 아닌 진실로 소개하고 싶습니다. 저는 보아즈 씨를 만나 그에게 당신과 연락하고 싶다고 말씀드렸습니다. 귀하 또는 귀하의 대리인으로부터 연락을 기다리겠습니다. 언제든 수신자 부담 전화로 전화 주세요.

진심을 담아,
로런스 실러

답은 없었다. 그의 전보는 우체국 사서함의 배달 불가 우편물 보관함에 들어갔을지도 모른다.

번을 만나러 프로보 소재 제화점에도 갔지만 번은 부재중이었다. 그는 솔트레이크에서 현지 기자 몇 명을 우연히 마주쳤고, 난 당신들과 경쟁하러 여기 온 거 아니에요, 그저 당신들이 이 도시에서 누가 누구인지, 그리고 길모어를 보러 어떻게 들어가는지 알려 줬으면 좋겠어요, 하고 말했다. 그들 역시 들어가지 못하고 있었다. 실러는 니콜에 대해 들었지만, 그녀가 누구와도 이야기하지 않으려 한다는 말도 들었다. 그는 교도소에서 그녀를 계속 만나지 못했다.

솔트레이크에 처음, 그리고 두 번째 방문했을 때 실러는 벽에 부딪혔다. 이야기를 찾을 수가 없었다. 그는 렌트한 차를 타고 프로보에서 솔트레이크의 공항으로 갔고, 운전하면서 주간 고속 도로를 주시하며 혼자 생각했다. 내가 이야기를 찾지 못하면 아무도 찾을 수 없어. 하지만 아무도 찾을 수 없다면, 그건 좋은 이야기가 분명해. 그는 그 생각을 멈출 수가 없었다.

동반 자살 시도 소식을 들은 순간, 실러는 스스로에게 말했다. 이야기가 있고 그건 진짜다. 진짜이므로, 이 경우 그것은 굉장할 수밖에 없다.

힐튼 호텔에 자리 잡은 취재진은 50명에서 500명으로 늘어난 듯 보였다. 외국 언론도 들어오기 시작했다. 영국에서는 다수가 들어왔다. 영국의 기자들이 대거 도착하면서, 공식적으로 중요한 사안이라는 도장이 찍힌 셈이었다. 이 이야기는 세계적으로 가장 큰 관심을 끌 터였다.

실러는 몇 통의 전화를 걸었다. 그의 운이 바뀐 것 같았다. 첫 번째 통화에서 번 다미코와 연결되었고 좋은 대화를 나누었으며, 니콜의 행방에 대한 다미코 씨의 의견을 물었다. 다미코는 그녀가 프로보의 병원에 있을 거라고 했고, 실러는 나중에 그와 이야기를 나누기로 약속했다. 실러는 대여한 차에 탔다. 원숭이들은 힐튼에 머물면서 길모어의 범행에 대한 의견들을 주고받았지만, 그는 프로보의 병원으로 향했다.

대기실은 좁고 북적였다. 실러는 접수처에 가서 니콜 배럿을 찾았지만, 직원들은 그녀를 처음 들어 봤다는 듯 행동했다. 그는 모퉁이를 돌아 병원 행정 직원에게 전화를 걸어, 니콜 배럿의 친척 중 누구라도 빨리 위치를 확인할 수 있는 사람이 있는지 문의했다. 그 여직원은 그들이 항상 들락날락하고 있다고 말했다. 그녀의 엄마가 왔었지만, 지금은 여기 없다고 알려 주었다. 실러는 두꺼운 갈색 코트를 입고 자리에 앉아 기다릴 준비를 했다. 대기실이 더웠지만, 그는 편안했다. 길모어는 교도관의 감시를 받으며 병원에 있었다. 길모어는 의식이 또렷하지 않아서 접촉할 수 없었다. 솔트레이크에서는 원숭이들이 왔다 갔다 하며 서로 정보를 주고받았지만, 지금 이야기에서 중요한 것은 길모어와 니콜뿐이었다. 길모어에게는 접근할 수 없으니, 그는 니콜과 접촉할 수 있을 때까지 기다릴 작정이었다.

몇 시간 동안 앉아 있어도 불안하지 않았다. 다른 기자들은 전화통을 붙들고 무슨 일이 일어나고 있는지 확인하느라 정신이 없었지만, 실러는 앉아서 편안하게 방의 열기가 자신을 덮치고, 이십오 년간의 피로가 바닥을 보이지 않는 피로의 저수지로부터 한 방울, 또 한 방울 천천히 땀이 되어 흘러내리도록 내버려둔 채, 조용히 앉아 생각했다. 그리고 자신을 적시는 죄와 잘못들을 되새겼다. 그는 경험에서 배우지 않는 것은 어리석은 일이라고 생각했다.

3

자기가 저지른 최악의 죄이자 가장 큰 실수는 수전 앳킨스 이야기라고 그는 늘 생각했다. 테이트 라비앙카 살인 사건[73]이 일어났을 때 그는 유고슬라비아에 있었지만, 육 개월 후 샌타 모니카 고속 도로를 달리던 중 라디오를 통해 교도소에 수감된 수전 앳킨스라는 젊은 여성이 방금 테이트 라비앙카 살인 사건에 관한 정보를 감방 동료에게 제공했다는 소식을 들었다. 다음 날 실러는 그녀의 변호인 중 한 명이 폴 커루소라는 사실을 알게 되었다. 1963년 실러가 매릴린 먼로의 누드 사진을 휴 헤프너에게 팔았을 때 계약서를 작성한 인물이었다. 그때까지 한 장의 사진에 지불된 가격으로는 역대 최고가인 2만 5000달러였다. 실러는 폴에게 전화해서 수전 앳킨스의 이야기를 전 세계에 판매할 수 있으며, 그녀의 변호 비용을 충당하는 데도 도움이 될 거라고 말했다.

그렇게 실러는 수전 앳킨스의 두 번에 걸친 대배심 사이에 그녀를 만나러 갔고, 수전은 세 차례의 인터뷰에서 살인을 자백했다. 그는 정말로 그것을 전 세계에 팔았다. 그것은 미국에서도 재판되었다. 갑자기 자신의 이야기에 대한 확정적 권리[74]

---

73) 1969년 8월, 찰스 맨슨과 그의 추종자들인 맨슨 패밀리에 의해 저질러진 연쇄 살인 사건이다. 이 사건에서 배우 샤론 테이트를 포함한 여러 명이 살해되었으며, 이틀 뒤 라비앙카 부부 역시 같은 범인들에 의해 무참히 살해되었다.
74) 특정 사안이나 상황에서 개인이나 단체가 갖는 강한 개인적 이익을 의

를 갖게 된 수전 앳킨스는 이제 더 이상 주정부의 주요 증인이 아니게 되었다. 실러가 법정에서 주정부가 제시한 증거 및 주장 일부를 파괴한 셈이었다.

그 일로 속이 울렁거릴 정도로 괴로워했지만, 그가 그 사실을 인정하기까지는 시간이 걸렸다. 서서히 실감이 났다. 어느 날 밤 그는 어느 유명한 변호사로부터 함께 저녁 식사를 하자는 요청을 받았다. 초대받은 이유를 알지 못했다가, 여섯 명의 저명한 판사들도 그 자리에 있는 것을 보고야 깨달았다. 그들은 왜 기자들이 그가 했던 짓과 같은 일을 하는지 듣고 싶어 했다. 매우 지적인 만찬이었고, 그는 그토록 훌륭하고 진지한 사람들과 자리를 함께해서 기뻤지만, 자신이 그들의 일을 망쳤다는 사실을 깨닫고 우울해졌다.

그는 이전에 수전 앳킨스의 이야기를 '뉴 아메리칸 라이브러리'에 1만 5000달러를 받고 팔았다. 날림으로 쓰인 형편없는 책에 걸맞게 재빨리 팔아 치웠다. 그로써 그 일에서 손을 떼려 했지만, 오히려 더 깊이 얽히게 되었다. 《뉴스위크》에서 그 책과 관련해 그를 인터뷰했고, 그는 이렇게 말했다. "이봐요, 나는 수전이 말한 내용을 출판했어요. 그것이 사실인지 아닌지는 나도 몰라요."

《뉴스위크》는 그 말을 인용하여 기사를 마무리했다. "그것이 사실인지 아닌지는 나도 몰라요." 생각만 해도 식은땀이

미한다. 그 사람이나 그룹이 해당 상황에서 얻을 수 있는 이익이 이미 확보되어 있거나 보장된 경우 사용되며, 때로는 그 이익이 공정성이나 객관성을 해칠 수도 있다.

나는 일이었다. 그는 평생 지울 수 없는 교훈을 얻었고, 판사들과 함께 식사하던 날 밤에도 그 교훈을 다시 떠올렸다. 품격 있는 사람들의 비결은 사실에 충실하다는 것이었다. 실러는 그것을 역사라고 불렀다. 역사를 올바르게 기록하는 것. 그런 식으로 일을 하다 보면 결국 내실 있는 사람이 될 수 있다.

그래서 『헬터 스켈터』[75]가 출간되었을 때, 그는 스스로에게 말했다. "실러, 넌 진짜 큰 실수를 한 거야. 초판을 팔아 얻은 수익으로 맨슨 패밀리 전체에 대한 결정적인 연구를 할 수도 있었을 텐데. 중요한 책이 되었어야 할 것을 내다 버린 거라고."

다시 생각해도 부끄러운 일이었다. 심지어 법정에 출두해 수전 앳킨스와의 인터뷰가 어떻게 이루어졌는지를 증언해야 했다. 판사가 "실러 씨, 당신의 직업을 어떻게 정의하겠습니까?"라고 물었을 때, 그는 "저는 제가 커뮤니케이터(의사 전달자)라고 생각합니다."라고 답변했다.

법정에서 웃음이 터져 나왔다. 그들은 그가 사기꾼이라고 생각했다. 그 기억이 그의 수염 바로 아래 피부에 깊이 새겨져 있었다. "전 제가 커뮤니케이터라고 생각합니다."라는 자신의 답변 다음에 법정에서 웃음이 터져 나왔던 일. 그는 이번 길모어 건은 다르게 처리할 작정이었다. 이야기의 모든 구석구석

---

75) 빈센트 부글리오시와 커트 젠슨이 공동 저술하여 1974년에 출간한 책. 1969년의 '테이트 라비앙카 살인 사건'을 다루었으며, 맨슨 패밀리의 범죄와 재판 과정을 상세히 기술했다. '헬터 스켈터(Helter Skelter)'는 혼란스럽고 난잡한 상황을 가리키는데, 찰스 맨슨이 자신의 인종 전쟁 이론 및 사회 혼란 촉진 계획을 설명할 때 이 용어를 사용했다.

에 적절한 초석을 다져 놓을 터였다. 그렇게 그는 그 방에 앉아 무거운 갈색 코트의 열기 속에서 기다리며 시간을 흘려보냈다.

방 반대편 끝에 턱수염을 기른 남자가 있었다. 검은 턱수염을 기른 실러와 연갈색 턱수염을 기른 그 남자가 서로를 눈여겨보았다. 한두 시간 후, 기자로 보이는 여자가 들어와서 다른 수염 기른 남자에게 다가갔고, 곧 그에게 마구 소리를 지르기 시작했다. 실러는 그 남자의 이름이 제프 뉴먼이고 《내셔널 인콰이어러》소속임을 알 수 있었다.

그 여자는 말했다. "당신은 그녀가 자살을 시도할 걸 알고도 수수방관했어. 당신과 당신의 빌어먹을 신문사가."

뉴먼은 매우 화를 내며 자리에서 일어나 밖으로 나가 버렸다. 이제 실러가 그 여자에게 다가가 말했다. "전 래리 실러입니다. ABC 텔레비전에서 왔어요."

그녀가 독수리처럼 발톱을 드러내며 공격했다. "당신도 마찬가지야!"

실러는 그녀의 이름조차 알지 못했다. 지역의 비상근 기자일 그녀는 계속해서 분노를 폭발시켰다. 남자들은 여자들에 대해 전혀 신경 쓰지 않는데 여자들은 남자들 때문에 죽어 가고 있어, 운운. 실러는 고개를 끄덕이고는 최대한 재빨리 도망쳤다.

그때 어깨까지 내려오는 짙은 검은색 머리에 손가락 관절에 여자 이름을 문신으로 새긴 큰 키의 젊은 남자가 들어왔다. 큰 충격을 받은 것처럼 보이는 그의 표정에 실러는 그가 니콜의 오빠가 틀림없다고 ─ 그러니까, 그녀에게 만약 오빠가 있다면 ─ 생각하고 그에게 다가가 자기소개를 했다. 하지만 누가 봐도 대화를 원치 않는 것 같아 다시 자리에 앉아 기다렸다. 그러다 두어 시간이 더 지나서야 대기실 옆 매점에 서 있는 한 여자를 보게 되었다. 마르고 뼈대가 작은 그녀는 둥글게 쪽을 진 머리를 하고 있었는데, 평원을 걸어서 횡단했을 법한 매우 강인한 서부 여성처럼 보였다. 지독한 피로와 슬픔을 안으로 삼킨 표정을 보고 그는 그녀가 니콜의 어머니라고 확신했고 (사실 니콜의 할머니였고, 니콜의 어머니는 아직 마흔도 되지 않았다는 사실을 나중에 알게 되었지만) 그래서 그는 쪽지를 써서 자신을 로런스 실러라고 소개했다. 자신은 영화와 책 판권과 관련하여 그들의 삶에서 벌어진 사건들에 관해 논의하러 이곳에 왔으며, 그녀 또는 그녀의 위임 대리인, 또는 변호사와 만날 수 있으면 감사하겠다고 말했다.(상대에게 소송을 제기할 목적이 아님을 알리기 위해선 '변호사'를 말하기 전에 항상 '위임 대리인'을 먼저 말하는 편이 낫다.) 그는 니콜의 권리를 얻기 위해 최소 2만 5000달러를 지불할 준비가 되어 있다는 언급으로 마무리했고, '베이커 부인'이라고 적힌 봉투에 쪽지를 넣었다.

그는 그 봉투를 여자에게 건네며 말했다. "아시게 되겠지만, 저는 ABC 텔레비전의 로런스 실러입니다. 지금은 때와 장소가 적절하지 않으나 상황이 괜찮을 때 봉투를 열어 읽어 주시면 감사하겠습니다."

그러고는 돌아서서 병원 밖으로 걸어 나갔다. 접촉이 성사되었다.

4

11월 8일 자《뉴욕 타임스》1면에 실린 길모어 관련 기사는 데이비드 서스킨드의 마음을 빼앗았다. 1면 기사에 걸맞게 잘 쓰여 있었고, 살인 사건과 그 남자의 형량, 항소하지 않기로 한 그의 결정이 잘 서술되어 있었다. 그것과 길모어의 범죄 전력을 종합하면 아주 흥미로운 시나리오가 될 것 같았다.

그 기사를 본 지 얼마 지나지 않아, 사실상 거의 즉시, 서스킨드의 오랜 친구이자 동료인 스탠리 그린버그에게서 전화가 왔고, 두 사람은 의미 있는 대화를 나눴다. 스탠리는 십오 년 전에 사형 집행을 기다리는 한 남성에 관한 티브이 다큐멘터리 대본을 쓴 적이 있었다. 그 남자는 사형수 감방에서 너무 오랫동안 지내면서 성격이 변했고, 결국 "사형당하는 사람은 과연 누구인가?"라는 질문을 야기했다. 그 다큐멘터리 극의 제목은 '변신'이었다. 서스킨드는 그것이 뉴욕주에서 사형 제도가 종식되는 데 어느 정도 영향을 미쳤고, 어쩌면 수많은 사형수들의 생명을 구한 대법원 판결에 조금이라도 영향을 미쳤을 거라고 늘 생각했다.

"물론." 스탠리가 이제 데이비드에게 말했다. "'침범할 수 없고 영원한'이라는 말은 다음 세대까지만 유효하지. 그때가 되면 모든 것을 처음부터 다시 해야 해."

그린버그는 비교적 점잖은 사람이었지만, 서스킨드는 그가 흥분한 것을 알 수 있었다. 그가 말을 이었다. "길모어 사건에서 가장 흥미로운 점은 우리의 교정 시스템은 누구도 교화시키지 못하는 완전한 실패라는 사실을 공개적으로 드러냈다는 거야. 자, 그 남자는 그 빌어먹을 평생 동안 교도소를 들락거렸는데, 계속해서 나빠지고만 있어. 차량 절도에서 위험한 흉기를 든 무장 강도로 악화되었다고. 아주 가혹한 비판인 셈이지." 그린버그가 말했다. "둘째, 그것은 사형 제도가, 그리고 '눈에는 눈' 식의 대처가 얼마나 끔찍한지를 훌륭히 설명하기도 하지. 나는 수많은 사람들이 이 일을 알게 되면 그 남자의 목숨을 구할 수도 있다고 생각해. 길모어는 죽고 싶다고 말하지만, 그는 분명 제정신이 아닌 것 같아. 우리의 제작물이 그 남자의 사형을 막는 요인 중 하나가 될 거야."

바로 그 점이 서스킨드의 마음에 들었다. "이 남자를 사형시키면 안 돼." 그가 스탠리에게 말했다. "그는 정상이 아니야. 미쳤다고. 그들이 애초에 그걸 이해했어야 해."

두 사람은 오랫동안 이야기를 나눴다. 마침내 서스킨드가 그린버그에게 말했다. "자네가 유타에 가 보는 게 어때? 이 이야기에는 여러 층위의 중요성과 이해관계가 존재하고, 그건 매우 흥미로운 드라마 소재라고 생각해. 조사를 해 보니 우리가 생각했던 대로이고, 필요한 승인도 얻을 수 있다면, 여기서 뭔가 건질지도 몰라."

그린버그는 유니버설[76]과의 계약 때문에 당장 가지는 못했지만, 두 사람은 매일 이야기를 나눴고, 서스킨드는 보아즈와 대화를 시작했다. 그는 데니스가 전형적인 보통의 변호사가

---

76) 1912년에 설립된 미국의 영화 제작사.

아니라고 빠르게 판단했다.

보아즈는 자랑을 늘어놓았다. "난 모두의 법적인 동의를 얻었어요. 전부 다요." 그는 자신이 어떻게 모든 것을 확보했는지에 대해 계속 떠벌였다.

서스킨드는 스탠리 그린버그에게 전화하여 말했다. "정말 이상한 변호사야. 하지만 그는 수익을 만들어 내는 데 관심이 있어."

데니스가 말했다. "있잖아요, 당신이 성의를 보인다는 증거를 내놓지 않으면 난 협조할 수 없어요. 돈이 본질적인 요소가 아니라고 생각해선 안 됩니다." 그리고 낄낄거렸다.

"원하는 게 뭡니까?" 서스킨드가 물었다.

"자, 이제 그건 전 세계적인 사건이 되어 가고 있어요." 데니스가 말했다.

"모든 동의서를 당신이 갖고 있다는 말을 내가 어떻게 믿죠?" 서스킨드가 물었다.

"어딘가에서 시작하긴 해야 하잖아요. 날 믿는 것부터 시작하는 게 좋을 겁니다. 당신에게 말한 걸 난 정확히 갖고 있어요. 당신이 내 말을 못 믿겠다면, 그걸 원하는 사람이 여기에 열 명은 더 있어요. 다만 난 당신의 평판이 마음에 듭니다, 서스킨드 씨. 당신에게 먼저 기회를 주고 싶어요."

그는 그 사건에 관련된 모든 주요 인물들의 권리에 대해 5만 달러 정도의 상당한 금액을 원했고, 서스킨드에게 그 금액을 전보에 담아 보내 달라고 요청했다. 데이비드는 그대로 전보를 작성해 발송했다.

서스킨드는 또한 법률 서류들을 동봉했다. 거기에는 계약서와 동의서 양식이 들어 있었다. 보아즈는 모두 다 갖고 있다고 말했을지 모르지만, 서스킨드가 그 동의서가 어떤 형식으로 되어 있느냐고 묻자, 데니스는 '한두 문장으로 된 권리 양도 증서'라고 대답했다.

"아, 이런." 서스킨드가 말했다. "그건 전혀 효력이 없어요. 금전적 보상을 받는 대신 권리 포기를 포함한 모든 관련 사항에 대해 기존의 법률 양식을 사용해야 할 겁니다. 영화 및 텔레비전 사업에서 우리가 하는 것에 맞춰야 해요."

데니스가 말했다. "왜 그런 불필하고 사소한 것들이 필요한지 모르겠군요."

"불필요하고 사소한 일이 아닙니다." 서스킨드가 말했다. "그건 본질적인 거예요. 사람의 마음은 바뀌어요. 한두 문장으로 이루어진 동의서는 면밀한 검토를 견디기 어려울 만큼 표현이 지나치게 애매할 가능성이 있어요. 미안하지만 당신에게 동의서 양식들을 보내야겠어요." 그는 그렇게 했다. 서스킨드는 자신의 변호사를 찾아갔다. 그리고 법률 서류들을 발송했다.

5

순전한 우연의 일치로, 스탠리 그린버그가 솔트레이크 힐튼 호텔에 도착한 날은 동반 자살 시도 사건이 발생한 16일 오후로, 대중 매체들 입장에서는 그달 가운데 정확히 가장 바쁜

날이었다. 스탠리는 그 전날 밤 샌프랜시스코에서 북쪽으로 조금 떨어진 곳인 캘리포니아주 켄싱턴 자택에서 전화를 걸어 보아즈와의 약속을 확정했지만, 동반 자살 사건으로 힐튼이 난리법석이 난 상황에서 그 변호사가 약속을 지킬 거라고는 전혀 예상하지 못했다. 하지만 놀랍게도 데니스는 실제로 나타났고, 스탠리 그린버그가 6시에 방송되는 전국 네트워크 뉴스를 주의 깊게 시청할 수 있을 만큼만 늦게 도착했다. 뉴스가 끝난 직후 보아즈가 호텔 방문을 두드리자, 그는 깜짝 놀라지 않을 수 없었다.

오늘의 이 극적인 사건이 아니었다면 두 사람은 거의 적대적인 관계로 만났거나, 최소한 의뢰인을 죽여 없애려는 기이한 변호사의 표본으로 보아즈를 상대할 수밖에 없었을 거라고 그린버그는 생각했다. 그러나 이제 보아즈는 매우 급박하게 상당한 의견 변화를 겪은 듯 보였다. 따라서 두 사람의 대화는 스탠리가 기대한 수준보다 훨씬 생산적이었다.

스탠리는 술을 한잔 마시며 보아즈에게 설명했다. 약 일주일 전 길모어의 사형 가능성이 분명해졌을 때, 그는 머리끝까지 화가 치밀었다. 자기는 개인적으로 사형을 혐오하는 입장이라고 말했다. 그냥 가만히 앉아서 그런 일이 일어나도록 내버려둘 수 없다, 낭만적인 반응으로 보일 수도 있지만 그럼에도 그는 이런 시도에 적합한 프로듀서인 데이비드 서스킨드와 힘을 모아야 한다는 생각이 들었다고 했다.

신뢰가 확립되자, 그린버그는 이제 사건에 대해 논의할 준비를 했다. 그는 범죄자가 자신에게 사회가 어떻게 해 주어야 한다고 말할 권리가 어디 있는지 모르겠다고 말문을 열었다. 그가 보기에, 범죄자에겐 즉각적인 석방을 요구할 권리가 없는 만큼 사형을 요구할 권리도 없었다. 결국 규칙은 사회가 정하는 것이다.

스탠리가 예상했던 것과 달리 이상하게 조금 가라앉아 보였던 데니스는 이제 약간 기운을 되찾은 듯 보였다. 게리는 아무것도 요구하지 않는다고 그는 대답했다. 게리는 그저 항소를 하고 싶지 않을 뿐이었다. 항소법은 누구도 사형당하기를 원하지 않는다는 전제하에 모든 종류의 구제 가능성을 제공했지만, 게리는 그런 가능성을 추구하고 싶어 하지 않았다.

그건 그렇게 간단한 문제가 아니라고 그린버그가 반박했다. 대법원은 사형을 다시 집행할 수 있다고 했지만, 특정한 법적 절차가 이행되어야만 가능하다고 밝힌 바 있었다. 사형 집행은 철저히 통제되고 엄격하게 제한된 환경에서만 이루어지는 것이 중요했다.

이 시점에서, 데니스는 다시 표정이 우울해지면서 자신이 충분히 소임을 다했는지 확신이 서지 않는다고 말했다. 어쨌든 그의 감정은 급격한 변화를 겪고 있었다. 지금까지 그는 인간에겐 자기 삶을 스스로 결정할 권리가 있다고 생각했기 때문에 길모어의 탄원을 지지했었다. 하지만 이제 상황이 급박하게 돌아갔고, 길모어가 실제로 죽는다는 사실을 처음으로 실감하자 너무 심란해서 과연 자신이 그 과정에 동참하고 싶은지 확신이 안 섰다.

그린버그가 보기에 데니스는 살짝 취한 것 같았다. 무력감이 확실히 쏟아져 나오기 시작했다. 그린버그는 심지어 기대 이상으로 보아즈가 마음에 들었다. 어떤 면에서는 꽤 매력적이고 자유로운 영혼 같았다. 물론 그는 지극히, 그리고 명백히 체계적이지 못한 사람이었고, 그린버그가 재산이나 미래를 맡기고 싶은 변호사도 아니었다. 그래도 그는 호감이 가는, 너무도 호감이 가는 사람이었다. "지역 ACLU와 연락해 봤나요?" 스탠리가 물었다.

감정이 폭포수처럼 쏟아져 나왔다. 아뇨, 전 그들과는 아무런 관계도 맺지 않았어요. 그건 의뢰인의 뜻에 반하는 일이니까요. 내 의뢰인은 우익 사상과 좌익 감정이 뒤섞인 특이한 성향의 소유자예요. 예를 들어 게리는 흑인들을 싫어해요. 하지만 그건 흑인들이 교도소에서 위험한 다수이기 때문이죠. 보아즈가 설명했다. 백인 수감자들은 모두 흑인들에게 강간당할 위험에 처해 있거든요. 게리는 ACLU도 싫어해요. 그들은 개인의 자유를 설교하면서도, 길모어에게 죽음을 선택할 자유는 주지 않으려 하거든요. 그래서 보아즈는 그들과 연락을 취하지 않았다. 하지만 한 시간 전 허랄도 리베라와 이야기를 나누던 중에 그는 기발한 생각을 떠올렸다. 다만 서류 작업 측면에서 약간의 도움이 필요했다. 제출해야 할 신청서가 여러 가지 있었고, 이를 위해 유타주 변호사가 필요했다. 그래서 그는 이제 ACLU와 연락을 취하고 싶었다. 그린버그가 이를 권유하자, 보아즈가 주디 월바크라는 담당자에게 전화를 걸었고, 그녀는 호텔 방으로 와서 함께 술을 마시기로 했다.

대화가 끝나기도 전에 그린버그는 이 대화가 역사상 가장 기이한 대화 중 하나가 될 거라고 판단했다. 굉장히 놀랍고 극적인 연극이었다. 이보다 더 좋을 순 없을 정도였다. 한쪽에는 매우 예민하고 상당히 진보적이며 보아즈를 대단히 의심스럽게 바라보는 날씬하고 활기차고 지적인 여성이 있었고, 다른 한쪽에선 데니스가 자신이 법조계에서 괴롭힘을 당하고 있고 교도소 측으로부터는 세코날을 밀반입한 1순위 용의자 취급을 받고 있다며 속을 털어놓고 있었다.

가끔 보아즈의 눈에 눈물이 차올랐는데, 그가 자기 자신을 걱정하는 것인지 — "거짓말 탐지기 검사를 받을 겁니다."라고 그가 말했다 — 아니면 그들이 알기로는 지금 솔트레이크에서 죽어 가는 불쌍한 길모어와, 어딘가 다른 곳에 있는 누군가 — 그녀도 죽어 가고 있을까? — 의 일로 흥분한 것인지 알기 어려웠다. 여기 미쳐 날뛰는 젊은 변호사가 있고, 그런 데니스를 이례적 별종이라도 되는 양 노려보는 주디 월바크가 있다고 그린버그는 생각했다. 그녀는 그 징조들을 전적으로 불신했다. 이런 상황에서는 심지어 방구석에 있는 작은 바조차도 그녀에게는 불길하게 보일 터였다.

스탠리는 그녀를 탓할 수 없었다. 신문에서 데니스에 대한 기사를 읽은 그녀는 분명 그를 일종의 히피 사기꾼으로 보았을 것이다. 이제 그는 그녀 앞에서 흥분했다가 웃었다가 거만했다가 겸손했고, 처음에는 낙담했다가 다음에는 열변을 토했다. 스탠리는 그가 흥분하지 않았을 때의 모습이 상상되지 않았다.

거의 즉시, 데니스는 믿기 어려울 만큼 매력적이고 가망 없는 생각을 내놓았다. 그는 게리를 배우자나 애인과의 사적이고 친밀한 만남이 허용되는 어느 주의 중간 보안 교도소로 이감하고 싶어 했다.

오, 잘될 거예요, 그가 외쳤다. 니콜은 그 지역 시내에서 일자리를 구해 아이들을 키울 수 있어요. 주말엔 두 사람이 부부 생활을 할 수 있죠. 일주일에 이틀 밤을요. 그것이 게리에게 살아갈 동기를 줄 거예요. 게리가 얼마나 괜찮은 사람인지 법원이 정말로 이해한다면 그렇게 해 주겠죠. 게리는 글을 쓰고 그림을 그릴 수 있어요. 그는 가옥 감금에 대해 말하고 있었다.

그린버그는 보아즈가 다시 행복해졌다는 걸 알아차렸다. 그건 분명했다. 그에게 독창적인 발상과 그것을 실현할 수 있는 깨알 같은 가능성이라도 하나 제시하면, 그는 이 이상 더 행복할 수가 없었다. 달성할 수 없는 조건이라도 문제가 되지 않았다. 그저 그에게 행복을 추구할 새로운 접근 방법을 제시하기만 하면, 그는 행복 그 자체가 되었다.

하지만 주디 월바크는 그다지 깊은 인상을 받은 것 같지 않았다. 데니스는 ACLU가 이런 법적 조치를 지원하기 위한 서비스를 제공해야 한다는 말로 발표를 마무리했다. 주디가 그의 발언에 답하여 발언했다. 당신이 모를까 봐 말해 주는데, ACLU는 현재 자금이 매우 부족해요.

"그가 살기를 바라지 않나요?" 보아즈가 물었다.

실제로 그의 목숨을 구할 수 있는 방법을 찾아봤나요? 그녀가 질문했다. 그녀는 대법원 판례에서 관련 법률과 연방법

및 주법에 따른 시민권 절차에 대해 이야기했다. 보아즈가 그런 판례들을 읽어 본 적이 없음을 인정하자, 그녀는 고개를 저었고, 길모어의 정신과 문서들에 대해 잘 아느냐고 그에게 물었다. 그에 대한 답으로, 보아즈는 비판적이 되었다. 왜 솔직하게 말하지 않는 거죠? 왜 인간적인 면보다 법적인 형식에 더 집중하는 겁니까? 그린버그는 자신의 행운을 믿을 수가 없었다. 이게 무슨 드라마 같은 전개란 말인가!

보아즈는 이제 자신을 절차에 매몰된 변호사가 아니라 문학가로 간주한다고 말했다. "르네상스 시대 사람들은 자신이 시인이면서 변호사가 될 수 있다는 걸 알았어요."

"뭐, 어떤 역할을 선택할 건지 생각해 보고, 계속 연락해요." 주디 월바크가 말했다.

복도에서 주디를 배웅하면서, 스탠리 그린버그는 "보아즈는 길모어를 대리할 적임자는 정말 아닌 것 같군요."라고 말하지 않을 수 없었다.

다음 날 아침, 식사를 하면서 그는 「굿모닝 아메리카」에 출연한 데니스를 보았다.

허랄도 리베라: 데니스 보아즈는…… 지금까지 의뢰인의 죽을 권리를 바라는 걸 지지해 온 사람이었습니다. 데니스, 어서 오세요. 당신은 법정에서 게리 길모어는 죽을 권리를 가질 자격이 있다고 때론 설득력 있게 주장했었죠. 아직도 그렇게 생각하시나요?

데니스 보아즈: (오랫동안 말이 없다가) 저는 게리에게 자신의 운

명을 결정할 권리가 있다고 믿습니다. 저는 더 이상은, 음, 국가에 의한 처형을 지지할 수 없습니다.

허랄도 리베라: 입장이 바뀌었다는 말씀인가요, 데니스?

데니스 보아즈: 네.

허랄도 리베라: 왜죠?

데니스 보아즈: (오랫동안 말이 없다가) 글쎄요, 어제가 저에게는 진실의 순간이었어요. 전 놀라운 감정적 체험을 했고 그것에 대해 성찰했어요. 그리고…….

허랄도 리베라: 어떤 깨달음에 이르렀다는 말인가요……. 그게 뭔가요, 말씀해 주시죠.

데니스 보아즈: 음, 어떤 가능성이 있다는 걸 알아요……. 니콜과 게리가 (여기서 그의 목소리는 불안정하게 흔들렸다.) 어쩌면 함께 있을 가능성이요. 그리고 그 가능성을 보는 한, 가능성이 있다는 걸 아는 한, 저는 게리가 살고 싶어지리라는 걸 알아요. 니콜도 그렇고요.

허랄도 리베라: 어제 우리가 가졌던 논의 후에, 그리고 우리는 오랜 시간 이야기를 나눴죠. 제가 느끼기에 당신은 사형의 효용을 믿는 사람으로 보이지도 않거든요. 저는 당신이 왜 이런 무서운 쇼를 벌였는지 알고 싶군요.

데니스 보아즈: 글쎄요, 저는 사형제를 옹호해서가 아니라…… 그에게 지원이 필요했기 때문에 이 사건이 뛰어들었고, 그리고 그때 저는 어떤 의미에선 자신의 삶과 죽음에 대해 더 많은 책임을 지고 싶어 하는 그의 바람을 지지했어요. 그리고 그는 판결을 받아들임으로써 책임을 지려 애썼죠.

허랄도 리베라: 하지만 지금은 벌어진 일 때문에 상황이 바뀌었다고 생각하시나요?

데니스 보아즈: 음, 저에게는 확실히 변화가 있었어요······.

새로운 목소리: 보아즈 씨, 뉴욕의 데이비드 하트먼입니다. 보아즈 씨, 어제 감정적 체험을 했다고 말씀하셨죠. 지난 이십사 시간 동안 정확히 어떻게 마음이 바뀌었나요?

데니스 보아즈: 글쎄요, 제 생각이 제 마음과 일치하게 되었어요.

데이비드 하트먼: 좀 더 구체적으로 말씀해 주세요, 데니스.

데니스 보아즈: 그저 더 이상 이 사형의 실행을 옹호할 수 없게 되었어요. 길모어가 지금 스스로 목숨을 끊기로 결정하면, 우리가 막을 수 없다는 것도 압니다. 저는 더 이상 그의 죽음을 원하는 공식적인 절차의 일부가 될 수 없어요.

허랄도 리베라: 필요하다면 이 건에서 물러날 생각입니까?

데니스 보아즈: 가능한 한 빨리 게리와 이야기해 봐야죠. 같이 결정할 겁니다.

허랄도 리베라: 어쩌면 그가 다시 자살을 시도할지도 몰라요.

데니스 보아즈: 모르겠어요.

데이비드 하트먼: 허랄도, 이제 일 분도 안 남았어요. 다음 단계는 무엇이며, 앞으로 이십사 시간에서 삼십육 시간 사이에 어떤 일이 일어나리라고 보나요?

허랄도 리베라: 글쎄요, 가석방 심리가 열려야 할 텐데, 그러려면 일단 길모어의 몸 상태가 충분히 회복되어야겠죠. 의식은 있어야 하잖아요. 혼수상태인 사람을 사형시킬 순 없으니까요, 데이비드······. 적어도 이 두 사람이 회복하는 동안은 우리 이야

기는 일단 유보될 거라고 생각해요.

데이비드 하트먼: 대단히 감사합니다, 허랄도, 그리고 보아즈 씨, 오늘 아침 저희와 함께해 주셔서 정말 감사합니다.

그날 아침 늦게, 그린버그는 데니스와 함께 프로보로 차를 몰고 가서 그가 꽤 좋아하는 번 다미코를 방문했다. 그린버그는 나중에 데니스에게 번이 꽤 마음에 든다면서, 번을 일컬어 자수성가한 소규모 사업가 같은 사람이자, 이를테면 자신이 사는 동네에서 일정한 영향력을 행사할 수 있는 꽤 강한 사람이라고 말했다.

그들은 제화점 근처의 고급 햄버거 전문점에서 햄버거와 밀크셰이크를 먹으며 — 술이 없어서 모든 것이 어려웠지만 — 여전히 좋은 대화를 나누었고, 스탠리는 특히 범죄의 계획된 동선(動線)에 대해 유용하다고 생각되는 통찰력을 얻었다. 그는 번의 집이 모텔 및 길 아래 주유소와 물리적 관계에 있다는 걸 알게 되었다. 티브이 드라마에 써먹을 멋지고 상세한 그림들이 생긴 셈이었다. 길모어가 오후에 이모부 집 문을 두드리며 몸이 더러워져서 샤워를 하고 싶다고 말하자 이모부가 그를 쫓아낸다. 그리고 그날 밤 그가 총을 들고 이모부가 티브이 앞에 앉아 있는 광경이 들여다보이는 열린 창문 옆을 지나간다. 굳이 프로이트 전문가가 아니더라도 이런 장면은 생각해 낼 수 있었다.

돌아오자마자 그린버그는 서스킨드에게 전화를 걸어, "흥미롭고, 추하고, 복잡해."라고 말했다. 서스킨드는 자신이 직접 유타에 가는 것이 좋은 생각인지 물었다. 스탠리가 대답했다. "상황이 너무 정신 없으니 지금은 권하고 싶지 않아. 주요 인물들에게 사방에서 질문을 퍼붓고 있어. 그리고 지금은 길모어도 약혼녀도 만날 수 없어. 다미코 외에는 주요 인물과 전혀 연락이 닿지 않거든."

서스킨드도 동의했다. 결국 이 이야기는 길모어의 과거 행적을 기반으로 했고, 스탠리는 그 토대를 마련하기 위해 그곳에 있었다. 다미코와도 다른 사람들과도 친분을 쌓을 필요는 없었다. 물론, 조 래시의 『엘리노어와 프랭클린』[77]에 대한 판권을 획득했을 때, 그는 엘리엇, 제임스, 그리고 특히 프랭클린 주니어 등, 루스벨트가의 몇몇 인물들을 우연히 알게 되었지만, 다른 사람들과 접근하거나 그들을 만나려 하지는 않았다. 개인적으로도 개입하지 않았으며, "저는 데이비드 서스킨드입니다. 어째서 제가 그 판권을 가져야 하는지 말씀드리죠."라고 말했다. 필요하다면 변호사를 보내는 것이 그가 할 일이었다.

데저트 뉴스

11월 17일, 솔트레이크. 게리 길모어의 유타주 사면 위원회 면담 일정은 오늘 그냥 지나가 버렸고, 그동안 유죄 판결을 받은 살인자는 병원 침대에 묶인 채 의식이 있는 상태로 누워 있었다……

---

77) 미국의 32대 대통령 프랭클린 D. 루스벨트와 그의 아내 엘리노어 루스벨트의 삶과 그들의 관계를 다룬 전기.

한편, 길모어의 여자 친구이자 자살 협정 파트너로 보이는 니콜 배럿은 유타 밸리 병원에서 위독한 상태이다.

길모어가 교도소로 돌아오면, 그를 더 엄격한 보안 감방으로 옮겨서, 통신을 제한하고 외부인과의 신체 접촉도 허용하지 않겠다고 샘 스미스 교도소장이 말했다…….

8장

대규모 사업

1

그날 밤 뉴스에서는 태머라 스미스의 이야기가 다양한 매체를 통해 전 세계적으로 공유되고 있다는 소식이 언급되었다. 전화벨이 울렸고, 몇 년 동안 잊고 지내던 사람들의 목소리가 들려왔다. 미국에서 가장 유명한 기자들이 솔트레이크에 와 있는데 정작 특종을 터뜨린 사람은 그녀였다는 이야기를 친구들이 계속 들려주었다. 다음 날에는 《뉴욕 타임스》의 기자가 그녀를 인터뷰하고 싶어 했고, 그다음에는 다시 《타임》에서, 그리고 그다음에는 《뉴스위크》에서 그녀와 인터뷰를 원했다. 새로운 취재원이 취재차 이곳에 오면 힐튼에 체크인하자마자 태머라에게 전화하는 것이 정례화되었다. 다들 니콜에 대한 배경 지식을 간절히 원했다. 그 주에 그녀는 공짜 점심을 많이 얻어먹었다.

물론 어느 정도는 신나는 일이었지만, 한편으로는 탈출하고 싶기도 했다. '필리 출신의 밀리'는 도시를 떠나 산으로 하이킹하러 갔고, 그녀 역시 세상을 저 아래 솔트레이크에 남겨 두고 모든 것을 떠나 그곳에 가고 싶었다.

2

이십 시간 동안 입원한 후에야, 게리는 폐에서 튜브를 제거할 수 있었다. 그는 몇 시간 동안 깨어 있었지만, 의료진은 그가 삼킬 수 있다는 확신이 들 때까지 튜브를 그대로 두었다. 그 후 마스크로 산소를 공급받았고, 적당한 양의 가래를 뱉어 낸 것으로 기록되었다. 의료진이 그의 목구멍을 검사하자, 그는 "당신이 내 사생활을 침해하고 있어."라고 말했다.

다음으로 그는 약혼녀에 대해 알고 싶어 했다. 느닷없이 신경을 곤두세우더니 불안해하며 치료를 거부했다. 간호사에게 나가라고 고함쳤다. 의료진은 그를 결박해야 했다. 그러자 그는 숨쉬기를 거부했다. 거의 새파랗게 질리고 나서야 겨우 입을 벌렸다. 그는 욕설과 함께 매우 폭력적으로 행동했다. 주사를 놓으려 하는 간호사의 얼굴에 침을 뱉었고, 심장 박동을 기록하는 모니터를 가슴에서 떼어 달라고 요구했다. 그런 다음 피오리날을 요구했다. 간호사들이 말을 걸면 그는 대답을 거부했다. 그들은 그의 차트에 "악의적이고, 복수심에 불타고, 난폭하다."라고 적었다. 인턴이 기관 튜브를 제거한 후, 길모어가 자리에서 일어나 앉아, 식식거리며 말했다. "가만두지 않을 거야, 이 개자식아."

약물을 과다복용한 사람들 대부분은 깨어났을 때 길모어 같지 않았다. 그의 반응은 유난히 격렬했다. 가까이 있으면 위험했다. 간호사 중 한 명이 말했다. "그는 마치 「엑소시스트」에서 린다 블레어 속으로 들어간 악령처럼 보여요."

다른 자살 시도자들은 깨어나면 우울해했다. 결국 애초에 그들이 약물을 과다하게 복용한 것은 바로 그 이유 때문이었다. 살고 싶지 않다는 것. 길모어의 경우는 죽고 싶다는 게 더 큰 이유였다.

솔트레이크 트리뷴

니콜의 어머니는 살인자를 '맨슨 유형'이라고 부른다.

11월 17일. 수요일에 배럿 부인의 어머니는 게리 마크 길모어를 또 한 사람의 '찰스 맨슨'이라고 묘사했다.

3

찰리와 함께 차를 타고 중환자실과 플레전트 그로브를 오가면서, 캐서린은 추억에 젖어 들었다. 그녀와 찰리 모두 많은 말을 하지는 않았지만 그녀는 그와 가까워진 기분이었다. 결국, 그 오랜 세월을 함께 살았으니까. 열네 살의 캐서린이 카니발에서 일하던 열여섯 살의 찰리를 만나 사귀었던 그 여름을 떠올리게 하는 분위기였다. 삼 개월을 만나면서도 그들은 키스조차 하지 않았다. 하지만 어느 날 두 사람은 결혼하기로 결심했다. 캐서린에게 결혼이란 영화 보러 가고 싶을 때 갈 수 있고 더 이상 부모님의 지시를 따르지 않아도 된다는 의미였고, 그래서 엄마에게 네바다주 엘코로 그들을 데려다 달라고 했다. 그곳의 치안 판사는 찰리가 열여덟 살이라는 걸 믿지 않았고, "애야, 내가 네 부모님께 장거리 전화를 걸어 여쭤보면 그분들이 뭐라고 대답하실까?"라고 물었다. 찰리는 말을 더듬기 시작했다.

"그럼." 치안 판사가 말했다. "네 엄마에게 내가 전화할 거라고 말해 두는 게 좋겠구나." 그는 명백히 엄마에게 거짓말을 하라고 그들에게 조언하고 있었다.

하지만 버나 베이커는 소리를 질러 댔고, 결국 찰리가 나서서 말했다. "그만해요, 엄마. 판사님께 제가 열여덟 살이라고 말해요."

캐서린은 그렇게 기억했다.

같은 날, 그들은 프로보로 돌아왔고, 캐서린의 어머니가 말했다. "찰리는 소파에서 자렴." 첫날밤에 그는 실제로 그렇게 했다.

다음 날 아침 찰리는 친구 조지와 함께 왔고, 그들은 조지의 차를 타고 하루 종일 돌아다녔다. 그러다 캐서린이 찰리에게 밤 10시까지 집에 데려다 달라고 했고, 찰리는 그렇게 했다. 다음 날 밤에도, 조지와 그가 다시 찾아왔다. 결국 조지는 두 사람을 '소나무 뒤편'이라는 이름의 모텔에 데려다주었고,

찰리는 차에서 내려 방을 구하러 갔다. 캐서린이 계속 앉아서 미적거리자, 조지가 말했다.

"나가, 넌 재랑 결혼했어."

"아냐." 캐서린이 말했다. "나 집에 데려다줘."

"자, 내가 알려 줄게, 니키." 조지가 말했다. 그들은 중간 이름인 '니콜'을 따서 캐서린을 '니키'라고 불렀다. "넌 나랑 같이 가도 되고 재랑 같이 가도 돼."

캐서린에겐 선택의 여지가 없었다. 들어가서 찰리에게 인사하는 것 말고는 할 수 있는 게 없었다. 맙소사, 그들은 아직 어렸다.

둘은 싸우고 화해하고, 싸우고 화해했고, 그런 싸움의 와중에 그가 군에 입대했다. 그들은 심지어 몇 달이 지나도록 그녀가 임신한 사실조차 알지 못했다. 원래 생리를 안 하고 넘어가는 달이 하도 많아서 캐서린은 진짜 생리 주기가 지나간 걸 알아채지 못했다. 배에 덩어리가 만져지고 점점 커지자, 그녀는 종양이 생겼나 보다고 생각했고, 혼자 겁에 질려 병원에 갔다. 그게 아기라는 사실을 알게 되었을 때, 그녀는 창피해서 죽을 것 같았다.

의사가 물었다. "결혼은 했나요?"

그녀는 반지를 끼고 있지 않았다. 찰리가 산 반지가 너무 커서, 두 사람은 그 반지에 맞게 그녀가 자라기를 기다리고 있었다. 그래서 확실히 결혼했다고 답했을 때, 그녀는 그 의사가 자기 말을 믿지 않는 걸 알 수 있었다. 의사가 남편은 어디 있느냐고 묻자, 그녀는 남편이 이제 막 기초 훈련을 끝냈다고 대답했다. 그제야 의사는 찰리가 어디에 주둔하느냐고 물었고, 그녀는 주둔지 이름도 기억하지 못하고 그냥 "그는 군대에 있어요. 어딘가에 있겠죠."라고 말했다. 그녀가 결혼하지 않았다고 의사가 너무 단정적으로 믿는 바람에, 몇 주 후 찰리가 집에 돌아왔을 때 캐서린은 그를 끌다시피 하여 두 번째 검진에 데려갔다.

찰리의 관점에서, 그와 캐서린은 오랫동안 결혼 생활을 해 온 까닭에, 둘 중 한 사람이 생각하기 시작하면 다른 사람도 따라서 생각하지 않을 수 없었다. 마치 멍에에 매인 두 마리 노새처럼. 두 사람이 어떻게 결혼하게 되었는지를 곱씹어 봤지만, 찰리는 그때 자신의 관심을 끈 것이 무엇이었는지 기억나지 않았다. 임신했으니 결혼해야 한다던 캐서린의 말을 떠올리면 여전히 화가 났다. 자기는 결혼하고 싶지 않은 척 그녀가 징징댔지만, 그녀의 어머니가 둘을 앉혀 놓고 얘기했고, 찰리는 "뭐, 전 상관없어요."라고 말했다. 그리고 캐서린이 임신하지 않았다는 사실을 알아차렸을 때쯤엔, 맙소사, 그녀는 이미 임신한 상태였다.

수년에 걸쳐, 그는 이혼 소송을 제기하기 위해 변호사들에게 500달러는 족히 썼을 것이다. 그녀는 울음을 터뜨리며 말하곤 했다. "난 어떡하라고? 나 혼자선 애들 못 키운단 말이야."

그는 매번 포기하고 물러나 "됐어, 없던 일로 해."라고 말했고, 변호사에게 준 계약금을 그렇게 날리곤 했다. 그런 생각들이 찰리를 완전히 우울한 상태로 몰아넣었다. 그의 인생에서 전형적인 운수란 바로 그러했다. 병원에 도착했을 때, 그는 가만히 앉아 있는 것조차 견딜 수 없었다. 니콜에 대해, 그리고 자신이 그 아이를 얼마나 많이 사랑했는지에 대해 계속 생각했다. 당연하게도 눈앞에 술취한 '리 삼촌'이 보였다. 리를 죽여 버리고 싶었다. 그 탐욕스러운 아동 성범죄자 새끼.

문 안으로 발을 들여놓자마자 찰리는 안절부절못하며 서성거리기 시작했고, 눈을 부릅떠야 할지, 도망쳐야 할지, 호통을 쳐야 할지 모르는 표정으로 사람들을 쳐다보았다. 마침내 그는 병원을 떠나야 했고, 캐서린은 또 밤을 새우며 간호하기 위해 자리를 잡았다. 곧바로 한 남자가 다가와 자신을 《내셔널 인콰이어러》소속의 제프 뉴먼의 동료라고 소개하면서, 더 잘 나온 니콜의 사진이 필요하다고 말했다. 그들이 보았던 스틸 사진들은 모두 형편없어서, 그녀의 미모를 제대로 보여 주는 사진이 필요하다는 것이었다. 캐서린은 시시가 서니를 임신했을 때 미드웨이에서 찍은 사진을 떠올렸고, "얼굴은 넣어도 되지만, 그 밖에 다른 부분은 안 돼요."라고 말했다. 수영복 차림의 니콜은 진짜 임신한 상태였다. 얼굴은 예뻤지만 임신한 몸은 지금 절대 다른 사람들에게 보여 주고 싶지 않은 모습이었다. 그 남자가 그것을 가져간 지 한 시간 후 제프 뉴먼이 들렀고, 캐서린은 앞에 왔던 남자가 《인콰이어러》에서 나온 사람이 전혀 아니라는 사실을 알게 되었다. 그녀가 이름을 들어 본 적도 없는 어떤 신문사였다. 그는 그 사진을 공짜로 얻어 간 것이다.

4

오후에, 얼 도리어스는 4시까지 리터 판사의 법정으로 오라
는 연락을 받았다. 얼이 굉장히 존경하는 변호사인 돈 홀브룩
에게서 온 전언이었다. 홀브룩은 자신이 법률 대리인으로 있
는 《트리뷴》이 유타 주립 교도소에 들어가 게리 길모어를 인
터뷰할 권리를 얻기 위해 연방 법원에 소를 제기하고 있다고
말했다. 얼은 한 시간 안에 유타주에서 가장 까다로운 연방
판사인 윌리스 리터 앞에서 변론할 준비를 마쳐야 했다. 아마
도 전국에서 가장 까다로운 판사일 79세의 그는 분명 나이도
가장 많았고, 걸핏하면 버럭 화를 내는 성격이었으며, 커다란
배와 풍성한 흰머리를 가진 까다롭고 뚱뚱한 노인이었다. 제
대로 준비도 하지 못한 채 리터 앞에 탄원하러 갈 생각을 하
니, 긴장감에 위가 꼬이는 느낌이었다. 소장에게 전화할 시간
조차 없었다.

모르몬 교회에 대한 혐오를 공공연히 드러내는 리터는 거
의 같은 수준으로 법무 장관실을 싫어했다. 그는 또한 샘 스미
스를 모르몬교의 대리인으로 보는지라 그에게 불이익을 줄 게
뻔했다. 따라서 얼은 곧 있을 이번 만남에 별 기대가 없었다.
외부 사람들은 후기 성도 교회 교인들을 잘 조직된 거대한 모
르몬교 음모단의 일부로 보는 경향이 있는데, 실제로는 그렇
지 않았다. 하지만 리터 판사에게는 그런 말을 꺼내지 않는 편
이 나았다. 얼은 그저 법률책들을 부여잡고 이미 검증된 '펠
대 프로쿠니에' 판례를 재빨리 다시 읽으며, 리터와 함께 있을

때 벌어지리라 예상되는 모든 일에 대해 마음의 준비를 하려고 애썼다. 신속히 논거를 제시해야 한다고 스스로를 계속 일깨웠다.

리터 판사는 누군가가 자기 논거를 상세히 설명하는 것을 허락하지 않았다. 보통 삼십 분 정도 걸리는 발표를 오 분 안에 마무리하는 게 현명했다. "그 하얀 머리털이 흔들리지 않게 하라."라는 것이 동료 법조인들의 일반적인 통념이었다.

법정에서, 얼은 길모어가 인터뷰를 원하지 않아 소송이 무의미할 수도 있다는 간단한 진술로 시작했다. 아무도 모르고 있었다.《솔트레이크 트리뷴》은 이를 알아내려는 노력을 기울인 적도 없었다. 심지어 그 죄수에게 편지를 보내 확인하지도 않았다. 놀랍게도 리터 판사는 얼의 의견에 동의하는 듯했다. 길모어가 의식을 잃은 상태로 병원에 있기 때문에, 교도소 규칙과 규정에 반하는 임시 집행 정지 명령을 내려야 하는 긴급한 사정이 없다고 판단한 것이다. 그는 당분간《트리뷴》의 요청을 거부할 거라고 말했다. 남자가 회복되면, 다시 소송을 진행할 수 있을 것이다. 얼은 아드레날린을 뿜어 대느라 완전히 진이 빠진 채 사무실로 돌아갔다.

5

래리 실러와 번의 만남은 다미코의 집 거실에서 이루어졌다. 실러는 제안 준비를 해서 왔다. 그는 다미코가 게리의 대리인이 아니라는 걸 알고 있었지만, 여전히 그래 주었으면 좋겠다고 생각했다. 그는 제안을 전달함으로써 다미코를 사실상 대리인으로 만들려고 했다. 게리는 그를 상대해야 할 터였다. 보아즈를 통하는 것보다 나은 접근 방법이었다.

그래서 실러는 이 만남에서 제대로 된 효과를 내고 싶었다. 그는 짙은 갈색 겨울 외투 안에 낙타털 외투와 같은 색의 사파리 정장을 입고, 줄무늬가 들어간 갈색 넥타이를 맸다. 《라이프》 시절부터 그는 항상 한 가지 색상, 즉 전부 갈색이거나 전부 파란색으로만 맞춰 입고 출근했기 때문에, 어울리게 맞춰 입는 것에 대해서는 걱정할 필요가 없었다. 오늘은 갈색이 완벽했다. 파란색은 너무 차갑고 지나치게 법정 느낌이 날 테니까. 갈색은 편안하고 따뜻하고 사무적인 느낌을 주었다. 사진작가로서의 실러는 자신이 가족 모임과 시가를 연상시키는 색채의 한가운데에 자리 잡기를 원했다.

본론으로 들어가자마자, 그는 모든 권리를 파는 조건으로 총 7만 5000달러를 제안하겠다고 번에게 말했다. 그 가운데 니콜의 가치는 3분의 1이었다. 그녀 없이는 이야기가 성립되지 않았기 때문이다. 따라서 게리에게는 사실상 5만 달러를 제안하는 거라고 그가 말했다. 그 이상은 한 푼도 더 줄 수가 없다고 덧붙였다. 이것은 협상의 여지가 없는 확고한 제안이었다.

물론 실러는 이 금액이 ABC가 제시한 4만 달러를 훨씬 뛰어넘는다는 걸 잘 알고 있었다. 하지만 이 시장에 4만 달러를 가지고 들어올 수는 없었다. 그는 나중에 ABC에 이 사실을 알릴 예정이었다.

실러는 계속해서 7만 5000이라는 수치가 어떻게 나온 것인지를 번에게 강조했다. "이 금액을 제안하기로 결정한 것은 영화의 자본 환경 때문이에요."

그는 협상의 무기로, 가지고 온 자료들을 늘어놓았다. 프랜시스 게리 파워스[78]의 계약서, 거스 그리섬 이야기[79]의 계약서, 마리나 오스왈드[80]의 계약서 사본들이었다. 이것들이 그의 견본들이었고, 그는 그 견본들을 번 앞에 펼쳐놓고 말했다. "아무거나 원하는 걸 골라서 잘 살펴봐요. 이 계약들은 국내 최고의 변호사들이 협상한 것들이죠. 확실히, 마리나 오스왈드에게는 구할 수 있는 최고의 변호사가 붙었어요. 프랜시스 게리 파워스도 마찬가지였고요. 이건 당신을 깎아내리려는 게 아닙니다, 다미코 씨. 하지만 그리섬과 파워스, 그리고 오스왈드를 위해 계약서를 작성한 변호사들은 수익 배분, 비율, 특정 영화로 얼마나 많은 돈을 벌 수 있는가에 관해 당신이나 데니스 보아즈보다 더 많이 아는 사람들이었습니다. 제가 말씀드리고 싶은 건, 누가 무엇을 제안하든, 바로 여기 있는 계약서들에 나와 있는 수치를 살펴보라는 겁니다. 이것이 실제

---

78) Francis Gary Powers(1929~1977). 냉전 시대, 미국 중앙 정보국(CIA)의 U-2 정찰기 조종사였다. 그의 이름은 1960년 5월 1일 소련 영공에서 U-2 비행기가 격추되면서 널리 알려졌다.
79) Gus Grissom(1926~1967). 미국의 초기 우주 비행사로, 머큐리와 제미니 프로그램에 참여했다. 그는 1961년과 1965년에 우주 비행을 수행했으며, 1967년 아폴로 1호 모듈에서 실험 중 화재로 사망했다.
80) 존 F. 케네디의 암살 용의자 리 하비 오스왈드의 (구)소련 출신 아내로, 암살 사건 이후 전국적인 언론의 주목을 받았다.

가능한 가격입니다. 서스킨드는 그 소유권이 결국 1500만 달러의 가치가 있다고 말할지 모르지만, 아마 당신은 그 돈 중한 푼도 받지 못할 겁니다. 그는 당장에 작은 금액을 제시하면서, 나중에 생길지 안 생길지도 모르는 큰 수익에 대해 말하고 있어요. 그 엄청난 수익은 보지 못할 가능성도 있습니다. 반면에 저는 즉시 돈을 지불할 의향이 있어요. 지금부터 이 년이나 삼 년 혹은 사 년 후 본촬영이 시작될 때 돈을 주겠다는게 아닙니다. 저는 지금 당장 도박할 준비가 되어 있어요. 위험은 당신이 아니라 제가 감수하는 겁니다."

번이 계약서 하나를 집어 들고 자신의 큰 손 안의 그것을 침울하게 검토하는 모습을 보며 실러가 덧붙였다. "오늘 전 세가지 중대한 제안을 하러 왔습니다. 첫 번째는 이미 말씀드린 대로 제가 가진 현금입니다. 두 번째는, 제가 이 마을에 머물면서 여기서부터 이야기를 진행하겠다는 약속입니다. 판권을 사서 뉴욕으로 사라지지 않을 겁니다. 전 아직 부자가 아니에요. 이미 성공한 데이비드 서스킨드와는 다릅니다. 아니." 래리 실러가 말했다. "저는 아직 사다리를 오르는 중이라 여기 와서 일하고 당신에게 조언하는 겁니다. 제가 이런저런 말들을 전달하지 않는 날이 바로 당신이 저를 믿지 못할 이유가 생기는 날이 될 거예요."

"세 번째는 뭐요?" 번이 물었다.

"세 번째는 당신이 정말로 이 돈의 50퍼센트가 생판 남에게 가는 것을 허락할 것인가 하는 겁니다. 저는 피가 물보다 진하다고 생각해요. 게리가 자기 어머니를 어떻게 부양할 생각인지는 모르겠지만, 이 돈의 절반이 보아즈에게 간다면, 게리의 어머니는 자신이 받을 수 있는 금액의 절반만 받는 셈이죠. 게다가 희생자 가족에게 줄 돈도 있어야 한다고 생각합니다."

번 다미코와 이야기를 나누는 동안, 실러는 게리 길모어에 대해 가지고 있던 인상이 바뀌고 있었다. 마치 그 남자에 대해 다른 시각을 갖게 된 것 같았다. 번이 게리가 제화점에서 일하던 시절을 회상하며, "그는 열심히 일했지만, 난 그가 자신의 장점을 최대한 발휘할 수 있도록 만드는 법을 몰랐어요." 라고 말하자, 실러는 마음속으로 환호성을 질렀다. 길모어가 그저 모든 사람을 이용하고 악용하는 영리한 사기꾼이 아니라면 더 좋은 이야기가 될 터였다. 그러다 번이 자신만의 유머 감각을 지니고 있다는 사실을 깨달았을 때쯤, 실러는 더욱 행복해졌다. 그는 이 이야기를 확보해야만 했다. 그게 핵심이었다. 그는 이 이야기를 소화하여 최대한 속속들이 활용하고 싶었다. 하지만 뜻밖에도 자신이 이 이야기를 좋아할지도 모른다는 게 가장 기분 좋은 수확이었다. 번과 함께 앉아 있는 시간이 길어질수록, 그는 보아즈가 이성을 잃어 가는 것을 느낄수 있었다. 실러가 결론 삼아 말했다. "저라면 변호사를 구할 겁니다. 사실 당신이 변호사를 구하기 전까지는 정식으로 제안하고 싶지 않아요. 당신이 변호사를 구하고 나면, 그와 함께 정리하겠습니다. 제 조언에 따르신다면 시간당 수임료를 지불하세요." 실러가 덧붙였다. "변호사들이 이런 일로 돈을 많이 챙기는 걸 본 적이 있거든요."

나가는 길에, 실러는 자신의 전화번호를 남겼다. 그는 그것이 프로보의 주요 교차로에 있는 '월그린' 약국의 전화 부스이며, 소다수 판매점 뒤에 있는 여자가 자신의 임시 현지 비서라고는 굳이 말하지 않았다. 그 여자는 그에게 온 전언들을 대신 받아 주기로 그와 합의했다. 물론 솔트레이크 힐튼 호텔의 번호를 사용할 수도 있었지만, 그런 전언들은 상자에 남겨져 있기 때문에 수백 명의 기자 중 누가 가져갈지 알 수 없었다. 로스앤젤레스에 있는 그의 비서를 통해 연락을 취하려면 장거리 전화라는 장벽을 극복해야 했다. '월그린'을 이용하면, 그 지역 사람들이 시내 전화로 쉽게 연락할 수 있었다. 그중에는 지역 번호, 교환원, 수신자 요금 부담 전화 등의 복잡한 절차를 거치는 것을 주저하는 단순한 사람들도 있으니까.

데저트 뉴스

11월 18일. 자살 시도에서 회복한 게리 마크 길모어는 오늘 유타 주립 교도소로 돌아와 자신의 사형 탄원 결과를 기다리고 있다…….

헝클어진 머리의 수갑 찬 남성이 휠체어에서 내려 갈색 교도소 차량에 오르는 모습을 지켜보기 위해 기자 30여 명과 병원 직원 10여 명이 대기하고 있었다.

잿빛 얼굴로 쇠약해 보이는 길모어가 차량 뒷좌석에 올라타면서 관중들을 향해 얼굴을 찡그렸다. 그는 기자들에게 외설적인 손짓을 했다.

세 대의 교도소 차량과 두 대의 경찰 차량으로 구성된 호송차 행렬이 길모어를 호위해 드레이퍼의 유타 주립 교도소로 돌아갔다.

　길모어가 탄 차가 그곳에 도착하자, 교도소 담장 뒤에서 다른 재소자들이 환호성과 휘파람으로 환영했다. 길모어는 교도소 의무실로 곧바로 이송되어 지속적인 감시를 받을 예정이었다.

　게리가 이송될 때 실러도 현장에 있었다. 호송차 행렬이 떠나자 기자들은 자기들 차로 앞다투어 달려가 호송차를 쫓아 고속 도로를 타고 교도소로 향했다. 실러는 따라가지 않았다. 다른 쪽 끝에는 있는 것이 거의 없을 것이고, 그는 이미 원하는 것을 얻은 터였다.

　그는 길모어의 얼굴을 직접 봤다. 물론 6미터 정도 떨어져서 보긴 했지만 흥미를 느끼기에 충분히 가까운 거리였다. 텔레비전 뉴스에서 스쳐 지나가듯 본 길모어는 살인자처럼 보이지 않았지만, 이날 아침 병원에서 휠체어를 탄 채 침울하고 초췌한 모습으로 나오는 그의 얼굴에는 증오가 가득했다. 인생이 자신의 기회를 망친 것에 대한 순전한 분노로 누군가를 죽일 수도 있는 망가진 자의 격노하고 복수심에 찬 표정이었다. 실제로 길모어는 차에 타자마자 뒤돌아 창밖을 내다보았고, 기자들을 향해 조롱하듯 히죽 웃으며, 마치 목격자들 각각의 엉덩이에 영원히 꽂아 넣으려는 듯이 가운데 손가락을 허공으로 천천히 들어 올렸다. 저 남자는 누군가의 몸에 칼을 꽂는 중에도 줄곧 미소를 지을 수 있을 거라고 실러는 생각했다.

6

게리가 교도소로 돌아왔기 때문에 클라인 캠벨은 의무실에 있는 그를 방문했다. 그는 바닥에 앉아 우편물을 뒤지고 있었다.

"도와줘요."라는 말로 인사를 대신하며, 게리가 편지 몇 장을 던져 주었다. 그는 하얀 죄수복을 입은 채 책상다리 자세로 앉아 있었다.

캠벨이 가능한 한 빨리 말했다. "어떤 면으론 잘 안 돼서 유감이야. 자네의 이 거대한 시련을 끝낼 수 있었을 텐데. 그래도 자네가 여기 있어서 기쁘군."

길모어가 말했다. "조만간 할 거예요."

캠벨이 대답했다. "그래, 진심이라는 거 알아. 그래도 자살은 안 하는 게 나아."

"왜죠?" 길모어가 물었다.

"왜냐하면 법을 시험할 수 있으니까. 자살하면 아무것도 해결되지 않네. 그들이 이 문제를 피할 수 없도록 압박해."

"법은 저에게 아무런 의미가 없어요, 목사님."

"뭐, 그렇다면 프로보에 돌봄을 받지 못하는 두 가정이 있는데, 만약 자네가 제대로만 한다면 그 아이들에게 기부할 돈을 충분히 벌 수 있을 거야."

길모어가 고개를 끄덕였다. 캠벨은 게리가 자신의 말에 동의했는지 알 수 없었다. 게리가 이내 화제를 바꿨기 때문이다. "있잖아요, 만약 신이 있다면, 뭐 전 그렇다고 믿는데, 전 그분을 마주해야 할 거예요." 그가 고개를 다시 끄덕였다. "우리가 살고 있는 이 창조 세계가 헛되이 끝날 리는 없어요. 저 너머엔 반드시 무언가가 있을 거예요." 그런 다음 덧붙였다. "전 더 높은 경지로 돌아오게 될 거예요."

캠벨이 말했다. "교도관이 되어 돌아오면 어쩌려고?"

길모어가 말했다. "오, 이 더러운 개자식 같으니."

두 사람은 웃기 시작했다. 웃는 와중에 캠벨은 생각했다. '난 누구보다 이 남자와 있을 때 더 많이 웃는 것 같군.'

교도소 측은 게리에게 약을 건넨 사람이 누구인지와 관련하여 얼과 계속해서 연락을 취했다. 현재로서는 니콜 배럿일 가능성이 높다고 그들은 믿었다. 그런 이유 때문에 그들은 그 문제를 그냥 방치할 생각이었다. 본인이 거의 죽을 뻔했고, 아마도 정신 병원으로 보내질 여자를 기소하기는 어려웠다. 다른 한편, 교도소 측에서 어떤 구체적인 정보를 확보하지 못한 상황이므로 조사를 종료할 이유도 특별히 없었다. 조사 가능성을 계속 열어 두면 보아즈에 대한 압박을 유지하여, 길모어가 신체 접촉이 가능한 면회를 하지 못하도록 격리할 수 있었다.

7

니콜은 아름답고 부드러운 어둠에 완전히 둘러싸인 느낌이었다. 자기에게 몸이 있다는 사실조차 알지 못했다. 사방이 암흑이었다. 그러다 구멍 하나가 생겼다. 작은 구멍이었다. 그녀는 그 구멍을 닫으려고 했지만 구멍은 계속 열렸다. 그것은 흰색보다 더 하얗게 보였다. 이제 그녀는 이마에 작은 거울을 두른 의사들의 얼굴을 볼 수 있었다. 마치 꿈속에서처럼 그녀는 그 빌어먹을 구멍을 막기 위해 계속 싸웠다.

캐서린과 리키는 먹을 것을 사러 나갔고, 수 베이커가 중환자실 대기실에서 졸고 있는데, 니콜이 악쓰는 소리가 들렸다. "여기 있기 싫어. 난 여기 있으면 안 돼."

문이 활짝 열리고 인턴이 복도에다 소리를 질렀다. 간호사와 의사 들이 한 시간 동안 니콜의 병실을 오갔고, 수는 분만실 밖에서 아기의 첫 울음소리를 듣는 것 같은 기분이었다.

이윽고 니콜의 고함 소리가 들렸다. "씨발, 내 담배나 내놓으라고." 그러더니 알아듣기 어려운 말들을 계속 지껄였다.

인턴이 니콜에게 대화를 시도하는 소리가 들렸지만, 결국 그가 밖으로 나와 수에게 말했다. "당신이 뭐라도 좀 해보세요."

니콜이 그녀에게 말했다. "난 죽었어야 해. 난 여기 있으면 안 돼."

수가 그녀의 손을 잡기도 전에 인턴이 도와줄 사람들을 데리고 돌아왔고, 그들은 수를 밖으로 내보냈다.

수가 다시 들어갔을 때쯤엔, 그들이 니콜에게 게리가 살아 있다고 말했는지 기분이 달라져 있었다. 그녀가 수에게 말했다. "더 기분 좋은 얘기들을 하자."

"좋아." 수가 말했다.

이제 니콜은 걷고 싶다고 했고, 인턴이 허락했다. 수는 그녀를 부축하여 복도를 걸어서 오가게 했다. 니콜은 몸이 후들거리고 다리에 힘이 없어 거의 걸을 수 없는 상태였다.

그녀가 말했다. "내가 술취했던 날 밤이 생각나지 않아, 수?"

두 사람은 함께 술을 마셨던 며칠 밤들을 생각했고, 수는 니콜이 깨어나 말을 하고 있다는 게 너무 좋아서 이렇게 말했다. "이봐, 아가씨, 어떻게 이럴 수 있어? 난 정말 네가 필요해, 알잖아."

니콜이 말했다. "나도 네가 필요해. 하지만 게리와 함께 있고 싶었어."

수가 말했다. "음, 넌 지금 여기 있잖아. 다시는 떠날 생각 하지 마."

니콜이 한숨을 쉬었다. "후, 안 떠나." 그녀가 말했다. 그런 다음 그녀는 조금 걸었고 살짝 윙크를 했다. "그래야 한다면 난 다시 시도할 거야."

엄마가 병원에 돌아왔을 때쯤, 니콜은 다시 잠들어 있었다. 하지만 다음에 눈을 떴을 때 캐서린이 옆에 있었고, 니콜이 말했다. "내가 충분히 주질 않았어. 그에게 충분히 주지 않았다는 걸 나도 알고 있었어."

"그는 멀쩡해, 시시." 캐서린이 말했다.

니콜이 침대 커버를 마구 두드리기 시작했다. "그렇게 커다란 남자에게 충분하지 않을 줄 알았어. 왜 그 생각을 못 했지?"

"있잖니, 시시." 캐서린이 말했다. "신이 널 원하셨다면 넌 세상을 떠났을 거야. 그냥 지금은 때가 아닌 거야. 그분은 아직 널 원치 않으셔."

"난 살고 싶지 않아요," 니콜이 말했다.

"얘야, 잘 들어." 캐서린이 말했다. "신께서 네가 가기 전에 해야 할 일을 아주 많이 남겨 두셨어."

니콜은 그냥 웃다가 울기 시작했다. 그리고 말했다. "아, 엄마."

8

깁스는 자신의 사건을 담당했던 솔트레이크 형사로부터 편지 한 통을 받았다. 봉투를 열었을 때, 그 안에는 병원 침대에 누워 있는 남자가 그려진 시사만화 한 컷이 달랑 들어 있었다. 간호사가 말했다. "길모어 씨, 일어나세요. 총 맞을 시간이에요."[81] 병상 발치에 5인으로 구성된 총살대가 있었다.

게리의 유머 감각을 알고 있는 깁스는 그 만화를 보내 주기로 결심했다. 바로 그때 라디오에서 알렸다. "L. 그랜트 크리스텐슨 박사는 길모어가 계속 호전되면 병원을 떠나 사형수 감방으로 돌아갈 수 있다고 말했습니다."

깁스는 배꼽이 빠지도록 웃어 댔다. 정말로 게리가 바로 옆에서 함께 웃으면 얼마나 좋을까 하고 생각했다.

---

81) "It's time for your shot." 이 문장은 '주사 맞을 시간이에요.'라는 뜻이기도 하다.

교도소 의무실에서, 번과 게리가 판유리 창을 사이에 두고 마주 앉아 전화기를 통해 이야기를 나눴다. 그런 식으로 대화를 나누는 건 흔치 않은 일이었지만, 번의 다리가 좋지 않으니, 최고 보안 교도소까지 걸어가는 것보다는 낫다고 생각했다.

게리가 단도직입적으로 물었다. "번, 보아즈를 해고하면 이모부가 일을 맡아 처리해 줄래요?"

"난 구두 만드는 사람이다. 내가 할 수 있을지 모르겠구나. 변호사가 아니잖니."

"이모부의 사업 능력과 제 두뇌가 있으면 우린 할 수 있어요." 이 말을 하며 게리가 활짝 웃었다.

그것에 관해 그들이 나눈 말은 그게 다였다. 번이 나갈 준비를 할 때 게리가 말했다. "유리창을 통해 악수하는 법 알아요?"

그러고는 손바닥을 펴서 유리창에 갖다 댔다. 번이 반대편 유리에 그의 손바닥을 갖다 댔고, 두 사람은 손가락을 앞뒤로 꿈틀거렸다. 교도소 식의 악수였다.

그 면회에는 브렌다도 함께했는데, 그녀에게도 감동적인 순간이었다. 그녀는 게리가 약해 보이는 게 투지를 많이 상실한 사람처럼 보인다고 생각했다. 하지만 브렌다는 주저 없이 내지르기로 결심하고, 전화기에 대고 말했다.

"게리, 이 나쁜 자식아. 무사히 회복된 것 같네."

"넌 조금도 안 변했네." 그가 말했다.

브렌다가 물었다. "나한테 아직도 화났어?"

"글쎄, 네가 한 짓은 맘에 안 들어." 그가 말했다.

브렌다가 대답했다. "상관없어. 난 할 일을 했을 뿐이야. 오빠도 오빠가 할 일을 한 거겠지."

그녀가 잠시 숨을 고르고 말했다. "사랑해. 오빠가 살아나서 기뻐." 그런 다음 덧붙였다, "이런 어리석은 짓을 또 할 생각이야?"

"아니." 게리가 말했다. "그럴 것 같지 않아. 머리가 지독하게 아프거든."

옆에 서 있던 교도관이 신경질적인 반응을 보였다. 브렌다가 전화기를 자기 아버지에게 넘기자, 그 교도관이 가까이 다가와 말했다. "나라면 당신처럼 그에게 말을 함부로 할 수 없을 거예요. 그는 성질이 아주 고약해요. 당신을 보는 즉시 죽일 겁니다. 그런 식으로 말하는 거 무서워 죽겠어요."

"맙소사." 브렌다가 말했다. "그는 당신을 해칠 수 없어요. 그를 좀 봐요. 문 뒤에 갇혀서 약해진 상태라고요. 고양이 한 마리도 해치지 못할걸요."

교도관이 말했다. "글쎄요, 난 그렇게 생각하지 않아요."

창 쪽으로 돌아온 브렌다는 자신을 제어할 수 없었다. 교도관이 그녀를 부추기는 것 같았다. "있잖아, 게리." 그녀가 말했다. "어째서 충분히 먹지 않은 거야?"

"왜 내가 충분히 먹지 않았다고 생각해?" 게리가 말했다.

"양이 충분했다면 오빤 죽었을 테니까."

"대체 뭐 하자는 수작이야? 내가 진심이었다는 거 너도 알잖아."

브렌다가 말했다. "오빠 약에 대해 그보단 더 잘 알잖아. 내 생각엔, 오빠 오빠가 뭘 하고 있는지 정확히 알고 있었던 것 같아."

게리가 입술을 끌어당겨 꾹 다물었다. 마침내 그가 빈정거리듯 말했다. "글쎄, 사촌 중 하나는 눈치챌 줄 알았을지도."

하지만 그가 말하는 방식 때문에 그녀는 혼란스러워졌다. 그는 그녀가 틀렸을 때도 옳다고 생각하게 만들 수 있는 사람이었다. 게리는 그녀를 가지고 노는 걸 좋아했다.

그것이 브렌다를 화나게 했다. 그녀가 말했다. "난 오빠가 이기적인 애인이라고 생각해. 그 두 아이는 어쩌라는 거야?"

"오." 게리가 말했다. "누군가는 걔들을 돌봤을 거야."

"오빠 냉혹해. 정말 그래. 그녀가 정말 죽었는지 알아낼 만큼은 깨어 있고 싶었겠지. 그래야 그녀에게 다른 애인이 생길 걱정을 안 해도 되니까."

게리가 말했다. "난 질투심이 많아."

"진짜 뇌 손상이 있을 수도 있다는 거 몰랐어?"

"불가능해. 그런 건 생각조차 안 해 봤어." 그가 말했다.

"말도 안 돼, 게리. 그게 오빠가 원했던 거 아니었어? 뇌에 손상이 생기면 아무도 그녀를 원하지 않을 테니까."

"너 진짜 잔인하다." 게리가 말했다.

"오빠 정말 나쁜 놈이고." 브렌다가 말했다. 이 지점에서 그녀는 자신이 너무 지나쳤다는걸 알았다.

게리가 말했다. "네 입은 악랄하고 더러워."

두 사람은 서로를 노려보기 시작했고, 꽤 치열한 눈싸움이 이어졌다. 3미터 폭의 복도 건너편, 두 장의 판유리를 통해서도 브렌다는 그의 눈에서 뿜어져 나오는 열기를 느낄 수 있었다. 그리고 그녀는 혼자 생각했다. 이번에는 절대 그에게 굴복하지 않을 거야. 그가 반죽음 상태이고 우리 사이에 이런 보호 장치가 있는 때라면 더더욱. 하지만 그런 상황이 너무 오래 지속되었고, 결국 그녀는 그가 가장 좋아하는 말을 기억해 내어 전화에 대고 인용했다. "정직한 남자는 당신의 눈을 똑바로 바라보지만, 남자의 영혼은 자신의 거짓말을 당신에게 납득시키려 애쓸 것이다."

그 순간, 게리가 웃기 시작했고, "맙소사, 브렌다, 넌 정말 엉뚱해."라고 말했다.

헤어지기 전에 그는 그녀에게 윙크를 보냈다. 나가는 길에, 그녀가 유리 위에 손을 얹고 "사랑해."라고 말하자, 그가 자기 쪽 유리 위에서 손을 꿈틀거렸다.

10

데저트 뉴스
한 낭비된 삶의 초상

11월 18일. ……필자의 전문 분야인 정신 진단 연구를 통해, 한 사람의 예술적 노력으로부터 그의 성격 상태에 대한 몇 가지 단서들을 도출하는 것이 가능하다……. 때론 그런 예술이 뇌 손상이나 정신병을, 아니면 적어도 불안을 드러내기도 한다.

길모어의 경우에는, 그러한 징표가 없다. 그림 하나하나에서, 우리는 놀랍도록 일관되고 체계적이며 질서 정연한 작업을 볼 수 있다. 필자의 판단으로, 이 그림들은 미치거나 이상이 있는 정신 상태의 산물이 아니다……. 게리 길모어는 극히 예리한 정신의 소유자이다.

솔트레이크 트리뷴

폴 롤리

트리뷴 전속 작가

11월 18일, 프로보. ……베니 부시넬이 교육을 담당했던 프로보 제5 분회의 일원들은 길모어가 계속해서 언론의 관심을 받는 것에 대해 '역겨워'하고, '그걸 어떻게 설명해야 할지 모르는' 분위기라고 딘 크리스텐슨이 말했다.

감독은 베니의 아내 데비가 여전히 자신에게 편지를 보내 조언을 구하고 있다고 말했다.

"물론, 우리는 우리가 내세에서 다시 만나게 될 거라는 종교적 믿음에 매달린다. 나도 그녀를 안심시키려 하지만, 그녀가 그것을 힘들어해서 가끔은 어렵다."라고 말했다.

데니스를 신문하기 위해 경사 계급의 경찰 한 명이 에버슨의 집으로 찾아왔다. 교도소 측에서 볼 때, 그는 충분히 확실한 용의자였다. 데니스는 샘 스미스의 상사인 교정 본부장 어니 라이트를 찾아가 말했다. "있잖아요, 샘 스미스는 보복성 행동을 하고 있는 겁니다."

그러자 덩치가 크고 하얀색 텍사스 카우보이모자를 쓴 교정 본부장이 잠시 생각해 보곤 말했다. "보아즈 씨, 솔직히 우리는 당신을 믿지 않소."

그는 방금 눌러 죽인 눈앞의 파리를 보듯 데니스를 노려보았다. 그러고는 덧붙였다. "소장이 뭘 하든 난 상관 안 해요. 그는 그 일을 계속할 수 있소."

데니스는 게리와 복도 건너편에 있는 전화기를 통해 대화할 수밖에 없을 뿐만 아니라, 전화기는 아마도 도청이 되는 것 같았다. 그리고 게리는 확실히 전보다 우호적이지 않았다. "「리베라 쇼」에서 더 이상 내 사형 집행을 위해 일할 수 없다고 했다며? 영 맘에 들지 않아."

데니스 자신도 그렇게 감정을 드러낸 걸 부끄럽게 여겼다. "저기, 미안해." 그가 말했다. "난 여전히 당신을 도울 수 있다고 생각해."

어차피 그는 게리, 그냥 날 해고해, 라고 말할 생각은 없었다.

이제, 게리는 데니스에게 비용에 대해 따지기 시작했다. 그는 《런던 데일리 익스프레스》에서 500달러가 들어왔고, 스웨덴 언론과의 인터뷰에서 500달러가 들어왔다는 사실을 알고 있는데, 데니스는 왜 자신의 절반 몫이 500달러가 아니라 250달러라고 말했는지 알고 싶어 했다. 데니스가 해명을 시도했다. "당신은 돈을 함부로 쓰니 내가 재무 관리자가 되어야 한다고 해서, 영국 잡지와의 인터뷰에서 나온 돈에서 250달러를 갖고 있다가 당신에게 125달러만 줬어. 그런데 당신이 나머지 125달러를 니콜에게 주라고 했지. 그렇게 당신의 절반 몫을 처리했어."

그래, 그런데 스웨덴 언론에서 나온 다른 500달러는 어떻게 했지?

"게리." 데니스가 말했다. "모두 경비로 사용했어. 쓸 데가 엄청나게 많아. 난 당신을 속인 적 없어."

그와 게리 사이에 별로 좋지 않은 기류가 흘렀다.

교도소 밖에서, 데니스는 그 어느 때보다 언론과 이야기하고 싶은 마음이 간절했다. "난 내가 쓰고 있는 이 사건의 등장인물입니다." 그가 그들에게 말했다. "그러니 내가 하는 모든 일을 계획하는 건 내가 아니에요. 난 그저 이 사건들의 진짜 작가가 조종하는 대로 행동할 뿐이에요. 그게 누구든 혹은 무엇이든 간에요. 사실, 난 오늘 해고될 뻔했어요. 휴, 아슬아슬했죠."

"지금은 그 자살 시도에 대해 어떻게 생각하나요?"

"비폭력적이죠." 데니스가 말했다. "정말 온건하고요. 로미오와 줄리엣처럼, 그들은 독을 먹었어요."

데니스는 이 관계의 비극적인 측면이 제대로 부각된다면 게리와 니콜을 일종의 민주제의 로미오와 줄리엣으로 격상시킬 수 있다고 생각했다. 그러면 그가 활용하는 모든 패의 가치가 더 높아질 터였다. 그는 그들이 아직 획득하지 못한 부부의 권리를 확보해 줄 수 있었다.

배리 패럴이 말했다. "길모어가 사형당하지 않는다면 그는 곧장 다른 사형수 424명들 사이에 조용히 섞여 들어가리라고 생각지 않나요? 그들 중 상당수는 길모어보다 비극적인 사연을 가지고 있을지도 모르는데요."

"게리는 유일하게 자기 행동의 결과를 마주할 용기가 있는 사람이에요." 보아즈가 말했다.

"서스킨드는 어떤 식으로 영화를 제작할 계획인가요?" 다른 기자가 물었다.

"서스킨드는 섬세하고 진중한 시나리오 작가인 스탠리 그린버그를 선정했어요. 그들에게 물어보시죠."

"실러가 여전히 판권 확보 경쟁에 참여 중인가요?" 패럴이 궁금해했다.

"실러는 저를 거치지 않고 직접 전보를 보냈더군요. 이제 게리는 내가 자기한테 모든 제안에 대해 말하는 건 아니라고 생각해요. 그런 안 좋은 의심들이 어디에서 비롯되었는지 뻔하지 않나요?"

"데니스." 또 다른 기자가 말했다. "당신은 게리의 사형당할 권리를 위해 싸웠고, 지금은 그의 목숨을 구하려고 노력하고 있어요. 그 두 가지를 현실적으로 어떻게 조화시킬 수 있는지 설명해 볼래요?"

"독립 선언문은 생존권을 보장하지만, 그것은 체제가 잔인하게 굴지 않을 때만 가능해요. 게리는, 게리는 죽음을 원해요. 하지만 그건 단지 그가 니콜을 가질 수 없기 때문이에요." 보아즈가 말했다. "게리는 그녀와 함께할 수 있다면 정말 좋아할 거예요. 두 사람이 함께 있을 수 있는 곳에 그를 넣어 놔야 한다는 거죠."

"미국의 교도소에 부부 생활이 가능한 곳이 있나요?"

"그들의 이야기가 국제적인 이슈가 되었으니 그들을 멕시코로 이송하세요. 진짜 장애물은 게리를 설득하여 살게 하는 겁니다. 그는 지금 우울한 상태예요. 하지만 내가 허랄도 리베라나 톰 스나이더가 진행하는 방송에 나가 계속 이야기하여 사람들이 새로운 방식으로 생각하게 만들 수 있다면, 그들도 게리를 살려 달라고 요구하기 시작할지 몰라요. 입법자들은 귀를 기울여야 할 겁니다." 데니스가 말했다.

"길모어가 들어줄까요?"

"자기가 결국 니콜과 함께하게 되리라는 걸 안다면, 그렇게 할 겁니다. 우리는 이 사건으로 사람들의 마음을 얻고 있어요. 사람들의 감정에 파고들면 그들의 마음을 얻게 되죠. 그럼요, 그렇고말고요. 쉽지 않은 일이지만요."

"게리가 최소 보안 교도소에서 니콜과 함께 살게 될 거라는 말인가요?"

"아니면 중간 보안 교도소에서요." 데니스가 말했다. "밖에서 일 년 동안요. 이야기로 얻은 수익으로, 그도 그만의 방식으로 비용을 지불할 수 있을 겁니다. 납세자들도 만족할 거예요. 생각만큼 터무니없는 얘기는 아니에요. 오늘자 뉴스를 봐요. 패티 허스트의 아버지가 그녀를 위해 노브 힐에 개인 교도소를 사 주었다고 합니다. 그런 식으로 게리에게도 공간을 좀 줘요."

"과장이 좀 심하네요, 데니스." 배리 패럴이 말했다.

"두고 봐요."

"지켜보죠. 실러에 대해 정말 어떻게 생각해요?" 패럴이 물었다.

데니스가 대답하기엔 껄끄러운 질문이었다. 대답해서 얻을 게 아무것도 없었다. 하지만 그는 배리 패럴을 실망시키기 싫었다. 보아즈는 그에게 깊은 인상을 받았다. 패럴은 아일랜드 이름을 가진 남자치고는 매우 스코틀랜드인 같은 외모를 가지고 있었다. 잘생기고 키가 컸다. 데니스가 편안하게 대화를 나눌 수 있을 만큼의 키였다. 트위드 재킷을 입고 있어서 그런지, 기자단 중 영국 신사에 가장 가까웠다. 흰색과 검정색이 섞인 잘 다듬어진 수염을 길렀고, 과거《라이프》에서 일한 경력이 있었다. 데니스는 조앤 디디온[82]과 격주로《라이프》에 실리던 배리 패럴의 칼럼을 읽은 기억을 어렴풋이 떠올렸다.《라이프》는 아마도 대중에게 문학적인 품격을 전하려 했던 것 같다.

그는 패럴을 강력한 매개체로 사용하기로 결심했다. 그래서 그는 말했다. "실러는 썩은 고기를 탐하는 하이에나이자 뱀 같은 인물이죠."

11

서스킨드는 이제 막 스탠리 그린버그로부터 솔트레이크시티를 떠나기로 결정했다는 전화를 받았다.

---

82) Joan Didion(1934~2021). 미국의 작가이자 에세이스트. 뉴 저널리즘의 대표적인 인물 중 하나로 여겨지며, 특히 1960년대와 1970년대 미국 사회와 문화를 비판적이고 섬세한 시선으로 다룬 글로 널리 알려져 있다.

"아주 난장판이 되어 가고 있어." 스탠리가 말했다.

그다음엔 보아즈가 전화했다. "있잖아요." 그가 데이비드 서스킨드에게 말했다. "지금 많은 사람들이 저에게 접근하고 있는데, 당신한텐 제가 너무 쉽게 굴었던 것 같아요. 금전적으로 다른 사람들과 훨씬 더 좋은 조건에서 일할 수 있거든요. 금액을 수정하시겠어요?"

서스킨드가 말했다. "아뇨, 그럴 생각은 없는데. 지금 누구랑 거래하는 건가요?"

보아즈가 말했다. "래리 실러라는 남자예요."

"음, 저는 실러 씨를 매릴린 먼로에 관한 책이 된 프로젝트를 진행한 사업가로만 알고 있는데. 그게 제가 아는 전부예요. 영화나 텔레비전 제작자로는 어떤지 잘 모르지만, 저보다 그가 더 나아 보인다면 그 사람과 같이 해 보든가요. 전 가격을 올리지 않을 겁니다."

서스킨드가 보기에 그 이야기는 매우 선정적이고, 악취가 진동하며, 남을 등쳐 먹는 일이 횡행하는 난장판이 되어 가고 있었다.

그럼에도 그는 실러에게 전화했다. 그 남자와 함께 일한다는 건 생각하기도 싫었지만, 어쨌든 전화를 걸어 말했다. "당신은 여기저기 돈과 수치를 던지고 있고, 보아즈라는 그 불쌍한 남자는 현혹되어 앞이 안 보이는 상태더군요. 이해가 안 돼요. 혹시 지금 영화 업계에 종사하고 있소?"

"네." 실러가 말했다. "맞아요."

"이봐요, 당신은 영화 제작자가 아니잖소. 언젠가는 누군가가 이 영화를 만들어야 할 텐데, 그건 당신 취향이 아니지 않나요?"

"난 제작자요." 실러가 말했다. "당신과 같은 수준이라고 생각하진 않지만, 당신이 모르는 영화도 몇 편 제작했죠."

"글쎄요, 난 당신이 비현실적이라고 생각해요." 서스킨드가 말했다. "물론, 운이 좋을 수도 있겠지. 어쩌면 모든 걸 얻을 수도 있고."

"확실히 그러길 바라죠." 실러가 말했다.

서스킨드가 다시 그린버그와 대화를 나누게 되었을 때, 스탠리가 말했다. "너무 나쁘게 생각하지 않으려고. 우리가 바랐던 것과는 다르니까."

서스킨드가 동의했다. "더 이상 판권 확보 경쟁에 참여하지는 않을 것 같아. 다들 미쳐 가고 있어. 그건 더 이상 형사 사법 체제의 붕괴에 대한 이야기가 아니야. 젊은 여자의 자살과 몰래 반입된 독이라는 소극(笑劇)이지."

두 사람은 그런 낌새가 마음에 들지 않는다는 데 동의했다.

스탠리가 말했다. "지금 이 이야기를 다루는 사람들은 누구나 죽어서 썩어 가는 시체 위에 올라타고 있는 것 같아. 기괴하고 역겨워."

두 사람은 동의했다. 될 대로 되라는 식의 대화였다.

그렇다 해도 그들은 정말로 놓고 싶지는 않았다. 먼지가 좀 가라앉고 나면, 그 이야기로부터 많은 걸 얻어 낼 수 있을지도 몰랐다. 그들은 적절한 조치가 이루어질 경우를 대비해 스탠리가 연락 통로를 계속 열어 놓기로 결정했다.

9장

협상

1

다음 날, 게리가 그 사안을 다시 꺼냈다. "보아즈의 자리를 대신할 준비가 됐나요, 번?"

"모르겠어." 번이 말했다. "내가 준비됐다고 생각해야 할까?"

"모든 걸 뒤집을 생각이에요." 그가 말했다. 그리고 고개를 끄덕였다. "사람들에게 빚을 갚으려면 수천 달러가 필요해요. 도와주고 싶은 사람도 몇 명 있고요."

"아직 누구와 거래해야 할지 모르겠다." 번이 말했다. "요즘 많은 사람들이 전화를 해 대."

"번, 이모부가 결정하세요."

"글쎄, 내가 감당할 수 있을 거라고 네가 생각한다면야." 번이 말했다.

"시내에서 사업을 하고 있으니 방법을 아시겠죠."

"이건 유형이 다르잖니."

"무슨 상관이에요." 게리가 말했다. "이모부가 이모부 사업장에서 일하시는 걸 봤어요. 보아즈보다 더 잘할 수 있어요."

오후에 번은 데니스의 전화를 받았다. "게리가 절 해고할 생각이라는 거 알고 계셨나요?" 그가 물었다.

"글쎄, 왜 그랬을까요?" 번이 물었다. "그가 대뜸 그렇게 말했다는 거요?"

"우리끼리 이야긴데, 당신이 제 자리를 대신할 수 있다고 생각해요?"

번이 부드럽게 말했다. "나도 당신만큼은 할 수 있을 것 같소만."

이 대화 후에 번은 몇 시간 동안 생각에 잠겼다. 그러고는 프로보에 사는 친구 몇 명에게 전화를 걸어, 변호사에 대해 물어보았다. 그날 저녁 10시경, 그는 친구들 모두가 추천한 밥무디라는 변호사에게 전화를 걸었다. 번은 무디가 그 제안에 대해 생각하는 바를 거의 들을 수 있었다. 이윽고 무디가 대답했다. "기꺼이 사건을 맡겠습니다. 할 수 있는 한 모든 것을 도와드리죠. 오늘 밤이나 내일 아침, 아니면 월요일에 뵐까요?"

"월요일이면 충분할 것 같네요." 번이 말했다.

그는 마치 엄청난 무게의 짐을 옮기는 느낌이었다. 모든 것이 다시는 예전 같지 않을 터였다.

2

니콜의 담배가 문제가 되고 있었다. 중환자실에는 산소 탱크가 많아서 성냥을 그어 불을 피우는 것이 허락되지 않았다. 그녀는 계속 불평했다. "담배 피우고 싶어요."

그들은 그녀를 위해 할 수 있는 일이 많지 않았다. 그녀에게 "몇 시간 전에도 피웠잖아요."라고 말하곤 했다.

"음, 한 대 더 피우고 싶어요."

결국 그들은 캐서린이 그녀를 다용도실로 데리고 나가는 걸 허락했다. 거기 세탁실 싱크대와 통에 담긴 낡고 더러운 천 걸레 사이에서, 캐서린은 담배를 피우는 니콜과 함께 앉아 있을 수 있었다. 거기서 그들은 느긋이 쉬었다. 니콜은 이런 말을 하기도 했다. "어쩌면 난 여기 있는 게 다행인지도 몰라요. 글쎄, 모르겠어요."

니콜이 정확히 인정한 적은 없지만, 그녀는 정말로 죽고 싶었던 게 아니라 그저 게리에게 자신이 그를 충분히 사랑한다는 걸 증명해야 했던 거라고 캐서린은 판단했다. 마침내 니콜은 정말로 입 밖에 내어 말했다. "자기 목숨을 끊는 건 잘못이라고 생각했어요. 그리고 만약 신도 그렇게 생각한다면 살아 있을래요. 하지만 그게 죄가 아니라면 난 죽을 거예요."

그 순간 캐서린은 그녀와 가까워진 느낌이 들었다.

당연하게도 그다음엔 끔찍한 혼란이 시작됐다. 의사들은 니콜을 유타 주립 병원에 입원시키는 서류에 캐서린이 서명하기를 원했다. 원무과에서 캐서린은 이 사안에 대해 다퉈 보려

했지만, 그곳에 있던 남자가 말했다. "그런다고 달라질 건 없어요. 이미 그녀가 심신 상실의 상태이며 자살을 시도할 가능성이 있다고 두 명의 의사가 서명했고, 니콜도 서명했으니까요."

캐서린은 어찌해야 좋을지 갈피를 잡을 수 없었다. 그녀는 니콜이 집에 돌아올 준비가 되지 않았다고 생각했다. 집 어디로 돌아온단 말인가? 한편으론 니콜이 정신 병원에 들어갔다가 다시는 나오지 못할까 봐 두려웠다. 캐서린은 주립 병원이 무서웠다. 어쨌든 그들은 그 서류를 꺼냈고, 캐서린은 니콜의 이름 아래에 자신의 이름을 적었다. 그녀는 떨고 있었다.

서류에 서명하는 순간, 니콜은 그것이 끔찍한 실수라는 걸 깨달았다. "왜 난 그냥 이 빌어먹을 곳에서 걸어 나가지 않은 거지?" 그녀는 스스로에게 물었다. 구급차까지 가는 내내 그녀는 계속 생각했다. "네가 그러지 않은 이유는, 가진 게 병원 환자복과 담요밖에 없었기 때문이잖아."

병원에서 그녀를 꽁꽁 덮어 싸 놓아, 그녀는 팔다리를 움직일 수가 없었다. 애벌레처럼 온몸이 감싸여 있었다. 구급차가 이동하는 동안 그녀는 바깥을 볼 수 없었다. 하지만 차가 길고 가파른 경사로를 올라갈 때 기어에서 나는 끼익 소리가 마치 여행의 끝을 알리는 것 같았다. 그녀는 유타 주립 병원으로 이어지는 긴 진입로 위에 있었다. 오, 맙소사. 게리가 갇혀 있던 정신 병원이었다.

그녀에겐 충분히 익숙한 곳이었다. 같은 느낌이었다. 심지어 같은 병동이었다. 건물은 U자 형태였으며, 한쪽 동에는 남자들, 반대쪽 동에는 여자들이 있었고, 두 동을 연결하는 사교실이 있었다. 병실과 감방이 있는 복도는 길고 좁았으며, 바닥에는 밝은 리놀륨이 깔려 있었다. 곳곳에 빌어먹을 개똥 같은 그림들이 걸려 있었다. "공동체가 바로 우리!" 같은 어리석기 짝이 없는 문구가 파스텔 수채 물감으로 칠해져 있었는데, 물감이 굳고 바래서 탁해진 상태였다. 주황색 소파, 노란색 벽, 플라스틱 식당 의자와 탁자들. 마치 면회실에서 영원히 살아야 하는 저주를 받은 사람처럼 더없이 우울해졌다. 모두가 완전히 지친 모습이었다. 죽으려면 150년은 걸릴 것 같았다. 모든 게 너무 짜증 나도록 발랄해서 가짜 같았다.

3

존 우즈는 전날 밤 배탈이 나서 피를 약간 토했고, 맙소사, 이제 궤양이 생겼구나, 라고 생각했다. 그는 병원에 가지 않고 집에 머물러야겠다고 마음먹었지만, 병동에서 다급한 전화가 걸려왔다. 그들이 말했다. "니콜 배럿이 병원으로 오는 중이에요."

"그럴 리가." 우즈가 말했다.

그가 병원장실로 갔을 때 카이거가 제일 먼저 한 말은, "내가 그녀를 자네 병동으로 보냈네. 난 그녀가 거기 있었으면 해."였다.

우즈가 말했다. "니콜은 최고 보안 병동에 있을 필요가 없어요. 이것은 병원의 나머지 부서들이 제 역할을 하지 못한다는 또 하나의 증거일 뿐입니다. 치료 병동에서 그녀를 맡을 수 있어야 해요." 카이거가 동의한다며 끼어들려 했지만, 우즈는 너무 화가 나서 말했다. "제 말 먼저 끝까지 들어 주세요."

그는 카이거를 존경했고, 사이코패스라는 단어가 만들어진 이래로 카이거가 사이코패스를 치료하는 새로운 발상을 가진 유일한 사람이라고 생각했다. 그래서 카이거가 고결한 동기가 아닌 다른 목적으로 무언가를 하고 있다는 생각이 들 때마다 화가 났다.

물론 우즈가 담당하는 병동은 유일하게 언론으로부터 니콜을 보호할 수 있을 만큼의 보안 수준을 갖추고 있었다. 카이거가 말했듯이, "이번 건은 뉴스로서 주목받는 민감한 사안이 될" 터였다. 모든 유선 방송사, 주요 신문사, 잡지사가 니콜을 인터뷰하기 위해 온갖 수단을 동원할 것이었다. 그건 엄청난 압박을 의미했다. 언론은 정치인들을 압박하고, 정치인들은 차례로 병원을 압박할 게 분명했다. 니콜이 다시 자살을 시도한다면, 그들 모두 목이 잘릴 수도 있었다. 병동에 있는 다른 사람들의 치료에 얼마나 큰 지장을 줄지 생각하니, 우즈는 몹시 짜증이 났다. 그의 역할이 바뀌었다. 이제 그의 임무는 니콜을 계속 살아 있도록 하는 것이었다.

환자 개인의 반사회적 충동이 집단의 이익과 상충할 때 이를 조율하는 대신에, 그리고 집단이 흡사 모루처럼 작용하여 각 환자의 성격을 좀 더 사회적 책임감을 갖도록 단련시키는 대신에, 이제 중점을 두어야 할 것은 니콜을 에워싸고 그녀를 격려하고 게리의 일상적인 영향력을 차단하여, 그들 두 사람의 영혼은 저세상에서 만나기로 예정되어 있다는 발상 ─ 오,

아주 대단한 스승 나셨어! ─ 으로 그녀를 세뇌시키지 못하게 만드는 것이었다. 우즈는 어떤 조무사나 환자도 길모어의 이름을 언급하지 말라는 지시를 내려야만 할 터였다. 절대로. 만약 그가 니콜을 계속 살게 하려면 그 관계를 무력화시켜야 했다. 우즈는 니콜에게 게리 얘기를 하는 사람이 없어도, 그녀가 늘 게리 생각을 하리란 걸 알았다. 그것까지 막을 도리는 없었다. 그는 길모어가 그녀의 사고(思考)에 더 이상 영향을 미치지 않기만을 바랐다.

그러나 그는 괴로웠다. 그것은 우즈가 생각한 치료법이 아니었다. 니콜을 이십사 시간 감시해야 한단 이유만으로 그들의 많은 프로그램이 폐기 처분될 터였다.

병원을 운영하는 이상적인 방법은 자살의 위험을 무릅쓰는 것이었다. 혁신적인 치료법에는 이런 위험이 따랐다. 여기서, 그들은 그 위험을 차단해야 했다. 어쨌든 카이거의 발상은 너무 파격적이어서, 그들이 니콜을 제대로 감독하지 못하면 그의 프로그램은 치명적인 타격을 입을 수도 있었다. 어쨌든 이건 최악의 상황이었다.

4

니콜은 어느 때보다 간절히 잠들고 싶었다. 하지만 그럴 때마다 곧바로 아마도 환자인 듯한 젊은 여자가, 형편없이 제한적인 상황에서도 굉장히 자신만만하고 군림하는 태도로 대장처럼 그녀에게 지시했다. "낮엔 침대에 누워 있으면 안 돼."

"샤워해!"

"패물도 빼!"

그들이 그녀를 붙잡으려 하자 그녀는 저항하기 시작했다. 니콜은 이제부터 자신이 하는 행동은 모두 싸움이 되리라는 걸 깨달았다. 그것은 마치 질병처럼 그녀를 덮쳤다. 내내 지는 싸움이 될 터였다. "이 빌어먹을 것들 때문에 숨이 막혀 죽겠네." 그녀가 혼자 중얼거렸다.

그랬다, 여기가 바로 게리가 말한, 모든 사람이 다른 모든 사람을 밀고한다는 곳이었다.

그녀는 잠을 자려 했지만, 그들은 도무지 자게 두지 않았다. 바닥에 누워 있으면 와서 깨웠고, 그러면 그녀는 곧장 바닥에 쓰러지듯 누워 다시 잠을 잤다. 그러자 할머니의 바로 옆집에서 자란 노턴 윌리의 아내 메이바인이 그녀를 흔들어 댔다. 니콜은 노턴이 이 마녀 같은 여자와 결혼했다는 걸 믿을 수 없었다. 이 덩치 크고 꼴 보기 싫은 아첨꾼은 이제 이곳의 운영을 돕고 있었다. 그들은 계속 니콜을 깨우려 했고 그녀가 소파 위에서 잠들지 못하게 했지만, 그녀는 다른 병원에 있을 때보다 세 배나 기운이 없었다. 그녀의 관심사는 오직 조용히 게리에 대해 생각하는 것뿐이었다.

5

실러는 공항으로 갔다. 여자 친구인 스테파니가 들어오고 있었다. 한때 그의 비서였기 때문에, 그는 캐서린 베이커를 방문하기 위해 공항에서 65킬로미터나 떨어진 오렘 근처의 플레전트 그로브로 곧장 가야 한다는 소식을 들어도 스테파니가 놀라지 않으리란 걸 알고 있었다.

실러는 캐서린의 집 주변에 기자들이 있을 거라고 예상했지만, 실제로는 집을 찾기가 어려웠다. 플레전트 그로브에서는 나침반 방향으로 길을 명명하는 것이 효과가 없었다. 오래된 시골길, 포장된 소목장, 마른 강바닥이 너무 많았기 때문이다. 북400길은 북900길을 휘어서 가로지르고, 동200길은 서60길과 교차할 가능성이 있었다. 5시 마감에 쫓기는 기자가 반나절을 허비하며 찾아야 할 주소는 아니었다.

하지만 실러에겐 베이커 부인과 길게 이야기 나눌 시간이 있었다. 앞마당에 낡은 타이어가 널려 있고 풀밭에는 금속 외판이 녹슬어 가는 집은 너절해 보였다. 금속은 고물 자동차에서 나온 것인지 오래된 세탁기에서 나온 것인지 구분되지 않았다. 식탁 위에는 잼이 여기저기 떨어져 있었고, 부엌의 여러 표면에는 먼지와 흙과 기름이 꾸덕꾸덕한 기름때를 형성했다. 그곳엔 또한 놀랍도록 많은 아이들이 있었다. 리키 베이커와 수 베이커의 아이들과 이웃집의 아이들이 보였고, 그리고 거기에 캐서린 베이커의 막내 아이인 에인절도 섞여 있었다. 예닐곱 살 정도로 보였는데 브룩 실즈를 닮은 놀랍도록 예쁜 아이였다. 그 많은 소음으로 혼란스러울 수도 있었지만, 실러는 궁전에서든 당구장에서든 제안을 판매해 내는 자신의 능력을 믿었다. 그는 곧장 번에게 제시한 것과 비슷한 제안을 내놓았다. "제가 부인 딸의 인생에 대한 판권을 얻든 못 얻든, 이것이 부인이 해야 할 일이라고 생각해요."

그리고 그녀가 직면한 문제들을 자신이 이해하고 있음을 확신시켜 주었다. 그는 그녀에게 전화번호를 바꾸고 아이들을 친척에게 맡겨야 한다고 말했다. 그렇게 해야 언론에 발각되지 않을 수 있었다. "아이들이 이 일을 잊을 수 없는 공포의 경험으로 느끼게 하고 싶지 않으실 겁니다."

그러는 내내 그녀가 가장 깊은 감동을 받은 건 그가 거기 앉아서 마치 도둑 인터뷰를 하듯 질문들을 던지고 그녀의 답변들을 받아 적는 것이 아니라, "베이커 부인, 변호사를 한 명 구하세요."라고 조언한 것이었다는 걸 그는 알았다.

캐서린이 말했다. "아는 변호사가 없는걸요."

"누구 밑에서 일하세요?" 실러가 물었다. 그녀가 알려 주자, 실러가 말했다. "부인의 상사에게 전화해서, 그의 변호사가 누구인지 물어보세요."

그녀의 권리를 보호해 줄 대리인을 구하라는 조언에 그녀가 기분 좋게 놀랐다는 걸 그는 알 수 있었다. 그녀는 그런 말에 익숙하지 않았다.

실러는 '선샤인'을 위해 맺었던 계약을 통해, 영화 및 책과 관련한 큰 거래에 들어가려면, 그리고 제작자 및 출판사와 상대하려면, 처음부터 기반을 제대로 마련하고 계약서를 제대로 작성해야 한다는 것을 배웠다. 그렇지 않으면 나무에 매달려 이리저리 흔들리다 끝날 수도 있었다. '선샤인'의 경우, 그는 그 죽어 가는 여성의 남편과 별도의 계약을 맺는 데 실패했다. 따라서 '유니버설'은 나중에 그의 권리를 사기 위해 많은 돈을 써야 했다. 그 건은 실러를 끊임없이 괴롭혔다. 그래서 그는 이제 베이커 부인에게 그것을 명확하게 설명했다. "변호사를 구하세요." 그가 그녀에게 말했다. "변호사를 구하는 게 돈 이야기보다 먼저예요."

그 집을 떠나는 차 안에서 그는 스테파니와 처음으로 크게 말다툼했다. 그녀의 아버지는 의류 사업을 하고 있었다. 실러가 보기에, 스테파니의 아버지는 양모에 깊이 파묻힌 양처럼 항상 사업에 깊이 빠져 있었지만, 스테파니는 아버지의 기쁨이었고, 그녀의 아버지는 그녀를 보호하기 위해 최선을 다했다. 스테파니 울프는 사업이 작동하는 모습을 보기 싫어하는 아름다운 공주였다. 비서로 일하긴 했지만, 그런 성향에서 전혀 벗어나지 못했다. 그녀는 사업을 싫어했다.

이제, 스테파니는 그가 캐서린 베이커 앞에서 모사꾼처럼 행동했다고 말하고 있었다. "어떻게 슬픔에 빠져 있는 여자에게 사업 얘기를 해서 이용할 수가 있어? 그 여자 딸이 바로 어제 정신 병원에 보내진 거 몰라?"

래리는 그녀에게 상황을 자세히 설명해 주려 애썼다. "당신은 ABC의 칵테일파티에 내키는 대로 다닐 수 있겠지. 하지만 ABC는 다음 주 파티에 래리 실러를 부를지 말지 신경도 안 쓰거든. 나는 ABC에 도움이 되는 만큼의 가치밖에 없는 거야, 빌어먹을. 당신이 나에게 관심이 있다면, 나를 있는 그대로 받아들여야 해. 당신이 사랑하는 부분을 사랑해야 하고, 마음에 들지 않는 부분이 있더라도 그것을 감당하는 방법을 배워야 해. 내가 거실에서 한 말 때문에 그 방을 나서는 순간부터 나에게 비난을 쏟아 내선 안 된다고."

두 사람은 정말 크게 다퉜다. 어쨌든 스테파니는 실러가 십육 년간 지속했던 결혼 생활을 기꺼이 깨게 만든 여자였다. 그러나 그는 이 길모어 건을 처리하는 동안 두 사람의 관계가 각종 압박에 직면하리란 걸 감지했다. 그는 이미 스테파니를 유럽으로 보내 해외 판권을 담당하게 하면 어떨지 생각하고 있었다. 그녀가 계속 곁에 있으면 길모어 이야기를 잃을 수도 있었다. 이 한 가지 일화로 인해 그와 그녀 사이의 불화는 거의 폭발 직전까지 치달았다.

그날 밤, 잠을 이루지 못한 그는 새벽 2시에 일어나 솔트레이크시티에 있는 법률 서비스에 길모어 판권 계약서를 구술했다. 전화로 그의 말이 녹음되었고, 이른 아침에 젊은 여자가 그것을 타이핑할 것이었다. 하지만 그는 낯선 사람이 계약 조건을 듣는다는 사실이 마음에 들지 않았다. 신문사에 쉽게 유출될 가능성이 있기 때문이었다. 만약 지역 신문사에서 일한다면 자기도 그런 곳에 정보통을 심어 놓으리라는 걸 실러는 알고 있었다. 그런 식으로도 기삿거리를 얻을 수 있었다.

그래도 번과 베이커 부인의 각 변호사들에게 보여 줄 무언가를 준비해야 했다. 그래서 그는 양과 소를 구입하는 캘리포니아 사람인 척하고, 해당 가축에 대한 모든 권리를 양도받는 대가로 양과 소 몇 마리를 구입해야 하는지를 구술했다. 새벽 2시의 그에겐 꽤 매력적인 유머였다.

내일, 그는 양과 소를 특정인으로 바꿀 예정이었다. 세상에는 훌륭한 사업가도 많고 훌륭한 언론인도 많지만, 어쩌면 자신은 그 두 가지가 모두 가능한 몇 안 되는 사람 중 하나일지 모른다고 실러는 생각했다.

6

주말 동안 배리 패럴은 로스앤젤레스에서 래리 실러를 인터뷰했다. 그들은 수년 전에 《라이프》에서 함께 일한 적이 있지만, 패럴은 최근 실러에게 그리 우호적인 기분이 아니었다. 일 년하고 조금 더 전에, 래리는 무하마드 알리의 사진집 편집 작업을 했다. 그가 배리에게 전화를 걸어 글을 써 달라고 부탁했고, 패럴은 그에 관해 자신의 출판사와 대화를 나눴다. 그러고 나서 실러는 윌프레드 시드라고 서명했다. 패럴은 자신이 단순히 시스템에 입력할 또 다른 이름에 불과하다고 느꼈고, 그것 때문에 화가 났다.

하지만 그는 매해 12월이면 과거의 실수나 다툼을 다 잊고 새출발하는 걸 좋아했고, 그래서 실러에게 '화났던 일 다 잊었어. 과거에 우린 함께 좋은 일을 했으니 아마 또다시 할 수도 있지 않을까.'라는 취지의 편지를 썼다. 그 덕에 마음이 한결 편해졌다. 이제 무슨 일이 생기면 편견 없이 래리와 이야기할 수 있을 것 같다고 생각했다.

그럼에도 실러가 길모어 이야기를 확보하기 위해 유타에 왔다는 소식을 듣는 순간 패럴은 연필을 뾰족하게 깎아 들고 여행할 준비를 했다. 래리는 과거에 자신이 비난받았던 바로 그 일에 자신을 노출시키게 될 터였다. 그런 그가 길모어의 시체에 어떻게 입찰할지 관찰할 수 있는 아주 좋은 기회였다.

그래서 패럴은《뉴 웨스트》를 위해 기사를 쓰기로 하고, 교도소장 그리고 서스킨드와 이야기를 나눈 후, 마침내 주말에 로스앤젤레스에서 실러와 만났다. 당시 패럴은 데니스 보아즈를 마뜩잖게 여겼다. 그 빌어먹을 히피는 줄곧 사안의 중대성이나 위험성을 이해하지 못한다고 그는 생각했다. 여기서 패럴은 실러에 대한 약간의 적대감으로 시작했다지만, 사실 쥐꼬리만 한 금액을 제안하면서 최대 1500만 달러의 미래 수익을 이야기하는 사람은 서스킨드였다. 패럴은 자신이 공개적으로 죽었을 때 벌어질 수 있는 일을 현실적으로 생각할 수 있는 사람은 실러뿐일지 모른다고 다소 우울한 기분으로 — 크리스마스의 결심[83]이 있든 없든, 그는 실러에 대해 얼마간 비판하고자 했었다 — 생각하기 시작했다. 실러는 이전에 그런 일을 해 본 적이 있었다. 유족들을 만나고 그들의 손을 잡아 주었다. 힘들어하는 사람들에게, 자신이 더 꾸밈없는 사람임을 늘 자처하는 보아즈보다 더 가까이 있었다.

맙소사, 길모어에겐 보호가 필요했다. 공개적인 죽음만큼

---

83) 12월마다 하는 그만의 결심을 가리킨다.

티브이에서 많이 다뤄진 것은 없었다. 패럴은 뒷마당에 화분 몇 개가 있는 교도소 가옥의 게리와 니콜에 대해 이야기하는 데니스의 말을 들으며 역겨움을 느꼈다. 게리의 생명이 다해 가고 있었다. 유타주에서 그를 살릴 방법은 없었다. 길모어가 처형되지 않으면 오히려 대규모의 처형 물결이 촉발될지도 모를 일이었다. 미국의 모든 보수주의자들은 이렇게 말할 터였다. 총살당하길 원하는 이 친구조차 쏘지 못한다면, 누가 총을 맞으려 하겠는가. 우리는 대체 누구를 처벌할 것인가?

적어도 실러가 지껄이는 말들은 탄탄했다. 기반을 제대로 닦고, 계약서들을 벽처럼 쌓아 올린다. 모두가 자신이 서 있는 위치를 알게 한다.

《뉴 웨스트》에 실릴 글을 쓰면서 패럴은 자신이 실러를 우호적으로 쓰고 있음을 깨달았다.

7

실러는 라디오에 몇 번 출연했다. 그러자 그에게 걸려 오는 전화의 성격이 달라졌다. 언론이 가까이 다가오는 게 느껴졌다. 그는 《로스앤젤레스 타임스》의 에드 거스만에게 연락하기로 결심했다. "에드." 그가 말했다. "기사를 실을 공간이 필요해요. 최고의 범죄 전문 기자 한 사람을 나한테 자문으로 내주면, 당신네 1면을 위해 2000단어 분량의 기삿거리 및 사형 집행일 전 어느 날 길모어와의 독점 인터뷰를 줄게요."

거스만에겐 마침 하루 시간을 낼 수 있는 데이브 존스턴이라는 괜찮은 기자가 한 명 있었고, 실러와 존스턴은 문제를 예견하려고 애썼다. 예를 들어, 길모어와 한 번만 인터뷰할 수 있다면 어떤 질문을 하겠는가?

또한 실러는 다음 주 정도에 자기 자신에 대한 이야기가 필요했다. 거창한 이야기가 아니라, 월요일에 실릴 조용한 이야기가. 그는 현장에서 자신의 존재감을 축소하고 싶었다. 모두가 "시체 파먹는 독수리가 먹이를 노린다."라고 말하는 상황에서 갑자기 이목이 집중되는 건 사양이었다. 대신 존스턴이 어떻게 전 세계의 언론이 솔트레이크로 몰리는지에 대한 기사를 쓰면, 실러는 세 번째 혹은 네 번째 문단에서나 언급될 예정이었다.

이런 겸손한 태도는 번 다미코와 캐서린 베이커의 새 변호사들과의 관계에서 자신의 입지를 높이는 데 도움이 되지 않을 것이기 때문에, 실러는 그들에게 따로 공들여 이야기할 필요가 있었다. 그는 곧 나올 기사 때문에 당분간 자신이 부각되지 않는 이점을 갖게 될 거라고 말했다.

이어서 그는 언론을 다루다 보면 실수를 할 때도 있겠지만, "나는 열기가 가라앉는 걸 봤던 사람이에요. 여러분이 나를 계속 신뢰할 수 있도록 최선을 다하죠. 우리는 팀이 작전을 짜듯 준비할 거고, 내가 총대를 멜 겁니다."라는 말을 몇 번이고 반복했다. "내가 하는 일 중에는 여러분 마음에 차지 않는 부분이 있을 수 있고 의견 차이도 있을 수 있지만, 난 함께 일했던 사람들 모두와 지금까지 좋은 관계를 유지하고 있어요."

그는 늘 그렇게 말했다. "음, 콜로라도주 덴버의 셸리 던에게 전화해 봐요. 그는 '선샤인' 건의 변호사였죠. 우리가 지금도 친구라는 걸 여러분에게 말해 줄 겁니다. 그리고 언론과 관련해선 내가 전반적으로 옳았다고 말해 줄 겁니다. 모든 것은 아니지만 많은 부분에서요." 그런 다음 실러는 폴 카루소의 전화번호를 언급하면서 그가 수전 앳킨스 사건의 변호인이었다는 사실을 상기시켰다. "우리는 그 건과 관련해 많은 어려움에 부딪혔고, 의견 차이도 많았지만, 언제든 그에게 전화해 봐요." 그는 다른 변호사들도 몇 명 언급했다.

사실, 실러는 이 변호사들이 모두 자신을 두고 뭐라고 말할지 명확하고 확실하게 짐작할 수 없었다. 하지만 경험상 실제로 그런 전화를 하는 사람은 거의 없었다.

8

월요일 아침 자신의 변호사인 밥 무디를 만났을 때, 번은 그가 조용하고 자신감 있고 지적인 사람이라고 생각했다. 무디는 머리가 반쯤 벗겨진 건장한 체격의 남자로, 안경 쓴 모습이 유능해 보였다. 말투는 대단히 신중했다. 번은 밥 무디가 무슨 말을 하면, 그걸 반복할 필요가 없다는 걸 알아차렸다. 이해했다고 가정했다. 번은 그를 상류층에 속하는 사람으로 보았다. 컨트리클럽에 소속되어 있고, 프로보 산기슭에 고가의 주택을 가지고 있을 것 같았다. 번이 '모기지 하이츠'[84]

라고 부르는 주택을 말이다.

무디가 보기에 번 다미코는 진심으로 좋은 조언과 최선의 거래를 모색하는 걱정 많은 친척이었다. 그는 게리의 바람이 실행되기를 바란다고 거듭해서 말했다. 가능하면 조카의 존엄 같은 것이 유지되기를 원했다.

무디는 게리의 형사상 이익을 대변하는 동시에 그의 문학적 재산권을 대변하는 것이 얼마나 어려운지 이야기했다. 밥 무디는 게리에게 그의 법적 상황에 대해 조언하면서 책이나 영화를 위한 계약을 협상하는 것은 잘되지 않을 거라고 생각했다. 가령, 어느 시점에 게리가 마음을 바꾸고 항소하기 원한다면, 그러면 그의 인생 이야기에 대한 권리는 상당히 줄어들 것이다. 바로 여기에 잠재적인 이해 상충이 존재한다. 변호사가 의뢰인의 죽음이 자기에게 더 이익이 될 수 있는지 자문해야 하는 상황은 당신도 원치 않을 것 아닌가. 번이 고개를 끄덕였다. 변호사가 한 명 더 필요할 터였다.

밥은 이제 론 스탠저라는 이름을 언급했다. 과거에 함께 일했던 그 지역 변호사였다. 그와 함께 일한 적도 있고, 그를 상대로 일한 적도 있었다. 그는 론을 추천할 만한 사람이라고 평가했다.

사실, 무디는 주말에 이미 스탠저에게 전화했었다. 밥 무디가 농담을 던졌다. "데니스 보아즈의 역할을 이어받는 것에 대해 어떻게 생각해?"

---

84) 융자를 얻어야 살 수 있을 만큼 비싼 언덕 위의 집이라는 의미로 한 말.

그들은 아주 흥미로운 일이라는 데 동의했다. 대중의 관심도 높고 법적인 문제도 컸으니까. 사실, 유타주를 여러 번 시험에 들게 만든 길모어 같은 사람을 만나는 건 분명 흥미로운 일이었다.

물론, 그들은 이것이 금전적 보상은 기대할 수 없는 성전(聖戰)이 되는 건 아닐지 염려했다. 많은 것을 고려해야 할 것이고, 그중 하나가 사형이라는 점을 서로 이해한 상태에서 무디와 스탠저는 통화를 마쳤다. 물론 그 정도까지 가지는 않을 거라고 추정했다. 아마도 그 죄수는 허세를 부리는 것이리라. 막판까지 밀고 밀리는 상황이 되면 항소하겠지.

일주일 전쯤, 무디와 스탠저는 우연히 함께 법원을 나서던 중 법원 잔디밭에서 스나이더와 에스플린이 지역 티브이와 인터뷰하는 장면을 목격했다. 두 사람은 차를 타고 옆을 지나가면서 놀리듯 휘파람을 불었다. 티브이 조명 밑의 크레이그와 마이크를 보니 정말 재미있었다. 얼마 지나지 않아, 두 사람은 커피숍에서 스나이더를 놀렸다. 의뢰인이 원하지도 않는 항소를 제기한 기분이 어때? "자네 정말 잘했어." 그들이 그에게 씩 웃으며 말했다.

스나이더도 싱긋 웃어 주었다. 심지어 자살 기도가 있은 후에도 무디와 스탠저는 그 사건을 완전히 진지하게 받아들이지 못했다. 그때까지만 해도, 변호사들끼리 "스나이더, 자네 완전 망했는데? 자네 고객이 자신에게 직접 형을 집행하고 있으니 말이야." 같은 말을 농담 삼아 던졌다. 그도 그럴 것이, 변호사들도 수술실 들어가기 전에 손을 씻으며 농담을 주고받는 외

230

과 의사처럼 행동해야 하는 족속이었다. 그래서 그 토요일 밤에 전화로 무디가 스탠저에게 자신이 불려갈 가능성이 높다고 말하자 스탠저가 대답했다. "우리가 티브이에 나오고 그 옆을 크레이그 스나이더가 차를 타고 지나가기만 하면 돼."

이제, 월요일 아침에 번과 그 문제를 논의하던 밥 무디가 전화로 말했다. "론, 와서 번을 만나고 그가 자네에 대해 어떻게 생각하는지 들어 봐."

그렇게 그는 스탠저가 고용됐음을 알렸다.

번은 그들의 차이에 충격을 받았다. 론은 정말 활력이 넘치는 사람이었다. 사실 그의 외모를 보고 번은 당황했다. 스탠저는 로스쿨을 갓 졸업한 신참 변호사처럼 보였다. 번은 이렇게 젊은 남자가 게리가 원하는 일을 할 수 있을까 생각했다. 그는 무디의 추천 때문에 그를 고용하기로 결정하면서도 스탠저에게 "당신은 좀 젊은 것 같네요."라는 말을 하지 않을 수 없었다.

"딱히 그렇진 않아요."라고 스탠저는 말했고, 무디를 가리키며, "이 머리 벗겨진 남자와 저는 나이가 거의 같거든요."라고 덧붙였다. 번은 이 남자가 마음에 드는지 확신이 서지 않았다. 마치 앞발을 공중에 높이 치켜든 말의 발굽이 번쩍이듯, 스탠저의 눈이 빛났다. '한번 해 봅시다' 하는 표정이었다. 아마 변호사로서는 좋은 표정이었을 것이다. 번은 얼마나 신뢰할 수 있는 사람인지 알기도 전에 그들에 대해 많은 결정을 내려야 했다. 편안한 상황은 아니었다.

9

자신의 감정을 탐색하는 일은, 무급 근무 시간을 사용해야 한다면 값비싼 과정이었다. 하지만 애초부터 이 일은 무디에게 평소보다 더 많은 생각할 거리를 안겨 주었다. 그의 업무는 대부분 가정 내 관계, 신체 상해 업무, 지역 상점 등 사람들을 상대하는 일이었다. 그는 사무실 밖으로 나가는 것을 좋아했다. 유언 검인이나 끝없는 장부 작성에 갇혀 있기보다는 조사차 탐방을 나가는 것이 더 낫다고 생각했기 때문에, 형사 사건이 들어오면 보통은 즐기는 편이었다. 확실히, 그는 형사 사건 변호사이자 모르몬 교회의 상급 교인이 양립하지 못할 이유가 없다고 생각했고, 이 사건은 분명 그에게 기분 좋은 자극을 주었지만, 여러 사람이 길모어로 인해 극한의 감정을 느끼리란 걸 알 수 있었다. 많은 사람들이 그가 하는 일이 도덕적으로 정당한지 의문을 제기할 것이었다.

종교적 신념을 가진 사람들은 변호사가 왜 애초에 특정 피고의 변호를 맡았는지 이해하기 힘들 때가 있었다. 그들은 대심 제도[85]의 근간이 피고가 법정에서 자신의 이야기를 최대한 잘 전달할 수 있게 하는 권리라는 사실을 이해하지 못했다. 그래서 그들은 두 변호인이 법정에서 서로의 목을 조르다가 나중에 함께 앉아 식사하는 것이 꼭 부자연스러운 일은 아니라는 것을 이해하지 못했다.

---

85) 원고 측과 피고 측을 대립시켜 진행하는 재판 제도

무디가 카운티 검사보로 재직하던 몇 년 전, 그는 마약 혐의를 기소했고, 론 스탠저가 변호를 맡았다. 그날 론의 방식은 노골적이리만큼 모욕적이었다. 무디가 결국 엄청 화를 내는 바람에 판사가 스탠저와 그를 판사석으로 불렀고, 배심원들은 대단히 흥미진진하게 관전했다. 죽기 살기로 싸우는 두 변호사를. 최후 변론에서 론은 무디 씨가 정말로 피고의 혐의를 입증할 준비가 되어 있었다면, 검찰이 마약 대금으로 지불되었다고 말한 10달러 지폐를 가져와 지문을 보여 주었을 것이라고 배심원들에게 말하여 결정적 일격을 가했다. 반박의 기회가 없는 최후 변론이었기 때문에, 밥은 10달러 지폐에는 1만 개 이상의 지문이 묻어 있다는 지적을 할 수가 없었다. 그는 무척 화가 났다. 소송에서 이기는 게 게임의 일부라지만 ─ 다들 이기는 걸 좋아하니까 ─ 론의 전술은 한두 번 친근하게 날리는 잽을 넘어선 것이었다.

배심원단의 결정을 기다리는 동안, 감정적으로 예민한 상태에서 그들은 함께 점심을 먹었다. 마침 커피숍을 지나가던 배심원단이 두 사람이 식사하며 웃는 모습을 보고, 판사에게 대표를 몇 명 보내 변호인들이 성실하지 않다는 말을 전했다. 그래서 밥은 무슨 일이 일어날지 알 수 있었다. 그 일화는 이번 사건에서 일어날 일에 비하면 아무것도 아닐 터였다.

번은 무디의 사무실과 스탠저의 사무실에서 회사명이 인쇄된 업무 용지 두 장을 가져와 다음 날 게리에게 건넸다. "이 변호사들은 현지 사람들이니 잘못될 일은 없을 거라는 게 내 솔직한 의견이다. 그들은 네 권리를 위해 싸워 줄 거야."

게리가 물었다. "그들은 사형의 효용을 믿나요?"

번은 정확히 알지 못했다. 무디에게 그런 질문은 해 보지도 않았었다. 하지만 그는 말했다. "자기들이 어떻게 느끼는가와 상관없이 네 권리를 옹호할 거다."

무디와 스탠저는 조금 나중에 교도소에 들렀다. 게리가 그들을 살펴보고 싶다고 했다. 그래서 그들은 유리를 사이에 두고 만났다. 전화로 대화를 나눴고 냉담한 만남이었다. "우리가 당신을 대리하길 원하시나요?" 그들이 물었고, 게리가 대답했다. "이모부와 이야기해 보죠."

길모어와 번 사이에 긴 대화가 이어졌다. 무디는, 번이 자신 있다고 말하는 소리를 들었지만, 길모어는 매우 불안정해 보였다. 그는 확실히 말을 제대로 하지 못했다. 초췌해 보이고 얼굴색도 좋지 않았다. 계속 머리가 아프다고 했다. 수면제 과다 복용 후유증을 앓고 있는 게 분명했다. 그러다 그가 단식 투쟁 중이라는 사실을 알게 되었다. 그는 니콜과 전화 통화를 허용할 때까지 아무것도 먹지 않겠다고 했다. 그렇게 말하고는 입을 다물었다. 그가 그들을 빤히 쳐다보았다.

이제 게리는 사형 이야기를 꺼냈다. 무디는 사형의 효용을 믿지 않는다고 말할 준비가 되어 있었지만, 그 말을 입 밖에 낼지는 아직 고민 중이었다. 그때 론이 다른 전화기를 통해 자기는 개인적으로 사형에 반대한다고 말했다.

"그럼에도 내 지시를 수행할 거요?" 게리가 물었다.

"그럼요." 론이 말했다. "전 당신을 대변할 겁니다."

이제 밥이 게리에게 변호사는 자신의 성향에 맞지 않는 일을 하는 경우가 많다고 말했다. 모든 일에 신념을 가지고 임한다면 변호할 수 있는 사람이 많지 않았다.

하지만 이날은 길모어와의 관계가 영 좋아지지 않았다. 길모어는 계속 "서면으로 보기 전에는 모르겠네요."라는 말로 질문에 답했다. 그는 인간을 전반적으로 의심했고, 특히 변호사들을 의심했다. "여러분에게 개인적인 감정은 없어요." 길모어가 말했다. "그냥 변호사가 싫을 뿐이지."

그러고는 트림을 했다. 비어 있는 위장에서 나는 소리가 수화기를 통해 들렸다.

이런 암울한 상황을 고려할 때, 무디는 자신들의 입장을 확실히 하는 게 좋겠다고 생각했다. 그래서 그는 데니스 보아즈를 언급했다. "그와 당신의 관계는 공식적으로 완전히 끝난 건가요?" 그가 물었다.

게리가 대답했다. "데니스는 한동안 유일하게 날 도와주려고 했던 사람이라 난 그에게 부채 의식이 있어요. 하지만 이젠 끝났어요. 오늘 오후에 그를 해고할 겁니다."

그가 하품했다. 무디는 금식의 첫 며칠이 가장 힘들다는 이야기를 들은 적이 있었고, 사실이라면 차라리 다행이었다. 왜냐하면 단식 투쟁이 꽤 오래 지속될 수도 있다는 말을 하는 길모어에게서 엄청난 고집스러움이 느껴졌기 때문이다.

11

데니스가 말했다. "번과 이야기를 나눴는데, 당신이 날 해고 하고 싶다고 했다더군."

"음, 맞아." 길모어가 말했다.

"그거 좋은 생각인 것 같아." 데니스가 말했다.

이 말에 게리는 크게 당황했다. 유리창 너머로, 데니스는 그가 마치 한 방향으로 가려다가 이젠 새로운 발판을 찾는 듯 발을 허우적거리는 것을 볼 수 있었다. "당신이 티브이에서 허 랄도 리베라와 이야기한 게 마음에 안 들었어." 게리가 말했 다. "소장을 무지하다고 욕하는 것도 별로였지. 내 일을 더 어 렵게 만들었으니까." 그가 격렬하게 하품했다.

"게리." 데니스가 말했다. "아무래도 당신과 나 사이에 소통 이 완전히 단절된 것 같아."

길모어가 말했다. "그건 상관없어." 그러고는 마치 자신에게 하듯 고개를 끄덕이며 말했다. "데니스, 당신은 무언가를 받 을 자격이 있어. 얼마를 원해?"

데니스가 말했다. "난 그저 그것에 대해 글을 쓰고 싶을 뿐 이야."

그는 자신의 등장인물을 '게리 길모어'가 아니라 '해리 킬모어'라고 불러야 할지도 모른다고 생각하고 있었다. 한편으로는 살인 사건을 주제로 삼고, 다른 한편으로는 운전 기사들과 관련된 자신의 일을 주제로 삼아 책의 균형을 맞출 수 있을 것이다. 두 가지 법적 소송인데, 하나는 사람들의 안전을 증대하기 위한 소송이고, 다른 하나는 죽음을 탐색하는 소송인 것이다. 좋은 소설이 될 수도 있었다.

그는 자신이 돈에 연연하지 않는다는 사실에 길모어가 얼마나 감명을 받았는지를 느낄 수 있었다.

길모어가 말했다. "우리에겐 약간의 의견 차이가 있었지만 있잖아, 데니스, 난 당신을 내 사형 집행 현장에 초대할 거야."

데니스는 화가 났다. 갑자기 자신이 이 모든 일에서 배제된 방식에 분노가 치밀었다. "난 당신의 사형 장면을 보고 싶지 않아." 그가 말했다.

게리로서는 듣기 괴로운 말이었을 것이다. 그는 친구들이 그곳에 있기를 바라니까. 하지만 길모어는 다시 고개를 끄덕일 뿐이었다. 그들은 각자 작게 중얼거리듯 작별 인사를 건넸다.

"자, 또 봐, 잘 지내." 데니스는 어쩔 수가 없었다. 마지막에 그가 말했다. "있잖아, 내가 있길 원한다면 나도 거기 갈게."

하지만 교도소를 떠난 후, 그는 다시금 화가 치밀었다. 배리 패럴에게 전화해서 말했다. "실러가 뱀이라고 했던 말 취소하고 싶어요. 그는 그보다 한 단계 위예요. 그는 장어라고 불러야 해요. 내 중간 이름이 '리(Lee)'인데, 철자를 거꾸로 하면 '장어(Eel)'가 되죠. 그래서 난 장어를 이해해요. 실러는 뱀에서 장어로 승격했어요."

패럴이 웃으며 말했다. "당신들은 어떤 식으로든 합의를 하게 될 거예요."

"이제 그런 건 생각하지도 않아요." 데니스가 말했다. "하지만 날 정말 열받게 하는 게 뭔지는 알려 주죠."

"뭔데요, 데니스?"

"인생이 너무 빨리 완전히 다른 무언가로 바뀔 수 있다는 거요."

패럴은 실러의 입장도 들어 보기 위해 전화했다.

"난 아무런 관련이 없어." 래리 실러가 말했다. "난 오히려 그 소식에 충격받았는데?"

"보아하니 당신이 그걸 얻게 될 것 같군." 배리가 말했다.

"아무것도 정해진 건 없어." 실러가 우울한 목소리로 말했다. "많은 장애물들이 앞에 있지."

"그래도 그 이야기에 대한 열정은 여전한 거지?"

"우리끼리 얘긴데," 실러가 말했다. "큰 문제가 하나 있어. 공감 가는 캐릭터가 없다는 거야."

"러브 스토리가 있잖아." 배리가 말했다.

"글쎄." 실러가 그에게 말했다. "아직 니콜을 만나 보지 못해서 당신 질문에 온전한 대답은 못 하겠네."

패럴은 차가운 11월의 태양 속으로 나갔다. 사막 건너편의 골짜기에서, 오렘의 제네바 철강에서 발생한 연기가 너무도 맹렬히 독기를 뿜어내고 있어서, 꽤 긴 시간을 로스앤젤레스의 스모그에 적응하고 지낸 패럴도 눈이 계속 따끔거렸다. 그는 마치 도시의 모든 사람들과 함께 과연 게리 길모어가 죽을지

안 죽을지 지켜보는, 그런 시체 파먹는 독수리 중 한 마리가 된 느낌이었다. 차로 주간 고속 도로를 오르내리면서, 새로 건설된 소도시에서 다른 소도시로, 연기 자욱한 골짜기를 따라 남쪽으로 향하다가 다시 북쪽으로 방향을 틀었다. 데니스, 안녕히. 배리 패럴은 자기가 그를 좋아하는지, 아니면 그를 길모어가 궁극적으로 요구하던 절묘한 문명적 태도에 대한 극도의 모욕이라고 생각하는지 판단할 수 없었다.

10장

계약

1

실러는 솔트레이크에서 벗어나 프로보의 '트래블로지' 호텔로 옮기기로 결정했다. 매일 아침 방에서 유니버시티 도로 건너편 산을 바라볼 때마다 전날보다 눈이 더 쌓이더니, 산 위의 흰 돌에 새겨진 Y 자가 눈에 덮이기 시작했다.

그는 곧바로 베이커 부인의 변호사인 필 크리스텐슨, 그리고 로버트 무디와 약속을 잡았다. 크리스텐슨은 3시에, 무디는 4시에 만나기로 했다. 첫 만남은 삼십 분 정도 소요될 것이고, 그 후 다음 약속 상대의 사무실로 가서 이야기를 나눌 생각이었다. 두 사람의 사무실은 모두 같은 지역에 있을 것으로 예상됐다. 프로보의 법조계를 정찰한 그는 법원 주변에 법률 사무실이 밀집해 있다는 걸 알고 있었다. 실러는 무디의 사무실 주소를 찾아볼 생각도 하지 않았다. 바로 그 근처일 게 분명했다. 그렇게 크리스텐슨의 건물에 들어섰을 때, 그는 깜짝 놀랐다. 아래층의 표지판에 이렇게 적혀 있었다. '크리스텐슨, 테일러, 그리고 무디.' 이런, 같은 회사라니. 실러는 활짝 웃었다.

사무실은 작은 마을 같은 분위기를 풍겼다. 베니어판과 밝은 주황색 카펫, 진갈색의 작은 가죽 의자까지 모두 어울렸다. 가구가 구비된 작은 별장에서나 볼 법한 물건들이었다. 완벽했다. 같은 법률 사무소의 두 변호사가 같은 사건에서 서로 다른 의뢰인을 대리할 경우, 그들은 이해 충돌로 인해 사건에서 빠지지 않도록 각별히 신경을 쓸 터였다. 이미 게리에게 5만 달러, 니콜에게 2만 5000달러를 지급하자고 제안했던 이 두 변호사는, 그 제안에 반대했다가 자기들이 받을 수임료까지 놓치는 싸움은 하지 않을 것이었다.

필 크리스텐슨은 알고 보니 백발이 성성한 명망 있고 경험 많은 변호사였지만, 오 분이 지나기도 전에 실러는 자신이 법 지식으로 크리스텐슨에게 깊은 인상을 남기고 있음을 느꼈다. 곧바로 그가 말했다. "니콜 배럿에게 제안한 돈에서 법률 비용을 공제하고 싶지 않은데, 어떻게 하는 게 좋을지 변호사님에게 물어보고 싶습니다."

크리스텐슨은 1000달러가 적당할 것 같다고 말했고, 실러가 말했다. "니콜 배럿에게 가는 돈을 2만 6000달러로 하고, 베이커 부인이 그 돈에서 당신의 수임료를 지불하게 하고 싶네요."

이것은 크리스텐슨이 실러가 아닌 니콜 어머니의 변호사가 되도록 확립하는 실러의 방식이었다. 그 제안은 확실히 크리스텐슨에게 깊은 인상을 남겼다. 그런 다음 실러가 말했다. "물론 이 모든 것은 법원의 승인을 받아야 하는 것으로 알고 있습니다."

그는 크리스텐슨이 법적으로 지정된 후견인을 확보하기 전까지는 일을 진행하고 싶지 않았다. 실러는 니콜의 어머니가 재산 관리 후견인으로 지정되어야 하며, 니콜 개인에 대한 후견인은 당연히 법원이 맡아야 한다고 생각한다고 말했다. 크리스텐슨이 그를 쳐다보며, "그런 건 어떻게 알았어요?"라고 물었다. 크리스텐슨의 존경심을 키우는 또 하나의 방법이었다.

잠시 후, 캐서린 베이커가 회의에 합류했을 때, 크리스텐슨은 심지어 이렇게 말했다. "금전상의 문제는 아직 다 합의하지 못했지만, 실러 씨와 매우 만족스럽게 논의하고 있다는 건 말할 수 있습니다."

사실 크리스텐슨이 돈을 더 달라고 요구하기는 했다. 그는 에이프릴의 의료비로 5000달러를 원했고, 실러는 이를 몇 차례에 걸쳐 분할 지불하는 데 동의했다. 또한 실러는 에이프릴의 이야기와 할머니인 스트롱 부인의 이야기에 대한 권리도 원한다고 명시했다. 그렇게 회의는 편안하게 전문적으로 진행되었다. 복도 건너편의 밥 무디와 실러의 약속 시간이 되자, 크리스텐슨이 그 회의에 합류했다. 론 스탠저 또한 예고 없이 잠시 들렀고, 실러는 계약 조건들을 설명하기 시작했다. 어느새 그는 텔레비전 토크쇼에서 진행을 맡아도 될 만큼 재치 있고 순발력이 뛰어난 스탠저와 많은 이야기를 나누고 있었다.

실러는 계약서를 꺼내며 돈 이야기를 시작했다. 그는 자신이 ABC와 통화하면서 4만 달러로는 충분치 않다고 말했다는 걸 그들에게 말하지 않았다. 5만 달러는 되어야 했다. 최종 금액은 훨씬 많으리라는 걸 그동안 죽 알고 있었지만, 지금은 현금 6만 달러면 충분하다는 계산이 나왔다. 게리는 5만 달러를 선불로 받아야 했지만, 정신 병원에 있는 니콜은 당장 1만 달러, 인터뷰가 준비되면 1만 달러, 영화가 제작될 때 5000달러를 주는 것으로 계약을 설계했다. ABC에서 5만 달러를 그에게 주면, 그가 언제든 1만 달러를 더 구할 터였다.

다음 날, 일을 좀 더 진척시키기 위해 래리가 번에게 말했다. "있잖아요, 제가 계약서에 서명하는 건 당신이 어떤 권리를 양도하는 것과는 관계가 없다고 말했고, 실제로도 그렇지만, 앞으로 발생할 수 있는 문제는 피하도록 합시다. 가서 브렌다와 남편 조니의 서명을 받아 주시겠어요? 당신의 서명과 아이다의 서명도 필요해요. 다른 사람에게 이야기하지 못하게 하는 독점 계약은 요구하지 않고 그냥 단순한 동의서가 필요한 거라고 모두에게 전해 주세요."

번은 흔쾌히 동의했고, 트럭을 타고 돌아다니며 그들의 서명을 받아 냈다. 총 4000달러가 더 추가될 것이었다.

번이 그에게 게리는 직접 만나기 전에는 어떤 계약에도 동의하지 않을 거라고 말했다. 실러가 고개를 끄덕였다. 알겠습니다. 그게 당연했다. 번이 말했다. "하지만 게리를 만날 방법이 없을 텐데요."

"저기, 교도소의 일상에 대해 말씀해 주세요. 전에도 들어갈 수 없다고 들었는데, 결국 들어갔거든요." 래리가 말했다.

"설명을 좀 해 주세요. 혹시 몸수색도 하나요? 시간대에 따라 상황이 달라지나요? 낮이든 밤이든 갈 수 있나요? 시간대별로 어떤 유형의 교도관이 배치되나요?"

실러는 생각했다. 게리는 내부에서 도움을 받을 것이다. 그는 이곳에 오래 수감돼 있진 않았지만, 다른 한편으로는 죄수들과 교도관들 사이에서 어떤 위상을 갖고 있는 자니까. "번," 실러가 말했다. "게리가 우리에게 방법을 알려 줄 때까지 기다리죠. 때가 되면 그가 알 거예요."

2

서스킨드는 무디와 스탠저에게서 전화를 받았다. 그들은 그에게 데니스 보아즈가 해고되었음을 알렸다. 서스킨드의 눈에 이 새로운 변호사들은 정직하고 매우 건실해 보였다. 좋은 의미로 매우 작은 고장 출신다웠다. 품성이 바른 사람들이라고 그는 판단했다.

그들은 그 일이 정말 형편없이 처리되었다고 말했다. 보아즈로부터 어떤 협조도 받을 수 없을 것 같아서 서스킨드의 제안을 직접 알아보고 싶다고 했다. 데이비드는 자신의 입찰가를 올릴 생각이 전혀 없었지만, 실현 가능한 금액에 대한 논의에는 참여했고, 어떻게 하면 15만 달러의 총수익을 올릴 수 있는지 설명했다. 서스킨드는 다시금 관심을 갖게 되었다. 문제는 이렇게 늦게 추진력을 모을 수 있느냐 하는 것이었다.

그러다 11월 23일 화요일 아침에 11월 29일자 《뉴스위크》 표지에 게리 길모어가 등장했다. 그의 가슴을 가로질러 'DEATH WISH(죽음에 대한 갈망)'라는 문구가 큼직하게 인쇄되어 있었다. 무디는 그것이 입찰 경쟁을 크게 부추겼다고 느꼈다.

서스킨드와 몇 차례 대화가 이어졌다. 그는 밥에게 루이스 나이저에 대해 들어 본 적이 있는지 물었고, 에드워드 베넷 윌리엄스 같은 다른 잘나가는 변호사 몇 명을 언급했다. 제기랄, 그다음 무디가 알아차린 것은 전화기 너머로 들려오는 어느 목소리였다. "무디 씨, 저는 루이스 나이저입니다. 제 친구 데이비드 서스킨드가 내게 전화를 걸어, 당신에게 그는 정확히 자신이 말한 그대로의 사람임을 알려 주라고 부탁했거든요. 당신이 그와 일하는 걸 좋아할 거라고 생각해요. 저도 그와 일해 봐서 알아요."

밥이 대답했다. "당신과 대화하는 것은 좋지만요, 나이저 씨, 하지만 사실 서스킨드 씨를 제게 홍보할 필요는 없어요. 그가 매우 재능 있고 유능한 사람이라는 건 알고 있습니다."

그것만으로는 밥 무디의 기대를 충족시키지 못할 것이었다. 그는 촌놈 취급 받는 걸 좋아하지 않았다.

무디는 샌프란시스코와 로스앤젤레스의 변호사들과 교류가 많았지만, 그들이 잘난 체하는 경우는 드물었다. 그들은 나름 솔트레이크 가까이에 살았기 때문에 유타에서도 몇 가지 상당히 중요한 일들이 벌어지고 있음을 추정할 수 있었다. 하지만 뉴욕이나 워싱턴 DC 출신 변호사들과 일을 하다 보면,

그들이 여전히 '옛날의 좋았던 프로보'라는 관념에서 벗어나지 못했음을 느낄 수 있었다.

그래서 무디는 서스킨드에게 이쪽을 한번 방문하는 게 어떠냐고 말했다. 실러가 번 다미코에게 점점 더 좋은 인상을 남기고 있는데 게리에게 의견을 제시하는 인물이 바로 번이라고 무디는 설명했다.

그러자 서스킨드는 래리 실러를 강하게 비판하기 시작했다. "여러분, 자랑하려는 건 아니지만, 제작자 대 제작자로서 서스킨드와 실러의 차이는 댈러스 카우보이즈[86]와 고등학교 풋볼 팀에 비교할 수 있습니다."

무디가 그 말을 실러에게 그대로 전했고, 실러는 빽빽한 검은 수염으로도 가려지지 않을 정도로 활짝 웃으며 말했다. "서스킨드의 말이 맞아요. 그는 댈러스 카우보이즈고 난 고등학교 풋볼 팀에 불과하죠. 하지만 난 지금 모든 장비를 갖추고 경기에 출전할 준비가 되어 있어요. 그런데 댈러스 카우보이즈는 지금 어디 있죠? 경기장에 도착하지도 않았잖아요."

게다가, 무디는 서스킨드가 한 가지 점에서 지나치게 완고하다는 것을 깨달았다. 니콜, 베시, 그리고 몇몇 다른 사람들에 대한 권리를 완전히 확보하기 전까지는 그 누구도 그에게서 돈을 받을 수 없었다. 서스킨드는 변호사들이 모든 것을 한데 묶어 넘겨주기를 원했다. 골치 아픈 문제들을 해결해 놓

---

86) 1970년대 미국프로풋볼(NFL)에서 두 번이나 슈퍼볼 우승을 차지하는 등 큰 성공을 거둔 유명 풋볼 팀.

기를 원했다. 그는 변호사들을 본질적으로 래리 실러로 만들고 있었다. 래리가 사실상 니콜과 계약을 맺었고 필이 그것을 처리하고 있었기 때문에, 무디는 자신과 자신의 선배 변호사가 이해관계가 크게 충돌하는 다른 사람들을 대변해야 하는 상황을 걱정할 필요가 없었다.

이러한 통화들이 오가는 가운데, 실러가 론과 필과 밥을 호텔 유타의 스위트룸으로 초대했다. 그들은 술을 마시지는 않았지만 모르몬교식 휘핑크림과 페이스트리 디저트를 많이 먹으며 조용한 파티를 열었고, 스테파니를 소개받았다. 대부분 그녀에게 깊은 인상을 받았다. 그녀는 정말 아름다웠다. 날씬하고, 이목구비가 섬세했으며, 자신이 느끼는 것에는 극도로 예민했지만, 굳이 지각하고 싶지 않은 것에 대해서는 돌처럼 단단하게 저항할 태세였다.

"세상에." 나중에 스탠저가 말했다. "네페르티티[87]만큼이나 매력적인 여자더군요." 그가 래리를 놀리기 시작했다. "스테파니처럼 아름다운 여자가 수염 난 뚱뚱한 남자 곁에서 뭐 하는 거예요?" 그리고 덧붙였다. "있잖아요, 실러, 저런 여자를 사귀는 남자가 전적으로 나쁠 리는 없겠죠." 그래도 감탄할 수밖에 없었다. 결국 요란한 보여 주기식 쇼지만, 하고 스탠저는 생각했다.

그때 유니버설 영화사가 등장했다. 하워드 휴즈[88]의 유언

---

87) 고대 이집트의 파라오 아멘호테프 4세의 왕비. 뛰어난 미모 및 종교적, 정치적 영향력으로 유명했다.

88) Howard Hughes(1905~1976). 미국의 사업가, 영화 제작자, 항공 엔지

장 관련 싸움에서 멜빈 더마[89]를 대리했던 바로 그 변호사들이 프로보에 와 밥의 사무실에서 몇 시간 동안 이야기를 나눴다. 그중 한 사람은 심지어 밥과 함께 로스쿨을 다닌 세무 변호사였다. 그는 길모어와 번에게 매우 유리한 계약을 체결하는 데 자신의 상당한 전문 지식을 제공하겠다고 제안했고, 무디는 귀가 솔깃했다. 다른 것들 모두와 함께, 이 친구들은 훌륭한 모르몬교도들이었다. 괜찮아 보였다. 하지만 결론적으로 그들은 이렇게 말했다. "이런 말 하기 부끄럽지만, 해당 계약은 사형 집행이 이루어져야만 효력이 발생한다네."

무디와 스탠저가 게리에게 이 이야기를 하자, 그가 유리창 너머 자기 자리에서 웃으며 전화기를 통해 말했다. "당신들은 그게 좋은 계약이라고 생각하지 않는 거죠?" 그가 (금식 중에 스스로에게 허락한 설탕 넣은) 커피를 한 모금 마시고는 말했다. "제기랄, 사형은 집행될 거요."

무디가 대답했다. "글쎄요, 게리. 어쩌면 그건 당신이 어떻게 할 수 없는 부분일지도 몰라요."

이 시점에서 게리가 폭발했다. "그 개자식들, 그 개자식들." 그가 거듭해서 욕설을 내뱉었다. 그는 몹시 암울해 보였다.

니어. 천재적인 사업가이자 발명가였지만, 동시에 극단적인 성격과 강박적인 행동으로도 유명하다.
89) 멜빈 더마는 자신이 사막에서 길을 잃은 휴즈를 구조하고 그에게 도움을 준 뒤, 휴즈가 자신에게 유산을 남겼다고 주장했다. 그러나 이 유언장의 진위 여부를 놓고 법정 다툼이 벌어졌고, 결국 법원은 이 유언장이 위조된 것으로 판결했다. 이 사건은 많은 미디어의 주목을 받았으며, 심지어 영화 「멜빈과 하워드」(1980)의 소재로도 사용되었다.

한편, 래리 실러가 스탠리 그린버그에게 전화를 걸어, 다미코와 니콜의 어머니를 계약으로 묶어 놓았고, 유일하게 빠진 요소는 자기가 원하는 작가, 다시 말해 스탠리 그린버그라고 말했다.

그런데 데이비드 서스킨드가 스탠리에게 전화를 걸어, 실러는 아직 그것을 확정 짓지 못했다고 말했다. 그를 대신하는 새로운 모르몬교 변호사들이 있다고도 했다. 스탠리의 머릿속에 열네 대의 소방차가 솔트레이크와 프로보의 주변을 질주하는 그림이 그려졌다. 모두가 불쌍한 게리 길모어를 이용해 돈을 벌려고 혈안이 된 것 같았다. 매우 불쾌했다. 스탠리는 콩고물을 주워 먹는 경쟁에 뛰어들고 싶지 않았다. 그는 구급차 추격전에 관한 시나리오가 아니라, 사형이 일반 대중에게 미치는 영향에 관한 무언가를 쓰고 싶었다.

실러가 다시 전화했고 스탠리 그린버그는 거절의 말을 건넸다. 실러 씨에게 개인적인 거부감은 없어요. 하지만 거절합니다. 제 경력상 이젠 잘 모르는 제작자와는 일하지 않을 단계에 이르렀거든요. 스탠리는 그 일을 맡지 않겠다고 말했다. 그는 그것이 너무나도 위험하다고 생각했다.

3

그린버그가 대본 작업에 동의했다면, 실러는 ABC 측에 더 많은 돈을 요구했을 것이다. 이제 그들은 책 판권의 일부를 요청할 수밖에 없었다. 그것은 그가 포기하고 싶지 않은 한 가지였다. 그는 다른 방법을 생각해 내야 했다. 어쩌면 게리의 편지들을 니콜에게 파는 것도 방법일 수 있었다. 태머라 스미스의 기사에서 보았던 견본들이 좋아 보였다. 하지만 그런 거래를 하려면 대신 나서 줄 사람이 필요했다. 그래서 그는 뉴욕에 있는 스콧 메러디스에게 전화해서 에이전트 역할을 해 줄 수 있는지 문의했다.

실러는 "래리, 당신이 권리를 얻는 거 확실해요? 서스킨드가 오늘 여기 와서 자기가 권리를 확보했다고 하던데요."라는 메러디스의 말을 듣고 경악하지 않을 수 없었다.

"아직 계약은 체결되지 않았어요." 실러가 말했다. "나도 못했고, 서스킨드도 못 했어요. 스콧, 누구 말을 믿을지 결정해야 해요. 확실히 말하지만, 아무도 서명하지 않았어요."

"그러면 당신은 누구 돈을 받고 일하는 거예요?"

"난 ABC를 대리하고 있어요." 실러가 말했다. "하지만 잡지와 책 판권은 내 소유예요."

메러디스는 불만스러운 듯 말했다. "서스킨드가 아까 여기서 자기가 ABC를 대리한다고 하던데요."

"뭐라고요?"

"그렇다니까요." 메러디스가 말했다. "자기가 ABC를 대리한다고 나한테 확언하더라고."

실러가 LA의 루 루돌프에게 전화했다. "뭐 하자는 겁니까?" 그가 소리쳤다. "이건 불공평해요."

"래리." 루돌프가 말했다. "맹세하는데, 서스킨드는 ABC를 위해 일하지 않아." 잠시 멈칫하더니 루돌프가 말했다. "잠깐만, 뉴욕에 전화해 볼게." 소식이 빠르게 전달되었다. 사실 서스킨드는 뉴욕 사무소와 합의를 맺은 상태였다. 뉴욕은 LA에 말하지 않았고 LA는 뉴욕에 말하지 않았던 것이다. 오, 이런.

실러는 기분이 가라앉았다. 서스킨드가 「엘리노어와 프랭클린」을 제작한 지 얼마 지나지 않은 시점이었다. 이 순간 ABC에게 그는 가장 매력적으로 보일 사람이었다.

그가 루 루돌프에게 말했다. "서스킨드가 언제 그 거래를 했죠? 날짜가 언제죠? 정확한 날짜를 알려 줘요. 누구든 당신과 먼저 거래한 사람이 ABC의 지원을 받을 사람이에요."

그들이 정확한 날짜를 알아 왔다. 서스킨드는 길모어의 기사가 《뉴욕 타임스》 1면에 처음 실린 다음 날인 11월 9일까지 스튜디오의 주요 인물 중 누구와도 접촉한 적이 없었다. 실러가 스튜디오에 자신의 기획을 제안한 날짜는 11월 4일이었다.

"제가 먼저 신청했어요." 실러가 말했다. "후원을 원합니다."

스튜디오는 거절했다. 뉴욕, 로스앤젤레스, 그리고 프로보 사이에 전화가 오갔고, 마침내 결정이 내려졌다. ABC는 양쪽에 대한 지원을 모두 철회하기로 했다. 서스킨드도 실러도 이젠 그게 ABC 프로젝트라고 말할 수 없게 되었다. 반면에 둘 중 누구든 먼저 길모어의 계약서를 가져오는 사람이 돈을 받을 수 있었다. 실러는 거의 실신할 지경이었다. ABC는 자신을 보호하는 것 말고는 아무것도 한 게 없었다. 그저 자기들이 일을 완전히 개판으로 만들었다는 사실이 알려지는 걸 원치 않을 뿐이었다.

이제 서스킨드가 다시 그에게 전화했다. 실러는 월그린 약국의 전화 부스에 서서 서스킨드의 제안을 들었다. "우리가 대체 무엇을 위해 싸우는 거죠? 왜 이 가격을 올리고 있는 거죠? 당신은 현장에 있어요. 나는 여기 뉴욕에 있고요. 우리 파트너가 됩시다." 실러는 확실히 귀 기울여 들었다. "나는." 서스킨드가 말했다. "LA에 제작사를 차릴 계획이오. 이 프로젝트를 이용해서 우리의 관계가 어떻게 될지 봅시다. 나중에, 어쩌면 당신이 우리를 위해 영화를 만들 수도 있죠." "저도 당신과 함께 영화를 만들고 싶지만." 실러가 말했다. "그건 별개의 사안이에요, 데이비드."

실러는 콧속이 따끔거릴 정도로 혹했다. 그것은 마치 지금보다 젊었을 때 가졌던 섹스에 대한 기대감과 비슷했다. 하지만 그것은 또한 서스킨드가 티브이 쇼를 맡을 거라는 의미이기도 했다. 실러가 프로젝트를 따낼 수는 있겠지만, 결코 그의 것이 될 수는 없었다. 실러는 즉각적인 응답을 피했다.

전화를 끊고 나니 분명해졌다. 서스킨드가 힘을 합치길 원한다는 건, 서스킨드가 나 없이는 권리를 얻을 수 없다는 뜻이지, 그건 곧 이 프로젝트가 내 거라는 뜻이야, 하는 생각이 들었다. 걱정을 감수할 준비만 되어 있다면, 그는 그것을 가질수 있었다. 이전에는 경제적 그리고 창조적 영역에서 그 어떤 것도 원한 적 없는 사람처럼, 그는 게리에 대한 권리를 갖고 싶었다. 이유는 몰랐다. 그냥 알았다.

그것은 그가 지금부터 매 순간 돈 걱정을 하게 되리라는 걸 의미했다.

추수 감사절 주말을 맞아, 실러는 스테파니와 함께 해안가로 돌아갈 준비를 했다. 한동안 아이들을 보지 못했던 그는 아이들을 데리고 샌디에이고의 라 코스타로 갈 계획이었다. 이번이 아내인 주디 없이 아이들과 보내는 첫 번째 추수 감사절이 될 터였다. 그가 느끼기에 아이들은 지금 — 엄마에 대한 그들의 충성심을 고려할 때 — 스테파니에 대한 호감을 많이 쌓아 가는 중이었다. 하지만 이번에도 여전히 유령들과 함께하는 추수 감사절이 되겠지. 유령들에다가 그의 빌어먹을 문제들까지.

그래서 그는 머릿속을 벽돌처럼 두드려 대는 심각한 경제적 걱정거리들을 안고 라 코스타에 갔고, 그곳에 있은 지 하루도 안 된 26일 금요일 저녁에 무디로부터 전화를 받았다. "내일 오후에 게리를 만나게 해 드릴 수 있을 것 같아요." 그 변호사가 말했다. "혹시라도 기회가 생긴다면, 지금이 바로 그때입니다."

4

기입스, 내가 얼마나 많은 우편물을 받고 있는지 넌 상상도 못 할 거야. 하루에 30~40통의 편지를 받는다니까. 열대여섯 살짜리 여자애들이 보낸 편지가 많지만, 물론 나는 언제나 잘생긴 악마였으니까. 그리고 이 세상에 얼마나 많은 기독교인과 광신도들이 있는지 믿지 못할걸. 성경책을 하도 많이 받아서 교회를 열 수 있을 정도야. 혹시 성경책 필요해? 어떤 남자는 나와 처지를 바꿀 수 있다면 그렇게 하겠다고 썼더군. 난 그에게 답장을 보내 이렇게 말했어. "형제여, 월요일 아침 일찍 사람들이 당신을 데리러 갈 겁니다." 그놈 찾기 꽤나 어려울 거라 장담해.

있잖아, 내 사형 집행 현장에 참관인 다섯 명을 초대해도 된다는 허락을 받았어. 널 초대하고 싶어. 그래야 직접 너한테 작별 인사를 할 수 있을 테니까. 올 수 있는지 알려 줘…….

깁스는 생각했다. 아마도 처음 있는 일이지. 결혼식이나 생일, 졸업식에 초대받아 본 적은 있어도, 사형 집행에 초대받는다는 얘긴 들어 본 적 없거든.

그가 답장했다. "내가 그 자리에 있길 바란다면, 갈게."

5

무디와 스탠저가 실러를 위해 방안을 마련하고 있었다. 그들은 교도소 당국에 자신들의 전문 분야를 벗어난 기술적인 문제를 다루고 있다고 설명했다. 게리의 인생 이야기에서 얻는 잠재적인 수입에 대한 세금 계획을 세워 유언장에 포함시켜야 했고, 이로 인해 계약에 많은 복잡한 요소들이 생겼다고. 이 문제를 게리와 논의하기 위해, 그들은 캘리포니아에서 실러라는 남자를 데려올 예정이었다. 무디와 스탠저는 "그가 당신들의 자문으로 참여한다고요?"라는 질문을 받았다.

"그렇습니다." 그들이 답했다. "저희의 자문이죠."

그들은 사실을 말하고 있었다. 조심스럽게 포장했을 뿐이지만.

실러는 토요일 오후 일찌감치 솔트레이크로 날아가 포인트 오브 더 마운틴으로 차를 몰았다. 그는 극도로 긴장한 상태였고, 일을 망칠까 봐 두려웠다.

경비 교도가 전화를 받고 십 분간의 통화 끝에 래리를 들여보냈다. 놀랍게도 고작 두 세트의 창살로 된 미닫이문을 통과하자, 복도에서 6미터 거리도 안 되는 반대편, 오른쪽의 잠긴 방에서 길모어가 작은 창문을 통해 바깥을 내다보고 있었다. 복도의 반대편, 문이 열린 방에서는 번과 무디와 스탠저가 그를 향해 활짝 웃고 있었다. 이제, 그는 길모어도 웃고 있음을 볼 수 있었다. 그들이 해낸 것이다.

번이 소개를 하자, 래리가 문을 열어 둔 채 외투를 벗지 않고 번이 사용하던 의자에 앉았다. 그는 약 3미터 너비의 복도를 가로질러 작은 창문 뒤에 게리가 서 있는 방을 바라보았다. 두 사람의 시선이 교차했다. 실러는 이 남자가 상대의 머릿속을 들여다보길 좋아한다는 걸 바로 알아챘다. 마치 그가 세상에 존재하는 유일한 힘인 것처럼 그와 이야기해야 했다.

실러는 그런 경쟁을 신경 쓰지 않았다. 그는 언제나 미묘한 우위를 느꼈다. 한쪽 눈에만 시력이 존재하는 까닭이었다. 상대방은 무감한 표정의 다른 쪽 눈을 뚫어져라 쳐다보다가 알아서 지치곤 했다.

하지만 길모어는 그 작은 창 뒤에서, 실러가 왼쪽으로 몸을 기울이면 자기도 왼쪽으로 몸을 기울여 창틀이 두 사람 모두에게 동일한 상대적 위치를 유지하게 하는 방식으로 자신의 위치를 조정했다. 마치 조준기를 통해 보는 것 같았다. 유리창에서 멀어지면 실러는 자신이 교도소 안에 있는 느낌이 들었다. 오히려 길모어가 밖에서 자유롭게 안을 들여다보는 것 같았다.

어쨌든, 실러는 자신의 제안을 빠르게 설명하기 시작했다. 그가 격식을 갖춘 어조로, "당신은 제가 여기 온 이유를 분명 알고 있을 겁니다."라고 말하는 동시에 눈을 살짝 움직여서, 그들 두 사람 다 알다시피 전화가 도청되고 있음을 알렸다. "밥과 번이 이미 말씀드렸겠지만, 저는 상담을 위해 이곳에 왔어요." 그 단어가 주는 이점을 모두 활용하며 그가 살짝 웃었다. "당신의 재산과 자산, 그리고 그와 관련된 사항들을 논의하기 위해서죠." 이제 그들은 서로를 보며 살짝 미소를 지었다.

그 무렵 교도관 한 명이 와서 멀지 않은 곳에 있는 복도 벤치에 앉았는데, 그가 잡지를 집어 들고 읽기 시작하자 게리가 말했다. "그에 대해선 걱정할 필요 없어요. 그는 내가 감방에 있든 밖에 있든 항상 나와 함께 있는 두 사람 중 한 명이에요. 꽤 좋은 친구들이죠." 그는 다른 선수들이 자신과 어울리는 걸 자랑스럽게 생각한다는 걸 아는 팀의 주장처럼 말했다.

실러는 그가 대단히 평범해 보이는 것에 놀랐다. 병원을 떠나는 모습을 본 지 일주일이 넘었는데, 오늘 그의 모습은 확실히 달라 보였다. 번이 실러에게 게리가 단식 투쟁 중이라고 알려 주었지만, 전혀 그렇게 보이지 않았다. 그는 오히려 지난번보다 훨씬 건강해 보였다. 그리고 어느 정도 차분해 보였다.

번과 무디와 스탠저와 보아즈에게 들었던 말을 바탕으로, 래리는 지성과 재치가 충만한 남자를 기대했다. 대신, 그 자리엔 격식 있는 식당에서는 어색해할 것 같은 남자가 있었다.

실러는 용건을 전달할 시간이 십오 분에서 이십 분 정도 있다고 생각해서, 길모어에게서 눈을 떼지 않은 채 리듬감 있게, 빠르고 강하게 설명했다. 처음 십오 분 동안은 질문이 하나도 없어서 결국 실러가 끼어들고 싶으면 끼어들라고 말했지만, 길모어는 "아니, 아니요, 듣고 있어요."라고 대답했다. 그런 다음 실러는 화제를 전환하여 캐서린 베이커와 번에게 했던 일장 연설을 했는데, 다만 여기서 그는 '젠장'이라는 말을 자주 썼고, '망할'과 '나에게 사기 치다'라는 표현도 많이 사용했으며, 가끔은 '누군가 날 속이려 했다'고 말하기도 했다. 그러는 내내 그는 길모어를 지켜보며 의아해했다. 아이큐가 높다던 남자는 어디로 간 거지? 실러가 준비된 십오 분을 모두 소화하고 한참 동안 즉석에서 이런저런 이야기를 늘어놓고 나서야 비로소 길모어가 처음으로 의미 있는 반응을 보이며 말했다. "영화에서 날 연기할 사람이 누구죠?"

삼십 분 동안 열심히 떠들었는데, "영화에서 날 연기할 사람이 누구죠?"라니. 실러에게 그것은 누가 더 영리한지 한번 겨뤄 보자는 뜻과 다르지 않았다.

"있잖아요. 게리가 어미를 길게 늘이며 말했다. "내가 좋아하는 배우가 있어요. 이름은 기억나지 않는데, 「알프레도 가르시아의 머리를 가져와」[90]라는 영화에 출연했고 샘 페킨파랑 또 다른 영화도 찍은 남자 배우죠."

"아마도 워런 오츠를 말씀하시는 것 같군요." 실러가 말했다.

"음." 길모어가 말했다. "그 배우 정말 좋아해요. 그가 날 연기했으면 좋겠어요." 그가 여전히 실러를 똑바로 응시하며 고개를 끄덕이고는 말했다. "난 이 배우가 영화에서 내 역할을 하는 것을 우리 합의의 일부로 포함시키면 좋겠어요."

실러는 상황을 파악하기 위해 뜸을 들였다. "게리." 그가 말했다. "당신은 내가 하는 말을 들었지만, 난 아직 당신에 대해 별로 아는 게 없어요. 여기엔 이야깃거리가 없을지도 몰라요. 다른 이야기를 나누기 전에 좋은 영화 대본을 확보해 봅시다."

"나는 워런 오츠가 내 역할을 하면 좋겠고, 그것을 우리 합의 일부로 포함시키길 원해요."

"그건 우리 합의에 포함시킬 수 없어요. 난 우리를 심하게 제약할 수 있는 상황에 휘말리게 둘 순 없어요. 워런 오츠를 캐스팅하지 못할 수도 있어요. 내가 워런 오츠를 원하지 않을 수도 있고요. 주변에 더 적합한 배우가 있을 수도 있죠. 아니면 다른 배우를 선택해야만 큰돈을 벌 수 있을지도 몰라요. 당신은 이제 내 사업 영역으로 들어오는 거예요. 나는 워런 오츠가 우리 합의의 조건이라는 발상에 '안 된다'고 말할 수밖에 없어요!"

길모어가 미소를 지었다. "래리, 난 워런 오츠를 싫어해요."

90) 멕시코, 미국에서 제작된 샘 페킨파 감독의 1974년 범죄 스릴러 영화.

"좋아요." 실러가 활짝 웃으며 말했다. "그럼 당신이 정말 원하는 배우는 누구죠?"

"게리 쿠퍼요. 게리 길모어가 말했다. "내 이름은 그의 이름을 딴 거죠."

그것으로 얼어붙었던 분위기가 풀렸다. 길모어는 이제 자기 이야기를 할 준비가 된 것 같았다.

"어렸을 때 뭐가 되고 싶었어요?" 실러가 물었다.

"조직폭력배나 마피아요." 길모어가 말했다.

그는 자신이 어렸을 때 이곳저곳을 침입하여 물건을 훔치던 어린 불량배였다는 이야기를 꺼내 놓기 시작했다. 그와 친구는 광란의 자동차 추격전을 벌였고, 경찰이 그들을 잡는 데 삼십 분이 걸렸다. 이 이야기를 하면서, 그는 얼굴이 환하게 밝아졌다. 마치 사귀는 데 성공한 매력적인 여자 이야기를 하는 남자 같았다.

사십오 분 정도 이야기를 나눈 후, 실러가 말했다. "저도 제 얘기를 했고, 당신도 당신 얘기를 얼마간 했으니, 다음에 다시 한번 이야기를 나누고 제가 당신에게 도움이 될 수 있을지 결정하면 될 것 같아요."

길모어가 말했다. "가야 할 곳이 있나요?"

"아뇨." 실러가 말했다. "하지만 교도소 측에서 제가 여기 계속 있게 하지는 않을 거예요."

"왜 안 되죠?" 길모어가 물었다. "밤새 있어요."

"정말요?"

"오, 그럼요. 번과 나는 원하면 여섯 시간도 이야기하는걸요."

이제 실러는 길모어가 이곳을 얼마나 장악하고 있는지 실감하기 시작했다. 때때로 그는 교도관을 향해 자기 약이 어디 있냐는 둥, 커피를 갖다 달라는 둥 하곤 했는데, 자신이 원하는 것을 얻게 되리라는 걸 전혀 의심하지 않는 말투였다. 커피 가져와. 마치, 알프레도 가르시아의 머리를 가져와, 하고 명령하는 것 같았다.

하지만 시간이 지나도 커피가 도착하지 않자, 길모어가 느닷없이 고함을 질렀다. "커피 어디 있어?"

실러는 길모어에게 짜증이 약간 쌓여 가는 것을 볼 수 있었지만, 이 날카롭고 새된 고함 소리는 정말 경고도 없이 터져 나왔고, 실러가 보기에 그것은 길모어가 자신이 변이나 변호사들에게 어떠한 불쾌한 인상을 남기더라도 전혀 개의치 않는다는 사실을 보여 주었다. 마치 느닷없이 아이들에게 소리를 빽빽 지르는 여자와 대화하는 것 같았다.

마침내 흰색 유니폼을 입은 직원이 약을 가져왔고, 길모어는 그 남자에게 정말로 욕을 퍼부었다. "날 한 시간 십오 분이나 기다리게 했어." 그가 말했다. "내가 약을 달라고 하면 약을 줘야 하는 거 몰라? 규칙이잖아. 당신네들이 규칙을 만들어 놓고, 당신네들이 지키지 않는 거야?"

실러는 그렇게까지 무례하게 구는데도 그들이 길모어를 감방으로 돌려보내지 않는 것이 놀라웠다. 길모어가 그 정도까지 밀어붙인다는 것도 놀라웠다.

그의 커피가 곧 종이컵에 담겨 오자, 자기는 종이 그릇으로 음식을 먹어서는 안 되는 사람이라며 열변을 토하기 시작했다. 규정에 따라 진짜 그릇을 사용해야 한다는 것이었다. 그러고는 실러에게 말했다. "이자들은 내가 규칙대로 살고 규칙대로 복역하고 규칙대로 잠자리에 들고 규칙대로 사형당하기를 바라면서도, 자기들은 사사건건 규칙을 어기죠. 자기들이 원할 때마다 규칙을 깬다니까."

그는 십 분 동안 장황하게 불만을 쏟아 냈고, 실러는 문득 길모어가 누구를 떠올리게 하는지 깨달았다. 바로 폭발적으로 말을 쏟아 내는 무하마드 알리였다. 무하마드가 마음대로 켰다 껐다 할 수 있었던, 바로 그 강하고 냉혹하며 비인간적인 목소리였다. 언젠가 실러는 마닐라 소재 힐튼 호텔 안 알리의 방에 앉아서, 화가 난 무하마드 알리의 목소리를 한 시간 동안 들은 적이 있는데, 길모어의 어조도 똑같았다. 남이 자기를 어떻게 생각하든 신경 쓰지 않았다. 그래서 실러가 말했다. "당신이 정말 그 두 남자를 죽였어요?"

"물론이죠." 거의 상처받은 것 같은 표정으로 길모어가 말했다. "당신도 알잖아요."

그러자 실러는 마치 분노에 휩싸여 누군가를 죽인 사람과 자기 안의 작은 스위치 하나만 눌려도 그럴 수 있는 냉혈한 살인자는 차이가 있다는 듯 "당신이 그들을 죽였군요."라고 말했다. 길모어는 두 번째 범주에 속했다. 그는 커피를 종이컵에 담아 건넸다는 이유만으로 누군가를 죽일 수 있는 사람이었다.

그 발언으로 인해 대화에서 온기가 많이 사라졌다. 실러는 이제 물러날 때가 되었음을 알고 번에게 물었다. "번, 뭐 하고 싶은 말 없어요?"

그리고 번이 전화로 몇 분간 통화를 했다. 이제 다시 진정되었을 거라고 생각했을 때, 실러가 말했다. "있잖아요, 게리, 저녁 식사 시간이에요. 나중에 다시 올까요?"

그러자 게리가 말했다. "그럼요, 오 그럼요. 밤새도록 여기 앉아 이야기하자고요."

그는 불쾌했던 기분을 떨쳐 냈다. 실러는 나가면서 생각했다. 와, 이 친구하고는 정말 많은 걸 할 수 있겠어. 아주 훌륭한 인터뷰 대상이야.

6

인터뷰가 계속 진행되면서, 무디와 스탠저는 상황이 발각되어 직업적으로 망신을 당할까 봐 걱정하기 시작했다. 그들은 실러를 내보내기 위해 약간의 압박을 가하는 것도 마다하지 않았지만, 게리는 계속 이야기하고 싶어 했다. 분명히 즐기고 있었다. 변호사들은 실러가 전화기에 대고 하는 말만 들을 수 있었기 때문에, 게리가 무슨 말을 하는지 전혀 알 수 없었다.

그러다 보니 게리가 계약서 같은 것도 없이 자신의 속내를 털어놓고 실러에게 이야기를 넘길지도 모른다는 걱정이 되기 시작했다. 게리의 표정은 확실히 환하게 밝아져 있었다. 그가 무언가에 대해 열중해서 말하는 모습을 보는 건 무디로선 처음 있는 일이었다. 이로써 실러가 좋은 선택이라는 자신의 느낌이 확인되었지만, 그가 자기들을 건너뛰어 게리와 직접 거래할 가능성도 활짝 열린 셈이었다. 실러가 엄청난 양의 자료를 확보하는 상황이라면 그들을 배신하고 싶을 수도 있었다.

식당에서 실러는, 게리가 항상 이런 식으로 행동하는지 계속 물었다. 모두들 "게리가 다른 사람들에게는 당신에게 하듯이 말한 적이 없다."라고 말했다. 실러는 그들이 혹시 자기를 어르기 위해 그렇게 말하는 게 아닌가 생각했지만, 번이 조용히 말했다. "그가 당신을 마음에 들어 하는 것 같아요."

실러는 자신감이 쌓였다. 그들이 돌아갔을 때, 실러는 게리와 여러 주제에 대해 이야기를 나누었다. 하지만 대화한 지 십오 분도 지나지 않아 전화로 방해를 받았고, 무디가 전화기 건너편의 누군가와 오랫동안 대화를 나눴다. 소장이나 부소장일 터였다. 실러의 방문이 종료되었다.

게리는 몹시 화가 나 거듭 물었다. "그 말을 누가 한 거야? 누가 명령을 내린 거지? 그는 내 변호사 팀에 있는 사람이잖아. 여기 있을 수 있어."

실러가 말했다. "걱정 말아요, 게리. 시간은 충분할 테니까."

그때 무디가 일어나서 말했다. "여기요, 게리. 우리가 논의한 계약이에요."

그들이 긴 종이 한 장을 들어 올리고 전화로 계약과 관련한 금전적 조건들을 읽기 시작했다. 게리가 말했다. "좋아요. 그거 타이핑해서 준비해 주세요. 다시 한번 살펴보고 서명하죠."

변호사들과 실러가 떠난 후, 게리가 번에게 물었다. "이모부 생각엔 그가 적임자인 것 같아요?"

번이 말했다. "아직 정확히는 모르겠지만 그런 것 같다."

"서스킨드에 대해서는 어떻게 생각해요?" 게리가 물었다. 그리고 스스로 답했다. "실러 씨가 적임자라는 느낌이 들어요. 일하는 방식이 마음에 들어요."

그 토요일 밤과 일요일 아침에, 실러는 무디, 스탠저와 함께 계약서 초안을 잡고 수정한 뒤, 비서들을 데려와 망할 컴퓨터 자판을 두드렸다. 변호사들은 교회에 가지 않았는데, 그것을 두고 많은 농담이 오갔다. 하지만 일요일 오후쯤엔 계약서가 완성되었고, 실러는 다시 모텔로 돌아가 서명을 기다렸다.

그 무렵, 보아즈가 서스킨드에게 수신자 부담으로 전화했다. 그는 언제나 수신자 부담으로 전화를 걸었다.

서스킨드가 말했다. "당신은 전화기도 없소?"

데니스가 킥킥 웃었다.

"이거 봐요," 서스킨드가 말했다. "당신은 너무 나갔어요. 당신이 무슨 짓을 했는지는 모르지만, 당신은 쫓겨났고 다른 사람들이 들어왔죠. 이 문제에서 당신은 이제 권리가 없어요."

"오, 아니죠." 보아즈가 말했다. "나 없이는 일이 안 될걸요."

"아니." 서스킨드가 말했다. "할 수 있고 그렇게 될 거요. 내가 하게 될 것 같진 않지만."

"들어 봐요." 데니스가 말했다. "더 이상 이 사건의 변호사는 아닐지 모르지만, 나한텐 몇 가지 문서가 있어요. 게다가……."

서스킨드는 그가 헛소리를 지껄인다고 판단했다. "당신은 사기꾼이야." 그가 말했다. "그리고 거짓말쟁이에다 신뢰할 수 없는 인간이지. 난 당신이 아주 고약한 사람이라고 생각해. 다시는 나한테 전화하지 마, 수신자 부담이든 그 반대든."

상황은 결국 극도로 불쾌한 분위기로 끝나고 말았다. 역겨울 정도로.

7

무디와 스탠저는 잠시 휴식을 취한 후, 일요일 오후 늦게 교도소로 갔다. 복도 건너편에서 전화 통화로 계약 조건들을 검토했다. 게리는 수정을 별로 요구하지 않다가, 편지에 접근하는 문제를 논의할 때만 화를 냈다. 그는 펜으로 금을 그어 해당 조항을 삭제하고는 계약서 위에다 자신이 니콜과 이야기하기 전까지는 그러한 접근 권한이 허용되지 않는다고 적었다. 변호사들은 그를 설득하려 애썼다. "당신은 이 문제에 대해선할 말이 없어요." 무디가 말했다. "그 편지들은 이제 니콜의 것이거든요."

"이런 빌어먹을." 게리가 말했다. "내가 동의하기 전까진 아무도 그 편지들을 읽을 수 없어."

그러는 동안 실러는 줄곧 모텔 방에서 대기했다. 월요일 새벽 3시까지 모텔에 앉아서 전화가 오기만을 기다렸다. 심지어 교도소에 전화를 걸어 그들이 그곳에 없다는 사실을 확인하기도 했다. 그래서 그는 무디의 집에 전화해서 그를 깨웠다. 그들이 돌아온 지 몇 시간이 지난 후였다. 사실 저녁 8시 30분에는 이미 돌아와 있었다. 그들은 실러가 기다리고 있다는 사실을 전혀 생각하지 못했다. 그사이 실러는 머릿속으로 절망적인 시나리오를 쓰고 있었다.

8

빅 제이크가 대용량 인스턴트커피 한 병과 대용량 탕(Tang) 한 병, 그리고 깁스가 애용하는 담배 브랜드 '바이스로이 수퍼 롱스' 한 갑을 들고 공동 수용실로 돌아왔다. 그러고는 깁스에게, 게리가 번 다미코에게 부탁해 이것들을 구치소에 전달해 달라고 했다고 말했다. 전언도 있었다. 기입스, 갑자기 내가 좀 부자가 됐어. 혹시 필요한 게 있으면 뭐든 말만 해. 깁스는 게리가 자신의 인생 이야기를 누군가에게 팔았나 보다고 짐작했다. 그가 자리에 앉아 탕 한 컵을 만들었다.

보아즈가 마지막으로 서스킨드에게 전화했다. 수신자 부담 전화는 아니었다. "말했잖아." 서스킨드가 말했다. "당신과 이야기하고 싶지 않다고."

보아즈가 말했다. "완전히 새로운 관점이 생겼어요. 내 이야기를 영화로 만들고 싶어요."

"보아즈, 당신 미쳤군."

"아뇨, 정말 위대한 이야기는 내 이야기예요. 정말 대단한 이야기라고요." 데니스가 반복했다. "내가 메모를 해 뒀어요."

"부디, 부디, 실러 씨를 찾아가요. 분명 좋아할 거요."

다음 날, 깁스는 봉투에 담긴 색인 카드를 받았다.

266

그 위에 게리가 쓴 초대의 글이 있었다.

탕!   탕!
생생한 진짜 총격 액션!
오리건주 밀워키의 베시 길모어 부인이 그녀의 아들인 서른
여섯 살 게리 마크 길모어의 사형 집행 현장에 당신을 정중히
초대합니다.
장소: 유타주 드레이퍼 소재 유타 주립 교도소.
시간: 동틀 녘.
귀마개와 총알이 제공될 예정.

카드와 함께, 편지 한 통도 왔다.

　곧 많은 돈을 여기저기 나눠 줄 작정이야. 너에겐 2000달러
정도 주고 싶어. 부디 사양하지 마. 친구가 주는 돈이라고 생각
하고 받아 줘. 내 돈의 일부를 네게 주는 편이 나아. 너한테 주
지 않으면 그냥 다른 사람에게 줘 버릴 거거든.

3부

단식 투쟁

11장

사면

1

얼 도리어스는 몹시 까다로운 문제에 봉착해 있었다. 교도소 측은 길모어의 단식 투쟁을 중단시키고 음식을 먹게 할 수 있는지 알고 싶어 했다. 요즘은 강제 급식이 법적으로 강제 투약과 동등한 것으로 간주되었고, 1973년에 대법원이 수감자의 동의가 있어야 한다고 판결을 내렸기 때문이다.

그러나 예외가 인정된 경우도 있다. 얼은 스미스 소장에게 교도소는 질서를 유지해야 하며 자살 기도를 방조할 수 없다는 점을 강조하는 편지를 썼다. "재소자가 굶어 죽도록 방치하는 것은 재량권을 심각하게 남용하는 일이 될 겁니다." 얼은 교도소 의사에게 '강제 급식을 명령할 법적 권한'이 있다고 결론지었다.

얼은 언론과 일부 지역 뉴스 방송국에 연락하여, 자신이 의견을 공표하겠다고 알렸다. 이는 당연히 그날 길모어 관련 대형 기사가 되기에 충분했고, 솔직히 기대도 컸다. 샘 스미스에게 보낸 편지에는 그가 느끼기에 충분히 논리적 근거가 있는 상당한 연구 자료가 첨부되었다. 그러나 그 모든 것이 죄다 묻히고 말았다. 같은 날 오후 《솔트레이크 트리뷴》의 홀브룩이 전화를 걸어, 앞으로 한 시간 뒤에 《트리뷴》은 리터 판사를 다시 찾아가 길모어에게 적용된 인터뷰 금지 규정에 대해 임시 제한 명령을 재차 신청할 예정임을 알렸다.

얼은 좌절했다. 그는 유용하지만 오래된 '펠 대 프로쿠니에' 판례보다 더 최신의 자료를 얼마든지 찾을 의향이 있었다. 그러나 강제 급식 문제가 그의 근무 시간을 다 잡아먹어 버렸다. 반면에 《트리뷴》은 제대로 준비를 했다. 리터 판사가 임시 제한 명령을 내렸다. 《트리뷴》은 바로 이날 기자를 보내 길모어와 이야기를 나눌 수 있게 되었다.

2

그 기자가 교도소에 도착했을 때, 실러는 그곳에 있었다. 그리고 모두에게 그건 의외의 일이었다. 실러는 한창 게리를 인터뷰하는 중이었고, 이제 막 《뉴스위크》에 실린 표제 기사에 대해 이야기를 나누기 시작한 참이었다. 그런 식으로 실러는 길모어가 언론의 주목을 받는 일에 정말 관심이 있는지 알아낼 수 있다고 생각했다. 그래서 그는 《뉴스위크》가 그의 글이라고 인용한 시 몇 구절을 언급하며, 그 시가 꽤 좋았다고 평했다. 게리가 웃음을 터뜨렸다. "그건 셸리의 「미모사」라는 시예요." 그가 말했다. "젠장, 실러, 《뉴스위크》 측이 진짜 멍청한 짓을 한 거라고요. 이 시를 알아보는 사람은 내가 그걸 직접 쓴 척했다고 생각하겠지."

나중에 실러는 자신이 게리와 오래 이야기할 수 없다는 걸 분명히 감지했던 거라고 생각했다. 왜냐하면 실질적인 문제들은 항상 마지막까지 아껴 두는 것이 원칙임에도 그가 민감한 주제를 꺼냈기 때문이다. 원래는 주제넘은 질문으로 인터뷰의 맥을 끊어서는 안 되었다. 그러나 실러의 성질은 항상 통제될 수 있는 게 아니었기 때문에, 어느새 그는 이렇게 말하고 있었다. "어째서 니콜에게 보낸 당신의 편지를 내가 손에 넣을 수 없다고 계약서에 명기한 겁니까? 그녀는 병원에 있어요. 연락이 안 된다는 거 알잖아요."

"실러." 게리가 말했다. "그 빌어먹을 우즈 박사 때문에 난 그녀에게 전화도 못 해요. 심지어 편지도 못 쓰죠. 내가 단식 투쟁에 돌입한 건 이 세상에서 진심으로 아끼는 단 한 사람과 떨어져 지내도록 강요받고 있다는 사실을 극적으로 알리기 위해서예요. 그래서 우리의 계약서에 그 조항을 집어넣은 거죠." 그가 실러를 똑바로 쳐다봤다. "당신이 야심가라는 거 알아. 당신은 어떻게든 우즈가 나와 니콜이 연락하는 걸 허락하게 만들어야 해. 그를 매수하든 어쩌든 상관없어. 하지만 있잖아, 내가 그녀와 연락하기 전까지는, 당신도 편지를 손에 넣을 수 없어요, 알았어요? 말하자면 내가 당신을 통제하게 되는 거지."

실러로서는 전혀 놀랍지 않았다. 그는 처음부터 길모어의 단식 투쟁이 절망에서 비롯된 것이 아니라, 스스로를 딜러로 만들기 위함이라고 생각하고 있었다. 실러가 듣기로, 그는 오리건 주립 교도소에서 죄수들이 폭동을 일으키도록 부추기는 데 능숙했고, 한 번 이상 그렇게 했다. 물론 그는 십이 년 동안 그 교도소에 있었으며, 그 시간 동안 이런저런 죄수들의 파벌에 속했었다. 반면에 여기서 그는 유명 인사일지는 모르지만, 문제는 그가 단식 투쟁을 자기 자신에서 열 명이나 쉰 명으로 확대할 수 있느냐는 것이었다. 게리는 살인자이고 심지어 미친 사람으로 여겨질 수도 있지만, 이곳엔 아무런 연줄도 충성스러운 친구도 없는데 누가 사형수인 그를 두려워하겠는가? 실러는 돈과 유명세가 길모어의 판단력을 흐리게 하는 것은 아닌지 궁금했다. 지금까지 단식 투쟁에 동참한 사람은 아무도 없었다.

바로 그때 교도관들이 새로운 소식을 가지고 들어왔다. 《솔트레이크 트리뷴》의 거스 소렌슨이 리터 판사의 명령서를 들고 밖에 와 있었다. 교도소 측은 그를 들여보내야 했다. 소렌슨은 게리 길모어와 인터뷰할 수 있었다.

실러의 머릿속에서 갑작스러운 충격이 일었지만, 그는 눈 하나 깜짝하지 않았다. "뭐, 괜찮아요." 그가 무디와 스탠저에게 말했다. "게리가 기자랑 이야기해도 상관없어요. 어쩌면 그것이 우리의 대외 이미지에 도움이 될지도 모르고요. 우리는 한 사람의 죽음을 지켜보러 온 것이 아니라 그를 이해하러 온 입장이니까요."

그는 복도를 걸어가다가 이제 막 출입문에 나타난 소렌슨을 마주쳤고, 자신을 소개하며 말했다. "소렌슨 씨, 길모어에게 당신과 이야기하지 말라고 할 수도 있지만, 그건 내 관심사가 아닙니다." 그건 확실히 실러의 관심사가 아니었다. 그는 《솔트 레이크 트리뷴》을 멀리할 의도가 없었다. 가장 큰 지역 신문과의 연결 고리를 통해, 그는 AP통신과 UP통신(현재의 UPI통신)의 기사 수준에 영향을 미칠 수도 있었다. 게다가 소렌슨은 유타주에서 최고의 범죄 전문 기자로 인정받고 있었는데 이는 교도소에 관한 배경 정보를 취득하는 데 유용할 수 있었다.

그럼에도 실러는 여전히 특정한 위험 요소는 피하고 싶었다. 길모어가 어떤 정보를 넘겨줄지 어떻게 알겠는가? 만약 이 남자가 자살을 결심한다면, 어떤 그저 우연히 이루어진 인터뷰가 게리의 마지막 말이 될 수도 있었다. 그러므로 몇 가지 기본 규칙을 정해야 했다.

소렌슨이 전화하는 소리가 들렸다. "그 남자가 길모어의 권리를 샀어요. 자기도 인터뷰 현장에 함께한다는 조건으로 내가 게리와 이야기하는 걸 막지 않겠대요."

그러는 동안, 실러는 식은땀을 흘리고 있었다. 그날 아침 그는 번에게 5만 2000달러의 수표를 전달했다. 만약 게리가 이날 오후에 그를 배신하고 소렌슨에게 모든 것을 말하고 싶은 마음이 든다 해도, 그가 할 수 있는 일은 많지 않을 터였다. 실러는 길모어가 단순히 재미를 위해 이 상황을 내팽개치지는 않을 거라는 데 희망을 걸었다. 한편, 그는 소렌슨이 "글쎄요, 나도 몰라요. 실러에 대해서는 좋은 소문도 있고 나쁜 소문도 있어요."라고 말하는 소리도 들었다. 래리가 전화기를 넘겨받아 소렌슨의 편집장에게 말했다. "있잖아요, 난 언론을 막는 데는 관심 없어요. 소렌슨 씨가 게리와 이야기하는 것도 반대하지 않아요. 다만 우리가 권리를 보유하고 있으므로 소렌슨 씨의 인터뷰에 대한 저작권은 반드시 우리에게 귀속되어야 합니다."

그 말은 곧 편집장이 《트리뷴》의 변호사에게 전화해야 한다는 의미였다. 그런 일이 벌어지는 동안 실러는 게리에게 말했다. "이것은 우리에게 유리하게 작용할 수 있어요. 소렌슨과 이야기할 때, 살인 사건에 대해서는 언급하지 말아요. 교도소의 현재 상황이나 일상, 단식 투쟁의 이유에 대해 이야기해요. 만약 당신이 뭔가 대단한 것을 말한다 싶으면 내가 턱을 문지를게요. 내가 그러지 않는 한, 질문에 대답해도 괜찮아요. 어쨌든 중요한 건, 당신의 개인적 삶에 대해 많은 이야기를 하지 않는 거예요. 세상은 그런 것에 관심이 많으니까요, 게리."

인터뷰가 진행되는 동안, 실러는 소렌슨의 옆자리에 앉아 있었지만, 전화기가 한 대뿐이라 길모어가 무슨 말을 하는지 들을 수가 없었다. 하지만 소렌슨이 처음 몇 가지 질문을 던진 후, 실러는 이 남자가 전형적인 신문 기자라고 판단했다. 게리의 내면을 통찰하려는 것이 아니었다. 보도국의 헤드라인 작성자가 아주 흥미로운 문구라고 박수 칠 만한 문단 몇 개만 있으면 되었다. 게다가 게리는 믿어도 될 것 같았다. 이 남자는 자신이 턱을 문지르는지 살피고 있었으니까.

소렌슨이 인터뷰를 마친 후, 그와 실러는 중간 보안 구역의 철창문을 통해 행정실 로비로 나갔다. 그곳 형광등 아래 그 작고 갑갑하고 더러운 로비에, 마치 솔트레이크의 빌어먹을 기자들이 모두 몰려든 것처럼 보였다. 그들이 모두 한꺼번에 소리를 높였다. 그들은 소렌슨을 알았고, 그가 방금 길모어와 인터뷰했다는 사실도 알았다. 하지만 그들을 크게 흥분시키는 대상은 실러였다. "당신은 누굽니까? 누구시죠?" 기자들이 계속 물었다.

그리고 거스 소렌슨은 — 실러는 그를 축복할 수도 있었다 — 아무 말도 하지 않음으로써 그 자리에서 신의를 증명했다. 하지만 실러는 자신이 정말 곤경에 처했음을 이해했다. 군중 속에는 분명 그를 아는 사람이 있을 터였다. 그는 기자들 사이에서 수군거리는 소리가 오가는 것을 감지할 수 있었다. 마침내 한 취재 기자가 말했다. "이봐요, 래리, 당신이 길모어의 이야기를 샀잖아요, 안 그래요?"

실러는 상황을 다각도로 파악하려고 애썼다. 설사 계속 부인하더라도 내일쯤엔 들키고 말 것이다. 사냥개 같은 기자들을 도발하면 안 되는 법이다. 이십사 시간 안에, 그들은 기사화할 것이고 그를 절대 용서하지 않을 것이다. 순전히 회피를 위한 발놀림이 필요해 보였다. 코끼리 덤보[91]는 발끝으로 서서 왼쪽으로 사이드 스텝을 밟고 오른쪽으로 사이드 스텝을 밟지. 실러가 속으로 생각했다.

---

91) 1941년 디즈니에서 제작한 애니메이션 영화 「덤보」의 주인공.

"여기 왜 온 겁니까?" 그들이 물었고, 그는 재산 문제와 관련해 자문을 맡고 있다고 답변했다. 그를 아는 기자들이 야유를 보냈다.

어떤 형태라도 진실을 한 조각이나마 넘겨주어야 한다고 실러는 판단했다. 딱히 글로 옮길 만하지 않은 뭔가 모호하고 재미없는 것. "오." 그가 마침내 말했다. "나는 잠재적인 직배 영화 제작을 위한 권리를 획득했어요."

그 정도면 충분히 요원한 일이라 그들이 그를 길모어로부터 독점 기사를 받는 사람으로 보지는 않을 터였다. 하지만 그의 머릿속에서는 '노코멘트라고 말했어야 했어.'라는 목소리가 들려왔다. 그의 눈 뒤에서 계산기가 시시각각 경종을 울리고 있었다.

무디와 스탠저는 경악했다. "이런." 무디가 속삭였다. "실러가 방금 우릴 완전히 날려 버렸어."

'할리우드 제작자'이자 '재산 관리 자문'이 바로 여기 교도소에서 그들의 평판을 망치려 하고 있었다.

스탠저가 말했다. "저 개자식이 우릴 배신했어. 저놈은 자기 이야기를 알리고 싶은 거야."

데저트 뉴스

카니발 분위기가 길모어를 둘러싸다

영화 계약 검토 중

11월 29일. 월요일 밤 유타 주립 교도소에서는 서커스 같은 분위기 속에서, 뉴스 매체, 변호사, 작가 대리인, 영화 제작자들이 인터뷰, 그리고 영화와 스토리 계약에 대해 논의하며 분주히 돌아다녔다.

3

그날 밤 티브이 뉴스에서 실러를 본 도리어스는 격분했다. 그는 유타 주립 교도소에 전화를 걸어 부소장 중 한 명을 크게 질타했다. "《트리뷴》을 막으려고 그렇게 열심히 작업해 놨더니, 할리우드 제작자를 들여보내요?"

얼의 눈앞에 사건들이 끝도 없이 놓이는 것 같았다. 신문사, 티브이 방송국, 라디오 방송국이 앞다투어 소송을 제기할 테고, 리터는 아마 모두에게 교도소를 개방할 터였다. 도리어스가 덴버의 제10연방 항소 법원(The Tenth Circuit)[92]에 리터의 각 판결에 대해 항소하더라도, 다음 단계로 소송을 진행하려면 시간이 매우 많이 걸렸다. 일 년까지 걸릴 수도 있었다. 그러는 동안 수많은 취재 기자들이 내내 교도소 안을 뛰어다니며 취재에 열을 올릴 터였다. 언론과 대화할 수 있게 된 길모어가 무슨 말을 할지 알 수 없었다.

도리어스는 사무실 사람들에게 리터의 판결을 빠르게 뒤집

92) 미국 연방 항소 법원 중 하나로 유타주를 포함해 여섯 개 주를 관할한다. 미국에는 지리적 구역들을 기반으로 특정 주들을 관할하는 총 열세 개의 연방 항소 법원 또는 연방 고등 법원이 있고, 이들 법원은 지방 법원에서 나온 1심 판결에 대한 항소를 심리한다.

어 본 경험이 있는지 물어보기 시작했다. 직무 집행 영장[93]을 청구하라는 의견이 있었다. 그러면 제10연방 항소 법원이 그 것을 즉각적으로 검토해야 했다. 도리어스는 보통 주저하거나 겁을 먹는 유형은 아니었지만 리터 판사를 상대로 직무 집행 영장을 청구하는 것은 확실히 상황을 극한으로 몰아붙이는 일이었다. 그것은 곧 유타주에서 최고의 법률 문제 전문가임을 자부하는 리터가, 러니드 핸드 판사[94]와 함께 판사직을 수행했던 리터가 이 사건에서는 잘 정립된 법 원칙에 너무도 무지한 것으로 드러나, 시정할 수 있는 유일한 방법이라면 아주 이례적으로 도리어스가 리터 판사에 대해 소송을 제기하는 일밖에 없다고 말하는 것과 다르지 않았다. 자신과 같은 젊은 변호사가 연방 판사를 상대로 소송을 제기하다니 지나치게 과격한 수였다. 리터는 그를 쉽게 용서하지 않을 것이었다.

4

데저트 뉴스

11월 28일, 유타주 포인트 오브 더 마운틴. 사형수 게리 길모어

---

93) 공무원이나 정부 기관이 법적으로 수행해야 할 의무를 이행하지 않을 때, 법원이 그 직무 수행을 명령하는 영장.
94) Learned Hand(1872~1961). 미국의 법률가이자 판사로, '법률가들의 판사'로 널리 알려져 있으며, 미국 법률 역사상 가장 영향력 있는 판사 중 한 명이다.

는 유타주 사면 위원회에 보낸 편지에서 "해 보자, 이 겁쟁이들 아……"라고 말했다.

길모어는 즉각적인 총살형 집행을 요청했다. 그는 "나는 당신들의 관용을 구하거나 바라지 않아."라고 썼는데, "않아."에 세 번이나 밑줄을 그었다.

사면 위원회 청문회가 열리는 동안, 실러는 잘 다듬어진 콧수염을 기른, 작지만 근육질의 단정한 남자가 누구인지 궁금했다. 젊은 예비 학교 강사 느낌이 나는 그는 여러모로 기품 있고 믿음직해 보였다. 정말 누구일까? 그 남자가 계속 그를 노려보았다.

그는 노려볼 일이 별로 없는, 자리를 잘 잡은 젊은 변호사이거나 유타주의 젊은 관료처럼 보였다. 하지만 작정하고 노려보는(조심해!) 그의 모습에선 불줄기가 분출되는 것 같았다. 실러는 어깨를 으쓱했다. 그는 사람들이 자기들만의 생각으로 자신을 비난하는 것에 익숙했다. 그럴 때면, 그런 불길에 맞서 석면을 한 겹 더 두른 것처럼 자기 몸을 둘러싼 체지방이 편안하게 느껴졌다.

그렇다 해도 그자가 자기를 싫어하는 정도가 너무 극심해서, 실러는 그에 대해 물어봐야 했다. 여러 명의 기자들에게 물어본 끝에 마침내 한 사람에게서 답을 들을 수 있었다. "저 사람 법무 장관실의 얼 도리어스잖아요."

나중에 실러는 그가 샘 스미스와 대화하는 모습을 보았는데 그것도 꽤 인상적인 장면이었다. 샘 스미스는 그보다 25센티미터는 더 컸다.

실러는 교도소 측을 이해하기 어려웠다. 그들은 줄곧 언론의 주목을 원하지 않는다고 말해 놓고는, 행정 건물 중앙 복도에 있는 회의실에서 사면 위원회 청문회를 열었다. 언론 매체들이 초대되었다. 수많은 사자들에게 작은 고깃덩이를 던져 주는 것과 같았다. 티브이 카메라, 마이크, 스틸 촬영 기사, 섬광 전구, 삼각대에 설치된 조명, 스탠드에 설치된 상부 조명이 있었다. 서커스의 완벽한 정의였다. 이렇게 열기 넘치는 방에 들어와 있는 건 정말 오랜만이었다.

다리에 족쇄를 찬 길모어가 문을 통해 이끌려 들어올 때는 모두가 좀 더 나은 시야를 확보하기 위해 의자 위에 올라서 있었다. 마치 언젠가 실러가 보았던 중세 시대에 관한 영화 같았다. 그 영화에서는 한 남자가 흰색의 헐렁한 원피스 같은 옷을 입고 화형대를 향해 느릿느릿 걸어갔는데, 여기서는 헐렁한 흰색 바지와 긴 흰색 셔츠 차림이었지만, 효과는 비슷했다. 그 수감자를 마치 성인(聖人)을 연기하는 배우처럼 보이게 했다.

길모어의 외모에 대한 실러의 생각이 다시 바뀌고 있었다. 마치 그는 가면 하나를 벗어서 벽에 걸어 놓고, 다른 가면을 쓸 수 있는 사람 같았다. 오늘 게리는 경비원이나 방문 판매원 혹은 냉혹한 살인자처럼 보이지 않았다. 단식 투쟁을 시작한 지 열흘이 된 그는 몹시 핼쑥했다. 얼굴이 움푹 팼고 상처들도 보였다. 잘생겼지만 쇠약해 보였다. 신체적으로나 정신적으로 크게 소진된 상태였다. 로버트 미첨이나 게리 쿠퍼가 아니라 로버트 드 니로처럼 보였다. 똑같은 무기력함이 느껴졌다.

그 무기력함 뒤에는 똑같은 힘이 숨겨져 있었다.

주변에서 CBS와 NBC 제작 팀이 이야기를 나누고 있었는데, 길모어를 무척이나 멸시하는 그들의 말을 듣는 게 실러는 불편했다. 그들은 길모어가 하찮은 법률 지식으로 저속한 꾀를 부려 일을 여기까지 끌고 올 수 있었던 것처럼 이야기했다. 현지 언론의 한 기자가 중얼거렸다. "이 싸구려 쓰레기 같은 놈이 이런 엄청난 관심을 받고 있다는 게 믿어져요?"

실러는 사면 위원회 위원장인 조지 래티머가 밀라이에서 베트남 마을 주민들에게 기관총을 난사한 혐의로 재판에 넘겨진 캘리 중위의 변호인이었던 사실을 기억했다. 실러에게 래티머는 불도그처럼 커다란 머리에 안경을 낀, 흥분하여 얼굴이 붉어진 또 한 명의 모르몬교도였다. 자기만족에 차 거만한 표정이었다. 쉽게 흥분하고 화가 가득했다. 대단한 방이었다. 그가 보기에 유일하게 기분 좋은 얼굴은 스탠저였다. 실러가 받은 인상으로는 론이 한편으로는 너무 주제넘고 다른 한편으로는 중요한 세부 사항들에 대해 너무 건성이어서 두 사람이 잘 지낼 수 있을지 확신이 안 섰지만, 소년티가 나는 중년인 론의 남학생 사교 클럽 회원 같은 얼굴에는 지금 감정이 풍부하게 드러났다. 그는 게리를 세심히 배려하는 태도를 보였다.

스탠저는 사실 그것을 즐기고 있었다. 그때까지만 해도 게리는 줄곧 그를 미심쩍어했지만, 스탠저는 딱히 신경 쓰지 않았다. 그는 사형의 효용을 믿지 않았고, 길모어가 진심이라고 믿지도 않았다. 스탠저는 길모어의 입장보다 행위에 관심이 있었다. 행위는 훌륭했다. 매일 새로운 어떤 행위가 이루어졌다. 재미있었다. 길모어가 — 비록 스탠저는 그것을 믿지 않았지만 — 언젠가 결국 죽을 수도 있기 때문에 그는 자기 의뢰인과 가까워지고 싶은 마음이 없었다.

그럼에도 항상 만나야 하는 사람과의 관계를 개선하기 위해 노력하는 것은 당연한 일이었다. 그래서 스탠저는 아주 작은 일이라도 길모어와 약속한 것은 반드시 지키려고 노력했다. 연필을 가져오겠다고 했으면 연필을 가져왔고, 도화지를 가져오겠다고 했으면 도화지를 가져왔다. 하지만 오늘 법정에서 론은 처음으로 그 남자를 위해 일하는 것에 자부심을 느꼈다. 그는 지금까지 길모어가 압박 속에서 어떤 모습을 보일지 알지 못했다. 하지만 스탠저의 관점에서 볼 때 그는 이날 정말 대단했고, 놀랍도록 똑똑했다.

연단 뒤에는 파란색 기(旗)와 네 명의 남자가 둘러앉은 긴 회의 테이블이 있었다. 실러의 눈에는 네 명 다 모르몬교도처럼 보였는데, 모두 안경을 끼고 파란색 정장을 입고 있었다. 실러는 기억할 수 있는 한 많은 세세한 부분들을 흡수하며, 이건 역사적인 순간이라고 내내 생각했다. 하지만 의장이 길모어에게 발언권을 주겠다고 말할 때까지는 지루함을 느꼈다. 게리 길모어가 래리 실러에게도 깊은 인상을 남긴 것은 바로 그때부터였다. 최고 보안 교도소의 수감자 복장이 아니었다면, 길모어는 자신이 약간 경멸하는 교수진 앞에서 구두시험을 보는 대학원생처럼 보이기도 했다.

"저는 궁금하네요." 그는 이렇게 시작했다. "귀 위원회는 특권을 베풀죠. 그리고 저는 특권이란 추구하고 바라고 얻고 자격이 있는 대상이 받는 거라고 늘 생각해 왔어요. 그런데 저는 당신들에게서 아무것도 구하지 않고, 아무것도 바라지 않고, 아무것도 얻지 못했으며, 아무런 자격도 갖추지 못했거든요."

밀집한 군중이 뿜어내는 열기로 뜨겁고 사방에서 쏘아 대는 조명으로 눈부신 방 안의 모든 사람들이 그를 주목했다. 사람들의 시선과 카메라 렌즈가 모두 그에게 집중됐다. 실러는 이제 배우로서의 길모어에게 두 배로 감명을 받았다. 훌륭한 아마추어 배우처럼, 그는 이 상황에서 수완 좋게 대처하기보다는 무심하기를 택했다. 그는 자신의 생각을 표현하기 위해 그곳에 있을 뿐이었다. 길모어는 자신의 발상에 절대적인 자신감을 갖고 한 사람에게 이야기할 때처럼 조용한 어조로 말했다. 그래서 그 연기는 사람들이 극장에 있다는 사실을 잊게 만들었다.

이 친구는 얼마나 대단한 영화 스타가 되었을까, 라고 실러는 생각했고, 자신이 그의 인생에 대한 권리를 갖고 있다는 생각에 벅찬 희열을 느꼈으며, 다음 순간 길모어와 개인적으로 대화할 권리를 박탈당한 비참함을 쓰게 삼켰다. 이제부터 그는 항상 중개자들을 통해 궁금한 점을 물어야 할지도 몰랐다.

5

길모어: 저는 유타의 주지사인 램프턴이, 그게 무엇이든 자기에

게 가해진 어떤 압력에 굴복했기 때문에 제가 여기까지 왔다는 결론에 도달했습니다.

저는 개인적으로 그가 도덕적 겁쟁이라고 판단했습니다. 저는 제게 주어진 형량을 받아들였을 뿐입니다. 평생 제게 내려진 선고를 받아들였죠. 이 문제에 관해 저한테 선택의 여지가 있는 줄 몰랐네요.

제가 형을 받아들이자 모두가 들고일어나 저와 논쟁을 하고 싶어 했습니다. 아무래도 사람들, 특히 유타주 사람들은 사형은 원하지만 사형 집행은 원하지 않는 것 같습니다. 그리고 막상 사형을 집행해야 할지도 모르는 현실이 되자, 발을 빼기 시작했습니다.

글쎄요, 저는 사형 선고를 받았을 때, 카운티 구치소나 그런 데서 십 년이나 삼십 일을 선고받았을 때와 마찬가지로, 문자 그대로 그리고 진지하게 그것을 받아들였습니다. 진지하게 받아들여야 하는 거라고 생각했으니까요. 무시해도 되는 하찮은 일이라곤 생각 못 했죠.

ACLU의 셜리 페들러 씨가 한몫 끼고 싶어 하지만, 사실 그들은 항상 한몫 끼고 싶어 하죠. 저는 그들이 실제로 자기들의 삶에서 효과적인 일을 해 본 적이 없다고 생각합니다. 저는 솔트레이크시티의 목사와 랍비를 포함해 그들 모두가 그냥 이 일에 참견 안 했으면 좋겠어요. 이건 제 삶이고 제 죽음이에요. 제가 죽는 건 법원의 판결이고, 저는 그걸 받아들입니다…….

의장: 자, 당신이 우리에 대해 어떻게 생각하든, 우린 겁쟁이가 아니니 염려하지 않아도 됩니다. 또한 우리는 당신의 바람이

아닌 유타주의 법규에 따라 이 사건을 결정할 것이니 안심해요……. 리처드 지오크 거기 있나요?

우리는 발언을 요청한 사람들과 함께 진행합니다.

리처드, 보내 주신 요약본 잘 받아 보았습니다. 그런데 정말 잘 작성된 요약본이라 칭찬해 드리고 싶군요. 일부 동의할 수 없는 개념들이 있지만, 어쨌든 제시 방식이 좋았습니다.

이 시점에서, 실러는 콧대가 높고 턱이 작으며 상당히 우아한 생김새의 날씬한 금발 남자가 일어서는 것을 보았다. 실러는 그 남자가 ACLU나 그런 단체의 변호사일 거라고 짐작했고, 때가 되면 인터뷰해야겠다고 마음속으로 다짐했다. 지오크의 태도에서 자신과 대화하는 거의 모든 사람들보다 자기가 더 똑똑할 거라는 우월감이 드러났다. 그런 이유 때문인지 그는 단 한 번도 길모어를 쳐다보지 않았다. 반면에 게리는 무척 강렬한 눈빛으로 그를 노려보았고, 실러는 길모어가 가진 적의의 근거가, 자신과 정반대의 출신 배경을 가진 남자가 자신에 대해 이야기하고 있다는 것임을 느낄 수 있었다.

지오크: 의장님, 저는 여기서 사면 위원회의 권한에 대해 아주 간략히 말씀드리고자 합니다. 저희는 위원회가 결정할 수 없다고 판단되는 문제들에 대해 법원의 결정이 내려질 때까지 현재의 집행 유예를 계속 유지해 주실 것을 요청합니다.

길모어 씨의 의사와 별개로 사회는 이 문제에 대해 전적으로 관심을 가지고 있습니다. 저는 여기에 주의 깊게 살펴보아야 할 사실이 몇 가지 있다고 생각합니다. 그중 하나는 그가 자발적으로 법적인 권리를 포기했는지, 아니면 그가 국가에게 단순히 공범이 되어 달라고 요청하고 있는지의 여부입니다. 여기서 가장 중요한 것은 길모어 씨의 의사가 아니며, 저는 단지…… 사형제를 활용하는 결정은 길모어 씨나 이 위원회가 아니라…… 법원이 내려야 한다고 의장님께 요청드립니다.

의장: 자, 제가 대답하겠습니다……. 우리는 다른 누군가가 법이 무엇을 허용하고 허용하지 않는지를 결정할 때까지 이 사건을 계속 진행하지는 않을 겁니다……. 우리는 이 사건이 영원히 계속되지 않게 하고, 사형제에 대한 모든 사람들과 유타주의 입장을 뒷받침하기 위해 이 자리에 모였어요. 제 개인적인 입장은, 이 사건이 계속 진행되는 것을 선호하지 않습니다.

잠시 후 청문회의 첫 휴회가 선언되었다. 길모어는 이끌려 나갔고, 사면 위원회 위원들이 회의장을 떠났다. 매체들 가운데 자기 자리를 포기한 사람은 거의 없었다. 사실 그들은 더 나은 취재 위치를 찾으려 애썼다.

이때쯤, 얼 도리어스는 그 어느 때보다 분노한 상태였다. 그는 아직 제10연방 항소 법원에 제기할 직무 집행 영장 소송을 준비하지 못한 상태인데도, 최악의 방식으로 진행되는 이 청문회에서 오전 내내 시간을 허비하고 있었다. 그는 샘 스미스가 어떻게 그런 일을 허가했는지 이해할 수 없었다. 중간 휴식 시간 — 사람들이 그런 티브이 드라마를 만들고 있는 이 상황은 휴회가 아니라 '막간'이라고 불려야 마땅했다 — 에 그가 본 것은 실러라는 남자가 법무 장관 보좌관 몫의 의자 중 하나에 앉아 있는 광경이었다. 감독의 의자처럼, 그 의자에는 마스킹테이프에 빌 에번스라는 이름이 정성스럽게 표기되어 있었다. 도리어스는 에번스에게 "그냥 의자를 저 남자 엉덩이 밑에서 확 잡아 빼 버려."라고 계속 소곤거렸다. 그것은 얼이 기억하는 한 대단히 자기답지 않은 짓이었다. 평소에는 사람들에게 다른 사람들의 신체를 공격하라고 제안하고 다니지 않았지만, 그는 이곳의 상태와 언론의 무신경에 정말 넌더리가 났다.

도리어스는 보안이 미흡한 것에 놀랐다. 출입문에 전기 스캐너가 없었고, 아무도 손으로 몸수색을 하지 않았다. 거대한 장비 가방을 짊어진 낯선 카메라맨들이 연이어 들어왔다. 맙소사! 누구든 매그넘 권총을 들고 들어와 게리의 몸에 구멍을 낼 수도 있었다. 교도소장이 언론에 접근하지 말라고 말할 최종 권한을 가져야 했지만, 그보다 높은 사람이 언론의 관심을 개의치 않는 것 같았다. 도리어스는 자신의 의뢰인에게 정나미가 떨어졌다. 꼭 방송을 해야 한다면, 도대체 왜 교도소 측은 매체 간의 자료 공유 협약을 요청하여 카메라 한 대, 라디오 매체 쪽 한 사람, 작가 한 명만을 허용하지 않았던 것인가? 모두가 꾸역꾸역 몰려들어서 정말이지 정신이 하나도 없었다. 그래도 얼은 한 가지에 감명을 받았다. 길모어라는 남자가 남에게 보여 주기 위해 이런 일을 벌인 것은 아닐 수도 있다는 점이었다.

카운티 구치소에서, 깁스는 허가를 받고 행정실로 나가 경찰 및 교도관 몇 명과 함께 청문회를 시청할 수 있었다. 그들은 모두 티브이 앞에 딱 달라붙다시피 했다. 깁스는 그것이 한 편의 굉장한 드라마라고 생각했다. 게리가 법원에다 대고 겁쟁이라고 말하자, 깁스는 경찰들이 이상하게 쳐다볼 정도로 크게 웃었다.

길모어가 다섯 표 중 세 표를 얻어 승리했다. 티브이에서는 선고일인 10월 7일부터 60일 이내에 형을 집행해야 한다는 규정에 따라 그의 사형 집행 날짜가 12월 6일로 정해질 가능성이 높다고 말했다. 깁스는 게리 길모어가 지구상에 존재할 시간이 일주일밖에 남지 않았다고 생각했다.

데저트 뉴스

11월 30일, 솔트레이크. 40개 이상의 국가, 종교, 법률, 소수자, 정치 및 직능 단체로 구성된 사형반대전국연합이 화요일 늦게 유타 사면 위원회의 조치에 대해 강력한 성명을 발표했다.

"이로써 미국에서 십 년 만에 법원이 허가한 살인이 가능하게 되었다."라고 성명은 특별히 언급했다.

이 연합에 참여한 단체에는 미국시민자유연맹, 미국윤리연합, 미국퀘이커봉사위원회, 미국정신정렬학회, 미국랍비중앙회의 등이 있다.

12장

공무원

1

사면 위원회 청문회에서 길모어가 처신하는 방식을 보고, 얼은 감탄까지는 아니어도 확실히 기분이 좋아지는 걸 느꼈다. 단식 투쟁 중이었음에도 그 남자의 지성은 예리했다. 도리어스는 무언가 긍정적인 것을 느낄 수 있어서 반가웠다. 길모어가 자살을 기도했을 때는 그에 대한 존경심을 상당히 잃었었다. 정의에 대해 그렇게 거창하게 떠들더니 결국 겁쟁이처럼 꽁무니를 뺐잖은가. 도리어스의 눈에는 길모어가 스스로를 구해 내는 것처럼 보였다.

얼은 그것이 얼마나 아이러니한 일인지 깨달았다. 자신과 길모어의 유일한 공통점은 각자의 이유로 사형 집행을 신속히 진행시키려 한다는 것이었기 때문이다. 그런 걸 유대라고 부르기는 어려웠다. 그럼에도 그는 청문회에서 마치 같은 팀원처럼 그 남자를 응원했다. 하지만 어쨌든, 상대방이 멋진 플레이를 펼쳤을 때는 박수를 쳐 줘야 했다. 물론 얼은 자신의 감정이 이기적일 수도 있다고 생각했다. 길모어 사건은 아마도 자신이 관여한 일 중 유일하게 오십 년 후에도 여전히 글이나 말로 회자될 테니까. 길모어 이후로는, 흑, 흑, 내 인생은 내리막길일 거야. 정말이지, 그가 국내외적으로 관심을 끄는 사건에 또다시 이렇듯 활발히 참여할 일이 과연 있을까 싶었다. 수년 전 영국에서 후기 성도 교회 선교 활동을 하며 만났던 사람들, 칠팔 년 전에 그가 실제로 교회로 데려온 사람들도 그에게 다시 연락하기 시작했다. 따라서 얼은 자신이 법무 장관실에서 이 모든 일의 중요성을 가장 먼저 인식한 사람이라는 사실에 뿌듯함을 느끼지 않을 수 없었다.

그는 자신이 지금 길모어를 대견하게 여기는 이유는 그 죄수 역시 이 상황을 존중했기 때문이라고 생각했다. 이렇게 중대한 일을 하는데, 그 중심에 있는 사람이 조잡한 동기를 가진 사기꾼으로만 느껴진다면 불쾌한 일이 아닐 수 없었다. 길모어의 바람은, 만약 그것이 진심이라면, 얼 자신의 몇 가지 목표들과도 일치했다.

최근 몇 년 동안, 미국 대법원의 일부 대법관들은 미국에서 가장 제대로 대변되지 않는 고객이 주 정부 및 지방 정부라고 말했다. 그 말에 얼은 개인적으로 화가 났다. 그는 관공서에서 일하는 사람들의 이미지를 개선하고 싶었다. 그에게 야망이 있다면, 정계에 진출하거나 유명해지는 것이 아니라 유타주 대법원에서 최고의 변호사로 이름을 알리는 것이었다. 교정법

(Prison law)의 권위자가 되는 것이었다. 그는 철저한 연구와 높은 역량으로 명성을 쌓고 싶었다. 사실, 그가 자신의 업무 방식에 대해 건설적인 비판을 하자면, 그것은 그가 주어진 과제를 지나치게 철저히 연구하는 경향이 있다는 점이었다. 그는 그는 부실한 결과물을 제출하는 것이 정말 견디기 힘들었다. 따라서 게리 길모어가 자신의 업무 시간을 점유하는 한, 얼은 하루에 열네댓 시간씩 일하게 되리라는 걸 알았다. 심지어 자녀들도 그 일이 가정생활에 끼어들 수밖에 없다는 점을 이해했다. 이제 아이들이 전화를 받으면, 걸려온 전화 중 절반은 낯선 사람이 아빠를 찾는 전화일 거라고 예상했다.

그가 아내와 파티에 가면 모두가 자초지종을 알고 싶어 했다. 얼은 사람들에게 이야기하는 것을 꺼리지 않았다. 힘든 일을 모두 마친 후, 자신이 무슨 일을 하는지 사람들에게 알려주는 것은 일종의 재미있는 보상이었다. 그래도 그는 가능한 한 합리적으로 자기들이 법무 장관실에서 일하는 어리석은 사람들 무리가 아니라는 생각을 전달하려고 노력했다. 실제로 그들은 스스로 자부심을 가질 수 있는 일을 하려고 노력했다.

얼은 자신이 원하는 일을 하고 있었고, 그 일을 통해 늘 갈망해 온 뿌리를 갖게 되었지만, 그 사실을 세상에 공개적으로 알릴 만큼 어리석지는 않았다. 이룬 지 얼마 안 되는 가정을 부양하기 위해 오후와 밤을 가리지 않고 법률 사무원으로 일하면서 혹독한 시간을 보내야 했던 로스쿨 시절, 그를 지탱해 준 원동력은 선교 활동, 대학, 결혼, 로스쿨을 거쳐 마침내 어딘가에 정착하고 몇 가지를 이룰 수 있으리라는 꿈 한 가지였다. 이제 그는 공동 주택이 아닌 자기만의 집을 갖게 되었고, 성장하는 가족의 아버지로서 자신의 일을 좋아하고 아내를 자랑스러워하며 아이들과 많은 시간을 보냈다. 젊은 시절 끊임없이 여기저기 옮겨 다니던 삶에 대한 반발로 비칠 수 있음을 그는 잘 알고 있었다.

얼의 아버지는 얼마간 혼자 있기를 좋아하는 사람이었다. 비난하기 위해 하는 말이 아니라, 그저 정확히 그러했다는 것이다. 아버지가 생각하는 기분 전환은 이젤과 캔버스를 들고 혼자서 어디론가 훌쩍 떠났다가 하루가 끝나 갈 무렵 아름다운 풍경화와 함께 돌아오는 것이었다. 버지니아, 로스앤젤레스, 솔트레이크 주변에 살았던 어린 시절 내내, 아버지는 펜타곤(미국 국방부) 소속 변호사였고, 그 때문에 그는 계속 옮겨 다녀야 했다. 얼에게는 남자 형제가 없었고 열세 살 무렵엔 하나뿐인 누나가 결혼했기 때문에, 사실상 외동아들로 지냈으며 내면 또한 특이했다. 예컨대, 5학년 때 전교 최고의 만화가로 등극한 그는 월트 디즈니에게 편지를 보내, 아직 어리지만 자신의 재능을 인정하고 활용해 줄 수 있는지 묻기도 했다.

하지만 그는 버지니아의 고등학교에서는 인기를 얻었다. 댄스 밴드에서 연주했고 고등학교 스포츠를 꽤 잘했으며, 체조 시범을 보이다가 다리가 부러지기 전까진 농구와 육상에 주도적으로 참여했다. 다리가 한 번 부러진 탓에 운동선수 경력은 더 이상 이어 가지 못했지만, 3학년 반장으로 선출되어 학생회장 출마를 준비했고, 치어리더 팀장과 사귀기도 했다. 그런데 쿠궁! 갑자기 가족이 로스앤젤레스로 이사를 해야 했다.

아버지가 재배치되는 바람에, 얼은 다시 한번 익숙한 곳에서 강제로 뽑혀 나갔다.

그는 이제 웨스트 로스앤젤레스에 있는 유니버시티 고등학교에 다니는 그저 그런 학생이었다. 학생 수가 엄청나게 많았다. 그는 점심을 혼자 먹었고, 아는 사람이 한 명도 없었다. 그의 인생에서 유일하게 반항하고 싶었던 순간이었다. 버지니아로 돌아가 삼촌과 함께 살면서 여자 친구를 다시 만나고 싶었다.

그의 아버지는 이 불행에 슬퍼했다. 어쩌면 아버지가 알아준 것만으로 충분했는지도 몰랐다. 얼은 죄송하다고, 여기 남겠다고 말했고, 그렇게 했다. 하지만 그의 고등학교 4학년은 그리 행복하지 않았다.

그 후 아버지가 유타주로 전근했다. 그리 나쁘지 않았다. 후기 성도 교회 교인인 부모님은 솔트레이크에 여름을 보낼 수 있는 작은 집을 항상 갖고 있었다. 동부의 치어리더는 이제 더 이상 가능한 대안이 될 수 없었기 때문에, 얼은 솔트레이크에서 가장 친한 친구의 여동생과 사귀기 시작했다. 두 사람은 꾸준한 데이트 끝에 결혼에 이르렀다.

그는 자기가 또래의 평균 남자보다 안정된 삶을 산다고 생각했다. 하지만 그것은 그가 자신의 결점을 알고 있기에 가능한 일이었다. 그는 자신이 성질이 급하다는 걸 알고 있었다. 요즘은 티브이에 대고 소리를 지르는 것으로 만족했다. "저 멍청이 좀 봐." 얼은 티브이를 보며 소리치곤 했다.

하지만 가족끼리 있을 때만 그랬다. 어렸을 때, 아버지는 그를 따로 불러 조언하며 성미를 다듬어 주곤 했다. 그 결과 이제는 법정에서 구두 변론을 할 때도 상대방에게 소리를 지르지 않게 되었다. 강하고 단호한 어조도 좋지만, 얼은 발언할 때 언쟁을 피하려고 노력했다. 그래서 그는 사면 청문회에서 길모어가 그렇듯 대견했던 것이다. 마치 자신이 마음속으로 길모어에게 계속 화를 참으라고 조언하기라도 하는 것처럼.

2

얼은 자신이 할 수 있는 일과 못 하는 일을 잘 알고 있었다. 증인 신문은 그의 강점이 아니었다. 그가 길모어 사건을 좋아한 이유 중 하나는, 새로운 법적 측면에 대한 분석은 필요하지만 기존 진술과 배치되는 증언 탓에 수렁에 빠지는 일이 없는 사건에 끌렸기 때문이었다. 얼은 자신이 이를테면 열 번째 질문 후에 증인의 답변을 역이용하는 방식으로 질문을 구성하는 데 서툴다는 걸 알고 있었다. 그는 문제의 핵심으로 바로 들어가기를 원했다. 젊은 시절에 필요 이상으로 여러 번 방해를 받은 탓도 있겠지만, 변호사로서의 그는 적절한 질문을 설정하여 상대방을 현혹하고 오도하는 능력이 별로 없었다. 제한된 인간관계가 낳은 필연적 결과라고 그는 생각했다. 지금도 가족과 친구의 범위는 아내, 처남, 그들의 가까운 친구들, 이웃 몇 명, 사무실 지인들 정도에 한정되어 있었다. 가장 가까운 친구들은 대부분 업무를 통해 알게 된 사람들이었다.

샘 스미스와의 협력이 그 좋은 예였다. 교도소장은 그의 친한 친구라고 해도 무방한 인물이었지만, 두 사람이 사적으로 어울린 적은 없었다. 그보다는 사실상 함께 교정법을 배웠다고 할 수 있다. 얼이 처음 법무 장관실에서 일하기 시작할 무렵 샘이 교도소장이 되었다. 샘을 알게 되면서, 얼은 교도소 문제들에 대해 많은 것을 배웠고, 교도소장이 사람들이 인정하는 것보다 너그럽다고 생각했다. 우선 첫째로, 그는 최고 보안 교도소에서 신체 접촉이 허용되는 자유 면회를 허가했다. 바로 그 조치가 길모어의 자살 기도를 가능케 했다. 길모어를 사람들로부터 격리했다면, 그에게 약물이 전해지는 일은 없었을 것이다. 얼이 그에 관해 언급했지만 스미스가 말했다. "오, 글쎄, 수감자를 외부 세계와 물리적으로 접촉하지 못하게 하면 그만큼 사회 복귀도 어렵지."

얼의 관점에서 보자면, 교도소장은 오히려 자비로운 운영을 하는 쪽이었고, 그 때문에 사람들에게 무능하다는 비판을 받게 된 것이었다.

얼이 생각하기에 스미스 교도소장의 숨겨진 이야기에서 핵심은, 그가 정말 마음이 따뜻한 사람이라는 것이었다. 엄격함이나 가혹함과는 거리가 멀었다. 과연 얼마나 많은 교도소장이 아침 일찍 일어나 자기 가족과 함께 식사하는 대신 중간 보안 교도소에서 그곳 재소자들과 함께 식사하겠는가. 그것이 얼이 길모어에게 접근하기 위한 신문사들의 소송으로부터 샘을 보호해야 한다고 생각한 이유 중 하나였다.

문제는 교도소 내의 긴장감이 종종 한 사람의 수감자에게 관심이 집중됨으로써 발생한다는 점이었다. 이것은 신문 기자들에게나 판사에게도 ― 그것이 리터 판사라면 ― 쉽게 설명할 수 없는 문제였다. 그는 매니저의 말을 듣지 않는 야구 스타처럼 될 수 있었다. 언론 매체에 노출되는 것의 위험은 단순히 길모어가 자기 생각을 마구 내뱉을 수 있다는 정도에서 그치지 않았다. 진짜 위험은 다른 재소자들의 반응이었다. 죄수 한 명이 교도소보다 큰 존재가 될 때마다 교도소 곳곳에서 여러 징계 사안이 발생할 수밖에 없었다.

3

12월 1일에 얼은 덴버의 제10연방 항소 법원에 직무 집행 영장 신청서를 보냈다. 얼은 리터 판사가《트리뷴》사건에서 증거가 제출되지도 않은 상태에서 광범위한 사실 판단을 내렸다고 지적했다. 같은 날 아침, 그는 ABC 뉴스를 대표하는 르로이 액슬랜드에게서 걸려온 전화를 받았다. 액슬랜드는 내일《트리뷴》이 그랬던 것처럼 ABC도 길모어와 인터뷰할 수 있도록 주 법원에 임시 제한 명령을 위한 소송을 제기할 예정이었다.

다음 날 아침,《데저트 뉴스》가 ABC와 함께 소송에 참여했고 로버트 무디가 게리 길모어를 대리해 출석했다. 그날 얼에게는 상당한 법적 압력이 가해졌다. 얼은 법정에서 자신이 수행한 결과에 만족하지 못했다.

얼의 눈에도 자신의 가장 큰 약점이 다시 한번 두드러졌다.

그는 로런스 실러를 반대 신문하던 중, 너무 화가 나서 평정심을 잃고 말았다. 바로 얼마 전에 가짜 자문역으로 교도소에 몰래 들어간 주제에, 실러는 이제 증인석에서 자신이 여러 교도소에서 많은 재소자들을 면담했으며 그때마다 항상 그곳의 규칙과 규정을 준수했다고 뻔뻔하게 말하고 있었다. 얼은 증인을 상대로 한 반대 신문에서 차분해야 한다는 것을 알았지만, 너무 화가 나서 자신의 주장을 펼치기 시작했다. 약간의 기술만 있었다면 실러가 유타 주립 교도소의 규칙을 어겼다는 사실을 인정하도록 유도할 수도 있었을 것이다. 하지만 교도소 측에서 보여 준 진정성을 상대가 타인의 권리에 대한 노골적인 냉소로 갚았다는 사실에 너무 화가 나서 그 남자를 장황하게 질책하기 시작했고, 그러자 판사가 도중에 말을 잘라 버렸다.

그래서 얼은 스노 판사가 임시 제한 명령을 승인했을 때 놀라지 않았다. 그날 저녁에 길모어의 티브이 인터뷰가 있을 예정이었다.

무디: 자, 우린 실러, ABC 티브이, 그리고 수많은 변호사들과 함께 하루 종일 법정에 있었어요. 스노 판사가 오늘 밤 언론 인터뷰를 허용하는 명령에 서명할 거예요. 래리가 증인석에 앉았는데, 아무래도 그가 판사를 설득해서 허락을 받은 것 같아요.
길모어: 뭐, 그 친구는 어디에서든 꽤 잘할 것 같아요. 누구와도 대화할 줄 아는 사람이니까……. 그거 몇 시에 해요?
무디: 9시부터요.

길모어: 그보다 늦지는 않았으면 좋겠는데. 음, 새벽 5시에 일어나서 좀 피곤하거든요. ABC 같은 방송 네트워크와 인터뷰할 때는 컨디션이 최고여야 해요……. 래리가 나한테 신호를 줄 수 있는 위치에 앉게 되나요? 내가 질문에 답변하는 걸 원치 않으면 그냥 턱을 문지르라고 해요. 그거 괜찮은 것 같아.

4

얼은 스노 판사의 법정에서 돌아오자마자 또 다른 직무 집행 영장 신청서를 쓰기 시작했다. 덴버에 보내기 위해 작성했던 문서를 그대로 베낀 뒤 이름만 새로 집어넣으면 그가 할 일은 끝이었다. 그는 점심시간에 비서에게 타이핑을 맡겼고, 이른 오후까지 항소 준비를 마쳤다.

그는 위층의 유타 대법원 서기실로 올라가, 헨리오드 대법원장에게 스노 판사의 명령이 오후 늦게까지 준비되지 않을 수도 있으니, 법원이 오후 5시 이후에도 문을 열어 두지 않으면 기자들이 오늘 밤 길모어와 인터뷰하는 것을 막을 도리가 없다고 말했다. 정상적인 절차는 아니지만, 헨리오드 판사는 일을 계속 진행할 것임을 시사했다. 도리어스가 말했다. "제가 스노 판사의 법정에서 가능한 한 빨리 달려오겠습니다."

그는 그렇게 했다. 하지만 그 전에 우선 몇 가지 다른 장애물을 넘어야 했다. 스노 판사가 제시한 명령은 뉴스 매체의 변호사들이 초안을 작성한 것으로, 얼이 몇 가지 쟁점을 논하는 동안 법원 서기가 그에게 쪽지 하나를 건네주었다. 제10연방 항소 법원이 하필 내일 오후에 리터를 상대로 직무 집행 영장을 심리할 예정이라는 것이었다. 여기서 모든 논쟁이 벌어질 바로 그 시간에 얼은 덴버에 출석해야 했다.

게다가 오후 4시가 되자 스노 판사가 자신의 판결을 방송할 수 있는 대형 미디어실로 옮겨서 절차를 진행하기로 결정했다. 그 일이 시간을 잡아먹기 시작했다. 마침내 도리어스는 혼자 생각했다. '판사가 명령서를 배부했든 안 했든, 그는 이미 그것에 서명했군.' 얼은 법무 보조관에게 가능한 한 빨리 서명된 사본을 가져오라고 지시하고는 언덕 위의 유타주 대법원으로 부리나케 달려갔다.

세 명의 법관이 앉아 있었고, 그들은 그의 서류를 읽고 오늘 저녁까지 일시적 집행 정지를 승인했다. 직무 집행 영장에 대해서는 내일 다룰 수 있을 거라고 그들이 말했다. 그러면 오늘 밤 티브이 방송국은 길모어를 인터뷰할 수 없게 될 터였다.

주 의사당 건물의 복도는 정치 대회장처럼 보이기 시작했다. 마이크와 대리석 벽, 티브이 조명밖에 보이지 않았다. 얼은 몇 차례 인터뷰한 후, 아래층으로 내려가 내일 유타주 대법원에서 해야 할 일에 대해 동료 변호사 몇 명을 교육했다. 지금까지는 그가 이 모든 자료들을 처리해 왔었다.

5

그날 저녁 집에서, 도리어스는 길모어의 사형 집행이 나흘 앞으로 다가왔다는 사실을 떠올렸다. 12월 6일. 언론 출입을 나흘만 더 막을 수 있다면, 교도소 측은 의도한 바를 관철시킬 수 있을 것이다. 취재 기자들이 은행장 사무실에 불시에 들이닥쳐 아는 것을 말하라고 요구하는 일은 없을 것이다. 하지만 그들은 교도소장도 똑같이 품위를 중시한다는 걸 이해하지 못했다.

얼이 이런 생각에 잠겨 있던 그때, 샘 스미스가 전화를 걸어와 강제 급식과 관련하여 얼이 해 준 일은 고맙지만 조금 더 기다리겠다고 말했다. 지금 당장 길모어가 죽을 위험은 없어 보였다. 단식이 그를 더 거침없게 만든 건 사실이었다. 그는 식판을 교도관들에게 도로 던져 버리고 있었다. 그러므로 필요할 땐 언제든 강제로 먹일 수 있다는 사실을 알게 되어 마음이 편해졌다고 샘 스미스가 말했다. 이 주 동안 식사하지 못한 사람을 처형해야 한다는 건 그리 유쾌한 전망이 아니었다.

얼은 내일 도널드 홀브룩을 상대로 논쟁을 해야 한다고 생각하며 잠이 들었다. 그 변호사는 얼의 가족과도 가까운 친구였고, 심지어 얼의 부모님 집을 구매한 사람이었다. 그가 자신의 직업에서 동경하는 사람이 있다면, 그건 솔트레이크에서 엄청난 명성을 가진 홀브룩이었다. 얼은 자신이 그와의 대결에서 모자람이 없기를 바랐다.

다음 날 아침 얼은 사무실에서 걸려온 전화를 받았다. 초

대형 소식이었다. 미국 대법원이 방금 게리의 사형 집행 유예를 결정했다. 길모어의 어머니가 리처드 지오크를 통해 청원서를 제출했고, 그들은 법원에 사건 이송 명령서[95]를 발부해 달라고 요청했다. 비행기에서 곰곰이 생각해 봤지만 얼은 자신이 이토록 큰 사태에 새로 직면할 준비가 되어 있는지 확신할 수 없었다. 하루에 열두 시간에서 열네 시간씩 일하면서 누적된 육체적 정신적 피로의 여파가 확실히 나타나고 있었다. 예를 들어, 홀브룩이 법률 서류를 펼쳐 놓을 공간이 넉넉한 일등석에 앉아 가는 동안, 공무원인 자신은 비좁은 일반석에 끼여 앉아 있다는 점이 짜증스러웠다. 그러는 내내 얼은 미국 대법원 생각은 그만두고 덴버에서 있을 당장의 업무에 집중하려고 노력했다.

제10연방 항소 법원의 분위기는 아주 좋았지만, 잠시 후 얼은 마음을 차분히 진정시켰다. 《트리뷴》이 교도소가 실러와 보아즈에게 특혜를 베풀었다고 주장하고 있었기 때문에, 이날 덴버에서 결론이 나지 않으리라는 걸 그는 알 수 있었다. 얼은 그것이 상대 측의 큰 실수라고 생각했다. 사실 확인이 필요했고, 이는 곧 지연을 의미했다. 게다가 실러는 교도관에게 자신을 거짓으로 소개하고 들어왔기 때문에, 진술서가 수집되면 신문사의 주장이 약화될 것이었다. 얼은 비교적 좋은 기분으로 솔트레이크로 돌아왔지만, 이번 주말에 미국 대법원 소

---

95) 상소를 허락하는 법원의 명령으로, 상급 법원의 하급 법원에 대한 사건 기록 이송 지시이다.

송을 위해 해야 할 엄청난 작업을 얼마나 잘해 낼 수 있을지 고민스러웠다. 최선을 다해 바닥까지 떨어진 원기를 긁어모을 필요가 있었다.

하지만 사무실에 도착했을 때, 그는 그 일이 빌 배럿에게 배정되었다는 사실을 알게 되었다. 얼이 들은 것은 휴식을 취하라는 말뿐이었다. 그는 그럴 자격이 있었다. 글쎄, 도리어스도 자신에게 휴식이 필요하다는 걸 알고 있었다. 주당 80시간씩 일해 온 그는 이 정도 규모의 업무를 처리할 수 있는 몸 상태가 아니었다. 그럼에도 그는 자신이 한쪽으로 밀려났다고 생각했다. 정작 진짜 중대한 대법원 건은 그를 요란스럽게 지나쳐 갈 것이었다.

6

스탠저: 게리, 당신의 어머니가 제출한 형 집행 유예 청원서를 봤나요?

길모어: 라디오에서 들었어요.

스탠저: 변호사는 리처드 지오크예요. 모든 성직자와 랍비를 대표했던 미국시민자유연맹의 금발 남자 기억해요? 그가 어떻게 당신 어머니와 연락이 되었는지 혹시 아는 거 있어요?

길모어: 글쎄요. 나도 엄마랑 이야기해 봐야 알겠는데…… . 내가 니콜과 이야기 나누는 건에 대해 혹시 진전된 소식 있어요?

스탠저: 네. 약 두 시간 전에 카이거 병원장이 전화했어요. 당신

이 그를 너무 화나게 해서 그런지 그는 전혀 움직이려 하지 않아요. 대중의 압력을 좀 가하는 게 어때요?

길모어: 아주 좋은 생각이에요. 내가 밥을 안 먹은 것도 그래서거든. 그 병원이 사방에서 대중의 압력을 받길 바랐지.

스탠저: 그래요.

길모어: 카이거라는 놈을 총으로 쏴 버리고 싶어요.

스탠저: 그는 좀 이상해요.

길모어: 글쎄, 의사들이야 죄다 이상하지. 정신이 온전한 정신과 의사 만나 본 적 있어요?

스탠저: 정말이지, 그는 자기가 치료하는 사람들보다 더 미친 사람이에요.

길모어: 있잖아요, 오늘 난 통조림이랑 각종 간식 같은 걸 사는데 160달러를 썼어요. 그걸 내 옆 감방에 넣고 잠가 두었죠. 니콜의 전화를 받는 즉시 난 그 감방 문을 열어 달라고 할 거예요. 캔 따개가 있으니 달려들어 마구 먹어야지. 지금 난 배가고파 정신 나간 새끼라, 전화 통화를 할 수 있는 방법만 있다면…… 어떤 제한을 걸든 다 수용할 생각이에요. 하지만 일방적으로 녹음된 말이 아니라 제대로 된 대화여야 해요. 그런 뒤에야 음, 가서 음식을 먹을 거예요.

13장

생일

1

이틀 전 실러는 솔트레이크 공항에서 데이브(데이비드) 존스턴과 만나기로 약속을 잡았다. 실러는 자기 말고 다른 사람이 길모어를 위해 문제들을 해결하기 원했다. 11월 초에 데이브가 도움을 준 적이 있고, 《LA 타임스》에 좋은 기사를 쓴 적이 있었기 때문에 실러는 데이브가 자신의 목적에 공감하는 최고 수준의 전문가일 거라고 생각했다. 오늘 밤, 존스턴은 다음 날 실러가 출석할 청문회를 위해 샌프랜시스코에서 왔지만, 활짝 웃으며 실러를 맞았다. 그의 손에는 새로운 질문 목록이 들려 있었다.

힐튼으로 가는 택시 안에서 이야기를 나누는 동안, 실러는 존스턴이 솔트레이크에 대해 상당히 많이 알고 있음을 확실히 느꼈다. 실러는 사실 미시건 출신으로 현재 로스앤젤레스의 신문사에서 글을 쓰는 데이브가 후기 성도 교회에 관한 이 모든 지식을 도대체 어디서 얻었는지 궁금했다. 존스턴은 단단하면서도 상냥한 미소를 지으며 자기도 모르몬교도라고 털어놓았다. 실러는 크게 놀라지는 않았다. 그는 이미 질문들을 슬쩍 엿보았는데, 그중 하나가 확실히 눈에 들어왔다. "환생한 베니 부시넬이 당신에게 무슨 짓을 할까 두려운가요?" 그것은 심오한 모르몬교 개념일지도 몰랐다. 이 질문에 자극받아 실러는 다음과 같은 부수적인 질문을 썼다. "사후에 당신에게 어떤 일이 일어날 거라고 생각하나요?"

그날 밤 늦게, 방에 혼자 있던 실러는 몇 년 전에 데니스 호퍼와 함께 영화 「아메리칸 드림을 꿈꾸는 사람」을 만든 후 맞닥뜨렸던 비판에 대해 생각하기 시작했다. 그것은 호퍼의 생애에 대한 연구였고, 지하 신문들 외에도 《더 빌리지 보이스》와 《롤링 스톤》이 모두 언론 시사회에 참석했다. 《롤링 스톤》은 심지어 이 기사에 네 페이지를 통으로 할애했다. 《롤링 스톤》의 평론가는 이 영화가 매우 훌륭하다고 평하면서도, 제작자 겸 감독인 실러가 호퍼의 중요한 측면을 이해하지 못했다고 덧붙였다. "실러는 데니스 호퍼의 보다 신비주의적 발상들에 대해서는 아무런 생각이 없었다."

래리가 데니스 호퍼 불빛이라고 불렀던 것이 이제 그의 머릿속에 켜졌다. 실러는 천국이나 지옥을 믿지 않았고, 그것에 대해 특별히 생각하지도 않았다. 사람이 죽으면 영혼은, 말하자면, 기능을 멈춘다는 정도로만 생각했다. 가끔 죽음에 대해 생각하는 순간이 있었지만, 죽음 이후에 어떤 장소로 간다고 상상하지는 않았다. 그래서 그는 존스턴의 질문을 다시 읽으면서 계속 말을 이었다. "게리 길모어에게는 사후 세계와 관련된 또 다른 면이 있어요. 이 친구는 정말로 그걸 믿죠."

실러는 고개를 저었다. 지금껏 생각해 보지 못한 완전히 다른 시각이었다. 길모어가 끝까지 가고 싶어 할지도 모른다는 생각이 처음으로 들었다. 그때까지만 해도 그는 길모어가 거만한 죄수라는 어떤 역할에 빠져 자신의 처형을 받아들이는 거라고 짐작했었다. 이제 그는 게리가 저세상에서 무언가를 찾기를 기대할지도 모른다는 점을 이해했다. 기꺼이 도박을 하는 정도가 아니라 모든 것을 걸고서. 그것은 크랩스 게임[96]에서 주사위를 던질 때 7[97]이 나오리라는 걸 이미 알고 있을 때 느끼는 기분과 비슷할 거라고 실러는 생각했다. 그래, 그게 바로 길모어의 느낌과 가깝겠다고 실러는 판단했다. 가끔은 주사위를 굴리기 직전에 테이블보에 7이 보일 때가 있었다. 하지만 이런 생각은 실러를 불안하게 했다. 그는 자기 영역에서 너무 멀리 벗어난 발상을 다루는 걸 좋아하지 않았다. 도움이 필요할지도 몰랐다. 배리 패럴을 고용해야겠다는 생각이 들었고, 일단은 나중에 더 깊이 생각하자고 미뤄 두었다. 시간은 충분하니, 배리가 《뉴 웨스트》에서 자신에 대해 어떻게 썼는지 본 후에 결정해도 될 터였다.

다음 날 재판 후에, 실러는 무디와 스탠저가 게리와 함께

---

96) 카지노 게임의 일종으로 두 개의 주사위를 사용한다.
97) 크랩스 게임에서 7은 매우 중요한 숫자로, 게임의 승패를 결정한다.

녹음한 첫 테이프를 들었다. 그다지 고무적이지는 않았다. 무디와 스탠저는 의뢰인과 친밀감을 쌓고 있는 듯 보였지만, 저널리즘과는 무관한 일이었을 수도 있었다. 그저 법률적인 논의와 남자 대 남자로 농담을 주고받을 뿐이었다. 혐의 관련 주제는 성급히 건드리지 않았다. 그래서 실러는 변호사들이 게리와 진행하는 다음 인터뷰에 데이브 존스턴의 질문 열 개와 스무 개 이상 되는 자신의 질문들을 끼워 넣지 않고, 대신 자필 답변을 요청하기로 마음먹었다. 《데저트 뉴스》에 실린 니콜에게 보낸 몇 통의 편지들을 근거로, 실러는 길모어가 글쓰기에 공을 들인다고 생각했다.

2

당신은 왜 젠슨과 부시넬을 죽였나요?

젠킨스와 부시넬 사이에는 꽤 많은 유사점이 있다. 두 사람 모두 이십 대 중반이고, 두 사람 모두 가정적인 남성이며, 두 사람 모두 모르몬교 선교사다. 어쩌면 이 두 남자의 살인은 예정된 일이었을지도 모른다.

질문에 답하자면, 나는 니콜을 죽이고 싶지 않았기 때문에 젠킨스와 부시넬을 죽였다.

부시넬은 겁쟁이였나요? 그가 뭐라고 말했나요?

아니, 나는 부시넬 씨를 겁쟁이라고 생각하지 않는다. 그는 겁쟁이처럼 보이지 않았다. 그가 순순히 따르려고 애쓰던 게 기억난다. 하지만 옆방에 있는 아내가 놀라지 않게 조용히 해 달라고 부탁한 것 외엔 그가 한 말이 기억나지 않는다.

그는 침착했고, 심지어 용감했다.

부시넬을 죽이지 말았어야 했다고 생각하나요?

그렇다.

젠킨스 역시 죽이지 말았어야 했다고 생각한다.

젠슨은 저항했나요? 두려움을 보였나요?

젠킨스는 저항하지 않았다.

과도한 두려움을 보이지도 않았다.

난 오히려 그의 호의적이고 친절하게 웃는 얼굴에 감명을 받았다.

젠슨과 부시넬은 남자답게 죽었나요? 당신이 원하는 대로?

그들은 강도를 당하는 사람들에게서 예상할 수 있는 정도 이상의 두려움은 보이지 않았다.

실제로 살인이 행해지기 전까진 나는 그들이 죽으리라는 사실을 몰랐을 거라고 거의 확신한다.

총살대 앞에서 사람이 죽는 장면이 있는 영화나 뉴스 영상을 본 적이 있나요?

「슬로박 이병」.[98]

그는 정말 「성모송」[99]을 많이 외웠지, 안 그래?

선택할 수 있다면, 당신의 사형 집행 장면을 텔레비전으로 내보낼
의향이 있나요?

아니.

너무 섬뜩하잖아.

당신 같으면 당신의 죽음이 티브이로 방송되기를 원하겠나?

동시에, 난 정말 요만큼도 상관하지 않는다.

사후에 어떤 일이 일어날 거라고 생각하나요?

추측은 하지만 알지는 못해. 만약 내가 믿듯이 내 안에 죽음
에 대한 지식이 있다 해도 의식적으로 그것을 표면 위로 끌어
올릴 수는 없다.

그냥 익숙할 것 같다……. 나는 내 정신을 한곳에 집중하고
강하게 유지해야 한다. 죽으면 살아 있을 땐 할 수 없었던 방식
으로 선택할 수 있지. 죽을 때 저지를 수 있는 가장 큰 실수는
두려워하는 거다.

---

98) 게리가 '슬로빅'을 잘못 기억한 듯하다. 「슬로빅 이병의 처형」은 1974년
에 방영된 미국의 텔레비전 영화로, 2차 세계 대전 중 여러 차례 탈영을 시
도하여 남북 전쟁 이후 군 기피죄로 처형된 유일한 미국 병사 에디 슬로빅
의 이야기를 다뤘다.

99) 가톨릭에서 성모 마리아에게 바치는 대표적인 기도문. 라틴어로 '아베
마리아(Ave Maria)'.

환생한 베니 부시넬이 당신에게 무슨 짓을 할까 두려운가요?

그것에 대해 곰곰이 생각해 본 적이 있다. 하지만 두렵지 않다. 두렵긴 씨발. 부시넬을 만날 수도 있겠지. 만약 그런다면, 난 결코 그를 피하지 않을 거다. 그의 권리를 인정하거든.

당신은 왜 살인을 저질렀나요? 그리고 당신이 원했다면 살인을 막을 수 있었을까요?

체포되기 전 일주일 동안 더 나빠질 수 없을 정도로 기분이 엉망이었다. 나는 니콜을 잃었고, 그 상처가 빌어먹을 만큼 커서 육체적으로도 고통스러울 지경이었다. 그러니까, 제대로 걸을 수도 없었고 잠도 잘 수 없었고 식사도 거의 하지 못했다. 도무지 그 고통을 떨쳐 낼 수 없었다. 술로도 무뎌지지 않았다. 상처와 상실감이 너무 컸다. 날이 갈수록 더 심해졌다. 심장이 아팠다…… 뼛속까지 아픔이 느껴졌다. 하루를 나기 위해 기계적으로 움직여야 했다.

그리고 그것은 차분한 분노로 자라났다.

그리고 나는 그 문을 열고 그것을 배출했다.

하지만 그걸로 충분치 않았다.

그것은 계속 이어졌을 것이다.

더 많은 젠킨스, 더 많은 부시넬들로.

맙소사…….

도무지 이해가 안 돼.

게리가 전화기를 통해 번에게 말했다. "문제 몇 개는 지나치게 개인적이잖아요."

번이 대답했다. "대답하기 싫으면 그냥 그렇게 말하렴. 강요하진 않을 거다."

"그렇죠, 알아요." 게리가 말했다. "그래도 여전히 질문이 마음에 안 들어요."

"있잖아요." 스탠저가 답변들을 읽으면서 말했다. "젠슨이에요, 젠킨스가 아니라."

"내가 젠킨스라고 했어요?" 게리가 말했다. "이름 틀리는 거 너무 싫은데."

"정말 대단해요." 스탠저가 답변지를 실러에게 가져다주며 말했다. "안 그래요?"

"글쎄요." 실러가 말했다. "그는 여전히 별 고민 없이 그냥 떠오르는 대로 말하고 있어요."

마지막 답변은 흥미로웠지만, 다른 많은 것들은 밋밋했다.

선고를 받았을 때 기분이 어땠나요? 온당했다고 생각하나요?

법정에 있는 사람들 중에 나만큼 아무 느낌 없는 사람도 없었을 거다.

당신의 성격을 묘사한다면?

겨우 밋밋하고 특징 없는 수준을 면했다고나 할까.

당신의 가장 큰 성취는 무엇인가요?

그는 그 질문에 답하지 않았다. 거기 빈 공간이 실러를 마주 보았다. 길모어는 여전히 자신을 비정하고, 나약함이라곤 없는 거칠고 강인한 죄수로 포장하고 있었다. 목표물을 총으로 쏘아 죽이는 사람. 실러는 이런 냉혈한 죄수가 내놓을 법한 답변 그 이상을 원했다. 생일을 맞은 한 남자에게서 찾을 수 있는 온기는 많지 않았다.

3

데저트 뉴스
이제 36세가 된 유타의 살인자가 여전히 죽기를 원한다

12월 4일, 포인트 오브 더 마운틴. 여전히 죽기를 바란다고 공언하는 사형수 게리 마크 길모어가 오늘 유타 주립 교도소에서 서른여섯 번째 생일을 맞았다.

깁스가 게리에게 카드를 보냈다. 빅 제이크에게 부탁해서 산 카드였다. 카드엔 이렇게 적혀 있었다. "네가 앞으로 더 많은 생일을 맞이하길."

그는 그 말이 게리의 웃음을 자극하리라는 걸 알고 있었다.

브렌다와 조니가 전화로 생일을 축하했다. "이봐, 사촌." 그녀가 말했다. "오빠가 미국에서 가장 악명 높은 죄수인 거 알아? 어젯밤에 사람들이 오빠에 대해 그렇게 말하더라."

그가 힘이 부치는 듯 작은 목소리로 대답했다. "난 차라리

내 예술 능력과 지능에 대해 찬사를 받고 싶은데." 그의 주린 위장에서 나오는 말이었다. 텅 빈 달걀 껍질에서 나는 소리처럼 들렸다. "이런 식의 유명세는 사양하고 싶어." 그가 불평했다.

브렌다는 생각했다. '게리는 주목받는 걸 좋아하지 않는다고 말하지만, 분명 그걸 즐기고 있어.'

게리는 번에게 자기가 돈을 주고 싶은 사람들의 이름과 각자가 받을 금액을 적은 명단을 주었다. 브렌다는 5000달러, 토니는 3000달러를 받게 될 것이다. 게리는 또한 스털링과 루스 앤에게도 5000달러를 주기로 했다. 베이비시터인 로럴과 그녀의 가족에게도 3000달러를 주고 싶어 했지만, 번이 반대했다.

그런 다음 게리는 자신에게 연애편지를 보내온 하와이의 두 여자에 대해 이야기했다. 그는 그들에게도 몇백 달러를 보내고 싶다고 했다. 번은 동의했지만 돈을 인출하지는 않았다. 게리가 남들에게 돈을 다 줘 버렸을 때, 몇백 달러가 남아 있다는 걸 알면 기뻐할 거라고 생각했기 때문이다. 물론 게리가 돈을 나눠 주는 방식은 보기 역겨울 정도였다.

중서부에 에드 바니라는 죄수가 있었다. 어느 날 게리는 그에게서 편지를 받았고, 오리건 주립 교도소에서 알던 사람이라고 번에게 알려 주었다. 두 사람은 독방에서 많은 시간을 함께 보냈다고 했다. "에드 바니는 좋은 친구예요." 게리가 말했다. "가장 친하고 소중한 친구 중 한 명이죠. 그에게 1000달러를 전해 주면 좋겠어요."

번은 게리의 말하는 방식이 자기 엄마 같다고 생각했다. 번이 베시를 처음 알게 되었을 때, 그녀는 잘생긴 남자나 예쁜 여자를 설명할 때마다 그 설명의 힘에 휩쓸려 감정이 고조되 곤 했다. 그녀는 항상 마지막에 이렇게 말했다. "지금껏 내가 본 중 최고로 잘생긴 남자예요." 아니면 최고로 예쁜 여자거 나. 그런 식으로 묘사한 사람이 수백 명은 됐을 것이다. 게리 의 경우 친구들에 대해 그렇게 설명했다. 오늘은 스털링이 자 기가 가져 본 중 최고의 친구이다. 어제는 로이 얼프, 바인 카 피타노, 혹은 스티브 케슬러 혹은 존 밀스, 혹은 번이 기억하 지도 못하는 많은 다른 교도소 동기들이었다. 내일은 또 다른 친구가 후보로 지명될 것이다. 아마 깁스겠지. 그래서 번은 에 드에게 상을 넘기지 않기로 결정했다. 사형 집행이 계속 미뤄 지고 있는 상황이니, 게리는 자기도 모르는 사이에 빈털터리 가 될지도 몰랐다. 몇천 달러면 게리가 교도소에서 상당한 편 의를 누릴 수 있는 돈이었다.

하지만 번은 깁스에게 2000달러를 전할 수밖에 없었다. 게 리가 고집을 부렸다. 그다음엔 평구라는 친구가 있었다. 게 리는 자기가 예전에 그린 문신으로 그 남자의 감정을 무척 상하게 했다고 말했다. 그에게 돈을 주고 싶다는 것이다. 번 은 게리와 말다툼을 심하게 했다. 마침내 그를 설득해 단념 시켰다.

그리고 수수께끼의 수령자가 있었다. 어떤 남자가 총 5000달 러를 두 번에 걸쳐 나눠 받기로 했는데, 번이 길모퉁이에서 그 를 만나 2500달러를 건네주기로 했다. 게리는 이의 없이 그 일 을 처리해 주길 바랐다. 번은 상황을 잘 이해하고 있었다. 그는 결국 그 사람을 식당에서 만나 돈을 건넸지만, 그런 발상 자체가 싫었다. 무분별한 낭비였다. 게리가 그 남자에게 남은 절반을 주지 않아서 다행이라고 생각했다.

이제 그의 생일에, 게리는 마지 퀸에게 500달러를 주고 싶어 했다.

"마지 퀸?" 번이 물었다.

"아시잖아요." 게리가 말했다. "아이다가 소개해 준 그 착한 여자요."

"글쎄다. 왜 마지에게 500달러를 주고 싶은 거냐?" 번이 물었다.

"글쎄요." 번의 말투를 흉내 내며 게리가 말했다. 그 말을 할 때의 번은 언제나 정말 부드러워서 마치 상대를 가까이 끌어당기는 것 같았다. "글쎄요, 어쩌다 보니 제가 그녀의 차 앞 유리를 깨뜨렸거든요."

번은 별로 놀라지 않았다. "그랬을 줄 알았다, 이 빌어먹을 녀석아." 그가 말했다.

그는 몇 달 전에 마지 퀸의 어머니가 그에게 그런 짓을 한 게 게리냐고 물었던 때를 떠올렸다. 그때 번은 "잘 모르겠네요. 그랬을 수도 있겠죠."라고 대답했었다. 그 500달러는 번이 기꺼이 지불한 돈이었다.

가끔 게리는 '어머니가 보살핌을 잘 받는지 알아봐 달라고' 말했지만, 실제로 금전적인 이야기는 꺼내지 않았다. 번이 보기에 게리는 자기 어머니가 정말로 자신을 많이 사랑한다고 믿고 싶어 하며, 그것을 뒷받침하거나 반박하는 근거를 따져 보는 것 같았다. 하지만 자기 엄마에게 인색한 태도를 보인 걸 보면, 그는 줄곧 그 증거를 곱씹었던 게 분명했다. 번은 실제로 말해야 했다. "네 엄마가 돈 없이 사는 마당에 베이비시터에게 3000달러를 주는 건 말이 안 되지."

"알았어요." 게리가 대답했다. "줄여요. 1000달러를 떼서 엄마한테 줘요." 그러고는 망설이다 덧붙였다. "하지만 우편으로 보내지 말고, 이모부가 아이다 이모랑 함께 비행기를 타고 가서 직접 전달해 주세요."

번은 이해할 수 없었다. 누가 훔쳐 갈까 봐 걱정된다면 포틀랜드의 은행에다 특별 배달원을 통해 1000달러를 배달해 달라고 부탁하면 되는 것 아닌가. 맙소사, 아이다와 그가 거기까지 비행기로 왕복하는 데 사실상 그 절반의 비용이 들 텐데. 브렌다가 행동에 나섰다. "1000달러만이라고, 게리?" 그녀가 말했다.

"응." 게리가 말했다.

브렌다가 자기 아버지를 보며 더 얘기해 봐야 소용없다고 말하는 듯한 표정을 지었다.

번은 대법원의 형 집행 유예 명령 때문에 게리가 자기 어머니에게 화가 났을 수도 있다고 생각했지만, 그는 베시의 소송 소식을 듣기 전에도 돈을 지급할 대상에 자기 어머니를 포함시킨 적이 없었다.

4

일요일에 밥 무디와 론 스탠저는 네덜란드, 영국, 그리고 다른 몇 개 국가의 티브이 방송국 사람들과 인터뷰를 했다. 그런 다음 컨트리클럽에 가서 점심 식사를 한 뒤에 교도소로 향했다.

길모어: 있잖아요, 음,《트리뷴》이 엄마에게 보내는 공개서한을 실어 줄지도 몰라요.

스탠저: 분명 그럴 테죠.

길모어: 짧게 할 테니 받아 적어 줄래요?

스탠저: 불러 봐요.

게리: 사랑하는 엄마. 저는 엄마를 깊이 사랑해요. 항상 그랬고 앞으로도 그럴 거예요. (잠시 말이 없다가) 하지만 제발 NAACP(미국흑인지위향상협회)의 톰 아저씨들[100]과는 관계를 끊어요. 제가 죽고 싶어 한다는 사실을 인정해 주세요. 전 그 사실을 받아들이고 있어요. 받아들인다고요.

무디: '전 그걸 받아들이고 있어요'를 한 번 이상 집어넣기 원해요?

길모어: 제가 원한다는 사실, 제가 죽음을 받아들인다는 사실을 받아들이세요. 어떤 게 더 나은 표현일까요? 부디 이걸 받아들여 주세요.

---

100) 일반적으로 'Uncle Tom'은 흑인 사회 내에서 백인의 이익을 대변하거나 백인에게 아부하는 흑인들을 비하하는 표현으로 사용된다.

무디: 혹시, 법이 내게 부과한 것을 내가 받아들인다는 사실을 부디 받아들여 주세요, 이게 당신이 하려는 말일까요?

길모어: 그래요. 그게 괜찮겠네요. 죽음을 소망한다고 말함으로써 그것이 죽음에 대한 동경처럼 보이게 하고 싶진 않아요.

무디: 난 그저 법이 정한 대로 받아들일 뿐이다?

스탠저: 법을 이행한다?

길모어: 음, 엄마랑 얘기하고 싶어요. 엄마를 만나고 싶어요. 하지만 그럴 수 없으니 신문을 통해 이 편지를 보냅니다. (한동안 말이 없다가) 우린 모두 언젠가는 죽어요. 대수롭지 않은 일이죠.

무디: 이것도 편지 내용이에요?

길모어: 네. (오래 말이 없다가) 가끔은 그게 옳고 적절할 때도 있어요. (잠시 말이 없다가) NAACP의 톰 아저씨들과는 관계를 끊어요. 난 백인 남자예요. NAACP가 감히 나를 지지한다거나, 그들이 심지어 엄두를 내거나 감히 뭔가를 하는 것조차 역겨워요. 어, 그거 읽어 봐요. 뭘 말할지 생각해 보게……. 음, 검둥이들[101]을 비하하는 발언을 몇 번 할 수도 있었지만, 사실 흑인 친구가 몇 명 있어서, 어, 아주 소수이긴 하지만. 그런데 NAACP는 확실히 아니거든. 그놈들은 빌어먹을 가짜들이니까. NAACP에 대해 아는 거 있어요?

스탠저: 오 그럼요.

길모어: 내가 아는 깜씨[102]들은 다 걔들 싫어해요.

---

101) 길모어는 여기서 흑인을 비하하는 'Nigger'라는 표현을 사용한다.
102) 길모어는 여기서 흑인을 비하하는 'Spook'이라는 표현을 사용한다.

무디: 그래요?

길모어: 네. 마틴 루터 킹이 평화주의자라 싫어하는 것처럼. NAACP도 그래. 전투력도 없고 소극적이죠. 그걸 운영하는 사람들이 아주 부자거든.

무디: 보통의 흑인 남성은 뭘 좋아할 거라고 생각해요?

길모어: 수박[103]이랑 포도주나 좋아하겠지.

교도소 측이 게리를 다시 병원으로 옮기는 바람에, 오늘 그들은 게리를 만날 수 없었고 전화로 목소리만 들을 수 있었다. 공격적이고 신랄한 목소리였다. "흑인들은 무엇보다 기계적으로 외워서 배우죠. 하는 방법을 보여 주면 그들도 할 수 있어요." 그가 마치 귀중한 정보를 전수하듯 잠시 말을 멈췄다. "아프리카 대륙 전체에서, 그들은 바퀴도, 창보다 더 치명적인 무기도 발견하지 못했어요. 난 흑인들에 대해 그렇게 생각해요. 이건 혐오가 아니에요. 그냥 사실이지. 오래전에 누가 땅콩[104]을 가지고 뭘 했든 상관없어요."

론은 게리의 텅 빈 뱃속 아우성과 전화선을 통해 전해지는

---

103) 흑인들이 수박을 좋아한다는 일반화는 19세기 미국 남부에서 노예가 해방된 뒤 퍼지기 시작한 인종적 편견이다. 당시 많은 해방된 노예들이 수박 농사로 자립하는 모습이 일부 백인들을 불편하게 했고, 그 결과 수박이 노예 해방과 자유의 상징으로 여겨지기도 했다. 이후, 수박은 흑인이라는 인종에 대한 부정적 상징으로 변질되어 널리 사용되었다.

104) 과거에 흑인이 땅콩 먹는 모습을 비하하거나 조롱하는 방식으로 묘사한 광고나 캐릭터 등이 존재했으며, 이러한 표현은 인종적 편견을 강화하는 역할을 했다.

증오심을 느낄 수 있었다. 길모어의 어두운 면이 그의 귀에 전류처럼 흘러 들어오고 있었다. 정말이지 그는 마음만 먹으면 얼마든지 악랄한 본성을 드러낼 수 있었다. 스탠저는 이 순간 자신이 NAACP나 ACLU에 소속된 적이 없다는 사실이 매우 행복했다.

5

면회하러 갈 때마다, 캐서린은 니콜에게 게리는 자기 말고 네가 죽기를 원했다고 말했다. 니콜은 그럴 수도 있다고 생각했다. 게리는 그녀가 다른 남자와 함께 있는 것을 좋아하지 않았다. 그렇다 해도 그녀의 마음은 바뀌지 않았다. 그가 애초에 실패를 염두에 두고 자살을 시도한 건 아니었을 것이다. 그는 분명 가까운 시일 내에 그녀의 뒤를 따라왔을 것이다. 그래서 니콜은 캐서린의 비난이 전혀 신경 쓰이지 않았다. 그저 게리가 보고 싶을 뿐이었다.

전화 한 통, 편지 한 통도 받지 못해 그녀는 미칠 것 같았다. 가끔은 총을 손에 넣고 싶다는 생각도 했다. 게리와 통화하지 못하게 하면 자기 머리를 날려 버릴 거라고 그들에게 말하려 했다.

필 크리스텐슨의 조언으로 캐서린이 고용했던 켄 선드버그가 니콜에게 편지 한 통을 가져왔다. 그녀가 약을 먹은 후 접한 게리의 첫 소식이었다. 게리는 그녀에게 거기서 너무 힘들어하지 말라고만 했다. 죽음이나 죽는 것에 대한 말은 하지 않았다. 자기가 그녀를 얼마나 많이 사랑하는지에 대해서만 썼다. 나중에 니콜은, 좋은 사람이지만 엄격한 모르몬교도인 선드버그가 자살에 대해서는 전혀 언급하지 않는 조건으로 봉투를 가져오는 데 동의했다는 사실을 알게 되었다.

다 읽고 난 그녀는 하단에 몇 줄을 적어 그것을 돌려보냈다. 그러던 중 한 가지 발상이 떠올랐다. 모두 그녀가 공책에 시를 쓰는 모습에 익숙했기 때문에, 게리의 생일에는 대신 편지를 쓴 뒤 아무도 보지 않을 때 뜯어내 신발에 넣어 켄에게 건넸다.

맨 위에 12월 2일이라고 썼지만 그 뒤에 물음표를 붙였다. 날짜를 확신할 수 없었기 때문이다. 그래서 그 아래에는 수요일 밤이라고 적었다. 나중에 그녀는 그때가 목요일 밤이었다는 걸 알게 되었다.

게리,

사랑해요. 목숨보다 더.

끊임없이 당신을 생각해요. 당신이 내 마음을 떠나지 않아.

당신의 편지를 받기 전에는 당신이 어떻게 지내는지 몰라 반쪽만 살아 있는 기분이었어요. 여기선 나한테 아무 말도 안 해줘요. 내가 UV 병원에서 정신이 들었을 때 들은 얘기는 당신도 깨어났다는 말뿐이었어요. 그때 당신에게 전화하려 했지만, 다음에 기억나는 건 내가 이곳으로 호송되고 있었던 거예요. 그리고 여기선 산 채로 매장당하는 기분이에요. 삶에서 단절된 채로. 오, 자기, 당신이 그리워.

기회가 있을 때마다 당신의 편지를 읽었어요. 당신의 말들이 내 영혼을 어루만져 주니까.

사랑해요.

당신이 편지에서 말했듯이, 당신은 당신 자신을 위해 내 목숨이 필요했던 게 아니에요.

난 어떤 상황에서건, 어느 시간에건 당신 거니까. 모든 상황에서 그리고 모든 시간에서. 우리가 보냈던 최고의 밤을 생각하고 있어요……. 단순히 말로 표현할 수 있는 것 이상으로 애정 충만한 희열과 사랑의 밤이었죠. 난 그걸 달콤한 불안이라고 불러요.

난 이곳을 경멸해요. 이곳은 날 경멸하죠. 이곳은 당신이 말한 그대로예요. 양들, 시궁쥐들.[105]

불이 꺼졌어요. 간신히 글줄만 보여.

당신의 진실로 내 영혼을 어루만져 줘요…….

언제나 영원히,

니콜

---

105) 교도소에서 '양'은 주로 경험 없고 순진한 새로운 수감자를 가리키는 은어로, 경험 많고 지배적인 수감자들에게 쉽게 이용당할 수 있다는 의미를 내포한다. '쥐(쥐새끼)'는 배신자나 밀고자를 의미한다.

14장

가까운 친구[106]이자 적

1

미칼은 사 년 전 법정에서 게리가 징역 구 년 형을 더 선고 받은 이후로 형과 연락한 적이 없다. 하지만 요즘은 형의 이름을 꽤 자주 듣는다. 11월 1일 이후, 라디오에서 게-리 길-모어라는 음절이 반복해서 흘러나오자 사람들은 아나운서의 목소리에 홀린 듯 점점 더 흥미를 느꼈고, 뉴스 기사의 첫머리가 사람들의 이목을 끌 만큼 두드러지더니 결국은 1면 헤드라인을 장식했다. 11월이 시작되고 얼마 지나지 않아 미칼은 유타 주립 교도소로 전화를 걸었다.

게리는 마지못해 전화를 받는 느낌이었다. 그의 말은 간결했다. 미칼은 게리가 이제 막 데니스 보아즈라는 이름의 변호

---

106) Next Friend. '소송 대리인'을 의미하기도 한다.

사를 고용했고, 다음 날 아침 유타주 대법원에 그와 함께 출석할 것이며, 그때 사형을 집행해 달라고 요청할 생각이라는 이야기를 들었다. "진심이야?" 미칼이 물었다.

"어떨 것 같아?"

"글쎄, 모르겠어."

"넌 날 전혀 몰라." 게리가 말했다.

미칼은 게리에게 그저 데니스 보아즈에게 전화 부탁한다는 말을 전해 달라고만 청했다. 그날 밤 그 변호사가 전화를 걸어와, 미칼에게 몇 가지 세부 사항들에 대한 최신 정보를 제공했지만, 그것은 딱히 대화라고 할 수 없었다. 미칼이 보아즈에게 요청했다. 유타주 대법원이 판결을 내리는 대로 바로 다시 전화해 주시겠어요?

"수신자 요금 부담으로 전화해도 되나요?" 데니스가 말했다. "전 가난한 사람이라."

보아즈는 전화하지 않았다. 미칼은 티브이를 통해 결과를 알게 되었다. 미칼이 보아즈에게 전화해서 불만을 제기했을 때, 변호사는 전화벨이 끝없이 울려서 정신이 없었다고 해명했다. 보아즈가 캘리포니아의 어디에서 변호사 일을 했었는지 알고 싶다고 미칼이 말하자, 데니스는 미칼의 태도가 '호전적'으로 느껴진다고 답했다. 그 전화 후, 미칼은 게리가 가족을 차단했다는 사실을 인정해야 했다. 그는 기다리기로 했다.

며칠 후, 앤서니 암스테르담이라는 변호사가 베시에게 전화를 걸어 이 사건에 대한 관심을 표명하면서, 곧 아드님과 이야기를 나눠 볼 생각이라고 전했다. 따라서 전화가 왔을 때 미칼은 준비가 되어 있었다.

2

그는 이미 암스테르담의 자격을 살펴본 상태였다. 확실히 명망 있는 사람으로 보였다. 그 남자는 스탠퍼드 대학교 로스쿨 교수이자 사형 제도 전문가였다. 로스쿨에 다니는 미칼의 친구 중 하나가 암스테르담이 '퍼먼 대 조지아(Furman v. Georgia)'[107] 라는 유명한 대법원 사건에서 승소한 적이 있는데, 이 사건은 동일한 형을 선고받은 백인 수감자들에 비해 흑인 사형수들의 집행 비율이 훨씬 높다는 사실을 보여 주었다. 이 사건은 한동안 사형을 배제한다는 대법원의 획기적인 판결을 이끌어 냈다.

토니(앤서니) 암스테르담은 전화로 미칼에게 자신이 '법률보호기금'이라는 단체에 소속되어 있으며, 사형 사건과 관련하여 협력할 의사가 있는 변호사들의 전국적인 네트워크와 연결되어 있다고 설명했다. 이러한 상황 중 하나가 갑자기 세간의

---

107) 1972년 미국 대법원이 내린 중대한 판결. 이 사건의 원고 윌리엄 헨리 퍼먼은 조지아주에서 살인죄로 사형을 선고받은 인물로, 사형 선고가 임의 적이며 인종 차별적이라고 주장했다. 대법원은 퍼먼의 손을 들어 주었고, 이 판결은 각 주가 사형을 집행하는 데 사용하는 기준과 절차가 일관성이 없으며, 때로는 인종적 편견의 영향을 받을 수 있다는 점을 지적했다. 이 판결의 직접적인 결과로 미국 전역의 사형 집행이 일시적으로 중단되었다.

주목을 받기 시작하면, 암스테르담은 보통 여러 경로로 그 소식을 들었다. 지난 몇 주 동안 확실히 꽤 많은 소식이 유타에서 들려왔다. 일찌감치 그 문제에 대해 '알리는' 크레이그 스나이더의 전화가 있었고, 솔트레이크의 저명한 변호사인 리처드 지오크에게서도 전화를 받았다. 지난 며칠 동안 그가 존경하는 변호사 여섯 명이 이 사건이 충격적이라고 연락을 해 온 것이다. 그래서 암스테르담은 이젠 베시 길모어와 연락을 취해야 할 때라고 생각했다.

그는 베시와 대화하며 상당히 감동을 받았다고 말했다. 그의 뇌리에 베시 길모어는 큰 고통을 겪고 있지만 강인한 사람이라는 인상이 깊이 남았다. 이 불경한 상황의 영적, 심리적 압박을 존중해야 했다. 그는 미칼에게 그의 어머니가 어느 정도의 도움은 환영하겠지만 게리의 사건에서 자신을 내세우고 싶어 하는지는 잘 모르겠다고 말했다. 그래서인지 그녀는 자신의 막내아들과 상의해 달라고 부탁했다.

미칼은 낯선 사람의 전화가 약간 미심쩍었지만, 베시가 거의 같은 이야기를 했기 때문에 이 설명이 정확하다는 것을 알았다. 그에 대해 미칼은 사형제 폐지에 관심이 있는 사람들이 게리에게 관심이 있다기보다는 이념적 목적을 추구하려는 건 아닌가 하는 우려를 암스테르담에게 전했다.

암스테르담은 게리의 이익을 이념의 추구에 종속시키지 않겠다고 대답했다. 자기는 추상적 쟁점을 위해 개인을 희생하는 사람이 아니다, 그러나 전화로 누군가를 설득할 수 있는 정도, 혹은 심지어 설득하고 싶은 정도에도 한계가 있다고 말했다. 미칼이 이야기를 더 나눌 의향이 있다면 그를 만나고 싶다고도 했다.

암스테르담의 말에 깊은 인상을 받지 않은 것은 아니지만, 미칼은 어머니와 이 문제를 상의하고 시간을 들여 신중히 생각해 보고 싶다고 말했다. 그동안 그는 수임료가 얼마나 나올지 궁금해했다. 암스테르담은 자신의 업무가 전적으로 무료임을 설명했다. 그는 수임료를 전혀 받지 않았다. 실제로 그는 어떠한 비용도 받지 않고 모든 법률 서비스를 제공한다고 계약서에 명시하고자 했다.

두 사람은 이틀 후에 다시 이야기를 나누기로 했다. 이 기간 동안 베시는 암스테르담을 고용하는 것이 좋겠다고 생각하게 되었다. 그녀는 이 남자의 목소리가 매우 마음에 든다고 했다. 목소리에서 자신감이 느껴졌다. 다음 날 아침 그녀는 게리와 니콜의 자살 기도 소식을 들었다.

며칠 후 미칼이 교도소에 전화를 걸었고 게리는 무척 화가 난 상태였다. 그는 막 보아즈를 해고한 참이었다. 이 일이 기회가 되기를 바라며, 미칼은 이 사태가 떠들썩한 구경거리가 되었다고 말했다. 그것은 게리가 존엄성을 주장할 수 있는 여지를 완전히 빼앗았고, 또한 가족들에게도 큰 타격을 주었다고 했다. 마지막 발언은 실수였다. "내가 너한테 뭘 빚졌는데?" 게리가 쏘아붙였다. "난 널 동생으로 생각하지도 않아."

"형은 많은 사람들의 인생을 짓밟았어." 미칼이 말했다.

게리가 전화를 끊었다. 미칼은 그 일을 곱씹었다. 하루 이틀이 지난 뒤, 그는 앤서니 암스테르담에게 베시 길모어를 대신

해 조치를 취할 권한을 주기로 결정했다.

3

　암스테르담은 미칼에게 자신이 제안한 조치를 설명했다. 그는 소송 대리인 청원을 검토해 달라고 요청할 예정이었다. 미칼의 어머니가 자신의 이익을 보호할 수 없는 개인을 대신하여 행동하고 있다고 주장하려는 것이었다. 그렇게 하면 그들에게 유타주를 고소할 권리가 생겼다. 소송 대리인(Next Friend)은 소송을 대신하는 사람과의 친밀도를 나타내는 법률 용어일 뿐이었다. 최근친일 필요는 없지만, 소송 대리인이 불평꾼이나 간섭자가 아니라 실제로 가까운 친지라면 법원에서 더 호의적으로 받아들일 수 있기 때문에 현실적으로 좋았다.

　제출할 서류에 대해 논의하면서, 토니 암스테르담은 예민한 지점을 반드시 짚고 넘어가야 한다고 말했다. 그의 생각에 게리는 아픈 사람이라 판단을 제대로 할 수 있는 상태가 아니었다. 그가 제정신으로 인정받은 것은 세 가지 유형의 정신과 의사들이 세 가지 형식의 결론을 작성한 세 가지 형식의 보고서를 제출한 결과였다. 그것으로는 아무것도 알 수 없었다. 설령 게리가 제정신이라고 해도, 의사들은 게리가 자살 충동을 느낀다는 사실을 무시할 수 없었다. 크레이그 스나이더와 이야기를 나눈 암스테르담은 사형 선고를 받은 상황에서 유능한 변호사를 해고하는 것은 그 자체로 자살의 한 형태라고 판단했다. 게리는 자유 의지와 자기 결정권에 대해 의문을 제기했지만, 이 상황은 정신이 혼미한 여성이 샌프란시스코 베이 브리지에서 뛰어내리려는 걸 그저 지켜보는 것과 비슷하지 않은가? 이건 너무 강한 표현이고, 그는 분명 베시 길모어에게 이런 식으로 말하지 않을 테지만, 게리가 정신적으로 적격한지에 관한 문제가 만족스럽게 해결되지 않았다는 점을 강조하고 싶었다.

그러나 이러한 정신적 무능력이 소송의 근거가 되지는 않을 터였다. 매우 중요한 요소가 두 가지 있었다. 최근 며칠간 이어진 극적인 상황 속에서, 게리는 이 빌어먹을 일을 글로 쓰고 있는 데니스 보아즈에게서 법률 자문을 받고 있었다. 길모어가 십 년 만에 처음으로 사형당하는 사람이 된다면, 보아즈로서는 얻을 것이 아주 많을 터였다. 게리의 이모부 번 다미코가 고용한 변호사들도 마찬가지였다. 그 문제에 관한 한, 이모부도 같은 입장이었다. 게리는 지금껏 적절한 조언을 받지 못했고, 지금도 여전히 적절한 조언을 받지 못하고 있다. 설사 그가 정신적으로 문제없는 사람이라 해도, 그는 여전히 불편부당한 법적 조언의 도움 없이 자살이라는 법적 결정을 내린 일반인이었다.

그리고 세 번째 요점이 있었다. 게리가 유타주 대법원에 출석했을 때, 그 절차는 미국 연방 대법원이 거듭 강조했던, 피고가 중요한 권리를 포기하고자 할 경우 반드시 따라야 할 필수 절차를 충족하지 못했다.

암스테르담은 이를 심사숙고 끝에 하는 말이라고 했다. 자신의 편견이나 의견의 문제가 아니라 신중히 고려한 발언이었다. 이들 유타주 대법원 판사들은 재판 판사가 아니었다. 그들은 사람들에게 경고하고 적절한 재판 기록을 작성하는 데 익숙하지 않았다. 그들은 항소 법원 판사들이었지만, 이번 사건에서는 완전히 잘못된 결정을 내렸다. 해당 절차는 미연방 대법원의 기준에 한참 못 미쳤다.

이 대화 이후, 사건이 빠르게 진전되었다. 암스테르담은 대법원에 소송 대리인 청원서를 제출하기 위해 유타주의 변호사가 필요했고, 리처드 지오크를 선임했다. 그다음에 미칼이 알게 된 것은 대법원이 유예 결정을 내렸다는 것이었다. 이 모든 일이 하룻밤 사이에 일어난 것처럼 보였다.

4

12월 6일 월요일까지, 얼은 일 없이 주말을 보낸 효능을 느끼며 교도소로 가서 실러를 들여보낸 교도관으로부터 진술서를 받아 덴버로 날아갔다. 다음 날 제10연방 항소 법원이 리터를 상대로 직무 집행 영장을 교부했고, 언론은 다시 게리와 접촉이 금지되었다. 빌 배럿이 방금 대법원에 법무 장관의 의견서를 보냈고, 사무실에서는 온통 그에 대한 이야기가 오가는데도, 얼은 여전히 그날을 최고의 날이라고 느꼈다. 홀브룩을 상대로 한 소송에서 승소했기 때문이었다.

이제 빌 배럿이 탈진할 차례였다. 대법원으로 보낼 답변서를 12월 7일 화요일 오후 5시까지 제출해야 했다. 그 일을 끝내는 데 주어진 시간이 고작 나흘하고 두 시간뿐이었다.

나흘 전 금요일 저녁에, 배럿은 동원 가능한 모든 법률 사무원들을 사무실에 불러다 앉히고 말했다. "이 일을 분담합시다."

그는 문제를 세분화하여 업무를 할당했고 모두가 열심히 일했다. 처음에는 지오크의 서류를 보지 못한 상태라 조금 까다로웠지만, 사면 위원회에서 지오크가 조지 래티머에게 제출한 사건 개요서를 읽어 본 결과 정신적 무능력이 공격의 주된 내용이 될 것 같았다. 지오크는 그 개요서에서 이렇게 말했다.

"피고인이 사형 선고에 대한 사법 심사를 포기하도록 허용하는 것은…… 자살행위나 마찬가지입니다. 탈무드, 아리스토텔레스, 아우구스투스, 아퀴나스는 모두 자살을 심각한 사적, 공적 잘못으로 규정했습니다. 관습법에서 자살은 중범죄로 간주되었으며, 이에 따라 재산이 몰수되고 길바닥에 매장되는 처벌이 따랐습니다……. 길모어와 같은 형사 피고인이 자신의 생명을 구할 수 있는 법적 절차를 거부하는 것은 사실상 자살을 선택하는 것이며, 압도적 다수의 정신과적 의견은 자살 충동을 정신 질환의 한 형태로 간주합니다."

배럿은 그 주말에 얼마나 많은 시간을 일했는지 계산하지 않았다. 차마 계산할 엄두가 나지 않았다. 토요일과 일요일 내내 법률 사무원들이 교대로 사무실에 출근했고, 월요일에는 세 명이 밤을 새워 최종 초안을 준비했다. 다음 날 아침 그들은 비서 네 명에게 타이핑할 것들을 나눠 주었다. 마감 시한이 바짝 다가오자, 그들은 대법원 서기인 마이클 로댁에게 연락하여 비행기로는 워싱턴에 제시간에 도착할 수 없다는 사실을 알려야 했다.

대신 상원 의원 가언의 사무실에 연락을 취했다. 법률 사무원들이 다섯 블록 떨어진 그의 사무실로 서류를 배달했고, 상원 의원실의 텔레팩스를 이용해 워싱턴으로 보냈다. 개요서 안에, 그들은 필요 이상의 것 — 배럿은 자신이 그것을 찾을 수 있다고 확신했다 — 까지 포함해 모든 것들을 때려 넣었지만, 주된 강조점은 베시 길모어에겐 아들을 대리할 권한이 없다는 것이었다. 이것은 아들의 사건이지 그녀의 사건이 아니었다.

반면, 반대편에서는 당연히 게리가 정신적으로 무능력한 사람이므로 길모어 부인이 개입할 권리가 있다고 주장했다. 무거운 사안이었다. 빌 배럿은 걱정이 됐다. 11월 16일에 있었던 자살 기도 이후 정신과 의사가 길모어를 감정한 적이 없었기 때문에, 현재로서는 그 사형수의 정신이 온전한지 아닌지 확인해 주는 근거가 없었다. 그들이 서류를 제출한 12월 7일과 대법원이 답변을 내놓을 것으로 예상되는 13일 월요일까지는 걱정할 시간이 많았다.

그래도 며칠 기다리는 나흘 동안 배럿은 작성한 의견서를 다시 읽어 보았고, 특정 부분에 대해서는 꽤 만족감을 느꼈다.

모든 자살이 병리적이거나 무능력을 나타내는 지표는 아니다. 최근에 미국 대법원은 1975년 미국 대법원 보고서 420권

162쪽에서 '드롭 대 미주리주(Drope vs. Missouri)'[108] 사건과 관련하여 다음과 같이 언급했다.

"……정신 질환과 자살의 경험적 관계는 불확실하며, 자살 기도가 반드시 항상 현실을 정확히 인식하지 못한다는 신호인 것은 아니다."(미국 대법원 보고서 420권 181쪽)

길모어 씨는 교도소에서 지내는 것이 어떤 삶이지 짐작할 수 있을 만큼 수감 생활 경험이 충분했다. 역사적, 종교적, 실존적 논문들에 따르면, 어떤 시대의 어떤 사람들에게는 어떤 대가를 치르고서라도 육체적 죽음을 피하지 않는 것이 합리적이다. 실제로 인간성의 불꽃은 최고의 존엄과 마음의 평온을 보존하는 대안을 선택함으로써 그것의 본질을 극대화할 수 있다.

---

108) 1975년 미국 대법원이 내린 중요한 판결 중 하나로, 재판의 공정성과 피고인의 정신 건강을 다룬 사건이다. 미국 대법원은 피고인이 재판에 출석할 수 없는 상황에서 재판을 진행하는 것은 피고인의 헌법상 권리를 침해한다고 판단했다.

15장

가족 변호사들

1

실러는 판권 구매 비용, 모텔 및 호텔 비용, 속기사 그리고 사무용 장비 등에 필요한 비용을 확인하기 위해 재정을 검토한 결과, ABC의 지원금 외에 추가로 6만 달러가 더 필요하다고 판단했다. 이만한 금액을 마련할 방법은 단 하나뿐이었다. 게리가 니콜에게 보낸 편지를 입수하여 파는 것이었다.

실러가 보기에 윤리는 결국 어떤 것을 얻기 위해 다른 것을 희생하는 문제였다. 그는 길모어를 믿었기에 한 번에 5만 2000달러의 수표를 넘겼고, 이런 방식으로 그가 돈을 찔끔찔끔 나눠서 주지 않으리란 걸 극적으로 보여 주었다. 실러에게는 그럴 만한 이유가 있었다. 모든 사람들이 계속 데이비드 서스킨드를 떠올리게 하고 싶지 않았기 때문이다. 일단 게리의 변호사들이 은행에 연락하여 수표가 유효하다는 걸 확인하면 래리를 작은 사업가가 아닌 큰 사업가로 볼 터였다. 이것이 그의 실용적인 동기였다. 그에겐 또한 낭만적인 동기가 있었다. 결국엔 낭만주의가, 「불가능한 꿈」[109] 같은 노래가, 「오클라호마」[110]와 「회전목마」[111]의 가사가, 알프스를 배경으로 한 「사운드 오브 뮤직」이 그를 흥분시켰다. 그래서 그는 사기꾼을 상대로 더 큰 사기를 치려는 것이 아니라, 자신이 할 수 있는 한 최선을 다하고 있다는 걸 보여 주고, "나는 당신에게 일주일에 100달러씩 쥐여 주려 할 만큼 어리석지 않다."라고 말하고 싶었다. "당신이 어떻게 날 속일지 고민하는 데 시간을 쓰게 하고 싶지 않아요. 당신이라는 사람과 거래하고 싶어요. 돈은 수단일 뿐이에요. 여기, 선불로 줄게요. 당신이 나를 속여 먹을 수도 있겠지만, 나는 당신을 믿기 때문에 그러지 않을 거라고 생각해요. 사무실에 있는 점잖은 사업가가 당신보다 더 쉽게 날 속일 테죠."

실러는 게리 길모어에게 그렇게 소리 없이 말을 걸었다. 그는 하루에도 몇 번씩 그 말을 머릿속으로 되뇌었다. 그는 그것이 게리가 알아들을 수 있는 논리라는 걸 알고 있었다.

그의 입장에서 볼 때, 길모어가 편지에 대해 보이는 태도는

---

109) 1965년 뮤지컬 「맨 오브 라만차」에서 주인공 돈키호테가 부른 노래.
110) 1943년에 미국 브로드웨이에서 초연된 뮤지컬. 미국 오클라호마주의 농촌 지역을 배경으로, 여러 인물들의 사랑과 우정, 그리고 지역 사회의 도전을 그리고 있다.
111) 1945년에 미국 브로드웨이에서 초연된 뮤지컬. 뉴잉글랜드의 해안 마을을 배경으로 사랑과 구원, 책임의 주제를 다룬다.

확실히 불합리했다. 편지는 거래에서 본질적인 요소였고, 실러의 입장에서는 자기 자산의 일부였다. 그래서 그는 편지를 입수하는 데 아무런 거리낌이 없었다. 12월 첫 주말에 그는 무디와 스탠저를 만나러 가서, 자신이 원하는 바를 설명했다. 그들은 그것들을 어떻게 입수해야 할지 모르겠다고 대답했다.

이제 래리는 처음으로 변호사들에게 화를 냈다. "그런 소리 하지 말아요." 그가 소리쳤다. "당신들은 게리 길모어의 변호인들이에요. 노얼 우튼에게 그냥 그것들을 넘기라고 요청해요. 이 주에는 증거 개시 제도도 없다는 건가요? 당신들은 검찰이 의뢰인에 대해 가지고 있는 모든 증거를 복사할 수 있잖아요."

실러는 특히 스탠저가 아무것도 하지 않았다는 점이 신경 쓰였다. 편지를 수거하지 않았을 뿐만 아니라 게리의 재판 기록을 입수하기 위한 조치도 하지 않았다. 게리는 재판 기록을 원하지 않았다고 스탠저가 대답했다.

이것은 게리의 변호와는 아무런 관련이 없다고 실러가 설명했다. 책 그리고 영화와 관련이 있었다. 재판 기록 없이 어떻게 재판을 진행할 수 있단 말인가? 게다가 그들에게는 이행해야 할 법적 의무가 있다고 실러가 지적했다. 게리가 마음을 바꿔 항소를 원한다면 어떻게 하겠는가? 재판 기록도 없는 데다 스나이더와 에스플린이 기록해 놓은 것들도 숙지하고 있지 않으면, 결정적인 일주일을 허비할 수도 있다. 한 사람이 목숨을 잃을 수도 있었다. 그는 거의 이성을 잃을 정도로 분개했다. "당장 빌어먹을 전화기를 들고 빨리 일을 진행해요."

그는 그들이 고까워하는 걸 알았지만, 그들은 또한 앞으로도 많은 돈이 그에게서 나오리라는 걸 알고 있었다.

실러는 이 변호사들의 업무 방식을 도저히 이해할 수 없었다. 우튼은 재판 과정을 기록하는 데 전혀 신경 쓰지 않았다. 미국 대법원에서 기록이 필요하다고 하면 어떻게 할 것인가? 잠시 후 무디의 비서에게서 다시 전화가 걸려와, 600달러의 작업 비용이 들 것 같다는 법률 속기사의 말을 전했다. "그 비용은 내가 댈 테니 걱정 말아요." 실러가 말했다.

더 중요한 것은 그들이 우튼에게 복사본을 제공한다고 약속하면 그가 편지 원본을 넘겨주기로 동의했다는 점이었다. 그래서 스테파니가 무디의 메신저로 가서 편지 원본을 받아 왔다.

그 편지들을 살펴본 후, 래리는 게리가 자살을 기도하기 전까지 8월, 9월, 10월, 11월에 걸쳐 하루 평균 열 장씩 글을 쓴 것으로 추정했다. 실제로 커다란 노란색 사무용 메모장이 스무 장씩 이어지는 편지들이 상당수였다. 총 1000장이 훌쩍 넘었다. 그는 대충 훑어보았다. 길모어가 그야말로 모든 것에 대해 쓰고 있다는 걸 알 수 있었다. 어떤 곳에서는 미켈란젤로와 반 고흐에 대한 에세이로 니콜에게 대학 수준의 교육을 시켰고, 다른 곳에서는 음란한 이야기들이 가득했다. 그 봉투 속 편지에는 핵심적인 내용이 다수 들어 있는 게 분명했다. 실러는 적어도 여섯 개 이상의 완전한 복사본이 필요하다고 생각했다. 우튼에게 하나, 자신에게 하나, 미래의 책 저자에게 하나, 그리고 각기 다른 곳에 판매할 적어도 세 개의 사본. 그는 덴버에 있는 제록스 본사에 전화를 걸어 가장 빠른 복사기가 어디 있는지, 누가 가지고 있는지 물었다. 덴버든, 댈러스든, 샌프랜시스코든, 어디든 스테파니를 보낼 준비가 되어 있었다. 마침 프로보 소재 프레스 출판사에 바로 그런 기계가 있었다. 바로 이 빌어먹을 프로보에. 크리스마스카드 회사였다. 실러가 고개를 저었다. 가끔은 이런 일들이 있기도 했다.

당연히 그는 크리스마스카드 회사에 그들의 기계를 사용하려 하는 게 게리 길모어 때문이라고 말하지는 않을 작정이었다. 그는 그저 밤 11시부터 새벽 3시까지만 기계를 빌려 달라고 요청했고, 보증인으로 무디와 스탠저를 내세웠다. 스테파니와 그는 공장 직원 한 사람과 함께 들어갔고 여섯 시간 삼십 분에 걸쳐 작업을 마쳤다.

품이 많이 드는 일이었다. 게리의 편지들은 믿기지 않을 정도로 세심하게 접혀 있었고, 작은 흰색 교도소 봉투 하나에 법정 크기의 종이가 열 장 넘게 들어 있었다. 게리가 그 정도로 꼼꼼하게 접었을 뿐만 아니라, 니콜이 그 접힌 방식을 유지했다. 그 편지들이 펼쳐졌다가 다시 넣어지고, 펼쳐졌다가 다시 넣어지는 방식에서 실러는 게리와 니콜의 관계를 느꼈다.

나중에 더 많이 읽을 기회를 갖게 되자, 실러는 차츰 안도했다. 대법원이 유예 명령을 취소하여 게리가 일주일쯤 후에 사형당하더라도, 이 편지들만으로 러브스토리를 만들어 낼 수 있을 터였다. 이 남자가 죽는 이유뿐 아니라, 로미오와 줄리엣의 사랑, 그리고 죽음 이후의 삶에 관한 이야기들이 여기 모두 담겨 있었다. 각본을 쓰는 데도 부족함이 없을 것 같았다.

다음 문제는 그중 일부를 어디에 팔 것인가 하는 것이었다. 《내셔널 인콰이어러》가 스콧 메러디스에게 6만 달러를 확실하

게 제시했지만, 실러는 그보다《타임》에 일괄적으로 제공하는
게 어떨지 고민했다. 돈은 3분의 1 정도밖에 못 받겠지만, 그
가격이라면《타임》이 마음에 들었다. 명성 때문만은 아니었다.
본질적으로《타임》은 세계 어디에서나 인쇄되는 홍보지였다.
길모어의 중요성이 국제적으로 증폭될 터였다. 그것만으로도
4만 달러의 차이는 만회할 수 있었다.

그동안 그는 별도로《인콰이어러》와도 접촉을 유지했다. 그
들의 제안이 6만 달러에서 6만 5000달러로 올라갔다. 트랙터
없는 농부에게 트랙터가 필요하듯, 실러도 더 많은 돈이 필요
했다. 하지만 그는《인콰이어러》가 그 이야기를 싸구려로 만드
는 것이 싫었다. 그사이《타임》이 2만 5000달러까지 제안할
것 같기도 했다.

그러던 중 게리 길모어의 상세 인터뷰를《플레이보이》에 팔
아야겠다는 생각이 떠올랐다. 그러면 2만 달러는 더 받을 것
같았다.《타임》과《플레이보이》측에서 받을 금액을 더하고,
거기다 이미 지출한 ABC의 자금, 그리고 유럽에서 편지를 팔
아 얻을 수 있는 수익을 모두 합하면 총 10만 달러 이상은 될
것이었다. 그 정도면 과거에 지출한 비용과 앞으로 지출할 비
용을 모두 충당할 수 있었다.

2

하지만 변호사들은 어려움을 겪고 있었다. 실러가 자신을

할리우드의 프로듀서라고 언론에다 시인하는 바람에 교도소의 모든 상황이 뒤집혔기 때문이었다. 샘 스미스는 게리의 사형 집행으로 누구도 이득을 보지 못하게 하겠다고 선언했다. "내가 소장으로 있는 한은 안 돼."

그는 면회에 여러 가지 제한들을 부과하기 시작했다.

요즘 게리와 대화할 때는 항상 교도관이 함께 있었다. 변호사들은 교도관이 나갈 때까지 수화기를 내려놓고 대화를 거부했다. 가끔은 방 반대편 끝으로 가기도 했지만, 그럴 때는 전화기가 도청당하고 있다는 불안감에 시달려야 했다. 얼굴이 보이지 않는 의뢰인과 우회적인 방식으로 대화하는 건 정말 어려운 일이었다. 어느 날 무디는 게리와 나눈 이야기들을 녹음할 수 있는 권리를 놓고 샘 스미스와 다투기까지 했다. "게리의 유언장을 집행하려면," 밥이 불만을 제기했다. "그가 마음을 바꿀 경우를 대비해 그의 발언을 녹음해야 해."

그는 그 논쟁이 시간 낭비라는 걸 알았지만, 이미 무단으로 진행하고 있는 녹음에 대한 압박을 피하기 위해 그렇게 했다. 그것은 최상의 조건에서도 쉽지 않은 일이었다. 외투 속에 녹음기를 몰래 숨겨 교도소에 들어가야 했고, 교도관이 수화기에 끼워 놓은 작은 녹음용 고무 캡을 알아챌까 불안해해야 했다. 발각되면 직업적으로 망신을 당할 수도 있었다. 물론 변호사 협회가 보아즈에게 아무런 조치도 취하지 않은 것으로 볼 때, 그들과 관련하여 새삼 어떤 행동을 시작하지는 않을 테지만, 그럼에도 평판을 중요하게 생각한다면 이것은 또 하나의 불확실한 부담이 될 수밖에 없었다. 들어오는데 교도관이 서류 가방을 검사하려고 할 때도 있었다. 그러면 진짜 쇼를 해야 했다. 우린 길모어의 변호인들이오. 가방에 손대지 말아요! 말하자면 교도소 출입문을 넘을 때마다 정신을 바짝 차려야 한다는 뜻이었다.

한번은 론이 샘 스미스와 크게 싸운 적이 있었다. "난 내가 원하는 방식으로 의뢰인과 면담할 테니." 론이 그에게 말했다. "나에게 이래라저래라 하지 마."

"이봐." 스미스가 말했다. "여긴 내 교도소야."

"그래서 어쩌라고." 론이 고함을 지르기 시작했다.

스미스가 그를 진정시키려고 애썼다. "자, 론." 그가 말했다. "진정해, 론."

"집어치워. 내가 면담을 어떤 식으로 진행하든 상관하지 마. 아무래도 기록해 놔야겠어. 내 의뢰인이 사형을 당하고 누군가가 소송을 제기하는 경우, 이 대화들이 기록에 남아 있어야 하잖아. 내 의뢰인은 내 방식대로 처리할 거야."

"글쎄." 샘 스미스가 말했다. "자네에게 그런 권리가 있는지 알고 싶다면 연방 법원에 가 봐야 할걸."

론이 말했다. "필요하다면 당연히 가야지."

고성이 오갔지만 결론이 나지 않았다. 교도소장은 뭘 할 수 있고 뭘 할 수 없는지 말하지 않았다. 그저 질문을 받으면 정책에 위반된다고만 했다. 론은 심지어 교정 본부장인 어니 라이트와도 한판 붙었다. 론은 다섯 명의 주 건설 관리 위원회 위원 중 한 명이었기 때문에 큰 영향력을 발휘할 수 있었다. 교도소에 새 시설이나, 예를 들어 심지어 새 창고가 필요할 때에도, 다른 주 정부 기관과 마찬가지로 주 건설 관리 위원회의 허가를 받아야 했다. 그래서 론은 샘 그리고 어니와 한동안 일상적인 친분을 쌓아 왔다. 하지만 이번엔 벽에 부딪혔다. 어니 라이트는 마침내 이렇게 말했다. "어떤 영화 제작자도 길모어 일로는 한 푼도 벌지 못하게 할 거야. 불공평해. 비판을 감수하는 건 우리라고. 아무도 이걸로 돈을 벌지 못할 거야." 그 정도로 감정적이었다.

"도대체 어느 부분이 방침에 위반된다는 건가?" 밥이 묻곤 했다. "어느 규정집에 나와 있는데?"

"아, 어디에 적혀 있는 건 아니야." 어니 라이트가 샘처럼 말했다. "그냥 교도소 방침이야."

무디와 스탠저는 부소장 그리고 교위들과 함께할 때 훨씬 더 많은 일을 할 수 있다는 걸 알게 되었다. 두 명의 교정 목사도 유용했다. 모르몬교도인 캠벨은 교도소와 자주 각을 세웠기에, 그가 불만에 가득 차서 냉랭하고 불퉁한 얼굴로 돌아다니는 것도 놀라운 일은 아니었다. 하지만 다른 교정 목사인 가톨릭 신부 미어스만은 나이가 지긋한 인물로 변호사들에게 이렇게 말하곤 했다. "그들의 비위를 맞춰 줘요. 뭘 할 수 있는지 없는지 굳이 묻지 말고, 그냥 할 만큼만 해요. 그들이 막거든 다음번에 시도하고."

미어스만 신부는 수년간 교도소에서 근무하면서 원만한 관계를 유지해 왔고, 크지도 작지도 육중하지도 호리호리하지도 않은, 신체의 모든 면이 보통 수준인 백발의 인상 좋은 남자였다. "그냥 이렇게 말해요. '뭐든 공평하게 합시다, 소장님. 뭐든 공평하게.'"

물론, 게리가 미어스만 신부에 대해 신랄해질 때도 있었다. "그 신부가 나한테 죽을 때 갖고 가라며 십자가를 주더군요. 특별히 제작된 거라나. 손바닥에 딱 맞더라고. 그 가톨릭교도 놈은 중고차 판매원이 돼야 해."

무디는 또한 모르몬교 집단 내에서 약간의 압력을 받았다. 그는 고등 평의회의 일원으로, 프로보 내 그의 교구에서 교구장에게 조언하는 열두 명의 장로 중 한 사람이었다. 하지만 피 묻은 돈을 받는다는 이유로 그를 고등 평의회에서 쫓아내야 한다고 생각하는 사람들이 있다는 말이 종종 들려왔다. 반면, 교회의 성실한 신도들은 이렇게 말하곤 했다. "당신은 잘하고 있어요. 우리는 그 점을 높이 평가합니다." 반반이었다.

무디는 그것을 무시했다. 마치 음주 운전 사망 사고를 일으킨 사람의 변호를 맡았을 때 받은 공격 같았다.

"어떻게 그럴 수 있죠?" 사람들이 그에게 물었다. "당신은 모르몬교도잖아요. 술은 입에 대지도 않고요." 일부 교회 사람들은 시스템이나 그 안에서 그가 맡은 역할을 이해하지 못했다.

그래도 모든 게 나쁘지만은 않았다. 이 무렵 론 스탠저는 한시바삐 집에 가서 티브이에 나온 자신의 모습을 보고 싶었다. 솔직히 그는 무디보다 대중의 관심을 즐기는 편이었다. 밥은 집으로 달려가 티브이 화면에 나온 자기 모습을 보고 싶을 만큼 자신의 대머리를 좋아하진 않았지만, 아이들은 좋아했다. "아빠다!" 아이들은 소리를 질렀다. 아이들이 기뻐하는 모습을 보는 게 즐거웠다. 물론 법원과 길거리에서 만난 사람들 모두가 그의 안부를 물으며 티브이에서 그를 봤다고 말했다. 무디는 함께 학교를 다녔고, 아마 지금은 자신보다 더 많은 돈을 벌고 있을 변호사들을 만나 사건에 대해 이야기를 나눌 수 있어서 기분이 좋았다. 전반적으로 그는 느긋했다. 길모어는 그의 일에 타격을 주기도 하고 도움을 주기도 했다. 그것에 변화를 주었다. 무디는 자신이 변화라는 개념에 겁먹고 마비되는 사람은 아니라고 생각하고 싶었다.

3

길모어: 래리에게 내가 니콜과 통화하고 싶어 한다고 말해요. 실러라면 틀림없이 원할 때 사람들에게 압력을 가할 수 있을 거예요.

스탠저: 래리는 꽤 추진력이 있는 사람이죠.

길모어: 여러분도 몇 가지 조치를 취했지만 충분하진 않았죠. 내가 아직 전화를 받지 못했으니까.

스탠저: 성공하지 못했죠.

길모어: 하아, 십육 일 동안 난 아무것도 안 먹었어요. 앞으로도 그럴 예정이고. 니콜과 통화만 할 수 있다면 난 뭐든 할 거예요. 뇌물이 필요하면 뇌물을 줘요. 무슨 대가를 치르든 상관없어……. 니콜과 애기하고 싶고 그러기 전까지는 누구에게도 협조할 수 없을 것 같아요. 이렇게 말하니까 최후통첩 같네. 이

질문들에 대한 답을 얻기 위해 내가 전화 통화를 주선해 달라고 요구할 수 있는지 모르겠지만, 아무래도 난 그렇게 해야 할 것 같네요.

스탠저: 당신은 원하는 걸 요구할 권리가 있어요, 게리.

길모어: 니콜과 얘기하고 싶어요.

변호사들이 녹음테이프를 들고 프로보로 돌아오면, 실러는 시내에 있는 경우 곧바로 그들의 사무실로 와서 복사본을 만들었다. 덕분에 실러는 변호사들이 있는 자리에서 직접 들을 수 있었다. 이제 게리가 "전화 통화를 주선해 줘요."라고 말하자, 실러가 무디를 향해 말했다. "이런, 그는 내가 누군가에게 25달러를 찔러 줄 거라고 생각하는 건가요?"

무디가 말했다. "게리는 5000달러면 될 거라고 생각해요."

"누구에게요? 누가 그걸 받는다는 거예요?" 실러가 물었다.

무디가 대답했다. "게리 말로는 의사를 찾아보라더군요."

실러가 말했다. "우린 이 일에 관여하면 안 된다고 생각해요, 밥. 우리는 장기전으로 갈 거예요."

그는 게리가 자신이 어디까지 갈 수 있는지 시험하는 것 같았다. 사실상 그들은 모두 묻고 있었다. 실러의 주머니에 돈이 얼마나 있는가? 나눠 줄 5000달러가 더 있는가? 래리는 그 제안에 따르지 않는 것이 무디에게 자신의 정직함을 입증하는 방법이라고 생각했다. "우린 관여하면 안 돼요." 그가 거듭 말했다. "내가 게리에게 전보를 보내죠."

12월 5일 오후 1시 30분

게리 길모어

유타주 드레이퍼 84020

유타 주립 교도소 사서함 250

제삼자와 연락해 달라는 요청과 관련하여, 이 일은 돈이나 시간의 문제가 아니며, 당신이 제안한 방법은 거부합니다. 나는 역사를 기록하기 위해 여기 있는 것이지 관여하기 위해 있는 것이 아닙니다. 안부를 전하며 그럼 이만.

'사실 난 이미 일부가 되었지. 내 주변에서, 나는 그 이야기의 일부가 되어 가고 있어.' 실러는 생각했다.

길모어가 그의 질문지에 답하려 하지 않자, 실러는 부수적인 인터뷰를 몇 건 진행하기로 결정했다. 번이 자기 딸을 인터뷰해 보라고 해서, 스테파니와 함께 브렌다와 조니의 집을 방문했다. 만족스러운 인터뷰는 아니었지만, 브렌다는 재미있는 이야기 상대였다. 그녀는 적극적으로 분위기를 주도하고 재치 있는 농담을 건네는 등 티브이 쇼에서 보여 줄 만한 실제적인 이미지를 구현했다. 「미녀 삼총사」의 일원으로도 손색없을 만큼 매력적인 외모였다. 그녀의 남편도 다른 방식으로 실러에게 깊은 인상을 남겼다. 실러는 그의 큰 체구 앞에서 다소 주눅이 들었다. 그는 건장하고 말수가 적은 남자였다.

인터뷰하는 내내 그는 스테파니를 현장에 데려오길 정말 잘했다고 생각했다. 그녀의 존재가 브렌다의 활기를 북돋웠다. 스테파니가 이 어색한 인터뷰 상황에 필요한 약간의 — 그는 품위라는 말은 하고 싶지 않았다 ── 교양을, 약간의 부드러움을 더했다. 그녀는 자산이었다. 말하자면, 그들이 그곳을 떠날 때까지는 그랬다. 그녀가 말했다. "당신은 거기 앉아서 그 모든 전채 요리와 햄과 파인애플을 죄다 먹어 치우더군요."

실러는 혼자 생각했다. 그녀는 들어올 때는 자산이었지만 나와서는 부채였다고 말할 수밖에 없겠군. 그녀의 비난이 너무도 거슬려서 그는 남은 하루 내내 기분이 엉망이었다.

그래서 그 주 후반에 스테파니 없이 스틸링 베이커와 루스 앤을 인터뷰하게 된 것을 다행이라고 생각했다. 실러는 스틸링이 얼마나 상냥한 사람인지 잊을 수 없을 것이다. 실제로 그가 너무 수줍어해서 함께 식당에 가야 했다. 그는 분위기를 전환할 만한 음식도 없이 멀뚱히 앉아서는 인터뷰에 응할 수 없는 사람이었다. 그래도 스틸링은 게리의 또 다른 면모를 보여 주었다. 이 남자는 정말 상냥했고, 게리는 그를 좋아했다.

4

무디와 스탠저는 게리와 니콜이 통화할 수 있는 방법을 고안하려고 애쓰는 중이었다. 여러 가지 방안이 논의되었다.

그러면서도 게리를 만족시키기 위해, 그들은 게리의 편지 몇 통을 니콜에게 전하고 또 그녀의 편지를 받아 게리에게 전했다. 당연히 게리는 켄 선드버그가 얼마나 잘생겼는지 알고 싶어 했고, 무디는 선드버그가 니콜과 그의 사이를 틀어지게 하지 않을 진지한 젊은 모르몬교도라는 점을 그에게 확신시켜야 했다.

길모어: 당신들에게 개인적인 질문 하나 해도 될까요? 어떤 일이 실제로 벌어지면, 사람들은 그것을 미리 생각했던 그대로 받아들이지 못할 때가 있는 것 같더라고. 당신들 마음이 바뀌는 일은 없겠죠?

무디: 이렇게 말하죠, 게리. 론과 나는 모두 당신을 좋은 친구로 여기고, 그렇게 느끼고, 대하며, 그렇게 생각하게 되어서, 당신이 사형당할 거라고 생각하기 싫지만, 젠장, 우리는 당신이 원하는 대로 하기 위해 여기 있어요. 생각만 해도 즐겁지 않은 일이지만 우리는 앞으로도 계속 노력할 겁니다.

스탠저: 확실히 즐겁지 않은 일이죠.

길모어: 날 좋아해 달라고 부탁하는 게 아니라는 거 알죠? 난 호감형은 아니니까.

스탠저: 당신이 좋아하든 말든, 우리는 당신을 아주 좋아하게 됐어요.

길모어: 내가 바라는 건 단 하나, 죽음에 대한 내 생각을 존중해 달라는 것뿐이에요.

스탠저는 길모어가 원하는 걸 얻을 거라고 정말로 믿지는 않았다. 사형에 대해 은근히 적대적인 판사들이 너무 많았기 때문이다. 다른 한편으로, 스탠저는 최선을 다하지 못할 이유는 없다고 생각했다. 그는 맡은 역할을 존중하는 걸 중요하게 생각했다. 어떻게 보면 그는 평생을 배우로 살아온 사람이었다. 물론 어쨌든 이 경우에는 온갖 종류의 아이러니가 있었다. 론은 원래 게리의 과거를 인터뷰하러 온 것인데, 게리는 오히려 론의 인생 이야기를 들으며 더 즐거워했다.

버트(Butte)에서 태어난 론은 "e를 빼면 철자가 맞게 완성돼요."[112]라고 말해서 웃음을 자아냈다. 그는 게리에게 자신이 초주검 상태가 되면 두 형이 신문을 팔곤 했다고 말했다. 론이 가장 좋은 모퉁이에서 신문을 팔기 시작하면, 곧이어 그보다 덩치가 큰 신문팔이들이 그의 자리를 빼앗았다. 그러면 형들이 그들의 자리를 빼앗아 한동안 그 모퉁이를 차지하곤 했다.

1940년대의 겨울, 그는 추위와 지저분한 환경 속에서 신문을 팔며 돌아다니느라 녹초가 되곤 했다. 술집에 가면 술을 마시고 있던 여자들이 동정심에 남은 신문들을 죄다 사 주었다. 법조계에서 일하기 위해 가장 필요한 훈련은 남들의 동정을 살 만한 표정을 익히는 것이었다.

그러다 가족이 오리건으로 이사했고, 그 마을에서는 모르몬교도를 찾기가 힘들었다. 한때는 교회가 세탁소 위에 있을 정도였다. 그는 한 명 이상의 아내를 취하는 모르몬교도들은 머리에 뿔이 나 있다고 믿는 사람들을 만났다. 스탠저는 아직 어렸지만 "완전 동감이에요."라고 말했다. 사실 그의 할아버지는 아내가 여럿이었다. 스탠저는 처음 BYU에 입학했을 때, 학

---

112) Butt는 엉덩이, 담배꽁초 등을 의미한다. Butte는 몬태나주의 소도시.

생 총회에서 일부다처 조상을 둔 학생이 몇 명이나 되느냐는 질문을 받았다. 거의 모든 학생들이 일어섰다. 물론 일부다처 가정이 특별히 행복한 건 아니라고 론은 생각했다. "아무개한테서는 아이를 봐 놓고, 저한테선 안 봤잖아요."라고 한 아내가 소리칠 테니까. 그의 아버지처럼 두 번째 가정에서 태어나면, 첫 번째 가정과 두 번째 가정의 차이를 알 수 있었다. 제기랄, 아내 한 명을 만족시키는 것도 충분히 힘든 일이었다.

게리가 계속 이야기해 달라고 졸랐다. 그는 이 모든 걸 몹시 흥미로워했다.

론은 가족 중 대학에 간 사람은 자기가 처음이었으며, 모르몬교도들을 흔히 볼 수 있는 곳이 아니었다면 BYU를 선택할 이유가 없었다고 말했다. 학교에 입학한 지 며칠 지나지 않았을 때, 귀여운 금발 여학생이 어니 윌킨슨에 대해 말했다. 론은 큰 입을 벌리며 말했다. "그게 누군데?"

어니가 그녀의 남자 친구라도 되나 보다고 생각했다. 윌킨슨이 그 대학의 총장이라는 사실을 그가 어떻게 알았겠는가? 그 여자가 너무 비아냥대서 론은 그냥 가 버렸다. 그가 친구들에게 말했다. "절대 사귀고 싶지 않은 여자가 한 명 있어."

이제 두 사람은 결혼한 지 이십이 년이 되었고, 꽤 큰 가족을 이루었다. 자녀가 다섯 명이었다. 모두 같은 시기에 청소년기에 접어들었으며, 모두 입양된 아이들이었다.

론과 비바는 아이가 생기지 않자, 오 년을 기다린 후 교회를 통해 입양 신청서를 제출했고, 첫 입양을 하기까지 이 년을 더 기다려야 했다. 그 과정이 너무 오래 걸리는 바람에 그들은 다른 곳에도 여러 건의 입양 신청을 했고, 일 년 안에 집 안에 세 명의 아이가 더 생겼다. 네 살 미만의 아이가 네 명이었다. 다섯째 아이로는 여자아이를 기다리려고 했지만, 오리건의 자매 기관에서 바로 입양할 수 있는 영아가 있다는 소식을 들었다. 론과 비바는 아이들 넷을 모두 데리고 새 아이를 데리러 포틀랜드로 가는 비행기에 몸을 실었다.

일단 비행기에 탑승하자, 부부는 아이들을 모두에게 나눠 주었다. 낯선 사람들에게 말했다. "여기요, 아이들이 너무 많아요. 한 애만 데려가실래요?"

돌아오는 길에는 개구쟁이 아이를 선두로 이제 막 걸음마를 시작한 쌍둥이가 그 뒤를 이었고, 그다음엔 두 번째로 가장 작은 아이를 안은 론이, 그리고 아기를 안은 비바가 그 뒤에서 나타났다. 노부인 두 명이 다가와 말을 걸었다. "물어보고 싶은 게 있어요. 당신들 모르몬교도인가요?" 그들이 고개를 끄덕이자 노부인들이 말했다. "그럴 줄 알았어요. 정말 대가족이네요."

나중에 비행기에서 비바가 말했다. "그 사람들한테 우리 둘 다 불임이라고 말했으면 정말 웃겼겠다." 그와 게리는 그 얘기를 하며 한참을 웃었다.

16장

정신 병원으로 가는 길

1

실러는《뉴 웨스트》에 실릴 배리 패럴의 기사를 미리 받아
보았다. '게리 길모어의 죽음의 무도를 상품화하기'라는, 별로
유쾌하지 않은 제목의 이 기사는 길모어의 보아즈, 서스킨드,
그리고 실러와의 협상을 다뤘다. 실러가 보기에 자신에 대한
부분은 플러스와 마이너스가 있긴 했지만 대체로 괜찮았다.
그는 만족했다.

이모부인 번은 서스킨드보다는 가족을 만나러 다니는 래리
실러를 더 마음에 들어 하는 것 같았다. 실러는 모두에게 각자
의 변호사를 고용하라고 조언했다. 고용된 변호사들에게 실러
는, 그들이 이해할 수 있는 방식으로 말하고, 법원이 지정한 후
견인과 신탁에 대해 모든 걸 알고, 길모어의 이야기보다 훨씬

더 극적인 이야기들의 판권에 관한 정교한 계약서들을 가득 담은 서류 가방을 들고 다니는 사람이었다.

이건 괜찮았다. 패럴은 그를 어느 정도 진지하게 다루고 있었다. 그래서 다음에 이어진 문장들이 더욱 기분 나빴다.

이 남자는 시체 파먹는 독수리와 비슷했다. 그는 이미 수전 앳킨스, 마리나 오스월드, 잭 루비, 마담 누, 그리고 작고한 레니 브루스의 아내와 거래한 바 있었다.

일단 '시체 파먹는 독수리'라는 표현이 준 충격을 극복하고 나자, 별로 신경이 쓰이지 않았다. 잡지 작가들은 으레 뭔가 사람들의 이목을 끄는 자극적인 말을 집어넣지 않던가. 그리고 무하마드 알리 책 건으로 골탕을 먹은 후, 패럴도 어쨌든 그에게 되갚아 줄 기회를 한 번 갖는 게 마땅했다. 게다가 나머지 부분은 훌륭했다. 아주 좋은 기사였다. '시체 파먹는 독수리'라는 문구가 여기저기 회자되겠지만, 모든 것을 감안할 때 그가 유리한 입장이었다. 패럴에게 질문지를 만들어 달라고 청해 볼까 하는 생각이 다시 들었다.

무디와 스탠저가 진행한 인터뷰 때문에 실러는 괴로웠다. 변호사들이 건진 게 그토록 적다는 사실을 도저히 받아들일 수가 없었다. 게리는 더 이상 질문에 답변하지 않겠다고 선언했지만, 그것은 서면 질문에 한해서였다. 몇 시간 동안 그와 이야기를 나눴으면 더 많은 것을 이끌어 낼 수 있어야 하는 것 아닌가. 게다가 그들은 기술적인 오류도 범했다.

처음에 변호사들은 녹음기 사용법을 몰랐다. 한번은 스탠 저가 배터리가 방전된 상태에서 인터뷰를 진행한 적이 있었다. 실러가 새 배터리를 사야 했다. 그는 스탠저가 어떻게 계속 그것을 웃어넘길 수 있는지 이해할 수 없었다. 카세트를 뒤집지 않은 적도 있었다. 변호사들이 같은 면에 두 번 녹음한 것이다. 거기 앉아서 테이프를 되감고 그 위에 다시 녹음을 한 게 틀림없었다. 론의 태도는 이런 식이었다. 실수하면 내일 바로잡으면 되지, 뭐. 한번은 실러가 교도소에서 몇 킬로미터 떨어진 작은 커피숍에서 론과 밥을 만난 적이 있었다. 그들은 방금 밀반출한 테이프를 그 자리에서 들으려고 했다. 그걸 커피숍에서 재생시켰다. 실러가 사무실로 돌아가서 듣자고 했지만 그들은 굳이 자신들이 녹음한 걸 들으려고 했다. 거기, 그 빌어먹을 식당에서. 근처에 있던 사람들이 다 엿들었을 수도 있었다. 그들은 그것이 현명한 행동이 아니라는 것, 내일이면 모든 게 중단될 수도 있다는 것을 이해하지 못하는 듯했다. 그야말로 그들은 그곳이 마치 자기 교도소인 양 행동했다. 실러는 화를 참으려고 애쓰며, 어쩌면 그럴지도 모른다고 이따금 스스로에게 주지시켜야 했다. 어쨌든 그곳은 사실상 그들의 근거지였으니까. "사업가 래리 실러는 잊어요." 그가 그들에게 말했다. "그건 나의 일면이지만, 지금은 잊기로 해요. 여기 우리가 가질 수 있는 역사가 있어요. 우린 그걸 손에 넣어야 해요." 그들이 계속 거부감을 내보이자 마침내 그가 말했다. "이 인터뷰를 번에게 넘겨야겠어요."

반쯤은 진심이었다. 번에게 넘긴다 해도 이보다 나빠질 일은 없을 테고 게리가 마음을 열 수도 있었다. 그들이 밖에서 만날 때마다 매번 변호사들이 테이프를 가져다주지는 않은 탓에, 실러는 잔뜩 의심이 들 수밖에 없었다. 그는 그들이 테이프를 가져오지 않을 때 무슨 이야기를 나눴는지 궁금해지기 시작했다. 그는 변호사들에게 말했다. "뭐가 됐건 모두 다 기록해요. 법적 논의까지도 다요. 유언에 대해 이야기해요. 그 모든 게 역사의 일부예요. 그게 언제 중요해질지는 아무도 몰라요."

가끔은 그들을 통해 게리에게 말을 전하고도, 그것이 제대로 전달되었는지 확신하지 못했다. 확실히 테이프에서는 그걸 듣지 못했다. "번은 당신들만큼 교육은 받지 못했을지 몰라도" 그러고 나서 그는 위협하듯 말했다. "내 말은 듣겠지."

그러느라 끔찍한 한 주를 다 잡아먹었다. ABC와 거래하고 영화 판권 문제를 해결하고 스토리를 기획하고 사형 집행에 대비할 시간도, 혹은 편지들을 꼼꼼히 살필 시간도 없었다.

마지막으로 그는 인터뷰할 때 게리더러 그들 각자를 래리라고 부르게 하라고 그들에게 당부했다. 길모어가 자신의 인생 이야기를 들려줄 상대방을 계속 생각하는 편이 낫다는 설명이었다. 그렇게 하면 그들이 어려운 질문 한두 개쯤은 좀 더 쉽게 던질 수 있을 거라고 실러는 생각했다. 실러는 온갖 방법을 다 시도하는 중이었다.

배리 패럴과 접촉해 볼까 하는 생각이 점점 더 자주 들었다. 《라이프》 시절 배리에 대한 기억이 많았기 때문에 실러는

《뉴 웨스트》에서 패럴이 보여 준 전반적인 존중에 대해 줄곧 꽤나 만족감을 느꼈다. 예전 《라이프》 시절에, 실러는 배리 패럴이 자기를 은근히 경멸하고 있으며, 자기보다 본질적으로 더 비범한 인물이라는 느낌을 지울 수 없었다. 더 비범하지는 않았을지 몰라도 더 특별한 건 확실했다. 그가 배리와 처음 함께 일한 것은 실러가 육 개월에 걸쳐 티모시 리어리와, 그다음엔 로라 헉슬리와 함께 작업한 후였다. 당시 《라이프》는 LSD에 관한 대형 기획을 진행하고 있었다. 실러는 오십 시간 분의 녹화 인터뷰를 진행했고, 청소년과 마약 중독자, 대학생, 그리고 '구루'와 함께 투어를 하며 심오한 경험을 한 중년들의 사진을 수천 장 찍었다. 실러는 작가가 되고 싶다는 생각이 들기 시작했지만, 방법을 모른다는 사실을 깨달았다. 실러가 뉴욕으로 돌아오자 《라이프》는 배리 패럴에게 글을 쓰게 했고, 그 남자는 그냥 실러의 빌어먹을 사무실에 앉아서 일했다. 실러는 정말 화가 났다. 현장에 나가 보지도 않은 당신이 어떻게 이 약의 사용에 관한 중요한 기사를 쓸 수 있다는 거야? 그가 배리에게 물었다. 이 일로 그는 패럴에 대한 적대감, 심지어 증오심까지 키웠다. 하지만 기사가 나온 다음에 보니 그것은 모든 면에서 탁월했다. 패럴은 그것을 모두 혼자서 완벽하게 해냈다. 정말 제대로 다듬어 놓았다. 1966년 그해에 래리 실러는 배리 패럴에 대한 태도를 완전히 바꾸어, 숙련된 글쟁이이자 작가로서 그를 매우 높이 평가하게 되었다. 그렇다면 패럴이 길모어의 인터뷰를 가지고도 똑같이 훌륭한 글을 써 내지 못할 이유는 없지 않은가.

물론 이것은 그가 패럴에 대해 가진 인상의 일부일 뿐이었다. 배리는 숙련된 글쟁이일 뿐만 아니라 여성들에 아주 인기가 많은 남자였다. 세 시간에 걸친 점심 식사도 거뜬히 해내는 그런 유형이었다. 그는 몸에 잘 맞는 정장에 잘 어울리는 넥타이를 맸다. 실러는 그렇게 오랫동안 외출했다 약간 취한 상태로 돌아와서도 여전히 일을 엄청 잘해 내는 사람은 솔직히 누구든 부러웠다. 당시 실러는 수염도 없고 코도 뾰족하고 턱도 작고 굶주린 얼굴이었다. 그저 열심히 일하는 사진가였고 등에 커다란 장비를 짊어지고 한 번에 열 장의 사진을 찍느라 얼굴에 광적인 미소를 띠고 있었다. 자신이 기괴해 보인다는 걸 알면서도 목조물의 일부가 되려고 노력했다. 사진가가 인간으로서 눈에 띄지 않을수록 사진이 더 잘 나왔다. 사진가가 벽에 붙은 파리보다도 사람들의 이목을 끌지 못할 때, 카메라는 폭발력을 발휘했다. 반면에 여성들의 관심을 한 몸에 받는 남자 패럴에게는 약간 마법 같은 매력이 있었다. 실러는 배리가 《라이프》의 조사원이었던 흑인 여자와 함께 다녔던 일을 기억했다. 미모의 흑인 여성이었다. 오, 세상에, 실러가 기억하기로, 1960년대에 흑인이면서 아름답다는 것은 곧 스타가 되는 걸 의미했다. 그녀는 상냥했고 목소리가 꿀처럼 달콤했으며 지적이었지만 세상 물정에는 어두웠다. 흑인이고 아름답고 지적인 그녀에게는 온전한 섬세함과 아름다움이 있었다. 현재 그녀와 배리는 결혼해서 아이도 하나 있다. 실러는 어떻게 되든 해 보자고, 그냥 배리를 고용할 수 있는지 알아보자고 결심했다. 그건 마치 상을 받는 기분일 것이다.

그가 배리에게 전화를 걸어 관심이 있는지 물었다. 실러는 아예 처음부터 이건 현실적이고 달성 가능한 일일 거라고 말했다. 무하마드 알리 프로젝트 같은 게 아니었다. 큰 수익이 보장되거나 책으로 나오거나 하는 일은 아니었다. 하지만 확실한 보수를 받는 확실한 일이었다. 《플레이보이》 인터뷰 편집에 5000달러를 제안했다. 패럴은 제안을 긍정적으로 받아들였다. 그는 집필 중인 책이 있다고 말했고, 그들은 가벼운 논쟁을 거친 뒤, 계속해서 그 일에 대해 의견을 나누었다. 놀랍게도 실러가 각오했던 것보다 설득 과정은 어렵지 않았다. 배리가 편지들 및 지금까지 이루어진 인터뷰를 살펴보는 데 동의하는 것으로 대화가 마무리되었다. 일주일 정도 안에, 그는 결정을 내릴 것이었다.

"나는 과감한 수를 쓰는 중이야." 실러가 스테파니에게 말했다.

그녀는 두 사람의 상호 작용을 이해하지 못했고, 패럴이 '시체 파먹는 독수리' 같은 글을 쓰면서도 당신을 존중할 수 있는지 모르겠다고 말했다. 스테파니는 그 문구에 분노했다. 게다가, 그녀는 래리가 인터뷰를 다른 사람에게 넘기는 것을 원하지 않았다. 당신은 분명 그걸 직접 하고 싶어 하지 않았느냐고 말했다. 실러는 「아메리칸 드림을 꿈꾸는 사람」에 관한 이야기를 언급하고서야 그녀와의 토론에서 이길 수 있었다. "'실러는 데니스 호퍼의 좀 더 신비주의적인 발상에 대해서는 전혀 이해하지 못했다.' 이런 말을 다시 듣고 싶어?" 그가 물었다. "내가 게리의 어떤 면을 완전히 놓칠 수도 있다는 걸 모르겠어? 카르마에 대해선 난 최소한의 지식도 없어."

그 말이 그녀를 납득시켰다. 스테파니를 설득할 수 있다면 세상 누구라도 설득할 수 있었다. 그녀는 영업에 대한 저항력이 대단했다.

이제 배리 골슨이 《플레이보이》에 길모어의 인터뷰를 싣는 문제를 논의하기 위해 LA로 날아왔고, 실러는 편집자가 이 일에 2만 달러를 투입할 생각으로 이곳에 도착했음을 알 수 있었다. 이는 실러가 생각했던 가치와 정확히 일치했다. 물론 여기에 경비가 추가될 터였다. 그와 골슨도 서로 신경을 거슬리게 할 게 뻔했다. 골슨은 그를 그야말로 철저히 사업가로만 바라봤다. 실러가 말했다. "이 인터뷰들을 편집하려면 정말 좋은 작가가 필요할 겁니다." 그는 배리 패럴을 언급했다.

골슨은 패럴이 누구인지 아는 것 같지 않았다.

"여배우 팻 닐에 대한 책을 썼어요." 실러가 말했다. 그는 또한 골슨에게 《라이프》에서 본 패럴의 훌륭한 이력에 대해 알려 주었다. 골슨은 관심이 없어 보였다. 아마도 그는 자기 사람을 쓰고 싶었던 것 같다. 나중에 문제가 생길지도 모른다고 생각하면서도, 실러는 2만 2000달러에 거래를 매듭지었다.

실러는 패럴에게 《플레이보이》의 배리 골슨이 그를 모르는 것 같다는 말을 참지 못하고 해 버렸다.

패럴이 답했다. "내가 골슨에 대해 들어 본 적 없는 건 완전히 이해가 가는 일이지만 골슨이 내 이름에 반응하지 않는 건 충격적인 무식의 소치라고 생각해."

실러가 웃음을 터뜨렸다. 그는 몇 주가 지나서야 패럴이 농담으로 한 말이 아니라는 걸 깨달았다. 심지어 패럴은 수년 전에 자신이 벅민스터 풀러와 함께 《플레이보이》를 위해 멋진 작업을 했었다는 사실을 인터뷰 편집자인 골슨이 모르는 거 아닌가 하는 생각에 짜증이 나기까지 했다. 패럴은 자신의 인생에서 성취를 비웃기보다는 그것을 계산하고 평가하는 단계에 이른 것이다.

실러의 제안을 수락한 이유 중 하나는 배리 패럴이 LA를 벗어나는 것에 거부감이 없었기 때문이다. 그는 직업인으로서 자신에 대해 익숙지 않은 의구심을 느끼고 있었다. 최근 그는 마감을 지키는 데 어려움을 느꼈고, 아내의 건강도 좋지 않았으며, 원고 미납으로 인해 출판사로부터 거액의 소송을 당한 참이었다. 항상 좋은 평판을 당연하게 여겼던 그였기에 최근 로스앤젤레스에서의 삶이 헛돌고 있는 느낌이 들었다. 그는 오히려 자신을 믿고 일을 맡겨 준 실러에게 고마움을 느꼈다.

배리가 네바다의 머스탱 목장에 관한 책 작업을 하고 있을 때 굉장히 놀라운 일이 벌어졌다. 그가 몇몇 조폭들과 매춘부들에 관한 글을 써 오던 참에, 갑자기 그들이 서로를 공격하기 시작했던 것이다. 살인이 일어났다. 사망자는 아르헨티나인 조폭 간부 오스카 보나베나였다. 배리의 친한 친구이자 그의 책 속 주요 인물인 로스 브라이머가 이 일로 체포되었다.

이 사건은 패럴의 저술 작업에 정말 큰 타격을 주었다. 그는 더 이상 작업을 진행할 수가 없었다. 처음으로 '짓눌린'이라는 단어의 의미를 실감했다. 그러자 '패러, 스트라우스 앤드 지루' 출판사가 연방 법원에 소송을 제기했다. 실러의 제안은 그야말로 완벽한 도피처처럼 느껴졌다. 걱정거리에서 멀리 벗어나 장시간의 일을 할 수 있다니, 그에게는 비용을 지원받아 타히티에서 휴가를 보내는 것과 다르지 않을 터였다.

2

태머라는 현재 오빠인 카델과 함께 솔트레이크에서 살고 있었다. 어느 날 밤 난데없이 래리 실러가 전화를 걸어 그녀와 이야기를 나누고 싶다고 했다. 당신과 함께 일할 수 있을까 해서요. 그게 가능한지 논의해 보고 싶군요. 우리 만날 수 있을까요?

태머라는 실러에게 오빠 집으로 오라고 제안했다. 카델은 보험 판매원으로 그녀보다 열네 살 많았고, 그녀는 오빠의 판단을 상당히 믿고 따르는 편이었다. 실러는 그녀가 아는 기자들 사이에서 평판이 꽤 의심스러운 사람이었다.

어쨌거나 많은 신문 종사자들이 어떻게든 길모어 관련 기사들을 써야 했는데, 수표책을 들고 이제 막 날아온 실러가 모든 걸 독점적으로 확보해 버린 것이다. 그 일로 모두들 화가 나 있었다. 그래도 그녀는 만나자는 제안에 동의했다. 그녀는 자신이 열린 사람이며, 편견이 있을 수는 있지만 그것에 만족하며 살지는 않는다고 생각했다.

일단 실러가 이야기를 시작하자 태머라는 싫은 감정을 계속 유지할 수가 없었다. 영리한 사업가인 카델도 마음이 흔들렸다. 실러는 그냥 거기 앉아 조용히 말했다. "여러분은 분명 제가 누구인지 아실 겁니다."

그가 들려준 경력은 꽤 괜찮았다. 니콜의 자녀와 피해자들의 상속인들에게 실질적인 도움이 될 수 있도록 실러가 계약을 철저하게 처리한 방식이 카렐의 마음에 들었다. 그저 돈만 챙기려는 사람으로 보이지 않았다.

자신에 대한 이야기를 마친 후, 실러가 태머라에게 말했다. "당신이 책이나 영화나 그런 것들을 집필하는 데 있어서 핵심적인 역할을 맡게 될 거라고 오해하게 만들고 싶지는 않아요."

하지만 그녀는 그를 위해 할 수 있는 일이 많았고, 그가 그녀에게 제안할 일도 아주 많았다. 함께 협력 관계를 구축한다면, 그는 여러 회의에 그녀를 조력자로 참여시킬 수 있었다. 그녀는 언론계 및 방송계의 중요한 인사들과 지금까지와는 다른 근거로 점심 및 저녁 식사를 함께할 것이다. 그런 자리들도 즐거움을 주겠지만 그가 제안한 것은 더욱 실질적이었다. 그녀는 중요한 결정들이 철저한 논의 끝에 타결되는 현장에 직접 참여할 수 있었다. 큰 이야기가 구성되는 극적인 과정을 내부에서 직접 들여다보고, 일이 끝나면 훨씬 더 많은 것들을 알게 될 터였다.

실러는 그녀가 마음에 들었다. 하지만 그건 그리 중요하지 않았다. 그녀는 딱히 예쁘다고 할 순 없지만, 매력적이었다. 이목구비만 보면 미인으로 보기에는 부족했다. 그러나 키가 크고 멋진 옅은 금발에, 에너지로 가득 찬, 시골 특유의 솔직하고 순수한 활기가 넘쳤다. 쾅! 펑! 볼 안쪽을 혀로 밀어 혼란

스러움을 표현하거나 — 쿵! — 아래턱을 옆으로 비틀어 겸연
쩍은 기색을 드러내기도 했다. 그런 여자에게, 실러는 자기가
내놓은 제안이 개박하보다 낫다는 걸 알았다. 야심찬 커리어
를 추구하는 이런 순수하고 약간은 꼿꼿한 젊은 여성들은 절
대 기회를 놓치지 않는다.

그는 하루 이십사 시간의 정보를 얻을 수 있는 신문이 필요
하다고 말했다. 낯선 도시에서 그의 눈과 귀가 되어 줄 수 있
는 신문이 필요했다. 그는 여러 새로운 도시에서 일주일이나
한 달씩 살면서 일한 적이 있었다. 가끔은 일을 마치기도 전
에, 프로보든 탕헤르든 그 지역에서 일어나고 있는 일을 현지
인보다 더 많이 알았고, 그 사실을 태머라에게 자신 있게 말
했다. 그게 어떻게 가능했는지 아무도 짐작하지 못했어요. 하
지만 그건 간단해요. 난 늘 지역 신문사에서 정보를 주고받는
통로를 확보하려고 애썼죠. 당신이 나와 《데저트 뉴스》를 잇
는 창구가 되어 줄래요?

그는 신문사가 이해하고 이익을 얻을 수 있는 관계를 원한
다고 그녀를 안심시켰다. 나는 신문사에 길모어에 관한 정보
를 제공할 것이다, 당신은 나에게 솔트레이크 지역 뉴스와 오
렘과 프로보에서 들어오는 소식을 전해 달라, 무슨 일이 벌어
지고 — 그는 그 지역의 표현을 썼다 — 있는지, 주지사가 무
슨 일을 꾸미는지, 그리고 법무 장관실의 동향은 어떤지도 자
신에게 알려 달라. 그는 그 모든 걸 자신이 파악하고 있기 원
했다.

마치 그가 너무 많은 것을 제안한다는 듯이 그녀가 걱정스

러운 표정을 짓자, 그는 다시 주된 주제로 돌아갔다. "태머라, 당신이 직접 술을 마시지는 않더라도 유명 기자들이 술을 마시면서 정보를 공유하고 기사를 쫓고 인터뷰에 공을 들이는 모습들을 보게 될 거예요. 배울 게 많죠."

그가 언급하지 않은 것은 자신의 개인적인 동기였다. 그는 니콜을 걱정해야 했다. 언젠가 니콜이 병원에서 나오면 실러가 그녀에게 다가갈 날이 올 거라고 생각했다. 어떤 이유에서든 니콜이 그를 계약서나 흔드는 할리우드 유형으로 본다면, 태머라와의 좋은 관계가 꼭 필요할지도 몰랐다.

카델이 잠시 방을 떠났을 때 래리는 그 관계를 확립시켰다. 그저 직감이었고 본능에 의존한 도박이었지만, 그는 태머라가 니콜과 그렇게 가까워진 데에는 뭔가 다른 이유가 있을 거라고 생각했다. 두 여자가 공통적으로 가지고 있는 무언가가 있었다. 단둘이 있게 되었을 때 실러가 말했다. "당신, 사기꾼하고 깊은 관계였는데 그러다 그놈한테 배신당했죠?"

태머라는 믿을 수가 없었다. 그녀가 더듬거리며 말했다. "그런 관계는 아니었어요. 성적인 관계는 아니었죠. 하지만 전 사랑에 빠졌고, 그리고 니콜이 게리의 편지를 읽게 해 준 건, 제가 친구에게 받았던 멋진 편지들에 대해 말해 주었기 때문이에요."

실러는 그날 밤 비행기를 타고 LA로 돌아갔다. 그는《시카고 트리뷴》에서 소렌슨과 함께 일한 적이 있었는데,《데저트 뉴스》에서는 실질적인 관계를 형성할 수도 있는 상황이었다. 공항에서 전화를 건 배리 패럴은 당연히 그와 함께 일하겠다고 말했다. 조각들이 맞춰지고 있었다. 그런 때에 실러는 비행기 여행을 즐겼다.

3

니콜이 병동에 온 처음 몇 주 동안은 그녀에게 무언가를 하게 할 수 있는 사람이 아무도 없었다. 그녀는 정말 격렬하게 화를 냈다. 사람을 가두는 것은 규칙에 절대적으로 위배되는 일이었지만, 그들은 내내 그녀를 감시했다. 그녀는 그들 스스로 규칙을 어기고 있다는 사실을 알려 주었다. 입이 거친 아주 고약한 년이었다.

그녀는 우즈 박사를 몹시 싫어했다. 그녀가 그에게 "끼니마다 선생님이 주시는 건 죄다 먹어야 하나요?"와 같은 무해한[113] 질문을 던져도, 그는 확실히 대답하면 큰 손해라도 보는 듯 그녀를 쳐다보곤 했다. 그녀는 그가 대단한 겁쟁이라고 생각했다. 이 크고 잘생긴 남자는 늘 태도가 불명확했다.

그녀는 자살에 실패한 스스로에게 너무 화가 났다. 이제 그녀는 정말 자기 삶의 통제권을 잃었다. 그들이 그녀의 행동을 책임졌다. 언제 화장실에 갈 수 있는지를 알려 주었고, 식사를 할 때도 지켜보았다. 눈을 감는 것조차 허락을 받다시피 했다.

---

113) 직전의 질문이 때에 따라선 성적으로 들릴 수도 있음을 염두에 둔 표현이다.

낮에는 의자에 머리를 기대는 것도 허용되지 않았고, 밤 8시 전에는 잠을 잘 수 없었다. 여기에는 환자, 정신병자와 죄수, 법을 어기거나 어떤 복잡한 일로 들어온 아이들이 있었는데, 그들은 별다른 저항 없이 그런 상황을 받아들였다. 심지어 자신이 만든 규칙에 따라 사는 걸 좋아하는 듯이 행동하기도 했다.

매일 환자들은 위원회에 — 한 명씩 차례로 — 참석해서 그들의 규칙에 대해 논의하곤 했다. 규칙을 다시 작성했다. 그러고는 새로운 규칙을 따르다 새로운 문제에 빠졌다. 그곳은 원래 그런 식으로 운영되게 되어 있다는 걸 니콜은 오랜 시간이 지나서야 깨달았다. 그들 중 많은 사람들이 규칙을 작성하고 다시 작성하는 것을 좋아하게 되었다. 변경 사항에 대해 지겹도록 논의할 수도 있고, 사람들과 온갖 심리 게임을 할 수도 있었다. 사람들을 엿 먹이고 그걸로 점수를 따는 거지. 그렇게 세상 돌아가는 방식을 익힌 다음에 밖으로 나가는 거야. 코미디 같은 일이었다. 권력관계가 완전히 뒤집혔다고 니콜은 생각했다.

그녀는 관심이 없었다. 2층 창밖을 내다볼 때마다, 언젠가는 뛰어내려 도로로 나간 다음 마을을 벗어나고 싶다고 생각했다. 하지만 그녀는 그런 식으로는 자유로워질 수 없다는 걸 알고 있었다. 그들은 정말로 그녀를 가둘 것이다. 가장 좋은 기회는 다음 법정 출두 때일 터였다. 그녀는 자신이 자살 충동을 느끼지 않는다는 점을 확신시켜야 했다.

니콜은 그 점에 관한 입장을 결정하려 하지 않았다. 만일 내보내 준다면 그녀도 똑바로 살 수 있을 것이다. 아니면 커다란 트럭이 태워 줄 때까지 주간 고속 도로를 달리기로 결심할 수도 있었다. 그녀는 그저 이곳을 탈출하고 싶었다. 이곳은 엉망진창이었다. 모두가 서로에게 비명을 질러 댔다. "네가 규칙을 어겼잖아!"

그러고는 이런저런 일로 다퉜다. 니콜은 끼어들지 않으려 애썼지만, 얼마 후에는 그녀도 피할 수가 없었다. 그 규칙들은 정말 엉터리였다. 개선해야 했다.

그러던 중 니콜은 다른 환자들에게만 적용되고 자신에게는 적용되지 않는 규칙이 하나 있다는 사실을 발견했다. 아무도 게리 길모어의 이름을 언급해서는 안 된다는 것이었다. 병동 내 신문 반입도 금지였다. 니콜이 게리 이야기를 꺼내면 아무도 대꾸하지 않았다. 사람들은 니콜이 농담이라도 던진 듯 그녀를 쳐다보았다. 하하. 마침내 그들은 그녀에게 그의 이름을 말하면 안 된다고 일렀다. 니콜은 상관하지 않았다. 이 양들의 귀에 대고 말하는 것이 불쾌했기 때문이다.

한번은 니콜의 할아버지인 스타인이 면회하러 와서 게리에 관한 말을 몇 마디 꺼냈다. 그 즉시 치안대가 그에게 나가 달라고 했다. 니콜이 미친 듯이 화를 냈다. 그들은 그녀를 완전히 무시했다. 욕하거나 화를 내는 대신 무표정한 얼굴로 그녀를 노려볼 뿐이었다. 그녀는 그들이 움찔할 때까지 욕설을 퍼부었다. 그들을 양이라고 불렀고 시궁쥐라고 불렀다. 겁쟁이라고 욕했다. 위원회에 참석하지 않겠다고 말했다. 그들이 그녀의 몸 전체를 들어 옮겼다. 얼마 후, 그녀는 제 발로 갔다. 신체적으로 당혹스러운 상황을 겪고 싶지는 않았다. 어느 날 밤

댄스파티가 열렸는데, 그녀가 참여를 거부하자 그들이 다시 그녀를 들어 올려 복도 중간까지 옮겼다. 그녀는 자기가 걸을 테니 내려 달라고 말해야 했다. 그런 뒤 그들이 「방랑자」[114]라는 노래를 연주하기 시작했다. 그녀가 무척 좋아하는 노래였다. 그녀는 심지어 춤도 췄다.

회의에서 진행되는 내용은 믿기 힘들 정도였다. 그녀도 두뇌가 뛰어난 편은 아니었지만, 죄다 헛소리만 해 대는 이 멍청이들에게는 그녀가 입을 열어 더 나은 길을 보여 줘야 했다. 모두 1등 양이 되기 위해 노력하는 모습을 보면 웃음이 나왔다. 물론 1등 양의 자리는 양치기의 차지였다.

맙소사, 저들은 못된 짓을 하는 데는 완전히 도가 튼 자들이었다. 담배 한 갑을 놔뒀다가 누가 몇 개비를 훔치면 바로 긴장감이 돌았다. 누가 그랬지? 내가 널 믿을 수 있을까? 그러면 그들은 더 이상 담배를 들고 다니지 못하도록 투표를 했다. 다른 누군가가 담배를 나누어 주어야 했다. 이를테면 한 시간에 한 개비씩만 가져갈 수 있다는 식으로.

니콜은 회의 내내 앉아 있으면서도 한마디도 듣지 않는 능력을 개발했다. 그래야만 했다. 그녀가 목욕을 할 때는 여자 세 명이 방에 남아 지켜보았다. 그녀가 하수구를 통해 사라질까 봐 두려운 듯이. 우즈와 이야기할 때 그녀는 자신이 이곳을 나가면 해 보리라 계획한 것들을 말해서 그에게 긍정적

---

114) King of the Road. 미국의 컨트리 가수 로저 밀러가 1964년에 발표한 노래.

인 인상을 남기려 애썼다. 일부는 진짜고 일부는 지어낸 이야기였지만, 유타를 벗어나거나 학교에 가는 것에 대해 이야기했다. 그녀는 서니와 제러미를 정말 잘 돌보고 싶다고 말했다. 연기에 몰입하다 보니 얼마 지나지 않아 꼭 살고 싶다까지는 아니지만, 죽고 싶다는 확신은 들지 않게 되었다. 병원을 나가할 수 있는 모든 근사한 일들에 대해 줄곧 열정을 쏟다 보면 조금은 궁금해질 수밖에 없었다. 저 마음 깊은 곳에서는, 그 열정이 늘 완전히 가짜로 느껴지는 건 아니었다.

그녀는 자신이 게리 없이도 살 준비가 되어 있다는 걸 우즈에게 믿게 하려고 애썼다. 그 말을 할 때마다 그녀는 늘 스스로에게 이렇게 말했다. "난 저 남자를 속이고 있어." 그러면서도 그녀는 또한 이렇게 말하는 자신의 목소리도 들을 수 있었다. "계속해. 너도 믿게 될 거야."

이곳에서는 잠을 잘 때 반드시 잠옷을 입어야 했다. 그녀는 그게 싫었다. 항상 아무것도 입지 않고 자는 걸 좋아했기 때문이다. 어느 날 밤, 그녀가 이불 속에서 잠옷을 슬쩍 벗어 버렸다. 아니나 다를까 그 빌어먹을 세 여자가 그녀에게 달려들어 다시 잠옷을 입혔다. 그날 밤 내내 그 여자들은 돌아가며 의자에 앉아 니콜을 감시했다.

천천히, 아주 천천히, 하지만 확실하게, 그들이 자신의 영혼을 질식시키는 것처럼 느껴졌다. 때로는 회의 중에 바로 그런 생각이 들었다. 니콜은 여자들 줄에 앉아서 그 망할 여자들의 욕설과 고함 소리를 들으며 두 무릎 위에 고개를 파묻고는 절대로 단 한 번도 고개를 들지 않았고, 어떤 일이 벌어져도 절대 반응하지 않았다. 회의 내내 무릎 위에 고개를 얹고는 울면서 앉아 있었다. 아무도 관심을 보이지 않았다. 그런 식으로 이상하게 행동하는 여자는 꼭 한두 명씩 있었으니까. 그녀가 지금껏 본 중 가장 엉터리 정치 체제였다. 절반은 울고, 나머지 절반은 법안을 통과시키거나 일어나서 헛소리로 가득 찬 연설을 했다. 대부분은 자신이 무슨 말을 하려고 했는지 기억조차 하지 못했다. 그들은 사실 이미 바닥에 앉아 있었는데, 애초에 어떻게 바닥을 차지했는지에 대해 논쟁을 벌일 태세였다. 그리고 서로를 밀고했다. 한 여자가 "네가 빌리랑 묘한 눈빛을 주고받았지."라고 말하면 다른 여자는 "아니야."라고 말했다. "지랄. 너 그랬거든."

니콜은 이런 말을 하고 싶었다. "이 망할 멍청이들아. 너희가 뭘 하든 난 관심 없어. 너희는 내가 아프다고 생각하는 멍청이들이야. 상관없어. 너희는 내가 미쳤다고 생각할 테지만, 이게 내가 원하는 나야. 난 변하고 싶지 않아."

그러고 나면 그녀는 다시는 게리의 목소리를 들을 수 없으리라는 사실을 깨닫곤 했다.

17장

나는 이곳의 주인이다

1

깁스가 게리에게 편지를 보내, 자신이 12월 20일경에 재판받을 예정임을 알렸다. 그는 자기가 석방될 거라고 생각했고, 여기서 미적거리고 있지만은 않을 예정이었기에, 자기가 유타주를 떠나기 전에 해 주었으면 하는 일이 있는지 물었다. 메이웨스트[115]가 테네시를 떠날 때 그랬던 것처럼, 그는 유타를 떠나면서 조롱하듯 엉덩이를 한껏 흔들어 줄 작정이었다.

12월 11일에 빅 제이크가 깁스를 행정실로 데리고 갔다. 콧수염을 기른 중년의 남자가 기다리고 있었다. 그는 지팡이를 짚고 서류 가방을 들고 있었다. 자신을 게리의 이모부 번 다미

---

115) Mae West(1893~1980). 미국의 배우이자 작가. 페미니스트이자 동성애자 인권 운동의 선구자다. 그녀는 성적인 매력과 도발적인 유머를 이용하여 자신의 캐릭터를 강조하는 것으로 유명했다.

코라고 소개한 신사는 그에게 우정의 증표를 전달해 달라는 게리의 부탁을 받았다고 말했다. 그러고는 서류 가방을 열더니 현지 로펌에서 발행한 2000달러짜리 수표를 건넸다.

깁스는 게리의 어머니가 경제적으로 보살핌을 받고 있는지 물었다. 다미코 씨가 그렇다고 대답한 뒤, 두 사람은 악수를 나눴다. 깁스는 다미코 씨에게 빅 제이크를 소개하면서 여기 이 사람은 게리가 유일하게 존경하는 교도관이라고 말했다. 다미코 씨가 대답했다. "네, 게리가 당신을 칭찬하더군요, 빅 제이크."

그러고는 다른 약속이 있다며 그에게 행운을 빌고 떠났다.

빅 제이크가 말했다. "게리가 사형장에 나를 초대할 건지 물어볼걸 그랬어."

교도관 두 명이 출입구에 서서 얼빠진 얼굴로 부러운 듯 쳐다보았다. 깁스가 웃으며 솔트레이크에 전화를 걸어 친구에게 이곳에 와서 수표를 가져다가 은행에 넣으라고 일렀다. 그날 저녁 깁스는 게리에게 돈을 보내 줘서 고맙다고 편지를 보냈고, 최고 보안 교도소에 이제 파워스를 포함해 총 여섯 명이 수용되어 있다고 알렸다. 답장에서 게리가 말했다. "내가 거기 있었다면, 그들을 모두 교회 쥐처럼 자기 침상에 누워 있게 하고 파워스에게 노천 유황 광산을 혀로 핥는 일을 맡겼을 거야." 편지에서 그는 또한 자신이 여전히 단식 투쟁 중이라면서 "내 다정한 연인 니콜과 대화할 수 있을 때까지는" 아무것도 먹지 않겠다고 말했다. "생각과 기분을 일정하게 유지하려고 애써 왔지만 요즘은 짜증과 분노가 점점 더 심해지고 있어. 그들이 거기서 니콜을 세뇌하고 있는 게 아닌가 하는 생각이 들어 기분이 안 좋아."

"그저 개인적인 호기심에서 물어보는 건데." 무디가 말했다. "니콜과 통화하는 것 말고 단식 투쟁을 멈출 방법이 있을까요?"

"없어요." 게리가 말했다. "그것뿐이에요." 그는 자신이 그 발언의 대가를 잘 안다는 걸 보여 주듯 잠시 말을 멈췄다. "정말 배가 고파 죽겠어요, 친구." 그가 전화기 너머로 속삭였다.

"당신의 용기가 존경스러워요." 무디가 말했다.

"그냥 빌어먹을 고집이죠."

"당신만큼 신념이 강한 사람은 많지 않아요."

"십팔 개월 연속 독방에서 지낸 적도 한 번 있어요." 길모어가 말했다. "이건 비교도 안 되지."

론은 게리가 강인한 체한다고 느꼈다. 게리는 매일 운동을 빼먹지 않았고, 의자 위에서 물구나무서기를 하며 힘들지 않다는 걸 보여 주었다. 하지만 게리는 체중을 상당히 잃었을 뿐만 아니라 최근에는 사고력도 떨어진 것 같았다. 그는 종종 말을 더듬었다. 뺨이 홀쭉해지기 시작했다. 론은 처음으로 게리의 의치를 의식하게 되었다. 체중이 줄면서 잇몸 위 의치의 위치가 달라졌고, 입안에 구슬을 물고 말하는 사람처럼 힘겹게 천천히 말했다. 마치 혀가 묶인 연설가 같았다.

2

이 시점에서 게리는 번에게 아이다와 함께 자기 어머니를 방문해 달라는 분명한 바람을 전했다. 어머니에게 1000달러를 가져다주라는 것이었다. 번이 실러에게 전했고, 그가 곧장 혹해 달려들었다. 일단 베시가 번과 이야기를 나누면 인터뷰를 허락할지도 모른다고 생각했다.

그래서 무디가 서류를 작성했다. 실러가 말했다. "내가 비행기 요금과 전화비를 지불하고, 그녀가 권리를 양도하는 조건으로 1000달러를 더 얹어 줄게요. 더 필요하면 전화해요."

번이 말했다. "더 필요할 것 같은데요. 이봐요, 실러. 게리 어머니에게 그 정돈 줄 수 있잖아요."

래리도 그렇게 생각했지만, 1000달러로 시작하는 게 적당할 것 같았다.

그렇게 번과 아이다는 비행기로 솔트레이크에서 포틀랜드로 갔다. 작은 핀토 해치백[116]을 빌려서 맥러플린 대로에 있는 이동 주택 단지 주차장을 찾아갔고, 베시가 거주하는 트레일러의 문을 두드렸다.

처음에 그들은 안으로 들어가지 못할 것 같았다. 작은 현관 앞에서 오랫동안 서 있었지만 아무런 대답이 없었다. 날씨는 추웠고 번은 수술한 다리가 다시 아파 왔다. 베시의 첫마디는

---

116) 1971~1980년 사이 미국 포드사가 생산한 핀토(Pinto) 모델의 해치백형(뒤쪽에 트렁크 대신 뒷문이 위로 열리는 형태) 소형차.

"저리 가요. 아무도 들일 수 없어. 난 남 앞에 나설 만한 상태가 아니에요."였다.

그들은 문 너머까지 들리도록 꽤 큰 소리로 말해야 했다. 마침내 그들은 자기들이 누구인지 밝혔고, 할 이야기가 있어서 프로보에서 이 먼 곳까지 왔다고 말했다. 게리가 전하고 싶은 말들이라고 했다. 결국 베시는 그들을 안으로 들였다.

십팔 년 전 브라운 할아버지의 장례식 이후로 그녀를 보는 건 처음이었다. 그녀는 확실히 달라져 있었다. 더 이상 아름답지 않았다. 극심한 고통 속에서 사는 베시의 얼굴은 좀처럼 신선한 바깥 공기를 쐬지 못한 사람처럼 지치고 건강하지 않아 보였다. 아이다는 충격에서 헤어날 수 없었다. 과거에 베시의 초록색 눈동자는 보석처럼 빛났었다. 이제 그 눈에는 칙칙한 회색 막이 씌워져 있는 것 같았다.

아이다는 그녀가 왜 자기들을 들이지 않으려 했는지 이해했다. 관절염 때문에 그녀는 방을 치울 수가 없었다. 프랭크 시니어가 출소하기를 기다리며 프로보에서 살던 시절, 베시의 작은 집은 먼지 한 톨 없이 깔끔했다. 아이다는 조금이라도 치워 볼까 생각했지만, 베시의 얼굴에 떠오른 표정을 보고 아무것도 하지 않는 편이 낫겠다고 판단했다.

하지만 번이 살펴본 찬장과 냉장고에는 확실히 먹을 것이 부족했다. 그래서 그는 마트로 차를 몰고 가서 50달러 상당의 식료품을 사 들고 돌아왔다. 식료품을 정리한 후, 그는 베시에게 법적인 서류가 좀 있다고 말하면서 게리가 선물로 준 1000달러도 놓고 갈 생각이라고 설명했다. 그녀가 감사의 인사를 건네자 번이 말했다. "난 그저 배달부예요. 전달만 할 뿐입니다."

그는 래리가 들려 보낸 서류에 서명하면 1000달러를 더 받을 수 있다고 덧붙였다.

베시가 양도 서류를 보며 곰곰이 생각하더니 말했다. "지금 당장은 서명 안 할 것 같아요."

번은 래리에게 열심히 애써 보겠다고 약속했었다. 다음 날 그들이 다시 왔을 때, 그가 그 이야기를 다시 꺼냈다. 그는 돈과 관련된 일에 그녀가 얼마나 신중한지 느낄 수 있었다. 마치 바람이 불어오는 쪽에 서 있는 사슴 같았다. 손에 소총을 들고 다가가든, 당근을 들고 다가가든 그 사슴과는 말을 많이 나눌 수 없었다. "번." 그녀가 말했다. "지금은 그냥 미뤄 둘래요."

그는 그녀를 지나치게 몰아붙이지 않았다. 그가 말했다. "제 생각엔 서명하는 게 좋을 것 같아요. 문제를 해결하기 위해 모두 힘을 합치자고요. 전체 상황을 잘 활용해서 만들어 낼 수 있는 게 있는지 알아봅시다. 난 실러가 좋은 사람이고 신뢰할 수 있는 사람이라고 믿어요."

베시는 이렇게 말할 뿐이었다. "아뇨, 난 일단 두고 보고 싶어요."

번은 그냥 그러려니 했다. 베시의 의지를 거스르면서 뭔가를 강요할 수는 없었다. 차라리 게리에게 시도해 보는 편이 나았다.

두 사람이 떠나려고 일어났을 때, 번이 현금 1000달러를 꺼내 테이블에 놓았다. 그것이 게리가 그곳에 가장 가까이 다가간 순간이었다. 베시가 참지 못하고 울음을 터뜨렸다. 그녀와 아이다가 포옹을 했고, 베시가 말했다. "음, 이건 확실히 내가 사용할 수 있겠다."

그들은 또한 직접 뜬 빨간 숄과 그녀의 발을 따듯하게 해 줄 폭신한 실내화도 남기고 갔다. 어쩌다 보니 그들은 베시가 대법원에 제기한 소송에 대해서는 이야기를 나눌 기회가 없었다. 12월 13일에 프로보로 돌아오고 나서야 번은 워싱턴 DC에서 내려진 판결 소식을 들었다.

3

집행 정지가 떨어진 지 열흘 후, 스탠저는 미연방 대법원 서기의 전화를 받았다. "오늘 판결이 있을 예정이라는 사실을 알려 드립니다. 지금 대법관들이 손을 비틀고 있어요."라는 말을 들었고, 론은 아홉 명의 대법관이 각자 손가락을 비틀며 불안해하는 모습을 떠올렸다. 대법원이 이날 유타주의 모든 사람들과 똑같은 법적 공기를 마시고 있다는 생각에 신이 났다.

투표가 진행 중이라는 소식이 대법원 서기를 통해 법무 장관 사무실에 전해지자, 직원들이 모두 커다란 테이블에 둘러앉아 전화 회의[117]를 경청하며, 서기가 각 판사의 판결문을 읽는 동안 열광적으로 판결 결과를 집계했다. 직원들은 너무

---

117) 현대의 화상 회의와 달리 교환원이 연결해 주는 다자간 통화 방식을 가리킨다.

흥분한 나머지 한 번 더 합산하고 나서야 5대 4로 이겼다는 사실을 알아차렸다. 빌 에번스, 빌 배럿, 마이크 디머, 그리고 얼 도리어스는 열광했다. 사형 집행 정지가 해제되었다. 시계가 다시 작동하기 시작했다.

<hr/>

데저트 뉴스
더 이상의 지체는 없다고 길모어가 말한다

12월 13일, 솔트레이크. 월요일의 명령에서, 미 대법원은 게리 마크 길모어가 그 의미를 충분히 인지 및 이해한 상태에서 권리를 포기했다고 판결했다.

판결을 듣고 게리는 이십오 일간 이어 온 단식 투쟁을 끝냈다.

교도소 안으로 들어선 무디와 스탠저의 눈에 비친 정문 로비의 교도관들은 기분이 좋아 보였다. 그 분위기가 출입문 밖까지 그대로 퍼져 나왔다. 게리가 단식 투쟁을 그만둔 덕에 교도관들이 큰 부담을 던 것이다.

밥과 론이 게리를 보고 단식을 그만둔 거 이해한다고 말했고, 그러자 게리가 고개를 한 번 끄덕이고는 "내 결정이었어요."라고 대답했다. 마치 이 상황을 자기가 통제해 왔다는 듯한 말투였다. 변호사들은 게리가 니콜과의 통화 허가를 끝내 얻어 내지 못했다는 사실을 언급하지 않도록 조심했다. 자기들이 그 일을 해내지 못한 것이니 굳이 그를 괴롭히고 싶지 않았다. 게다가 게리는 대법원 결정에 대해 굉장히 만족해했다.

사실, 변호사들 또한 그 결정에 안도했다.

4

단식 투쟁 종결에 대해 이야기하면서, 스탠저는 실러에게 게리가 자신의 주장을 입증했다고 말했다. 실러는 "무슨 주장이요?"라고 되묻지 않을 수 없었다.

"그가 진지하다는 걸 이젠 모두가 알게 됐잖아요." 스탠저가 말했다.

실러는 모든 것이 다소 모호하게 느껴졌다. 아무런 효과가 없었다는 것이 명백한 진실이었다. 길모어는 단식 투쟁으로 많은 성과를 기대했지만 얻은 것이 아무것도 없었다. 그러나 대중의 관심을 끌 만큼 큰 화제가 생긴 날에 다시 식사를 재개할 만큼의 홍보 감각은 가지고 있었다.

하지만 실러를 기쁘게 한 것은, 게리가 스탠저에게 두 번째 서면 질문에 답하겠다고 알렸고, 래리가 준비한 새로운 질문에도 기꺼이 응하겠다고 한 점이었다.

하지만 두 번째 답변지의 내용은 실망스러웠다. 단식 투쟁이 길어질수록 게리는 사기꾼처럼 연기할 일이 더 많아지는 것 같았다. 너무 많은 질문들이 답변되지 않은 채 빈칸으로 남았다. 언제나 그렇듯 좋은 질문들이었다.

왜 돈을 지불하지 않고 물건들을 가져갔나요? 맥주와 총, 그리고 그 밖의 자잘한 것들을요.

긴 계산대 줄에 서 있을 시간이 늘 있는 건 아니니까.

살인을 저질렀을 때, 당신의 잠재의식이 무엇을 하고 있었는지 알고 싶나요?

진실을 정확히 알 수 있다면 알아도 상관없을 것 같다.

말도 안 되는 추측으로 가득 찬 멍청한 정신과 의사의 설명은 듣고 싶지 않지만.

니콜과 무슨 일로 싸웠나요? 어떤 식의 싸움들이 있었는지 알려 주세요.

그녀에게 물어보라.

1976년 7월 13일에 무슨 일이 있었기에 니콜이 당신을 떠났나요? 자세히 설명해 주세요.

그녀에게 물어보라.

프로보 살인 사건이 있기 전에도 자살을 시도한 적 있나요? 만약 그렇다면 실패했을 때 화가 났나요? 그 이유는 무엇인가요?

……

에이프릴과 함께 모텔에 있는 동안 그곳에서 있었던 일들을 모두 말해 주세요.

……

주유소에 들른 이유가 뭐죠? 무슨 일이 있었나요? 주유소에 가기 전에 에이프릴과 무슨 이야기를 나눴나요?

……

살인을 하기 전에 왜 물건을 강탈했나요? 왜 살인만 하거나, 물건만 강탈하지 않았나요?

그냥 습관인 것 같다.

내 생활 방식이다.

우리 모두 습관의 피조물 아닌가.

서로 다른 배경을 가진 사람들은 각기 다르게 행동할 수 있다.

좋은 질문이다. 타당한 질문이다. 그냥 사람을 죽이기만 하는 편이 나았을지도 모른다. 하지만 난 도둑이다. 강도 전과가 있다. 습관으로 돌아간 거다. 그래서인지 내겐 어느 정도 이해가 된다.

이 질문에 대한 답변이 되었기를 바란다.

자, 래리, 당신에게 질문할 게 하나 있는데 신속하고 정직하게 답변해 주면 고맙겠다.

내가 니콜에게 쓴 편지를 읽어 본 적 있나?

말해 달라.

실러는 깜짝 놀랐다. 그는 번과 변호사들이 그 편지들을 해외에 판매하는 데 동의하도록 신속하게 움직여야 했다. 더 기다리다간 게리가 이 편지들을 크게 문제 삼을 수도 있었다.

실러는 그 문제는 머릿속에서 지우고 다음 답변으로 넘어갔다. 다음 질문들은 게리가 식사를 재개한 그날에 답변을 작성했고, 다행히 그 답변에는 더 많은 내용들이 담겨 있었다.

이번에 가석방되었을 때, 당신은 정말로 '다시 시작'하고 싶었나요? 그런데 문제들이 걷잡을 수 없이 커지기 시작하자 노력하는 걸 포기했나요? 어차피 망쳤는데 에라 모르겠다 하는 식으로……

그렇다. 알 게 뭐야! 실러, 당신과 직접 이야기하고 싶다. 글로 쓰는 건 마음에 들지 않아. 말하는 것과 다르다. 말로 주고받을 때 더 자연스러워지고, 더 좋은 답변이 나온다. 과연 당신이 내 말을 제대로 이해하고 있는 건지 우려된다.

당신의 질문들을 보면 내가 하고 싶은 말이 뭔지 잘 모르는 것 같다. 당신은 과녁에서 35도 정도 벗어나 있어. 이건 형편없는 소통 방식이다.

교도소에 수감되어 있는 것에 대해 어떻게 생각하나요?

상당수의 교도소는 없애도 된다.

그것들은 쓸모가 없으니까. 범죄를 억제하는 게 아니라 조성한다.

지금 나는 내 몸의 죄수다.

나는 나 자신 안에 갇혀 있다.

교도소보다 더 나쁘다!

사형 선고를 받기 전에도 죽음에 대해 생각해 본 적 있나요?

많이 생각해 봤지.

깊이.

아주 많이.

오, 그렇고말고.

니콜과의 첫 만남은 어땠나요? 두 사람의 관계는 어떻게 시작되었죠?

우리는 각자가 한동안 잃어버렸던 자신의 일부를 되찾은 것 같았다. 증명할 수는 없지만, 나는 안다.

다른 걸 더 알고 싶나? 이전에 나는 유명했었다. 지금처럼 악명이 높은 게 아니라 유명하고 부자였다. 그래서인지 지금 이 것들은 그다지 큰 의미가 없는 것 같다. 이 모든 것들은 예정된 대로 진행되고 있다. 내면 깊숙이 — 조용히 조언하는 그곳에 서 — 나는 항상 알고 있었다. 놀랄 일이 아니다. 감정이 북받칠 일도 아니다.

우스꽝스럽고, 끔찍하게 정신 분석적이고, 무의미한 질문처럼 들릴 수도 있겠지만, 당신의 어머니에 대해, 그리고 어린 시절 어머니의 역할에 대해 어떻게 생각하나요?

난 엄마를 사랑한다. 엄마는 아름답고 강인한 여성이다. 나에게 엄마는 일관된 사랑을 보여 주었다. 엄마와 나는 항상 좋은 관계를 유지했다. 우리는 엄마와 아들이기도 하지만 친구 사이이기도 하다. 엄마는 개척자 모르몬교 가문의 훌륭한 어머니다. 좋은 여성이다. 당신은 당신의 어머니에 대해 어떻게 생각하나?

일반적으로 사람들이 당신에 대해 어떻게 생각하는지 신경 쓰나요?

그렇다.

다들 신경 쓴다.

그래, 그는 정말 신경 쓰지, 라고 실러는 생각했다. 편지들을 팔아 인쇄해야 할 이유가 하나 더 생겼다. 길모어에 대한 대중의 적대감이 조금 줄어들 수도 있었다.

우정의 표시인지, 아니면 좀 더 좋은 이미지를 보이고자 하는 게리의 개인적 관심의 표시인지는 모르지만, 그가 몇 년 전에 쓴 시 한 편도 함께 보냈다. 실러는 그것을 어떻게 이해해야 할지 확신이 서지 않았지만,《타임》이나《뉴스위크》가 글감에 목말라할 때 몇 줄 뽑아 줄 수는 있을 거라고 생각했다.

이 땅의 주인
게리 길모어의 성찰 한 자락

내 영혼의 방들 사이로
유혹하는 바람이 부는 것을 느끼며
나는 들어갈 때가 되었다는 것을 알았다
나는 기어올라 안으로 들어가서 이리저리 두리번거렸다
나는 정말 집에 있었다 바로 나의 씨앗에
나 자신을 반영하는 나의 거울
모든 굴곡과 선과 칸에서
거기 있는 모든 표면   있는 그대로의 모든 질감
모든 색깔 명암 그리고 가치   각각의 소리
교만 증오 허영심
게으름 낭비 광기   정욕 시기심 욕망
검초록의 무지(無知)

굽이마다 나 자신을 느꼈다

내 마음을 불태웠다

피할 수 없는 대면

나는 이 오두막을 관통해 거꾸로 내리박혔다

나는 나 자신을 홀로 느끼고 만났다

붉은 비명이 쏟아져 나왔다

하지만 나는 그것을 다시 잡고 그 힘을 확인했다

그것은 핏속에서 가망 없는 무거운 무게로

점점 거세지다가 떨어졌다…….

나는 날갯짓을 느끼고 들었다

하지만 그것은 어느 새의 그것과도 전혀 같지 않았다

머리 위로 나는 나 자신을 보았다

박쥐의 회색 날개에 의해 높이 운반되어 ─

검은색과 갈색으로 일그러지고 뒤틀리고 꼬인 ─

거기 내 어깨에서 자라나는 나 자신…….

한 가지 분명하게 특유한 건

여기에는 위협이 될 만한 조롱이 없다는 점이다

여기는 원래 그런 곳이다

모든 것이 숨김없이 드러나 있다

그리고 이 집을 지은 것은 바로 나   오직 나다

나는 이곳의 주인이다

4부

휴가철

18장

참회의 나날

1

게리의 재판에 참여한 배심원 중 한 명이 《프로보 헤럴드》에 편지를 보냈다. 유타주 대법원이 아무런 오류도 발견하지 못했는데, 왜 길모어 사건이 미연방 대법원까지 갔나?

불럭 판사가 그 배심원에 대해 생각하기 시작했다. 편지의 전반적인 내용에서, 불럭은 일부 배심원들 스스로가 과연 자기들이 일을 제대로 했는지 의문을 품고 있다는 인상을 받았다. 여러 건의 항소가 청구되었기 때문이다. 판사가 생각했다. '그때 그 배심원들을 다시 불러들여야겠어. 무모할 수도 있지만 법적인 절차를 설명하고 싶어.'

그는 서기에게 일일이 연락하라고 지시했다. 서기는 배심원들이 J. 로버트 불럭 판사 본인으로부터 압박을 받는다고 느끼게 하고 싶지 않았기 때문에, 판사가 엄격히 비공식적으로 그들을 만나서 그들이 품었을 법한 법적인 의문들을 검토할 용의가 있다고만 알렸다. 모든 배심원이 수락했다. 그들은 모두 참석했다.

어느 날 저녁 아무도 없는 법정에서 불럭 판사는 그들을 만나 배심원석에 앉혔다. 그는 앞에 앉아서 항소권에 대해 설명했고, 이 사건이 몇 년 더 진행될 수도 있다는 점을 주지시켰다. 사실, 이런 사건이 단기간에 결론이 난다는 게 이례적인 일이었다. 그는 사람들이 스스로가 믿는 법적 원칙을 위해 법정에 가서 싸울 권리를 갖고 있음을 지적했고, 사형에 관한 법이 아직 정착되지 않았다고 말했다. 1967년 이래 사형이 집행된 적이 없기 때문에, 지연이 발생하는 것은 매우 적절했다. 하지만 그는 배심원들이 일을 잘못하지 않았다는 걸 이해시키고 싶었다.

민감한 부분이 있기는 했다. 불럭 판사는 그들에게 어떤 상황에서도 그들의 평결에는 의문이 제기될 수 없다고 말했다. "제가 법에 대해 설명하면서 실수했을 수도 있지만 여러분은 실수하지 않았습니다. 여러분은 자신의 역할을 다했어요."

그는 이 말이 그들에게 도움이 되었다는 걸 느낄 수 있었다. 이제 이 모든 일과 관련하여 그들의 기분은 한결 나아졌다.

그는 또한 이 건이 몇 년이 걸릴지도 모른다고 거듭 말했고, 현실이 그러하니 제도와 싸우지 말자고도 했다. 놀랍게도 이 만남이 있은 직후 대법원이 집행 정지를 해제했다. 그 결과 길모어는 12월 15일에 다시 선고를 받기 위해 법정에 출두하기로 일정이 잡혔다. 불럭 판사는 다시 고민에 빠졌다.

그는 사형 선고를 내리기에 앞서 스스로 목숨을 끊을 준비가 되어 있는 판사들을 알고 있었다. 불럭 판사는 자신을 양심적 거부자로 생각하지는 않았지만, 여전히 사형을 좋아하지는 않았다.

길모어 이전에는 사형 사건을 맡은 적이 없었다. 그는 5년형에서 종신형에 해당하는 온갖 유형의 2급 살인은 다뤄 봤지만, 1급 살인을 담당한 적은 한 번도 없었다. 예상보다 어려운 일이었다. 배심원단이 길모어를 유죄로 판단했기 때문에, 그는 형을 선고하기만 하면 되었다. 하지만 10월의 그날, 그는 속으로 떨었고 괴로웠다. 불럭 판사는 자신이 겉으로는 평정심과 품위를 유지하기를 바랐다. 하지만 속으로는 예상했던 것보다 감정의 동요가 컸다.

이제 그는 다시 한번 형을 선고해야 했다. 같은 형이지만 날짜가 달라질 것이다. 그럼에도 그는 그 말을 내뱉어야 한다. 가슴이 찢어지고 속이 울렁거리며, 몇 마디 말 때문에 오랫동안 감정이 소모되는 일이 다시 시작될 것이다. 그리고 모든 대중이 아우성친다. 그 남자가 죽기를 원하면 그를 당장 죽게 하라고.

아니, 불럭은 스스로에게 말했다. 난 서두르지 않겠어. 절차를 따라야 해. 항소를 원하는 사람들에게 법정에 갈 시간을 주는 게 마땅해.

따라서 길모어의 지시에 따라 무디와 스탠저가 가까운 날짜로 일정을 잡아 달라고 요청할 거라는 소식을 들었을 때, 그는 썩 마음에 들지 않았다.

2

법원 복도를 걸어오는 길모어는 희망을 품고 들어오는 사람처럼 보였다. 실러의 눈에 게리는 단식 투쟁 때만큼 쇠약해 보이지는 않았다. 단식을 중단한 지 이틀밖에 안 됐지만 그는 똑바로 잘 걷고 있었다. 족쇄를 차고 있어도 자기 옆에서 터벅터벅 걷는 교도관들보다 좀 더 빠르게, 좀 더 멋지게 활보할 수 있다는 듯이, 그의 걸음걸이에는 약간의 리듬이 있었다. 마치 내면의 박동을 듣는 것처럼, 그가 움직이는 방식에서 뭔가 기분 좋은 분위기가 풍겼다.

물론 실러는 그 이유를 알고 있었다. 오늘 아침 게리는 니콜과 대화하기를 기대하고 있었다. 밥 무디가 오늘 법원에서 이루고자 했던 일에 대해 래리에게 알려 주었다. 그와 스탠저는 자신들의 의뢰인을 불럭의 빈방으로 데려간 다음, 그곳에서 판사의 전화로 병원에 전화를 걸어 선드버그와 통화하게 해 달라고 요청할 작정이었다. 켄이 전화기를 받아 니콜에게 넘길 것이었다.

전화 통화를 성사시키는 건 밥 무디의 책무였다. 그가 길모어를 처음 주목한 것은 부시넬 사건이 재판 중일 때 바로 이 법정 밖에서였다. 그날, 밥은 니콜이 게리를 향해 달려가 껴안는 광경을 보았고, 특별해 보일 정도로 강렬한 애정 표현에 감동하여 속으로 이렇게 중얼거렸다. "저 여자는 정말 깊이 사랑하고 있구나."

무디의 경험에 따르면 젊은 범죄자가 법정에서 끌려 나갈 때 — 특히 그가 잘생긴 얼굴에 남성적인 콧수염을 기른 자라면 — 젊은 여성이 달려가 키스하는 건 드문 일이 아니었다. 사실, 그런 포옹은 보통 꽤 오랫동안 지속되었다. 하지만 길모어와 여자의 포옹은 밥이 본 것 중 가장 길고 열정적인 포옹이었다. 적정 수위를 넘어선 것이었다. 그는 그토록 강렬한 감정을 느끼는 사람들에 대해 어느 정도 궁금증을 느끼지 않을 수 없었다.

무디는 교회에서 꽤 높은 지위에 있었지만 스스로를 자유주의자라고 생각했다. 예를 들어, 그는 왜 아름다운 여자들이 항상 범죄자들에게 끌리는지 같은 문제를 숙고하곤 했다. 자신의 경험으로는 해답을 얻을 수 없었다. 그가 생각할 때 그 자신은, 치과 의사, 사업가, 변호사 중 무엇이 될지를 결정하는 게 인생의 가장 큰 고민이었던 확고부동한 사람에 속했다. 이제 그와 아내는 다섯 자녀를 두었고, 그것은 법원 복도에서 볼 수 있는 것과는 다른 형태의 관계를 만들어 냈다.

그래도 길모어를 처음 눈에 담았을 때의 기억은 게리가 니콜에 대해 하는 모든 말에 늘 풍미를 더했다. 그 기억은 무디에게, 다른 사람이라면 어떻게든 그 여자에게 닿고 싶어 하는 이상한 욕망으로 보았을지도 모를 일에 약간의 동정심을 갖게 했다. 그래서 무디는 그 일을 성사시키기 위해 상당한 노력을 기울였다.

3

하지만 그날 그들이 복도를 따라 내려갔을 때 배정된 방에는 전화가 없었다. 계획이 완전히 무산되었다. 게리는 좌절감에 가득 차서 법정에 들어서야 했다. 게리의 몸이 점차 뻣뻣해지는 것이 실러의 눈에도 보일 정도였다. 그는 눈을 이리저리 빠르게 굴리기 시작했는데, 그 모습이 파충류를 연상시켰다. 어디를 공격할지 계획하고 있는 것처럼 보였다.

게리가 속삭였다, "판사가 필 실버스[118]처럼 생겼네요."

"누구요?" 무디도 속삭였다.

"빌코 하사요."

어느 정도 그런 것 같기도 했다. 똑같은 뿔테 안경, 대머리, 약간은 아래로 처진 코, 어중간하게 유쾌한 표정. 하지만 게리가 판사를 경멸하기 시작했다면, 그것은 자신이 패배했다고 생각한다는 뜻이었다.

그때 우튼이 발언을 이어받았다. 그는 30/60 규정은 12월 15일인 오늘부터 계산할 수 있으며, 따라서 가장 빠른 집행 날짜는 1월 15일이라고 주장했다. 그는 법적으로 볼 때 사형 집행을 급하게 강행하는 것은 건전하지 않다고 말했다. 불럭은 계속 고개를 끄덕였다.

실러는 게리가 주변 사람들을 모두 쓰레기 보듯 쳐다보는

---

118) 1950~1960년대에 활동한 미국이 코미디언이자 배우. 특히 「필 실버스 쇼」라는 티브이 시트콤에서 '빌코 하사' 역할로 유명해졌다.

것을 볼 수 있었다. 아니나 다를까 자신의 발언 차례가 되자 그는 여기 있는 사람 중 자신을 죽게 내버려둘 만큼 배짱 좋은 사람은 없다고 말했다. 그들이 하는 짓이라곤 그를 갖고 놀며 괴롭히는 것뿐이었다. 그는 '갖고 놀며'[119]라는 말을 음흉한 어조로 내뱉었다. 방에 파문이 일었다.

블럭은 그 말을 무시했다. 이미 사형당할 처지에 놓인 남자에게 어떻게 모독죄를 선고할 수 있겠는가?

길모어가 말했다. "이게 다 장난이 아니라면 제가 기대하는 건⋯⋯." 그리고 그는 계속해서 형이 며칠 내로 집행되기를 기대한다고 덧붙였다. "전 정말 진심으로 삶을 끝내고 싶어요. 정의가 할 수 있는 최소한의 일은 그것을 인정하는 겁니다."

블럭이 1월 17일로 날짜를 정했다. "본 법정은 당신의 편의를 봐주는 곳이 아닙니다." 판사가 말했다.

재판이 끝난 후, 길모어는 우연히 복도에서 우튼을 지나쳤다. 그는 그 기회를 틈타 말했다. "내 거시기나 빨지 그래, 이 씨발 새끼야?"

우튼은 대답하지 않았다.

---

119) 원문 'Jacking'은 남성이 수음하는 것을 의미하는 속어이기도 하다.

4

사형 집행까지 한 달이 남아 있었기 때문에, 실러가 편지를 판매할 시간은 충분했다. 그래서 그는 재판이 끝난 후 번과 밥과 론을 점심 식사에 초대했다. 심지어 좋은 식당을 골라 달라고 부탁하기까지 했다. 오렘이나 프로보 주변에는 적당한 식당이 없었기 때문에, 그들은 결국 솔트레이크시티 산기슭에 있는 큰 바이에른 식당으로 갔고, 많은 회사원들이 목청껏 떠드는 동안 조용한 구석 테이블이 나기를 기다려야 했다. 하지만 실러는 이 대화를 위해 적합한 환경을 원했다.

그는 그 제안에 관해서는 스탠저보다 무디를 설득하는 것이 낫다고 생각했기 때문에 자신의 오른쪽엔 론을, 맞은편에는 무디를 앉혔다. 이야기하는 동안 밥의 눈을 똑바로 주시하기 위해서였다. 음식을 먹으면서 그는 모든 것에 대해 정말 솔직하게 이야기했다. 그는 사형 집행 직전에 유럽에서 출판을 염두에 두고 편지의 일부를 판매하고 싶지만, 누가 판매했는지는 아무도 알 수 없도록 거래 사실을 숨기는 것이 가능하다고 말했다. 어차피 그 편지들은 이미《데저트 뉴스》에 실린 적이 있었다. 분명히 적어도 한 세트의 복사본은 돌아다니고 있을 것이었다.

그는 게리의 반응에 신경 쓰지 않는 척할 수는 없다고 말했다. 게리가 알면 난리가 날 테지만, 그래도 편지를 판매하는 게 그 남자에게 해가 되지는 않을 거라고 실러는 확신했다. 게리 본인이 보여 준 어떤 모습보다 편지가 사람들의 동정을 더

살 만했다. 게다가 그의 사생활은 이미 침해된 상태였다. 태머라가 《데저트 뉴스》에서 인용한 짧은 편지가 세계 절반에 널리 유통된 상태였다. 실러는 처음에 그가 했던 말을 반복하겠다고 말했다. 당신들이 싫어할 일이 많겠지만, 나는 언제나 그것을 숨김없이 설명할 생각이다. 당신들 뒤에서 은밀히 일을 진행하지는 않을 거다.

많은 논의가 이어졌다. 변호사들은 실러의 숨김없는 태도에 놀란 것 같았다. 예상했던 대로, 무디는 이 프로젝트에 상대적으로 반대했고, 만약 모든 것이 드러날 경우 그것이 대중에게 어떤 영향을 미칠지 스탠저와 논의했다. 그들은 자기들에게 보아즈와 같은 꼬리표가 붙는 것은 확실히 원치 않았다. 실러는 설사 그들이 가지고 있는 편지를 공개하지 않더라도 외국 신문들은 다른 출처로부터 사들일 거라는 말을 반복했다. 누군가는 게리 길모어를 이용해 돈을 벌 것이었다.

실러는 번이 딱 중간에서 갈등하고 있음을 알 수 있었다. 실러는 번이 잠재 의식 속에서는 돈을 원한다고 추정했다. 하지만 게리와 이 문제를 상의해 봐야겠다고 말하지는 않았다. 하지만 괴로운 문제인 건 확실했다. 그는 말없이 자기만의 생각 속으로 깊이 침잠했다. 반대한다기보다 고민이 많은 것이었다. 그래도 실러는 번이 돈을 좇을 거라고 판단했다.

마지막으로 래리는 "내가 독일이나 일본에서 판매를 진행해도 당신들은 아무것도 모를 겁니다. 아무도 날 편지를 판매한 사람으로 지목할 수 없어요."라는 말로 그들을 설득했다. 아주 미묘한 유형의 협박이었다. 그들은 어쨌든 그가 여섯 벌의 복사본을 가지고 있다는 걸 알고 있었다. 그가 일곱 벌을 만들어 두지 않았다고 어떻게 확신하겠는가? 그들이 명시적으로 완전히 동의한 적은 없지만, 그 순간부터 그로서는 일을 진행해도 된다는 승인을 받은 셈이었다.

점심 식사 후, 교도소에서 게리를 다시 만난 론은 마치 강철과 대화하는 느낌이었다. 단식 투쟁 때보다 상황은 더욱 심각했다. 게리는 론이 지금껏 본 중에서 가장 차갑고 딱딱하고 얼음장 같으면서도, 분노로 열이 오른 모습이었다. 그의 분노를 들여다보는 것만으로도 눈이 불길에 타는 것 같았다. 게리는 머리끝까지 화가 나 있었다. 마치 악령 들린 사람 같았다.

차로 돌아오는 길에 론은 농담을 시도했다. "정말이지 공포영화 같았어. 금방이라도 이빨이 길어질 것 같더라니까."

5

데저트 뉴스
길모어가 다시 자살을 기도하다

12월 16일, 솔트레이크. 유죄 판결을 받은 살인범 게리 마크 길모어가 오늘 또다시 자살을 기도한 후 대학 의료 센터에서 혼수 상태에 빠져 있다.

빠른 사형 집행을 위해 노력하다 좌절한 길모어는 위독한 상태였다.

그는 오전 8시 15분에 자신의 감방에서 의식을 잃은 채 발견된 후 오전 10시 20분에 병원에 입원했다.

이 두 번째 기도에서는 길모어가 정말 죽으려 했다는 게 크리스텐슨 박사의 의견이었다. 길모어는 페노바르비탈[120]을 16.2밀리그램 퍼센트 농도로 복용했다. 페노바르비탈은 10밀리그램 퍼센트를 조금이라도 넘게 복용한 사람의 절반 이상이 사망에 이르는 약물이었다. 길모어의 경우 완전히 치사 범위에 들어와 있었다.

이번에 정신이 들었을 때, 그는 욕설을 퍼붓거나 불쾌한 막말을 하지 않았다. 심지어 "어, 그는 오히려 좀 점잖은 것 같은데요?"라고 말하는 간호사도 있을 정도였다. 실제로 그는 차분하게 행동했다. 이전과는 달랐다. 정말 그랬다.

소식을 듣자마자 병원으로 달려간 스탠저는 기묘한 사건과 맞닥뜨렸다. 몇 년 전 스패니시 포크에서 론과 사무실을 함께 사용했던 오랜 친구 안경사 켄 덧슨이 게리가 진료받는 응급실에서 죽어 가고 있었던 것이다. 스탠저는 실제로 덧슨의 아내와 가족을 마주쳤다. 그들은 정말로 화가 나 있었다. 게리가 실려 오자마자 병원에서는 게리에게 관심을 집중했다. 스탠저는 가엾은 덧슨이 더 이상 소생 가능성이 없음을 확신했다. 하지만 살인범이 급히 실려 들어오자 갑자기 의료진이 몰려드는 것을 본 가족들은 기분이 좋을 리 없었다.

길모어는 미친 듯이 빠르게 회복되었다. 스탠저가 의사들에

---

120) 주로 진정제, 수면제, 또는 항경련제로 사용되는 약물.

게 듣기로, 그는 실제로 죽음의 문턱까지 갔지만 그의 몸이 독을 빨리 제거하는 방법을 터득한 것 같았다. 길모어를 병원에 단 하루만 머물게 한 후, 혹시라도 그가 달아나 거리에서 배회할까 봐 겁이라도 먹은 듯 서둘러 그를 최고 보안 교도소로 돌려보낸 것은 참으로 우스운 일이었다. 물론 그의 상태는 끔찍할 정도로 안 좋아 보였다. 스탠저가 교도소로 보러 갔을 때, 게리는 페노바르비탈에 취해 의자에 제대로 앉아 있지도 못했다. 몸이 자꾸 기울어졌고, 불분명한 발음으로 극도로 느리게 말했다. 심지어 그는 말하는 도중에 몸이 천천히 기울더니 급기야는 바닥에 쓰러지고 말았다. "다친 거니?" 번이 물었다.

"괜찮아요."

"정말이야?"

"괜찮지 않아도 괜찮아요." 게리가 말했다.

실러가 몇 가지 긴급한 질문들을 보냈다.

자살을 기도했을 때, 저승이 어떤 곳인지 조금이라도 봤나요?

동틀 녘의 빛이나 햇살 같은 빛이었는지, 아니면 어둠 속을 틈입해 들어온 빛이었는지 정확히 말할 수는 없지만 빛을 봤다. 사람들에게 이야기하고 사람들을 만나는 느낌이었다. 그게 내가 가지고 돌아온 기억이다.

당신이 저승에서 부시넬과 젠슨을 만나면 어떤 일이 벌어질 것 같은가요?

내가 그들을 만날지 누가 알겠나? 죽음으로 모든 빚을 갚을 수도 있다. 하지만 내게 권리가 있듯 그들에게도 권리가 있다. 내게 특권이 있는 것처럼 그들에게도 특권이 있겠지. 지금의 나보다 그들이 무언가를 할 권리를 더 많이 갖고 있는지 궁금하다. 흥미로운 질문이다.

6

두 번째 자살 기도는 밥 핸슨을 괴롭혔다. 얼도 길모어의 정신 상태를 우려하게 되었다. 주 정부는 확실히 대중이 미친 사람을 처형한다고 생각하는 상황을 원치 않았다. 그래서 핸슨과 샘 스미스와 얼 도리어스는 정신과 의사 중 누구를 선택할지 여러 차례 대화를 나눴다. 패티 허스트 사건에서의 증언으로 잘 알려진 제리 웨스트 박사를 데려오자는 의견이 한동안 있었다. 웨스트는 사형제에 매우 반대하는 입장이었다. 핸슨은 만약 그런 사람이 게리가 제정신이라고 진단한다면 대중의 의문은 완벽하게 해결될 거라고 생각했다. 하지만 얼은 위험한 데다 확실히 지나친 대응이라고 보았다. 그는 핸슨의 마음을 바꾸는 것을 목표로 삼았다. 그는 교도소 정신과 의사인 반 오스틴에게 길모어의 정신 감정을 맡기자고 제안했다. 그러면 법령이 요구하는 바가 충족될 것이다. 어차피 대중은 무슨 짓을 해도 만족하지 않을 테니까.

그래서 그들은 반 오스틴으로 결정했다. 오스틴의 감정 결과 게리는 제정신으로 선언되었다. 적어도 몇 주 동안은 상황이 잠잠할 터였다. 도리어스는 크리스마스 시즌을 즐기고 싶었다.

7

두 번째 자살 기도에 대한 실러의 반응은, 게리는 매우 참을성이 없는 사람이 틀림없다는 것이었다. 환생을 위해서가 아니라 그는 앙심 때문에 죽으려 했다. 상황을 통제하는 사람이 게리 길모어임을 세상에 보여 주기 위해 자살을 기도했던 것이다. 그래서 실러는 그에 대한 존경심을 잃었다. 판사를 엿먹이려고 자살하는 건 바보 같은 짓이었다. 유치한 복수심이었다. 어쩌면 그것이 게리가 인생에서 아무것도 하지 못한 이유일지도 몰랐다.

실러는 에이프릴에 대해 점점 더 많이 생각하기 시작했다. 게리가 에이프릴과 함께 보낸 밤이 많은 것의 열쇠가 될지도 모른다는 생각이 계속 들었다. 게리는 확실히 에이프릴 이야기는 전혀 하려 하지 않았다. 질문지의 빈 공간이 래리의 호기심을 자극했다. 그는 캐서린 베이커에게 딸을 만나게 해 달라고 설득하고 있었지만, 이젠 더 적극적으로 시도했다. 필 크리스텐슨과 이야기를 나누던 중에는 그 젊은 여성을 반드시 만나야 한다고 말하기까지 했다.

캐서린은 에이프릴이 자기가 기자와 이야기하고 있다는 사실을 알면 기겁할까 봐 두려웠다. 에이프릴은 언론인들이 온

갓 미친 힘을 가지고 있다고 믿는 것 같았다. 그래서 약간의 설득이 필요했지만, 필이 에이프릴을 병원에서 데리고 나와 크리스마스 쇼핑을 가자고 제안했을 때 캐서린은 마침내 동의했다. 그들은 심지어 크리스텐슨의 비서 가운데 한 명을 데려와 에이프릴과 함께 여성 매장에 들어가게 했다.

필이 이 착하고 귀여운 청소년과 함께 병원에서 나오는 동안, 래리는 차에서 기다렸다. 실러가 그녀를 위해 문을 열어 주었고, 그녀가 뒷좌석에 타자 래리가 그 옆에 앉았다. 전혀 춥지 않은 맑고 화창한 날이었다. 에이프릴은 치마와 블라우스와 짧은 재킷을 입고, 머리는 뒤로 깔끔하게 넘겨 묶고 있었다. 실러는 그녀가 눈을 마주치지 않는다는 것을 바로 알아차렸다. 자신을 래리라고 소개하자 ─ 그와 크리스텐슨은 그녀가 텔레비전에서 실러라는 이름을 들어 봤을지도 모른다는 데 동의했다 ─ 그녀가 자신은 에이프릴이라고 말했다. 그가 농담을 던졌다. "나는 이름이 튜즈데이(화요일)인 여자를 알고 있어요." 그가 말했다. "게다가 성은 웰드(용접)죠. 튜즈데이 웰드."

반응이 거의 없었다. 그녀는 그가 예상했던 것보다 예뻤고, 약간 통통한 십 대 소녀의 모습으로 앉아 있었다. 정신 병원에 갇혀 있는 사람이라는 느낌이 들지 않았다. 아마 진정제를 복용했겠지만 강한 약이 아닌 건 확실했다.

유니버시티 몰에서 쇼핑에 대해 이야기할 때, 에이프릴이 말했다. "시시에게 줄 선물을 살 거예요."

그녀가 말하는 방식으로 보아, 시시는 가족들이 니콜을 부르는 애칭인 듯했다. 자살 협정까지 맺었던 여자한테 시시라니[121] 참으로 아이러니한 별명이었다.

크리스텐슨이 모두에게 줄 선물을 사라고 에이프릴에게 100달러를 주자, 그녀는 지금껏 써 본 돈 중 가장 큰 액수라고 말했다. 잠시 후 그녀는 시시에게 타이맥스 시계를 사 주겠다고 했다.

실러는 얼마 지나지 않아 겨울 햇살, 산의 공기, 쇼핑센터, 징글벨에 물려 버렸다. 에이프릴을 내려주면서, 그가 미소를 지으며 말했다. "다시 만났으면 좋겠어요. 멋진 선물도 받고 싶네요."

그 순간 그녀가 그의 눈을 바라보며 환하게 미소 지었다. 그는 그녀와 인터뷰할 수 있을 것을 확신하며 자리를 떴다. 실러는 기분이 들떴다. 번과 브렌다와 스털링 외에, 이번이 살인 사건이 일어나기 전 길모어를 친밀하게 아는 사람과의 첫 번째 접촉이었기 때문이다.

8

브렌다가 게리를 만나러 갔지만 교도소가 허가하지 않아 정문을 통과하지 못했다. 며칠 후, 교도소 측은 마침내 유리창 너머로 그를 보게 해 주었다. 그는 번 그리고 그녀와 동시에 대화할 수 있도록 머리 양쪽에 전화기를 대고 있었다. 브렌

---

121) '시시(Sissy)'는 흔히 겁이 많거나 약한 사람을 묘사할 때 사용된다.

다가 대뜸 야단을 쳤다. "게리, 이 멍청한 놈아, 오빠가 모든 걸 망쳤어. 제대로 못 할 거면 시도 자체를 하지 마."

그가 말했다. "브렌다, 난 제대로 하려고 했어. 정말이야, 제대로 하려고 했다고. 그런데 그들이 계속 나를 너무 빨리 발견하는 걸 어떡해."

그녀가 말했다. "이 바보야, 총을 쓰지 그래?" 그러고는 이내 얼굴을 찌푸리더니 말했다. "아냐, 총은 쓰지 마. 오빤 방아쇠가 어디 있는지도 모르잖아."

"이런, 알아. 손이 아직도 아픈데."

그들은 지난번에 그랬던 것처럼 유리를 사이에 두고 서로의 손바닥을 마주 대어 작별 인사를 했다.

일요일 아침, 《피플》의 한 여기자가 사진사 한 명을 데리고 브렌다의 집에 찾아왔다. 어린 아들 토니가 그들을 집 안으로 들였다. 브렌다는 샤워 중이었고, 네글리제 한 장만 걸치고 나왔다. 목둘레선이 낮았기 때문에 그녀는 목욕 수건을 이용해 가슴골을 최대한 가렸다. 거울을 통해 본 자신의 모습이 발정 난 앵무새 같았다. 그러는 동안 셰릴 맥콜이라는 여기자가 크리스티에 관한 기사를 쓰고 싶다고 떠들어 댔다. 셰릴은 크리스티가 게리의 뇌하수체를 이식받을 수혜자가 될 거라는 사실을 알아낸 참이었다.

브렌다가 말했다. "나가요. 여기 있는 그 어떤 것도 기사에 이용하지 말아요. 안 그러면 고소할 거예요."

이름이 존 텔포드로 밝혀진 사진사가 몸의 중심을 이리저리 옮기며 목에 걸린 카메라들을 정돈했다. 브렌다는 그가 카메라끼리 부딪히게 하지 않으려고 그러나 보다 생각했다가, 사실은 그가 사진을 찍고 있다는 걸 나중에 알게 되었다. 그 끔찍한 네글리제를 모든 각도로 찍은 것이다. 나중에 《피플》은 그녀의 사진을 지면에 실었다.

그녀는 '게리가 인생에서 괴롭힌 여덟 명의 여성' 중 한 명이었다. 참으로 조잡하고 쓰레기 같은 기사였다. 브렌다는 바텐더로 묘사되었다. 그녀는 토니가 덧문을 닫아 두었는데 맥콜과 텔포드가 그것을 열고 들어왔다는 사실을 안 후 변호사에게 연락하여 《피플》을 상대로 소송을 제기했다.

브렌다는 몸 상태도 좋지 않았다. 고통을 견디기 힘들 때가 많았다. 통증이 너무 심해 일을 자주 쉬어야 했다. 식당에서 손님들을 시중드는 일이 너무 힘들었다. 그래서 그녀는 검진을 받으러 갔고 이런저런 검사와 형광 투시 검사를 받았다.

검사 뒤 의사가 설명했다. 여성의 자궁 내막은 매달 탈락하는데, 그녀의 경우 그 내막이 자궁벽 바깥쪽에 쌓여 있다는 것이었다. 현재 그것은 장에 달라붙어 있었고, 그 부위의 장벽이 파열되어 출혈이 일어나는 것일 수 있었다. 암은 아니지만 암과 비슷했다. 그러나 가장 확실한 것은 그것이 장에 붙어 있다는 것이었다. 이 생리 조직이 파열되면서 내벽을 떼어 낸다고 의사들은 설명했다. 매우 고통스러울 터였다. 그들은 수술 없이 이 문제를 해결할 수 있을지 확신하지 못했다. 그사이 출혈은 상당히 심해졌다. 의사들이 진통제를 주었지만, 그녀는 여전히 속이 찢어지는 느낌이었다. 교도소에 몇 번 갔을 때는 앉아서 기다리는 것만으로도 견딜 수 없는 고통을 느꼈다. 결국 교도소에서 면회를 허가해 줄 기미가 보이지 않자, 그녀는 방문을 포기했다. 이윽고 걷는 것조차 고통스러워졌다. 때로는 일어서는 동작만으로도 고통이 파고들었다. 번은 이제 막 수술에서 회복하는 중이었고, 그녀는 속에서 뭉치고 뒤틀리는 느낌을 내내 견뎌야 했다.

9

게리의 두 번째 자살 기도를 니콜에게 알려 준 사람은 선드버그였다. 정말 충격적인 일이었다. 그녀는 게리가 어떻게 자신을 배신하려 했는지 이해할 수 없었다. 마치 게리가 이렇게 말하는 것 같았다. "난 나 자신을 돌봐야 해." 그럼에도 그녀는 그가 또다시 실패한 것이 부끄러웠다. 제대로 해냈어야 했다.

여성 측 부회장 후보로 지명되었을 때, 그녀는 정말 깜짝 놀랐다. 또 다른 정부를 구성하려 하다니. 니콜은 자신과 함께 뽑힌 두 명의 바보들을 믿을 수 없었다. 물론 그들이 선택할 수 있는 건 별로 없었다. 그 병동엔 열다섯 명의 여자가 있었고 그 가운데 다섯은 정말 미쳤으니까. 그들 옆에 있으면 에이프릴의 말도 논리적으로 들릴 터였다. 그녀는 아마도 그 병동에서 이를테면 5와 8을 더할 수 있는 몇 안 되는 사람 중 한 명이었을 것이다. 하지만 그녀가 후보에 지명되기 위해 애를 쓴 것은 아니었다. 대부분의 시간 동안, 그녀는 여전히 누구와도 대화하지 않았고 하루 종일 회의를 무시했다. 사람들이 그녀에게 의견을 물으면, 그녀는 이렇게 응수하곤 했다.
"흥."

그게 전부였다. 어쩌면 그녀가 그 소리를 내뱉는 방식이 정말로 그들의 관심을 끌었는지도 몰랐다. 마치 그녀가 가장 고급스럽고 특이한 똥 냄새라도 맡은 듯이.

19장

강림절[122]

1

예측할 수 있었던 소식은 아니었다. 사실은 믿기지가 않았다. 밥 무디가 게리의 친구인 깁스에게서 전화를 받았는데, 그가 무디에게 말하기를 자기는 경찰의 정보원이고 앞으로 며칠 후 있을 재판에서 증언할 예정이라고 했다. 자기는 카운티 구치소에서 게리의 감방 동료였던지라 게리에 관해 꽤 흥미로운 이야기를 들려줄 수 있다고도 했다. 그는 1만 달러와 「조니 카슨 쇼」[123]에 출연할 기회를 원했다. 무디는 즉시 번에게 이 사실을 알렸고, 몇 시간 후 교도소를 방문한 번은 게리에게 이 소식을 전했다. 아무런 대답이 없자, 번은 깁스가 무디에게 했

---

122) 크리스마스 전의 사 주간.
123) 1962년부터 1992까지 방영된 미국의 대표적인 심야 토크쇼.

던 말을 다시 설명했다.

게리가 입술을 너무 꽉 오므리고 있어서 마치 의치를 빼 놓은 것처럼 보였다.

"미안하다, 게리." 번이 말했다. "너도 알다시피, 난 이미 그에게 2000달러를 지급했다."

"그 녀석 알죠?" 게리가 말했다. "전 그를 믿었어요. 세상에 믿을 수 있는 사람은 많지 않잖아요."

"그를 만나고 싶구나." 번이 말했다. "그놈의 생각을 바꿔 놓겠어."

"음." 게리가 말했다. "걱정 마세요, 번. 이 일과 관련해 이모부는 아무것도 할 수 없지만 전 할 수 있어요." 그가 고개를 끄덕였다. "바로 여기에서 처리할 수 있어요."

그는 확실히 진심이라고 번은 생각했다. '그래.' 번이 속으로 생각했다. '깁스가 이 동네를 떠나지 않는 이상 그는 처리되겠군.'

그날 아침 무디가 전화로 이 소식을 전했을 때, 실러와 배리 패럴은 로스앤젤레스에서 함께 일하고 있었다. 깁스가 실러와 거래에 관해 이야기하고 싶어 한다고 무디가 말했다. 「헬터 스켈터」에서 래리의 이름이 언급된 적이 있었기 때문에, 깁스는 실러가 다른 누구도 얻지 못한 게리에 관한 내부 이야기를 사고 싶어 할 거라고 생각했다. 실러는 누가 봐도 걱정스러운 얼굴로 전화기를 들어 깁스에게 연락을 넣었다. 깁스는 무디에게 했던 말을 그대로 반복했다. 그런 다음 깁스는 실러에게 자신의 개인 정보 그 어느 것도 게리에게 누설하지 말라고 했다. 전화를 끊으며 실러가 패럴에게 말했다. "웃기는군. 그는 무디가 이걸 자기 의뢰인에게 숨길 거라고 생각하는 건가?"

감방 동료에 대한 찬사로 가득한 길모어의 편지를 이제 막 읽어 기억이 생생한 패럴이 말했다. "깁스는 세상에서 가장 저급한 놈이야."

실러는 깁스가 정말로 자신의 독점 기사에 해가 될 만큼의 정보를 갖고 있는지 알아보고, 만약 그렇다면 가능한 한 가장 낮은 금액에 계약을 체결하기로 마음을 정했다. 그날 그와 배리는 함께 프로보로 출발할 예정이었다. 그들은 무디와 스탠저에게 새로운 질문들을 미리 알려 주고 대비시킬 준비가 되어 있었기 때문에, 깁스를 인터뷰하는 것도 비교적 간단할 터였다. 실제로 두 사람이 유타주에서 함께 하는 첫 번째 일이었다. 그들의 관계가 공식적으로 시작된다는 것을 알리는 방법일 수도 있었다. 패럴이 말했다. "깁스를 행주처럼 쥐어짜야 해."

솔트레이크로 향하는 비행기 안에서, 두 사람은 배리가 준비한 질문서를 검토했다. 지난주에 패럴은 편지, 녹음테이프, 그리고 길모어가 답변을 작성한 노란 종이 등 이용 가능한 모든 것들을 검토한 후, 새롭고 철저한 일련의 질문들을 생각해 냈다. 실러가 이제 이 작업 결과를 주의 깊게 읽은 후 각 질문에 대해 논의했고, 두 사람은 많은 부분을 수정했다.

솔트레이크에서 두 사람은 차를 렌트하여 프로보로 이동한 후, '트래블로지'에 여장을 풀었다. 그런 다음 배리를 데리고 무디와 스탠저를 만나러 갔다. 길모어에게 패럴에 대해 알리지 말라고 변호사들을 설득하는 데 얼마간 시간이 걸렸다.

"또 다른 사람이 들어왔다는 건 게리에게 믿을 수 없는 사람이 새로 생기는 셈이에요." 실러가 말했다. 그런데 깁스 일을 겪은 후에, 실제로 그가 누굴 받아들이려고 하겠어요?

그런 다음 실러는 가능한 한 정중하게 변호사들의 면담에서 자신이 비판하는 부분들을 제시했고, 앞으로의 접근 방식은 왜 패럴과 자신이 계획해야 하는지를 그들에게 납득시키려고 애썼다. "여기." 그가 그들에게 보여 주었다. "우리의 첫 번째 본격 인터뷰예요."

그는 질문들을 검토했고 가능한 후속 조치들을 강조했다. 그는 그들이 분발하도록 최선을 다했다. 희망이 보였다. 그들은 확실히 패럴을 현역 기자로 받아들인 것 같았고 — 언제나처럼 배려는 좋은 인상을 주었다 — 실러는 오늘 그들이 특별히 신경 쓰고 있다는 것을 느낄 수 있었다. 아마 그들은 깁스에 대해서도 걱정하고 있을 터였다. 맙소사, 만약 그들이 성과를 내지 않으면 깁스가 갖고 있는 이야기가 더 나아 보일 수도 있었다.

그날 오후, 무디와 스탠저는 교도소로 가서 게리와 함께 녹음을 진행했다. 녹음은 몇 시간 동안 계속되었고, 그들은 자정이 되어서야 돌아왔다. 다음 날, 실러는 녹음된 것을 듣고 흥분했다. 게리는 자신의 어린 시절과 소년원과 교도소와 살인 사건에 대해 상세히 이야기했다. 두 번째로 자살을 기도한 지 나흘밖에 지나지 않은 때였기 때문에, 그의 답변들은 인상적이었다. 마치 길모어 역시 깁스 문제를 염려하며 자신의 이야기를 들려주기로 결심한 것 같았다. 사실 실러는 기쁨을 감추기 어려웠다. 패럴이 편집을 마치면, 최소한《플레이보이》에 실어도 손색이 없을 만한 초안이 나올 것 같았다.

2

깁스와의 만남은 무디가 홀터먼이라는 형사를 통해 주선한 것이었다. 홀터먼은 체격이 큰 금발 남자로, 안경을 끼고 갈색 가죽 코트를 입고 있어 실러의 눈에는 웃고 있는 곰 인형처럼 보였다. 다만 누가 봐도 터프한 곰이었다. 홀터먼은 오렘 경찰서의 작은 방에 책상 하나와 의자 몇 개를 놓아 면담실로 준비해 둔 상태였다.

깁스는 거기서 줄담배를 피우고 있었다. 실러가 본 첫인상은 작고 마르고 시궁쥐 같은 수감자였다. 빨갛게 충혈된 사팔눈. 머리 선이 점점 뒤로 밀려나면서 대머리가 진행되는 중이었고, 팔자수염에 염소 같은 턱수염을 길렀으며, 코밑수염이 좀스럽게 나 있었다. 치아 상태가 불량했고 얼굴은 유령처럼 창백했다. 상대의 겨드랑이에 칼을 꽂을 것 같은 남자였다. 패럴은 그가 더 싫어졌다. 하찮은 늙은 족제비 같았다. 교도소의 흔적이 그 남자에게 짙게 배어 있었다.

소개를 마친 후, 실러는 가장 먼저 '바이스로이 슈퍼 롱' 한 팩을 꺼내 건네주었다. 깁스를 불안하게 하는 행위였다. 어제 전화 통화에서, 실러는 깁스에 대해 거의 들어 본 적이 없는 사람처럼 말했다. 이제 그는 깁스의 습관을 잘 아는 사람처럼 보였다. 깁스는 게리가 자신의 개인적인 취향을 실러에게 알려 준 게 분명하다고 생각했다. 게다가 저 남자, 그리고 그의 동료인 패럴이라는 사람에게는 깁스를 불편하게 만드는 무언가가 있었다. 그들은 로스앤젤레스 출신의 부유한 작가나 제작자처럼 보이지 않았다. 낡은 파카와 바지를 입고 있는 게 노숙하다 잡혀 들어온 사람들 같았다. 깁스는 큰돈이 사라지는 것을 느꼈다. 아니 그보다 더 나빴다. 그는 또한 불안한 징조를 많이 느꼈기 때문에 인사를 하면서도 실러가 게리에게 그들의 대화를 공개했는지 물었다. 실러가 말했다. "솔직히 말해 내가 실수한 것 같아요. 게리에게 말하면 안 되는 줄 모르고 말해 버렸지 뭡니까."

"약속했잖소." 깁스가 말했다.

"미안해요." 실러가 말했다. "전부 헷갈렸어요."

"게리가 뭐라고 하던가요?" 깁스가 물었다.

다른 남자 패럴이 고개를 저으며 말했다. "오, 딕. 게리는 무척 실망했답니다."

다른 무엇보다도 깁스는 '딕'[124]이라고 불리는 걸 싫어했다. 그의 이름은 엄연히 리처드였다. 그가 홀터먼 쪽을 바라보니 켄은 거의 토하고 싶은 것 같은 표정이었다. 켄이 깁스에게 신호를 보냈고, 둘은 방 밖으로 나갔다.

"세상에서 가장 오래된 사기극이지." 홀터먼이 말했다. "오, 딕." 형사가 패럴을 흉내 내며 말했다. "게리는 무척 실망했답

────────────

124) '리처드'의 애칭이지만 남성의 성기를 가리키기도 한다.

니다." 그런 뒤 욕을 했다. "'무슨 상관이야? 그는 그저 냉혹한 살인자일 뿐인데.'라고 말했어야지." 그럼에도 그는 로스앤젤레스에서 온 이 사람들과 거래에 대해 이야기해 볼 가치가 있다는 점은 부인하지 않았다.

깁스는 극도로 불안정한 상태였다. 우선, 그는 혼란스러웠다. 그곳은 그에게 익숙한 곳이 아니었다. 그런데다 실러라는 남자가 그를 설득하려고 그럴듯한 말을 늘어놓기 시작했다. "자, 봐요." 실러가 은밀한 어조로 말했다. "게리는 미친 듯이 화가 났지만, 내가 진정시킬 수 있을 것 같아요. 있잖아요, 내가 그 사람에게 당신이 우리와 일할 준비가 되었다고 설명해 줄 수 있을 것 같다는 말이에요."

깁스는 그의 말을 한마디도 믿지 않았지만, 그렇다고 믿지 않을 수도 없었다. 그래서 실러가 주머니에서 소니 녹음기를 꺼내자 인터뷰에 동의했다. 하지만 실러의 의도나 동기를 알아내기가 어려웠다. 패럴이라는 남자는 줄곧 그를 노려보고만 있었다.

실러가 취재 계약서에 서명해 주겠느냐고 묻자, 깁스가 물었다. "얼마나 줄래요?"

그는 이미 1만 달러를 받아 낼 가능성은 없다는 걸 알았지만, 그래도 「조니 카슨 쇼」에는 출연하고 싶었다. 거기 나가 미국 전역에 자기 얼굴을 보여 준 뒤, 거기서 생긴 수익으로 주름 성형 수술을 할 작정이었다. 하하. 그래도 그는 조니 카슨이 눈치가 빠른 사람이라고 생각하긴 했다. 우린 잘 맞을 거야. 대화가 척척 통하겠지.

하지만 실러는 그저 돈을 마련해야 한다는 생각에 괴로워 하는 듯 보였다. "당신은 게리의 돈을 받은 사람들 가운데 그의 어머니를 포함해 네 번째로 많은 금액인 2000달러의 수표를 받아 놓고도, 갖고 있는 정보를 팔아넘기려 하네요."

"게리는 우정을 생각해서 내게 그 돈을 준 거요."

실러가 그의 눈을 똑바로 쳐다보면서 말했다. "내가 게리에게 우리의 대화 내용을 말하자, 당신의 수표 지급을 중단하고 싶다고 하더군요."

"당신 말 안 믿어." 깁스가 말했다. "어쨌든 그 돈은 현금화 했소."

깁스는 이틀 전 게리로부터 파워스가 사람들에게, 깁스가 경찰의 정보원이라고 말하고 다닌다는 내용의 편지를 받았다. 게리는 그런 소문을 퍼뜨리는 파워스가 빌어먹을 나쁜 자식이라고 썼다. 아니, 이 실러라는 인간은 분명 세상에서 가장 둔감한 사람이 틀림없었다. 그는 뻔뻔하게도 이렇게 말하기까지 했다. "게리가 당신에 대해 안 좋은 이야기를 하고 있어요. 나라면 솔트레이크에서 사람들 눈에 띄지 않도록 조심할 겁니다."

그런 말들이 그 멍청한 놈의 입에서 나왔다. 깁스는 게리가 솔트레이크에 인맥이 없다는 걸 누구보다 잘 알고 있었다. 그럼에도 깁스는 나약한 감정으로 가득 차 있었다. 두려움인지, 아니면 그저 게리가 알고 있다는 게 소름 끼치는 건지는 모르겠지만, 이보다 더 나쁠 수는 없었다.

"경찰에서 일한 지 얼마나 됐어요?" 실러가 물었다.

"십이 년째 위장 근무 중이오." 깁스가 말했다. "정체를 드러내야 했던 건 이번이 처음이죠."

"겁나겠네요." 실러가 말했다.

"그다지 무섭진 않소." 깁스가 말했다. "난 내 일을 잘 알아요. 어제 법정에서 나는 유타주에서 가장 중대한 범죄 집단과 맞섰지." 깁스가 담배를 뻐끔거렸다. "어제 내가 증인석에 서자, 그들은 '이 사람이 정보원인가?'나 '돈 받고 일하는 경찰 끄나풀인가?' 대신 '그가 믿을 만한 방첩 요원인가?'라고 물었죠. 그들이 원했다면, 나는 그들에게 내가 함께 일하는 FBI 요원들의 이름을 알려 주고 그들이 내게 준 항공권과 증표를 보여 줄 수도 있었소. 홀터먼이 당신들에게 말해 줄 거요. 내 기억력은 사진처럼 정확하거든. 하루 종일 녹음기 앞에 앉아 게리에 대한 모든 것을 말해 줄 수도 있지."

"그들이 당신을 게리 옆에 둔 이유가 따로 있나요?"

"아니." 깁스가 말했다. "게리는 그들이 알고자 하는 것에 대해서는 아무것도 몰랐소. 그저 내 안전 문제 때문이었죠. 주 수용실에 있고 싶지 않았거든. 내가 불리한 증언을 할 대상들 가운데는 언제든 구치소에 수감될 수 있는 위험한 친구들이 있는 자들도 있을 테니까."

"홀터먼에게 게리에 대한 정보를 흘렸나요?" 배리 패럴이 물었다.

"내가 홀터먼에게 한 말은 이것뿐이오. '잘 봐. 만약 그들이 길모어에게 사형을 선고하면, 반드시 형을 집행해야 할 거야.'"

"만약 그들이 당신에게 길모어를 감시해 달라고 요청했다면 어땠을까요?" 패럴이 질문을 이어 갔다.

"난 안 했을 것 같소." 깁스가 말했다. "난 그자를 좋아했거든."

틈을 주지 않고 패럴이 물었다. "게리 물건이 크던가요?"

"모르겠소." 깁스가 말했다. "신경 쓴 적이 없어서."

"그냥 궁금해서요." 패럴이 그를 유심히 바라보며 말했다.

"거기엔 한 번도 관심을 둔 적 없소." 깁스가 말했다.

"게리가 에이프릴과 섹스했나요?" 실러가 물었다.

"게리는 강간범이 아니야." 깁스가 말했다. "만약 그가 그런 짓을 했다면, 나보다 그가 더 잘 속인 거겠지."

3

게리가 자신의 직업을 알고 있다는 사실에 너무 긴장하고 심리적으로 불안정한 상태라, 깁스는 다시 안정을 찾기 위해 결국 지난 십 년간 자신이 연관되었던 기관들의 목록을 실러와 패럴에게 제공하고 말았다. 알 게 뭔가, 어차피 법원 기록에서 찾아낼 수 있는 정보였다.

깁스는 솔트레이크시티 경찰국, 솔트레이크 카운티 보안관 사무실, FBI, 재무부, ATF(주류, 담배, 총기 및 폭발물 담당국), 리젠트 8 특수 임무 부대, 유타 대학교 경찰국, 마약 단속반과 함께 일한 적이 있다고 했다. "사기꾼도 해 봤고 법 집행 기관을 위해서도 일해 봤는데, 둘 중 어느 하나만으로는 성에 차지 않더라고."

"이젠 어떻게 할 건가요?" 실러가 물었다.

"음." 깁스가 말했다. "홀터먼이 내일 사면 위원회에 가서 날 석방시켜 줄 거요. 새 서류와 새 이름을 주고 권총을 소지할 수 있게 해 주겠지. 사실 난 죽어라 도망쳐야 해요. 내 등을 노리는 사람들이 있거든." 바이스로이 슈퍼 롱을 든 손은 그다지 떨리지 않았지만, 그는 이렇게 말했다. "좋아요, 말하지. 십이 년 동안 위장 근무를 하면서 바로 지금처럼 두려웠던 적은 없소. 어제는 홀터먼이 날 위해 법원에서 사람들을 다 내보내야 했을 정도였어요. 그만큼 걱정했던 거지."

"홀터먼은 좋은 친굽니까?" 패럴이 물었다.

"그는 함부로 건드리면 안 되는 사람이라고 말하겠소." 깁스가 킥킥 웃었다. "켄은 사격에 서툴다고 말하길 좋아하는데, 그 이유라는 게 자기가 한번은 내 친구의 심장을 맞히려 했지만 빗나가서 이마 한가운데를 맞혔다는 거요. 이제 그는 길모어의 총살대에 자원하고 싶어 하죠." 그가 다시 킬킬거렸다.

"무엇 때문에 이 밀고자에게 우리의 시간을 낭비하고 있는 거지?" 패럴이 실러에게 물었다. "나는 이자와 같은 방에 있는 것조차 싫어." 그가 불쑥 일어나서 방 밖으로 나갔다.

그들은 정말로 가격을 낮추려고 애를 쓰는군, 하고 깁스는 생각했다.

마침 홀터먼이 복도에 있었다. 패럴이 그를 붙들고 말을 걸었다. "당신이 그 친구의 눈 사이를 맞혔다는 이야기를 들었어요."

홀터먼으로서는 전혀 예상하지 못한 말이었다.

"글쎄요." 그가 말했다. "하, 하." 말을 시작하려고 했다 .

"길모어의 총살대에 지원서를 제출했나요?" 배리가 물었다.

"참여할 수 있다면 자랑스러울 거요. 길모어는 살인광이니까."

"그런데." 배리가 말했다. "게리에 관해서라면, 절대 빗나가선 안 돼요! 길모어의 눈, 신장, 간, 그리고 다른 중요한 장기들은 필요한 사람에게 갈 예정이거든. 만약 쏘게 된다면 심장을 쏴요."

홀트먼은 패럴이 미치광이인지 판사인지 모르겠다는 듯이 그를 다시 쳐다보았다. "확실히 합시다." 홀터먼이 말했다. "난 사격에 서툴지 않아요. 총 잘 쏩니다. 난 깁스 친구의 눈을 조준했고 눈을 맞혔어요. 경찰 제복을 입기 전에도 사람 목숨을 빼앗을 수 있다는 걸 알아야 해요."

깁스는 자신이 실러에게 너무 다 털어놓고 있다는 것을 알고 있었다. 그냥 맛보기 삼아 하는 이야기일 뿐이라고 생각했지만, 그는 정말로 거저 다 말하고 있었다. 하지만 정보를 공개하자 두려움이 조금 가라앉는 것 같았다. 판돈을 올려 보려고 그가 말했다. "길모어는 지금껏 다른 누구에게도 해 본 적 없는 이야기들을 내게 들려줬소."

"게리는 이미 당신이 말한 모든 것을 우리에게 말해 줬어요." 실러가 대답했다.

또 바보 같은 수를 쓰고 있다고 깁스는 생각했다. 하지만 자신이 일을 그르쳤다는 걸 알았다. 제안이 들어왔을 때 금액은 200달러였고, 그 이상은 아니었다. 독점 계약이 아니라 일반 공개였다.

실러는 기분이 좋았다. 깁스가 게리의 편지에서 알게 된 이야기들을 모두 확증해 주었다. 게리는 멕시코인 교도관 루이스, 파워스, 끈이 타 버린 작은 종이컵, 그리고 깁스가 금전적인 문제에서 너그러웠던 것 등에 대해 이야기했다. 의치를 수선하고, 머리를 자르고, 벽 위에 그림을 그리고, 서로의 얼굴에 색칠을 했었다. 깁스는 그 모든 이야기들을 다시 들려주었다. 게다가 그는 위협적인 존재도 아니었다. 그는 정말 니콜에 대해 아는 게 별로 없었다. 주된 이야기에서 곁가지일 뿐이었다.

덕분에 실러는 얻은 게 많았다.

"래리, 내가 니콜에게 쓴 편지 읽었어요? 말해 봐요."라는 게리의 말이 여전히 그의 머릿속에서 울리고 있었다. 그는 게리에게 편지에서 비롯된 질문들을 할 방법이 필요했지만, 그런 정보를 어떻게 입수했는지 숨길 수 있는 방법도 필요했다. 깁스의 이야기가 그 문제를 해결해 줄 터였다.

4

어쩌면 일이 너무 잘 풀렸던 걸지도 몰랐다. 실러가 주머니에 손을 넣어 양도 계약서를 꺼내면서 "두 장이에요. 한 장은 당신이 보관하고, 한 장은 내가 갖고."라고 말했을 때도, 깁스는 정말 불쾌한 웃음을 지으며 쳐다보았다. "당신 방금 돈을 바닥에 떨어뜨렸어. 돈이 너무 많은가 보네." 그가 말했다.

실러가 아래를 내려다보았다. 녹색 지폐가 곳곳에 널려 있었다. "아, 젠장." 실러가 말했다. "내가 그렇게 부자였던가?" '트래블로지'의 열쇠도 바닥에 떨어져 있었다.

"당신과 배리는 트래블로지에서 지내고 있소?" 깁스가 물었다. 이 대목에서 패럴은 고개를 끄덕였고, 실러는 부정의 의미로 고개를 저었다.

깁스가 지적했다. "그는 그렇다고 고개를 끄덕이고 당신은 아니라고 고개를 젓는군."

실러가 말했다. "당신은 내게 트래블로지에 체크인했냐고 물은 게 아니라 거기서 묵고 있냐고 물었잖아요." 그가 큰 소리로 웃었다. "자, 당신의 권리에 대해 알려 줄게요."

깁스가 그에게 시선을 한 번 주고는 화제를 바꿨다.

그들이 모텔로 돌아왔을 때쯤, 패럴은 실러가 깁스에 대해 심각하게 받아들이고 있다는 사실을 깨달았다. 물론 깁스가 솔트레이크시티에서 가장 강력한 갱단에 연줄이 있다는 얘기를 했지만, 패럴은 그런 연줄이 자기가 「조니 카슨 쇼」에 가진 연줄만큼이나 별 볼 일 없을 거라고 예상했다. 그런데 트래블로지에 차를 주차하자마자, 래리는 데스크의 여직원에게 가서 미기입 등록 카드 두 장과 비어 있는 방 두 개를 달라고 말했다. 여직원이 멍하니 서 있는 동안, 실러는 빈방의 등록 카드를 작성했는데, 등록 날짜를 자신과 패럴이 호텔에 들어왔던 어제 날짜로 기입했고, 배리와 자신이 현재 갖고 있던 등록 카드를 찢어 버렸다.

"트래블로지 연수원에서 이런 건 안 가르쳐 줬을 거예요." 패럴이 그녀에게 말했다.

그는 이 모든 등록 놀음이 재미있었지만, 한편으로는 '내가 정말 현재 벌어지는 일에 잠재된 위험을 얕보고 있는 건 아닐까.'라는 생각을 하기도 했다.

실러가 보기에, 깁스가 자기를 싫어할 가능성은 충분했다. 싫어하지 않을 이유가 없었다. 그러니 자기는 깁스에게 찍혔을 수도 있었다. 오렘의 경찰서를 나서면서 실러의 머리에 그런 생각이 떠올랐다. 그는 위험한 사람들을 상대하고 있을 뿐만 아니라 상당히 노출된 채로 살고 있었다. 어쩌면 보호가 필요할지도 몰랐다. 로스앤젤레스에서 이따금 고용하던 하브 로데츠라는 이름의 경호원이 있었는데, 그는 캐딜락 리무진 회사에서 운전기사로 일하지만 특별한 경우 파견 근무를 하기도 했다. 하브는 와츠 폭동[125] 때, 그리고 수전 앳킨스 사건의 여파로 실러의 집이 폭탄 공격을 당한 직후에 그를 경호했었다. 실러는 지금 하브를 곁에 두고 싶었다. 어쨌든 그는 모텔의 1층 방에 있었다. 누구든 문 앞까지 다가와 창문을 통해 매그넘 총을 쏜 뒤에 차를 타고 떠날 수 있다. 하지만 그는 논리적으로 문제를 해결했다. 오늘 밤에 해야 할 일은 방을 바꾸는 게 아니었다. 이 시간에는 사람들의 눈길을 끌 수 있고, 누구라도 그가 짐을 옮기는 광경을 볼 수 있었다. 등록 카드를 바꾸는 게 더 간단했다. 그렇게 하면 깁스가 방 번호를 알아내기 위해 경찰을 시켜 이곳으로 전화를 한다 해도, 부정확한 정보밖에

---

125) 1965년 8월 11일부터 17일까지 LA의 와츠 지역에서 발생한 미국 역사상 가장 큰 규모의 인종 폭동 중 하나. 인종적 긴장, 경찰의 과잉 진압, 경제적 불평등 등이 겹치면서 촉발되었다.

얻을 수 없을 터였다.

한편, 실러는 배리가 이 상황을 즐기고 있다는 걸 알았다. 어쩌면 그는 나보다 특정 유형의 위험에 대해 더 무신경한지도 모른다고 래리는 생각했다. 하지만 그는 잠정적으로 하브 로데츠 없이 지내 보기로 결정했다. 패럴과 그 사이에 상호 존중이 유지되는 것이 무엇보다 중요했다.

5

아침이 되자, 두 사람은 깁스를 찾아가 양도 건에 대해 200달러를 지불했다. 그날 출소하는 깁스는 긴장이 다소 풀린 듯 보였지만, 실러는 기분이 좋지 않았다. 모텔로 돌아오는 길에 래리는 자신의 문제와 수익, 그리고 잠재적 판로를 검토하면서 누적된 피로를 느끼기 시작했다. 또한 스테파니와 단둘이 있고 싶은 생각이 간절했다. 그녀는 추수 감사절을 제대로 보내지 못한 것에 여전히 화가 나 있었다. 그런 생각을 하니 발상 하나가 떠올랐다. 크리스마스 주간에 그녀와 함께 하와이에 가면 어떨까? 거기 가면 형도 만날 수 있을 거다. 그가 없는 동안, 배리가 빈자리를 메울 수 있을 것이다.

그가 1월에 큰일이 있기 전, 조금 쉬고 싶다고 무디와 스탠저에게 이야기하자 스탠저가 말했다. "당신이 하와이에 간다면 우리도 휴가를 가야 할 때인 것 같군요. 우리 비행기표는 어디 있죠?"

그는 농담이라고 던진 말이겠지만, 거의 선을 넘는 발언이었다. 실러는 폭발했다. "부당하게 경비를 청구할 순 없죠. 난 내 돈으로 하와이에 갑니다. 당신들도 가고 싶으면 돈을 내요."

다음 날 아침 첫 전화는 《타임》에서 걸려왔다. 그들은 여전히 길모어와 관련하여 적절한 지면을 제공할 의향이 있지만, 2만 5000달러를 지불하는 것에 대해서는 다시 생각해 보겠다고 했다. 네 면의 분량과 표지는 주겠지만, 돈은 주지 않겠다는 것이었다. 지난주에 '체크북 저널리즘'[126]을 중단하기로 정책적인 결정이 내려졌다면서. 그건 전부 유행일 뿐이라고 실러는 불만스럽게 생각했다. 두 달이 지나면 상황이 역전되어 다시 물건을 사 주겠지만, 현재로서는 《인콰이어러》와 손을 잡는 수밖에 없었고, 이는 곧 해외 판매 수익이 줄어든다는 것을 의미했다. 그래도 휴가가 끝나는 즉시, 그는 스테파니와 자신의 어머니, 그리고 스테파니의 어머니를 유럽으로 보내 편지를 판매할 작정이었다. 이런 일에 대해서는, 그들만이 유일하게 믿을 수 있는 사람들이었다.

떠나기 전 마지막 날, 실러는 로스앤젤레스의 타자수들을 모아 길모어가 니콜에게 보낸 편지를 타이핑하는 엄청난 일을 맡겼다. 1500페이지 분량의 원고였다. 하지만 그 원고를 해외에 판매할 방법은 없었다. 외국의 편집자들은 타이핑된 영어도 담배를 입에 물지 않고는 읽지 못했다. 그러니 수백 페이지

---

126) 뉴스나 인터뷰 등을 독점 방송하기 위해 취재 대상자에게 돈을 지불하는 언론사 간의 경쟁적 관행을 말한다.

에 달하는 자필 원고를 읽으려 하지 않을 건 자명했다.

그는 또한 떠나기 전에 게리에게 무언가를 선물하고 싶었지만, 사실 크리스마스 선물을 보내야 할지 확신이 안 섰다. 그가 휴가를 떠나게 되었고, 이로 인해 불만을 샀기 때문에, 그렇다, 비싼 선물로 그를 감동시키려는 시도는 시기적으로 적절치 않았다. 그는 전보를 보내기로 했다. 십오 년 전,《파리 매치》를 위해 아이다호주의 케첨에서 헤밍웨이가 자살한 사건을 취재하면서, 실러는 헤밍웨이의 사진 아래 실릴 문구를 쓴 적이 있었다. 헤밍웨이는 자신의 인생에서 가장 위대한 모험인 죽음을 피하고 싶지 않았다, 라고 썼다. 이것은《파리 매치》에 실린 헤밍웨이의 장례식에 관한 사진 에세이의 헤드라인이 되었다. 이제 실러는 길모어를 위해 이 글귀나, 그와 비슷한 것을 사용해야겠다고 생각했다. 그가 떠나 있는 동안 그 남자가 자기를 생각하도록. 약간의 신비로운 느낌을 곁들여서.

친애하는 게리,

매 순간 우리는 더 가까워지고 있으며 이 도전에 나선 것이 옳은 선택이었다는 걸 알아요. 깊이 들어갈수록 당신 삶의 의미가 더욱 분명해질 거라고 전적으로 확신해요. 나에게 이것은 하나의 모험이며, 그 모험은 내가 가장 위대한 모험을 맞이하기 전까지는 완전히 마무리될 수 없을 겁니다. 즐거운 휴일 보내고, 다시 만나길 고대하며.

래리

비행기 탑승 한 시간 전, 빌 모이어스에게서 전화가 왔다. 그는 「CBS 리포트」라는 티브이 쇼를 시작하는데, 첫 번째 쇼에서 길모어를 다룰 예정이라고 했다. 하와이로 가는 길이라는 실러의 말을 듣고, 모이어스는 "우리가 그곳으로 찾아갈게요."라는 말까지 했다.

실러가 말했다. "이봐요, 모이어스 씨, 난 해변에 누워 햇볕에 배를 노출한 채로 체크북 저널리즘을 하는 모습을 사진으로 찍히고 싶지 않아요. 그건 내가 나를 보는 방식도 아니고, 남에게 나를 보여 주고 싶은 방식도 아니에요."

모이어스가 킬킬거렸다. "꽤 예리하네요, 그렇죠?" 그가 말했다.

실러는 그 쇼가 게리의 사형 집행 직전에 방송되기로 잠정 예정되어 있다는 사실을 알게 되었다. 그는 새해 첫날이 지나고 프로보에서 만나고 싶다고 모이어스에게 말했고, 몇 가지 사항만 양해된다면 협조할 수도 있다고 덧붙였다. 그것은 일이 어떤 식으로 진행되는지를 자신이 정확히 파악하고 있다는 것을 모이어스에게 알리는 그의 방식이었다. 하와이로 출발!

20장

크리스마스

1

12월 22일 수요일 아침, 켄 홀터먼은 사면 위원회에 출석했다. 그는 리처드 깁스가 프로보에서는 짐 로즈를 상대로, 유타주 리치필드에서는 테드 버를 상대로 진행된 두 건의 중범죄 재판에서 유타주를 위해 증언했으며, 그의 증언이 유타주에서 발견된 최대 규모의 절도단 중 하나에 유죄 판결을 내리는 데 도움이 되었다고 증언했다. 훔친 레저용 차량, 보트, 캠핑 트레일러, 말 운반용 트레일러, 트럭을 거래하는 이 조직은 연간 100만 달러 규모의 범죄 조직이었다고 홀터먼은 진술했다.

깁스는 11시경 오렘 구치소에서 출소한 후, 유타 대학교 경찰서로 이동하여 '랜스 르배런'이라는 이름의 신분증을 발급받은 후, 솔트레이크 경찰이 지급한 400달러를 수령했고, 거기에서 은행으로 가서 게리가 준 2000달러의 잔액을 인출했다.

다음 날 아침, 깁스는 이제 막 구입한 '빅 98'의 번호판을 받았다. 그것은 파란색과 흰색의 1970년식 올즈모빌이었다.[127] 그리고 그는 이발소에 가서 머리를 자르고 콧수염과 턱수염을 깎은 후, 몬태나주 헬레나로 출발했다. 그는 내처 캐나다까지 갈 수도 있겠다고 생각했다.

2

깁스는 정오 무렵에 출발했고, 포카텔로에 들러 기름을 채운 후 아이다호 폴스에 도착해 '폰데로사 모텔'에서 여장을 풀었다. 그리고 한 술집에서 여자를 꾀어 하룻밤을 보냈다. 어렵지 않았다. 하지만 공짜도 아니었다.

아침에, 그는 아이다호 폴스에 사는 할머니와 고모를 보러 갔다. 할머니는 89세, 고모는 65세였다. 할머니는 게리의 새로운 사형 집행일인 1월 17일에 90세가 될 예정이었다. 그래서인지 "심령 능력이야, 기입스."라는 게리의 말이 떠올랐다. 나쁜 생각이었다.

그는 이 노부인들과 두어 시간을 보냈고, 크리스마스 선물로 50달러짜리 지폐 한 장을 남겼다. 차를 세우고 식사를 한

---

127) '올즈모빌 98'은 미국 올즈모빌(Oldsmobile) 브랜드의 풀사이즈 럭셔리 세단으로, 당시 고급 차로 인기가 많았다.

다음 몇 시간 더 운전했고, 기름칠을 하고 엔진오일을 교환하고 부동액을 점검하고 새 필터를 사고 타이어를 교체했다. 한 시간이 걸렸다. 기다리는 동안 그는 술을 몇 잔 마셨다. 그러고는 그날 밤 헬레나에 도착할 수 있기를 바라며 밖으로 나섰다.

버트에서 북쪽으로 약 24킬로미터 떨어진 곳에서, 그는 어두운 산길을 올라갔다. 그때 벌목 트럭 한 대가 커브 길에서 빠르게 내려오다 차선을 넘어 그가 있는 쪽 도로로 돌진했다. 전조등 불빛이 거대하게 덮쳤다. 깁스는 신속히 선택해야 했다. 트럭을 치거나 도랑에 빠지거나. 그는 오른쪽으로 핸들을 꺾었고, 배수로 안의 무언가에 정통으로 부딪쳤다.

정신을 차렸을 때는 머리에서 피가 나고 의치가 깨져 있었다. 옆얼굴이 고통으로 비명을 지르고 있었다. 가까스로 차 문을 열었지만, 밖으로 발을 내딛으려다 눈밭에 엎어졌다. 왼쪽 다리에 힘이 들어가지 않아 고속 도로 가장자리까지 기어가야 했다. 처음 지나가던 차는 그가 길가에 쓰러져 있는 모습을 보고도 그냥 지나쳤다. 몇 분 후, 픽업트럭 한 대가 멈춰 섰다. 남자 두 명이 그를 도와 트럭에 태웠고, 길을 따라 '엘크 팩'이라는 카페로 그를 데려갔다. 그곳에서 그들은 고속 도로 순찰대에 전화를 걸었다. 바텐더가 깁스에게 머리에 흐르는 피를 닦으라며 물에 적신 수건을 주었고, 깁스는 다리에 무리를 주지 않기 위해 바의 스툴에 걸터앉아서 위스키 세 잔을 연달아 마셨다.

구급차가 와서 그의 다리에 에어백을 둘러씌우고 공기를

주입한 후, 들것에 눕혀 도로를 내려가기 시작했다. 그런데 레커차가 깁스의 차를 배수로에서 끌어 올리느라 고속 도로를 막고 있었기 때문에 차를 세워야 했다. 그가 고개를 들어 올려 차 트렁크에서 짐을 꺼내 줄 수 있는지 물었고, 경찰관은 그러겠다고 말했다. 그 모든 상황에서도, 깁스는 자기 차의 전조등이 여전히 켜져 있는 것을 알아챘다.

병원에서 의사가 그의 두피를 꿰맸고, 바지를 찢은 후 무릎, 다리, 발목, 발을 엑스레이로 촬영했다. 한쪽 다리가 바수어지고 턱뼈가 부러진 상태였다. 의사는 또한 종아리와 발목의 힘줄이 너무 심하게 찢어져 다리를 절단해야 할 것 같다고 말했다. 다리는 확실히 두 배로 부어 있었고 발은 완전히 까맣게 변색된 상태였다. 다리의 나머지 부분은 보라색이었다. 깁스가 즉시 말했다. "다리는 자르지 않을 거요. 그냥 진통제 한 대만 맞고 갈래요."

그곳에서 나가기 전에, 그는 고속 도로 순찰대원에게 신분증을 보여 줘야 했다. 그 경찰은 두 장의 딱지를 발부했는데, 당시 도로 조건에서 과속했고 운전면허증을 소지하지 않았기 때문이었다. 솔트레이크를 떠날 당시 그는 아직 위조 운전면허증을 준비하지 못한 상태였다. 그래서 경찰은 첫 번째 건에 대해서는 20달러, 다른 건에 대해서는 15달러의 벌금을 내야 한다고 말했다. 현금으로. 깁스는 딱지에 서명하고 35달러를 지불한 후, 괜찮은 모텔로 데려가 달라고 요청했다. 경찰은 깁스를 휠체어에 태워 데리고 나온 후 순찰차에 태워 '마일 하이'에 내려 주었다. 자정 무렵이었다. 그들은 모텔을 운영하는 여자를 깨워야 했고, 그런 다음 그가 안으로 들어가 등록하는 것을 도운 뒤 그의 짐과 휠체어에 탄 그를 3번 방으로 데려다주었다. 의사가 놓아 준 주사가 효과를 발휘하기 시작해 통증이 완화되자 깁스는 곧 잠이 들었다. 크리스마스 당일인 다음 날 아침 잠에서 깨었을 때는 다리가 죽을 만큼 아팠다.

그는 버트의 올빼미 택시 회사에 전화를 걸어, 여성 배차원에게 택시로 얼음 한 봉지, 콜라 여섯 개들이 한 꾸러미, 캐내디언 클럽 위스키 한 병, 그리고 담배를 사다 달라고 요청했다. 술이 도착하자, 깁스는 의자 뒤쪽을 붙잡고 침대에서 일어나 화장실로 가서 거울을 보며 꿰맨 상처와 까맣게 멍든 눈을 살펴본 다음, 다시 침대 이불 속으로 들어가 독한 술을 한 잔 마셨다. 그것만으론 통증에 아무런 효과가 없었기 때문에, 여러 잔을 더 마셨다. 조금은 도움이 되었지만, 충분하지는 않았다. 치통에 위스키를 마시는 것과는 달랐다.

그날 저녁, 더 이상 견딜 수 없었던 그는 모텔 주인에게 전화를 걸어 남편이 자기를 병원에 데려다줄 수 있는지 물었다. 그녀는 미혼이었지만 크리스마스 만찬을 함께한 친구 두 명이 있었다. 깁스가 마을 최고의(Best) 의사에게 데려다 달라고 하자, 이 신사들이 그를 성 제임스 가톨릭 병원으로 데려다주었다. 바로 그곳에 '베스트'라는 이름의 남자가 있었다. 닥터 로버트 베스트. 그는 에블 크니블[128]의 주치의 중 한 명이었다.

---

128) Evel Knievel(1938~2007). 미국의 유명한 스턴트 연기자이자 오토바이 점퍼.

글쎄, 베스트는 그를 병원에 입원시키고 싶어 했지만 깁스가 다시 거절했다. 대신 그는 코데인 진통제 처방전과 혈전을 분해하는 경구용 바리다제[129]의 처방전을 들고 떠났다. 그리고 석고 붕대도.

"정맥염이 생기지 않기를 바라는 게 좋을 겁니다." 닥터 베스트가 말했다.

깁스의 크리스마스는 그렇게 지나갔다.

3

두 번째 자살 기도 후, 캠벨이 길모어에게 말했다. "저기, 총살대에 대해 이야기하고 싶으면 내가 자네의 말을 들어 주지."

길모어가 말했다. "이런, 제길, 그 이야기는 하고 싶지 않아요. 그냥 반쯤 취한 이 늙은 도둑을 쏴 버리면 되니까."

두 사람은 그것에 대해 농담을 주고받곤 했다.

가끔씩, 길모어가 다른 수감자들은 어떻게 생각하는지 물었지만, 클라인은 게리 길모어에게 넌더리를 내는 죄수 몇 명이 있다는 사실 이상은 말해 주지 않았다. 그들이 넌더리를 내는 이유는, 게리가 하는 모든 일이 최고 보안 교도소 내 다른 죄수들의 상황에도 영향을 미치기 때문이었다. 게리를 담

---

129) 염증을 완화하고 통증을 줄이는 소염 효소제. 주로 근육통, 관절염, 염증성 질환에 사용.

당할 교도관 세 명이 필요해지면서 수업 일정에도 차질이 생겼다. 식사 시간도 지연되었다. 한 번도 아니고 여러 번이나. 자살 기도 같은 엄청난 사건이 발생하면 교도소가 폐쇄되기도 했다. 죄수들은 그 모든 귀찮은 상황에 진절머리가 났다.

반면에, 그들은 절대로 게리가 미쳤다고 말하지 않았다. 그는 십팔 년간 교도소에 갇혀 있지 않았는가. 모두가 그 점을 이해했다.

물론 사형수로서 감시를 받고 있는 게리의 처지에도 공감했다. 그는 사형 집행일을 기다리고 있을 뿐만 아니라 집행 날짜도 정해졌기 때문에, 감방 세 칸을 온전히 혼자 썼다. 교도소의 스위트룸이랄까. 가운데 방이 게리의 감방이었는데, 삼면이 단단한 벽으로 둘러싸이고 문에는 일반 창살이 있었다. 하지만 문은 계속 열려 있었고, 세 개의 감방과 마주한 짧은 복도를 출입할 수 있었다. 물론 교도관이 항상 상주했다. 게리는 그 구역을 막아 놓은 문 쪽으로 다가가 중앙 복도를 바라보며, 지나가는 교도관이나 수감자와 대화를 나눌 수도 있었다. 가끔 밤늦은 시간에 미어스만 신부가 방문하면, 게리는 스툴을 가져와 앉거나 때론 그냥 바닥에 주저앉아 철창에 등을 기댔고, 미어스만은 중앙 복도에 내놓은 의자에 앉았다. 두 사람은 철창을 사이에 두고 대화를 나눴다. 주변의 모든 것이 연한 녹색 파스텔 톤으로 칠해져 있었다.

반면, 게리가 변호사나 이모부를 만나기 위해 면회실로 불려 나갈 때면, 교도관들은 그를 최고 보안 교도소의 긴 중앙 복도로 데려갔다. 그 복도에서 짧은 복도들이 직각으로 뻗어

나가 단층 감방 구역으로 이어졌다. 그런 때에, 탈출을 방지하기 위해 다른 재소자들은 중앙 복도에 있지 못하게 했다. 게리가 각 감방 구역의 철창문 옆을 걸어 지나가는 동안, 수감자들은 게리가 오는 것을 보고 큰 소리로 말을 걸었다. "이봐, 게리." 혹은 "조금만 더 버텨." 아니면 "포기하지 마."라고 그들은 외치곤 했다.

크리스마스가 다가오자, 무디와 스탠저는 매일 아침 교도소에 갔다가, 오후나 저녁에 다시 교도소로 갔다. 자신들이 담당하는 나머지 사건들은 사무실의 다른 사람들에게 맡겨야 할 지경이었다. 그들은 크게 신경 쓰지 않았다. 게리에 대한 그들의 감정은 확실히 더 우호적으로 변하고 있었다. 사실 게리는 곧 그들에게 또 다른 임무를 맡겼다.

사형수 게리의 옆 감방 구역에 벨처라는 살인범이 있었는데, 무디와 스탠저는 게리로부터 그의 생김새에 관한 이야기를 자주 들어 머릿속에 제대로 그려 낼 수 있었다. 벨처는 183센티미터 정도 되는 키에 건장한 체격으로, 가슴이 두껍고 머리는 짧게 깎았으며 피부색이 짙은 편이었다. 이마가 튀어나오고 눈썹이 솟아 있었으며 이목구비가 큼직하고 팔이 길고 근육이 매우 발달한 사람이었다. 게리는 그가 늘 주위를 두리번거리며 의심을 거두지 않는다고 묘사했다. 스탠저가 교도관에게서 듣기로는, 벨처는 강박증이 있어서 자신의 감방에 수프 통조림, 혹은 간직해도 된다고 허락받은 자질구레한 물건들을 보관했다. 정말로 집 안이 고물상 같은 은둔형 괴짜 중 하나였다. 그는 확실히 자신의 소유물에 대해 민감했다. 누가 자기 물건을 빼앗으려 하면 심하게 화를 냈다. 영역 의식이 매우 강한 사람이었다. 론이 파악한 바로는, 그는 마치 감방이 동굴인 듯 곰처럼 살아가고 있었다. 하지만 그와 게리는 다른 누구보다 사이가 좋았다. 무디가 듣기로는, 벨처도 아이들을 좋아했다.

크리스마스 며칠 전, 게리의 제안으로, 밥은 자신의 법률 사무원 한 명에게 "안녕, 벨처!"라고 적힌 큰 팻말을 들고 있는 어린이들의 사진을 찍어 달라고 부탁했다. 크리스마스에 편지를 전해 주니 게리는 무척 기뻐했다. "여기." 그가 벨처에게 말했다. "너를 응원하는 아이들 사진이야."

4

12월 23일

오 게리 당신을 너무도 사랑해요.

당신이 그리워요! 얼마나 당신이 보고 싶은지 몰라요. 하늘보다도 땅보다도 더, 내 자유보다도 내 아이들보다도 더 보고 싶어.

오늘 변호사들이 당신의 편지를 가져다줬어요. 하지만 양 떼를 몰고 다니는 역겨운 병원 똘마니들이 내가 읽기도 전에 뺏어 갔죠. 그 똘마니들은 심지어 엄마랑 애들을 만날 때도 내 몸을 샅샅이 수색한다니까요. 빌어먹을 미친놈들. 오, 자기, 당신의 다정한 말들을 너무도 간절히 읽고 싶었어요.

자기, 우린 어떻게 될까요? 정말이지, 무슨 일이 벌어지고 있는 걸까요? 난 당신을 봐야만 해요. 어떻게 당신을 이렇게 혼자 죽게 내버려둘 수 있단 말이야, 내 사랑? 난 그저 당신의 눈을 다시 한번 들여다볼 수 있기를 간절히 원할 뿐이에요.

세상에, 말이 안 되지 않아? 정말 미친 거 아니냐고.

사랑과 삶의 간계에, 궁극의 지혜에 몹시 화가 나요. 신에게도 무지 화가 나요. 처음에 사람들에게 인내심을 갖고 제대로 대처하지 못한 나 자신에게도 화가 나 미치겠어.

저 예쁘고 하얀 새가 내 침실용 스탠드에 앉아 있으면 좋겠어요. 언젠가 당신에게 말하거나 글로 쓴 적이 있을 거예요. 어린 시절, 이 무의미한 삶을 끝내고 다시 태어나길 꿈꾸곤 했다고. 그런데 내가 선택할 수 있다면, 날개 달린 작은 하얀 새로 다시 태어나고 싶었다고. 그리고 지금도 할 수만 있다면 같은 선택을 할 거예요.

12월 24일
크리스마스이브

당신의 사랑을 다시
기다리는 기나긴 날들
흩어진 생각들로
불안한 기나긴 밤들
우리의 모든 기회들이
어떻게 될지 궁금해하며.

니콜

앞날이 불확실하다고 생각하니 사실 두려움보다는 슬픔이 더 커요.

니콜

데저트 뉴스
니콜은 이동 없음

크리스마스 당일, 프로보. 니콜 배럿은 프로보 소재 유타 주립 병원에 무기한 입원 명령을 받았다.

제4지방 법원 판사 데이비드 샘은 두 아이의 엄마가 정신 병원에 계속 있어야 한다고 판결했다.

한편, 길모어가 징계상의 이유로 격리되어 있는 유타 주립 교도소에서는 다양한 음식을 곁들인 칠면조 만찬이 성탄절의 하이라이트였다.

길모어에겐 어떤 선물도 허용되지 않았고, 오늘은 면회 금지일이라 면회객도 없었다고 교도소 대변인이 말했다.

스털링 베이커의 아내인 루스 앤이 편지를 썼다.

친애하는 게리,

성탄절에 혼자 지낼 당신을 생각하고 있었어요. 나도 거기서 당신과 함께할 수 있다면 좋을 텐데. 당신을 정말 많이 사랑해요. 다음 세상에선 우리가 만나 서로를 잘 알게 되었으면 좋겠어요. 하지만 제발 서두르지는 말아요. 당신이 죽는 걸 원치 않으니까.

보통 다미코 가족은 크리스마스 모임을 크게 갖곤 했다. 이번 해를 브렌다 집에서 보내면, 그다음 해에는 토니의 집에서, 다음다음 해에는 아이다의 집에서 모였다. 이번 주간에는 그다지 즐겁지 않아서, 토니의 집에서 만나 선물을 교환하고 게리를 위해 기도하고 커피 한 잔을 마신 후 각자 집으로 돌아갔다.

크리스마스 당일에 미칼이 트레일러에 들렀지만, 베시의 마음은 다른 곳에 있었다. 그녀는 어느 해 크리스마스에 소년원에 있지 않았던 게리가 어린 동생이 선물 포장을 푸는 모습을 지켜보던 일을 떠올렸다. 그 당시 그녀는 미칼을 너무 오냐오냐하는 경향이 있었다. 그 아이의 선물을 포장하느라 거의 밤을 새우다시피 했건만, 아침에 미칼은 계속 투덜거렸다. "오늘은 정말 끔찍한 날이야. 원하지 않은 물건이 너무 많아요."

게리는 내내 웃고 있었다.

한편 게일런은 그해 크리스마스 휴일 직전 어느 날 오후에 집에 돌아와서, 수녀님 중 한 분이 산타클로스가 없다는 사실을 알려 줬다고 말했다. 그는 매우 화가 나 있었다. 베시가 말했다. "게일런, 나눔의 정신만 있을 뿐이란다. 그건 존재해. 넌 다른 누구보다 오랫동안 산타클로스의 존재를 믿는 착한 마음을 가졌잖니."

그러다 그녀의 생각이 트레일러로 돌아왔다. 요즘은 모든 생각들이 트레일러로 돌아왔다. 마치 거대한 수레바퀴가 도는 것처럼 그녀의 마음이 뒤집혔다. 그녀는 슬픔 그 자체처럼 순수한 눈물 한 방울이 떨어지는 걸 느꼈다.

길모어: 크리스마스가 대체 뭐야? 교도소 안에서 보내는 휴일은 실망스러워. 우편물도 받지 못해. 일상이 흐트러지고 하루가 더 더디게 흐르는 것 같아. 교도소에서는 푸짐한 식사를 제공하면서 정말로 뭔가를 하고 있는 것처럼 행동하지만, 신문 광고에 나오는 메뉴 같진 않아. 알다시피 그렇게 맛이 좋진 않다고. 교도소에서의 주말도 좋아하지 않지만, 휴일은 더 싫어.

5

유타주 ACLU의 사무국장인 셜리 페들러는 대학 졸업 후 바로 직장에 취직했다. 그녀는 그 직책에 지원했고, 수백 명의 일반 회원을 가진 사무국장이 되었다. 사무실 운영에 필요한 자금은 회원들의 회비와 중앙 사무소의 소액 보조금으로 충당했다. 솔트레이크의 변호사 대여섯 명이 정기적으로 시간을 내어 봉사했고, 많게는 스무 명까지 일 년에 한 번씩은 도움을 주곤 했다. 그것은 규모가 작은 일이었고, 지금은 궁지에 몰려 있었다. 유타주에서 ACLU에 소속된다는 것은 볼셰비

키[130])가 되는 것과 같았다.

ACLU가 길모어 사건에 개입한 후, 셜리 페들러는 수많은 증오 메일과 협박 전화를 받았다. 한 달 이상, 그녀는 직장에서건 집에서건 밤낮으로 그런 전화를 받았다. 그녀는 길모어가 죽을 때까지 그 일이 계속되리라는 걸 알았다. 그녀는 혼자 살고 있었는데, 때로는 길었던 하루 일과를 마친 후, 전화벨 소리가 들릴까 봐 집에 돌아가는 것이 두려워질 때도 있었다. "당신에게 나쁜 일이 생길 거야."라고 경고하는 단조로운 목소리가 들렸다. "당신이 길모어와 함께 총에 맞았으면 좋겠어."라고 다음 발신자가 말했다. 때로는 남자들이 성희롱을 했다. 한 남자는 그녀가 예쁘고 독신이기 때문에 그녀에게 이런저런 짓을 할 준비가 되어 있다고 말했다.

그들은 보통 전화를 빨리 끊었다. 요즘 그녀는 벌컥 화를 내는 일이 잦았다. 그녀는 전화하는 사람들에게 주저 없이 호통을 쳤다. 평소에도 신경이 예민했던 그녀는 수면 부족과 체중 감소로 인해 길모어 씨에 대한 악몽을 꿨다. 한 남자가 그의 발밑에서 디딤대를 걷어찼다. 그가 공중에 매달리자, 그들이 가스를 방출했다. 어떤 꿈에서는 피가 낭자했다.

교회 활동에 적극적으로 참여하도록 교육받으며 자랐지만, 그녀는 더 이상 모르몬교도가 아니었다. 그렇다 해도 이 발신자들은 그녀와 함께 자란 사람들이나 마찬가지였다. 그녀는 배신감을 느꼈다기보다는 무슨 일이 벌어지고 있는지 믿을 수

---

130) 러시아 혁명을 주도한 급진적 사회주의 세력.

가 없었다. "이 사건의 부당함은 너무도 명백해." 그녀는 스스로에게 말하곤 했다. 사면 위원회 청문회에서, 그녀는 래티머 회장이 전적으로 일관성이 없다고 생각했다. "왜 대중의 항의가 없는 거지?" 그녀는 알고 싶었다. 그것은 말도 안 되는 왜곡이었고, 그 중심에는 매우 창백하고 꽤 매력적인 젊은이 길모어가 있다고 셜리 패들러는 생각했다. 단식으로 인해 유령처럼 섬뜩해 보였지만 잊을 수 없는 모습이었다. 그는 너무도 창백했다.

나중에 그녀는 이 남자의 삶이, 계속되는 전략적인 움직임들로 인해 매우 불확실한 상황에 놓여 있다는 사실을 개인적으로 자각하게 되었다. 그는 매일매일 자신의 운명에 대해 알지 못했지만, 그녀는 그러한 전략적 움직임들의 일부였다.

그래서 그녀는 길모어에게 편지를 썼다. 그녀는 ACLU로 인해 그가 겪은 불편과 끔찍한 불확실성에 대해 안타깝게 생각한다고 말했다. 길모어와 직접 대화를 나누고 그들이 무슨 일을 하고 있는지 설명할 기회를 얻고 싶었다. 그녀는 그의 삶이 그녀로 인해 더 어려워지고 있다는 것을 알고 있었다. 왜 자신이 그렇게 해야만 했다고 생각하는지 그에게 말해 주고 싶었다. 두 사람이 다른 편에 서는 대신 서로 협력할 수 있기를 바랐다.

그녀는 만약 게리 길모어와 이야기할 수 있다면 자살하고 싶은 그의 마음에 개인적으로 공감하는 바가 없지는 않다고 말하리라 생각했다. 그녀는 유타 주립 교도소에서의 삶에 맞선다는 건 자살을 정당화할 수도 있다는 것, 그리고 그에게는 살 것인지 죽을 것인지 결정할 권리가 있음을 이해할 수 있었다. 하지만 국가가 그 일에 관여할 권리는 없다고 생각했다. 사형제는 단순히 그릇된 것일 뿐만 아니라, 그의 처형은 다른 처형을 촉발할 것이었다. 왜냐하면 그것은 국가가 생명을 앗아가는 일을 더 이상 특별하지 않은 것으로 만들 것이기 때문이다. 진짜 공포는 사람들이 감정의 격발 없이도 누군가를 총으로 날려 버리기 위해 줄을 서고, 국가라는 기계가 체계적이고 계산적으로 개인을 적대하는 일이었다. 왜 그것을 받아들여야 하는가? 그것이 그녀가 하고 싶은 말이었다.

무디와 스탠저는 변호인들로서 면회 금지법을 무력화할 수 있었고, 크리스마스 오후 늦게 게리를 만나러 갔다.

길모어: 셜리 페들러가 나한테 개인적인 편지를 보냈더라고요…… 그런데 그 여자, 어떻게 생겼어요?
스탠저: 서른 살 정도 되는 젊은 여성으로 체격은 작고 호리호리하고 외모는 나쁘지 않은 편이에요. 직접 본 적은 없지만. 티브이에서만 봤죠. 바지에 정장 재킷을 입고 있었어요.
길모어: ACLU가 참견 못 하게 하려면 뭘 해야 할까요. 대법원은 재심리하지 않을 거라고 했고. 그들이 달리 할 수 있는 게 뭐가 있겠어요? 국제 연합을 찾아가나?

셜리 페들러는 부모님 댁에서 크리스마스 저녁 식사를 했다. 부모님은 꽤 보수적인 분들이었고, 그녀의 아버지는 주 정부에서 일했지만, 이 식사 전까지는 단 한 번도 사형 제도에

대해 격론을 벌인 적이 없었다. 하지만 오늘 그녀의 오빠가
ACLU의 입장에 대해 공격하기 시작했고, 셜리는 이를 방어
해야 했다. 그녀의 오빠는 계속해서 피해자와 그 가족들에 대
해서는 생각하지 않느냐고 물었다.

상황이 악화되었다. 셜리는 어차피 가족들과는 다른 방향
으로 가고 있었지만, 언쟁으로 인해 저녁 식사를 망쳤고 속이
상했다. 그 후로는 누구도 마음이 편하지 않았다.

길모어: 시 한 편 들어 볼래요?

스탠저: 좋아요.

길모어: 이 시의 배경을 간단히 설명해 줄게요. 교도소가 시끄
러운 곳이라는 거 알죠? 그래서 나는 교도관이 오 분 동안 코
를 풀었다는 이야기를 했어요. 오늘 아침만 해도 그가 두 시간
동안이나 대화를 이어 가는 바람에 내가 닥치라고 했죠. 이 시
는 내가 니콜을 위해 쓴 책에 있는 시예요. 이게 그 서두예요.
나는 어쩔 수 없이 들어야 하는 소음에 짜증이 난다. 변기 물
내리는 소리, 수도관 덜컥거리는 소리, 멍청한 대화들, 벽 너머
의 말소리 — 자 이게 그 시예요.

소소한 소음들이 잠 못 이루게 하는
차가운 강철 같은 밤에 떠오르는 파괴적인 어두운 생각들.
파괴, 살인, 유혈에 대한 어두운 생각들.
지루함. 암울한 빛은 좀처럼 청산되지 않는다.
길 아래의 바보는 하루의 상실을 비웃고,

파괴, 살인, 유혈에 대한 어두운 생각들,
암울한 빛은 좀처럼 청산되지 않고
더 많은 빛이 쌓인다.

이건 내가 1974년에 듣고 싶지 않은 소음을 들으며 쓴 시예요. 난 조용한 게 좋아요. 내 몸속의 피가 흐르는 소리가 들릴 정도로 깊은 고요를 간절히 원해. 내가 교도소에서 가장 싫어하는 것 중 하나가 소음인 것 같아요. 개자식들이 토하고 기침하는 소리를 듣는 거. 그리고 불평불만 소리를 듣는 거. 나는 1월 17일에 내 마지막 거친 소리를 들었으면 해요.

스탠저: 흠, 좋은 시네요.

21장

크리스마스로부터 팔 일간

1

줄리 제이코비는 셜리 페들러에 대해 좋은 인상을 가지고
있었다. 가늘고 긴 몸매와 길쭉하고 아름다운 손을 가진 그녀
가 매우 매력적이라고 생각했다. 하지만 길모어 사태로 인한
스트레스 때문인지 셜리는 체중이 너무 많이 줄었다. 처음에
꽤 열정적이었던 그녀가 지난 몇 주 사이 성냥개비처럼 말라
가기 시작했다.

자기보다 스물네 살이나 어렸지만, 줄리 제이코비는 셜리가
자기와 닮은 데가 많다고 생각했다. 둘 다 사람들 없는 곳에
틀어박히는 것을 좋아하면서도 항상 정치 활동의 한가운데에
있었기 때문이다. 그래서 줄리는 크리스마스 주간에 셜리가
사형제에 반대하는 유타 연합의 결성을 도와달라고 요청했을
때 놀라지 않았다.

물론 줄리는 남편과 함께 시카고에서 유타로 이사한 후 한 해 동안 별다른 활동을 하지 않았다. 1968년 여름 시카고에서 사람들이 경찰에게 구타당했던 '분노의 나날들'과는 양상이 전혀 달랐다.[131] 그녀의 생각에는 그때가 자신이 노스 쇼어[132] 출신의 흔한 사교계 부인에서 홀쩍 벗어난 순간이었다. 그 사교계 부인들은 일주일에 두 번씩 연합 자선 단체 사무실을 방문하여 벽에서 벗겨진 납 페인트를 먹고 혼수 상태에 빠진 흑인 아이들의 어머니들을 위로하며 오후를 보냈다. 그들 중 일부는 다이아몬드 반지를 끼고 출근했는데, 줄리는 이러한 부인들이, 현실 속 궁핍한 사람의 일 년 치 수입보다 더 값이 나가는 재산을 손가락에 걸치고 다녀서는 안 된다는 생각을 전하려고 노력했었다.

그녀의 남편은 중역이었고, 줄리는 남편이 자궁 안에 있을 때 받은 충격을 극복하지 못하고 영원히 공화당원으로 남은 것 같다고 말하곤 했다. 미시건 대학교에서 중세사를 전공한 우수 학생이었던 줄리는 졸업 후 자신의 운을 찾아 시카고로 갔고, 거기서 결혼한 괜찮은 독일 남자에게서 그 운을 찾았다. 줄리가 아이들을 키우며 성공회 신자가 — 미래의 변화에 대

---

131) 1968년 여름 민주당 전당 대회 기간 동안 시카고의 미시건 대로에서 벌어진 대규모 반전 시위와 폭력 사태를 말한다. 그런데 시카고의 '분노의 나날들(Days of Rage)'은 보통 1969년 10월에 '웨더 언더그라운드'가 주도한 반전, 반정부 급진적 폭력 시위 사태를 가리킨다.
132) 시카고 북부의 부유한 지역. 상류층, 엘리트 계층이 사는 곳으로 알려져 있다.

한 첫 번째 단서였다 ─ 되는 동안 남편이 회사에서 승승장구했기 때문이다. 그렇게 그녀는 그저 여성 유권자 연맹에 가입하고,《내셔널 옵서버》,《뉴욕 리뷰 오브 북스》, 그리고 I. F. 스톤[133]의 글을 읽는 정도에 그쳤을 수도 있었다. 하지만 미시건 대로 위에서 벌어진 '분노의 나날들'은 그녀를 뿌리까지 흔들었다. 그녀는 자신이 급진적인 시각을 갖게 된 것을 느꼈다. '애티카 사건'으로 심한 정신적 충격을 받은 후, 그녀는 록펠러가 그날 통 속의 물고기를 쏘았다고 생각했다.[134] 그녀는 '억압 종식 연맹'[135]과 함께 일했다.

그러던 중 회사가 그녀의 남편을 유타주로 전근시켰다. 솔트레이크에서는 ACLU가 유일한 선택지였다. 줄리는 또 다른 억압 종식 연맹을 설립하고 싶었지만, 더 이상 그런 열정이 남아 있지 않았다. 유타주는 그녀를 우울하게 만들었다. 그녀는 남편과의 관계가 악화되는 걸 느꼈고, 열두 살에 갑자기 자기가 나고 자란 곳에서 떠나온 어린 아들도 행복해하지 않았다. 그것이 줄리를 거의 무너뜨렸다. 그녀는 아들의 문제에 골몰하느라 사회적 쟁점들에 대해서는 무기력하고 무감해졌다.

---

133) 1960년대와 1970년대에 두 출판물은 진보적이고 급진적인 성격을 띠었고, I. F. 스톤(Stone) 역시 진보적이고 급진적인 저널리스트이자 작가였다.
134) 애티카 교도소 폭동(1971)은 뉴욕주 애티카 교도소에서 수감자들이 비인간적인 생활 조건에 항의하며 일으킨 폭동으로, 무력 진압 과정에서 많은 사상자가 발생해 미국 교정 시스템의 문제점들을 부각시켰다. 당시 넬슨 록펠러 주지사가 무력 진압을 결정했다.
135) 법 집행 기관의 억압적 행위를 감시하고 인권과 시민권을 보호하기 위해 활동하는 미국 시민 단체.

그녀는 자신이 극우적인 곳에 있다고 생각했다. 이곳은 교회와 주 정부가 깊이 얽혀 있었다. 줄리가 국회 개회식에 참석하러 갔을 때, 맨 앞줄에 뚱한 얼굴의 노인 세 명이 앉아 있었다. 그들이 개회 기도를 했다. 그녀는 그날 사형 제도에 반대하여 증언하기 위해 그곳에 있었다. 그런데 모르몬교도인 위원장은 자신이 성공회 교회의 관점에도 귀 기울여야 한다면 뭘 좀 읽는 것으로 회의를 마무리하고 싶다고 말한 후, 빨간 표지의 책을 펼치고 브리검 영의 말을 인용했다. 피를 흘리게 한 자는 피의 대가를 치러야 한다. 그녀는 소름이 끼쳤다. 교회가 곧 국가였다. 그녀는 그 의장에게 말하고 싶었다. "우리는 오류를 저지를 수 있는 사람들의 세상에 살고 있어요. 그 세상의 검사들이 어떤 혐의가 2급 살인인지 1급 살인인지를 결정하는데, 누가 혹은 무엇이 그 검사에게 영향을 미치고 있는지는 아무도 모르죠. 그들이 법의 보호색을 이용하여 개인의 생명을 빼앗을 권리는 없어요."

아이에게는 문제가 있고 결혼 생활은 수명을 다한 상태에서 그녀는 은둔의 즐거움과 독서의 양식을 사랑했다. 다른 사람들이 하루 삼시세끼를 고집하듯 그녀는 책 읽기를 좋아했다. 그러나 사형 반대 유타 연합체를 조직하는 데 도움을 달라는 셜리 페들러의 전화를 받았을 때, 그녀는 자신이 다시 세상으로, 벌집 주[136]인 유타주에서 아무도 그녀를 이 지역

---

136) 벌집은 근면 성실함과 공동체 정신의 상징으로 사용되는데, 특히 유타주로 이주한 초기 모르몬교도들이 이 상징을 사용했으며, 이 정신을 기리기 위해 주의 별명으로 정착되었다.

출신으로 착각하지 않는 솔트레이크의 세계로 나서리라는 것을 알았다. 당시 여자들은 머리를 높이 올리는 헤어스타일을 선호했는데, 그것은 마치 헤어스프레이로 세운 순수한 기념비 같았다. 그런데 줄리는 쉰다섯 살의 나이에 모두가 믿기 어려워하는 특이한 금발로, 청바지 차림에 자연스럽게 턱까지 내려오는 평범한 생머리로 나서게 되었다.

그렇게 그녀는 사형 반대 연합 회의에 참석했다. 국가가 자기 목숨을 거두기를 바라는 것은 완전히 잘못된 생각임을 게리 길모어에게 납득시키려면 자기들이 무엇을 할 수 있는지 알아보기 위해서였다. 모인 사람은 스무 명이었다. 연합은 국가가 누구도 죽여서는 안 된다는 생각을 널리 알리려 애쓰고자 했다. 길모어는 예민한 예술가지만, 또한 매우 이기적인 남자처럼 행동한다고 줄리 제이코비는 생각했다.

셜리 페들러가 직접 회의를 조직하려고 했지만 폐렴에 가까운 심각한 질병에 걸렸고, 그 바람에 사회주의 노동자당의 빌 호일이라는 남자가 그 일을 대신 떠맡았다는 사실을 줄리는 알게 되었다. 자기는 발품 파는 일을 하려고 이곳에 있다고 그가 말했다. 연합그리스도교회의 도널드 프록터 목사와 사형반대전국연합의 이사로 활동 중인 연합감리교회의 존 P. 애덤스 목사가 참석했다. 그들은 어떤 종류의 조치를 취해야 하는지 논의했다.

돈(도널드) 프록터는 솔 앨린스키[137]처럼 급진적이고 전략

---

137) Saul Alinsky(1909~1972). 미국의 사회 운동가이자 정치 이론가.

적인 사회 변화를 추구하는 것 같다고 줄리는 생각했다. 그는 눈에 잘 띄는 집회, 예를 들어 토요일의 번화한 쇼핑몰 한가운데서 모이는 집회를 원했다.

하지만 누구도 이를 달가워하지 않았다. 우선, 사유지에 들어가려면 허가를 받아야 했다. 마침내 그들은 1월 17일 이전에 한 회관에서 대중 집회를, 그리고 사형 집행 전날 교도소 경내에서 철야 집회를 열기로 결정했다. 그때는 더 많은 목사들이 올 수도 있었다. 당장은 크리스마스 주간이라 목사들이 무척 바쁜 시기였다.

그동안 그들은 퀘이커교에서 기부한 100달러의 작업 기금을 가지고 있었다. 빌 호일이 전단을 인쇄하겠다고 했고, 뉴욕 나이액에 있는 '화해친목회'[138]에서 배지를 받을 수 있을 거라고 했다. 배지에는 "우리는 왜 사람을 죽이는 것이 잘못되었음을 보여 주기 위해 사람을 죽이는가?"라는 문구가 인쇄될 예정이었다.

2

모텔로 돌아온 깁스는 코데인을 사탕처럼 먹었지만, 경구용 바리다제의 경우 처방받은 대로 주의해서 복용했다. 크리스마스 다음 날, 그는 어머니에게 전화를 걸었다. 어머니는 다리를

---

138) 화해친목회(Fellowship of reconciliation)는 평화와 비폭력, 화해를 추구하는 국제 단체이다.

높게 올리고 온열 패드를 올려놓으라고 알려 주었다. 어머니는 삼십오 년 경력의 정식 간호사였다. 그녀는 또한 면도도 조심하라고 했다. 아주 작은 상처에도 바리다제 때문에 출혈이 멈추지 않을 수 있었기 때문이다.

깁스는 홀터먼에게도 전화를 걸었다. 켄의 첫마디는, "자네가 아니었다면, 깁스, 난 믿지 못했을 거야."였다. 그러고는 "자네 말고 그렇게 많은 곤경에 빠질 사람이 또 있겠어?"라고 덧붙였다. 깁스는 그 말 한마디에 기운을 차릴 수 있었다.

그는 올빼미 택시 회사에 전화를 걸어 담배, 위스키, 콜라, 얼음, 토마토와 버섯 수프 통조림을 사다 달라고 부탁했다. 수프는 방에 있는 작은 커피포트 히터를 사용해 데울 생각이었다. 위쪽 의치를 고칠 때까지는 수프만 먹고 살아야 했다. 그런 다음 그는 고속 도로 순찰대에 전화를 걸어 누가 자신의 차를 가져왔는지 알아보았고, 그 일을 한 사람에게 앞좌석 쪽에서 의치의 나머지 절반을 찾아 달라고 요청했다. 한 시간 정도 후에 잃어버렸던 조각을 들고 그 남자가 찾아왔다. 차가 완파되었기 때문에, 그는 깁스더러 엔진을 팔 생각이 있는지 물었다. 자기는 이제 막 결혼했고 돈이 많지 않다면서, 한 달에 25달러 정도를 지불하겠다고 말했다. 깁스가 말했다. "늦은 결혼 선물이라고 치고 그냥 가져가쇼."

며칠을 토마토와 버섯 수프로 버틴 후, 깁스는 모텔을 운영하는 여자에게 집으로 포장해 올 수 있는 음식을 제공하는 식당을 아는지 물었다. 그녀는 당장에 딱 떠오르는 곳이 없다며 무슨 음식을 먹고 싶은지 물었다. 그가 삶은 달걀과 토스트와 우유라고 말하자, 그녀가 그것을 방으로 가져왔고, 그가 5달러를 지불했다. 그녀가 2달러면 충분하다고 말했지만, 그는 5달러를 고집했다. 그녀는 그가 삼십일 년간 살면서 만난 사람 가운데 가장 상냥한 편이었다. 다음 날 그는 버트에 있는 꽃 가게에 전화를 걸어, 판매원에게 꽃을 배달해 달라고 부탁했다. 그리고 카드에 "세상에서 가장 친절한 여성에게"라고 쓰고 '랜스 르배런'이라고 서명해 달라고 부탁했다. 그는 그녀의 이름은 알지 못하지만 그녀가 자신에게 얼마나 친절히 대해 주었는지는 확실히 알고 있다고 설명했다. 꽃집 여자는 그녀가 착하다는 것에 동의했을 뿐만 아니라 그녀의 이름이 아이린 스넬임을 알려 주었고, 꽃은 한 시간쯤 후에 배달되었다.

그때부터 매일 밤, 스넬 부인이 그의 식사를 가지고 왔다. 그가 의치를 손본 후, 그녀는 자신이 저녁으로 무엇을 먹을지 그에게 알려 주곤 했다. 그는 결국 스파게티부터 스테이크까지 모든 것을 먹게 되었고, 항상 그녀와 가격 때문에 실랑이를 해야 했다. 그러던 중 의사가 들러 다리를 확인하고 처방 약을 다시 채워 주고 이마의 실밥을 제거해 주었다.

수중의 현금이 서서히 줄어들고 있었지만, 깁스는 그것에 대해서는 생각하지 않았다. 어쨌든 그는 돈을 제대로 관리해 본 적이 없었다. 하루에 25달러 내지 60달러를 장거리 전화에 소비했고, 매일 아침 반드시 모텔비를 지불했다. 스스로가 안타까운 마음이 들지 않을 수 없었다. 매일 밤, 술에 취해 누군가의 어깨에 기대어 울고 싶었다. 장거리 전화는 지옥이었다. 옛 여자 친구에게 비행기를 타고 날아와 함께 지내자고 부탁할 뻔했지만, 그러지 않기로 했다. 그러고는 다른 옛 여자 친구에게 전화를 걸었다. 똑같은 짓을 할 뻔했다. 그러나 그는 혹시라도 여자가 알려서는 안 될 사람에게 자신이 어디에 있는지, 그리고 더 나쁜 건, 자신이 어떤 상태인지를 누설하지 않을까 걱정하지 않을 수 없었다. 그는 전화를 건 모든 사람들에게 자기는 9밀리미터 브라우닝 자동 소총을 옆에 둔 채 침대에 누워 있으며, 탄창에는 장전된 총알 열세 개가 있으니, 초대받지 않은 한 누구도 자신의 방문을 통과하지 않는 게 좋을 거라고 말했다. 이 말을 들은 홀터먼이 말했다. "숨으려는 사람치곤 말이 너무 많군."

버트의 전화 교환원들도 그의 이름을 사용하기 시작했다. 그가 솔트레이크를 연결해 달라고 부탁하면 그들은 바로 "르배런 씨, 안녕하세요? 마일 하이의 3번 방이죠?"라고 대답했다. 1370달러를 가지고 유타를 떠났던 그의 수중엔 이제 500달러밖에 없었다.

그는 침대에 누워 가끔씩 사형장에 가면 어떨지 상상했다. 직접 다가가서 이야기를 나눌 수 있을까? 그게 허락되면 그는 이렇게 말할 작정이었다. "길모어, 언젠가 네가 나한테 수감된 사람을 잘못 판단한 적이 한 번도 없다고 말했던 거 기억해? 자, 내가 무슨 일로 벌어먹고 사는지 알려 줄게." 그러고 나서 그는 어떤 식으로든 실러가 그 이야기를 누구에게도 하지 않았다고 속으로 가정하며, 자신이 정말로 그런 말을 할 것인지 곰곰이 생각해 보곤 했다. 물론 실러는 이미 말한 상태였다. "게리." 깁스는 그의 눈을 들여다보며 말할 것이었다. "넌 호적수를 만난 거야. 좋은 죄수를 알아보는 네 육감이 나한테는 제대로 작동하지 않은 거지. 난 널 우롱하고 기만하고 전세를 역전시켜 이길 수 있는 유일한 사람이거든, 게리 길모어."

그러다 자신의 고통, 자신의 상황, 자신의 빌어먹을 인생을 모두 다시 떠올리면서 스스로에게 말하곤 했다. "게리, 난 저런 말 안 해. 나라면 이렇게 말하겠지. '빌어먹을, 넌 내가 지금껏 알아 온 그 어떤 개자식보다 배짱이 좋아. 나도 너만큼만 용기가 있으면 좋겠어. 제기랄, 친구, 남자는 언제 만나든 서로를 알아보거든.'"

그러고는 슬픔을 억누르며 눈을 깜박였다. 그것은 게리가 최근에 자신에게 보내온 편지에 있던 문장이었다. 몇 년 전에 받았다면 좋았을 편지였다.

3

실러의 휴가 가치 절반이 순식간에 사라졌다. 그는 스테파니를 데리고 형과 형수를 만나러 갔고, 그녀는 자기 시간 전부를 그들과 함께 보냈다. 그러면 그는 어디에 있었을까? 전화기를 붙들고 있었다. 골치가 아팠다.

맥스 젠슨의 보험 회사 변호사들이 게리 길모어의 재산에서 4만 달러를 회수하기 위한 부당 사망 소송[139]을 제기했고,

---

139) 타인의 과실이나 불법 행위로 인해 사람이 사망했을 때, 유족이 손해배상을 청구하는 소송.

콜린 젠슨에 대한 예의로 그녀를 위해 100만 달러짜리 소송을 걸었다. 실러가 편안히 누워 햇볕 좀 쬐어 보려는데 이때, 하필 그 보험 회사 변호사들이 게리가 증언 녹취를 해야 한다는 법원 명령을 받아 낸 것이다. 이 사실을 알게 된 실러는 길길이 날뛰었다. 그는 전화기에 붙어 있다시피 했다. 무디에게 말했다. "동의했소? 싸우지 않았다고요? 싸우지 않았다는 게 무슨 말이에요?"

그는 무디에게 소리 지르는 것을 좋아하지 않았는데, 정말 비생산적이기 때문이었다. 무디는 너무 고집이 세서 아무리 소리를 질러도 소용이 없었다. 그는 그저 안경 뒤에서 아무런 감정도 드러내지 않은 채 앉아 있을 뿐이었다. 진짜 포커 플레이어 같았다. 하지만 실러는 참을 수가 없었다. 그는 초조해하며 안절부절못했다.

"뭘 걱정하는 겁니까?" 밥 무디가 물었다. "증언 녹취를 하는 게 뭐 그리 대수라고."

실러는 하마터면 "정신 나갔어요?"라고 말할 뻔했다. 그가 이렇게 말한 건 확실했다. "이해가 안 돼요? 《인콰이어러》가 그 변호사들과 빌어먹을 거래를 해서 교도소 안으로 들어간 세 시간 동안 게리의 인생 이야기를 다 뽑아낼 수도 있단 말입니다. 자기 기자들을 투입하지 못하더라도 변호사 중 한 명을 조종하여 게리에게서 이야기를 퍼 올릴 수 있죠."

끔찍했다. 그들에겐 "당신은 어디에서 태어났나요?"라는 질문으로 증언 녹취를 시작한 다음 길모어의 범죄 기록으로 넘어갈 권리가 있었다. 실러가 악을 쓰듯 말했다. "모든 이야기를 이 한 번의 만남에서 끌어낼 수 있단 말입니다.”

무디가 말했다. “우리가 그걸 막을 순 없어요.”

실러가 말했다. “젠장, 당신이 당장 법원으로 갔으면 해요. 증언 녹취를 막을 수 없다면, 적어도 그것이 보증금과 함께 진행되어야 한다는 신청서를 제출해요.” 그는 보증이라는 개념에 깊이 공감하며, 주먹으로 침실용 탁자를 내리쳤다. “그 만남을 녹음한 테이프는 교도소에서 바로 봉인해야 하고, 법원은 그것을 몇 달 동안은 문자화하거나 복사해서는 안 된다는 명령을 내려야 하고 어쩌고저쩌고, 무슨 말인지 알죠?”

스테파니는 당장에라도 그를 죽여 버리고 싶었다. 휴가를 즐기러 와 놓고, 그는 전화기만 붙들고 있었다. “우리가 결혼하면 이렇게 된다는 거지?” 그녀가 악을 썼다.

그녀도 그저 특별할 것 없는 여자였던 걸까? 사업상 상대였던 걸까? 실러가 귀찮다는 듯이 손을 내저었다. 그는 전화 통화로 사실상 신청서를 작성하고 있었다. 며칠 후 판사가 3월까지 말 그대로 그것을 밀랍으로 봉인하는 데 동의했다는 소식을 듣고 얼마나 안도했는지.

하와이의 온화한 공기 속에서 실러가 편안히 숨쉬기 시작했다. 《인콰이어러》가 보험 변호사를 시켜 메모를 하게 할 가능성이 여전히 존재했지만, 그는 걱정하지 않았다. 비밀 유지를 요구하는 법원 명령이 있었기 때문에, 변호사가 그런 거래를 할 경우 변호사 자격을 박탈당할 수 있었다. 게다가 현지 모르몬교도라면 판사의 명령에 맞서 싸우지 않을 터였다. 재앙이 될 뻔한 일을 가까스로 막아 낸 셈이었다.

게다가 다음 날 증언 녹취를 하러 교도소에 간 변호사들은 여섯 시간을 기다려야 했고, 게리는 끝내 나타나지 않았다. 게리가 음식이 종이 접시에 담겨 온 것을 트집 잡아 성질을 부리며 감방에서 나오는 걸 거부한 것 같았다. 이중으로 보험을 들어 놓은 셈이었다.

하와이에서 실러는 편지를 판매한 당사자가 자신이라는 걸 추적할 수 없도록 세계 곳곳에 전화를 걸어 판매를 준비하고 있었다. 모든 작업은 적절한 편집자와의 거래를 수반했다. 그는 특별히 큰 제안이 있을 때만, 몇 년에 한 번씩 주요 외국 잡지에 연락을 취했다. 따라서 그는 그들이 자신의 뜻을 거스르지 않으리라는 것을 알고 있었다. 그는 다른 거래를 하기 위해 내일 또 그들과 통화할 의무가 없었다. 그는 같은 사람들과 한 번에 열 개의 프로젝트를 진행하면서 "좋아요. 당신이 그걸 주면 난 이걸 양보할게요."라고 말하는 식의 에이전트가 아니었다. 그런 조건에서는 양측이 가끔씩 서로를 배신할 수 있었다. 이를테면 100번의 거래에서 열 번은 가볍게 배신하는 정도. 하지만 그가 하던 대로 맞춤 작업을 하면서, 맞춤 일을 하다 보니 편집자들은 그를 속일 수가 없었다. 그들이 그의 작업에 입찰할 기회가 다시는 없을 것이기 때문이었다.

하와이에서 그는 비서를 고용해 판매 계약서를 타이핑하게 했다. 그렇게 하면 그의 어머니든, 스테파니든, 아니면 스테파니의 어머니 리즈 등 그의 여행 팀원 중 누구라도 금액과 출판사 이름만 기입하면 되었다. 그가 이 준비 작업을 전화로 하고 있었기 때문에, 편지들은 묶음으로 제시될 수 있었다. 1번

패키지는 잡지사에 계약서 견본과 길모어의 편지 다섯 통을 제공했다. 편집자는 실러의 여성 중 한 명이 방 안에서 지켜보는 상황에서만 편지를 열람할 수 있었다. 인용할 만한 매력적인 문구가 유출되는 것을 방지하기 위해서였다. 자신이 열람한 내용이 마음에 들면 편집자는 2번 패키지를 열어 볼 수 있었다. 편지 전체가 담긴 커다란 패키지였다. 그런 다음 그에게는 결정을 내릴 수 있는 많은 시간이 주어졌다. 그 비밀을 아는 편집자를 제외하고는 잡지사의 누구도 그 세 여성이 누구인지 전혀 알지 못할 것이었다.

좋은 건 그 정도까지였다. 반면에 그는 배리가 유타 쪽 일을 처리하는 방식이 마음에 들지 않았다. 12월 20일에 있었던 멋진 인터뷰의 흥분이 아직 가라앉지 않은 상태에서, 패럴은 실러가 없는 동안 작업을 계속 진행하여 시계 장치처럼 체계적으로 움직일 계획을 세웠다. 의도는 이러했다. 배리가 매일 아침 로스앤젤레스에서 새로운 질문들을 준비해서 변호사들에게 전화한다. 그러면 무디와 스탠저가 교도소로 가서 게리를 인터뷰한 뒤 그날 밤 비행기에 녹음테이프를 싣는다. 패럴이 공항에서 소포를 받아 새 테이프를 듣고 새로운 질문지를 작성하여 다음 날 아침에 변호사들에게 전화한다. 이런 식으로 하면 매우 생산적인 작업이 진행될 터였다. 강력한 계획이었지만 완전히 무산되고 있었다. 일주일 만에 상황은 잘못된 방향으로 멀리 흘러갈 수도 있었다.

과도하게 많은 시간이 낭비되고 있어. 패럴이 비서들에게 질문들을 구술하며 설명했다. 비서들은 계속해서 질문을 잘

못 이해했고, 변호사들은 일을 별로 하지 않았다. 마치 실러가 자리를 비운 동안에는 업무를 처리하지 않으려는 것 같았다. "자네가 돌아오면 함께 가 보자고." 배리가 말했다.

실러는 저도 모르는 새에 동의하고 있었다. 하지만 극도로 화가 났다. 그토록 돌아오는 게 형편없으면 전화로 앓는 소리를 할 게 아니라 직접 유타로 가서 상황을 파악해야 할 것 아닌가. 하지만 실러는 차마 장거리 전화로 문제를 제기하고 해결할 엄두를 내지는 못했다. 물론 이로 인해 몸 여기저기에서 불쾌한 압박감을 느꼈다. 정말 대단한 휴가였다!

4

브렌다는 때때로 줄이 살에 박혀 내장을 잡아당기는 것 같은 느낌을 받곤 했다. 앉아 있을 때 갑자기 통증이 엄습해서 일어설 수가 없을 때도 있었고, 서 있다가 와락 통증을 느끼고 주저앉을 때도 있었다. 교도소에 가지 않은 지 한참이 지난 후에도, 그녀는 계속 게리와 전화 통화를 시도했지만 연결이 매우 까다로웠다. 한번은 샘 스미스와 전화가 연결되었다. 브렌다가 말했다. "전화 통화가 이렇게 불편하리라고는 생각하지 못했네요." 매번 게리를 감방에서 데리고 나와야 해서 그렇다고 스미스가 설명했다. "게리의 방에 전화기를 놓아주면 어때요?" 브렌다가 물었다. "게리는 사형수잖아요."

"글쎄요." 샘이 말했다. "그가 전화선으로 목을 맬 수도 있어요." 그녀는 그런 생각은 하지 못했다. "아니면 부품을 꺼내서 손목을 자르는 데 사용할 수도 있고요." 그 역시 생각하지 못한 부분이었다. 샘이 그녀에게 부드럽게 말했다. "우리는 그에게 일반 수감자들에 비해 더 많은 특권을 주고 있어요."

"여러분은 힘든 일을 하고 있네요." 브렌다가 말했다.

크리스마스와 새해 첫날 사이 그 추웠던 주 양일에 두 차례에 걸쳐, 브렌다는 내장이 당기고 아파서 무서운 와중에도 게리의 요청에 따라 니콜에게 장미 한 송이를 남기려고 유타 주립 병원에 갔다. 하지만 포기해야 했다. 병원에서 장미를 받지 않으려 했다. 브렌다는 번을 통해 소식을 전했고, 게리는 또다시 그녀에게 화를 냈다. 그는 불평을 다시 제 모습으로 다듬는 데 있어 세상에서 가장 집요한 사람이었다. 만약 불평에 깃털이 있다면, 그는 그것을 풍성하게 부풀려 놓을 사람이었다.

5

프로보 헤럴드

반대하는 사람들에게

길모어가 공개서한을 발표하다

12월 29일, 프로보. "여전히 어떤 식으로든 법적 처형에 의한 나의 죽음을 반대하는 모든 이들에게 보내는 게리 길모어의 공개서한. 특히: ACLU, NAACP.

이젠 제발 내 인생에서 빠져 주길 바랍니다. 내 죽음에서 손떼요.

당신들이 신경 쓸 일이 아니에요.

셜리 페들러, 이런, 자기야, 그만둬. 당신도 내가 주제넘게 나서서 당신 인생에 원치 않은 것을 강요할 수 있다고 생각하지 않잖아……. 내 인생에서 나가, 셜리.

NAACP, 난 백인이야. 엉클 톰 흑인 녀석이 내 일에 끼어드는 건 싫어. 당신들의 주장은 내가 처형되면 수많은 흑인들이 처형되리라는 거잖아. 들어 보니 너무 어리석어서 그런 종류의 멍청한 비논리에 대해선 논쟁조차 하고 싶지 않군.

하지만 요즘은 흑인보다 백인을 더 빨리 죽인다는 걸 당신들도 나만큼 잘 알잖아.

당신들 모두 예전처럼 불이익을 당하진 않아.

내가 제정신인지 의문을 제기하는 사람들에 대해서는, 글쎄, 나도 당신들이 제정신인지 묻고 싶어.

진심을 담아,
게리 길모어."

크리스마스 며칠 후, 선드버그가 니콜에게 게리가 쓴 책을 가져다주었다. 잡화점에서 살 수 있는 딱딱한 표지의 공책으로 대략 50쪽 두께였다. 선드버그는 급한 일이 있었고, 그녀는 그가 있는 동안 대충 훑어보았다. 약속대로 그는 다음 날 다시 가져왔는데, 그제야 그녀는 좀 깊이 몰입할 수 있었다. 단순한 책이었지만 그녀는 단어 하나하나가 다 좋았다. 표지가 있는 진짜 책이었고, 게리가 페이지마다 글을 써 놓았기 때문이다.

　여기 앉아 있던 빌어먹을 교도관이 방금 코를 풀었어. 오 분이 걸리더군. 콧속 깊숙이 뭔가 단단히 끼어 있었나 봐.

　거칠고 귀에 거슬리는 추잡한 소리였어.

　그가 마침내 코를 다 풀었을 때 내가 그에게 말했지. "뭐, 경적은 잘 작동하네. 이제 라이트를 켜 봐요." 코가 빨개진 그가 충혈된 눈으로 날 쳐다봤어.

　이제 교도관이 서성거리고 있어. 너무 꽉 끼는 13EEE 사이즈[140]의 신발을 신고 타닥타닥 소리를 내며 왔다 갔다 하고 있어. 이 돼먹지 못한 놈이 아주 지루해 죽겠나 봐.

　우편으로 예수에 관한 책을 몇 권 받았는데, 살펴보니 지나치게 기독교적인 내용이었어.

　그러니까 인간 그리스도, 유대인 그리스도, 메시아 그리스도에 관한 책은 읽어도 상관없지만, 기독교인 그리스도에 관한 책은 사양이라는 뜻이야.

　《위(OUI)》[141]의 첫 부분에는 항상 여자들이 보내온 네 컷짜리 사진이 실리는데, 그들이 사진 부스에서 가슴을 드러낸 채 찍은 사진들이지. 《위》를 읽을 때 난 항상 그 사진들을 확인해.

---

140) 숫자 13은 신발 길이를, EEE는 신발의 너비를 의미한다. EEE는 일반적인 신발 너비보다 훨씬 넓은 편에 속한다.
141) 1972년에 창간된 남성용 라이프 스타일 및 성인 잡지로, 주로 유럽 스타일의 패션, 문화, 성적 주제를 다루는 내용으로 구성되어 있다.

당신의 사진들을 보내 볼까도 생각했어. 생각만 했지 정말 보내겠다는 말은 아니야.

하지만 당신의 사진이 실릴 거라는 건 알아.

유명하진 않아도 그들은 당신의 사진을 실을 거야. 당신은 워낙 섹시하고 예쁜 데다 혀를 살짝 내민 얼굴 표정과 요정 같은 가슴이 끝내주게 훌륭하니까 말이야.

자기야, 죽기 전에 난 당신의 편지들을 없앨 거야. 그냥 그 편지들은 출판용이 아니기 때문이지. 대중에게 보이기 위한 게 아니야.

편지들을 당신에게 돌려주려 했지만, 그렇게 하면 결국 그것들이 영화 제작자인 래리 실러의 손에 들어갈 거라는 거 알아.

그런 다음 게리는 뉴스 기사 오려 낸 것을 책에 붙여 놓았다.

솔트레이크 트리뷴

길모어가 동부 소녀의 질문에 답하다

1976년 12월 4일. 매사추세츠주 홀리요크의 리사 라로셸은 종교 수업의 일환으로 여러 유명 인사에게 다음과 같이 질문하는 편지를 보냈다.

"신을 만나면 가장 먼저 물어볼 질문은 무엇인가요?"……

"친애하는 리사." 길모어가 법률 용지 크기의 종이에 빨간 잉크로 썼다. "나는 '저명한' 인물이 아니에요. 그저 원치 않았던 악명을 얻었을 뿐이죠. 하지만 당신의 질문에 대답한다면……

우리가 결국 신을 만나게 되면 어떤 질문도 필요하지 않을 것 같군요."

"진심을 담아, 게리 길모어."

라로셸 양은 월터 크롱카이트,[142] 미식축구 스타 O. J. 심슨과 로저 스타우바흐 등에게도 같은 편지를 썼다.

교도관들이 내 감방 밖 통로로 몰래 다가와 나 모르게 나를 지켜볼 수 있어. 그들은 날 볼 수 있지만 난 그들을 볼 수 없지. 그중 몇 명은 내가 자위하는 모습을 포착해 지켜보고 싶어 하는 것 같아.

6

12월 31일 금요일

사랑,

어젯밤 난 꿈속에서

하얀 새가 되어 창문 밖으로 날아갔어요

어둠 속에서 몇 개의 밝은 별들이 있는

밤과 시원한 바람을 뚫고 날아왔고

그러다 길을 잃었어요. 그리고 잠에서 깨어났죠.

---

142) Walter Cronkite(1916~2009). '미국에서 가장 신뢰받는 공인'으로 불리는 미국의 언론인이자 앵커맨.

지금은 이만 가 볼게요

매 순간 당신을 사랑해요

니콜

12월 31일 금요일?

오 여보,

나는 말할 수 없이 싫은 곳에 있어요. 이곳엔 지적이고 중요한 사람들이 많은데, 그들에게 난 살고자 하는 의지와 자격 있는 어머니이자 인간으로서의 능력을 납득시켜야 해요.

난 지금 내 모든 걸 다 쏟아붓고 있어요. 때로는 다른 누군가를 설득하기 전에 나 자신을 설득해야 하죠.

이상한 여자, 나.

당신을 사랑해요.

섣달그믐

오 니콜 자기야,

나 자신, 내 아내,

······네덜란드에서 어떤 여자가 카드를 보냈는데 정말 아름다웠어. 그 여자가 말했어. "모두를 믿으세요. 모든 사람들을 사랑하세요."

정말이지 나도 그렇게 강해지고 싶어.

지난 편지에서 당신에게 말했지. 1월 17일에 그들이 날 쏠 거라고······. 그 30구경 총의 납탄 네 개가 날 자유롭게 할 거야.

468

그러면 난 당신에게 갈게 ─ 작고 하얀 새.

십칠 일 남았어.

늘 당신을 생각해.

오직 당신만을 생각해.

자기야, 난 항상 당신이 하얀 새라는 걸 알고 있었어. 당신은 우리 두 사람이 이 세상에 다시 태어나기 전에 내 어깨 위에 앉았던 작은 하얀 새였어. 그리고 그때 우린 서로에게 어떤 서약을 했지.

1977년 1월 1일

안녕 내 사랑,

자기, 기분이 어때요, 게리? 새해가 됐어요! 해피 뉴 이어, 내 사랑. 여기 이건 내가 쓴 짧은 시예요.

새벽의 침묵 속에
내 마음을 잃어버려
사랑을 도난당하고
상처는 길다

그러니 아무것도 묻지 마
노래도 부르지 마
어디든 따라오지 마
난 이미 사라졌으니

만약 조용한 순간을 찾는다면, 그 순간에 어울리는 부드러운 곡조가 마음속에서 들릴 것 같아.

자기, 그들이 그냥 불을 꺼 버렸네요. 사랑해요. 게리, 정말이지 당신을 얼마나 사랑하는지 몰라.

내 꿈 꿔요……. 난 꿈속에서도 당신을 그리워할 거예요.

영원히 당신을 사랑하는
니콜

7

미어스만 신부는 항상 자신이 게리 길모어에게 아주, 아주 진실되게 도움을 주게 되었다고 생각했다. 이 사형수가 가톨릭 신자냐 아니냐는 전혀 문제 되지 않았다. 그저 길모어가 존엄하게 죽고 싶다고 말했고, 미어스만 신부는 그 말에 감명했을 뿐이었다. 그는 11월 초 어느 날 밤에 게리를 만나러 가서 자기는 그런 욕망을 이해하며 그것이 길모어 자신의 욕망과 부합한다면 기꺼이 돕겠다고 말했다. 미어스만 신부는 다른 사형 집행을 도운 적이 있었고, 그 통상적인 절차와 함정에 대해 어느 정도 알고 있었다. 미어스만은 이 대화의 결과로 두 사람이 좋은 친구가 되었다고 생각했다.

길모어는 밤에 잠을 많이 자지 않았고 사람들이 방문 오는 걸 즐겼다. 사제는 모든 면회객이 떠나고 교도소가 조용해진 저녁에 오곤 했다. 미어스만은 언제든지 수감자들을 자유롭게 만날 수 있었지만, 그곳은 교도소 기준에 따라 운영되어야 했다. 예컨대 최고 보안 교도소에서는 식사 시간에 죄수를 방문하는 건 피해야 했다. 교도소는 한 번에 한 가지 일에만 집중해야 했다. 그게 교도소의 운영 방식이었다. 구금 시스템을 방해하고 싶지 않았기 때문에, 미어스만은 늦은 시간에 들르곤 했다.

그들은 소소한 이야기를 나눴다. 예를 들어 어느 날 밤, 미어스만 신부는 늘 그랬듯 중앙 복도 쪽 창살 앞에 서 있고 반대편의 길모어는 창살에 기대어 있었는데, 미어스만 신부가 해포석 담배 파이프를 꺼냈다. 게리는 그에게 그게 무엇인지 물었고, 미어스만 신부는 그런 파이프는 담배를 피울수록 점차 부드러워진다고 설명했다. 그리고 또 다른 날 밤에는 외국 동전을 잔뜩 가져왔는데 그것을 본 게리가 매우 신기해했다. 게리는 배우는 걸 좋아했다. 그는 세부적이고 구체적인 내용에 매우 관심이 많았다. 미어스만 신부가 2차 세계 대전 이후 로마의 북미 신학교에서 공부했기 때문에, 게리는 신부에게 유럽에 대해 많이 물어보았다.

두 사람은 역사에 대해, 그리고 줄리어스 시저나 나폴레옹 등 여러 인물들의 흥망성쇠에 대해 이야기했다. 미어스만 신부는 게리가 무하마드 알리처럼 정상에 올라 유명해진 사람들을 좋아한다는 걸 알 수 있었다. 또한 두 사람은 미어스만 신부가 가져다준 신문과 잡지에서 길모어가 읽은 내용을 가지고 토론하기도 했다. 그는 이렇게 말하곤 했다. "이봐요, 신부님, 지미 카터에 대해 어떻게 생각해요?" 혹은 "신부님, 종이 접시에 음식을 담아 주는 것에 대해선 어떻게 생각하시죠?"

이들 질문 각각에 대해 미어스만은 대답하곤 했다. "오, 게리, 뭐든 공정한 쪽을 따르겠네."

그런 말을 여러 번 반복하면 길모어는 이렇게 받아쳤다. "신부님, 공정한 건 없어요."

그런 뒤 두 사람은 함께 웃음을 터뜨렸다. 길모어는 그를 항상 신부님이라고 불렀다.

길모어는 또한 자신의 대중적 이미지가 가진 독특한 분위기를 잘 알고 있었고, 매일 밤 신문을 가져다주는 미어스만 신부에게 고마워했다. 게리는 자신의 사건에 대해 이야기하는 걸 확실히 좋아했다. 미어스만 신부가 새해가 막 시작된 직후에 발행된(사실은 새해가 시작되기 며칠 전에 나왔지만) 1977년 《타임》 첫 호를 가져왔던 날 밤엔 황홀해하기까지 했다. 그 안에는 서로 마주 보는 두 페이지가 있었는데, 거기에는 '76년도의 이미지'라는 제목이 적혀 있었다. 대통령 당선인 카터와 그의 어머니와 아내의 사진들과 베티 포드의 사진, 그리고 아르헨티나의 이사벨 페론 사진이 있었고, 공식 조문을 위해 안치된 마오쩌둥의 시신 사진이 화성에 착륙한 바이킹 1호 다리 지지대 사진과 함께 있었다. 헨리 키신저 국무 장관이 케냐에서 한 손에는 아프리카 검을, 다른 한 손에는 방패를 들고 있는 사진과 젊은 체조 선수 나디아 코마네치의 사진이 있었다. 그런데 같은 두 페이지에 최고 보안 교도소의 흰옷을 입은 게리 길모어의 사진도 실려 있었다. 그는 사면 위원회 청문회에서 사형 선고 날짜를 받은 직후 카메라를 향해 활짝 웃고 있었다. 게리는 1976년 연간 결산 기사에서 자신이 저명한 사람들과 함께 있다는 점을 놓치지 않았다.

5부

압력들

22장

카펫의 작은 구멍

1

패럴은 유타로 돌아가 무디와 스탠저를 상대하는 일을 서두를 필요가 없다고 느꼈다. 이미 진행 중인 작업에 만족하고 있었기 때문이다. 실러가 하와이에 가 있는 동안 배리는《플레이보이》인터뷰를 설계하기 시작했다. 가독성을 높이기 위해 대화를 다듬고, 문단을 옮기고, 이전 질문지에 대한 게리의 서면 답변 중 일부에서 관련 자료를 추가해 넣었다. 보통 그는 무디와 스탠저의 질문들을 고쳐 써서 흐름을 매끄럽게 했고, 《플레이보이》인터뷰다운 풍미를 더했다. 그러나 그는 자신만의 기본 규칙에 따라 편지에서는 아무것도 가져오지 않기로 결정했다. 인터뷰는 그들의 질문에 대한 구두 답변 혹은 서면 답변으로 구성될 예정이었다.

하지만 그가 가장 의존했던 것은 12월 20일의 인터뷰였다.

광범위한 주제에 대해 길모어의 생각을 듣고자 했던 패럴은 질문할 때 약간의 순진함을 가장했다. 그는 더 깊이 있는 질문을 끌어낼 만한 답변을 기대했지만, 이런 단순한 질문들이 길모어에게 우월감을 느끼게 해 줄 거라고 생각했다. 결과는 놀라웠다. 게리는 놀라울 정도로 많은 답변을 돌려주었다. 패럴이 보기에 게리는 이제 사람들이 간직해 줬으면 하는 자신에 대한 특정한 관점을 제시하기 시작하는 것 같았다. 그런 의미에서 그는 본인에 대한 글을 스스로 쓰고 있는 셈이었다. 배리는 그것이 대단히 매력적이라고 생각했다. 그는 길모어 정전(正典), 즉 자존심 강한 죄수의 정전을 건네받고 있었다. 사실인터뷰 자체가 그 분위기에서 벗어날 수 있을까 하는 의문이들 정도로 훌륭했다.

인터뷰어: 전과 기록을 보면, 당신은 소년원에 입소한 이후 거의 계속 수감되어 있었고, 이는 이십이 년 전의 일입니다. 마치 범죄자의 운명을 살아가는 것 외엔 다른 선택지가 없었던 것처럼 보이네요.

길모어: 네, 그렇게 표현할 수 있겠네요. 사실, 아주 잘 표현했어요.

인터뷰어: 범죄자처럼 생각하게 된 계기는 무엇인가요?

길모어: 아마도 소년원에 들어간 거겠죠.

인터뷰어: 하지만 당신이 어떤 짓을 했기 때문에 거기에 보내졌겠죠.

길모어: 그래요, 내가 소년원에 보내진 건 열네 살 때였고, 음, 열세 살 때부터 수감되기 시작했네요.

인터뷰어: 무슨 일을 저질렀기에 열세 살에 구속되었나요?

길모어: 음, 처음에는 차를 훔쳤지만…… 어, 처음 저지른 중범죄는 아마 강도였을 거예요. 가택 침입이요. 신문 배달을 하던 중에 집을 털곤 했죠.

인터뷰어: 왜죠? 무엇을 노렸나요?

길모어: 이유요? 글쎄요, 주로 총을 원했어요. 많은 사람들이 집에 총을 보관하잖아요. 그리고 음…… 그게 내가 주로 찾던 거였어요.

인터뷰어: 그때가 몇 살이었나요? 열한 살? 열두 살? 총은 왜 원했나요?

길모어: 음, 그게, 당시 포틀랜드에 갱단이 있었어요. 들어 본 적 있는지 모르겠지만, 아마 없겠죠. 하지만, 음, 나는, 어, 브로드웨이 갱단에 들어가고 싶었어요. 브로드웨이에서 배회하다가 그들에게 총을 파는 것이 갱단에 입단하는 가장 좋은 방법이라고 생각했죠. 그들이 총을 원한다는 걸 알았거든. 내 말은, 난…… 난 사실 그 갱단이 실제로 존재했는지도 잘 모르겠어요……. 어쩌면 신화였을지도 몰라. 하지만 그들에 대한 이야기를 듣긴 했거든. 그래서 생각했죠. 브로드웨이 갱단 같은 그런 조직의 일원이 되고 싶다.

인터뷰어: 그런데 잡혀서 소년원에 보내졌고요?

길모어: 네. 오리건주 우드번에 있는 매클래런 소년 학교요.

인터뷰어: 이제부터 큰일 났다고 스스로에게 말했던 그 시점인가요?

길모어: (웃음) 큰일은 항상 날 것 같았어요. 나한테는 재능이,

아니 차라리 재주가 있는 것 같았어요. 어른들이 다른 아이들을 바라보는 방식과는 다르게 나를 보게 만드는 그런 재주요. 당혹스러워하거나 아니면 거부감을 느끼거나.

인터뷰어: 거부감을 느껴요?

길모어: 그냥 다른 시선이요. 어른들이 아이들을 볼 때 가져서는 안 되는 그런 시선.

인터뷰어: 눈에 증오를 담아서?

길모어: 증오 이상이지. 혐오감이라고 할 수 있을 거예요. 애리조나주 플래그스태프의 한 아주머니가 기억나는데, 내가 서너 살 때 우리 부모님의 이웃이었어요. 내가 무슨 엿 같은 짓을 저질렀는지, 그녀는 분노를 참지 못해 날 정말 해칠 작정으로 신체 공격을 했죠. 아버지가 달려들어 제지해야 할 정도로요.

인터뷰어: 도대체 무슨 짓을 했기에 그렇게 화를 냈나요?

길모어: 그냥 그 아줌마에게 말하는 방식과 행동하는 방식 때문이었죠. 나는 결코…… 착한 녀석이 아니었으니까. 여덟 살 때쯤엔 포틀랜드에서 어느 저녁에 다 같이 어떤 사람들의 집에 갔는데, 거기엔 어른이 두세 명 있었어요. 정확히 내가 뭘 했는지는 기억이 안 나지만, 사람들 모두에게 무례한 말을 지껄이고 집 안에 있는 물건들을 죄다 함부로 만지거나 망가뜨리는 등등의 짓을 했죠. 어쨌든 한 아줌마가 결국 완전히 이성을 잃은 거야. 고래고래 소리를 질러 댔어요. 미친 듯이 날뛰었죠. 그러더니 나를 집 밖으로 내쫓더라고. 그 자리에 있던 다른 어른들도 그 아줌마를 지지했는데, 모두 같은 감정을 느꼈던 거예요. 생각해 보니, 그런 엿 같은 일이 나한테 그리 큰 영향을 준

것 같진 않아요. 그냥 집을 향해 약 5킬로미터 정도 되는 거리를 걸으면서 혼자 휘파람도 불고 노래도 흥얼거렸던 기억이 나거든요.

인터뷰어: 소년원에 가기 훨씬 전부터 당신은 늘 걷던 길을 따라가고 있는 것처럼 들리네요.

길모어: 글쎄, 나는 법이 말도 안 되게 엉터리라는 걸 늘 알고 있었어요. 하지만 진로라는 측면에서 보면, 사람은 삶에서 각자 다양한 경험의 영향을 받기 때문에 특정한 방식으로 반응하게 되죠. 이해가 되나요?

인터뷰어: 판단하기가 어렵네요. 예를 하나 들어 주세요.

길모어: 음, 이건 일종의 개인적인 일이에요. 당신에게는 이상한 사건처럼 들리겠지만, 나에겐 지속적인 영향을 미쳤어요. 열한 살 때쯤 학교에서 집으로 돌아오는 길에 지름길로 가야겠다는 생각이 들었어요. 15미터 정도 되는 언덕 경사로를 내려가다가 들장미 덤불과 블랙베리, 그리고 가시나무 덤불에 걸리고 말았죠. 포틀랜드 남동부의, 웃자란 야생 덤불이 무성한 이 지역에는 높이가 15미터나 되는 덤불도 있었어요. 지름길일 거라고 생각했던 그곳엔 통과할 수 있는 길이 없었죠. 아무도 거길 지나간 적이 없었어요. 어느 시점에서 방향을 돌려 돌아갈 수도 있었지만, 나는 그냥 가기로 결정했고, 길을 찾기까지 세 시간 정도가 걸렸어요. 그 시간 동안 절대 멈추거나 쉬지 않고 계속 걸어갔어요. 그냥 계속 가다 보면 결국 빠져나갈 수 있다는 걸 알았지만, 그곳에 가망 없이 갇힐 수 있다는 것도 알고 있었어요. 인가(人家)와 한 블록 정도 떨어져 있었는데, 만약 내가 비명

을 질렀다면…… 글쎄요, 난 아마 거기서 죽었을 수도 있어요. 내 비명 소리는 아무에게도 들리지 않았을 테니까. 그래서 그냥 계속 걸어갔죠. 그건 일종의 개인적인 일이었어요. 마침내 세 시간 정도 늦게 집에 도착했더니, 엄마가 이렇게 말하대요. 음, 늦었구나. 그래서 내가 말했죠. 네, 지름길로 왔거든요. (웃음) 그 일을 계기로 난 많은 것들에 대해 조금 다르게 느끼게 되었어요.

인터뷰어: 어떤 것들이요?

길모어: 나한테는 두려움이라는 게 없다는 걸 알았죠. 그냥 계속 가다 보면 나가게 되리라는 걸 알았어요. 나 자신을 극복한 것 같다는 느낌이 뚜렷했어요.

인터뷰어: 그럼 왜 당신을 발동시킨 게 소년원에 간 거라고 말한 거예요?

길모어: 자, 봐요, 소년원에서는 은밀한 특정 지식이 전파돼요. 아이들을 약삭빠르게 만들죠. 퇴소할 때 아이들은 원래라면 몰랐을 몇 가지를 배워서 나와요. 그리고 보통 그 같은 은밀한 지식을 공유하는 사람들, 범죄자 집단이든 뭐든 그런 부류와 동질감을 느끼게 되죠. 그래서 우드번에 간 것은 내 인생에서 작은 일이 아니었어요.

인터뷰어: 우드번은 나빴나요? 어떻게 적응했나요?

길모어: 음, 그곳은 그것만이 삶의 방식이라고 생각하게 만들었어요. 그 안에서 내가 존경했던 사람들은 강인했어요. 반항적이며 멋을 아는 사람들이었죠. 그땐 1950년대였으니까. 그리고 그들은 그곳에서 모든 걸 주도하는 것처럼 보였어요. 직원들은

정해진 시간만 채우고 퇴근하면 맥주나 마시는 현지인들이었고, 우리가 뭘 하든 하지 않든 신경 쓰지 않았어요. 정신과 의사도 몇 명 있었죠. 당시에는 정신 분석이 아주 대세였거든. 그들은 들어와서 잉크 반점 검사를 보여 주며 온갖 종류의 질문을 해 댔어요. 주로 섹스와 관련된 질문이었어요. 그러고는 기묘하게 쳐다보거나…… 뭐 그런 식이었죠.

인터뷰어: 그곳에 얼마나 있었나요?

길모어: 십오 개월이요. 네 번이나 탈출을 시도한 끝에 그곳을 정말로 벗어나려면 내가 갱생했다는 걸 보여 주는 방법밖에 없다는 사실을 깨달았죠. 그래서 사 개월간 아무런 문제도 일으키지 않았어요. 그랬더니 퇴소시켜 주더군요. 그 일을 계기로 그런 사람들이 쉽게 속는다는 걸 알게 됐죠.

인터뷰어: 다른 재소자들이 당신을 밑에 깔아 보려는 시도를 한 적이 있나요?

길모어: 아니…… 아무도 절대……. 난 그런 문제를 겪어 본 적이 없어. 그래, 단 한 번도. 만약 그런 일이 있었다면 나는 그걸 단호하고 폭력적인 방식으로 처리했을 거요. 누군가를 죽였거나…… 아니면 무언가로 흠씬 두들겨 팼겠죠. 덩치가 너무 큰 사람에겐 무기를 사용했을 거고. 하지만 그런 일은 없었어요.

인터뷰어: 우드번에서 풀려났을 때 기분이 어땠나요?

길모어: 나는 문제를 찾아 나섰어요. 그게 내가 해야 할 일인 줄 알았거든. 소년원에 다녀왔기 때문에 다른 애들보다 약간 우월하다고 느꼈어요. 나는 터프가이 콤플렉스가 있었고, 젠체하는 비행 청소년 같은 태도를 취했죠. 비행 청소년. 그 표현 기억

하죠? 정말 나이 나오네, 안 그래요? 아무도 나한테 뭐라고 하지 못했어요. 나는 오리 꼬리 스타일의 머리를 하고, 담배를 피우고, 술을 마시고, 헤로인 주사를 맞고, 대마초를 피우고, 각성제를 먹고, 싸움에 휘말리고, 작고 예쁜 계집애들을 쫓아다니다 낚기도 했죠. 50년대는 비행 청소년으로 지내기 딱 좋은 시대였어요. 도둑질도 하고 강도 짓도 하고 도박도 하고 동네 회관에서 열린 패츠 도미노[143]와 진 빈센트[144]의 댄스파티에도 다녔죠.

인터뷰어: 그 시점에 당신은 어떤 삶을 살고 싶었나요?

길모어: 난 조직 폭력배가 되고 싶었어요.

인터뷰어: 당신에게 다른 재능이 있다고는 생각하지 않았나요?

길모어: 음, 그래요, 재능이 있긴 있었어요. 그림을 잘 그렸죠. 어렸을 때부터 그림을 그렸는데, 초등학교 2학년쯤에 한 선생님이 엄마한테, "아드님은 예술가예요."라고 말했던 게 기억나요. 그 말을 할 때 진심이라는 게 눈에 보였죠.

인터뷰어: 범죄자로 사는 운명에 대해 다시 생각해 보고, 자신이 변할 수도 있겠다고 생각한 적이 한 번이라도 있나요?

길모어: 글쎄요, 예술가로서 뭔가 해 볼 수 있지 않을까 생각했었는데…… 알다시피 그건 너무 어렵잖아요. 나는 상업적인 예술가가 아니라 순수 예술가로서 큰 성공을 거두고 싶었거든. 얼마 후 나는 남은 인생을 교도소에서 보내거나 자살하거나 음, 경찰

---

143) Fats Domino(1928~2017). 미국의 흑인 로큰롤 가수 겸 피아니스트.
144) Gene Vincent(1935~1971). 로커빌리와 로큰롤의 선구자로 평가되는 미국의 음악가.

이나 뭐 그런 사람들 손에 죽을 거라고 생각했어요. 어떤 식으로든 폭력적인 죽음을 맞이할 거라고. 하지만 어릴 때는 화가가 되는 것에 대해 진지하게 생각해 본 적이 있긴 했죠.

인터뷰어: 다시 교도소에 갇히기까지 얼마나 걸렸나요?

길모어: 사 개월이요.

인터뷰어: 사 개월이라고요! 소년원에서 교육을 받았다고 했잖아요. 그 은밀한 지식을 이용하여 교도소에 갇히는 걸 피할 순 없었나요?

길모어: 그게 그냥 내 삶의 패턴이었어요. 어떤 사람들은 평생 운이 좋죠. 어떤 문제에 휘말리든 곧 다시 밖으로 놓여나거든. 하지만 어떤 사람들은 운이 나빠요. 밖에서 한번 잘못을 저지르면, 다시 교도소로 돌아와 오랜 기간을 복역하는 것이 삶의 패턴이죠.

인터뷰어: 당신이 바로 그 운 나쁜 사람이고요?

길모어: 네, '영원한 상습범'이죠. 우린 습관의 동물이잖아요.

인터뷰어: 처음 소년원에 들어간 이후 가장 오랫동안 자유의 몸으로 지낸 기간이 어느 정도 되나요?

길모어: 가장 길었던 게 약 팔 개월이었죠.

인터뷰어: 당신의 아이큐를 130 정도로 추정하던데, 지난 이십이 년 중 거의 십구 년을 교도소에서 보냈군요. 왜 한 번도 무사히 빠져나가지 못한 거예요?

길모어: 몇 개는 빠져나갔죠. 난 대단한 도둑이 아니에요. 충동적이거든. 계획을 세우지도 생각하지도 않아. 안 들키고 빠져나가기 위해 엄청나게 머리가 뛰어날 필요는 없어요. 그냥 생각을

해야 하죠. 하지만 난 그러지 않아요. 참을성이 없거든. 그렇게 욕심도 없고. 내가 걸렸던 많은 건들 중 빠져나갈 수 있었던 건도 꽤 많아요. 정말, 음, 이해가 안 돼. 어쩌면 오래전에 신경 쓰는 걸 그만뒀는지도 모르지.

모든 게 괜찮았다. 패럴은 좀 더 검토해 보기 전까지는 어느 것도 믿지 않을 생각이었다. 하지만 그 남자는 적어도 스스로를 어떤 모습으로든 보여 주려 하고 있었다. 분명 그것이 그가 세상에 비치고 기억되기를 바라는 방식이었다. 편지 속 모습과는 굉장히 다른 사람!

2

패럴과 실러는 게리가 살인 사건에 대해 진솔하게 이야기하게 만드는 것이 비결이라는 데 동의했다. 그때가 되면 항상 무슨 일이 일어났다. 자신에 대해 자발적으로 말하고자 하는 길모어의 의지가 사라졌다. 그의 이야기는 모든 사기꾼과 사이코패스가 가장 지루하거나 가장 특별한 저녁에 대해 이야기할 때 보여 주는 것과 동일한 서술 방식에 함몰되었다. 나는 이렇게 했고, 그런 다음 저렇게 했다는 식이었다. 특별히 강조하는 부분 없이 일화를 나열하는 것. 어떤 세부 사항에도 가치를 부여하지 않으려는 단호한 태도라고 패럴은 생각했다. 인생은 백화점이다. 집을 수 있는 건 집어라.

길모어: 에이프릴이 트럭에 올라타서 라디오를 크게 틀더니 바짝 다가와 집에 가기 싫다고 말하기에, 내가 그랬죠. 음, 뭐, 네가 원하면 밤새 밖에서 데리고 있어 줄게. 그래서 난 트럭을 구입한 곳으로 차를 몰고 가서 그 사람들과 대금 지불 방식에 대해 논의했어요. 머스탱을 계약금 삼아 주었고, 술을 마시면서 트럭에 대해 대충 합의했죠. 그들이 내 총을 대신 들어 주었고, 나는 장전된 권총을 한 자루 갖고 있었어요. 서류에 서명하고 트럭의 소유권을 인수하고 머스탱을 거기에 둔 채 떠났죠. 에이프릴과 차를 타고 돌아다니다가 오렘으로 들어갔고 모퉁이를 돌아 주유소에 도착했는데, 인적 없이 텅 비어 있는 것처럼 보였어요. 아마 그 점이 내 관심을 끌었던 것 같아요. 모퉁이를 돌아서 주차한 뒤, 에이프릴에게 금방 돌아올 테니 트럭에 있으라고 했어요. 그리고 주유소로 가서 젠슨에게 돈을 내놓으라고 했죠. 그가 돈을 주더군요. 그런 다음엔 그에게, 음, 화장실로 가서 바닥에 엎드리라고 했어요. 꽤 신속하게 일이 진행됐죠. 그에게 닥칠 일을 미리 알리지 않았어요. 22구경 권총이었기 때문에[145] 빠르게 연속으로 두 발을 쐈어요. 그가 고통을 느끼거나 반쯤 살아 있는 상태로 남겨지지 않도록 확실히 마무리하기 위해서였죠. 그리고 음, 그곳을 떠나, 음, 싱클레어 역이 어디인지는 모르겠지만, 번화가로 다시 차를 몰고 갔어요. 스테이트가(街)였을 거예요. 그리고 앨버트슨즈[146]에 가서 감자칩

---

145) 더 큰 구경의 권총에 비해 상대적으로 파괴력이나 관통력이 낮다.
146) 미국에서 운영되는 대형 슈퍼마켓 체인.

과 영화관에 가져갈 이런저런 것들과 맥주 반 상자, 그리고 에이프릴이 먹고 싶어 하는 음식을 샀죠.

마지막으로, 변호사 중 한 명이 질문했다. 패럴은 그것이 더 나은 결과를 낳았다는 것을 인정하지 않을 수 없었다. 길모어가 사이코패스들이 모인 주거지에서 밀려나야 하는 것은 분명했다.

인터뷰어: 자, 한 가지 더요. 그 주유소에 들렀을 때, 젠슨을 털거나 죽이려는 의도가 있었나요?

길모어: 죽일 생각이었어요.

인터뷰어: 언제부터 그런 생각을 했나요? 누군가를 죽여야겠다…….

길모어: 글쎄요. 일주일 동안 서서히 구체화된 것 같아요. 그날 밤 나는 밸브를 열고 무언가를 내보내야 한다는 걸 알았지만, 그것이 어떤 식으로 진행될지는 정확히 알지 못했고, 이렇게 하겠다거나 저렇게 하겠다거나, 혹은 그렇게 하면 기분이 나아질 거라는 생각은 하지 않았어요. 그냥 내 안에서 무언가 일이 벌어지고 있다는 걸 알았고, 그 분기를 좀 배출해야겠다는 생각이 들었죠. 음, 이 모든 게 상당히 악랄하게 들릴 것 같네요.

인터뷰어: 아니, 아니에요. 젠슨이 당신에게 뭔가 거슬리는 말을 했나요?

길모어: 아니, 전혀요.

인터뷰어: 트럭에서 내려 젠슨이 있는 사무실로 들어가게 된 계

기가 무엇인가요?

길모어: 잘 모르겠어요.

인터뷰어: 무슨 뜻인가요?

길모어: 말 그대로 정말 모르겠다는 뜻이에요. 그곳이 인적 없이 적막해 보였다고 했잖아요. 그냥 그렇게 하는 게 맞는 것 같았어요.

인터뷰어: 젠슨을 죽인 것으로는 압박감이 사라지진 않았나 봐요. 다음 날 밤에 왜 부시넬을 죽였죠?

길모어: 모르겠어요, 음. 난 충동적이에요. 생각이란 걸 하지 않죠.

인터뷰어: 당신은 전날 밤 젠슨을 죽인 것과 같은 방식으로 부시넬을 죽였어요. 바닥에 엎드리라고 명령한 다음 머리에 총구를 대고 발사했죠. 부시넬을 죽이면 젠슨을 죽이고 나서도 얻지 못한 해방감을 얻을 수 있을 거라고 생각했나요?

길모어: 말했잖아요. 생각이란 걸 하지 않았다고. 내가 기억하는 건 아무 생각이 없었다는 거예요. 움직임과 행동만 있었죠. 나는 부시넬을 쐈어요. 그런데 그런 다음 총이 발사되지 않았어요. 빌어먹을 자동 권총! 이 친구는 죽지 않았구나, 하는 생각이 들었어요. 그가 반쯤 죽은 채로 누워 있지 않도록 한 번 더 쏘고 싶었죠. 그가 고통을 느끼지 않았으면 해서요. 기계 장치를 조작해서 총을 다시 작동시키고 그를 다시 쏴 보려고 했지만, 총알이 걸려서 작동하지 않았어요. 그런데 난 그곳에서 몸을 빼야 했죠. 총은 다시 고쳤지만, 부시넬 씨를 위해서 무언가를 하기는 너무 늦은 상황이었어요. 안타깝게도 그는 즉사하지 않았죠. 그에게 엎드리라고 명령했을 때, 나는 그를 위해 빨리

끝내고 싶었어요. 그에게는 기회도, 선택의 여지도 없었죠. 냉정하게 들리네요. 하지만 뭐, 당신들이 물어봤으니까.

인터뷰어: 두 건의 살인에 접근하는 방식에 차이가 있었나요?

길모어: 아뇨, 딱히. 부시넬 씨가 죽는다는 게 좀 더 확실했다고 말할 수 있겠네요.

인터뷰어: 왜죠?

길모어: 젠슨 씨가 사망한 게 이미 사실이었기 때문에, 다음 살인은 더 확실했죠.

인터뷰어: 두 번째 살인이 첫 번째 살인보다 쉬웠나요?

길모어: 둘 다 어렵지도 쉽지도 않았어요.

인터뷰어: 그 두 남자 중 어느 한 명과라도 어떤 형태로든지 교류를 한 적이 있나요?

길모어: 아뇨.

인터뷰어: 그렇다면 부시넬이 일하던 시티 센터 모텔에는 어떻게 가게 된 건가요? 우리는 당신이 말하는 분노의 특성을 이해하려고 노력 중입니다. 성관계를 통해 발산할 만한 분노는 아니었던 건가요?

길모어: 성과 관련된 질문은 받고 싶지 않아요. 저급하다고 생각하거든.

인터뷰어: 하지만 만약 당신이 부시넬을 죽인 날 밤에 당신에게 맥주와 편안한 시간을 제공할 수 있는 다정한 여자와 함께 밤을 보냈다면 기분이 나아지는 데 도움이 되지 않았을까요?

길모어: 그 질문에는 대답하고 싶지 않아요.

인터뷰어: 당신은 성관계보다 살인에 대해 이야기하는 게 편해

보이네요.

길모어: 그건 당신의 판단이고.

좋은 인터뷰라고 패럴은 생각했다. 시작이 좋았다.

3

하지만 성탄절 주간 내내 분위기는 침울했다. 의미 있는 인터뷰가 더 이상은 되지 않았다. 패럴은 자신이 게리를 겁먹게 한 것은 아닌지 궁금했다. 아니면 게리가 연휴 때문에 불능 상태가 된 건가? 교도소에서 보내는 크리스마스에 대한 그의 쓸쓸한 반응을 볼 때, 행간을 읽는 것은 어렵지 않았다. 이승에서 맞는 나의 마지막 새해.

어쩌면 변호사들이 원인일지 모른다고 우려하기도 했다. 그해의 마지막 주에 그들은 매일같이 게리와 농담을 주고받으며 핵심 요점을 건너뛰었고, 좋은 답변에 합당한 후속 질문을 하는 것도 무시했으며, 패럴의 더 정교한 질문들을 마치 진짜 남자가 입에 올리기에는 너무 문학적이라는 듯이 읽었다.

배리는 스탠저의 사무실로 전화를 걸어 아주 어렵사리 새로운 질문들을 받아 적게 했다. 하루나 이틀이 지나 돌아온 테이프의 내용이 너무 빈약해서, 패럴은 변호사들이 자기들은 내놓을 수 있을 뿐만 아니라 감출 수도 있음을 보여 주고 싶은 게 아닌가 하는 의심이 들었다. 그는 그들이 실러의 하와이 여행 때문에 여전히 화가 나 있는 게 분명하다고 생각했다. 죽음을 앞둔 남자를 신문하는 것이 부적절한 일일지도 모르지만, 사실상 돌아온 게 아무것도 없었다.

스탠저: 교도소에서 정치적인 영향력을 행사해 본 적 있어요?

길모어: 마지막으로 오리건에서 복역할 때는 혁명 운동 같은 것에 발을 조금 들였어요. 그러다 그냥 혁명가들이 아무것도 혁명하지 못할 거라는 걸 깨달았고, 그래서 그만뒀죠. (웃음)

스탠저: 그래요. 당신은 사 년 넘게 독방에 있었잖아요. 당신이 일부러 일을 어렵게 만들었기 때문인가요, 아니면 당신의 행동을 당신 스스로 통제할 수 없기 때문인가요?

길모어: (웃음) ……A와 B 중에 선택해야 돼요? 응? (웃음)

스탠저: 객관식이에요……. (웃음)

길모어: 이런, 그냥 내가 엉망진창이라 그래요.

대략 이런 식이었다. 어떤 대화들은 패럴을 매우 화나게 했다. 12월 20일에 진행한 인터뷰에는 주고받는 대화 속에 어떤 단서가 있었다.

인터뷰어: 당신이 자신의 운명이 불가피하고 정당하다고 느낀다는 건 그 살인 행위가 오래전부터 예정되어 있었다는 걸 암시하는 것 같은데요. 오래전에 살인자가 되는 상상을 한 적이 있나요? (잠시 말이 없다가) 정말 자극적인 질문이죠? (웃음)

길모어: 그러게요. 그런데 잠깐 '힛 앤 미스'해도 될까요? (웃음)

이건 런던내기 말로 '피스'를 의미하는 압운이에요.[147]

인터뷰어: 그거 좋네요. 그럽시다.

길모어: 그리고 돌아와서 그 질문에 답하죠. 생각 좀 해 볼게요.

인터뷰어: 알겠어요.

길모어: 약간 종교적이에요.

그런 다음 게리는 젠슨을 죽인 것에 대한 길고 반쯤 만족스러운 설명을 가지고 돌아왔다. 그게 지난주였다. 그것은 패럴이 예상했던 것을 증명했다. 알게 모르게, 게리는 문학적인 질문과 고도로 정형화된 접근 방식을 좋아했다. 그런 질문과 접근 방식은 그의 상황을 품위 있어 보이게 만들었다. 그 질문을 조롱하는 말투로 건네는 변호사의 태도에도, 그는 여전히 어떤 종류의 답을 찾기 위해 고심했다. 하지만 변호사들이 계속 농담으로만 반응한다면, 그런 답변 의지는 지속되지 않을 터였다. 마치 암으로 죽어 가는 사람의 침대 주변에서 사람들이 재담을 주고받는 것과 같았다.

---

147) 런던 동부 지역에서 유래한 독특한 방언(Cockney)에는 단어 또는 구의 일부를 다른 단어 또는 구로 바꾸어 사용하는 운율적 은어의 특징이 있다. 예를 들어 'Apples and Pears'는 'Stairs'를, 'Bread and Honey'는 'Money'를, 'Hit and Miss'(예측하기 어려운, 복불복)는 'Piss'(오줌 누다)를 의미한다.

4

무디와 스탠저가 수단과 방법을 동원하여 일을 열심히 한 것은 아니었을 것이다. 하지만 그들은 판매 실적에 대해서는 확실히 궁금해했다. 실러가 하와이에서 돌아오자마자, 그들은 해외 영업에 대해 질문하기 시작했다. 실러는 거래에 관해 논의하기도 전에 세부 상황들을 알려 주어야 했다. 점심 식사를 하며 했던 말, 자기가 편지를 팔아도 그들은 모를 거라던 그 말이, 그에게 뼛속까지 와닿았다. 그들은 돈이 들어올 가능성에 대해 많은 관심을 기울였다. 그는 그것이 그들에게 더 좋은 인터뷰를 할 수 있는 동기가 되기를 바랐지만, 정작 그들은 자기들이 남 좋은 일만 한다고 생각했다. 심지어 그들은 인터뷰가 원래 계약의 일부가 아니기 때문에 추가 보상을 받아야 한다고 주장하기까지 했다. 실러는 그들이 앞으로도 이 문제를 계속 들고 나오리라는 걸 알았다.

실러가 판단하기에, 문제는 변호사들이 게리를 대면하면서 점점 더 자신감을 갖게 되었다는 점이었다. 그들은 실러가 하와이에서 일광욕을 즐기는 동안 자신들은 크리스마스 당일에도 교도소에 있었다는 사실을 굳이 알려 주었다. 새해 첫날에도 교도소를 방문했고, 그 사이에도 매일 다녀왔죠. 게리는 당연히 외로웠을 거예요. 변호사들은 실러가 마치 몇 년 동안 자리를 비우기라도 한 것처럼 소식을 전했다. 게리가 그들의 방문을 고대했던 것은 분명한 사실이었다. 두어 시간 동안 대화를 나누고도, 그들이 전화를 끊고 떠나려 하면 그 순간, 창문을 두드리는 소리가 나곤 했다. 길모어가 다시 그들을 부르고 있었다. 그는 그들의 자녀에 대해 이것저것 물었다. 조언도 해 주려고 했다. 아이들이 잘못하면 꼭 벌을 줘요. 하지만 아이들에게 사랑한다고 늘 말해야 해요.

이러한 매일의 만남으로 인해 게리의 일상적인 상황을 염려하느라 변호사들이 중요한 일을 보지 못한다고 실러는 판단했다. 그러다 보니 그들은 그 일의 중요성을 경시하게 됐다.

5

하지만 실러가 복귀하면서 가장 걱정했던 문제는 게리였다. 먼저 그는 《내셔널 인콰이어러》에 대해 말해야 했다. 그 기사가 며칠 후에 나올 예정이었다. 하와이에서 그는 변호사들에게, 《인콰이어러》가 어차피 길모어에 관한 기사를 쓸 테니 차라리 돈이나 좀 받아 내야겠다 싶어서 그들에게 판권을 몇 개 팔았다는 걸 게리에게 설명해 주라고 지시했다. 그게 먹혔다. 길모어가 동의했다. 하지만 또 다른 전보에서 실러는 니콜을 지칭하는 암호를 사용하는 실수를 저질렀다. 교도소 측에서 자기가 무슨 말을 하는지 알기를 원치 않았던 그가 몇 개의 질문에서 니콜을 '주근깨'로 지칭했던 것이다.

게리가 편지에서 니콜을 가끔 '주근깨'라고 불렀다는 사실을 실러는 뒤늦게 깨달았다. 그런 바보 같은 실수를 하다니! 자신이 그 편지들을 읽었다고 게리에게 고백하는 거나 다름없

지 않은가. 길모어가 그 편지들을 읽는 것이 범죄는 아니라고
생각해 준다면, 오히려 질문에서 친밀도를 높일 수 있을 것이
다. 하지만 그럴 가능성은 전혀 없었다. 실러가 하와이에 있을
때, 무디가 그에게 게리의 쪽지를 읽어 주었다.

> 친애하는 래리,
> 주근깨라고?
> 그녀의 이름은 니콜이야.
> 알겠어?
> 편지들을 읽었군. 맘에 안 들어.
> 여기 내 감방에 니콜이 내게 보낸 편지가 100통쯤 있거든.
> 당신은 그걸 읽지 못하게 될 거야.

'일이 끝나기 전에 읽고 말겠어.' 실러는 생각했다.

> 당신의 동기는 의심하지 않아. 당신은 가능한 한 모든 걸 알
> 아야 한다는 걸 나도 알아.
> 하지만 당신의 어떤 방식들은……
> 당신이 나한테 어떻게 접근하느냐의 문제야, 래리.
> 내 기분을 상하게 할 수도 있지.
> 하지만 그러지 않으면 좋겠어.
> 나한테 완전히 솔직해 달라고 제안해도 될까? 왜냐하면 나
> 는 말을 있는 그대로 받아들이는 사람이거든.
> 내가 그 편지들을 읽지 말라고 요구했을 때, 당신은 나와 논

쟁하거나 설득하려고 하지 않았어.

다음에 또 내 기분을 상하게 하면 그걸로 끝이오, 래리.

하지만 이번 한 번은 그냥 넘어가지.

이제 당신도 알겠지.

진심을 담아,

게리

12월 30일, 오후 3시 43분

게리 길모어

유타 주립 교도소

사서함 250

유타주 드레이퍼 84020번지

무슨 말인지 잘 이해했어요. 당신의 의사를 제대로 전달받았어요. 나는 사실을 숨기려던 게 아니에요.

래리

답장이 없어서 실러는 전보를 또 보냈다.

1월 2일, 오후 1시 42분

게리 길모어

유타 주립 교도소

사서함 250

유타주 드레이퍼 84020번지

니콜은 당신의 편지를 자랑스러워했기 때문에 나를 포함한 여러 사람과 편지를 공유했어요. 양측의 편지들을 나란히 놓고 볼 때, 어느 한쪽만 보는 것보다 더 진실하고 완전한 사랑의 기록을 남길 수 있어요. 당신이 그녀에게 어떤 심리적인 영향력을 행사한다는 생각을 깨뜨리고 싶어요. 당신의 편지만 읽을 경우 그런 생각을 하게 될 수 있거든요. 내 생각엔 그녀의 편지가 두 사람의 관계를 사실적으로 보여 주는 가장 강력한 수단이 될 겁니다. 이건 제대로 된 소통 방식은 아니지만, 우리가 가진 것 중에서는 최선이겠죠.

래리

답변은 무디와 스탠저를 통해 녹음테이프로 돌아왔다.

길모어: 래리에게서 전보를 받았는데, 니콜이 나한테 쓴 편지를 가질 수 있는지 물어보더군요. 내가 그것들을 파기했다고만 전해 줘요. 자세한 설명은 안 할 겁니다. 딴에는 추상적인 심리학을 이용해 보려는 모양인데, 나한테는 안 통해요. 그가 약간 이런 제안을 하는 것 같더군요. 넌지시 암시하는 것일 수도 있고. 음, 많은 사람들이 내가 니콜에게 어떤 영향력을 행사한다고 생각한다나. 그리고 사람들이 우리가 주고받은 서신들을 보면 모든 오해가 깨끗이 풀릴 거라더군요. 그런 식의 제안은 마음에 안 들어요. 그가 그녀의 편지를 볼 방법은 없어요. 내 마음 속에 인쇄되어 있거든. 편지들이 있는 곳은 바로 거기고 지금은 사라졌어요. 그러니 그에게 굳이 편지를 쓰지 않아도 되겠지……. (웃음)

그 후로 상황은 완전히 엉망이 될 것처럼 보였다. 《내셔널 인콰이어러》가 재앙 같은 기사를 내놓았다. 스콧 메러디스가 그들에게 판매한 편지가 아니라, 게리의 말이 녹음된 테이프를 분석해서, 그의 정신세계를 지면에 가득 채운 것이다.

내셔널 인콰이어러

살인자 게리 길모어는 거짓말하고 있다

그는 죽고 싶지 않다!

존 블로서

그것이 전직 미국 고위 정보 요원이었던 R. 맥퀴스턴이 내린 결론이다. 그는 유타 주립 교도소에서 길모어와의 전화 대화가 담긴 이십 분 분량의 녹음테이프를 PSE(심리적 스트레스 평가기)로 분석했다……(PSE는 법 집행 기관에서 목소리의 스트레스 패턴을 도표화하여 거짓말 여부를 판단하는 데 사용하는 장치이다.)

"저는 길모어가 죽고 싶어 하지 않는다고 완전히 확신합니다. 그는 창조주를 만나는 이 과정에 매우 감정적으로 몰입하고 있으며 매우 두려워하고 있습니다." 그 정보 요원이 말했다.

"그는 자신의 범죄에 대해 관대한 처분을 원합니다." 맥퀴스턴이 《인콰이어러》에 말했다.

다음은 찰스 맥퀴스턴의 PSE 분석에서 발췌한 내용이다.

길모어 "법이 저에게 죽음을 선고했습니다. 저는 그것이 합당하다고 생각합니다."

맥퀴스턴의 분석

"'죽음'이라는 단어를 말할 때 극도의 스트레스가 느껴집니다. 이는 그가 죽고 싶어 하지 않는다는 걸 의미합니다."

길모어 "그냥 그곳에 나가 앉아서 총을 맞을 겁니다."

맥퀴스턴의 분석

"이 말을 할 때 그의 스트레스 지수가 급격이 변동합니다. 그는 어쩔 수 없이 이것을(총살대를 마주하는 것을) 해야 할지도 모르지만, 그것은 간단하지 않으며, 그리고 그는 확실히 그런 일이 일어나는 걸 바라지 않죠."

길모어 "저는 내세를 믿기 때문에 (죽음을 직면하는 것이) 저에게는 조금 더 수월하다고 말할 수 있을 것 같습니다."

맥퀴스턴의 분석

"스트레스 패턴을 보면 그가 내세를 믿는다는 걸 알 수 있습니다.

그것은 사실적인 진술입니다. 그러나 그것이 그가 죽음을 더 쉽게 직면하게 하진 않습니다. 훨씬 더 어렵게 만들죠. 그는 믿어요.

하지만 그는 자신이 거기에(내세에) 갈 자격을 제대로 갖추지 못했다고 느끼고, 두려워하고 있습니다."

1월 5일, 오후 4시 31분
게리 길모어

유타 주립 교도소

사서함 250

유타주 드레이퍼 84020번지

《인콰이어러》를 본 뒤 꼬박 이십사 시간이 지나서야 겨우 진정했어요. 그러지 않았다면 웨스턴 유니언[148]에서 내 말을 받아 적지 못했을 거예요. 그들은 자료를 구매했고 그중 아주 일부만을 사용한 게 분명해 보여요. 이런 상황을 예상했어야 했는데, 어떤 면에선 내가 아직 순진한 것 같아요. 이게 당신이 처음 보는 모습이라 부끄럽지만, 우리가 이 길을 택한 이유를 당신도 알 겁니다. 이제 시장(市場)은 만족했고, 우리는 우리가 원하는 것을 추구할 수 있어요.

래리

1월 5일

친애하는 래리,

방금 《내셔널 인콰이어러》를 읽었는데 몰입이 잘 안 되더군요. 매우 불쾌했어요……

사람들은 자기들이 원하는 걸 인쇄하고 읽고 생각할 수 있다고 생각해요.

하지만 궁금하네요…….

내 말은, 당신과 같은 위치에 있는 ─ 그리고 《내셔널 인콰이

---

148) 과거에 전보 서비스를 제공하던 회사이다. 실러가 흥분을 가라앉히지 못했다면 말이 제대로 안 나와 전보문을 제대로 불러 주지 못했을 것이라는 뜻이다.

어러》 같은 황색 저널리즘 신문에 대한 경험과 직접적인 지식을 가진 — 사람이라면, 출간물이나 인쇄물에 대해 더 많은 통제력을 발휘할 수 있지 않을까요?

아니면 당신이 원하는 만큼의 통제력을 발휘한 결과가 이건가?

그냥 막연하게 궁금하네요.

그렇게 크게 관심 있는 건 아니에요……

있잖아요, 나는 문제의 진실을 알고 있어요. 니콜도 그렇고요. 그리고 나 자신과 니콜 말고는 누구에게도 설명할 필요가 없어요.

난 착한 사람도 영웅도 아니에요. 하지만 《인콰이어러》가 말하는 그런 사람도 아니죠.

래리, 당신은 당신 자신이 도달한 결론에 따라 생각하고 글을 쓰고 제작할 수 있어요. 난 당신이 어느 정도 감수성이 있고 진실에 관심이 있는 사람이라고 믿어요.

《인콰이어러》에 대한 나의 유일한 반박은 이겁니다:

《내셔널 인콰이어러》가 흔히 말하는 '신뢰할 만한 출처'와 거리가 있다는 건 누구나 알고 있습니다.

게리

무디와 스탠저는 실러에게 게리가 그 이상의 반응을 보이지는 않았다고 말했다. 실러는 혼란스러울 수밖에 없었다. 《내셔널 인콰이어러》는 이 기사로 게리의 명예를 훼손했는데도, 그의 반응은 이 답변이 전부였다. 하지만 니콜을 '주근깨'라고 부른 일로 게리는 거의 입을 닫아 버렸고, 이로써 실러의 작업도 거의 중단될 뻔하지 않았는가. 그는 근본적으로 자신이 과연 게리 길모어를 제대로 알 자격이 있는지 자문해야 했다.

7

사랑하는 나의 그대 ─ 당신을 사랑해요!

나는 여기서 종종 길을 잃고 헤매요. 어디에 있든 그런 일이 자주 있을 테죠. 당신의 영혼이 날 감싸안는 것을 느낄 때까지는 말이에요.

낮 시간에는 대부분 혼자 있어요.

하지만 밤에는…… 오, 난 밤이 너무 좋아요. 밤에는 어디든 갈 수 있고, 무엇이든 할 수 있고, 모든 게 좋거든…….

거친 수염이 난 당신의 얼굴을 내 손안에 담뿍 담고 당신의 따뜻한 체온을 느낄 거예요……. 그리고 어릴 때 좋아했던 장소들로, 소나무 숲속의 어둡고 작은 협곡으로 당신을 데려갈래요. 그곳이 내 '방'이었어요. 키 큰 소나무와 블랙베리 덤불로 사시사철 빽빽이 둘러싸여 있어서 가끔은 안으로 통하는 통로를 찾기가 어려웠죠. 나는 그 한가운데의 따뜻하고 축축하고 달콤한 냄새가 나는 푹신한 솔잎 카펫 위에 누워, 나무들의 벽위로 수정처럼 푸른 하늘을 응시하다 솜털 같은 구름이 슬며시 지나가는 모습을 바라보곤 했어요. 마법에 걸린 숲이 수천 개의 언어로 부드럽게 말하는 소리를 들어 봐요.

정말이지, 오래전에 내가 그곳을 얼마나 사랑했는지.

그곳에서 캐시 이모와 이야기를 나눴던 기억이 나요. 이모도 그곳을 무척 좋아했죠. 솔잎 카펫에 자신의 재떨이로 삼을 작은 구멍을 팠어요. 그러고는 조용히 내 이야기를 들어 주었죠.

어젯밤인가 그제 밤에 당신과 다시 거기 갔었어요.

아 나 미쳤나 봐.

솔트레이크 트리뷴

1월 6일, 솔트레이크. KU티브이가 어제 미국 유타주 지방 법원에 유죄 판결을 받은 살인범 게리 마크 길모어의 1월 17일로 예정된 사형 집행을 참관하고 보도할 수 있는 권리를 요구하는 소송을 제기했다.

23장

티브이가 만들어지는 곳

1

솔트레이크 트리뷴

사형 집행을 보도하라고요? 바버라는 안 해요.

1월 7일, 솔트레이크. 바버라 월터스가 다음 주로 예정된 게리 길모어의 사형 집행을 보도해 달라는 요청을 받는다면 기겁할 것이다. 그녀는 아마 그 요청을 거부할 것이다.

반면 그녀의 공동 앵커 해리 리즈너는 그날 하루 동안 솔트레이크시티로 근무지를 옮길 수도 있다.

사실 그는 이 사건이 생방송으로 중계되어 전국적인 관심을 받아야 한다고 생각한다. "이번 한 건만이라도."라고 그는 말했다…….

1월 초, 실러가 솔트레이크의 유타 호텔에서 빌 모이어스를 만나「CBS 리포트」출연을 논의하던 날 밤, 그는 태머라 스미스에게 함께 가자고 요청했다. 실러는 그녀가 흔쾌히 응할 거라고 생각했다. 이것은 그녀가 오빠 집에서 약속했던 모든 것들에 대한 첫 보상이었다. 게다가 그는 자신이 어느 정도까지 모이어스로 하여금 낯선 사람 앞에서 자신의 입장을 밝히게 만들 수 있는지 확인해 보고 싶었다.

테이블에 도착했을 때 래리가 그녀의 이름을 소개했다. 모이어스는 친절하고 예의 있게 대했지만 그녀의 이름을《데저트 뉴스》와 연결 짓지는 못했다. 번 다미코, 그리고 캐서린 베이커에 대해서는 모두 알고 있었지만, 지역 신문사의 젊은 기자 이름은 기억하지 못했다.

그 테이블에서 보는 전망은 놀랍도록 훌륭했다. 그들은 호텔 유타의 15층 꼭대기에서 길 건너편에 있는 같은 높이의 탑들을 바라보았다. 전 세계에서 가장 중요한 모르몬교 사원의 탑이었다. 탑에는 투광 조명이 설치되어 있어서 사원이 마치 성처럼 보였다. 매우 역동적인 광경이었다. 하지만 실러에게 그 광경은 그리 인상적이지 않았다. 샤르트르 대성당은 사진작가의 눈을 즐겁게 해 주고, 노트르담에는 항상 뭔가 아름다운 점이 있지만, 이 모르몬교 사원은 어느 각도에서 봐도 똑같았다. 경건한 느낌을 물씬 풍기며 높이 솟은 거대한 덩어리였다. 높은 야망의 결정체였다. 하지만 다른 종류의 신비로움이 있었다. 실러가 듣기로 모르몬교 사원은 관광객이 유명한 성당에 입장하는 것처럼 방문할 수가 없었다. 열쇠를 소지한 신실한 후기 성도 교회 신도만 들어갈 수 있으며, 이는 지역 감독의 추천을 받아야 한다는 뜻이었다. 모르몬교도들이 얼마나 비밀스러운지 알 수 있는 대목이다.

　바로 길 건너편에 있는데도 이 교회에 들어갈 수 없다는 생각 때문이었는지, 실러는 자제력을 잃고 도박을 해 보기로 결심했다. 서론 삼아 나누던 이런저런 대화가 끝나자마자 모이어스가 게리 길모어의 사형 집행과 관련된 재정적 측면에 관해 래리를 인터뷰하고 싶다고 말했다. 래리가 부드럽게 웃으며 대답했다. "당신의 쇼에서 나를 갈가리 물어뜯지 않았으면 좋겠군요." 포수라도 된 듯 그는 외야에서 던져진 공이 홈플레이트까지 들어오는 모습을 느린 동작으로 볼 수 있었다. "나는 당신이 원하는 것을 갖고 있고," 그가 운을 뗐다. "그걸 당신에게 줄게요. 길모어의 테이프 녹취록을 읽게 해 주죠. 당신의 프로그램을 위해 삼 분 분량을 선택해요. 하지만 우선 내 조건을 이해해야 해요. 지금부터 이십 분 동안 내가 누구이고, 어떤 사람이며, 무슨 생각을 하고 있는지 말할 테니 잘 들었으면 합니다. 그러면 내가 진짜 기자인지, 아니면 남을 이용해 먹는 사람인지 판단할 수 있을 거예요."

　자신의 인생 이야기를 이십 분으로 요약해 들려주는 건 쉽지 않았다. 모이어스 같은 사람과 비교하면, 자신은 여러모로 순진하다는 생각이 들었다. 그래도 그는 항상 상황의 긍정적인 면을 보았다. 그래서 그는 모이어스에게 최선의 노력을 다했다. 사람들이 잘 모르는 래리 실러의 얼굴을 강조했다. 인공 신장에 관해, 그리고 저명한 사진작가 유진 스미스와 함께 일본의 수은 오염 문제를 다뤘던 작업을 부각시켰다. 이처럼 가치 있는 주제에 감정적으로 몰두한 것이 삶을 어떻게 변화시켰는지 이야기했다. 1등으로 들어오기 위해 빠르게 달리던 시절도 있었지만, 지금은 작업의 질이 동기 부여가 되었다. 어느 정도 모이어스에게 다가갔다고 느꼈을 때, 실러가 말했다. "오늘 밤 게리의 인터뷰 녹취록을 읽어 볼 수 있게 해 줄 테니, 삼 분에서 오 분 분량을 선택해도 됩니다. 다만, 조건이 있어요. 인터뷰어의 목소리는 안 되고 게리의 목소리만 사용할 수 있습니다. 또한 방송에서 질문자의 신원은 밝힐 수 없어요." 모이어스가 고개를 끄덕였다. "그리고." 실러가 말했다. "당신이 선택한 부분이 어디든 내겐 그걸 허용하지 않을 권리가 있습니다. 합리적으로 판단할 생각이지만, 내가 그런 통제권을 가질 필요가 있긴 해요. 당신에게 전권을 줄 순 없어요."

모이어스가 말했다. "그 대가로 뭘 원하죠?"

실러는 모이어스가 이 제안을 기꺼이 받아들이리란 걸 알았다. 그래야만 했다. 길모어와 관련된 소식이 아니면 솔트레이크의 티브이에서 다룰 내용이 거의 없었다.

"첫째." 실러가 말했다. "인터뷰할 때 내가 언론인임을 부각시키는 배경을 원해요. 예를 들어 내가 신문사 사무실에서 타자기 앞에 앉아 있거나 전화를 받는 사진을 찍었으면 해요." 실러가 말했다. "나에 대한 신뢰감을 높이려면 그런 배경이 필요해요. 나에 대해 어떤 사설을 쓸지 그걸 통제할 수 없잖아요. 편집에 대해서는 많이 알기 때문에, 여러분이 촬영하는 내용은 어느 정도 통제할 수 있지만, 여러분이 개인적으로 나에 대해 말하는 내용은 통제할 수 없죠. 그래서 시각적 배경이

필요한 거예요. 두 번째는 돈과 관련된 문제를 이야기하는 거
요. 내가 움직일 때만 그 문제를 논의할 수 있어요."

"그게 무슨 뜻이죠?" 모이어스가 물었다.

"돈 이야기를 할 때는 내가 이동하고 있어야 한다는 뜻이에
요." 실러가 말했다. "이를테면 걷거나 운전할 때. 가만히 앉아
있는 상태로는 돈 이야기 못 합니다."

"어째서죠?"

"왜냐하면 여러분이 어떻게 촬영하든, 나는 과체중이니까
요. 책상 뒤에 앉아 있는 나는 일반 렌즈로 찍을 경우 자본가
로 보이죠. 광각 렌즈로 촬영하면 파루크 왕[149]이 되고요."

모이어스가 빙그레 웃더니 이내 크게 웃음을 터뜨렸다.

실러가 말했다. "그런 거래를 할 의향이 있다면, 그리고 잊
지 마세요, 나는 나 자신을 활짝 열어 두고 있다는 걸 — 당신
은 여전히 나에 대해서 하고 싶은 말을 뭐든 할 수 있으니까
요 — 그러면 녹취록을 드리죠. 오늘 밤에 읽어 보고 원하는
부분을 골라 봐요."

물론 모이어스는 그 자료를 가져가서 복사할 수도 있다. 모
이어스가 여러 가지 일을 할 수도 있지만, 실러는 그를 믿었다.
게다가 신뢰 이상의 것이 있었다. 실러는 자신이 뉴스 차원에
서 충분히 그럴듯하게 보일 수 있다고 확신했기 때문에, 모이
어스가 자기 프로그램에서 그를 인물 탐구 소재로 삼아 폭로

---

149) 파루크 1세(Farouk I, 1920~1965). 이집트의 마지막 국왕. 사치와 탐
욕으로 비판받고 부패와 비효율적 통치를 이유로 쿠데타에 의해 왕좌에서
쫓겨났다.

하는 것보다 더 중요한 일을 할 거라고 생각했다.

게다가 그는 모이어스의 정직성을 존경했다. 그는 모이어스가 《뉴스데이》에서 꽤 훌륭한 편집자였다고 생각했다. 그런 칭찬을 할 수 있었던 만큼 실러는 또한 그 남자가 「CBS 리포트」에는 그리 잘 어울리지 않는 인물일지도 모른다고 말할 수 있었다. "연기하는 법을 좀 배워야겠어요, 빌."

모이어스는 자신도 그 문제를 인지하고 있다고 했다. 그는 심지어 말하면서 거울을 보려고 노력한 적도 있다고 고백했는데, 이는 그의 평소 방식이 아니었다.

그들은 서로를 조금 편하게 느끼기 시작했다. 모이어스의 말로는, 11월에 처음 게리 길모어를 CBS에 제안했을 때, 그는 "피델 카스트로[150]를 다뤄요. 이 새로운 프로그램은 신뢰도가 중요해요."라는 말을 들었다. 그러다 사내 뒷소문을 통해 CBS의 어느 고위 인사가 프랭크 스탠턴[151]에게 이렇게 물었다는 것을 알게 되었다. "길모어는 어때요? 모두가 그에 대해 이야기하고 있잖아요."

스탠턴은 계속 안 된다고 하다가, 페일리를 만나 본 뒤에 생각을 바꾸었다. 페일리는 단언했다. "그거 정말 좋은 생각이야. 우리가 모이어스에게 원하는 게 바로 그거잖아. 시청률을 높이는 것."

---

150) Fidel Castro(1926~2016). 쿠바의 정치인. 혁명가이자 국부라는 평가와 독재자라는 평가가 엇갈린다.
151) 미국의 기업인. 윌리엄 페일리와 함께 CBS를 굴지의 방송국으로 크게 성장시킨 인물로 꼽힌다.

그래서 빌은 영상 편집자 등 자신의 팀 전체를 프로보로 옮기고, 사형 집행 당일 밤에 「CBS 리포트」를 방영하기로 계획했다. 그는 그날 밤 자기들이 최고 시청률을 기록할 거라고 믿었다. 실러는 이런 생각을 했다. 나는 남의 불행을 이용해 먹는 사람이 아니라고 나를 열심히 포장해야 하는데, 남보다 도덕적으로 우월한 체하는 CBS는 높은 시청률이나 노리고 있군.

2

  태머라는 그날 저녁 식사가 정말 특별하다고 생각했다. 래리가 빌 모이어스와 함께 저녁 식사를 할 거라고 했을 때 그녀는 그 남자가 누구인지도 몰랐다. 따라서 그가 어떤 사람인지 알고는 흥분하지 않을 수 없었다. 존슨 대통령을 위해 언론 홍보를 관리했던 사람과 저녁 식사를 할 수 있는 기회는 매일 오는 게 아니니까.

  그 전까지는 마음이 매우 느긋했다. 사실 좀 지루하기까지 했다. 남자들은 사업 이야기를 했고, 그녀는 소외감을 느꼈다. 그녀는 이제껏 한 번도 먹어 본 적 없는 메뉴를 시도하며 나름의 즐거움을 찾아야 했다. 예를 들어, 모두가 시저 샐러드를 나눠 먹었다. 그런 다음 차가운 보르시 같은 수프를 먹었지만 끔찍한 맛이 났다. 가스파초였다. 그녀는 그게 정말 싫었다. 주요리는 개구리 다리였다. 디저트로 나온 크레페 슈제트도 시도해 보았다. 그녀는 정말로 노력했다.

개구리 다리는 꽤 괜찮았다. 하지만 식사가 전반적으로 기대에 못 미치는 게 사실이었다. 나중에 새벽 4시쯤, 그녀는 '샘보스'에 가서 즐겨 먹던 햄버거를 맛있게 먹었다.

3

다음 날 아침 모이어스가 아침을 먹으러 와서 말했다. "이거 정말 굉장해요. 당신의 테이프로 쇼 전체를 하고 싶네요."

"어림없어요."라고 말하면서도, 실러는 모이어스에게 작은 보상을 던져 줘야겠다고 판단했다. "나한테 최고 보안 교도소에 있는 길모어 사진이 있어요." 그가 말했다. "누가 찍은 사진인지 밝혀선 안 되지만, 스틸 사진을 몽타주하고 싶다면, 뭐, 당신에게 인화된 걸 주진 않을 거지만 촬영 비용을 지불한다면 스틸 사진을 영화 필름으로 찍어 줄게요. 하지만 디자인은 내가 해야 합니다."

모이어스의 프로듀서는 길길이 날뛰었다. "이건 뉴스지 예능이 아니에요."

하지만 모이어스는 실러에게 동조했다. 어쨌든 이 남자는 자신의 사진들을 내놓는 거니까.

실러는 길모어를 냉혈한 살인마가 아니라 인간으로 보이도록 몽타주를 디자인할 수 있다고 생각했다. 길모어에게도 약한 면이 있고, 실러는 그것을 대중에게 전달할 수 있을 터였다. 그는 어쨌든 대중 앞에서 길모어를 나쁜 놈이지만 반쯤은 받아들일 수 있는 사람으로 보이게 만들고 싶었다.

문제는 길모어가 살인자라는 것이 아니었다. 그가 모든 정상적인 사람들에게 도전하고 있다는 사실도 아니었다. 진짜 어려움은 그가 그들을 바보로 만들고 있다는 것이었다. 대중은 정서가 불안정하고 제정신이 아닌 미치광이 살인자와 함께 살 수는 있었다. 하지만 살인자가 이 사안을 통제하는 것, 그것 때문에 많은 사람들이 길모어를 적극적으로 증오했다. 사람들은 마치 세상이 뒤집힐 것처럼 느꼈다.

실러가 책과 영화를 성공시키려면 대중의 적대감을 완화시키고 길모어라는 인물에게 인간적인 면모가 있다는 것을 알려야 했다. 힐튼에서 기자들이 원숭이처럼 보고 원숭이처럼 행동하는 것을 볼 때마다, 그리고 자신이 기자직에 있었다면 밖에 나가서 따왔을 인터뷰들을 생각할 때마다 그는 믿을 수가 없었다. 그들은 그저 일을 하지 않을 뿐이었다. 접근 가능한 사람들을 인터뷰하여 게리에 대한 통찰력을 얻으려고 노력하지 않았다. 대신 그들은 둘러앉아 술을 마시고 주워들은 소문이나 주고받으며 의견의 일치를 보았고, 그럼으로써 오픈 마켓에서 가격을 책정하는 방식으로 길모어 이야기에 대한 공통된 평가를 내렸다. 이들은 모두 공통적으로 몇 가지 똑같은 이야기들을 사용했다. 하지만 그가, 래리 실러가, 길모어의 흥미로운 인간적 자질들에 대한 사례를 제시한다 해도, 아무도 받아들이려 하지 않을 것이었다. 그들은 그가 자신의 금전적 이익을 위해 멋진 그림을 그리고 있다고 말할 것이었다. 따라서 그는 자신이 아닌 다른 사람이 그린 초상화가 필요했다. 지금 당장은, 빌 모이어스가 바로 그 사람일 수 있었다.

4

안녕 내 사랑,

어제 전남편의 어머니인 마리 배럿이 서니를 데리고 날 보러 왔어요.

서니는 정말 너무 예쁘고 활발해졌더군요. 종달새처럼 행복해 보였어요. 피버디도요. 청바지에 부츠를 신고 있었어. 거친 말썽쟁이처럼 보이지만, 정말 상냥한 아이죠…….

이 모든 일이 일어나기 전부터 그 아이들에 대한 애정을 조금씩 잃었던 것 같아요.

믿어져요? 아이들을 면회한 후 스트레스를 받았는지 약간 감염이 되어서 의사가 좌약을 처방했어요. 하지만 그들은 굳이 내가 좌약을 넣는 걸 지켜보겠다고 고집했죠. 그래서 내가 다 필요 없고 차라리 그냥 썩어 버리고 말겠다고 소리를 질렀어요. 거친 말투 용서해 줘요, 내 사랑.

요즘은 사는 게 정신이 없어요. 우리가 어떤 운명을 기다리는지 궁금해요.

1월 17일에 당신이 총에 맞으면…….

내 안엔 뭐가 남을까요? 나는 아무것도 아닌 존재가 될까요? 만약 당신이 떠나 버리면…… 나는 더 나아질까요? 길을 잃을까요, 아니면 나 자신을 찾게 될까요? 당신 없이 살고 싶지 않아요. 내 영혼 안에 당신의 사랑이 없다면 단 하루라도 더 존재할 수 없을 것 같아.

제발, 게리. 나와 함께 있어 줘요.

당신을 너무 많이 사랑해요.

래리가 태머라에게 인터뷰를 위해 《데저트 뉴스》의 책상을 사용할 수 있는지 물었다. 토요일 밤에 촬영이 진행되기 때문에 그녀가 허가를 받는 데 별 어려움은 없었다. 직원도 거의 없었다.

이 설정은 바로 실러가 원하던 것이었다. 그가 말하는 내내 대도시의 뉴스 편집실이 그의 뒤에 펼쳐져 있었다. 거기서 그가 책상 앞에 앉아 게리의 테이프를 듣고 타자기로 작업하는 등 일련의 자세들을 취했다. 모이어스의 제작진이 이 모습들을 집중적으로 촬영했다.

실러가 뉴스 데스크 앞에 앉아 있을 때, 쉬는 시간에 태머라가 다가와 말했다. "이건 좀 보셔야겠어요."

그를 방의 한구석으로 데려가 막 전신기로 받은 종잇조각을 건넸다. ABC가 발을 뺐다. 발을 빼다니! 빌어먹을!

거기 바로 유선 통신문에, ABC의 사장 프랭크 피어스가 게리 길모어에 관한 어떤 오락성 프로그램도 제작하지 않을 예정이라고, 그렇게 인쇄되어 있었다. 믿기지 않았다. 그것은 ABC가 1) 이미 지출한 7만 달러를 포기하고, 2) 실러를 더 이상 지원하지 않겠다는 뜻이었다.

이제 관건은 모이어스가 그 뉴스 기사를 보기 전에 인터뷰를 끝내는 것이었다. 그가 인터뷰를 끝내는 순간 질문이 쏟아질 테니까.

실러는 잭 루비와의 인터뷰를 공개하던 날 아메리카나 호텔에서 열린 기자 회견을 떠올렸다. 회견이 진행되던 중간에 한 기자가 일어서더니 말했다. "실러 씨, 잭 루비가 방금 사망했네요. 이제 뭐라고 하실 건가요?"

그는 소름 끼칠 정도로 미묘한 상황에서 즉흥적으로 대답해야 했다. 끔찍했다. 이제 모이어스의 목소리가 실제로 들리는 것 같았다. "우린 둘 다 당신이 부당한 이용자가 아니라는 데 동의하지만, 보아하니 ABC는 당신을 그렇게 여기는 것 같네요."

이 쇼는 CBS에서 제작되고 있었다. 그들은 그와 더불어 ABC도 비판할 수 있었다.

그 순간 진짜 휴식이 있었고, 사람들이 새로운 촬영 각도를 위해 세트를 옮기기 시작했다. 실러는 LA에 있는 ABC 직원 몇 명에게 전화를 걸었다. 아무도 아는 것이 없었다. "위에서 곧장 내려온 거예요." 실러가 말했다. "당신들도 대비하는 게 좋겠어요. 내일 아침 그들이 당신들을 면담할지도 모르니까."

그는 그들이 자신을 제대로 보호하지 않았다고 비난했다.

모이어스는 절대 그 이야기를 꺼내지 않았다. 그 후 두 번이나 실러를 인터뷰했지만, 그 일에 관해선 아무 말도 하지 않았다. 실러는 그런 그를 정말로 존경했다.

아침이 되자, 실러는 자신의 상황이 괜찮을지도 모른다고
생각했다. 적어도 이 이야기에서 진정으로 가치 있는 요소들
을 쏙쏙 뽑아낼 티브이 쇼를 상대할 필요가 없게 되었으니까.
그는 여전히 판권을 가지고 있었고 책과 영화를 제작할 수 있
었다. 그래도 일이 어떻게 된 건지 알 필요는 있었다. 너무도
믿기지 않는 상황이었기 때문이다. 낮 동안, 그는 컬럼비아 저
널리즘 스쿨에 다니는 ABC 고위 간부의 아내가 어느 날 밤
방송사가 게리 길모어 이야기를 다루고 있다는 사실에 분개
하여 돌아왔다는 사실을 알아냈다. 아내가 남편에게 따졌다.
"어떻게 이런 일에 관여할 수 있어요? 이건 역사를 악용하는
거예요."

그 고위 간부는 — 그들은 실러에게 이름은 알려 주려 하
지 않았다 — 서부 해안의 누구와도 이야기하지 않고, 뉴욕
사무실에만 전했다. "우리는 게리 길모어를 예능으로 다루지
않을 거야." 물론 그는 아마도 연방통신위원회(FCC)가 ABC를
온통 들쑤실까 봐 걱정했을 것이다. '서커스' 같은 프로그램으
로 정부를 상대하는 건 적절치 않았으니까.

5

모텔 방에 틀어박힌 채 통증 때문에 미칠 지경이 되어서도,
깁스는 여전히 자신의 이야기를 신문사에 연결해 보려고 애
쓰는 중이었다. 문제는 그와 통화한 사람들 모두가 실러와 이

야기했다는 것이었다.

마침내 그는 《뉴욕 포스트》와 합의에 이르렀다. 7500달러로 결정되었다. 깁스는 자신의 사형 집행 때 오라는 게리의 친필 초대장과 많은 편지들을 가지고 있다고 말했다. 《포스트》는 '클로딘 롱제 재판'[152]을 취재하기 위해 아스펜에 기자를 파견한 상황이었고 깁스가 그곳으로 가기를 원했지만, 그는 솔트레이크의 기자들이 자신을 알아볼까 봐 그냥 콜로라도주 볼더의 로열 여관에 머무르겠다고 그들을 설득했다. 루치아노라는 이름으로 묵겠다고.

---

152) 프랑스 출신 가수이자 배우인 클로딘 롱제가 당시 남자 친구인 올림픽 스키 선수 블라디미르 스파이더 사비치를 총으로 쏴 사망하게 한 혐의로 기소된 사건.

24장

그날을 기다리며

1

브렌다에게 걱정스러운 출혈이 있었다. 검진을 받으러 간 그녀가 의사에게 말했다. "제발, 이 통증을 해결할 약 좀 주세요. 제가 계속 버틸 수 있을지 모르겠어요."

'라 코사'에서 웨이트리스로 일하면서 그녀는 통증 때문에 비명을 지르고 싶은 밤이 많았다. 의사는 그동안 약을 주었지만, 이날은 이렇게 말했다. "브렌다, 전혀 나아지지 않고 있어요. 입원해서 치료를 받아야 해요."

"지금은 안 돼요." 브렌다가 말했다.

그가 고개를 저었다. "지금 예약 가능한 시간이 하나 있어요. 이후로는 삼 개월 동안 예약이 꽉 차 있어요. 그렇게 오래 기다릴 순 없어요. 분명 응급실로 실려 오게 될 텐데, 그런 식은 좋지 않아요. 위험 부담이 너무 커요."

"오." 브렌다가 말했다. "젠장, 나중에 다시 올게요."

그 사이에 조니는 의사와 이야기를 나누고 준비를 마쳤다. 브렌다는 버틸 수가 없었다. 찌릿한 통증을 참느라 너무 긴장한 나머지 눈물이 더 나는 것 같았다. 그녀는 자문했다. '내가 사형장에 가지 않으려고 용을 쓰는 건가?' 그러다가 생각했다. '아니, 난 가고 싶어.'

그녀는 게리와 전화 통화를 하면서 기분이 나아졌다. 그와 마지막으로 나눈 대화에서, 그녀는 이렇게 말했다. "게리, 난 그냥 오빠가 스스로 말하는 만큼 똑똑하기를 바랄 뿐이야. 그러면 적어도 내 관점을 이해해 보려고 하겠지."

세상에, 그녀는 외골수인 그가 누그러지는 느낌을 받았다.

실제로 게리는 브렌다가 입원한다는 소식을 듣고, 마지막으로 면회를 허락해 줄 수 있는지 교도소장에게 물어봐 달라고 클라인 캠벨에게 부탁했다. 하지만 샘 스미스의 답변은 이랬다. "그는 교도관에게 쟁반을 던진 일로 징계 중이잖소. 난 규칙대로 할 겁니다."

"이런, 소장님." 캠벨이 말했다. "저 남자는 곧 죽잖아요."

샘 스미스가 고개를 저었다. "어니 라이트의 허락 없이는 그럴 수 없어요." 그가 말했다.

게리는 커피를 마시던 중에 그 소식을 들었다. 순식간에 컵과 커피가 캠벨의 머리 옆을 지나가 벽에 부딪혔다. 머리 바로 옆은 아니었지만, 그렇게 먼 거리도 아니었다. 캠벨은 움찔하지 않았다. 충격을 받고 놀라기는 했지만 두려움을 드러내고 싶지 않았다. 길모어는 이제 욕을 하며 뒤돌아서서 미안하다 말하고는 자리를 떴다. 삼십 초 후, 그는 다시 돌아와 교도관에게 말했다. "당신 어디 있었어요? 어질러진 걸 치우고 싶은데요." 일은 그런 식으로 마무리되었다.

브렌다가 입원 수속을 마친 후, 병원에서 그녀에게 등 쪽이 열려 있는 흰색 환자복을 입혔고, 그녀는 침대에서 안전하다고 느꼈다. 게리에 대한 생각이 많아졌다. 그는 12월에 태어나 1월에 죽을 것이다. 어느 날 밤 게리가 에이프릴과 함께 찾아와 자신을 '재뉴어리(1월)'라고 장난스럽게 불렀던 일을 떠올리며, 브렌다는 게리가 가석방된 이래로 얼마나 지났는지 계산해 보았다. 4월 9일부터 그녀가 병원에 입원한 1월 9일 오늘까지, 9개월이었다. 만약 17일에 사형이 집행된다면, 그가 처음 출소한 날로부터 9개월하고 아흐레 만에 죽는 것이었다. 맙소사, 그녀는 생각했다. 임신 기간이랑 거의 딱 맞아떨어지잖아. 이유도 모르게 울음이 터졌다.

2

길모어: 이름이 지크인가 징크스인가, 아님 핑크니던가, 아니면 무슨 망할 놈의 대브니인가 하는 남자에 대해 들어 본 적 있어요?

스탠저: 네, ACLU 변호사예요.

길모어: 이 개소리 좀 들어 봐요. 대브니 씨가 말하길, 길모어가 방향을 전환하여 사형을 원하는 마음을 바꿀 가능성이 있다고 하는군요. 교도소에서 통용되는 이 '방향 전환'이라는 단어에

는 특정한 함의가 있어요. 당신들은 그게 무슨 뜻인지 모를 테죠. 하지만 난 알아요. 장담하는데, 대브니도 알 거예요. 그건 누군가의 엉덩이 사이에 박다가 거꾸로 제가 박히는 남자를 뜻해요. 방향을 전환한다는 거지. 이제 그 용어가 무슨 뜻인지 알겠죠? 내가 그걸 읽어 줄 테니 월요일에 공개해 주세요. 미국시민자유연맹의 V. 징크스 대브니라니, 이름도 꼭 가짜처럼 들리는군. 《솔트레이크 트리뷴》에서 당신은 길모어가 방향을 전환하여 사형을 원하는 마음을 바꿀 가능성이 있다고 했는데, 잘 들어, V. 징크스 대브니, 그럴 가능성은 없어. 전혀, 결단코. 당신과 ACLU야말로 방향 전환자들이야. 당신들은 낙태에 대찬성하지. 낙태는 사실상 사형 집행이나 마찬가진데 말이야. 그런데 사형 집행에 대해서는 또 다른 입장을 취하는군. 당신들은 반대해. 당신들의 신념은 대체 어디 있는 거야, V. 징크스 대브니? 당신과 ACLU는 자신들이 정말로 어떤 입장에 서 있는지 알고 있기는 한 거야? 당신들은 그저 나에 대한 이 일을 개인적인 문제로 키워 버린 거야. 패배를 받아들일 수 없는 거지. 그런데 이번 건은 당신들이 졌어, V. 징크스 대브니. NAACP, 이봐, 난 백인이야. 이 말을 당신들의 철수세미[153] 같은 머리에 새겨 둬. 나는 많은 흑인 친구들을 알지만, NAACP의 멍청한 검둥이들을 존경하는 사람은 하나도 없어. 지오크든 암스테르담이든, 그리고 그 밖에 홍보에 혈안이 된 변호사들은 모두 꺼져.

---

153) 원문 'Brillo Pad'는 거친 철수세미 제품의 상표로, 흑인들을 모욕하는 표현으로 사용되었다.

이 양아치들아.

3

솔트레이크 트리뷴

1월 10일, 솔트레이크. 길모어를 감시하는 교도관들은 사형 집행 날짜가 다가오자 그가 긴장하기 시작했다고 말한다.

니콜, 어떤 교도관들이 신문에서 내가 긴장한다고 말했어. 난 평생 긴장한 적 없고 지금도 아니야.

긴장하는 건 그들이지.

난 그저 감시당하는 게 싫어서 화가 났을 뿐이야.

샘 스미스는 얼 도리어스에게 전화를 걸어 사형 집행에 대해 다시 한번 상의했다. 교도소 경내에서 사형을 집행할 것인지의 문제가 남아 있었다. 그렇게 되면 죄수들에게 안 좋은 영향을 미칠 수 있었다. 반면에 교도소 밖으로 나가면 보안과 시위대 문제가 발생할 수 있었다. 아니면, 국유지의 적절한 시설을 찾아야 했다. 도리어스와 스미스는 결국 교도소 안에서 진행할 때 야기될 불쾌한 결과를 감수하는 편이 낫다는 결론에 도달했다.

샘은 또 하나의 중요한 질문으로 돌아갔다. 11월과 12월, 그리고 지금 다시 일반인 자원봉사자를 사형 집행관으로 고용하자는 이야기가 회자되고 있었다. 몇몇 사람들은 심지어 편지를 보내기도 했다. 하지만 도리어스는 처음부터 딱 부러지게 법 집행 공무원을 활용하라고 권고했다. 법령은 이 문제에 대해 침묵하지만, 얼은 자원자들 가운데에서 미치광이일 수도 있는 사람을 가려 내기 위한 시스템을 구축하려면 비용이 많이 들고 적법성을 따지기도 복잡할 거라고 생각했다. 좋든 싫든 얼은 이 방법을 실행 가능한 선택으로 보지 않았다. 결국 늘 그랬던 것처럼 법 집행 공무원을 활용하는 수밖에 없었다. 하지만 얼은 교도소 사람을 쓰지 않는 것이 중요하다고 생각했다. 그 교도관은 죄수 살인범으로 낙인찍혀 교도소 내에서 계속 일하고 싶어도 위험해질 수 있다는 데 샘은 동의했다. 그는 재소자들에 대한 모욕이 될 터였다. 그래서 두 사람은 솔트레이크 카운티 보안관 사무실이나 유타 카운티 보안관 사무실의 경찰관을 활용하는 것에 동의했다. 샘은 그들의 이름을 공개하지 않기로 했다.

얼 도리어스는 ACLU가 1월 12일 수요일까지 소송을 제기해야 할 것이라고 생각했다. 그렇지 않으면 그들이 하급 법원에서 패소할 경우 항소할 시간이 없었다. 하지만 밥 핸슨이 얼에게 장담했다. ACLU는 리터 판사를 비장의 카드로 남겨 두었다가 맨 마지막에 사용할 것이고, 그러면 상급 법원에서 이를 뒤집을 시간을 확보하지 못할 수도 있다는 것이었다. "그들은 마감 직전인 14일 금요일까지 기다릴걸."

핸슨은 리터 판사에 대해 할 말이 많았다. "법도 어느 정도는 구부러질 수 있어." 그는 말하곤 했다. "우리 모두가 조금씩은 법을 왜곡해. 하지만 리터는 법을 지독하게 괴롭히지." 그러고는 계속에서 그 판사의 습성에 대해 이야기했다.

핸슨에 따르면, 리터 판사의 가장 견딜 수 없는 특징 중 하나는 40건의 재판 목록을 가지고 있다가 어느 날 40개 사건의 변호사들을 모두 불러들이는 것이었다. 그는 목록을 하나씩 내리면서, "준비됐나요? 당신은 준비됐나요?"라고 묻는다. 그러고는 그들에게 알린다. "좋아요, 당신은 2번이고 당신은 3번입니다." 등등. 하지만 첫 번째 재판이 끝나면 모두를 다시 불러들여서 이렇게 말한다. "다음 재판은 2번이 아니라 20번을 다루기로 결정했습니다." 고약한 농담처럼 들리겠지만, 그게 그의 업무 방식이었다. 20번은 오 분 안에 재판을 시작해야 했다. 미친 짓이었다. 다들 자신이 언제 재판에 나서게 될지 알 수 없었다. 4~5건의 재판을 앞두고 증인들을 준비해야 했다. 외지에서 온 증인이라면 모텔에 투숙시켜야 했다. 재앙이었다.

물론 현실적으로는, 리터가 재판을 40건 맡으면 그중 38건은 법정 밖에서 합의가 이루어졌다. 아무도 그 빌어먹을 긴장감을 견뎌 내지 못했다. 어떤 사람들에게는 괜찮을지 모르지만, 정부를 위해 일하는데 증인을 무기한 대기시킬 예산이 없어서 증인이 출석하지 못하는 경우, 리터는 간단히 소를 기각했다. 중대 범죄든 증권 사기든, 심지어 정부가 이십 년을 공들여 수사해 온 기소 건도 리터는 기각했다. 판결을 뒤집으려면 항소해야 했다. 보통은 승소하지만, 정부는 당사자들을 처음부터 다시 재검거해야 했다. 끔찍한 시간 낭비였다. 리터는 정말이지 법을 지독히도 괴롭혔다.

4

집행을 일주일 앞둔 1월 10일까지, 기자들이 하루 종일 ACLU 사무실을 드나들었다. 카메라와 마이크가 항상 켜져 있었다. 굳이 준비할 필요도 없이 바로 그곳에 있었다. 셜리 페틀러는 항상 촬영당하는 느낌이었다. 머리를 계속 빗어야 하는 것이 몹시 짜증스러웠다. 언제 누가 다른 렌즈를 들이댈지 알 수가 없었다. 옷도 문제였다. 더 이상 편한 바지와 티셔츠를 입고 출근할 수 없었다. 셜리는 청바지는 그대로 입되, 질 좋은 셔츠와 멋진 블레이저를 입기로 했다. 어차피 허리 위를 촬영했기 때문에, 이 전략은 효과가 있었다.

적어도 '이봐, 당신 티브이에 나와. 많은 사람들이 이걸 보게 될 거야!'라는 끔찍한 인식이 희미해지기 시작했다. 안심이 됐다. 오랫동안 자신들이 패배할 것 같은 느낌에 시달렸기 때문에, 그녀는 미디어와 일을 제대로 하지 못했을 때 무거운 책임감을 느꼈다. 그녀는 너무 긴장해서 밤 7시나 8시에 겨우 퇴근하고도, 집에서 서성거리며 담배를 피우곤 했다. 평소에도 늘 흡연을 했던 그녀는 이제 흡연을 멈추지 못했다. 아침부터 밤까지 연달아.

1월 10일 그날 아침, 셜리와 변호사들은 최종 법적 절차에 대해 논의하고 있었고, 그녀는 회의실을 나와 복도로 나섰다가 몰려드는 취재진 때문에 하마터면 쓰러질 뻔했다. 성명을 발표하지도 않았다. 어떤 그룹이 무엇을 할 수 있는지 결정하기 위해 회의가 소집됐지만, 변호사들은 결론을 내리지 못했다. 셜리는 "저는 드릴 말씀이 없습니다."라고 말하다 서류를 떨어뜨렸다. 그녀가 허둥지둥 몸을 굽혀 서류를 집어 들자, 일부 기자들이 마치 그녀가 뭔가 떳떳지 못한 행동을 감추려 한다는 듯 웃음을 터뜨렸다. 셜리는 언론이 ACLU가 앞으로 일어날 많은 소송의 중심이라고 생각하는 것을 믿을 수가 없었다. 사실 그들은 ACLU가 관여하지 않는 것이 좋다고 거의 결론지은 상태였다. 유타의 지역 사회가 급진적인 단체로 간주하는 탓에, 그들이 개입할 경우 대의를 해친다는 여론이 있었기 때문이다.

그래서 회의 분위기는 침울했다. 그들은 자신들에게 실질적인 원고 적격이 없다고 느꼈다. 그나마 미칼 길모어가 내일 솔트레이크에 도착한다는 소식을 전해 준 리처드 지오크와 함께하는 것이 가장 큰 희망이었다. 지오크가 게리의 동생을 대리하여 소송을 제기하거나, 길 아테이가 '하이파이 살인범'들을 위해 소송을 제기하면, ACLU가 법정 조언자로서 참여할 수 있었다. 하지만 그들이 직접 시도할 수 있는 행위는 납세자소송[154]뿐이었다. 하지만 그 소송은 법적으로 취약했고 성공 가능성도 매우 낮았다. 누군가가 병원으로 가서 니콜을 만나

---

154) 국가나 지방 자치 단체가 예산을 위법하게 집행했을 때 납세자가 이를 시정하도록 요구하는 소송.

보는 게 어떠냐는 것이 오늘 아침 회의에서 나온 최고의 제안이었을 정도로 소득이 빈약했다. 어쩌면 니콜이 죽으려는 게리를 설득해 마음을 바꾸게 만들 수도 있지 않을까. 대브니가 스탠저에게 전화해 보겠다고 말했다.

스탠저: 징크스가 "니콜이 게리에게 어느 정도 영향력을 갖고 있나요?"라고 묻더군요. 내가 "아니, 그게 무슨 말이에요?"라고 했죠. 그가 이러더군요. "음, 우리 생각에는 니콜이 게리를 설득해 싸우게 할 수 있을 것 같아서요."

길모어: 지푸라기라도 잡고 싶은 심정인가 보네요, 안 그래요?

5

실러는 유타에 사무실을 차리고 본격적으로 밀어붙일 때가 되었다고 판단했다. LA에 있는 비서에게 몇 군데 에이전시에 전화를 걸어 녹취록을 타이핑할 직원 몇 명을 고용하라고 지시했다. 자격 조건은 프로보로 이사할 수 있고 필요하다면 하루 이십 시간씩 일할 수 있는 미혼 여성이었다. 비밀 엄수가 필수였다. 프로보의 지역 인재는 찾지 않았다. 그는 오렘 트레블로지에 전화기를 설치하고, 솔트레이크와 LA 사이를 많으면 하루에 두 번도 오가기 시작했다. 일주일도 남지 않은 상황에서, 새로 고용된 데비와 루신다가 유타에 와서 모텔에 사무실을 마련했다. 그가 데비에게 가장 먼저 한 말은 "제록스 수리

기사 두 명의 야간 전화번호가 필요해요."였다. 그녀가 "언제든 수리기사를 부를 수 있지 않나요?"라고 묻자, 그가 말했다. "데비, 새벽 3시에 사람이 필요할지도 몰라요. 번호를 알아내요. 그에게 20달러 지폐를 줘요. 저녁을 먹으러 나가면 나간다고 전화해서 알리라고 해요. 그런 식으로 운영되어야 합니다." 그는 그녀를 제대로 훈련시키고 싶었다.

그러는 사이에 그는 사형 집행 현장에 녹음기를 몰래 들여갈 계획을 세웠다. 담뱃갑 안에 들어갈 수 있을 정도로 작아야 했다. 이 도구를 사용할지 여부는 알 수 없었지만, 도구가 있어야만 했다. 심리적으로 안정감을 느끼기 위해서만이라도, 사용하지도 않을 물건에 수천 달러를 지출할 거라고 스스로에게 말했다.

물론 그가 실제로 수천 달러를 지출한 건 아니었다. 실러는 라스베이거스의 한 사립 탐정에게서 이 소형 녹음기를 1500달러에 샀고, 후에 1300달러에 되팔기로 했다. 실러는 전액을 선불로 지불하고, 라스베이거스를 오가는 항공료도 부담해야 했다. 그렇다 해도 몇백 달러도 안 되는 돈으로 중요한 도구를 하나 더 마련한 셈이었다.

어쨌든 그는 점점 더 깊이, 아주 깊이 빠져들고 있었다. 지난주는 확실히 총 1만 1000달러를 향해 가고 있었다. 비번인 경찰을 경비원으로 고용해야 했다. 그는 마지막 사나흘 동안 번이 보호받길 원했고, 캐서린 베이커에게는 아이들과 함께 집을 떠나 있으라고 설득했다. 그런 다음 모텔에 요새 같은 사무실을 차렸다. 그렇게 해야만 했다. 이제 ABC가 발을 뺐으니, NBC가 사냥개처럼 달려들 터였다. 그들은 그를 마치 오나시스 부인[155]인 양 주시하고 있었다. 미친 듯이. NBC는 실러가 CBS를 위해 모이어스에게 자료를 넘겼다는 걸 알고 있었다. 다른 사람이라면 첫 약속을 배신하고 NBC가 더 이상 귀찮게 하지 않도록 몇 분 정도의 시간을 할애해서 길모어에 관한 정보를 들려주었을지도 모른다. 그러지 않으면 그들이 자신을 지긋지긋하게 괴롭히리라는 걸 그는 알고 있었다. 사실 솔트레이크의 힐튼 호텔에서 머물던 어느 날 밤에 그는 실제로 새벽 4시 30분에 경찰에 전화를 걸어 자신이 머무는 방 밖 복도에서 죽치는 NBC 기자 두 명을 퇴거시켜야 했다. 그후 NBC 특별 방송 총괄 프로듀서인 고든 매닝은 미디어 관계자들에게 그를 가리켜 계속해서 도마뱀이라고 묘사했다. 그게 바로 텔레비전이었다. 상대가 비협조적일 때 그들은 최선을 다해 그를 짓밟았다.

그런 와중에도 그는 자신의 선택지들을 관리하려 애썼다. 게리가 마음을 바꾸면 어떻게 될까? 이 이야기가 '길모어, 항소하다'가 된다면? 그와 배리는 그에 관해 논의했다. 그들은 게리가 처형되기만을 바라며 앉아 있지 않았다. 어느 쪽으로든 갈 준비가 되어 있었다. 길모어가 살게 된다면 분명 극적이지는 않겠지만 그래도 좋은 이야기가 나올 것이었다. 대중의 관심 속에서 한 남자의 시간이 서서히 가라앉는 모습을 보여줄 수 있었다. 그림자 속으로 회귀하는 게리. 중요한 것은 당황

---

155) 존 F. 케네디의 부인이었던 재클린 케네디 오나시스를 가리킨다.

하지 않고, 역사에 영향을 미치려 하지 않고, 결과를 강요하지 않는 것이었다. 그는 그것이 무엇이든 간에 이야기의 잠재력을 깨닫게 될 터였다. 사람들은 시체 파먹는 독수리라고 부를지 모르지만, 그는 자신이 길모어의 삶과 함께할 수 있음을 마음 깊이 알고 있었다. 그는 길모어의 죽음에서 이익을 얻을 필요가 없었다.

6

그럼에도, 실러에게 유혹이 시작되었다. 그가 사무실을 차리자마자 말도 안 되는 제안이 들어오기 시작했다. 그들은 오렘의 트래블로지에 자리를 잡기도 전에 지미 브레슬린[156]의 문학 에이전트 역할을 하는 스털링 로드와 전화 통화를 했다. 로드는 길모어의 사형 집행에 초대될 다섯 명 가운데 실러가 포함될지도 모른다는 소식을 들었다면서, 그 초대를 지미로 변경할 수 있는지 알고자 했다. 《데일리 뉴스》나 칼럼의 신디케이트가 비용을 지불할지는 분명하지 않았지만, 제안은 5000달러에서 시작되었다. 실러가 말했다. "그건 내가 팔 수 있는 게 아니에요, 스털링. 심지어 내가 거기 간다고 장담할 수도 없어요."

---

156) Jimmy Breslin(1928~2017). 주로 뉴욕에서 활동한 미국의 저명한 언론인, 칼럼니스트, 작가. 1986년에 '논평' 부문에서 퓰리처상을 수상했다.

로드가 다시 전화를 걸어 말했다. "3만 5000달러나 5만 달러까지 받아 낼 수 있을지 몰라요."

"이건 판매용이 아니라니까요." 실러가 말했다.

브레슬린이 전화했다. "내 기사의 사본을 주죠." 그가 불만 가득한 목소리로 말했다. 그 말인즉슨, 그 기사가 처음 공개되는 날에는 브레슬린이 그것을 소유하고, 이후에는 실러가 가질 수 있다는 뜻이었다.

실러는 지미 브레슬린이 래리 실러의 진짜 생각이 무엇인지 이해하지 못한다고 판단했다. 물론 요즘 그에게는 오래된 친구들이 많아졌다. 난데없이 스털링 로드가 그의 오래된 친구처럼 굴었고, 지미 브레슬린도 그랬다.

"내가 어디에서 숙박해야 하지?" 브레슬린이 실러에게 물었고, 그러자 래리가 대답했다. "글쎄요, 힐튼 호텔로 가서 편하게 있든지, 아니면 여기 이 싸구려 모텔로 와서 나와 함께 지내든지."

브레슬린은 모텔로 와서 바로 옆방을 잡았다. 그런 직감 하나는 탁월했다.

배리가 화가 나서 물었다. "왜 브레슬린이지?"

"미안해." 실러가 패럴에게 말했다. "이걸 혼자서 다 할 순 없어."

"말이 나왔으니 말인데 《LA 타임스》의 존스턴은 왜 초대한 거야?" 패럴이 말했다.

"모르겠나?" 실러가 말했다. "나는 이 친구들에게 이야기의 일부를 나눠 주고 싶어. 그래야 《LA 타임스》와 《뉴욕 데일리 뉴스》가 비난하지 않을 테니까. 알다시피 몇 사람은 우리 편으로 만들어야 해.”

ABC가 손을 뗀 지금, 자신이 얼마나 고립무원의 처지인지 배리는 이해하지 못하는 걸까? 탯줄이 확실히 끊어진 상황이었다.

‘그래.’ 패럴이 생각했다. ‘그가 하는 일에는 모두 동기가 있지. 항상 그럴 만한 이유가 있어. 취하거나 욕정에 휘둘려서 그러는 건 절대 아니야.’

배리는 실러가 중요한 정보를 거의 넘기려 하고 있다고 판단했다. 각 조각이 아무리 작아도 지금 만들어지고 있는 하나의 잠재적으로 훌륭한 구조물에 속하는 것이지, 개별적으로 따로 떼어 팔 수 있는 것이 아니라는 사실을 실러는 전혀 이해하지 못했다. 그것은 숲속 빈터에서 언론이라는 용을 달래기 위해 거래할 구슬 따위가 아니었다.

패럴은 스스로 준비를 했어야 했다고 생각했다. 모든 예방 조치가 지나치게 잘 진행되고 있었다. 그들이 오렘 트래블로지에 래리가 잡아 둔 일곱 개의 방으로 들어온 순간부터, 래리는 언론을 피해 다니고 있었다. 방들은 각자 대여한 타자기와 책상, 두 명의 비서, 경비원들, 사무실, 배리를 위한 집필실, 자료 보관실, 배리의 침실, 실러의 침실, 여자들 각각의 방으로 구성되어 있었고, 직통 전화선도 설치되어서 일반 수신 전화만 교환대를 이용하면 됐으며, 모텔 직원들은 그들의 통화를 절대 엿들을 수 없었다. 래리는 그들을 잘 피하고 있었다. 모두가 그에게 닿으려는 그 뜨거운 열기 속에서, 실러는 거스 소렌슨과 태머라를 통해 올바른 이야기만 흘려서 솔트레이크 뉴스에 색깔을 입히고 간접적으로 유선 방송의 결과물에 영향을 미치도록 신중을 기했다. 그런데 그토록 어렵게 통제권을 얻은 후에, 배리가 한 면을 복사하러 주 사무실에 들어가니, 그곳에 손에 수첩을 든 지미 브레슬린이 있었다. 이 이야기가 시작된 지 이십 일이 지나서야, 운전기사가 딸린 링컨 승용차를 빌려 편안하게 도착해 있었다. 이런, 고마울 데가. 실러가 지미 브레슬린에게 눈[眼]에 대해 이야기하고 있었다. 눈에 대해서.

뭐, 패럴은 지미를 좋아했다. 브레슬린이 몇 년 동안 그를 위해 몇 가지 좋은 일을 해 주었으니까. 패럴이 1969년과 1970년에 《라이프》에 실을 칼럼을 쓰다가 편집자들과 큰 언쟁을 벌였을 때, 성패를 결정짓는 갈등에서 브레슬린이 저녁에 그와 이야기하며 도움을 주었다. 패럴은 브레슬린이 매우 똑똑하다고 결론 내렸다.

"있잖아, 배리." 지미가 말했었다. "자네의 칼럼은 자네의 부동산이야." 패럴의 마음에 쏙 박힌 문구였다. "자네의 부동산을 포기하지 마." 브레슬린이 말했다. "싸우고 헛짓하고 고치고 땜질하고 타협하되, 그 부동산을 포기하진 마."

패럴은 그의 조언을 따랐고, 그것이 옳다고 생각했기 때문에 지미에게 약간 호감을 갖고 있었다.

그러나 그가 방에 들어섰을 때, 실러가 얼굴에 바보같이 행복한 미소를 띤 채 브레슬린에게 눈에 대해 열심히 떠드는 모습을 보자, 호감이 순식간에 사라졌다. 실러는 그냥 티브이 광고에서 새로운 종류의 바닥 광택제나 팔면 제격이겠다 싶었다. 그리고 브레슬린은 멧돼지처럼 뚱뚱한 모습으로 소파에 앉아 삼 주나 늦은 메모를 하고 있었다. 하나의 육중한 기념비가 다른 육중한 기념비로부터 경의를 받고 있는 모습이었다.

몇 주 동안 이 인터뷰들을 힘겹게 진행하면서, 패럴은 어두운 방에서 거무스름한 물체를 찾는 것 같은 기분이었다. 그러던 중 눈에 관한 이야기가 나왔을 때, 패럴은 마치, 마침내, 작은 빛이 들어오는 것 같은 느낌을 받았다. 길모어의 전과 기록과 오랜 수감 생활, 그리고 사소한 체포 경험들을 검토하면서, 패럴은 게리의 삶이, 범죄적 성취라는 기준으로 보았을 때, 자존심 있는 죄수들의 기준에서 그리 높은 평가를 받지는 못할 거라고 거의 결론지은 상태였다. 그는 강력하고 무서운 인물로 여겨지기보다는 별 볼 일 없는 존재로 여겨질 것이었다. 다른 죄수들이 웬만하면 피할 정도로 예측 불가능한 사람이었지만, 교도소 내에서 실제로 영향력을 가진 죄수는 아니었다. 사실 완전한 외톨이에 가까웠다. 경찰 용어로 '세균'이라고 불리는 그런 종류의 남자였다. 인간적인 기준에서는, 잡초였다. 하지만 바로 어제, 죽음의 날을 향해 가면서, 길모어는 패럴이 생각하기에 멋진 말을 했다.

길모어: 내가 나한테 눈을 달라고 부탁하는 아흔 살 노인의 편지를 받았다는 말 했었죠……. 어, 음, 그는 너무 늙었잖아요. 모질게 말하고 싶진 않지만, 다른 남자는 이제 스무 살이고, 내 생각엔 이쪽이 더 나을 것 같아요. 이 의사에게 전화해서, 어,

그냥 간단히 말해 줄래요? ……이 눈들은 당신 거예요! 게리 길모어. 그리고 여러분을 통해 서류를 작성하라고 말해요.

무디: 그 문제는 소장님과 이야기해 볼게요.

길모어: 여기 편지에서 말하길 그 젊은 남자의 목숨이 얼마 남지 않았다고 하는군요. 정말 가망 없는 삶을 살고 있다고. 안구 은행에 기증하느니 차라리 그에게 눈을 주겠어요. 내 눈이 어디로 가는지 알고 싶거든. 좋아요……. 그에게 수신자 요금 부담으로 전화해요. (웃음) ……그에게 게리 길모어가 걸어온 수신자 요금 부담 전화를 받겠느냐고 물어봐요.

길모어가 그런 생각을 할 수 있다는 사실에 패럴은 깊이 감동했다. 인터뷰는 전날에 들어온 것이었고, 패럴은 실러와 함께 들은 후에 자신의 방에서 혼자 그것을 다시 들었다. 늦은 밤이었다. 그날 그는 오랜 시간 일하고 있었다. 길모어의 목소리가 그의 마음을 두드렸다. 배리는 울고 웃으며 그 남자가 그렇게 명쾌하게 말할 수 있다는 사실에 반쯤 승리감을 느꼈다. 패럴 자신의 눈도 좋았고, 그는 항상 눈을 귀중한 화물이라고 생각했다. 그는 누구에게든 자신의 신체 일부를, 음경을 포함한 모든 신체 부위를 기꺼이 기증하겠다는 카드에 서명했지만, 그것은 그가 정상적인 죽음을 맞은 후일 터였다. 여기 사형 집행 날짜가 잡힌 남자가 있다. 상상해 봐, 이십 시간의 근무를 마친 뒤 새벽 3시에 방에서 혼자 배리가 스스로에게 말했다. 사형 집행 날짜라니. 그런데 모두가 그의 신체 한 조각을 원하고 있다. 모두가 그의 신체 이 부위 저 부위를 요구하는 편지를 보내오고 있음에도, 그는 여전히 그것에 대해 명확하게 생각할 수 있었다. 물론 지갑에 "혹시 내가 죽은 걸 발견하면 내 신장을 가져가세요."라고 적힌 카드를 지니고 다니는 사람들도 있지만, 자기가 1월 17일에 세상을 떠난다는 사실을 아는 데다, 죽기 일주일 전부터 수많은 신청자들이 간을 달라, 비장을 달라, 왼쪽 불알을 달라고 요구하는 상황과는 달랐다. 속 좁은 사람이라면 이 모든 것들을 식인 행위로 간주하고, "제발, 날 그냥 내버려둬. 나도 내 눈을 갖고 싶어."라고 외칠 수 있지 않을까.

맙소사, 게리도 해리 트루먼[157]처럼 본래의 평범함을 역사가 부풀려 준 경우일까? 빌어먹을, 게리는 심지어 게리 길모어의 정확히 세분된 유해들을 다루는 소규모 산업의 소유주가 되었다. 패럴에게는 사형 집행을 향해 확고한 방향을 잡을 수 있는 능력보다도 그것이 더 인상적이었다. 패럴은 그 용감함에는 그리 큰 감명을 받지 않았다. 길모어가 생명, 자신의 생명이든 남의 생명이든 그 누구의 생명이든 간에 완전히 경멸한다고 그는 생각했다. 자신의 권리를 포기한 것은 우두머리답게 행동하기 위해서였다. 그것은 결전의 상황에서 하는 짓이며, 오랜 세월 동안 교도소 당국과의 사생 결전에서 비롯된 순전히 병리적 행동이었다. 그러나 이제 하룻밤 사이에 새롭게 떠오른 유명인이자 포트폴리오 없는 영화배우가 된 길모어는 모

---

157) 일부 역사학자들과 평론가들은 트루먼이 본래 평범한 사람이었지만, 2차 세계 대전과 한국 전쟁 등 역사적 상황과 그의 결정들로 인해 위대한 인물로 부각되었다고 본다.

든 관심에 인간적으로 반응하고 실제로 품위 있는 사람처럼 행동하고 있었다. 눈에 대한 발언이 그 장면을 구원했다. 패럴은 이 이야기에 대해 강한 보호 본능을 느꼈다.

그래서 소파에 앉아 있는 실러와 브레슬린을 보자마자, 그는 발끈하여 성질을 부렸다. 배리는 침착함을 유지하려 했지만, 이십 시간 동안 작업을 하고 나니 확실히 쉽게 자제심을 잃고 흥분해 버렸다. 그가 실러에게 말했다. "자넨 이 사무실에 아무도 침입하지 못하도록 복도 건너편에 밤새 경찰을 세워 두지만, 그 경찰을 자네 윗입술에 두는 편이 낫겠어." 그는 테이블을 부술 수도 있을 만큼 화가 났다. "실러, 이건 브레슬린에게 넘기면 안 돼."

하지만 싸움이 본격적으로 시작되기도 전에, 지미가 수첩을 꺼내더니, 자신이 글을 쓰고 있던 페이지를 떼어 내어 조각조각 찢은 뒤 공중에 뿌렸다. 멋지다고, 패럴은 생각했다. 그는 브레슬린이 무척 마음에 들었다.

25장

상대를 알아 간다는 것

1

패럴은 눈이 자기 몫으로 남겨졌다는 사실이 분명히 기뻤을 것이다. 길모어에 관해 그리 좋지 않은 점들이 너무 많이 발견되고 있었기 때문에, 그에게는 뼛속까지 원기를 북돋아 줄 무언가가 필요했다. 인터뷰와 편지들을 다시 읽으면서, 패럴은 길모어의 답변에서 각각의 다른 주제들을 강조하기 위해 다른 색의 잉크로 녹취록에 표시하기 시작했고, 다 마치기도 전에 어느새 27개의 태도들을 잡아냈다. 배리는 인종 차별주의자 게리와 컨트리웨스턴 게리, 카르마 카운티 게리, 텍사스 게리, 아일랜드인 살수(殺手) 게리 등을 발견하기 시작했다. 요즘 들어 유난히 자주 나타나는 모습은 엄청나게 박력 있고 소탈하면서도 대범한 태도로 겸손한 척하는, 영화배우 길모어였다.

길모어: 또 다른 여자가 편지에서 나한테 뭐라고 했냐면, "사나운 눈을 가진 내 야생 조랑말, 어떻게 지내요? ……한 번만이라도 당신에게 키스할 수 있다면 얼마나 좋을까요. 게리, 당신에게 어떻게 작별의 말을 해야 할지 모르겠어요. 게리, 당신의 편지에 지금도 울고 있어요. 사랑해요. 이 빌어먹을 시스템이 싫어요. 니콜한테 전화도 못 하게 하는 거 정말 싫어요. 개자식들. 사형 집행? 그게 뭐야? 무슨, 서부 개척 시대야? 내 사랑은 당신과 함께 있어요. 사랑해요." (웃음) 얘 나한테 마음 있는 것 같지 않아요, 응? 오늘 얘한테서 편지를 세 통이나 받았다니까. 내가 캘리포니아에 있는 게 아니라 다행이지. 세상에, 오, 아, 이런, 내 진을 다 빼놓을 거라고.

스탠저: 그녀가 열다섯 살이던가요? 세상에.

길모어: 맞춰 주기가 꽤 힘들어요.

그리고 교도소에서 배운 지혜로 가득 찬 나이 든 사기꾼이 있었다.

길모어: 말썽꾼으로 알려지면 계속 말썽에 휘말리기 쉬워요. 모든 빌어먹을 교도관들이 빌어먹을 교도관 휴게실의 요주의 인물 목록에 사진을 붙여 놓을 테니까. 그런 거 있잖아요. 이 남자를 주시해라, 이런저런 걸 했다는 혐의가 있다. 어떤 교도관들은 개인적으로 날 싫어하고 내 화를 돋우기 위해 사소한 방식으로 적대하죠. 알잖아요, 내가 항상 잘못인 — 절대 옳을 수 없는 — 상황인 거. 왜냐하면 난 수감자니까. 알다시피 그들

이 권력을 쥐고 있잖아요.

미묘한 자기 연민이 역겨울 정도였다. 그럼에도, 패럴은 예상보다 훨씬 더 이 작업이 좋았다. 이십 시간씩 하루하루를 반복하는 건, 정말이지, 얼마나 대단한 몰입인가! 자신을 완전히 벗어난 상태가 된다는 것은 얼마나 즐거운 일인가! 세상에, 나는 기록 보관에 대한 열정이 엄청나구나, 하고 배리는 생각했다. 자료에 대한 소유욕이 있다고.

심지어 가끔은 웃음을 터뜨리기도 했다. 그와 래리가 과로로 인해 서로를 쳐다보기도 힘들 정도로 신경이 예민했던 어느 날 밤, 길모어로부터 테이프 한 개가 들어왔는데, 그걸 들은 두 사람이 격렬하게 웃느라 의자에서 미끄러질 뻔했다. 분명 긴장감 때문이었을 것이다. 하지만 대단히 즐거웠던 그 한 순간만큼은, 길모어가 컨디션 최고일 때의 밥 호프[158]만큼이나 재미있게 느껴졌다. 똑같이 광적으로 꿰뚫어 보는 능력이 있고, 똑같이 허튼소리를 혐오했다. 세상에, 가끔 그는 정말 상황의 본질을 꿰뚫어 보는 것 같아, 하고 패럴은 생각했다.

길모어: 음, 저기, 있잖아요, 나한테 큰돈이 될 만한 발상이 있어요. 지금 당장 존 캐머런 스웨이지[159]에게 연락해서, 타이맥스

---

158) Bob Hope(1903~2003). 미국의 유명한 코미디언, 작가, 배우, 가수, 방송인. 그의 이름은 유머와 엔터테인먼트의 상징으로 여겨진다.
159) John Cameron Swayze(1906~1995). 미국의 유명한 뉴스 앵커이자 티브이 광고 진행자로, 특히 1950년대에 타이맥스 손목시계 광고를 통해 널리

손목시계를 여기로 가져오라고 해요. 그리고 내가 쓰러진 후 존 캐머런 스웨이지를 불러요. 그가 청진기를 끼고 있다가 그걸 내 심장에 갖다 대고 이렇게 말하는 거예요. "음, 멈췄네요." 그다음엔 청진기를 타이맥스 위에 대고 이렇게 말하는 거죠. "이건 아직 작동합니다, 여러분."[160]

2

그래도 이렇게까지 빠져 버리다니, 패럴은 그것이 불쾌했다. 길모어에 대한 세간의 관심이 덜했다면, 그가 마음을 바꿔 사형을 피할 방법을 모색했을지도 모른다고 패럴은 종종 생각했다. 이제 게리는 명성에 갇혀 있었고, 그 명성이 그에게 기이한 힘을 주었다. 물론 배리 패럴이라는 사람은 길모어가 항소를 제기할 수 없게 만드는 이 기계의 핵심 부품이었다. 스스로에 대한 기분 좋은 칭찬은 아니었다. 이렇게 말할 수도 있을 것이다. "나는 기관차가 아니라 여러 대의 차량 중 하나이며, 내 차 안에서 상황에 대한 최선의, 가장 세심한 판단을 할 뿐이다. 따라서 내 도덕적 책임은 그것과 끝까지 함께하는 것이다. 내가 떠나면." 패럴은 자신에게 말했다. "길모어는 「굿모닝 아메리카」 같은 데에 버려지게 된다."

알려졌다.
160) 원문은 "She's still running, folks." 존 캐머런 스웨이지가 타이맥스 손목시계 광고에서 자주 사용했던 유명한 말이다.

그럼에도, 새벽 2시의 고요함 속에서, 배리는 래리 실러를 '시체 파먹는 독수리'로 묘사했던 자신의 《뉴 웨스트》 기사를 떠올렸다. 이제 그는 배리 패럴이야말로 저널리즘의 가장 검은 날개가 아닌가 하고 생각할 수밖에 없었다. 자신의 이야기에서 항상 누군가가 죽어 나가고 있었으니까. 살해당한 오스카 보나베나, 바비 홀, 캘리포니아 고속 도로에서 살해당한 젊은 금발 여자들. 이거나 저거나 컬트 살인[161]이었다. 심지어 그가 그런 기사에 능숙하다는 평판도 받았다. 그의 전화번호가 여러 편집자들의 머릿속에 떠올랐다. 배리 패럴, 내면은 짜증스러울 정도로 가톨릭 신자인 범죄 전문 기자. 그는 재정적, 감정적 긴급 상황에서 비롯된 삶을 살았고, 고지서와 상처 입은 정신이 요구하는 일을 했지만, 어쩐지 그의 과제는 항상 새롭고 심각한 도덕적 복잡성으로 그를 이끌었다. 마치 안개 속으로 들어가듯 글쓰기에 빠져들었다.

하지만 인터뷰 중 한 가지 측면만은 의심하지 않았다. 길모어가 내뿜는 에너지는 경이로웠다. 인사를 하러 모텔에 들른 클라인 캠벨이 패럴에게 말했다. "당신의 작업은 뜻밖의 선물 같습니다. 게리가 자신을 표현할 수 있는 유일한 기회예요."

매일 조금씩 만들어지는 결과물을 보면서 패럴은 생각하곤 했다. 그래, 너는 길모어가 믿기 어려울 정도로 복잡한 윤리적 문제들과 관련하여 일관된 철학을 형성하려 애쓰는 모

---

161) 이념적 또는 사이비 종교 집단에 의해 저질러진 살인. 종종 매우 폭력적이고 극단적인 성격을 띤다.

습을 볼 수 있겠군.

무디: 당신이 절대 할 수 없는 일에는 어떤 것이 있을까요?

길모어: 음, 누구에 대해서든 밀고할 수 없어요. 누구에 대해서
든 배신할 수 없어요. 난 누군가에게 심한 고통을 줄 수도 없을
것 같아요.

무디: 누군가를 강제로 바닥에 눕히고 뒤통수를 쏘는 것도 고
통을 주는 것 아닌가요?

길모어: 뭐랄까, 그건 아주 짧은 고통이었죠.

무디: 하지만 사람의 목숨을 빼앗는 것보다 더 나쁜 범죄가 있
을까요?

길모어: 음, 누군가의 삶을 바꾸어 삶의 질을 떨어뜨릴 수도 있
죠. 그러니까, 고문할 수도 있고, 눈을 멀게 할 수도 있고, 불구
가 되게 만들 수도 있고, 신체에 심각한 손상을 줄 수도 있고,
심하게 망쳐 놔서 남은 인생을 비참하게 만들 수도 있죠. 나한
텐 그게 사람을 죽이는 것보다 더 끔찍한 일이에요. 그러니까,
내가 누군가를 죽이면, 그 사람에게는 모든 게 끝나는 거거든.
나는…… 나는 업보와 윤회 같은 것들을 믿기 때문에, 내가 누
군가를 죽이면 그건 내가 그저 그 사람의 업보를 떠맡는 것일
수 있고, 그, 그러, 그럼으로써 그 사람의 빚을 덜어 주는 것일
수도 있단 말이에요. 하지만 누군가를 더 낮아진 상태의 존재
로 계속 살아가게 만드는 건 그를 죽이는 것보다 더 나쁠 수 있
다고 생각해요.

스탠저: 그렇다면 당신이 살인보다 더 나쁘다고 생각하는 범죄

들이 있나요?

길모어: 글쎄요, 이런, 모르겠어요, 온갖 종류의 범죄들이 있죠. 음…… 몇몇 정부가 자국민에게 하는 짓도 그렇고, 응? 어떤 국가에선 세뇌 같은 것도 하잖아요……. 어떤 행동 개조의 형태가, 그러니까, 음, 있잖아요, 돌이킬 수 없는 형태의, 예를 들어 전두엽 절제술이랑, 음, 저기, 프롤릭신 같은, 그것들이 살인보다 더 나쁘다고 말하진 않겠지만, 음, 생각해 볼 필요가 있어요……. 누…… 군가의 삶에 간섭하면 안 되잖아요. 사람들이 자신의 운명을 맞이하게 놔둬야죠.

스탠저: 당신이야말로 젠슨과 음, 부시넬의 삶에 간섭하지 않았나요?

길모어: 그랬죠.

스탠저: 당신에게 그럴 권리가 있었다고 생각하나요?

길모어: 아뇨. (한숨)

무디: 당신의 영혼이 정말 악으로 가득 차 있다고 믿고, 정말로 속죄하고 싶다면, 왜 아직도…… 후회하는 마음을 표현하지 않는 건가요?

길모어: 내 영혼이 그렇게 악으로 가득 차 있다고는 믿지 않아요.

무디: 그럼 어느 정도는 악으로 차 있다고 생각해요?

길모어: 당신이나 론 혹은 음, 많은 사람들의 영혼보다는 내 영혼에 더 많은 악이 존재하겠죠. 나는 당신들보다 신에게서 더 멀리 떨어져 있고, 그래서 더 가까이 다가가고 싶다고 생각해요.

무디: 후회를 표현하는 게 지나치게 감상적인 행동이라고 생각해요?

길모어: 신문들이 그걸 감상적으로 해석할까 봐 걱정되죠.

캠벨의 말이 맞을지도 몰랐다. 이런저런 꾸며내는 태도에도 불구하고, 게리는 여전히 인터뷰를 너무 잘해서 가끔은 직접 인터뷰를 진행할 수 없는 것이 답답했다.

하지만 패럴은 그럴 수 없는 걸 다행으로 여겼다. 그 덕분에 그는 그동안 효과를 증명해 온 초롱초롱한 눈빛을 억지로 장착할 필요가 없었다. "남자 대 남자로, 친구 대 친구로 당신의 이야기를 들어 주러 왔어요."라는 식의 굳은 악수도 면제받았다. 인터뷰어들이 하는 온갖 것들, 즉 겉으로 드러내는 동정심이나 가슴을 후비는 듯한 감정 이입 같은 것들로부터 벗어날 수 있었다. 직접 인터뷰하지 않는 이런 방식이라면, 급속도로 형성된 형제애를 배신할 일이 없었다. 그가 타자기 앞에 앉아서 질문을 작성하고, 무디와 스탠저가 그것들을 실어다 풀어놓고, 데비와 루신다가 테이프에 녹음된 내용을 타이핑하면, 그는 그것을 충분히 연구하여 새로운 질문을 작성할 수 있었다. 그와 게리는 서로에게 면역이 되어 있었다. 길모어가 계속 말하도록 만들기 위해 인간애로 가득 찬 표정을 무리해서 급조할 필요가 없었다.

더 중요하게는, 게리와 너무 친해져서 길모어에게 몇 가지 기본적인 부분이 빠져 있을 수 있다는 사실을 잊어버릴 위험도 없었다. 그러니까, 그는, 배리 패럴은, 맥스 젠슨의 형제로서 너무 쉽게 용서해서는 안 된다는 사실 말이다. 그렇다. 이 방식이 더 나았다.

3

그럼에도 테이프를 듣다 보면 끝없이 짜증이 났다. 배리는 변호사들이 점점 더 싫어졌다. 심각한 질문이 제대로 제기될지, 아니면 무디나, 특히 스탠저가 마구 웃어 댈지 알 수 없다는 것은 그의 신경계에 너무 가혹한 부담이었다. 신경을 곤두세우고 테이프에 끝까지 귀를 기울이는 패럴이 느끼기에, 변호사들은 지나치게 경박하거나 지나치게 조심스러웠다. 포틀랜드에 있는 가톨릭 학교의 수녀 중 몇 명은 학생들에게 정말 매질을 했다고 게리가 변호사들에게 털어놓았다. "그들은 나를 순응시키려다 좌절감에 미쳐 가곤 했죠. 수녀들에게 몇 번 맞기도 했어요. 그곳의 다른 아이들을 훈육할 때와는 달랐죠. 결국 아버지가 날 학교에서 데리고 나왔어요."

패럴은 바짝 긴장한 채 그 주제가 발전되기를 기다렸다. 모든 폭력 범죄의 열쇠는 어린 시절의 구타 기록에서 찾을 수 있지만, 길모어는 자기 어머니는 단 한 번도 자신에게 손을 댄 적 없고 아버지 역시 굳이 그런 수고를 하지 않았다고 주장했다. 그러니 여기에 비로소 어떤 중요한 본질의 맹아가 있을지도 모를 일이었다. 그러나 스탠저가 선택한 반응은 이것이었다. "오, 이런, 영화에 나오는 수녀님들은 항상 착해 보이던데요."

길모어가 대답했다. "그렇죠, 영화에서는."

스탠저가 낄낄거렸다.

그 순간 패럴의 귀에는 그 소리가 이렇게 들렸다. 깩깩, 깩

깩, 깩깩. 한겨울 혹한의 오렘에서 늦은 밤까지 그 테이프를 들으며 그는 분노를 주체하지 못했다.

때때로 그와 실러는 변호사들과 함께 앉아 질문들을 검토하기도 했다. 교도소로 떠날 때의 무디와 스탠저는 자신들이 무엇을 하고 있는지 아는 것처럼 보였다. 그런 다음 그들은 돌아와서, 훌륭하다, 대단하다, 라는 말과 함께 테이프를 남겼다. 실러가 그것을 재생했다. 오, 이런. 변호사들은 기자로서는 절망스러울 정도였다. 그들이 결국 다루지 못한 그 모든 것들을 생각하면 정말이지.

길모어: 어린 녀석 하나가 나한테 와서 이야기 좀 나눌 수 있는지 묻더니, 함께 마당으로 나가서 좀 걷자고 하더군요. 내가 그에게 물었죠. "무슨 일인데?" 그러자 녀석이 말하기를, 이, 음, 검둥이가 자기 엉덩이를 노린다는 거예요. 그는, 음, 그 상황에서 벗어나기 위해 자진해서 독방에 갇힐 생각이었어요. 어떻게 대처해야 할지 몰랐죠. 그래서 내가 물었죠. "글쎄, 이봐, 그럼, 내가 어떻게 해 주길 바라는 거야?" 그러니까 "절 보호해 주면 당신의 똘마니가 될게요." 그러더군요. 내가 말했죠, "근데 난 똘마니 필요 없어. 난 호모 새끼를 좋아하지 않거든. 어쨌든 너도 호모가 안 되면 좋겠군." 내가 그에게 호모냐고 물었고, 그가 아니라고, 자기도 호모가 되고 싶지 않다고 대답했죠. 그래서 난 그냥 가서 다른 사람을 찾아 그에게 그 일에 대해 알려 줬어요. 그러자 그가 그 개자식을 죽여 버리자고 하더군요. 결과적으로 말하면 우린 그를 죽이지 않았어요. 깁스는 우리가

그를 죽였다고 말할 테지만, 죽이진 않았어요. 우린 그저 계단을 올라오는 놈을 붙잡아 손에 들고 있던 파이프로 반쯤 죽도록 팬 뒤 다른 검둥이의 감방으로 끌고 가서 침상 위에 올려놨죠. 그는 의식이 없었어요. 우리가 아주 빠르게 제대로 두들겨 팼거든……. 그는 권투선수였지만, 우리는 그에게 전혀 기회를 주지 않았죠. 그러고는 문을 쾅 닫고 떠났어요. 그는 누가 그랬는지 알았지만, 음, 그 일에 대해 뭘 어떻게 해 보려고 하지 못했어요. 그냥 그걸 받아들였고, 그리고, 음, 일은 그렇게 마무리되었죠.

그 이야기는 그렇게 마무리되었다. 그들은 길모어에게 그 일에 관해 더 묻지 않았다. 패럴은 좌절감에 고함을 지르고 싶은 심정이었다. 그였다면 그 이야기를 그렇게 넘기지 않았을 것이다. 길모어가 흑인 남자에게 성적으로 착취당한 적이 있었는지 알고자 했을 것이다. 소년원 시절이나, 그 이후라도. 그러나 이 이야기에는 패럴의 의심을 사는 무언가가 있었다. 귀여운 백인 소년을 보호하도록 길모어를 충분히 자극한 이 짐승 같은 흑인 거한. 그것은 마치 한 여자가 전화를 걸어 "친구 중에 임신한 애가 있는데, 혹시 아는 의사 있나요?"라고 말하는 것과 같지 않은가. 이야기 속에서 게리는 크고 의지가 되는 남자였지만, 만약 그 작은 백인 아이가 게리였다면 어땠을까?

따라서 패럴은 게리 마크 길모어의 내면에서 찾은 답이 얼마나 적은지, 남아 있는 질문의 크기가 얼마나 큰지 생각하며 우울감에 사로잡힐 때가 많았다. 예를 들어 그가 니콜을 자살로 이끌었던 방식과 같은 아주 기본적인 것들을 도대체 어떻게 설명할 수 있을까? 정말 찜찜했다. 연인의 그런 깊은 배신을 환경의 산물이라고 부를 수 있을까? 감히 오직 도시의 카우보이만이 그렇게 심하게 자신을 파괴할 심리적 시험을 통과할 수 있을 거라는 식으로 설명해도 될까? 잘못된 음식을 먹고, 잘못된 장소에서 자고, 잘못된 약을 복용하고, 잘못된 차를 운전하고, 잘못된 방향으로 가는 등, 아주 오랫동안 그런 일들을 하면 자신을 사랑하는 사람에게 끔찍한 짓을 저지르는 그런 존재가 된다고 말할 수 있을까?

아니면 그 책임을 유전적 특징으로 돌리고, 게리 길모어가 사물 자체에 내재한 신비로운 악의 씨앗에서 자라난 존재라고 말했나? 아니, 모텔에서 강도질을 하고 모텔 주인을 총으로 쏠 만한 사람들은 수천 명이다. 나중에 그들은 길모어가 증언했던 것과 같은 종류의 반쯤은 약에 취한 말들을 내뱉을 것이다. 잘 모르겠고, 기억도 잘 나지 않고, 영화 같았어요. 음, 아무 이유 없어요. 그, 왜, 있잖아요, 정신에 물막이 씌워진 것처럼요. 하지만 니콜의 자살을 계획한 것은, 패럴이 보기에 그것은 사악한 천재성이었다.

"귀여운 요정, 어떻게 나한테 이럴 수 있어?" 길모어는 애원했다. 그래 놓고 다음 페이지 상단에는, 마치 방금 분노의 번개라도 삼킨 사람처럼, 그러니까, 씨발, 빌어먹을, 그리고 제기랄 등의 단어들이 5센티미터 높이의 글자로 쓰여 있었다.

패럴은 그 글자들이 몹시도 의심스러웠다. 그는 새 페이지가 시작될 때마다 종종 분위기가 바뀌는 것에 주목했다. 사실상, 각 장마다 각기 다른 분위기의 작문이 구성되고 있었다. 훌륭한 르네상스인인 길모어는 예쁜 면을 음란한 말들로 더럽힐 생각은 없었다. 특히 그 예쁜 면을 요정 그림으로 마무리할 계획이라면 더더욱.

길모어: 사형이 집행되기 전에 니콜과 이야기할 수 있다면, 특별히 뭘 해 달라고 부탁하지는 않을 거예요. 계속 살면서 아이들을 키우라고 격려할 수도 있어요. 음, 하지만 다른 사람이 그녀를 차지하는 건 싫어요.

무디: 정말 진퇴양난이네요.

길모어: 그러게, 그 때문에 좀 망설여져요.

무디: 그녀는 아이들에 대한 책임감이 막중하죠.

길모어: 음, 누구나 자기 자식을 책임져야죠. 니콜이라고 다를 건 없고. 자, 봐요, 당신의 아이들은 당신을 통해 태어났지만, 실제로는 당신의 일부가 아니에요. 내 말은…… 모두는 각기 개별적인 영혼이잖아요. 그 아이들은 니콜을 통해 태어났지만, 그녀의 일부는 아니죠.

무디: 아이들이 엄마 없이도 엄마가 있을 때처럼 잘 지낼 거라고 생각하는 건가요?

길모어: 너무 냉정하게 들리겠지만, 난 그 아이들을 지나치게 걱정하진 않아요. 굶어 죽지는 않을 테니까요. (잠시 말이 없다가) 내가 걱정하는 건 니콜과 나 자신이에요.

무디: 니콜에게 당신을 잊고, 당신을 극복하고, 당신을 정리하고, 자신과 아이들에게 지금보다 더 나은 삶을 살 기회를 제공

할 남자를 찾으라고 당부하는 게 더 친절하고 애정 있는 일 아닐까요?

길모어: 누구에게 더 친절하고 애정 있다는 거예요?

무디: 그녀와 아이들에게요.

길모어: 그에 대해선 대답하지 않겠어요.

글쎄, 일관된 철학을 갖는 것은 그에게도 다른 사람들만큼이나 쉽지 않았다.

4

이러는 내내 실러도 패럴에게 나름의 불만을 갖게 되었다. 이미 결론을 내려놓고 그에 맞춰 질문을 구성하는 배리의 태도가 마음에 들지 않았다. 어떤 면에서는 매우 가톨릭 신자답다고 실러는 생각했다. 가톨릭 신자들은 자신이 어떻게 생각하는지 알고 있어야 했다. 때때로 그 습관은 교회에서 다른 많은 일들로 이어졌다. 미리 정해진 결론을 가지고 시작하면 조사가 순조롭게 진행될 것이다. 배리는 나름의 세련된 방식으로, 연방수사국(FBI)만큼이나 편협할 수 있었다. 그는 확실히 '카르마'에 대해 충분히 탐구하지 않았다. 실러는 배리가 길모어에 대해 제대로 이해하고 있는지 확신이 서지 않았다.

그러나 두 사람의 의견이 실제로 충돌하는 지점은, 패럴의 경우 테이프가 들어왔을 때 바로 듣는 것을 좋아하지 않는

데 반해, 실러에게 그것은 그날의 창의적 경험이라는 점이었다. 실러는 즉각적으로 반응했다. 그럴 때 그는 자신이 길모어를 시시각각 이해한다고 느꼈다. 하지만 배리는 듣지 않으려 했다. 그는 테이프가 타이핑되기를 기다렸다. 그러다 보니 하루가 꼬박 지체되었다. 그래도 패럴은 종이에 활자로 옮겨질 때까지는 일을 할 수 없다고 주장했다. 그래야 밑줄을 긋고 분석을 할 수 있다는 것이었다. 실러는 말했다. "그의 목소리가 안 들려? 게리가 지금 이 주제에 관한 질문에 답할 준비가 됐잖아."

그러면 배리는 대답했다. "글쎄, 녹취록을 보고 싶군."

물론 지미 브레슬린 때문에 크게 싸운 일을 제외하고는 두 사람이 서로에게 무례하게 군 적은 없었다.

26장

아무것도 남지 않았다

1

12월에, 자기들이 제기한 소가 대법원에서 기각되자, 앤서니 암스테르담이 미칼에게 전화했다. 그는 그 판결이 유타주의 주장이 옳고 그들이 틀렸다고 말하는 것은 아니라고 설명했다. 다만 사건을 즉시 심리해 달라는 요청이 거부되었고 일에 차질이 조금 생겼을 뿐이라는 것이었다. 베시나 미칼은 여전히 하급 연방 법원에 동일한 주장을 제기할 수 있었다. 사건은 다시 올라갈 터였다.

하지만 미칼은, 게리가 어머니에게 전화를 걸어 더 이상 아무 조치도 취하지 말라고 부탁했다고 답했다.

관여하지 않겠다는 베시의 결정은 바뀌지 않을 것 같았다. 따라서 새롭게 소송을 제기하려면 자기 혼자서 해야 할 거라고 미칼이 말했다. 그는 또한 자신도 어떤 결론에 도달할지 모르겠다고 했다. 미칼은 유타에 가서 결정을 내려야 할지도 모른다고 생각했다. 그는 그런 여행을 생각하는 것 자체가 싫다고 암스테르담에게 털어놓았다.

형을 방문하는 일이 다미코 일가에겐 딱히 달갑지 않은 일일 수도 있다는 점을 인정해야 한다고 암스테르담이 답했다. 번 다미코라는 사람을 잘 안다고 자신하지는 않지만, 이모부와 그의 변호사들이 게리의 죽음과 금전적인 이해관계에 있을 수도 있다고도 말했다. 미칼이 게리의 마음을 바꿀 가능성을 그들은 모르지 않을 터였다. 그들은 자신들이 인간적 품위와 가족애로 가득 차 있다고 믿으면서도, 여전히 협조에 미온적일 수 있었다.

미칼은 유타로 떠날 준비를 마쳤다.

2

1월 11일에, 리처드 지오크는 솔트레이크의 공항에서 미칼을 만나, 포인트 오브 마운틴까지 차로 데려다주었다. 지오크의 차는 수리 중이었기 때문에, 그는 파트너의 리무진인 은색 롤스로이스를 타고 나타났고, 차가 너무 요란해서 미안하다고 사과했다. 정작 미칼은 자신에게 적대적일지도 모르는 형을 대면한다는 긴장감으로 가득 차서, 자신이 어떤 차를 타고 갔는지조차 거의 알아차리지 못했다. 실제로 그들이 교도소 정문을 통과하고 가시철조망이 둘러진 두 개의 높은 담장 사이

길을 따라 단층짜리 긴 창고형 건물인 최고 보안 교도소로 안내되었을 때, 그가 가장 놀랐던 것은 몸수색을 하지 않는다는 점이었다. 지오크는 론 스탠저를 통해 방문과 관련된 합의를 했고, 구십 분 동안 '신체 접촉 없는 일회성' 면회가 될 거라는 말을 들었다. 그러나 교도소장이 마음을 바꾼 모양인지, 미칼은 미닫이 금속 문 두 개를 빠르게 통과하여 대략 6×9미터 크기의 방으로 안내되었다. 최고 보안 교도소의 면회실이었다. 이 방은 모든 것이 칙칙하고 낡고 지저분한 베이지색으로 칠해져 있었다. 바닥에는 담배꽁초가 널려 있었고, 새해가 시작된 지 열흘이 지났는데도 구석에서 크리스마스트리가 침엽을 떨어뜨리고 있었다. 제대로 관리되지 않는 더러운 방이었다.

게리는 다른 미닫이문을 통해 느긋한 걸음으로 들어왔다. 그는 빨간색과 흰색과 파란색이 들어간 운동화와 흰색 작업복 차림이었고, 저글링하는 사람처럼 양손을 번갈아가며 손가락으로 머리를 빗어 넘겼다. 그가 활짝 웃었다. "이런, 여전히 많이 말랐구나."

하지만 미칼이 방문 목적을 이야기하자 게리가 말했다. "가족들의 방해는 원하지 않아." 그가 미칼의 눈을 응시했다. "암스테르담은 이 일에서 빠졌으면 좋겠는데."

미칼이 대답하기도 전에, 번과 아이다가 문으로 들어왔다. 미칼은 믿을 수가 없었다. 개인적인 방문을 약속받았기 때문이었다.

번이 게리의 디지털 사진이 인쇄된 커다란 녹색 티셔츠를 가져왔다. 사진 아래에는 '길모어 — 죽음에 대한 갈망'이라고 인쇄되어 있었다. 미칼은 그들이 진심인지 판단할 수 없었지만, 그들은 총알 구멍이랑 이것저것 다 포함해 경매에 내놓을 수 있도록 게리가 시형 집행 당일에 이 티셔츠를 입는 문제를 계속 이야기했다. "소더비 경매장으로 가져가요." 게리가 웃으며 말했다.

그런 이야기가 많은 시간을 잡아먹었다. 번과 게리는 마치 신참 앞에서 예전 사건들을 이야기하는 노련한 베테랑들 같았다.

다미코 부부가 떠난 후, 미칼은 게리와 둘만의 시간을 가졌다. 길모어가 지체없이 셔츠를 권했다. "나한텐 별로 쓸모가 없을 것 같아."

"음." 게리가 말했다. "너무 크네. 네가 좀 더 자라면 맞을지도 모르지."

미칼은 "그걸 정말 팔 계획이야?"라고 묻지 않을 수 없었다.

"내가 그 정도로 품위가 없다고 생각하는 거냐?" 게리가 말했다.

3

솔트레이크로 돌아와, 미칼은 리처드 지오크와 긴 대화를 나누었다. 암스테르담처럼 이 변호사도 자신감이 있었고, 그 사안들에 대해 매우 걱정하는 것 같았다.

지오크가 주장한 대로, 많은 사람들이 게리를 이용하고 있었다. 새로 선출된 법무 장관 밥 핸슨은 선거에서 당선되기 위해 사형 제도를 적극적으로 지지했었다. 그를 포함해 다른 많은 보수주의자들은 기꺼이 죽고자 하는 게리의 의지를 자신들의 정치적 목적에 이용하려 했다. 지오크는 이른바 '죽을 권리,' 즉 자살할 권리를 자신과 같은 사람들이 결국 지지해야 할 수도 있다는 점을 인정했지만 — 적어도 자기 결정권이 국가뿐 아니라 개인에게도 적용된다고 믿는 사람이라면 — 그럼에도 여기에서 지배적인 상황을 고려할 때, 게리는 많은 사람들에 의해 좌지우지된 셈이었다. 지오크의 의견으로는 이것이 그의 다른 권리들보다 중요했다. 개인의 자유가 사회의 근간을 해칠 정도로 확장되어서는 안 되는 일이었다. 지금 당장 한 사람의 죽을 권리를 인정하는 것이 사형수 400~500명의 목숨에 치명적인 영향을 미칠 수 있었다. 유타주에서는 이미 사형 제도에 찬성하는 여론이 85~90퍼센트에 달했다.

"여기 당신의 형이 죽고 싶다며 개인의 의사를 표현하고 있어요. 그는 지금 치안대 행세를 하는 폭력배들의 손아귀로 걸어 들어가고 있는 거예요."

미칼은 자신의 딜레마에 대해 이야기했다. 그는 합법적인 방법으로 게리의 목숨을 구하는 일이 결국 그의 자살을 보장하는 결과만 낳을까 봐 걱정했다. 그러면서도 사형 제도는 확실히 혐오했다.

지오크가 고개를 끄덕였다. 개인의 생명을 빼앗을 만큼 국가가 정의롭다고 간주하는 것은 언제나 위험했다. 법조계에서 일하다 보면 절대적인 것에 대해, 특히 국가 권력에 대해 조금은 의심하게 된다고 지오크가 말했다. 독선적인 사람들이 너무 많이 권력의 자리에 앉아 있다는 것이었다.

그럼에도, 미칼이 가진 진짜 의문은 양측 모두가 게리를 이용하고 싶어 하는 게 아닌가 하는 것이었다. 지오크는 그런 말을 한 적이 없었고, 어쩌면 — 그에 대해 공정하게 말하자면 — 그런 생각조차 한 적 없었을지 모르지만, 그의 발언에서 논리적으로 도출할 수 있는 한 가지 결론은, 사형에 반대하는 사람들은 그것이 게리의 자살을 초래하더라도 사형 집행을 막기 위해 노력하리라는 것이었다. 그렇게 하면, 적어도 국가에게 시신은 허용하지 않을 수 있기 때문이다. 미칼은 이걸 어떻게 생각해야 할지 알 수 없었다. 그는 솔트레이크에 조금 더 머물면서 게리를 다시 방문해야 한다는 사실을 깨달았다.

후에 번에게 전화해서 무디와 스탠저를 만날 수 있는지 물었지만 그날 밤엔 만날 수 없다는 답변을 들었다. 하지만 실러는 그와 대화를 나누기 위해 로스앤젤레스에서 날아오겠다고 했다.

4

래리는 자정이 되어서야 호텔에 도착했다. 거기 힐튼 호텔 로비에서, 평균보다 키가 조금 큰 편인 젊은 남자가 다가와 자신을 소개했다. 실러는 깜짝 놀랐다. 게리의 동생은 머리를 길게 기른 데다 다소 유약한 인상의 지식인처럼 보였기 때문이다. 그는 바지와 스웨터를 입고 있었고, 겨드랑이에 작고 유연한 재질의 플라스틱 서류 가방을 끼고 있었다. 로비 한가운데서 바로 이야기할 준비가 되어 있었다. 자리에 앉자마자 미칼이 가장 먼저 꺼낸 말 중 하나는 "여쭤보고 싶은 질문이 많아요."였고, 실러가 십 분짜리 발언에 돌입하는 순간 그는 무언가를 메모하기 시작했다. 발언을 채 끝내기도 전에, 그 메모하는 모습에 불안해진 래리가 농담처럼 말을 건넸다. "메모하는 내용을 보면 책 한 권이 뚝딱 나올 것 같군요."

몇 주 후에, 실러는 미칼이 실제로 《롤링 스톤》을 위해 기사를 쓰고 있었다는 사실을 알게 되었다.

가족이라 닮은 부분도 있었지만, 미칼이 게리와 형제지간이라는 사실이 실러는 좀처럼 믿기지가 않았다. 그는 목소리가 매우 부드럽고 손이 가늘며, 상황의 긴박감을 고려할 때 매우 보기 좋은 태도를 지닌 젊은이였다. 자기 자리에 아주 단정한 자세로 앉아서, 등을 기대거나 발을 올리지 않았고, 줄곧 가방에서 서류를 꺼내 메모를 참고한 다음 다시 넣곤 했다. 장발이 아니었다면, 깡마르고 학구적인 모르몬교도이자, 점잖빼는 BYU 학생으로 보였을 것이다.

미칼이 자신에 대해 이야기하기 시작하고 나서야 실러는 이해했다. 암스테르담과, 그리고 지오크와 함께 가야 할 것인지 결정해야 하는 것은 그에게 큰 고민거리였다. 청년은 눈물을 흘리지는 않았지만 불안해하는 건 분명했다.

그러다 느닷없이, 아무런 준비도 없이, 마치 게리 길모어처럼, 미칼이 냅다 질문을 던졌다. 당신은 게리가 죽는 게 좋은

가요, 아니면 살아 있는 게 더 좋은가요? 바로 이것이 핵심 질문이었다. 실러가 미칼의 눈을 바라보며 말했다. "나는 역사를 기록하게 위해 여기에 온 거예요. 만들러 온 게 아니라."

미칼은 대답을 기록한 뒤, 여러 질문을 더 던졌다. 래리가 판단하기에 그리 예리하거나 끈질긴 질문자는 아니었다. 그는 실러의 답변을 집요하게 따지지도, 파고들지도, 의심하지도 않고 그냥 받아들였다. 그냥 받아 적었고, 자신의 필체를 연구하듯 종이 면을 들여다보았다. 밤늦은 시간이었고 실러는 지독히도 피곤했다. 그날 LA로 비행기를 타고 갔다가 다시 돌아온 상황이었고, 그는 이제 왜 미칼이 번이나 아이다 혹은 다른 사람이 아닌 자신을 만나고 싶어 했는지 궁금했다. "다미코 부부와 이야기해 볼 생각은 없어요?" 그가 물었다.

"저는 게리와 이야기를 나눠 보러 이곳에 왔고, 결정을 내렸어요."

이 남자에게는 따뜻함이나 친밀감이 느껴지지 않는다고 실러는 판단했다. 차가운 만남이었다. "메모는 왜 하는 거예요?" 실러는 결국 묻고 말았다.

미칼이 대답했다. "그래야 당신이 하는 말을 분석할 수 있거든요."

그럼에도, 두 사람은 다시 연락할 것과 대화 내용을 비밀로 할 것에 합의했다. 미칼을 호텔에 내려 준 후, 실러는 그날 저녁이 돌파구였다고 느끼며 주간 고속 도로를 타고 오렘으로 향했다. 미칼이 자신을 신뢰하지 않을 수도 있지만, 실러는 그들의 다음 만남이 좋은 방향으로 전개될 거라 예감했다. 미칼을 통해 길모어 가족의 일단을 엿보고, 어린 시절의 좋았던 점과 좋지 않았던 점 등 내밀한 이야기를 들을 수 있을 터였다. 미칼은 게리와 너무 다르기 때문에, 독립적인 시각으로 바라볼 수 있겠다는 희망이 생겼다. 실러는 너무 기분이 좋은 나머지 번에게 그 만남에 대해 이야기하고 말았다. 하지만 실러의 입장에서 그것은 곧 실수였음이 드러났다.

데저트 뉴스

1월 12일, 솔트레이크. 유타주 법무 장관 로버트 B. 핸슨은 솔트레이크시티의 법정 변호사 주디스(주디) 월바크의 편지를 받았다. 자신이 유명한 변호사 멜빈 벨리[162]와 이야기를 나누었는데 길모어의 친척이 부당 사망 소송을 제기할 수 있을 것으로 추정된다는 내용이었다. 만약 길모어의 사형이 집행되고 나서 나중에 미국 대법원이 그 주의 사형 제도가 위헌이라고 판결하면…… 가족은 주 정부 공무원들을 상대로 일반 손해 배상금 100만 달러와 징벌적 손해 배상금 150만 달러를 청구할 수 있을 것이다…….

---

162) Melvin Belli(1907~1996). 미국의 유명한 변호사이자 법률가. 법정에서도 화려한 패션과 카리스마 넘치는 모습을 보여 주었는데, 라인스톤 카우보이 부츠는 그가 독특한 스타일과 개성을 표현하는 데 사용했던 상징적인 물건 중 하나였다.

5

《플레이보이》에서 배리 골슨이 들어왔다. 실러는 이미 1만 2000달러에 가까운 첫 번째 지불금을 받았다. 이틀 동안 계약의 마지막 세부 사항들을 놓고 정신없이 실랑이를 벌이다 보니, 서로가 서로에게 점점 신물이 나기 시작했다. 골슨은 브레슬린의 존재가 거슬렸다. 혹시 《플레이보이》 자료를 다른 곳에 넘기고 있는 건 아닌가?

"사무실에서 좀 나가요, 빌어먹을." 실러가 말했다.

"좀 더 예의 있게 굴면 그러죠." 골슨이 말했다.

참으로 대단한 자존심 싸움이었다!

그러자 이번에는 또 무디와 스탠저가 문제였다. 그들은 모텔로 찾아와 특별 수당을 달라고 요구했다. 그러지 않으면 더 이상 게리를 인터뷰하지 않겠다고 말했다.

실러는 최선을 다했다. "게리에게 당신들이 무슨 일을 꾸미고 있는지 말해야겠군." 그가 말했다. 자신이 옳은지 궁금했다. "전보를 보낼 거요." 실러가 말했다.

그들이 조금도 겁먹지 않는 것을 보고, 그는 다른 노선을 택했다. "이봐요." 그가 말했다. "당신들도 다른 변호사들처럼 함정에 빠지고 있어요. 성인군자처럼 굴다가 돈 문제가 나오면 돌변하잖아."

마침내 실러는 번이 동의하지 않는 한 특별 수당을 지급할 수 없다고 말했다. "그가 날 찾아오면 그가 허락하는 만큼 주겠소."

기이한 싸움이었다. 사실 그 돈은 실러의 몫이 아니라 번의 몫에서 나오는 돈이었기 때문이다. 그들은 확실히 너덜너덜해진 기분이었다.

저녁 식사 후 《내셔널 인콰이어러》의 이안 캘더가 마이애미에서 전화해서는, 10만 달러의 가치가 있는 발상이 있다며 이렇게 말했다. "게리더러 현재 가지고 있는 것 중에서 작은 개인 물건 두 개를 제출하는 것에 동의하게 하고, 어떤 말이든 25개 단어 정도의 글을 쓰게 해. 우리가 보증된 배달원을 보내 봉인된 봉투를 수거해서 금고에 넣을게. 게리가 죽기 전에, 우리는 전 세계의 선견자와 예지자 네트워크에 그가 처형되는 정확한 순간을 포착하도록 알릴 거야. 그런 다음 그들이 그두 물건이 무엇인지, 혹은 게리가 남긴 메시지에 어떤 말이 있는지를 얼마나 근접하게 추측하는지 확인해 보는 거지."

실러가 전화기에 대고 말했다. "이안, 여섯 자리면 꽤 큰돈인데 정확히 얼마를 얘기하는 거야?"

"이게 잘만 되면, 래리." 캘더가 말했다. "그러니까, 이건 최소 10만 달러는 벌 수 있는 발상이야. 내 말은 그 뜻이야. 성공하면 10만 달러라는 거지."

래리가 말했다. "비슷하게 추측하는 사람이 아무도 없으면?"

이안이 말했다. "그렇게 되면, 물론 그 가치는 훨씬 줄어들겠지."

실러가 말했다. "좋은 밤 보내." 그리고 전화를 끊었다.

6

면회실 왼쪽 구석에는 좌석 세 개, 전화기 세 대, 창문 세 개가 있는 부스가 있었다. 다음 날 게리를 면회하러 간 미칼은 무디와 스탠저가 유리 너머로 형과 대화하는 모습을 볼 수 있었다. 게리는 두 대의 전화기를 양쪽 귀에 대고 있었다. 한쪽 수화기에서는 무디의 목소리가, 다른 수화기에서는 스탠저의 목소리가 흘러나왔다. 그러나 그들 중 누구도 미칼이 뒤에 있다는 사실은 알아차리지 못했다. 마지막 전화 쪽으로 가서 그것을 집어 들 수도 있었지만, 대신 그는 구석에 앉아 누구의 눈에도 띄지 않은 채로 무디가 하는 말을 들었다.

"실러가 어젯밤에 그를 만났더군요. 그는 미칼이 사형 집행을 막을 거라고 생각해요." 그러고는 무디가 덧붙였다. "지오크가 그를 롤스로이스에 태워 데려온 거 알아요?"

무디가 떠나려고 일어서다가 이번엔 미칼을 제대로 보았는지 깜짝 놀라는 눈치였다. 미칼의 귀에 무디가 교도관 한 사람에게 방금 본 방문객이 누구인지 묻는 소리가 들렸다.

게리가 검정색 민소매 스웨트셔츠 차림으로 면회실로 들어왔다. 그는 손가락으로 스코틀랜드 모자를 빙글빙글 돌리고 있었다.

"게리, 나 눈치 싸움하기 싫어." 미칼이 말했다. "형 변호사들이 한 말 사실이야. 나 집행 정지 신청할 수도 있어."

게리가 신문에 실린 사진과 같은 표정을 지었다. 분노로 꽉 다문 턱. 넓게 확장된 콧구멍. "지오크가 널 롤스로이스로 이곳에 데려왔다는 말도 사실이야?"

미칼은 그것이 게리에게 어떻게 보일지 알았다. 지금껏 그에게 전혀 신경 쓰지 않았던 부유한 자유주의자들이 이제는 부와 권력을 동원하여 그를 방해하고 있었다. "그건 중요하지 않아."라고 미칼은 말하려 했다.

두 사람은 암스테르담과 지오크 때문에 싸웠다. "그 사람들이 누구라고 생각하니?" 게리가 물었다. "성인군자? 그들은 널 이용하려는 거야."

"그 사람들 없이도 내가 소송을 제기할 수 있다는 것만 알아 둬. 아직은 내가 개입해서 감형을 받을 수 있어. 그들이 아니라 내가 할 거야."

"정말 할 수 있어?" 게리가 물었다.

"그럴 거라고 믿어."

게리가 초조하게 왔다 갔다 했다. "야." 그가 말했다. "난 교도소에서 너무 많은 시간을 보냈어. 내 안엔 남은 게 아무것도 없어."

교도관의 목소리가 방 안으로 들려왔다. "시간 다 됐어."

"다시 와서 내일 이야기해." 게리가 말했다.

미칼이 문을 통과하는 동안에도 게리가 외쳤다. "수년 전, 네가 필요했을 때 넌 어디 있었어?"

솔트레이크로 돌아오는 내내, 미칼은 "네가 필요했을 때 넌 어디 있었어?"라고 말하는 게리의 목소리를 들었다. 그는 지오크가 요청한 서류에 서명할 준비가 되어 있었지만, 이제는 그것이 자신의 선택인지 게리의 선택인지 알 수 없었다. 형의 목소리가 계속 말하고 있었다. "내 안엔 남은 게 아무것도 없어."

미칼은 선택이라는 것이 존재하지 않는 곳으로 사라지고 싶었다. 힘든 밤을 보낸 후, 그는 게리에게 편지를 쓰기로 결심했다.

그 글에서 그는, 형의 분노에 직면했을 때 형에게 하고 싶었던 말이 기억나지 않았다고 말했다. 그는 게리에게 자신은 항상 형을 무서워했다고 썼다. 마지막 두 번의 만남에서야, 그는 사실은 자신이 형을 사랑한다는 걸 깨달았다. 그가 어떤 선택을 하든, 그것은 사랑에서 비롯된 것이다. 게리가 삶을 선택한다면, 그는 둘 사이의 장벽을 허물기를 바랐다. 그는 자신의 신념에 대해 이야기하며 편지를 마무리했다. 구원의 기회는 죽음 대신 삶을 선택할 때 온다. 사람은 죽음이 아니라 삶에서 구원을 찾는다.

그날 오후 교도소에서 교도관이 미칼의 편지를 읽은 뒤 그것을 유리창 반대편에 있는 게리에게 전달했다. 게리가 그것을 조용히 훑어보고는 울기 시작했다. 그저 눈물 한두 방울이었다. 그러고는 손가락으로 눈을 닦으며 미소를 지었다. "잘 썼네." 그가 전화로 말했다. "니체를 잘 알아? 그는 누구에게나 상황에 맞서야 할 때가 온다고 했어. 내가 지금 하려는 일이 바로 그거야, 미칼."

그들은 거기 앉아 있었다. 게리가 고개를 끄덕였다. "야, 있잖아, 어제 내가 한 말을 생각해 봤어. 그건 공정하지 않았어. 너 어릴 때 나도 네 곁에 없었으니까. 그러니 분명히 해 두자. 난 널 미워하지 않아. 네가 내 동생인 걸 알고 있고, 그게 무슨 의미인지도 알아."

게리의 손이 미칼의 심장 위에 놓인 것 같았다. 미칼은 자신의 어떤 부분은 조종당하고, 또 어떤 부분은 누그러지는 것을 느꼈다. 그는 이렇게 물을 수밖에 없었다. "내가 이걸 막으려고 하면 어떻게 할 거야?"

"뭐, 네가 내 형량을 줄일 수는 있겠지. 교도소에서 살아야 하는 사람은 네가 아니잖아. 해마다 이곳에서 정신적으로 무너지지 않고 버티려면 얼마나 강해야 하는지 알아?" 게리가 물었다.

미칼은 그때 받아들일 준비가 되었을 것이다. 하지만 솔트레이크에 도착한 첫날, 그는 빌 모이어스를 만났고, 그 후 모이어스와 몇 시간을 함께 보냈다. 그가 느끼기에 모이어스는 분명 자신이 만난 사람 중 가장 현명하고 인정 많은 사람이었다. 모이어스는 "삶과 죽음의 선택 앞에 섰을 때, 삶이 아닌 다른 것을 선택한다면 인간다움을 포기하는 것"이라고 말했다. 게리도 이런 말에는 귀를 기울일지 몰랐다. 너무도 명쾌했다. 게리는 논리적 명제처럼 명확하게 정리된 생각을 좋아했다. 미칼은 그것이 실제로 변화를 가져올 거라고는 생각하지 않았다. 하지만 떠나기 전에 그는 게리에게 빌 모이어스와 이야기 좀 나눠 달라고 부탁했다. "인터뷰하라는 게 아니라, 그냥 만나 보라는 거야."

"그러지 뭐." 게리가 말했다. "하지만 비공개를 전제로 해야돼. 래리 실러와의 거래를 무시할 순 없거든."

27장

줄을 끊다

1

janvier 13(1월 13일)

jeudi(목요일)

Bon maten[163] mon Soul Mate,(좋은 아침이에요 내 영혼의 단짝,)

je Love vous. Oh! Je Love vous!(당신을 사랑해요. 아! 당신을 사랑해요!)

et avoir besoin de vous tant!(당신이 많이 필요해요!)

오늘 아침에 변호사가 곧 이리로 올 예정이라 편지 쓸 시간이 몇 분 안 돼요.

오래된 프랑스어책으로 즐거운 시간을 보냈어요. 아름다운 언

---

163) 'Matin'의 오타인 듯.

어예요. 배우고 싶어요. 언젠가는 프랑스에서 살아 보고 싶어요.

여기서 멀리 — 아 글쎄요…….

선드버그가 알려 줬는데, 지금 내가 휘말린 이 혼란에 관련된 모든 의사들이 이미 1월 22일에 나를 퇴원시키자고 권고할 계획을 세우고 있대요.(1977년 1월이기를 바라야겠지요.)

이 긴 나날들이 정말로 당신의 사형 집행 날짜에 가까워지고 있어요. 그 현실이 도무지 실감이 나지 않아요.

곧 당신이 죽을 거라는 사실보다도, 그 시간이 다가오는데 지금 내가 당신과 함께 있을 수 없다는 걸 이해할 수 없어요. 대체 왜 그래야 하죠? 내 운명에는 분명 어떤 논리가 있을 텐데 아주 작은 단서조차 보이지 않아요…….

내 영혼과 내 마음속에 있는 Mon(내) 영혼의 단짝인 당신을 향한 사랑을 표현할 수 있는 단어는 더 이상 없어요.

당신이 내 모든 사랑을 가지고 있으니까요. 당신도 그걸 알 거라고 믿어요.

그리고 나도 당신의 모든 사랑을 가지고 있다는 걸 알아요.

당신이 죽는다면…… 곧…… 나는 당신의 영혼이 내 생각을, 그리고 당신을 너무도 깊이 사랑하는 이 영혼을 감싸는 걸 알고 느낄 거예요.

이제 안녕히 내 사랑

그때까지 그리고 영원히

어느 곳을 걷든

다시 당신의 곁에 있게 될 때까지

나는 홀로 걸을 거예요.

사랑해요,
영원한 당신의 것
니콜

2

래리는 패럴과 그 문제에 관해 이야기를 나눴고, 두 사람의 의견은 같았다. 인터뷰할 때 길모어가 아무리 솔직해 보여도, 자기 자신에 대한 대목에서는 여전히 심리적 장벽 뒤에 숨어 있었다. 더 많은 것을 알아내려면 그 벽을 뚫어야 했다. 질문들은 게리의 꾸며낸 태도들을 비판하고 속임수를 꿰뚫어야 했다. 그래서 패럴은 무디와 스탠저에게 줄 특별한 질문지를 작성했다. 실러는 또한 길모어가 각 질문을 소리 내어 읽은 다음 답변하게 하라고 지시했다. 두 사람은 변호사들의 목소리가 게리의 반응에 영향을 미치는 걸 원하지 않았다.

최고 보안 교도소에서 전화기 너머로 론 스탠저가 말했다. "우리의 친구는, 그의 말을 인용하자면, 진지한 답변을 듣고 싶다고 하는군요."

"나는 줄곧 진지하게 답해 왔어요. 그 어느 때보다 진지하게 했다고."

"좋아요." 무디가 말했다.

길모어가 읽기 시작했다. "지금 보니까, 당신의 상황에서 당신의 운명이나 숙명, 그리고 업보에 대한 인식을 생각해 보면,

우리가 힘겹게 나누고 있는 이 대화가 당신의 삶뿐 아니라 저의 삶에서도 정말 중요한 사건인 것 같습니다."

"고마워요, 래리." 길모어가 서두에 대해 말했다.

"저는 우리 두 사람이." 게리가 계속 읽었다. "피상적이고 사변적인 해석을 좀 더 깊이 있고 견실한 해석으로 바꾸기 위해 노력하는 것은 이 상황의 중요성 때문이라고 생각해요."

"그렇지." 그가 자신의 읽는 음성에 대답하며 말했다.

"가끔은 당신이 이전에 여러 번 했던 이야기를 들려주는 것 같기도 해요." 다음 질문으로 이어졌다. "그에 대한 제 반응은 이래요. 아, 게리, 당신은 모든 여자들에게, 모든 정신과 의사들, 혹은 당신에게 관심이 있고 당신을 더 잘 알고자 하는 모든 사람들에게 그 이야기를 들려주나요? 이 인터뷰들에서 당신이 들려준 여러 이야기 중 상당수는, 당신이 니콜에게 보낸 편지에서도 했던 이야기예요. 거기엔 종종, 그러니까, 다정한 애정 표현들과 함께, 독자이자 연인이자 관찰자인 니콜을 매우 숙련되고 계산된 방식으로 매혹시키고 싶다는 작은 암시들이 곁들여 있죠. 그게 제 솔직한 반응입니다. 틀린 곳이 있다면 알려 주세요."

"당신은 틀렸어, 래리." 그런 다음 게리는 웃음을 터뜨렸다. "젠장, 계산적인 건 하나도 없어. 외로워서 그래요. 나는 언어를 좋아하지만, 진실을 말하죠. 교도소에서는, 알잖아요, 시간을 죽이기 위해 수다를 많이 떠는 거. 거의 모든 죄수들이 자기만의 추억이나 일화나 이야기 모음을 가지고 있고, 누구나 회상하는 연습 같은 걸 할 수가 있어요. 당신들도 가끔씩 풀어놓는 이야기가 몇 개 정돈 있을걸. 있잖아요, 래리, 당신도 저녁에 식사하러 가서 다양한 일도 하고, 음, 다양한 사람들과 이야기를 나누다 보면, 당신이 좋아하는 소소한 이야기들이 있을 거 아니에요. 두 사람 이상에게 두 번 이상 이야기한다고 해서 그것이 거짓말인 건 아니죠." 길모어가 잠시 침묵했다. "래리, 나는 실제로 이러저러한 걸 강조해요……. 빵에서 오랜 시간을 보냈고, 빵에서는 대화 상대가 옆 감방이나 바로 아래 감방에 있기 때문에 얼굴을 볼 수가 없어요. 따라서 필수적으로…… 상대에게 내 말이 명확히 들리게 해야 한단 말이죠. 왜냐하면 주변에서 다른 대화가 진행되는 중일 수 있고, 교도관이 열쇠를 짤랑인다든지 문을 덜컹거린다든지 다른 많은 소음이 있으니까. 그걸 생각해 봐요."

"당신이 어린 시절의 진실을 기억하고 있는 건지 잘 모르겠어요." 그가 질문을 읽었다.

달라진 목소리로 길모어가 대답했다. "어린 시절의 진실을 당신은 기억해요, 래리?"

"당신은 어머니의 사랑이 항상 강하고 지속적이고 한결같았다고 말했죠." 질문이 계속되었다. "그런데 어머니의 사랑을 묘사하기에는 이상한 형용사들 아닌가요?"

"난 이상하다고 생각하지 않아요." 길모어가 말했다. "당신 질문에 동의하지 않아."

"저는 '강하다, 지속적이다, 한결같다'가 그런 용도로 사용되는 걸 들어 본 적 없는 것 같거든요." 그가 다시 질문으로 돌아갔다.

"당신은 들어 본 적 없을지도 모르지," 길모어가 대답했다. "근데 다른 사람들에게 그들의 어머니에 대해 물어본 적 있어요?"

"당신의 가족들과 이야기를 나누고 이 테이프에 담긴 당신 목소리를 들어 본 뒤 제가 받은 인상은요, 게리, 어쩌면 당신은 어렸을 때 다소 잔인한 대우를 받았을지 모른다는 것이었어요. 가족 중에 조부모가 당신의 양육권을 갖기 위해 노력했다고 말하는 사람들이 있어요. 당신은 어머니의 인생에서 어려운 시기에 태어났고, 어렸을 때 어머닌 당신을 원망하는 것처럼 보였다더군요. 이중 어느 하나라도 사실인가요?"

"내가 알기로는 아니에요, 래리." 길모어가 대답했다.

"이런 일들을 저지르고, 그렇게 함으로써 당신을 충분히 사랑해 주지 못한 모든 사람들에게 아주 멋진 복수를 하는 아들이란." 질문은 계속되었다. "결국 어떤 아들이죠? 어쩌면 이게 다 정신 분석학적인 헛소리일 수도 있고, 만약 그렇다면 제가 비난받을 수도 있겠죠. 하지만 저는 이렇게 사랑받던 어린 소년이 자라서 어떻게 당신처럼 살면서 엄마에게 보답하게 되었는지 간절히 알고 싶어요. 제 생각에는, 게리, 당신은 아주 어릴 적에 당했지만 그땐 저항할 수 없었던 어떤 일에 대해 지금까지 복수를 하고 있는 것 같아요. 제가 이렇게 믿고 싶어지는 또 다른 이유는, 감정이 관련된 대화로 넘어갈 때마다 당신의 목소리에 약간 말더듬는 증상이 나타나기 때문이죠."

"다, 다, 다, 다." 길모어가 조롱하듯 낄낄거렸다.

질문이 이어졌다. "당신은 개선된 말더듬이처럼 말하기 시작해요. 전 당신을 감정 없는 사람이라고 생각하지 않아요. 당신은 어쩐지 자신의 감정을 잘 인정하지 못하는 사람 같아요."

길모어가 대답하기까지 꽤 오랜 침묵이 흘렀다. "래리, 난 기억력이 뛰어난데도 하늘에 맹세코, 엄마한테 맞아 본 기억이 한 번도 없어요. 엉덩이를 맞은 적도 없는 것 같아. 엄마는 항상 날 사랑하고 믿어 주셨어요. 가족들이 뭐라고 하든 상관없어요. 내겐 아름다운 어머니가 있어요. 가족들이 뭐라고 하든 상관없어요. 내겐 아름다운 어머니가 있어요. 주변 소음 때문에 이 말을 반복했어요. 테이프에서도 그게 들리는지 모르겠지만, 내 귀엔 들리거든." 게리는 잠시 읽기를 멈췄다. "어떤 감정들은 개인적인 거예요." 그가 무디에게 말했다. "이 사람 정말, 대중 앞에 내 속을 까뒤집어 보이고 싶어 하네요, 젠장."

무디가 말했다. "그는 그저 사실을 확인하고 싶은 것 같아요."

"빌어먹을." 길모어가 말했다. "래리는 아마 나를 약간 화나게 해서 내가 조금 더 즉흥적으로 대답하게 만들려는 것 같군."

그는 인터뷰를 계속 이어 갔고, 나머지 질문도 읽었지만, 더 이상 진전된 내용은 없었다. 길모어는 다시는 흥분하지 않았다.

배리는 마치 자신이 회심의 일격을 날렸는데 상대방이 그것을 맞받아친 것 같은 기분이 들었다. 어쩌면 어머니가 게리의 아픈 곳이 아니었을 수도 있다. 그는 돌파구에 대한 희망을 포기했다. 《플레이보이》 인터뷰는 수중에 있는 자료와 무디와 스탠저가 현장에서 추가로 수집해 오는 자료를 가지고 구성해야 했다.

3

그 인터뷰가 끝난 후, 샘 스미스는 막판 항소에 대해 변호사들과 대화를 나눴다. 교도소장은 설사 게리가 마지막 순간에 마음을 바꾼다 해도 사형 집행을 막을 방법이 없는 것을 걱정했다. 스미스는 변호사들이 길모어에게 이 사실을 알려야 한다고 생각했다.

게리는 그것에 대해 논의할 마음이 없었다. "대책 세울 필요 없어요." 그가 무디와 스탠저에게 말했다.

그 주제로 다시 대화를 하는 것조차 거부했다. 변호사들은 게리가 마음을 바꿀 가능성은 거의 없다고 판단했고, 설사 게리가 마음을 바꾼다 해도, 지금 그가 뭐라고 하든 교도소장이 주지사에게 연락하는 것은 피할 도리가 없다고 생각했다.

샘 스미스는 얼 도리어스와도 상의했다. 길모어의 머리에 자루를 씌워야 할까? 그자는 일어서서 자신의 사형 집행인들을 마주하기를 원한다네, 라고 그가 말했다. 그러나 스미스는 총살대를 위해 무엇이 최선인지를 생각해야 한다고 말했다. 자루를 씌우는 것은 그들을 위한 것이기도 했다. 누가 자기 총구를 응시하는 사람의 눈을 똑바로 바라보고 싶겠는가? 게다가, 그 친구가 마지막 순간에 이성을 잃고 총알을 피하면 어떡하느냐고 스미스가 말했다.

도리어스가 법령을 읽어 보니 사형 집행의 세부 사항은 교도소장의 재량에 달려 있더라고 말했다. 샘이 원한다면, 길모어를 의자에 묶고 머리에 자루를 씌울 수 있었다.

길모어: 소장이 대놓고 솔직히 말하진 않았지만, 내가 서서 총살대를 바라보고 있으면 그들이 불안해할까 봐 걱정되나 봐요. 내가 자루를 써야 하는 이유를 물었지만, 그는 이유를 말하지 못했는데, 그러면서도 뭔가 생각하는 것 같았죠. 들어 봐요, 그는 페이건 바로 앞에서 이렇게 말했어요. 보통 교도관들이 사형수 감방에 와서 거기서 자루를 씌우고 나면, 사형수는 감방을 나서는 순간부터 죽을 때까지 그 자루를 쓰고 있는 거라고 했죠. 그는 나한테는 그러지 않겠다고, 내가 의자에 앉을 때까지는 머리에 자루를 씌우지 않겠다고 말했어요. 이제 그 개자식이 최소한 그 약속은 지켰으면 좋겠어요.

길모어는 확실히 자신이 얼마나 태연할 수 있는지를 그들에게 보여 주고 있었다. 최근에 그를 짜증 나게 한 신문 기사는 그가 불안해하고 있다고 묘사한 기사뿐이었다. 게리가 어떤 사람이든, 그는 불안해하지 않았다. 무디는 그에게 늘 질문을 던지곤 했다. "무섭지 않아요?"라고 물으면, 길모어는 늘 "아뇨."라고 대답했다. 그는 단 한 번도 두려움을 인정한 적이 없었다. 단 한 번도 마음을 바꾸고 싶다는 의사를 비친 적이 없었다. 무디는 그의 흔들림 없는 태도가 믿기지 않았다. 길모어는 자신의 의도를 온몸의 모든 세포들로 뒷받침하는 것 같았다. 감정적인 힘뿐 아니라 그는 신체적인 힘도 점점 강해지고 있었다.

"기분이 어때요?" 밥 무디는 묻곤 했다. "잠은 잤어요?"

"어젯밤에 잘 잤어요."

"운동은 해요?"

"몸을 만들고 있어요."

시범을 보이기 위해 길모어는 의자 위에서 물구나무서기를 했다. 그의 근육은 확실히 훌륭했다. 최고 보안 교도소의 죄수들은 근육만 키우며 사는 것처럼 보였지만, 게리의 몸은 주변 죄수들의 대단한 근육질 몸과 비교해도 여전히 괜찮아 보였다. 무디는 자신이 쉽게 흔들리는 사람이 아니라고 생각했지만, 길모어에게서 점점 강한 인상을 받기 시작했다.

4

깁스가 길모어의 편지를 건네자 《뉴욕 포스트》는 그에게 5000달러를 주었고, 마지막 2500달러는 지급을 보류했다. 깁스가 《포스트》로부터 들은 다음 소식은, 사형 집행에 초대된 사람들의 명단에 깁스의 이름은 없더라는 것이었다. 그래도 재무부와 FBI에서 그의 신원을 확인한 후, 《포스트》 취재진은 한 술집에서 그와 인터뷰를 진행했고, 사진을 30장 정도 찍었다.

기자와 사진사가 떠난 뒤에도 깁스는 계속 술을 마셨다. 하지만 그게 경구용 바리다제와 맞지 않았는지 속이 뒤집어졌다. 바텐더가 그를 화장실까지 데려다주어야 했다. 깁스는 5000달러 중 1000달러를 바로 어머니에게 보내고는 악마처럼 돈을 과시하며 써 댔다. 화장실에 들어갔을 때, 가장 먼저 알아챈 것은 한 여자가 남자 친구를 바로 뒤에 두고 서 있다는 것이었다. 그녀는 그의 다리가 안 좋은 것을 보고 쉽게 밀칠 수 있으리라 여겨 달려들었지만, 깁스는 주먹 한 방으로 그녀를 쓰러뜨린 다음, 그녀의 남자 친구까지 후려갈겼다. 이것이 깁스가 나중에 이 일을 기술한 방식이었다. 그가 술집으로 돌아갔을 때 마침 두 명의 경찰이 식당에 있다가 깁스를 체포했다. 랜스 르배런이라는 신분은 효과가 없는 것 같았다. 그는 보석금 10만 달러를 조건으로 구치소에 구금되었다.

5

월요일에 사형이 집행될 예정이었기 때문에, 실러는 목요일까지 마지막 압박감을 느끼기 시작했다. 루퍼트 머독[164]이 뉴욕에서 전화를 걸어와 사형 집행에 관해 독점 취재를 하는 것을 두고 금액을 제시하기 시작했다. 실러가 해야 하는 일은 사형 집행이 끝난 후 언론 앞에 나가 짧게 공개 성명을 발표한 다음, 머독이 파견한 기자 중 한 명과 함께 방으로 들어가는 게 전부였다. 실러는 자신이 마냥 거절할 수만은 없다는 걸 깨달았다. 거절할 경우, 머독은 다른 방법으로 사형장에 들어가려고 시도하거나 교도관을 매수하려 할지도 몰랐다. 루퍼트 머독이 《뉴욕 포스트》와 《빌리지 보이스》의 경영권을 인수하

---

164) Rupert Murdoch(1931~). 강한 영향력을 가진 뉴스, 방송, 출판 기업들을 소유하여 현대 미디어 산업에 큰 영향을 미친 인물.

고, 호주 신문들로 큰돈을 벌어들인 것은 그저 운이 좋아서가 아니었다. 그래서 실러는 머독에게 겉으로만 협조하기로 계획을 세웠다. 그 문제에 관해서는 《타임》과 《뉴스위크》를 비롯한 몇몇 다른 잡지들도 그런 식으로 잡아 두고 있었다.

그때 한 영국인이 실러에게 전화했다. "우린 당신이 사형수의 '마지막 길'(Last Mile)을 함께 걸어 주길 원해요."

래리가 대답했다. "난 에드워드 G. 로빈슨[165]이 아니에요."

이 영국인 기자가 말했다. "그럼 당신 말은 그 사람 곁에서 '마지막 길'을 함께 걸어 줄 사람이 아무도 없다는 뜻인가요?"

"난 '마지막 길' 따위 걷지 않아." 실러가 소리를 질렀다. "그 자식이 진짜로 사형당하길 원하는지도 모르겠다고."

그러다 무디가 자루에 대한 게리의 심정을 담은 인터뷰를 가져왔다. 신문에 실을 수 있게 1500단어 분량으로 살을 붙이면서도, 이야기의 핵심은 드러내지 않은 상태였다. 실러는 그것을 엄선된 몇몇 기자들에게만 공개하기로 결정했다. 브레슬린, 데이브 존스턴, 그리고 태머라 스미스에게만.

배리와 그는 거의 주먹다짐을 할 뻔했다. "이 일의 처리를 두고 나한테 이래라저래라 하지 마." 그가 패럴에게 말했다. "나 정말 머리 쓰고 있으니까."

지난 며칠 동안, 전 세계 언론이 들어왔는데, 맙소사, 마치

---

165) Edward G. Robinson(1893~1973). 루마니아 출신의 미국 배우. 그의 출연작 중 하나인 「더 라스트 마일(The Last Mile)」(1932)은 교도소에서 사형을 기다리는 죄수들의 이야기를 다룬 작품이다. '라스트 마일'은 사형수가 사형장까지 걸어가는 거리를 말한다.

헤비급 선수권 대회 현장인 것처럼 솔트레이크로 몰려들었다. 이제 그에게 악감정을 가진 현지 기자 20명을 걱정할 필요는 없었다. 대신 그는 300명의 기자들을 상대해야 했고, 그들 각자는 게리의 머리카락 한 타래나 손톱 조각이라도 손에 넣고 싶었다. 그에 더해 사형 집행 자체도. 그는 이에 대비해야 했다.

실러는 거스 소렌슨에게 전화를 걸었는데, 이로 인해 다시 한번 배리 패럴의 분노를 샀다. 실러가 말했다. "교도소장에게 다시 메시지를 전달해야겠어요. 내가 사형장에 초대되더라도 자기를 곤란하게는 하지 않으리라는 걸 샘 스미스에게 확실히 알리고 싶어요. 날 막을 수 있는 사람은 소장뿐이에요, 그렇죠? 법에는 안 된다고 되어 있지만 그는 그럴 수 있어요. 그러니 초대받으려면 그의 뜻대로 행동하겠다는 메시지를 전달해야 해."

거스 소렌슨이 목요일 오후에 방문했고, 래리가 인터뷰에 응했다. 자기가 책임을 인지하고 있으며 교도소의 규칙을 준수하리란 걸 보여 주기 위해서였다.

6

스테파니의 팀은 유럽에서 서너 건을 판매하는 데 그쳤다. 스테파니는 파리의 '조르주 생크' 호텔에 머무는 건 즐겼지만, 일하는 건 정말 싫어했다. 외국 잡지 몇 군데에서 구매에 동의했다가 철회했다. 실러가 큰 매출을 기대했던 프랑스에서는 현지에서 발생한 살인 사건이 길모어 대신 1면을 장식했다. 그래서 래리가 세 명의 여성에게 1만 달러에 달하는 여행 경비를 지불하고 나자, 수익은 고작 1만 달러에 그쳤다. 대박은 아니었다. 설상가상으로 스테파니는 뉴욕에 들르기로 결정했다. 유타에는 오지 않을 게 분명했다. 그녀는 길모어고 언론이고 사형 집행이고, 모든 게 다 역겨웠다.

래리가 스테파니의 소식을 소화하고 있던 자정 무렵, 모이어스가 전화를 걸어 길모어를 만나러 갈 예정이며, 실러에게 그걸 알려 주려고 전화했다고 말했다.

"안 돼요." 실러가 말했다. "절대 안 돼."

"글쎄, 래리." 모이어스가 말했다. "길모어가 날 만날 의향이 있다는데."

"그건 거짓말이에요, 빌. 그랬다면 내가 들었겠지."

하지만 그럴까? 모이어스는 확실하지 않으면 전화할 사람이 아니었다. 실러는 그 남자가 어떻게 개입할 수 있었는지를 알아내고 싶었다. 미칼을 통한 게 분명했다. 그래서 이제 그가 물었다. "게리의 동생을 만났어요?"

"그래요." 모이어스가 말했다. "그는 내 방에 있어요. 며칠 동안 내 방에 있었죠."

그걸로 상황은 끝이었다. 실러는 완전히 탈진한 기분이었다. 모이어스가 미칼에게서 얼마나 귀중한 정보를 끌어냈을지는 신만이 알 터였다. 미칼과의 자연스럽고 유기적인 소통은 물 건너간 셈이었다.

전화를 끊은 후, 그는 순전히 자존심으로 인한 질투를 느꼈다. 자신은 길모어를 만나게 해 주지 않았으니까. 온갖 빌어먹을 수단을 다 써도 그 사람과는 망할 녹음기 이상으로 관계를 진전시킬 수가 없었다. 그는 밥 무디에게 전화해서 말했다. "빌 모이어스의 말로는 자기가 들어갈 거라던데, 게리에게 가서 그가 들어가면 우리가 여기서 쌓아 올리고 열심히 이뤄 낸 모든 걸 완전히 망칠 수도 있다고 전해요."

래리는 다시 모이어스에게 전화해 침착하게 이야기를 시작했다. 하지만 모이어스가 여전히 자기가 게리 길모어를 만나겠다고 고집하는 지점에 이르자 폭발하고 말았다. "빌." 그가 말했다. "당신은 날 배신하고 있어요. 난 당신이 기꺼이 협조한다는 가정하에 당신을 돕고 있었는데, 미칼을 통해서 개입하려 하다니요. 나와 저녁 식사를 한 사람은 어디로 간 거죠?" 실러는 전화기의 송화구에 온 힘을 쏟고 있었다. "나라면 형제를 이용해 들어가지 않아요." 그가 모이어스에게 말했다. "그는 자기 형의 목숨을 구하기 위해 여기에 온 사람이에요. 그는 그런 결정을 내려야 하는데, 당신은 게리 길모어를 만나기 위해 그와 친구가 되려 하고 있어요."

모이어스는 전화로 바로 거세게 반격해 왔다. "당신은 내가 무슨 일을 겪고 있는지 상상도 못 할 거야. 난 미칼이 제대로 잘 생각해 보도록 격려하려고 노력했어요. 그와 함께 앉아 있었죠. 그는 어젯밤 내내 내 방에 있었다고, 빌어먹을." 모이어스가 말했다. "내가 누군가를 이용했다고 말하지 말아요."

금방이라도 울 것 같은 목소리였다. 실러는 긴 전화선이 달린 전화기를 들고 두 비서가 듣지 못하도록 화장실 안으로 들어갔다. 그가 모이어스에게 말했다. "그 빌어먹을 놈이 죽지 않았으면 좋겠어요."

모이어스가 말했다. "나 역시 그가 죽는 걸 원하지 않아요."

그들은 문득 모두가 마음속 깊이 죽음을 품고 다닌다는 생각이 들었다. 어느 정해진 순간에, 그들이 알던 한 남자가 죽임을 당할 것이었다. 신호가 떨어지면 모두가 심연을 뛰어넘어 중대한 변화를 맞을 터였다.

전화를 끊은 후, 실러는 침실로 가서 창밖 풍경을 바라보았다. 눈이 내리고 있었다. 갑자기 눈이 싫어졌다. 이유는 말할 수 없었다. 담요가 자신의 노력을 둔화시키는 것 같았다. 꼭 꿈속 같았고, 이 상황이 너무 말도 안 돼서 차라리 꿈속에 있고 싶지 않을 정도였다.

자정 무렵 머독으로부터 중요한 전화가 걸려왔다. 그는 최고의 제안을 할 준비가 되어 있다고 했다. 12만 5000달러. 하지만 그건 사형 집행에 관해서였다. 그는 로런스 실러가 직접 전하는 독점적인 이야기를 원했다.

수년 전, 래리는 먼로의 누드 사진 한 장을 제공하고 2만 5000달러를 받은 적이 있었다. 이제 그는 한 남자에게 총을 쏘는 장면을 묘사하는 대가로 12만 5000달러를 제안받고 있었다. 그건 횡재나 다름없었다. 책도, 《플레이보이》 인터뷰도, 영화도, 아무것도 포기할 필요가 없었다. 머독은 자신이 사형 집행의 전 과정을 받았는지조차 알 수 없을 것이다. 실러가 최고의 부분을 자신을 위해 남겨 둘 수도 있었다. 절반만 줘도 머독은 아마 만족할 터였다. 그 출판업자는 독점 기사에 관심이 있었고 발행 부수를 늘리는 데 집중했다. 그는 그 전체를 다 인쇄할 수조차 없을 것이었다. 실러는 정말 구미가 당겼다. 정말 그랬다.

실러는 다시 창문 쪽으로 걸어갔다. 이제 눈이 세차게 내리고 있었고 그는 피곤했다. 전화기를 힘주어 부여잡고 있느라 손이 아팠다. 그는 울기 시작했다. 무슨 일 때문인지, 왜 우는지 설명할 수 없었지만, 눈물이 주체할 수 없이 흘러내렸다.

자기가 하는 일이 도덕적으로 옳은지 더 이상 알 수가 없다는 생각이 들었고, 그러자 더욱 눈물이 났다. 그는 몇 주 동안 자신은 저 서커스의 일부가 아니라고, 자신을 위로 끌어올리는 본능이 있다고, 형편없는 보도가 아니라 역사를, 진정한 역사를 기록하려는 열망이 있다고 스스로에게 말해 왔지만, 이제는 자신이 결국 서커스의 일부가 된 것 같고, 심지어 가장 큰 부분이 되었을지도 모른다는 느낌이 들었다. 그렇게 한참 울던 와중에 화장실에 들어가서 그의 인생에서 가장 오래 빌어먹을 똥을 쌌다. 전부 설사였다. 며칠 동안 쉬지 않고 일하고 밤에는 잠도 제대로 못 자 몸이 완전히 망가진 상태였다. 공포가 엄습했다. 마지막 남은 썩은 것들까지 모두 짜내려는 듯 설사가 그의 몸에서 빠져나갔고, 여전히 계속되었다. 이젠 끝났겠지, 라는 생각이 들었을 때, 그는 창밖의 눈을 바라보며 게리 길모어의 사형 집행 이야기를 절대 팔지 않겠다고 결심했다. 아니. 그 누구도 날 설득할 수 없어. 나는 탐욕이나 안정적 수익을 위해 그런 망할 실수를 하지 않을 거야. 아니. 한 푼도 못 벌어도 상관 안 해. 내 직감이 하는 말을 따라야 해. 그가 다시 울기 시작하며 혼자 중얼거렸다. "나는 철자도 제대로 못 써. 내가 느끼는 대로, 내가 표현하고 싶은 방식으로 글을 쓸 수가 없어."

상황이 정말 견디기 어려웠다. 그는 스테파니가 뉴욕에서 오기를 거부할 때 전화기 너머 그녀의 목소리에서 느껴지던 혐오감을 다시 떠올렸다. 그리고 자신이 머독에게, 그리고 《타임》과 《뉴스위크》, 《내셔널 인콰이어러》를 비롯해 그동안 자신이 붙잡아 두었던 다른 모든 사람들에게, 게리 길모어의 마지막 순간에 관한 비공개 이야기는 어떤 것도 제공하지 않겠다고 말했을 때 어떤 일이 벌어질지를 생각했다. 그들은 정말 그를 잡아 죽이고 싶어 할 것이다. 그는 설사의 주된 원인일 두려움을 조금은 이해했다. 그는 이제까지 제안받은 가장 손쉬운 돈을 거절하는 정도가 아니라 큰 타격을 입을 것이었다. 그는 어렸을 때 샌디에이고에서 하굣길에 치카노들이 자신과 형을 매일 같이 괴롭히던 시절을 떠올렸고, 지금 그 어린 시절의 두려움과 비슷한 감정을 느끼며 홀로 침실에서 다시 한번 눈물을 흘리고 있음을 깨달았다. 완전히 혼자서, 그리고 밤이 파르라니 이울고 새벽이 성큼 다가올 때, 믿기지 않을 만큼 기진한 채로, 자신이 왜 여기에 있는지를 그악스럽게 자문하며, 모든 사업상의 농간과 다른 모든 것들에 우선하여, 최선을 다해 보도할 책임이 있다는 결정을 내리려 노력하고 있었다. "내가 어떤 사람이든, 기자이든 사업가든 뭐든 간에, 그에 맞는 책임이 있어. 결국 아무것도 되지 못할 수 있지만, 나 스스로에게 진정성을 쌓아야 할 의무가 있어."

그때 영감이 떠올랐다. 자신이 살펴본 전 세계의 모든 존경받는 사람이, 진정성 때문에 존경받는 사람들이, 아마도 그들 모두가 그것을 타고난 것은 아니라, 하나도 빠짐없이 그런 것은 아니겠지만, 일을 하나하나 완수해 가며, 그리고 각기 다른 밤마다 홀로 성찰하고 고민하며, 그것을 쌓아 왔을지 모른다는 생각이 들었다. 그는 마침내 일어나 옷을 입고 오렘의 대학가와 센터가 모퉁이로 나가, 한 손에 연필을 들고 서서, 이른 아침 마을에서 가장 큰 교차로를 지나는 수많은 차량들을, 그리고 제네바 제철소로 출근하는 공장 노동자의 차들이 눈으로 미끄러운 넓고 넓은 도로에서 통제력을 잃고 미끄러지는 모습을 쳐다보다가, 수첩을 내려다보고 자신의 글씨가 잘 읽히는지 확인할 것이었다. 만약 그가 사형 집행 과정을 정확히 기록할 생각이라면 현장에서 눈을 뗄 시간이 일 초도 없을 것이고, 따라서 손과 눈을 분리하는 법을 익혀야 하며, 매번 수첩을 확인하지 않고 그 일을 해내야 한다는 것을 깨달았다. 그는 스스로에게 말했다. "실러, 처음으로 넌 이야기를 지어낼 수도, 꾸며낼 수도, 윤색할 수도 없어."

　그런 다음 그는 모텔로 돌아가서, 머독과 《인콰이어러》와 NBC에 전화를 걸었고, 모든 사람들에게 거절의 말을 전하는 일로 아침 첫 시간을 보냈다. 그는 거래하지도 판매하지도 않을 것이다. 대신 그는 그것을 그냥 주기로 했다. 사형이 집행된 후, 그는 자신의 개인적인 목격담을 모든 언론사에 동시에 공개할 것이었다. 입찰에 참여한 어느 누구도 좋아하지 않았다. 《인콰이어러》는 불평하며 투덜댔고, NBC는 자기들이 무엇을 할 것인지 분명한 의사를 전해 왔다. 그의 귀에 사냥을 알리는 뿔피리 소리가 들리는 것 같았다. 오직 머독만이 신사답게 반응했다. "전화해 줘서 고맙소."라고 그가 말했다.

28장

T.G.I.F[166]

1

금요일 아침 미칼이 면회실로 들어오자 게리가 말했다. "실러가 네 친구를 만나지 말라더라. 자기의 독점권을 위태롭게 한다나. 그를 해고해야 하고, 또 그렇게 할 테지만, 다른 사람을 찾기엔 너무 늦었어." 미칼이 대답하지 않자 게리가 말했다. "내가 할 수 있는 일은 사형장에 그를 초대한 걸 취소하는 거야."

미칼은 그날 저녁 솔트레이크를 떠나 베시와 함께 토요일과 일요일을 보낼 계획이었다. 하지만 게리가 그에게 하루 더머물러 달라고 부탁했다. "아무에게도 이 말은 안 했지만, 월요일 아침이 어떻게 될지 잘 모르겠어." 그가 유리 너머로 미

---

166) 금요일이라니, 고마워라.

칼을 바라보았다. "어쩌면 그래서 실러가 필요한 건지도 몰라. 그가 그 자리에서 역사에 남기기 위해 기록할 테니 난 냉정을 유지할 거야." 그가 고개를 저었다. "이렇게 큰일이 될 줄 몰랐어. 그저 기사나 몇 개 나올 줄 알았지."

게리가 유리 위에 손을 올리자, 미칼도 맞은편에서 자신의 손을 갖다 댔다. 약 6밀리미터 두께의 유리를 사이에 두고 두 사람의 손이 마주 닿았다.

솔트레이크로 돌아온 미칼은 리처드 지오크를 마지막으로 만나서, 자기는 더 이상 개입하지 않기로 결정했다고 말했다. 작별 인사를 한 후, 지오크가 암스테르담에게 전화를 걸었고, 미칼이 그 지점에 이르기까지 어떤 대가를 치렀는지 안다고 말하고는 전화를 끊었다. 암스테르담은 그 결정이 최종이라는 사실을 의심하지 않았다. 지오크는 기민한 판단력을 지닌 인물이었다. 미칼의 마음이 바뀔 가능성이 조금이라도 있었다면 그런 메시지를 전달하지 않았을 것이다.

2

금요일 아침, 사형 집행이 칠십이 시간도 남지 않은 상황에서, 얼 도리어스는 다수의 법적 소송이 제기되리라는 사실을 알고 있었다. 법은 언제나 어느 정도는 게임이었으며, 그것이 얼이 오래전에 법 절차를 느리고 정연하게 진행하기로 결심한 한 가지 좋은 이유였다. 이는 자신의 모험적이고 경쟁적인 측면을 완화하는 데 도움이 되었다. 그러니 이제는 모두 각각의 소송과 반소를 제기하는 데 필요한 시간을 계산할 단계였다. 법의 측면 중 게임에 가장 가까운 쪽이 힘을 발휘하게 되었다.

얼은 덴버에 있는 제10연방 항소 법원 — 유타주는 제10구역에 속한 여섯 개 주 가운데 하나였다 — 에 전화를 걸었다. 그는 서기인 하워드 필립스와 통화하면서, 유타주 법무 장관실이, 사형 집행을 막기 위해 마지막 순간에 법적으로 의심스러운 노력이 이루어질 수도 있다는 우려를 가지고 있음을 알렸다. 따라서 그는 주말, 특히 일요일에 법원에 연락할 수 있기를 원했는데, 이는 법무 장관이 막판에 대응 조치를 취해야 할 경우를 대비한 것이었다.

도리어스가 비서를 시켜 항공 스케줄을 확인한 결과 솔트레이크에서 덴버로 가는 마지막 비행기 시간이 토요일과 일요일 밤 9시 20분이라는 사실을 알게 되었고, 그 정보를 핸슨의 법무차관인 마이크 디머에게 전달했다. 그들이 일요일 밤 9시 20분 이후에 제10연방 항소 법원에 가야 할 경우, 특별한 교통편이 필요하다는 뜻이었다.

얼이 다음으로 전화를 건 대상은 연방 대법원 서기인 마이클 로댁이었다. 로댁과 그는 워싱턴 DC에 마지막 순간에 항소하는[167] 세부 절차에 대해 논의했다. 또한 대법원이 도리어스

---

167) 연방 대법원에 대한 긴급 항소, 또는 대통령에게 사면이나 집행 연기를 요청하는 것.

에게 연락해야 할 경우 로댁이 사용할 수 있는 특별 암호에 대해서도 합의했다. 그것은 매우 중요한 일이었다. 어떤 괴짜나 지나치게 의욕적인 사람이 마지막 순간에 유타 주립 교도소에 전화를 걸어, 대법원에서 거는 전화라고 주장하며 사형 집행 정지 명령을 내렸다고 알리는 상황을 막기 위함이었다. 교도소에서는 전화를 건 인물이 서기라는 것을, 오직 연방 대법원의 서기가 말하고 있다는 것을 알아야 했다. 그래서 이제 마이클 로댁은 도리어스에게 자신의 별명은 미키이며 웨스트버지니아의 휠링에서 자랐다고 알려 주었다. 암호는 '웨스트버지니아 휠링 출신의 미키'로 하기로 했다.

금요일 오후에, 얼에게 두 건의 사건이 도착했다. 첫 번째는 오디오 전문 매장에서 손님들의 목구멍에 배수구 청소용 세제('드라노')를 쏟아부은 혐의로 유죄 판결을 받은 하이파이 살인범들 가운데 한 명인 사형수 데일 피에르의 변호를 맡은 길 아테이가 제기한 건이었다. 길 아테이는 게리 길모어의 사형 집행이 자기 의뢰인의 항소 기회를 해치는 대중적 분위기를 조성한다고 주장했다.

도리어스가 이렇듯 새롭게 전개된 상황을 논의하기 위해 핸슨의 사무실로 걸어가던 바로 그때 또 다른 전화가 걸려왔다. ACLU가 주 지방 법원 콘더 판사에게 납세자 소송을 제기한다는 전화였다. 소송은 두 건이고 오후에 한 건을 처리해야 했다.

빌 에번스와 얼 도리어스가 길 아테이에 대항하고, 빌 배럿과 마이클 디머가 다른 건을 다투기로 결정했다.

몇 시간 후 그들은 두 건 모두에서 승소했다. 얼은 원고들이 사형 집행에 의해 거부된 권리를 입증하지 못했기 때문이라고 생각했다. 길모어의 직계 가족은 아마도 원고 적격을 주장할 수 있을 테지만, 그걸로 끝이었다. 누구나 법정에 갈 수는 없는 일이었다. 원고 적격이라는 규정이 있어서 다행이라고 얼은 생각했다. 그날 오후, 그는 사형 집행이 이 이상 지연되면 대중이 피해를 입을 거라고 주장했고, 그것은 진심이었다. 공개적 소동의 악몽은 그것이 오래 지속될수록 가치 있는 모든 것의 모양새가 점점 우스꽝스러워진다는 것이었다.

3

금요일 오후 법정에서 나온 필 핸슨은 문득 니콜과 게리 길모어에 대해 다시 생각했다. 니콜과의 만남이 몇 차례나 불발되자, 그는 길모어에 대해 계속 생각했고 그의 여자 친구가 항소를 위해 자기에게 연락할 거라고 생각했다. 핸슨은 자기 업무만으로도 너무 바빠서, 사무실 밖의 일에는 어느 하루라도 시간을 내어 적극적인 조치를 취하기가 어려웠다. 그러다 보니 자기가 모르는 사이에 길모어는 어느새 항소를 거부하고 있었다. 그 시점에서 필은 어떻게 하면 자신이 개입할 수 있을지 고민하기 시작했다. 당사자가 그것을 원하지 않는데도, 그 사람을 구할 수 있을까? 그럼에도, 길모어의 처형은 생각만으로도 불쾌했다. 필은 다른 누구도 구할 수 없었던 목숨을 몇 번 구하면서 ── 사실 그것은 그의 경력에서 자랑거리였다 — 사형 선고는 도덕적으로 불쾌감을 주는 일이라고 판단하지 않을 수 없었다. 만약 누군가가 독실한 가톨릭 신자이자 훌륭한 미식축구 코치라면, 노트르담 팀[168]을 맡아 79대 0으로 대패하는 건 단순한 패배를 넘어 도덕적으로 불쾌감을 주는 일일 것이다. 이번 주만큼은, 솔트레이크의 모든 법원 복도에서 피어오르는 시가 연기마다 사형 집행 이야기가 빠지지 않았다. 금요일 오후가 끝나 갈 무렵, 핸슨은 리터 판사 앞에서 세 건의 사건들을 연이어 처리했다는 것을 깨달았다. 사실, 세 번째 사건의 재판이 진행되는 동안 두 건의 각 배심원단은 이미 퇴장하여 심의를 하고 있었다. 그래서 금요일 오후, 핸슨은 판사석의 리터에게 말했다. "판사님 덕분에 이번 주 내내 아주 꽁지 빠지게 일했어요. 저한테 술 한잔 줘야 돼요."

리터가 웃으며 그를 자기 방으로 초대했고, 그는 필을 위해 — 리터 본인은 이제 술을 많이 마시진 않았지만 — 술을 꽤 많이 따라 주었다. 두 사람은 길모어에 대해 이야기하며 딕(리처드) 지오크의 전화를 기다렸다. 그러다 지오크의 파트너이자 리터 판사의 법률 업무를 맡고 있던 대니얼 버먼을 찾으려 했고, 새 주지사인 매더슨과도 통화를 시도했다. 통화 시도는 계속 불발되었고, 그 시간 내내 핸슨은 다가오는 사형 집행의 어리석음에 대해 곱씹었다. "그건 그렇고." 그가 말

---

168) 노트르담 대학은 미국에서 가톨릭 신앙과 밀접하게 연관된 대학 중 하나로, 특히 미식축구에서 매우 명성을 떨친 학교이다.

했다. "샘 스미스가 뇌종양으로 죽는 일은 없겠네요."[169] 그러고는 시가 연기 사이로 피식 웃으며 말했다. "다른 방법들이 모두 실패한다면, 제 나름의 아주 참신한 소송을 제기할 겁니다."

그는 법무 장관 시절에 ─ 요즘 필 핸슨의 삶에서 사소하게 짜증 나는 일 중 하나는 사람들이 그를 여전히 밥 핸슨과 혼동한다는 것이었다 ─ 공익에 영향을 미치는 문제들에 대해 법무 장관으로서 소송을 제기하곤 했다. 심지어 사람들은 그 소송을 '법무 장관 소송'이라고 부르기도 했다. 지금 생각해 보니, 어쩌다 유타주에 거주하게 된 미국 시민으로서 소송을 제기하는 것도 가능할지 모른다는 생각이 들었다. 그가 리터에게 말했다. "꼭 무슨 직함이 있어야 소를 제기할 수 있나요? 일개 시민이 사형 집행을 막지 못할 건 뭐예요?"

그들은 그것에 대해 잠시 이야기했고, 결국 핸슨은 오늘 오후에 패소한 ACLU가 내일 새로운 탄원을 제출할 예정이니 자신의 마지막 카드는 아껴 두기로 결정했다.

---

169) 복잡한 고민 없이 사형을 밀어붙이는 사람으로 풍자하는 냉소적인 농담이다. 머리를 쓰는 유형이 아니니 뇌에 병이 생길 일도 없다는 미국식 블랙 유머다.

로스앤젤레스 타임스

괴팍한가, 아니면 창의적인가?

유타의 판사는 경계 대상이다.

솔트레이크시티. 성질 나쁜 노인이라는 적들의 비난과 창의적인 법학자라는 친구들의 주장 사이 어딘가에, 아마도 미국 지방 법원 판사 윌리스 W. 리터에 대한 진실이 있을 것이다.

주로 보수주의자들이 지배하고 후기 성도 교회의 영향을 강하게 받는 주에서 자유주의자이자 반(反)모르몬교 민주당원이라는 사실에도 불구하고, 논란이 많은 리터 판사는 이십팔 년 동안 유타주 법률 분야에서 지배적인 힘을 발휘해 왔다.

전 미국 법무 장관 라몬 차일드는 "그는 장원의 영주였으며 유타는 그의 영지였다."라고 말했다.

그러나 이제 78세인 판사는 연방 및 주 정부 관리들로부터 자신의 권위에 대한 전례 없는 도전에 직면했다.

로버트 B. 핸슨 주 법무 장관이 덴버의 제10연방 항소 법원에 미국 또는 유타주가 당사자인 사건에 대한 리터의 심리 자격을 박탈해 달라는 탄원서를 제출했다.

그 탄원서에서 리터는 재판석에서 반복적으로 부적절한 행동을 했고, 주 정부 및 연방 정부에 대해 강한 편견을 지니고 있으며, 전반적으로는 예측 불가능한 행동을 보였다는 비난을 받는다.

리터를 가리켜 "연방 사법부의 수치"라고 일컫는 공화당 소속 유타주 상원 의원 제이크 가언이 의회에서 이 판사의 권위를 약화시키기 위한 노력을 주도하고 있다.

그러나 지난해 10월, 하원 법사 위원회 위원장인 피터 W. 로디노 주니어 하원 의원(뉴저지주)에게 보낸 서한에서, 리터는 자신의 문제를 어떻게 보고 있는지 설명했다.

"공화당 내 극우 세력의 악의(惡意), 모르몬주의, 매카시-닉슨 식의 부정한 정치 공작이 거기에 뚜렷이 드러나 있다."라고 리터는 썼다.

"모르몬 교회가 사실상 유타주의 거의 모든 공직을 장악하고 있다. 그들은 유타 지역의 연방 법원을 장악하기 위해 오랜 시간 노력해 왔다."

리터는 1949년에 해리 S. 트루먼 대통령에 의해 연방 판사로 임명될 당시 유타 대학교의 법학 교수였지만, 모르몬교 세력이 그의 임명에 대해 치열하게 이의를 제기했다. 리터는 사적으로는 부도덕하며 공적으로는 부정하다는 비난을 받았다.

1958년에 미국 의회가 연방 판사들의 정년을 70세로 규정했을 때, 당시 재직 중이던 32명의 수석 판사들에게는 예외를 적용했다. 현재 리터는 그 조치에도 여전히 현역에서 활동하는 유일한 인물이다.

밥 핸슨 역시 사람들이 자신을 필 핸슨과 헷갈리는 것이 짜증 났다. 그가 리터에 대해 어떻게 생각하는지는 분명했다. 그는 이 판사에게 정말 악의가 있다고 말하곤 했다. 물론 핸슨은 리터가 똑똑하지 않다고 주장하지는 않았다. 어쩌면 그는 심지어 천재일지도 모른다. 아주 뛰어난 지능을 가진 사람들 가운데서도 상위 0.1퍼센트에 속하는 인물일 수도 있지만, 리터는 끊임없이 분노를 폭발시키는 사람이기도 했다. 실제로 모르몬교에 대한 리터의 반감은 대단히 심해서, 핸슨이 보기에 교회는 리터와 관련된 사안에서라면 불필요할 정도로 조심하는 태도를 보였다. 핸슨은 그것을 유화 정책으로 간주했다. 리터의 허를 찌를 방법만 찾는다면, 핸슨은 리터가 길모어 건을 장악하도록 내버려두지 않을 생각이었다.

29장

토요일

1

마지막 방문 때, 게리는 미칼에게 낡은 교도소 신발 그림을 선물했다. "내 자화상이야." 그가 말했다.

두 사람이 아직 통화 중일 때, 스미스 소장이 게리의 부스로 들어와 게리의 머리에 자루를 씌울 정확한 시점을 논의하기 시작했다. 그 이야기를 더 이상 듣고 있을 수가 없었던 미칼은 유리창을 두드리고는 곧 떠나야 한다고 말했다. 그는 비행기를 타야 했다. 마지막 악수를 허락해 주시면 안 될까요, 소장님?

처음에 스미스는 거절했다. 그러다 미칼이 알몸 수색에 동의하는 조건으로 허락했다.

수색이 끝나자 교도관 두 명이 게리를 데리고 들어왔다. 두 사람이 악수하기 전에 교도관들이 미칼에게 소매를 걷어 올리라고 지시했다. 경비원들은 악수 이상의 것을 해선 안 된다고 경고했다. 하지만 게리는 미칼의 손바닥을 잡자마자 거의 으스러뜨릴 듯이 꽉 쥐었고, 눈을 빛내며 말했다. "이걸로 끝인 것 같다." 그가 몸을 기울여 미칼의 입에 입을 맞췄다. "어둠 속에서 보자." 그가 말했다.

미칼은 울음을 참을 수 없다는 걸 알고 돌아섰다. 게리에게 보여 주고 싶지 않았다. 교도관이, 게리가 베시에게 전하라는 조니 캐시의 책 『검은 옷을 입은 남자』와 니콜을 그린 그림 한 점을 그에게 건넸다. 미칼은 이중문을 향해 가는 내내 게리의 시선이 따라오는 것을 느낄 수 있었다. "엄마한테 사랑한다고 전해 줘." 게리가 소리쳤다. "그리고 너 살 좀 찌워라. 아직도 너무 말랐어."

같은 토요일 아침, 실러는 변호사들이 금요일 오후에 게리와의 대화를 녹음한 테이프를 듣고 있었다. 멜빈 벨리의 라인스톤 카우보이 부츠 이야기가 꽤 많이 나왔다. "당신이 감방에 밀반입한 물건 중에 가장 큰 게 뭐예요?" 스탠저가 물었다.

"154킬로그램의 노르웨이 여자 레슬링 선수요."

그들은 모두 웃었다.

실러는 좋은 교도관, 나쁜 교도관, 그리고 교도소장의 성향이나 성격에 대한 이야기를 들었다. 실러는 법적 조치에 대한 대화를 들었고, 개인적으로 성경에 글을 적어 게리에게 우편으로 보냈다.

그러다 스탠저가 트래블로지에 들러 래리에게 인터뷰에 대한 생각을 물었다.

실러가 소리쳤다. "스탠저, 엉덩이 붙이고 있지 말고 일 좀 해!"

"실러, 그딴 소린 당신 엉덩이에나 처박아." 스탠저는 화가 나서 뛰쳐나갔다. "다신 실러와 말을 섞지 않겠어." 교도소로 운전해 가는 길에 스탠저가 말했다. 부아가 치밀었다. 스탠저는 자신이 반대 신문에 매우 뛰어난 변호사라고 생각했다. 밥무디도 마찬가지였다. 둘 중 누구라도 길모어를 철저히 몰아붙여, 정확히 래리가 원하는 대로 빈틈없이 공격할 수 있었다. 하지만 몇 가지 방해물이 있었다. 하나는 실러와 패럴이 그토록 자랑스러워하는 질문들이었다. 스탠저가 보기엔 바보 같았다. 그의 관점에서 볼 때, 길모어가 어떤 사람인지와는 거의 관련이 없는 질문들이었다.

실러는 거대한 작전을 진행 중이었지만, 성과는 지극히 미미할 수도 있었다. 론은 실러가 무엇을 걱정하는지 이해했지만, 그가 할 일은 길모어의 자신감을 무너뜨리는 것이 아니라 쌓아 올리는 것이었다. 길모어는 자신의 의뢰인이었으며, 자신은 그의 요구를 충족시키기 위해 그곳에 있었다. 래리는 길모어가 반응할 만한 질문을 찾았다. 스탠저는 길모어를 화나게 하려고 교도소에 가고 싶지는 않았다. 정보를 얻으려고 노력하는 것은 괜찮지만, 실험실 쥐에게 하듯 이리저리 뒤집고 탐색하면서 계속 철사로 찔러 대는 것은 옳지 않다고 생각했다. 게리는 이미 하루 종일 갇혀 있는 사람이었다. "오늘은 인터뷰 하지 않겠어." 스탠저가 무디에게 말했다.

"빌어먹을." 무디가 말했다. "일하기로 했으면 해야지."

최고 보안 교도소로 이동하는 동안 둘 사이에 발생한 가장 큰 의견 차이는 아마 그것이었을 것이다.

2

실러와 패럴은 동의하지 않겠지만, 무디 역시 그 상황에서 자기들이 아주 잘하고 있다고 생각했다. 그렇다 해도 실러의 말이 맞았다. 시간이 이틀밖에 없었고, 얻어야 할 귀중한 자료가 많았다. 무디는 한숨을 쉬었다.

길모어: 저기…… 이거 지금 녹음되는 건가요?

무디: 그래요, 음.

길모어: 소장이 나더러 다섯 명을 초대할 수 있다고 하더군요. 내가 이름을 말했더니 성직자는 안 필요하냐고 그러네요.

무디: 당신에겐 성직자 두 명에 추가로 다섯 명을 초대할 권리가 있다고 법률에 명확히 규정되어 있어요.

길모어: 성직자들이 제외되는 건 원하지 않아요. 그들은 내내 이 순간을 고대해 왔을 테니까.

무디: 에이, 누가 그걸 고대하겠어요. 다만 그분들은 그렇게 함으로써 자기 의무를 다하고 있다고 느낄 거예요.

길모어: 동기야 어떻든 상관없어요. 둘 다 오고 싶어 하잖아요.

무디: 그저 모두에게 아주 고통스러운 사십팔 시간이 될 겁니다.

길모어: 난 고통스럽지 않은데.

무디: 당신이 그렇지 않다는 건 알아요. 하지만 다른 사람들은

고통스러울 거예요. 당신의 이모부 번과 이모 아이다는 지옥 같은 시간을 보내고 있어요. (잠시 말이 없다가) 다른 사람들은 몸이 아플 지경이고요.

길모어: 누가요?

무디: 음, 내가 그렇고 론 스탠저가 그래요. 미어스만 신부님도요.

길모어: 별거 아닌데.

무디: 별거 아닌 건 우리도 알지만, 당신에게 이입하는 거죠.

길모어: 니콜이 보고 싶어요. 그놈이 답변을 안 해 주네.

무디: 난 그게 당신의 답변인 것 같아요. 당신은 그저 현실을 직시하지 않으려는 거야.

길모어: 못 들은 걸로 하죠.

무디: 그게 소장의 대답인 것 같아요. 그는 당신에게 답변하지 않을 생각이에요. 그걸로 끝. 그렇다고 다른 걸 모두 외면할 이유는 없어요. 당신에겐 아직 사십팔 시간이 남았으니, 그 시간을 잘 살아 봐요.

길모어: 젠장. 마지막 순간까지 내겐 교도관이 한 명뿐이었고, 내가 말을 걸지 않으면 그는 대화할 사람이 없었어요. 그래서 조용했죠.

무디: 그렇군요……

길모어: 그런데 이제 저 멍청이 둘을 밖에 배치해 놨단 말이지. 그들이 하는 일은 서로 떠들며 카드놀이하는 것밖에 없어요.

무디: 글쎄요, 그것도 사형 집행 절차의 일부라더군요.

길모어: 이런, 아……

무디: 사형이 집행될 때, 집행이 임박한 사형수를 감시할 경비를

세워요. 그게 바로 지금 당신이 겪고 있는 일입니다.

길모어: 바로 내 앞에서 저 개자식들이 하는 말을 듣고 싶지 않아요.

무디: 그럴 수 있죠. 하지만 그것도 당신이 선고받은 형벌의 일부예요.

길모어: 뭐, 그렇다면야.

무디: 총살형을 선고받으면 사형수 감시인의 감시도 받게 돼요. 그것이 형의 일부죠.

길모어: 그래요……. (잠시 말이 없다가) 알았어요.

무디: 이 질문들을 해도 될까요?

길모어: 이젠 대답하는 게 그렇게 감정적으로 어렵지 않아요.

무디: 좋아요.

길모어: 아, 이런, 진짜 시끄럽네. 이 빌어먹을 마지막 몇 시간만이라도 조용히 지냈으면 좋겠는데.

무디: 시간을 때우려고 운동이든 뭐든 하는 거 있나요?

길모어: 네……. 다 해요.

무디: 책은 좀 읽어요?

길모어: 아뇨, 음…… 이젠 안 읽어요……. 읽을 건 다 읽었어요.

무디: 그림은 그리나요?

길모어: 아뇨.

무디: 자화상은 그릴 건가요?

길모어: 거울이 없어요.

무디: 음, 가진 게 별로 없는 것 같네요, 그렇죠?

길모어: 나 자신은 있죠. (오래 말이 없다가) 나는, 음, 한심하게

이런 질문들에 대한 답변이나 쓰고 싶진 않아요. 그에게 답변을 요구할 권리가 있다는 건 알겠어. 하지만 빌어먹을, 실러가 어떤 일을 처리하는 방식은 정말 마음에 안 들어요.

무디: 음, 우리도 그의 방식이 마음에 들지 않을 때가 많지만, 그에겐 그만의 스타일이 있어요. 하는 일이 워낙 힘들고 까다로우니까 그런 스타일을 발전시킨 거죠.

길모어: 그래서 모두가 그걸 그저 받아들여야 한다?

무디: 아뇨. 그렇게 생각하지 않아요. 하지만 그는 빌어먹게도 어려운 일을 하고 있어요. 그걸 하려고 애쓰고 있어요. 그게 다예요. 아주 똥 빠지게 일하고 있죠.

길모어: 내가 그 편지들을 읽지 말라고 했는데도 그자가 읽었죠.

무디: 그래요. (오래 말이 없다가) 래리에게 뭔가 빚졌다고 느끼지 않나요?

길모어: 질문이나 계속 읽어 봐요. 답변할 테니. 내가 누구와 대화할 수 있고 없는지를 결정할 권리가 자기에게 있는 게 아니라는 걸 래리가 알았으면 해요. 내 동생이 자기 친구와 이야기를 좀 해 보라기에 그러겠다고 했어요. 나는 모이어스가 누군지 알아요. 당신들이 내가 말하지 않기를 바라는 것들은 절대 답변하지 않았을 거예요

무디: 정말 쓸데없는 걸로 따지고 있네요. 모이어스가 이곳에 들어와 당신과 얘기를 나눌 가능성은 전혀 없어요.

길모어: 나도 알아요. 내 동생이 실망해서 화났을 뿐이에요.

무디: 알겠어요.

길모어: 됐어요.

무디: 다음 질문은 이미 여러 번 물어봤던 질문이에요. 부시넬과 젠슨 이전에 사람을 죽인 적이 있나요? ······당신이 파이프로 때렸다던 그 남자는 어떻게 됐어요?

길모어: 그는 살았어요. (한숨) 하지만 그 일이 그의 인생을 좀 바꿔 놓았죠.

무디: 총살은 정말 끔찍하다고 생각하지 않아요?

길모어: 정말 끔찍한 것은 의자에 묶이고 머리에 자루가 씌워지는 등 그 모든 말도 안 되는 일들을 겪어야 한다는 사실이죠.

무디: 총격 현장에서 튀어나온 피와 내장 같은 것에 끌리지는 않나요?

길모어: (웃음) 꺼져, 래리······. 피와 내장이라······ 그래, 음, 정말 끌리네. 아예 숟가락도 가져가야겠어.

질문은 계속되었다. 새롭고 획기적인 내용은 없었다.

미어스만 신부는 이전에 참석했던 두 건의 사형 집행 현장에서, 일이 잘못될 수도 있다는 것을 배웠다. 사형당할 사람이 너무 불안감을 느껴서 평정심을 잃을 수 있었다. 미어스만 신부는 항상 사형을 앞둔 사람을 침착한 상태로 유지시키려고 애썼다. 그에게 무슨 일이 벌어질지를 알려 주려고 노력했던 것이다. 사형수가 이 장소, 즉 A 지점으로 이동할 것이고, A 지점에서 B 지점으로 이동한 다음, 특정 시간이 되면 C 지점으로 가게 될 거라는 등의 과정을 대략 알게 되면, 그가 "우리 지금 어디로 가는 거죠?"라고 물으며 걱정할 필요가 없을 거라고 신부는 생각했다. 그런 사소한 것이 사형수를 과도하게 괴롭힐 수 있었다.

반면에, 만약 그들이 미리 알고 있어서 그 과정을 어느 정도 순조롭게 겪어 낼 수 있고 그들을 이끄는 사람들이 모두 침착하다면, 그 자체로 본인들이 침착해질 수 있는 한 가지 요인이 될 수는 있었다. 그러니까 적어도 절차가 어떻게 진행될지 대략이나마 안다는 사실만으로도 그게 가능했다. 그 상황에서는 누구든 예상 밖의 일이 벌어지지 않기를 바란다. 사형이 진행될 때는 모두가 매우 긴장한 상태이기 때문에, 무엇이든 계획에서 벗어난 일이 생기거나 사형수가 주저하게 되는 걸 원하지 않았다.

미어스만은 사형수 머리에 자루를 씌우는 이유를 자신이 게리에게 제대로 설명했다고 늘 생각했다. 개인적인 감정이 있어서가 아니라, 그저 목표물이 조금도 움직이지 않고 가만히 있기를 바라기 때문이라고 그는 말했다. 조금만 움직여도 총알이 빗나갈 수 있다, 품위 있게 죽고 싶다면 자루에 대한 아주, 아주 간단한 원칙을 지켜야 한다, 자루는 실제로 매우 품위 있게, 아무 움직임 없이 일이 진행될 수 있게 해 준다. 게리는 말없이 귀를 기울였다.

3

토요일 오후에, 길 아테이가 연방 건물에 있는 루이스 판사의 방에서 나와 복도에서 취재진을 마주했다. 기자들이 미친 듯이 몰려들었다. 루이스 판사의 일반 법정은 덴버의 제10연방 항소 법원에 있었고, 이곳에 있는 그의 판사실은 널찍하긴했지만 크기가 충분치 않았다. 많은 사람들이 재판을 참관하기엔 방이 너무 비좁았다.

이제 그의 눈앞에서 카메라 플래시가 터지고, 국내외 라디오 방송국의 마이크 호출음이 들리는 아수라장이 펼쳐졌다. 아테이는 마치 서커스의 원형 무대로 행진해 들어가는 듯한 기분이 들었다.

그런 분위기에 분개하지 않기가 어려웠다. 며칠 동안 그는 몰려든 기자들로 인해 비좁아진 복도를 헤치며 이동해야 했다. 통제할 수 없는 지경이었다. 그는 안경을 끼고 콧수염을 짧고 깔끔하게 기른 말쑥한 사내였고, 군중에 휩쓸리지 않을 정도로 체구가 크지는 않았다. 그래서 이 시점에 그가 말했다. "성명을 발표하죠. 하지만 아래층에서 할 겁니다."

극심한 혼란이 이어졌다. 그의 귓가에 루이스 판사의 목소리가 여전히 맴돌았다. "아시다시피 아테이 씨, 당신이 모든 책임을 내게 떠넘기려 하니 매우 난처합니다. 시간이 더 있었다면, 이 사건을 세 명의 판사가 함께 심리할 수 있었을 텐데요."

하지만 그때쯤엔 아테이도 충분히 정신을 바짝 차리고 대답할 수 있었다. "음, 그건 사실이지만요, 존경하는 재판장님, 그 결정은 저희가 내려야 합니다. 위원회 뒤에 숨을 수는 없어요."

그가 정말 그렇게 말했던가? 데일 피에르 사건으로 인해 그의 성질이 더욱 날카로워졌던 모양이다.

그는 자신의 의뢰인인 사형수 데일 피에르가 무죄라고 믿게 되었다. 대부분의 사람들이 보기엔 별난 믿음이었다. 대중은 데일 피에르가 사람들의 목구멍에 세제를 붓고 귀에 볼펜을 꽂아 넣은 하이파이 살인자 중 한 명이라고 확신했다. 저명한 산부인과 의사의 아내가 그 레코드점에서 살해당했고, 아들은 살인범들의 심한 폭행으로 인해 뇌에 영구적인 손상을 입었다. 경악할 만한 사건이었지만, 아테이는 서서히 데일 피에르가 무죄라는 결론에 도달했다. 피에르가 유타주에서 기피하는 조건인 흑인이라는 이유로 배심원단으로부터 유죄 판결을 받았다고 판단했다. 유타주에서 흑인은 모르몬교 성직자가 될 수 없었다.

그래서 아테이는 일종의 성전(聖戰)에 돌입했다. 사실 성전의 대가를 제대로 치른 셈이었다. 지난 선거에서 법무 장관에 출마했을 때, 상대 후보였던 밥 핸슨이 데일 피에르를 가장 강력한 화두로 삼아 큰 표 차이로 승리했다. "중년 여성의 귓속에 볼펜을 꽂은 의뢰인을 변호하는 이 남자가 차기 법무 장관이 되기를 원하십니까?"라는 것이 선거 운동의 은밀한 주제였다. 아테이가 할 수 있는 건 아무것도 없었다. 모든 유권자들에게 자신은 법원의 지명에 의해 피에르의 변호인이 되었다는 사실도, 처음에는 그것을 불쾌한 의무로 여기다가 나중에야 피에르의 무죄를 확신하게 되었다는 사실도 알릴 수 없었다. 데일 피에르는 복잡하고 다루기 힘든 인물이지만, 지금의 길 아테이에게는 오히려 그가 아름다운 흑인 남자라고 유권자들에게 말할 수는 없었다. 게다가 아테이는 원래 사형제 자체를 혐오했다.

그는 사형이 절대적인 복수임을 인정하는 것 외에는 사형을 정당화할 합리적인 방법이 없다고 주장할 준비가 되어 있었다. 만약 그것이 형사 사법 제도의 근간이라면, 우리는 꽤 병든 제도를 가지고 있다고 말할 것이었다.

그래서 그는 ACLU와 함께 길모어 건에 관해 공조해 왔고, 오늘 극도로 대담한 항소를 제기했다. 유타주 법령에 의무적 항소 조항이 없다는 점이 헌법에 위배된다는 통상적인 모두 발언을 한 후, 아테이는 법적으로 참신한 해석을 내놓았다. 결함이 있는 법에 따라 사형 집행이 이루어지면, 앞으로는 같은 법령에 대해 위헌을 선언할 상급 법원을 찾기가 어려울 것이라는 주장이었다. 어떤 판사도 동료 판사에게 "있잖아, 당신 저 사람 잘못 사형시켰어."라고 말하고 싶지 않을 것이다. 따라서 게리 길모어의 죽음은 데일 피에르의 목숨까지 위협한다. 흥미로운 주장이지만 받아들이기 어려웠다. 법정의 주의를 끌기 위해서는 거의 모욕에 가까울 정도로 강한 언어를 사용해야 했다.

따라서 1월 10일에 있었던 회의에서, ACLU는 아테이의 대담한 시도를 목록의 맨 마지막에 배치했다. 하지만 금요일 오후, 지오크로부터 미칼이 어떤 서류에도 서명하지 않을 거라는 슬픈 소식을 들은 후, 길 아테이는 앤더슨 판사의 법정으로 갔다. 앤더슨 판사는 엄격한 모르몬교도였지만, 그 시간에 근무하는 판사로는 유일했다. 현실적인 희망은 거의 없었지만, 그럼에도 아테이는 자신의 논리에 몰입했고, 승산이 있다고 생각했다. 앤더슨 판사는 주의 깊게 귀를 기울였다. 하지만 근본적인 문제는 여전히 남아 있었다. 그 주장이 소름 끼치지만 타당하다는 사실을 누구도 직시하고 싶어 하지 않았다. 앤더슨 판사는 그의 요청을 기각했다.

거기서 실패한 아테이는 토요일 오후에 루이스 판사에게 갔지만, 이때쯤엔 그의 사건이 법적으로 취약하다는 것이 명백해진 상태였다. 그는 제시할 통계가 없었다. 예를 들어 데일 피에르를 사형시켜야 한다고 생각하는 사람이 예전엔 주 인구의 50퍼센트였다가, 길모어 사건의 감정적 분위기로 인해 지금은 90퍼센트까지 올라갔다는 것을 보여 줄 수가 없었다. 동원할 게 논리 외에는 없었다.

그래서 아테이는 루이스 판사의 법정에서 또다시 패소했고, 복도에서 취재진을 뚫고 지나가면서, 내일은 어떻게든 반드시 이 사건을 연방 대법원으로 가져가리라 결심했다.

4

유타주 사형 반대 연합은 토요일 오후에 주 청사 강당에서 회의를 열었다. 줄리 제이코비는 이 모든 것이 다소 형식적이라고 생각했다. 발언을 위해 자리에서 일어난 유일한 외부인은 헨리 슈바르츠실트뿐이었고, 그의 발언은 길지 않았다. 현지인들이 이야기하는 것이 가장 좋았다. BYU 출신의 진정한 모르몬교도인 윌포드 스미스 교수는 정말 귀한 인재였고, 유타주 상원 의원이자 여성인 프랜시스 팔리와 유타 대학교 로스쿨의 제퍼슨 포드햄 교수, 그리고 솔트레이크시티 NAACP 지부장인 제임스 두바이도 있었다. "우리는 왜 사람을 죽이는 것이 잘못되었음을 보여 주기 위해 사람을 죽이는가?"라는 문구가 새겨진 둥근 배지들이 문 앞에 놓여 있었다. 그리고 행사 일정표에는 "여러분의 기부에 깊이 감사드립니다."라는 문구가 적혀 있었다.

호일이 세어 보니 참석 인원은 175명이었고, 이 정도면 꽤 많은 편이었다. 줄리가 모르는 남자들과 여자들도 있었고, 그녀가 얼굴을 아는 ACLU 관계자들도 모두 참석했다. 그것은 솔트레이크에서 이른바 '진보적 공동체'라고 불릴 만한 모임이었다.

또다시 신념에 불타는 사람들이 이미 설득되어 생각이 같은 이들에게 설교하고 있었다. 줄리가 생각하기엔 부질없는 짓이었다. 생쥐가 코끼리와 싸우고 있다는 걸 모두가 알고 있었다.

그럼에도 그들은 무언가를 하고 싶었다. 줄리가 보기엔, 무지성적이고 피에 굶주린 자들이 하루를 마음대로 삼켜 버리도록 가만히 놔둬서는 안 된다는 게 핵심이었다. 전 세계가 유타를 지켜보고 있었고, 따라서 그들은 유타의 어떤 사람들은 지배적인 세력에 동의하지 않는다는 사실을 전 세계에 알리고 싶었다. 사실, 그들은 약간의 홍보 효과를 얻었다. 《솔트레이크 트리뷴》이 두 번째 섹션의 1면에 두 명의 학생이 만든 아름다운 현수막 앞에 선, 성 마크 성공회 대성당 주임 사제 앤더슨의 멋진 사진을 실었다. 남색 바탕에 흰 글씨로 "사형 집행 반대"라고 적혀 있었다.

솔트레이크 트리뷴

"공식적인 대학살"

시위대가 유타주 사형 제도에 대해 말하다

1월 16일, 솔트레이크. 게리 마크 길모어의 사형 집행이 "폭력의 슈퍼볼"로 변했다고 토요일에 한 성공회 신부가 비난했다.

"거기에는 '바넘 앤 베일리 서커스'[170] 같은 분위기와 영화 판권, 지정석, 티셔츠, 그리고 연애편지까지 모두 갖춰져 있어요. 우리는 모두 웃을 수 있겠지만, 이틀 후면 항소도 거치지 않은 채로, 자원자들로 구성된 팀이 게리 마크 길모어를 죽이겠죠."라고 로버트 앤더슨 신부가 말했다.

데저트 뉴스

1월 15일, 솔트레이크. 전국교회협의회 소속 주교 약 15∼20명이 일요일 오후에 도착해 유타 주립 교도소에서 일요일에서 월요일에 걸쳐 거행되는 철야 기도회에 참석할 예정이다.

사형반대전국연합의 코디네이터인 헨리 슈바르츠실트는 이번 사형 집행을 "잔혹한 공포"이자, "위험한 선례"이며, "사법 살인"이라고 불렀다.

---

170) 19세기 후반에 테일러 바넘과 제임스 앤서니 베일리가 설립한 곡예단으로 '지구상에서 가장 위대한 쇼'라는 슬로건으로 유명했다.

5

같은 날 오후, 교도소장이 기자 회견을 열었고, 태머라는 어떻게 게리를 최고 보안 교도소에서 '통조림 공장'[171]으로 이송할 것인지에 대한 직접적인 설명을 가지고 돌아왔다. 그곳에서 게리는 총살대를 마주할 것이다. 샘 스미스는 또한 언론이 준수해야 할 규정들도 전달했다. 교도소 정문은 일요일 저녁 6시부터 언론의 출입을 통제하고, 17일 오전 6시까지는 다시 열리지 않을 예정이었다. 그것은 사형 집행에 앞서 언제든 교도소 구내에 들어가기를 원하는 취재진은 교도소 주차장에서 밤을 보내야 한다는 의미였다.

실러에겐 이제 문제가 생겼다. 저녁 6시에 들어가면 혹시라도 게리가 마지막으로 모텔에 걸 수도 있는 전화를 받지 못한다. 한편, 게리는 마지막 밤을 무디, 스탠저, 그리고 그의 가족들과 함께 보내는 걸 허락받을 수도 있었다. 심지어 교도소장이 거기에 래리의 합류를 허락할 가능성도 조금은 있었다. 그럴 경우에는 교도소 경내에서 보내는 것이 나았다. 딜레마였다.

그가 이 문제로 고민하는 동안, 태머라가 말했다. "래리, 오늘 오후에 BYU에 와서 사회 과학 수업 시간에 게리 길모어에 관한 강연을 해 주시면 좋겠어요."

"태머라, 그게 무슨 말이에요?" 실러가 말했다.

---

171) 실제로 예전에 통조림 생산 시설이었던 곳을, 유타 주립 교도소가 사형 집행 공간으로 전환해 사용했다.

"저기, 감독님이 저에게 부탁하셔서요."

실러는 생각했다. 어쩌면 그녀는 교회에서 자신의 위치를 개선하고 싶은 건지도 몰라. 최근에 자신이 신앙 생활에 소극적이었다고 생각했겠지. 그래서 그가 말했다. "좋아요, 이 정신 없는 곳에서 벗어날 핑계가 생겼군."

그가 15일 오후에 직접 차를 몰고 대학에 가서, 죄다 모르몬교도인 빌어먹을 대학생 400여 명이 앉아 있는 강당에 들어갔더니, 그 감독이라는 선생이 일어나 무슨 말인가를 했다. 그는 태미라를 소개하면서, 한때 이곳의 학생이었으며 지금은 《데저트 뉴스》에서 일한다고 말했고, 태미가 일어나서 십 분 동안 매우 경건한 연설을 했다. 그녀는 이상적인 모르몬교도 여성으로서 추천서[172]를 받기 위해 노력하고 있었다. 그다음엔 감독이 실러를 소개했고, 실러는 그 자리에 서서 저널리즘을 고발하는 연설을 했다. 나중엔 자신이 무슨 말을 했는지 한마디도 기억나지 않지만, 통상적으로 마음 깊이 간직하고 있던 말이었다. 어느 날이든 십오 분이라도 말을 하지 못하면 그에겐 매우 안 좋은 날이었다.

잠시 후, 그가 질문이 있느냐고 물었고, 서른 개의 손이 번쩍 들렸다. 그가 한 학생을 지목하자 학생이 물었다. "실러 씨, 당신이 왜 게리 길모어 벨트를 하고 있는지 말씀해 주시겠습니까?"

---

172) 모르몬교도 신자들이 성전에 들어가기 위해 교회의 지도자로부터 발급받는 성전 추천서를 가리킨다. 이 추천서를 받기 위해서는 일정한 신앙적 기준을 충족해야 하며, 이는 모르몬교도에게 매우 중요한 성취이다.

래리가 아래를 내려다보니, 맙소사, 자신이 구찌 벨트를 차고 있었다. 버클이 두 개의 G가 맞물린 형태였다. 그래서 그는 400명의 모르몬교도들에게 그 머리글자에 대해 설명한 다음, 그 질문을 던진 학생에게 말했다. "당신은 저널리스트네요. 어떤 것을 다른 것으로 바꿨으니까요. 그게 바로 저널리즘이거든."

나머지는 단순했다. 아주 단순하고 차분했다. 그가 생각하기에 학생들은 똑똑하거나 지적이기보다는 자기들만의 세계에 갇혀 있었다. 물론 그들은 길모어에게 적대적이었지만, 모르몬교도들은 적대적인 속내를 대놓고 드러내지 않기 때문에, 전혀 알아차릴 수 없었다. 그저 이런 질문들에서 느껴질 뿐이었다. "게리 길모어보다는 벤 부시넬에 대해 이야기하는 게 어때요?"

그러면 실러는 이 시점 미국에서는 게리 길모어가 역사를 만들고 있다고 대답했다. 공평하든 아니든 베니 부시넬과 그의 죽음은 결코 그렇지 않았다. 학생들이 좋아하지 않는 답변이었지만, 그는 매우 솔직했다. 자기는 그들을 기분 좋게 만들어 주기 위해서가 아니라 사건의 이면을 보여 주기 위해 이곳에 온 거라고 말했다. "내가 어떤 사람인지 숨기지 않겠어요."라는 것이 그가 처음 한 발언 중 하나였다. 그들은 질문했고, 그는 대답했다. 그의 인생에서 두 시간이 그렇게 쓰였다.

모텔로 돌아온 실러는 무디의 추천으로 고용한 경찰관 중 한 명인 제리 스콧과 흥미로운 대화를 나눴다. 스콧은 검은색 머리에 덩치가 큰 사내로, 듬직한 인상을 주었다. 지금은 실러를 경호하기 위해 경찰 일을 잠시 쉬는 중이었다. 그는 분명일의 요령을 잘 알고 있었다. 그는 모텔 건물의 출입구 한곳만지킬 수 있었기 때문에, 보통 경찰차를 뒤편에 주차해서 그방향에서 오는 사람들이 겁을 먹고 접근하지 못하게 했다. 가까운 쪽에서는 스콧이 기다리고 있었다.

이날 오후 BYU에서 돌아온 직후, 래리는 재판이 끝난 날게리를 유타 카운티 구치소에서 유타 주립 교도소로 이송한경찰관이 바로 스콧이라는 사실을 알게 되었다. 생각지 않은선물이었다. 실러는 제리 스콧이 행운을 가져다준다고 생각했다. 그나마 다행이었다. 스콧에게 지급하는 돈이 일주일에 약500달러였으니까.

토요일 저녁이 되자, 실러는 16밀리미터 영화용 카메라를사용하기로 결심했다. 그는 CBS와 협의하여 촬영 팀 중 하나를 준비시켰고, 지면에 눈이 쌓인 교도소를 멀리서 찍은 장면들과 가능한 한 많은 분위기를 담은 장면들이 필요하다고 설명했다. 비용이 300달러나 더 들었지만 그는 희망을 가졌다.하지만 나중에 필름을 확인해 보니 형편없었다. 그 촬영 팀은뉴스 영상 외에는 아무것도 촬영할 줄 몰랐던 것이다. 분위기를 조성할 수 있는 기회를 모두 날린 셈이었다.

그는 또한 마지막으로 뉴욕에서 스테피(스테파니)를 데려오려 한 번 더 시도했다. 이번에도 그녀는 거절했다. 처음에는 부탁했고, 다음에는 애원했다. 그래도 그녀는 오려 하지 않았다.길고 격렬한 논쟁이 이어졌으며, 그런 토론에서 그가 지는 일은 좀처럼 없었지만, 그녀는 요지부동이었다. 그는 정말 화가 났다. "당신은 늘 날 비판하지." 그가 말했다.

"당신을 사랑하고, 당신을 돕고 싶어서 비판하는 거 모르겠어?" 그녀가 소리쳤다.

어떤 면에서 그는 그녀와 헤어지기 직전까지 갔다고 느꼈다. 하지만 그는 자신이 그러지 않으리라는 걸 알았다. 묘하게도 그게 그들의 관계가 잘 풀리는 이유이기도 했다. 스테피가 자신을, 그와 전적으로 운명을 함께하는 도박꾼으로 여기지 않는다는 점을 자신이 이해하게 된 건지도 모른다고 그는 생각했다. 첫 번째 아내에게는 그것을 항상 요구했었다. 스테피는 신경계가 예민하고 섬세했으며 그것을 보호하고 싶어 했다. 그녀는 몇 년 전에 끔찍한 교통사고를 당한 적이 있었고, 그 사고로 흉터가 남아 있었다. 그녀의 아름다움은 섬세했고, 그가 이해할 수 없을 정도로 취약했다. 그리고 그 순간, 아마도 그가 지고 있던 모든 감정의 무게 때문이었겠지만, 그녀가 자신과 함께하지 않는데도 그는 그녀에게 큰 애정을 느꼈다.

6

셜리 페들러는 ABC 뉴스 스튜디오에 불려 갔다가 데니스 보아즈와 정면으로 마주쳤다. "원하는 걸 얻게 되겠군요." 그녀가 데니스에게 말했다. "아주 행복하시겠어요."

보아즈가 그녀를 바라보며 말했다. "이런, 셜리. 우리 친구가 될 수 없을까요?"

"난 당신과 빌어먹을 친구가 될 생각 없어요." 그녀가 쏘아붙였다.

그는 약간 당황한 채로 서 있다가 마침내 함께 있던 사람들을 향해 돌아섰다. "어, 그녀가 내 빌어먹을 친구가 되고 싶지는 않다네."라는 말로 웃어넘기려 했다. 그가 자리를 떠났고, 그녀도 떠났다. 그녀는 몹시 화가 났다. 그 남자는 자신의 명예욕을 충족시키기 위해 들어온 사람이었다. 그가 원하는 건 국가적 중요성을 지닌 사건에 끼어드는 것뿐이라고 그녀는 생각했다.

사무실의 두 여직원 가운데, 데비는 플레이보이 버니 출신으로, 몸집이 작고 보기 좋은 빨간 머리에, 성격이 좋아 주변 분위기를 밝게 만들고, 일을 잘하는 사람이었다. 루신다 스미스는 절대적인 미인이라고 배리는 생각했다. 검은 머리, 기막히게 예쁜 눈, 그리고 무척 달콤한 목소리를 가진 그녀는 친밀하고 부드럽게 속삭이는 듯하면서도 담담한 캘리포니아 특유의 어조로 말했다. 배리는 그녀가 거기 있는 것이 좋았다. 그녀는 감정이 풍부하고 잘 울었다. 그리고 지난 한 주 동안은 울 일이 너무 많아서, 그는 그녀가 사무실에 없어서는 안 될 존재라고 생각했다. 감정의 다성적 분출이랄까, 아니, 모텔이라는 인공적이고 생명력 없는 심연에 다정함의 숨결을 불어넣는 맑은 감정의 시냇물 소리였다. 루신다는 얼마 전에 마리아 성심 수도회가 운영하는 코밸리스 고등학교를 졸업했는데, 그곳에서 유일한 장로교 신자였다. 배리가 알게 된 바에 따르면,

그녀의 아버지는 그라우초 마크스[173]를 위해 수석 작가이자 감독을 맡았었고, 그녀는 스튜디오 시티에서 자랐다. 샌 페르난도 밸리에서 최대한 외부와 단절된 조용한 환경이었다. 그녀는 말 그대로 정식 사교계 데뷔 파티를 치렀고, UCLA에도 다녔다. 전형적인 남부 캘리포니아 출신이었다. 세상에, 그런 그녀가 이제 게리 길모어가 씹, 오줌, 똥이라고 말하는 소리에 귀를 기울이고 있었다.

그녀는 여자 두 명이 운영하는 전속 직업소개소를 통해 일자리를 얻었다. 루신다는 영어를 전공했는데, 실러가 전화했을 때 에이전트는 바로 그녀를 떠올렸고, 그녀에게 흥미로운 경험이 될 거라고 말했다. 루신다는 일을 시작하기 전 실러 씨를 직접 만나지 못했다. 하지만 로스앤젤레스에 있는 실러의 비서와 이야기를 나눴고, 기대에 부응하지 못하면 바로 집으로 돌려보낼 거라는 말을 들었다. 그래서 그녀는 직접 만나 보기도 전에 그가 원칙주의자일 것 같다는 인상을 받았다. 그 점이 흥미로웠다. 그는 자신을 사회적 지위가 아니라 능력에 따라 대우할 테니까.

다른 여자가 그녀보다 하루 앞서 떠났기 때문에, 그녀는 로스앤젤레스에서 혼자 비행기를 탔다. 오렘의 트래블로지에 도착했을 때, 실러 씨는 매우 정중했고 잠시 쉬고 싶으냐고 물었다. 그녀가 말했다. "아뇨, 바로 시작하겠습니다."

---

173) Groucho Marx(1890~1977). 무성 영화, 라디오, 브로드웨이, 텔레비전 등 여러 매체에서 활동한 미국의 유명한 코미디언. 배우이자 작가.

가방을 내려놓기가 무섭게 녹음테이프들을 차례로 문자화하기 시작했다. 시간이 지날수록 속도가 빨라졌다. 루신다는 하루에 열두 시간씩 일했고, 주말에는 이십사 시간 가까이 했다. 정말 잠을 자고 싶지 않았다. 내내 으스스한 기분이 들었다. 래리와 배리, 그리고 데비와 함께 있는 게 더 좋았다. 방에 혼자 있으면 무슨 일이 벌어지고 있는지 갑자기 실감하게 될 것 같았다.

토요일 밤, 그녀는 잠시 휴식을 취하며 티브이를 켰다. 「새터데이 나이트 라이브(SNL)」가 방영되고 있었다. 그들은 게리 길모어를 패러디했다. 출연진이 죄수 역을 맡은 배우에게 분장을 해 주는데, 감독이 계속해서 "여기에 조명을 조금 더, 아이섀도를 조금 더."라고 지시했다. 그들은 그가 카메라 앞에서 총살당하는 장면을 준비시키고 있었다. 아주 비꼬는 투였다. 계속해서 분장을 덧칠해 댔다. 그녀는 텔레비전이 이렇게 기괴할 거라고는 생각하지 못했다. 그녀는 항상 '실존적'이라는 단어가 이상하다고 생각했지만, 지금 바깥은 너무 황량하고 추웠고, 땅 위에는 영원할 것 같은 눈이 조금 쌓여 있었다. 그녀는 아무도 이 모텔에서 복사기와 타자기들을 가지고 나간 적이 없었던 것 같은 느낌이 들었다.

7

배리 패럴은 게리가 니콜에게 오래전에 보낸 편지들을 살펴보고 있었다. 그중 하나를 읽다가 짜증 섞인 신음을 낼 뻔했다. 이것에 대해 길모어에게 질문하기에는 너무 늦은 시간이었다. 질문을 할 수 없다는 뜻은 아니었다. 정말이지, 그들은 그에게 모든 것을 물어봤으니까. 그러나 무언가를 밝혀 줄 답변을 얻기에는 확실히 너무 늦은 상황이었다. 그들은 몇 주에 걸쳐 사전 준비를 했어야 했다.

게리는 이렇게 썼다. "나는 오리건의 주립 병원에서, 무장 강도 혐의를 벗으려고 애쓰고 있었어. 그런데 열세 살짜리 남자애가 가정에서의 문제로 인해 이 병원에 입원했어. 여자애처럼 정말 예쁘게 생긴 녀석이었지. 하지만 난 녀석에게 전혀 관심을 두지 않았어. 그 애가 날 좋아하는 게 분명해지기 전까진 말이야. 그때 난 스물세 살이었어. 내가 앉아 있으면 그 애가 다가와 앉아서 내 어깨에 팔을 둘렀어. 그 아이에겐 자연스러운 행동이었고 우정을 표현하는 방식이었지. 한번은 그 애가 라커룸에 와서 내가 가지고 있던 《플레이보이》를 읽어도 되냐고 묻기에, 내가 키스 한 번 해 주면 빌려주겠다고 대답했어. 와, 녀석이 정말로 어이없어하더라고. 눈이 은화만큼 커지고 입이 크게 벌어졌지. 그 애가 '싫어요!'라고 말하는데 그 모습이 정말 예뻐서, 난 그 자리에서 사랑에 빠지고 말았어. 녀석은 잠시 고민해 보다 그 잡지가 정말 읽고 싶었는지 내 입술에 아주 살짝 입을 맞췄어. 아니, 내가 자기 입술에 입을 맞추도록 내버려두었다고 해야겠지. 나는 수영장에 있는 그 애를 지켜보곤 했어. 그 애는 그때까지 봤던 가장 아름다운 사람 중 하나였고, 그 애보다 엉덩이가 예쁜 이는 본 적이 없는 것 같

아. 어쨌든 나는 가끔 그 애에게 키스했고, 우리는 꽤 좋은 친구가 되었어. 그 애의 젊음과 아름다움, 그리고 순진함은 그저 감동적이었지. 그러다 우리 중 하나가 다른 곳으로 보내졌어."

배리는 그것에, 그 키스에 높은 가치를 매겼다. 길모어는 고백하고 있었다. 그는 그것을 그의 편지들에서 가장 도덕적인 순간으로 여겼다. 마침내 길모어는 줄곧 그의 마음속에 있던 무언가를 인정하고 있었다. 그것은 성과 관련된 언급은 항상 회피하고 모든 성적인 내용에 관해 투명하리만큼 불편함을 보이던 그의 태도를 관통하는 무엇이었다. 하지만 여기서, 이 작은 고백에서 그런 억압이 해소되었다. 그는 그것을 말할 수 있었다. 정말 달콤한 키스였다고. 좋은 순간이었다고.

패럴은 그것을 보통 말하는 그런 동성애의 문제라고 생각하지 않았다. 길모어는 패럴이 아는 대부분의 남성처럼 자기도 교도소에서 형을 살면서 어떤 식으로든 이런저런 종류의 상황적 동성애자였던 것을 당연하게 생각했다. 어차피 선택지는 동성애 아니면 자위 아니면 금욕이었다. 금욕을 선택한 사람은 거의 없었고, 정말로 금욕을 선택한 사람도 그리 나을 건 없을 거라고 패럴은 생각했다. 그저 길모어는 성에 대해 뒤틀리고 비참한 관계를 맺고 있었을 뿐이었다. 다른 많은 수감자들과 마찬가지로 자연스러운 성적 환상들은 오래전에 자위 행위로 소진되었을 것이다. 어떤 여자가 해 준다 해도 자기 자신만큼 그것을 잘할 수는 없었다. 그래서 그의 고백은 동성애에 대한 것이 아니었다. 길모어는 니콜에게, 섹스가 자기에겐 얼마나 어렵고 매력적이고 멀고 괴상한 일인지를 인정하고 있었다.

패럴은 자신의 규칙을 깨고 그 편지를 정식 인터뷰의 일부로 삽입하기로 결심했다. 일종의 꼼수였다. 그래도 괜찮았다. 실러의 말처럼, "우리 죄인들처럼 더럽게 한번 해 보는 거"였다.

그러다 그는 다른 것을 발견했다. 12월에 진행했던 인터뷰였다. 그것은 내내 그의 코앞에 있었다.

길모어: 좋아요. (잠시 말이 없다가) 내가 갖고 싶은 책이 있는데, 프로보에서는 구할 수 없을 거예요. 솔트레이크에서는 구할 수 있을지도 모르죠.『내게 보여 줘』라는 책인데, 아이들의 사진이 담긴 책이에요. 구할 수 있을까요? 아마 15달러 정도 할 거예요.

인터뷰어: 네, 구할 수 있을 것 같아요.

길모어: 프로보에서 구매하려고 시도했었죠. 수년 전에 광고가 나왔거든요. 솔트레이크 같은 곳에서는 판매가 금지되어 있을지도 몰라요.

인터뷰어: 무슨 내용인데요?

길모어: 아이들 사진에 관한 거예요.

인터뷰어: 왜 금지된 거죠?

길모어: 성적인 내용이 있어서요. 몇 년 동안 때때로 그 책에 관해 읽으면서 정말 궁금했어요. 캐나다와 미국 일부 지역에서는 이 책이 금서로 지정됐더라고. 하지만 솔트레이크에서는 판매됐죠…….

인터뷰어: 교육용 책인가요?

길모어: 글쎄요, 수준이 높은, 진정한 고전이랄까요. 독일에서 만

들어졌고, 다 독일 어린이들 사진인데, 정말로 예술적이고 감각적이고 세련된 사진들이에요. 음란물은 아니지만, 보고 싶었죠.

패럴은 대수롭지 않게 지나쳤던 그것을 이제 와 다시 주목했다. 의지하던 그 작은 설명의 불빛이 다시 깜빡거렸다. 그렇다. 니콜에 대한 길모어의 사랑은 가끔씩 그녀가 얼마나 아이처럼 보일 수 있는가에 달려 있었다고 할 수 있지 않을까? 무릎까지 오는 양말을 신은 그 요정은 — 길모어에 의해 — 너무도 손쉽게 음문(陰門)의 자물쇠를 빼앗겼다. 로즈베스와의 비밀스러운 성적 행위나 피트 갤로반과의 싸움질에 대한 편지 속 암시들도 의미심장하다. 배리는 고개를 끄덕였다. 앞뒤가 맞지 않는가. 강성 죄수들이 가장 경멸하는 인간은 교도소 안팎을 막론하고 아동 성범죄자들이었다. 그들은 서열의 맨 밑바닥에 자리했다. 길모어가 니콜을 잃자마자, 그녀 없이 일주일을 살게 되자마자, 도저히 용납할 수 없는 충동을 느끼기 시작했다면 어땠을까? 만약 견딜 수 없었던 긴장이(그가 자신의 말에 귀 기울이던 모든 정신과 의사들에게 증언했던) 작은 충동들과 관련이 있다면 어땠을까? 길모어의 자아상(自我像)에 그보다 참을 수 없는 건 없었을 것이다. 그러니까 그 남자는 그런 죄를 짓느니 차라리 그 어떤 범죄라도, 심지어 살인이라도 저질렀을 것이다. 세상에, 그것은 심지어 자신의 살인 행위에서 비뚤어진 고결함을 끌어내는 것 같은 그의 터무니없는 태도마저 설명할 수 있었다. 배리는 뒤늦게 이런 발견을 한 것이 통탄스러웠다. 지금은 이 일에 대해 아무 말도 할 수 없었다. 너무도 실체가 없는 해석이었다. 사실, 그것은 순전한 짐작에 불과했다. 만약 길모어가 그것이 자신의 악덕이라고 상정하고, 그런 악덕에 대해 스스로를 처형하고자 한다면 ── 그 남자를 너무 섣불리 이해하려 들지 말라! ── 적어도 그가 선택한 존엄한 죽음을 맞이하게 해 줘야 한다. 사실, '존엄' 같은 단어 하나로 뭘 얼마나 감출 수 있겠는가?

8

토요일 저녁, 자정에 가까운 시간에 미어스만 신부가 최고 보안 교도소의 주방을 예배당으로 꾸미고, 이동식 금속 배식 테이블을 제단으로 사용하여 게리를 위한 미사를 집전했다. 이 모든 것을 보기 위해 게리는 고정된 주방 식탁 위에 앉았다. 발은 긴 의자 위에 올려져 있었다. 한때 복사(服事)였던 교도관 한 명이 복사를 섰다.

미어스만 신부가 휴대용 제대(祭臺)를 차렸는데, 이 경우 그의 미사 도구함에서 나온 제대는 천이었다. 그런 다음 그는 소형 제대보를 펼치고 성작보와 성작, 성반, 촛대에 세워진 초를 꺼내 놓고 십자가를 놓은 뒤 게리가 참여할 수 있도록 작은 기도서를 건넸다. 미어스만 신부는 흰색 장백의, 허리끈, 영대(領帶), 수대(手帶) 등 완전한 전례복을 차려입었다. 맞은편의 게리는 흰색 셔츠와 바지를 입고 있었다.

미어스만 신부가 고백의 기도를 암송했다. "……저는 제 생각과 말에서, 제가 행한 일과 행하지 못한 일에서, 제 잘못으로 인해 죄를 지었습니다." 그러자 옛 고백 기도의 응창 소리가 들리는 것 같았다. "제 탓이오, 제 탓이오, 저의 큰 탓이옵니다."

그런 다음 신부는 게리가 가장 좋아하는 시편 구절을 읽었다. 경험을 통해 신부는 그가 특히 처음 몇 줄을 가장 친숙하게 느낀다는 걸 알고 있었다.

> 내 영혼아, 주님을 찬미하여라. 내 안의 모든 것들아, 그분의 거룩하신 이름을 찬미하여라.
> 내 영혼아, 주님을 찬미하여라. 그분께서 해 주신 일 하나도 잊지 마라.
> 네 모든 잘못을 용서하시고 네 모든 아픔을 낫게 하시는 분.
> 네 목숨을 구렁에서 구해 내시고 자애와 자비로 관을 씌워 주시는 분.
> 그분께서 네 한평생을 복으로 채워 주시어 네 젊음이 독수리처럼 새로워지는구나.[174]

미어스만 신부는 다음으로 「마르코 복음서」 2장 1절부터 12절까지를 읽었고, 다시 처음 부문만 낭독했다. "얘야, 너는 죄를 용서받았다."

엄밀히 말해 '오늘의 복음'에서 벗어나지 말아야 하지만, 이

---

174) 「시편」 103장 1~5절.

런 경우라면 누구도 자신을 비난하지는 않을 거라고 미어스만은 생각했다.

미어스만 신부가 빵과 포도주를 봉헌하고 성체와 성작을 들어 올리며 "이것은 내 몸이요…… 이것은 내 피다."라고 말하자, 복사를 서던 교도관이 ─ 미어스만 신부의 표현에 따르면 ─ 종을 세 번(Thrice) 울렸다.

"주님, 저는 주님을 제 지붕 아래로 모실 자격이 없습니다. 그저 한 말씀만 해 주십시오. 그러면 제 종이 나을 것입니다."[175)

미어스만 신부가 영성체를 행했다. 그가 포도주를 마신 후, 복사가 영성체를 받았고, 게리 뒤 상석의 다른 교도관들은 모르몬교도라 지켜보기만 했다. 게리는 입을 벌리고 혀 위에 성체를 올리는 옛날 방식으로, 어린 시절에 받았던 방식대로 성체를 받았고, 그 후에 성작에 담긴 포도주를 마셨다. 게리가 잔의 바닥이 보이도록 다 마시는 동안 미어스만 신부가 옆에 서 있었다.

미어스만 신부는 정말 멋진 밤이라고 생각했다. 아주 좋았다. 게리는 미사가 시작될 때 성호를 그었고, 그 후 차분한 태도로 미사를 경청했다. 이제 모든 것이 끝나자, 그가 미어스만 신부에게 농담을 던졌다. "신부님, 포도주가 좀 연하네. 원래는 더 진했던 거 아니에요?"

---

175) 「마태오 복음서」 8장 8절.

안녕 요정,

풀려나면 번의 집으로 가. 당신에게 줄 것들을 이모부에게 많이 맡겨 놨어.

검정색 더플백에 테이프로 밀봉되어 있을 거야.

내 사진 앨범, 보석류, 책 여러 권, 게리 길모어 티셔츠, 주로 외국에서 온 편지 몇 통이 들어 있을 거야.

소니 라디오도 있고.

뉴욕의 알라딘 하우스 보석점에서 '신성한 눈' 반지를 구하려 계속 애쓰고 있어. 오늘 구해지면 다른 물건들과 함께 넣어 둘게.

아 자기야 자기야 자기야 보고 싶다!

내 모든 것을 다해 당신을 사랑해.

사람들이 우리 노래를 많이 틀어 주네. 「당신 마음의 발자취를 따라 걸으며」[176] 말이야. 당신이 라디오를 들을 수 있을까. 솔트레이크의 KSOP[177]가 우릴 정말 좋아하나 봐. 우릴 위해 「눈물의 계곡」[178]을 자주 틀어 줘.

대략 삼십 시간 후면, 난 죽을 거야.

사람들은 그걸 그렇게 부르지. 죽음이라고. 그건 그냥 해방이고, 형식의 변화일 뿐인데.

내가 그것을 잘해 내면 좋겠어.

---

176) 1976년에 발표된 러스 마시(Russ Marsh)의 노래.
177) 솔트레이크시티의 라디오 방송국.
178) 1957년에 발표된 패츠 도미노(Fats Domino)의 노래.

정말이지, 니콜, 나는 우리의 사랑에서 그런 힘을 느껴. 이게 무슨 일인지 지금 당장은 알면 안 될 것 같아. 우린 그냥 그걸 제대로 해내야 해. 우리 안에는 그에 대한 지식이 있어. 하지만 그것을 의식적으로 알게 되는 건 나중 일이야.

천사, 지금은 새벽 2시 45분이야. 눈을 좀 붙여야겠어. 조금 있다가 더 쓸게…….

9

교회에서 베시를 돌보도록 보낸 모르몬교도 청년은 더그 히블러라는 젊은 유부남이었다. 그는 지난 한 달 동안 베시와 한층 가까워졌다고 느꼈다. 여전히 들여보내 주려 하지 않아 문 너머로 사랑한다고 말하고 떠나는 날이 있었지만, 그녀가 잘 받아 주는 날들이 있었고, 이에 고무된 그가 그녀의 기분을 이해한다고 말하는 실수를 저지른 적도 한 번 있었다. 그건 명백한 잘못이었다. 베시가 말했다. "당신은 몰라요."

그 일을 곰곰이 생각해 본 끝에 그는 자신이 몰랐고 앞으로도 알 수 없으리라는 사실을 깨달았다. 그 뒤 다시는 그런 말을 꺼내지 않았다. 아마도 그것이 변화를 가져왔던 듯하다. 그 후로 그녀는 그에게 이전보다 말을 많이 하는 것 같았다.

토요일 밤, 그가 그녀를 찾아갔다. 일주일 내내 방문했지만, 그녀는 평온해 보였다. 법원이 집행일을 연기할 거라 기대하는 것 같았다. 지난주에 그녀는 내내 유타에 가겠다고 말했지만,

아무래도 게리가 오지 말라고 설득한 것 같았다. 더그는 아들이 그녀를 보면 마음이 약해질 거라고 생각했다.

겉으로는 차분해 보였을지 모르지만 베시는 잠을 이룰 수 없었다. 일주일 내내 밤에 잠자리에 들었다가 깨어났을 때 게리가 죽어 있을까 봐 두려웠다. 그래서 매일 밤, 그녀는 대부분의 시간을 앉아서 보냈다. 매일 저녁 솔트레이크에서 걸려 온 미칼과의 전화 통화 후 잠시 꾸벅꾸벅 졸기도 했지만, 이윽고 퍼뜩 정신을 차리고는 더 이상 잠을 이루지 못했다. 긴 불면의 폭풍을 헤쳐 나가야 했다. 그녀의 마음속에는 열어 볼 수 없는 전보처럼 '어떻게 하면 게리에게 닿을 수 있을까? 그게 어떤 영향을 줄지 그에게 어떻게 말할 수 있을까?'라는 말들이 떠올랐다. 그 순간이 오면 마치 칼이 자신의 반쪽을 잘라 내는 것처럼 느껴질 것이기 때문이었다.

그녀는 프로보의 '와이산'과, 아버지의 임종이 가까워져 유타로 돌아갔던 날을 떠올리곤 했다. 그녀와 함께 있던 미칼이 말했다. "엄마의 산을 보여 줄래요?"

그때는 밤이었기에 그녀가 대답했다. "아침에 보여 주마." 하지만 새벽이 되자 안개가 자욱하게 끼었다.

미칼이 말했다. "산이 안 보여요." 그는 여덟 살이었다.

"저기 있단다." 베시가 말했다. "산이 그러는데 할아버지가 살아나지 못할 거라는구나." 실제로 아버지는 며칠 후에 죽었다.

아버지의 임종을 기다리던 프로보에서의 어느 날 밤, 풋볼 경기를 위한 집회가 열렸고, BYU 학생들이 횃불을 들고 산에 올라갔다. 미칼이 말했다. "엄마, 나와서 저것 좀 봐요. 엄마도 이런 광경은 처음 볼걸요."

"오, 미칼, 난 전에도 본 적이 있단다." 그녀가 그에게 말했다. "여긴 내 산이라는 거 잊지 마."

조카들이 마치 '이모가 뭐라고 생각하는 거예요? 이모는 심지어 이곳에 살지도 않잖아요.'라고 말하는 듯이 그녀를 쳐다보았다. 그녀는 조카들을 향해 미소 지었다. 그들은 이해하지 못했다. 사람들이 그녀에게 "돌아오고 싶어 향수병이 생기지는 않았나요?"라고 물으면, 그녀는 "아뇨. 하지만 제 산은 그리웠어요. 그건 제 거니까요."라고 대답하곤 했다. 그녀는 사람들이 자신을 거만하게 생각한다는 것을 알고 있었다.

그 기억을 떠올리며, 그녀는 토요일 밤에게 작별을 고하고 새벽을 맞이했다.

30장

일요일 오전, 일요일 오후

1

지금은 일요일 오전 10시야. 일어나서 샤워하고 면도했어. 아, 우선 십 분간 달리기를 했지. 내가 복도를 뛰어다니니까 빌어먹을 교도관들이 날 미쳤다고 생각하더군. 교도관들은 거의 다 뚱뚱하고 게으른 놈들이거든.

이봐, 당신은 요정이야, 맞지?

총 맞는 걸 지켜볼 사람으로 누굴 초대할 건지 묻기에, 내가 말했어.

첫째, 니콜.

둘째, 번 다미코.

셋째, 론 스탠저, 변호사.

넷째, 밥 무디, 변호사.

다섯째, 로런스 실러, 할리우드에서 온 대단한 수완가.

그들이 당신을 보내 주지 않으리라는 거 알아. 그래서 당신을 위해 자리 하나를 따로 남겨 두라고 했지.

《뉴욕 포스트》는 내가 좌석을 경매에 붙인다고 하더군.

많은 사람들이 신문에 헛소리를 써.

자기야, 내가 총에 맞으면…… 당신 안에 뭐가 있을 거라고 당신이 말했더라?

내가 있을 거야.

내가 가서 내 사랑하는 동반자인 당신을 안아 줄 거야.

의심하지 마.

내가 보여 줄게.

자기야 지금껏 이 말은 피해 왔지만, 이젠 말하려고 해. 나와 함께할지, 아니면 기다릴지를 선택하는 건…… 당신 몫이야.

당신이 언제 오든 난 거기 있을 거야.

신성한 모든 것을 걸고 맹세할게.

당신이 기다리기로 선택한다면, 그 어떤 누구도 당신을 갖지 못했으면 좋겠어.

당신은 내 거야.

내 영혼의 짝.

정말로, 내 영혼과도 같아.

내 천사, 무(無)를 두려워하지 마. 당신은 절대 그걸 경험할 일이 없을 테니까.

일요일 오전, 루신다는 어제의 인터뷰 녹취록을 타이핑하던 중 갑자기 견디지 못하고 큰 소리를 냈다. 실러가 돌아보았다.

그녀가 일요일 아침 바로 그 자리에서 목 놓아 울고 있었다.

번은 래리와 통화 중이었다. 밀랍 인형 박물관에서 게리의 옷을 사겠다는 제안이 들어왔다. 제안 금액이 최대 수천 달러에 달했다. 판매하는 것은 문제 되지 않았지만, 이제는 게리가 마지막에 입었던 옷들을 지키는 일이 중요해졌다. 그리고 그들은 그의 유해도 보호하는 것이 좋겠다고 판단했다. 게리의 시신이 교도소에서 솔트레이크 병원으로 이송되어 안구와 장기가 적출되는 동안, 실러는 직접 경비를 세우기로 결심했다. 그가 제리 스콧을 고용한 것은 정말 행운이었다. 스콧은 게리를 병원에서 화장터로 옮길 때 감시하는 일을 수행하기에 적임자였다.

길모어: 페이건이 그러더군요. "니콜에게서 전화를 받을 가능성은 아직 남아 있어." 내가 그에게 말했죠. "이 더러운 개자식, 좆이나 까." 그러니까 그가 이러는 거예요. "아, 이거 참, 나도 손이 묶여서 아무것도 할 수가 없다고." 내가 말했죠. "그래, 손이 묶인 채로 다니는 기분이 어때? 한 번이라도 남자답게 느껴 본 적 있어, 이 쓰레기 같은 자식아?" 오늘 밤 면회실에 갈 수 있을지 모르겠어요. 페이건은 이렇게 말하겠죠. "글쎄요, 그의 마지막 밤에 우린 정말 잘해 줬어요. 면회를 무제한으로 허용해 줬거든요. 이모부도 보게 해 주고 변호사들도 만나게 해 줬죠." (웃음)

무디가 마지막 질문지의 질문들을 건네기 시작했다.

무디: 만약 지나는 길에 당신을 대신할 새로운 영혼을 만난다면, 그에게 어떤 조언을 해 줄 건가요?

길모어: 그런 거 안 해요. 누군가가 내 자리를 대신할 거라고는 생각하지 않아요. 안녕하세요, 내가 당신을 대신할 사람입니다…… 사물함 열쇠는 어디 있나요? 수건은 어디에 보관하세요?

무디: 글쎄요, 그 사람에게 앞으로 어떤 삶이 어…… 기다리고 있는지 뭐라도 해 줄 말이 있지 않겠어요?

길모어: 젠장…… 진지한 질문이네요.

무디: 그는 진지한 대답을 바라는 것 같아요.

길모어: 나보다 많이 아는 사람, 덜 아는 사람과 이야기를 나눠 보고 들어 본 결과, 죽음에 대해 내가 아는 것, 죽음에 대해 내가 느끼는 진짜 감정은, 그것이 익숙하리라는 것뿐이라고 판단했어요. 죽음이 냉혹하고 몰인정할 거라고는 생각지 않아요. 냉혹하고 몰인정한 것들은 여기 이승에 존재하고, 그것들은 한때일 뿐이에요. 지속되지 않아요. 다 지나가죠. 내 생각을 요약하자면 이렇지만, 내가 완전히 틀렸을 수도 있겠죠.

무디: 조 힐이 '워블리'에게 마지막으로 남긴 메시지가 뭔지 알아요?[179)]

길모어: 조?

무디: 조 힐이요. 수년 전에 유타에서 사형당한 사람이에요.

길모어: 그의 이름은 조 힐스트롬이었죠. 그가 워블리에게 뭐라고 했는데요?

---

179) 조 힐과 '워블리'에 관해서는 2권 각주 45번 참조.

무디: "동지들이여, 애통해 말고 조직하라."

길모어: 애틋해[180] 말라고?

무디: "동지들이여, 애통해 말고 조직하라."

길모어: 음, 나도 비슷한 걸 하나 좋아해요. "두려워 말고, 숨도 쉬지 말라." 무슬림의 격언이죠. 어디서 유래된 말인지는 모르지만, 어느 것에 적용해도 꽤 그럴듯해요. "동지들이여, 애통해 말고 조직하라."

무디: 전쟁 영화에 자주 나오는 "무섭지 않다고 말하는 사람은 거짓말쟁이거나 바보다."라는 대사 알죠?

길모어: 그게 뭔데요?

무디: 그게 당신의 상황에 조금이라도 적용되지 않나요?

길모어: 난 겁나지 않는다고 말하진 않았는데. 안 그래요?

무디: 맞아요, 하지만 세상을 향한 당신의 메시지에는 두려워하지 말라는 의미가 담겨 있으니까요.

길모어: 음, 왜 두려워하죠? 그건 부정적인 감정이에요. 두려움이 삶을 지배하게 하는 건 죄악이라고 할 수 있죠.

무디: 당신은 확실히 두려움을 이겨 내기로 결심했군요.

길모어: 지금은 전혀 두렵지 않아요. 내일 아침에도 그럴 것 같아요. 아직까진 그런 적이 없으니까.

무디: 두려움이 자신의 영혼에 들어오는 것을 어떻게 극복할 수 있나요?

---

180) 원문은 'Warn'이나, 이 부분은 단어의 의미보다는 'Mourn'을 비슷한 발음의 'Warn'으로 잘못 들은 게 초점이라고 판단하여 '애통'과 비슷한 발음이고 의미상으로도 유사한 결을 가진 '애틋'으로 옮겼다.

길모어: 난 운이 좋은 것 같아요. 아직 들어오지 않았거든. 진정으로 용감한 사람은 두려움을 느끼지만 그럼에도 자신이 해야 할 일을 하는 사람이라는 걸 당신도 알잖아요. 엄밀히 말해 나는 두려움에 맞서 싸워 극복한 게 아니니까 그렇게 대단히 용감하다고 할 순 없죠. 내일 아침은 어떨지 모르겠어요……. 내일 아침엔 지금 이 순간이나, 11월 1일에 그 빌어먹을 항소를 포기했을 때와는 느낌이 다를지 모르죠.

무디: 정말 놀라울 정도로 침착하네요.

길모어: 고마워요, 밥.

무디: 무슨 말을 해야 할지 모르겠어요, 정말이지 나는 그냥…….

길모어: 저기, 있잖아요. 내가 좀 무례하잖아요. 당신들은 이 모든 일 때문에 좀 속상한 것 같은데, 안 그래요?

무디: 힘들어요, 게리. 몸이 아플 정도예요.

이때 밥 무디가 울기 시작했다. 잠시 후, 그는 감정을 추슬렀고, 그와 길모어와 스탠저는 조금 더 이야기를 나눴다. 그리고 그들은 작별 인사를 했다. 두 사람은 늦은 오후에 돌아와 밤새 교도소에 안에 있을 예정이었다. 그들이 나갈 때, 길모어가 말했다. "조끼 잊지 말아요."

"뭐요?" 밥이 물었다.

"방탄조끼요." 길모어가 말했다.

"그건 내가 입고 들어올게요." 무디가 말했다.

"몸조심해요." 길모어가 말했다.

일요일 아침, 번은 최고 보안 교도소로 가서 유리를 사이에 둔 채 게리와 전화로 대화를 나눴다. 두 사람은 프로보에 거주하는 어머니의 자매들에 대해 이야기했다. 게리는 아이다를 제외한 다른 이모들은 왜 자기를 만나러 오지 않았는지 궁금해했다. "어떻게 생각해요?" 그가 단도직입적으로 물었다.

"아, 게리." 번이 말했다. "그들도 분명 오고 싶었을 거다. 하지만 내가 대신 대답할 수는 없구나."

번의 머릿속에서는 여전히 아이다의 자매 중 한 명이 "도저히 그에게 다가가서 말을 걸 자신이 없어요."라고 말하는 소리가 들리는 것 같았다.

게리가 말했다. "엄마는 몹시 아픈가 봐요. 아니라면 이곳에 왔겠죠."

그 말을 뒤로 길고 암울한 침묵이 흐르자, 게리가 조니 캐시 노래를 부르기 시작했다. 눈을 뒤로 굴리며 어머니를 마음에서 내려놓으려고 애썼다.

번이 웃는 모습을 보고 게리가 말했다. "뭐, 난 내 노래 실력에 만족해요." 번이 큰 소리로 웃었다. "내가 한 곡 불러 주마." 그가 말했다.

게리가 끙 하고 앓는 소리를 냈다. "「노견(老犬) 셰프」[181]는 사양할게요." 번은 「노견 셰프」를 즐겨 부르기로 유명했다. 매년 양궁 클럽에서 만찬을 할 때마다 이 노래를 불렀다.

---

181) 1935년에 발매된 레드 폴리(Red Foley)의 노래. 주인공이 어렸을 때 함께 자란 개 '셰프'에 대한 이야기를 담고 있다.

"맞아, 「노견 셰프」." 번이 말했다.

내가 어렸을 때, 셰프는 강아지였지.
우리는 언덕과 초원을 돌아다녔어.
그저 소년과 그의 강아지일 뿐이었지만, 우리 둘 다 즐겁기
한량없었지.
그렇게 우리는 함께 자랐어.

세월이 흐르면서, 셰프도 늙어 갔고
그의 시력이 빠르게 나빠지고 있었어.
그러다 어느 날 의사가 날 쳐다보며 말했어.
"더는 그를 위해 해 줄 수 있는 게 없네, 짐."

나는 떨리는 손으로 총을 들었어.
그리고 셰프의 충직한 머리를 조준했지.
하지만 도저히 할 수 없었어. 아, 그냥 도망치고 싶었어.
차라리 날 대신 쏴 주길 바랐지.

이제, 노견 셰프는 자신이 떠나게 되리라는 걸 알았어.
그는 내 손을 보고 핥았지.
마치 이렇게 말하는 것처럼 날 지그시 쳐다보았어.
"우리는 헤어지겠지. 하지만 넌 이해할 거야."

이제 노견 셰프는 착한 개들이 가는 곳으로 갔어.

나는 더 이상 셰프와 함께 돌아다니지 못하겠지.

하지만 만약 개들에게도 천국이 있다면, 한 가지는 알겠어.

노견 셰프에게는 아주 멋진 집이 있다는 거야.

"웩." 게리가 말했다.

"오늘은 이걸로 끝이다." 번이 말했다. "너한텐 이만하면 충분하지."

2

NAACP의 법률방어기금에서 워싱턴의 존 섀턱이라는 변호사를 소개해 주었다. 그는 아테이를 위해 미국 대법원에 신청서를 제출할 예정이었다. 따라서 토요일 오후 루이스 판사의 법정에서 패소한 후 아테이의 사무실은 전화로 신청서를 작성했다. 일요일에 섀턱이 직접 서류를 들고 가서 대법원에 제출했다.

워싱턴 DC 시간으로 저녁 6시 25분이자 유타 시간으로 오후 4시 25분에, 미국 대법원 서기 마이클 로댁으로부터 아테이에게 전화 한 통이 걸려왔다. 화이트 대법관이 다음과 같은 인용문을 승인했다는 소식이었다. "집행 정지 신청은 기각되었습니다. 동료 중 과반 이상이 이 조치에 동의했음을 제가 밝혀 드립니다. 대법관 브라이런 R. 화이트."

만장일치의 결정이 아니었기 때문에, 섀턱은 다른 대법관들에게 접근하려고 했다. 소수파 쪽에서 적합한 사람을 찾는 다면 집행 정지를 허가해 줄지도 모른다고 생각했다. 그러면 자신의 주장을 펼 기회가 주어질 것이었다.

블랙먼 대법관이 응답했다. "화이트 대법관이 기각한 후 저에게 제출된 집행 정지 신청은 기각합니다. 대법관 해리 A. 블랙먼, 1977년 1월 16일."

브레넌 대법관에게는 연락이 닿지 않았다. 아테이가 전화를 걸어 상황의 긴급성을 전달하면, 영향을 미칠 수도 있을 거라는 조언이 워싱턴에서 왔다. 브레넌 대법관은 이런 사건에 우호적인 성향을 보였다. 그래서 아테이는 비공개 전화번호를 제공받아 직접 전화를 걸었다.

"브레넌 대법관입니다."라는 음성이 흘러나왔다. 아테이가 자신을 소개하며 "게리 길모어 사건과 관련하여 전화드렸습니다."라고 말하자마자, 반대편에서 "오, 이런."이라는 말소리와 함께 딸깍하는 소리가 들렸다. 그는 다시 전화를 걸었다. 그러자 같은 음성으로 "죄송합니다만, 그는 부재중입니다."라는 소리가 들려왔다. 그는 경악했다. 그는 알았지만, 자신이 정말로 브레넌 대법관과 연락이 닿았는지 아닌지는 확신할 수 없었다.

아테이는 이제 데일 피에르를 위해 동원할 수 있는 모든 수단을 소진해 버렸다.

3

일요일 오전부터 일요일 오후까지 내내 기다리는 것은 정말이지 괴로운 일이었다. 실러는 전화기 옆 벽에 질문 목록을 붙여 놓았다. 게리가 다시 전화를 걸었는데 자신이 거기 없으면 배리가 전화를 받을 것이고, 마침 배리도 외출 중이라면 여자들 중 한 명이 응대할 것이었다. 질문들은 준비되어 있었다. 괜히 어물어물하거나 정체를 숨길 필요가 없었다. 게리는 마지막 순간이 다가오고 있음을 알았다.

여전히 실러는 우울했다. 이 인터뷰에 대한 높은 포부는 이제 완전히 무너졌다. 미칼은 유타를 떠났고, 그와 동시에 마지막으로 그에 관해 통찰할 수 있는 최고의 기회도 사라졌다. 마치 무언가와 단절된 기분이었다. 게리가 모이어스의 문제로 그렇게 화가 났을 거라고 누가 믿을 수 있겠는가? 미칼이 사형 집행을 방해하겠다고 위협하자, 게리는 미칼을 무력화시키기 위한 계획을 세웠을 것이다. 미칼이 한 번도 본 적 없는 큰형이 된 것이다. 그는 그 역할이 너무 마음에 들어 마치 실러가 정말로 자신을 모독한 것처럼 행동했다. 결국 사기를 치려면 스스로가 자신이 맡은 역할을 믿는 것이 매우 중요했다. 하지만 실러는 그 대가가 너무 가혹하다고 느꼈다.

무디가 교도소에서 전화를 걸어왔다. "교도소장이 전화할 겁니다." 그가 실러에게 말했다. "당신은 사형 집행 장면을 보게 될 거예요."

이 소식이 신문에 보도되었지만, 래리는 아직 공식적인 말을 듣지 못한 상태였다. 그래서 걱정이었다. 샘 스미스가 교도소 문 앞에서 그를 거부한다면, 마지막 순간에 법적 조치들이 필요할 것이었다. 법적으로는 그에게 유리해도, 실제로 그런 상황이 오면 긴장감 때문에 끔찍할 터였다.

오 분 후 다시 전화벨이 울렸다. 해치 부소장이 말하고 있었다. "스미스 소장님이 게리 마크 길모어의 사형 집행 장면을 참관하고 싶으면 내일 아침 6시에 카메라나 녹음기 없이 교도소 정문으로 나오라고 하십니다."

실러가 말했다. "고맙습니다. 이 메시지를 소장님께 전달해 주세요. 제가 거스 소렌슨에게 한 발언 그대롭니다. 전 소장님이 설정한 어떠한 규칙이나 규정도 어길 생각이 없습니다. 요구에 맞게 행동할 테니 걱정 말라고 전해 주세요."

무디와의 마지막 통화에서, 실러는 게리가 술을 가지고 들어와 줬으면 한다는 말을 들었고, 그들은 방법을 논의했다.

실러는 데비에게 약국에 가서 곡선형 병 두 개를 사 오라고 말했다. "약국에서 그걸 판매하지 않으면 그냥 기침 시럽을 사서, 내용물을 버려요."

데비가 병이 왜 곡선형이어야 하는지 물었다. 그는 곡선형 병은 휴대용 술병 같아서 코트 밑에서 덜 불룩해 보인다고 설명했다. 그런 다음 양이 충분하지 않다고 판단한 그는 태머라를 웨스턴항공으로 보내 가능하면 기내에서 제공하는 것과 같은 종류의 1.5온스[182] 병을 구입해 오라고 부탁했다. 하지

---

182) 약 44밀리리터.

만 유타주에서 웨스턴항공은 일요일에 술과 관련된 서비스를 제공하지 않았다. 힐튼 호텔에 전화해 봤지만, 그곳에서도 그 날은 술을 늦게까지 판매하거나 제공하지 않는다고 했다. 마침내 그는 솔트레이크의 한 술집에서 개인 음료 용기를 판매한다는 소식을 듣고, 태머라에게 《데저트 뉴스》에 전화해 그 쪽으로 사람을 보내 달라고 요청했다. 실러는 그 문제로 고위급 회의가 소집될 거라고 예상했다.

한편 태머라는 이 술을 게리에게 가져다줄 생각만으로도 애틋했다. 물론, 이때쯤엔 모두가 게리를 좋아하고 있었다. 심지어 그를 좋아하지 않던 사람들까지도 그랬다.

실러는 공기 중에서 그런 냄새를 맡을 수 있었다. 모두가 무엇 때문에 길모어를 죽여야 하지, 라고 생각하기 시작했다. 그 죽음으로 무얼 성취하려는 걸까?

브레슬린이 사무실을 서성이며 연신 욕설을 쏟아 내고 있었다. "어떻게 감히 이 망할 놈들이 그 망할 놈을 쏠 수 있는 거지?" 브레슬린은 죽고 싶어 하는 길모어 본인에게조차 맹렬히 분노했다.

래리는 복사기 앞에서 쉬기로 했다. 기계적인 작업을 하는 것이 마음에 들었다. 그때 태머라가 다가와서 신문사에서는 술을 반입시키는 문제에 찬성하지 않는다고 말했다.

"누가 하든 상관없어요." 실러가 말했다. "아무나 불러와요."

태머라는 솔트레이크에서 가장 적극적인 모르몬교도 중 한 명인 카델에게 전화를 걸었다. 놀랍게도 그는 그것을 기독교적인 행위로 받아들였고, 자기가 가서 가져오겠다고 수락했다.

죽어 가는 사람의 마지막 요청은 들어주어야 한다고 생각한 것이다. 정말 대단한 일이었다. 태머라의 오빠는 믿을 수 없을 정도로 고지식한 사람이었으니까.

실러는 스탠저에게 전화를 걸어 물었다. "교도소장이 사형 집행 전에 내가 게리를 만나도록 허락해 줄까요?" 스탠저가 모르겠다고 하자, 래리는 교도소에 전화했다. 교도소장은 여전히 그와 대화하려 하지 않았다. 실러는 스스로에게 말했다. "만약 교도소 측에서 마음을 바꾼다면, 그 순간에 바로 출입문 앞에 있고 싶군."

이제 그는 교도소의 대(對) 언론 계획을 검토해 보고는 매우 전문적이라고 판단했다. "교도소장이 이걸 작성했다니 믿을 수 없어." 그가 큰 소리로 말했다.

계획은 너무도 합리적이었다. 밤새 삼십 분마다 스피커를 통해 공개 발표가 있을 것이고, 교도소 대변인이 수시로 나와 기자들에게 발언할 예정이었다. 사형 집행 몇 분 후에는, 교도소장이 성명을 발표할 것이다. 그 후 십 분이 지나면 언론의 현장 방문이 허용된다. 이전과 달리 언론을 다루는 방법을 분명히 알고 있었다. 언어의 구성 자체가 실러의 호기심을 자극했다. 그는 속으로 '이제야 나와 지능을 겨룰 자가 나타났군.'이라고 생각하며, 또 하나의 '불가능한 꿈' 같은 발상을 떠올렸다. 어쩌면 오늘 밤 이 계획의 작성자를 만나, 자신에게 게리와 이야기를 나누도록 허용해 주어야 하는 이유를 설명할 수 있을지도 모른다.

"그래." 그가 스스로에게 말했다. "이제 난 취재진의 일원으로 입장해야겠어."

물론, 그는 그런 사태에 대비해 계획을 세워 둔 상태였다. 《타임》의 사진 편집자인 존 더니악이 그에게 원한다면 《타임》 기자증을 사용할 수 있다고 말한 바 있었다. 사형 집행 참관인으로서의 로런스 실러가 오전 6시 30분에야 교도소에 들어갈 수 있다면, 《타임》 소속으로 공인된 새로운 기자증을 가진 로런스 실러는 그보다 열두 시간이나 앞서 오후 6시에 교도소에 입장할 수 있었다.

6시가 되기 적어도 한 시간 전에 더 이상 하는 일 없이 오렘에서 기다리기 싫었던 실러는 태머라에게, 주머니에 술이 담긴 기침약 병을 넣고 교도소 정문에서 만나자고 카넬에게 연락하게 했다. 그런 다음 두 사람은 트래블로지에서 출발했다. 그가 정문에 도착했을 땐 이미 많은 취재진이 들어가고 있었다. 전에는 곡예단 같았다면, 이제는 집시 행렬처럼 보였다. 외부 진입로에는 수많은 중계차들이 늘어서 있었고, 그에 더해 영화 필름 제작 팀과 보조 촬영 팀, 원격 방송 팀의 차량들도 보였다. 온갖 종류의 차량에는 수백 명의 기자들이 빽빽이 들어차 있었다. 이 모든 차량이 한 대씩 정문을 통과해 들어가고 있었다. 놀랍게도 모두가 술을 마시고 있었다.

4

교도소 보도 자료에는 취재진이 증류주나 맥주를 가져올

수 있는지 여부가 명시되어 있지 않았지만, 물론 그건 그 완벽한 계획에 아무런 결함도 되지 않았다. 기자들이 술도 없이 열두 시간 동안 자리를 지켰다는 얘기는 세계의 어느 누구도 들어 본 적 없을 것이다. 게다가 정말 지독히도 추워서 술이 없으면 모두 동태가 될 것 같았다. 실러는 아침 6시에 교도소 경내에서 몸이 뻣뻣이 굳어 있는 300명의 기자들을 떠올렸다. 정말 대단한 장면 아닌가! 바깥으로 소식을 전할 통신원은 한 명도 없었다. 그렇다. 이건 정말로 완벽한 계획이었다. 모든 시위는 교도소 바깥쪽 진입로에서 벌어질 것이기 때문이다. 사형 반대론자들은 450미터 떨어진 곳에서 반대를 외칠 것이다. 이 계획이 아니었다면, 언론계의 뛰어난 인사들은 지금쯤 시위대와 인터뷰를 하려 했을 것이고, 심지어 시위대에게 자극적인 발언을 하도록 부추겼을 수도 있다. 아침이 되면 사형 집행에 적대적인 대변인들이 쏟아 낸 발언들이 실린 수많은 기사가 쏟아졌을 것이다. 그러니 이것은 아주 훌륭한 계획이었다. 기자들은 분통을 터뜨릴 수도 있겠지만, 이 계획에는 기가 막힌 의도가 깔려 있었다. 바로 언론을 가둬 버리자는 것이었다.

물론 다음 날이면 보복성 기사가 쏟아지겠지만, 유타주에 대한 언론의 논조는 지금껏 늘 거칠었다. 적어도 사형 집행은 새벽에 군중이 교도소 경내로 한꺼번에 몰려드는 소동 없이 이루어질 것이었다. 이제 군중의 소동은 전날 저녁 6시에 일어날 것이고, 언론의 적대감조차도 아침이 되면 닳아 없어질지 모른다. 밤새 술을 마신 탓에, 새벽쯤엔 그냥 무감해질 것이다. 길모어가 최고 보안 교도소에서 통조림 공장으로 이송될 때쯤이면, 취재 기자들은 추위를 피해 실내로 들어온 게 너무 반가워서 어느 방에 갇혀 있든 불평 없이 기다릴 것이다. 실러는 이 계획이 워싱턴에서 나온 게 분명하다고 믿었다. FBI, 아니면 적어도 법무부 소속의 누군가로부터.

실러가 외부 출입문을 통과할 때, 그들은 그저 "누구십니까?"라고만 물었다.

"로런스 실러입니다."

"소속은요?"

"《타임》요."

그러고는 무사통과였다. 언덕을 내려가 주차장으로 향하는데, 그곳에 서 있던 교도관이 대략 두 달 전에 실러가 자산 관리 자문이라고 신분을 속였을 때 그를 처음 들여보내 주었던 베른하르트 교위였다. 실러는 정면을 주시하며 차를 몰고 지나갔지만, 백미러를 통해 베른하르트가 차량에 올라타 추격하는 모습이 보였다. 그래서 실러는 차를 멈추고 차에서 내렸다. 베른하르트가 다가와 말했다. "여기서 당장 나가. 당신은 오전 6시 30분 전까진 들어오면 안 돼."

베른하르트가 심지어 소리까지 지르자, 실러에게 이목이 집중되었다. 그가 가장 원치 않은 상황이었다.

베른하르트가 무전기를 들고 누군가에게 전화를 걸었다. 그러고는 말했다. "좋아. 여기 있어요. 하지만 당신은 아침 6시까지 여기 머물러야 해. 그 점만 기억해요. 당신은 길모어를 볼 수 없을 거야."

그는 수많은 취재진 앞에서 내내 소리를 질렀다. 실러가 간신히 유지하던 작은 위장(僞裝)이 모두 들통나 버렸다. 그는 앞으로 몇 시간 동안 자기 앞에 들이밀어지는 마이크에 시달려야 할 터였다.

나중에 태머라가 정문에서 카델로부터 받은 작은 병들을 그에게 건넸다. 기자들이 이리저리 돌아다녔고, 이야기를 나누면서 발을 구르기도 했다. 곧 모두가 각자의 밴으로 돌아갔다. 6시가 되었고, 그걸로 끝이었다. 그들은 갇혔다. 긴 겨울밤이 포인트 오브 더 마운틴에서 내려와 주차장과 교도소를 지나, 사막을 가로질러 창백히 스러져 가는 저녁의 마지막 자취를 뒤쫓았다.

6부

빛 속으로

31장

춤과 가벼운 다과가 있는 저녁

1

줄리 제이코비는 일찌감치 철야 농성 장소로 나갔고, 첫 번째 차에 존 애덤스 목사와 함께 타고 있었다. 그는 시위에 노련한 사람이었고, 솔트레이크 카운티 보안관에게 시위대 보호와 관련하여 할 말이 있었다.

유일한 문제는 그들이 경내로 들어가지 못한다는 것이었다. 주 경찰이 그들을 진입로 쪽으로 안내했다. 잠시 후, 그들은 자신들을 취재할 기자가 거의 남아 있지 않다는 사실을 알게 되었다.

날이 어둡고 추웠지만, 그들은 예배 의식을 진행했다. 40~50명의 사람들이 나왔고, 텔레비전 제작진이 제공한 조명 아래서 교독문을 읽었다. 그들은 친절하게도 응창하는 사람들이 글씨를 볼 수 있을 때까지 조명을 기울여 주었다.

존 애덤스의 제안에 따라, 줄리는 집 안을 샅샅이 뒤져 두꺼운 옷들을 찾아냈고, 충분한 보호 장비 없이 참석할지도 모르는 사람들을 위해 그것들을 가져왔다. 그런 다음 목사는 그녀의 차 스바루를 빌려 집결지인 솔트레이크의 하워드 존슨 모텔에서 새로운 철야 농성자들을 계속 태워 왔다. 밤새도록 그는 사람들을 데려가고 데려왔다.

2

토니가 게리를 만나러 간 오후 5시에는 이미 주차장에 모인 취재진들이 최고 보안 교도소 입구에서 그녀를 둘러싸고 북새통을 이뤘다. 그녀가 나올 때는 더 많은 취재진이 몰려들 테니 상황이 훨씬 더 나빠질 것이었다. 산에서 불어오는 바람을 맞으며 철조망 사이 통로를 따라 눈 위를 걸으면서, 토니는 게리의 생일을 이틀 앞두고 처음으로 교도소에 있는 게리를 면회하러 갔던 때를 생각했다. 그때만 해도 그녀는 자신이 게리를 용서할 준비가 되었는지 아닌지 알지 못했다. 하지만 자신의 방문에 그가 무척 기뻐하는 것을 보고는, 무엇을 보내주면 좋겠느냐고 물었다. 그는 소매가 잘린 어두운 색의 스웨트셔츠 두 벌을 원했는데, 특대 사이즈로 어깨 부분을 강화하여 소매 없이도 어깨가 도드라지도록 해 달라고 했다. 그 후 그녀는 그를 다시 찾아갔다. 그는 항상 그녀에게 "세상에, 너정말 아름답다."라는 말로 인사했고, 그 말에 그녀는 얼굴을 붉히곤 했다.

하지만 이번 일요일은 달랐다. 공교롭게도 이날은 그녀의 생일이었고, 하워드의 부모님이 저녁 식사를 하러 올 예정이었다. 그래서 마지막 저녁에 교도소를 방문할 계획을 세우는 내내, 그녀는 또한 저녁 파티 음식을 준비했고, 어떻게 하면 일찌감치 게리를 방문한 뒤 저녁 7시까지 돌아와 시부모님을 맞을 수 있을지를 고민했다.

면회실에 들어가기도 전에 6시 10분이 되었고, 들어가서는 다른 손님들과 함께 이십 분 동안 기다려야 했다. 문이 열리고 게리가 들어왔다. 그는 먼저 보고 다가와 그녀를 얼싸안았는데, 마치 한 번의 포옹으로 겨울의 모든 얼음을 깨부수려는 듯 꽉 안았다. 너무 강하게, 그리고 오랫동안 안아서, 그가 절대로 놓아주지 않을 것 같은 느낌이 들 정도였다. 그녀의 어머니가 바로 옆에서 "이제 내 차례."라고 말했다. 게리는 한 팔은 토니를 놓고 아이다를 안았지만, 완전히 놓아주지는 않았다. 사실 게리는 아이다가 뒤로 물러나자마자, 토니의 발이 바닥에서 떨어질 정도로 들어 올려 입술에 진하게 입맞춤했다. 십오 분 후 그녀가 정말 가야 할 때가 되었을 때도 그는 여전히 그녀를 안고 있었다.

그때 게리가 "다시 돌아올 거지?"라고 물었다. 토니는 그제야 처음으로 그것을 진지하게 생각했다. 그의 눈빛이 그렇게 만들었다. 그가 말했다. "집에 가서 가족을 돌보고 다시 돌아와."

하지만 그랬다간 일이 복잡해질 터였다. 시댁 식구들은 말할 것도 없고, 이날은 토니가 일주일 중에서 유일하게 하워드와 단둘이 보내는 날이기도 했다. 하워드는 유타주 남부에서 건설 일을 하고 있었고, 일요일에만 집에 돌아왔기 때문이다.

그녀가 가부간 대답하기도 전에, 게리가 그녀에게 또 한 번의 생일 키스를 했다. 그런 다음 무디와 스탠저가 그녀의 어머니와 그녀를 데리고 나와 철조망 사이의 통로를 따라 이제 엄청나게 몸집을 불린 인파를 뚫고 나갔다. 토니는 그들이 왜 '프레스(Press)'183)라고 불리는지 이해할 수 있었다. 그들은 그녀를 거의 눌러 죽일 기세로 몰려들었다. 하지만 그보다 더 기묘한 것은 자신이 이 교도소를 떠나 생일 파티를 하러 돌아간다는 사실이었다.

3

밥 무디의 일요일은 오전 6시에 고위 장로 회의에 참석하는 것으로 시작되었다. 회의는 8시까지 계속되었다. 9시 30분에는 사제 모임에 참석한 뒤 가족을 교회에 데려다주었고, 교도소로 갔다가 주일 학교가 끝나는 1시에 가족을 데리러 돌아갔다. 그런 다음 무디 가족은 모두 집으로 돌아가 저녁을 먹었다. 오후 4시경, 론 스탠저와 그는 교도소로 운전해 갈 준비를 마쳤다.

주차장에는 번과 아이다, 토니, 중년의 사촌들인 이블린 그

---

183) '압박하다', '밀치다'라는 뜻도 가지고 있다.

레이와 딕 그레이가 있었다. 그들 모두는 미어스만 신부와 함께 최고 보안 교도소로 인도되었고, 페이건 교위는 이날 밤 친절하게 시설을 안내해 주었다. 수감자들에게는 일찌감치 식사가 제공되었고, 저녁 시간 동안 두 방을 오갈 수 있도록 최고 보안 교도소의 면회실과 주 식당 사이의 문이 열려 있었다. 전체적으로 꽤 너른 공간이었다. 가장 긴 방향으로 30미터, 다른 방향으로는 그 절반 정도였고, 좀 더 사적인 대화를 나눌 수 있는 인접한 작은 방 두어 개가 있었다. 페이건 교위의 사무실이 열려 있었고, 주방이 있었고, 이전에 그들이 게리와 대화를 나눴던 유리창이 있는 부스가 있었다.

이 모든 것은 두 개의 미닫이 출입문에 의해 외부로부터 분리된 최고 보안 교도소의 앞쪽에 위치해 있었다. 역시 문으로 막힌 면회실 뒤쪽에는 최고 보안 교도소를 가로지르는 긴 복도가 있고, 조금 떨어진 곳에 여러 개의 감방이 열 지어 있었다. 무디는 그 뒤쪽으로는 가 본 적이 없고, 그 구역에 대해 잘 알지 못했지만 존중심은 갖고 있었다. 마치 위압적인 느낌을 주는 오래된 대저택의 지하 계단으로 이어지는 복도 같았다. 그런 오래된 지하실에서 신음 소리가 들리는 것 같다고 상상하듯, 감방 구역 쪽에서 비명과 외침, 신음 소리, 문이 쾅 닫히는 소리가 면회실까지 들려왔지만, 소리는 바위 아래에서 나는 것처럼 희미했다.

밤새 그곳에 머물 계획이라 아침을 위해 좋은 옷을 남겨 두고 싶었던 무디와 스탠저는 갈아입을 옷을 가지고 왔다. 크래커와 청량음료도 가져왔지만 그럴 필요가 없었다는 걸 알게 되었다. 교도소에서 저녁 내내 탕과 쿨에이드, 쿠키와 커피 등 간단한 다과를 제공했기 때문이다. 미어스만 신부는 티브이를 얻어 와서 플러그를 꽂았다. 휴대용 스테레오와 음반 몇 장을 가져온 사람도 있었다. 서너 명의 교도관들이 주방과 식당, 면회실을 돌고, 미어스만 신부와 클라인 캠벨, 그리고 두 변호사와 사촌들, 번과 토니, 아이다까지 합치면 충분히 파티도 열 수 있는 인원이었다. 방탄유리로 둘러싸인 부스에서 밤새도록 면회실을 바라보며 근무하는 교도관은 말할 것도 없었다.

두어 시간마다 누군가가 약국에서 약을 들여왔다. 시간이 흐르면서, 밥은 그들이 게리에게 모종의 각성제를 주고 있다는 것을 알아차렸다. 약사들은 그걸 축복으로 여기고 계속 약을 가져다주었고, 초저녁쯤 게리는 점점 행복해졌다. 처음에는 게리가 토니를 보고 너무 기뻐하며 오래도록 그녀를 안고 사촌처럼 다정하게 키스하는 터라, 밥과 론, 번과 다른 사람들은 게리가 그녀의 방문에 그토록 눈에 띄게 기뻐하는 것을 방해하고 싶지 않아 가만히 앉아서 기다렸다. 게다가 자잘하게 해야 할 일들이 있었다. 교도관들이 매트리스가 있는 간이 침대 두 개를 가져왔고, 밤을 위한 먹거리가 준비되고 있었다. 토니가 그곳에 있은 지 얼마 지나지 않아, 론과 밥은 그녀를 철조망 사이로 데리고 나가 떼로 몰려드는 기자들 속을 뚫고 지나가야 했다. 사실상 작전이나 다를 바 없었다. 그녀를 트럭에 태우기까지 그들은 스트로브 조명에 눈이 지져지고 광기 어린 분위기에 영혼이 그슬리는 느낌이었다. 오늘 밤 그들은 언론에 마법 같은 존재였다. 그들은 그 남자를 보았고 그에 대해 알릴 수 있었으니까.

두 사람은 계속 "노코멘트."라고 말하며 실러를 찾았고, 마이크와 녹음기를 든 취재진이 바짝 붙어 있도록 적당히 계속 말을 이어 갔다. 덕분에 번은 슬그머니 래리와 대화를 나눌 시간을 벌 수 있었다.

무디와 스탠저가 일시적으로는 대부분의 기자들을 만족시켰을지 모르지만, 거기엔 엄청나게 많은 수의 취재진들이 있었기에 어느새 래리와 번도 수많은 기자들에게 둘러싸였다. 사방에서 기자들의 압박을 받는 상황인지라, 번은 "술 가져왔소?"라고 속삭일 수밖에 없었고, 실러는 "네."라고 대답했다.

"어떻게 가지고 들어가죠?" 번이 소곤거렸다.

"병을 겨드랑이에 끼워요." 래리가 말했다. "그리고 팔을 몸에 계속 붙이고 계세요."

"좋아요. 하지만 코트 안에 어떻게 숨기죠?"

경기 후 경기장에서 붙들린 우승 팀 선수 두 명을 둘러싼 관중들만큼이나 취재진이 그들을 빽빽하게 둘러싸고 있었다.

실러가 돌아서서 외쳤다. "이 사람한테 개인 공간 좀 보장해 줄 수 없습니까? 그를 몰아붙이고 있잖아요. 좀 물러나요."

그는 기자들을 거칠게 밀치기보다는, 약간의 신경질을 섞어 살짝 압박을 가했다. 기자들에게 가장 잘 통하는 방법이었다. "그에게 공간을 좀 줘요." 그가 반복해서 말했다.

기자들이 두 걸음, 어쩌면 세 걸음 정도 뒤로 물러나자, 번이 술을 어찌할 수 있는 공간이 확보되었다. 래리가 돌아섰을 즈음, 번은 불빛이 환하게 켜진 면회실로 돌아갈 준비가 되어 있었다. 면회실에서는 전축이 돌아가고 티브이가 재생되는 가운데, 길모어가 지상에서의 마지막 밤을 보내기 시작했다.

4

작은 병들은 금세 비워졌다. 게리는 안쪽 방에 잠깐 들어가 한 모금 마신 뒤 윙크하며 나오곤 했다. 무디는 괜찮다고 생각했다. 이 남자가 원하는 게 술이라면, 술 한잔은 즐길 수 있어야 한다고 생각했다. 무디는 수년간 술을 입에 댄 적이 없지만, 이것은 사교 행사였다. 무디의 마음 한구석에서는 게리가 아침에 생을 마감할 것이며, 따라서 맑은 정신으로 그 상황을 맞는 게 더 현명하지 않겠는가 하는 비판의 소리도 들렸지만, 무디는 여전히 이것이 마지막 식사에 더 가깝다고 생각했다. 게리가 술에 취한 채로 사형장에 나가고 싶다면, 그에겐 그럴 권리가 있었다. 무디는 게리가 마지막에 일부러 쿠어스 맥주 여섯 캔을 요청하지 않은 것은 세상 사람들이 그가 무언가의 도움 없이는 죽음을 대면하지 못할 거라고 생각하는 게 싫어서라고 생각했다. 하지만 이제 각성제가 들어오고 있었고, 술도 있었다.

하지만 게리가 기뻐하는 모습, 또 크게 취하지는 않았지만 약간의 취기를 즐기는 모습을 보자, 저녁은 기분 좋게 시작되었다. 게리는 심지어 교도관 중 한 명을 안쪽 사무실로 데려가, 실러가 들여보내 준 곡선형 약병에 담긴 술을 권하기도 했다.

밥 자신도 게리에게 다가가 악수하고, 안아 주고, 잠시 얼굴을 마주하고 바라볼 수 있을 거라 생각하니 좋았다. 몇 주 만에 이런 간단한 일을 하고자 하는 욕구가 이토록 커질 거라고는 예상치 못했다. 사실 이번 만남은 긴급히 논의할 용무가 없는 상황에서 처음으로 직접 대면한 자리였다. 그래서 게리가 긴장을 풀고 밤을 즐기는 모습을 보는 것이 즐거웠다.

편안하고 여유가 있었다. 몇 시간 동안 론이나 그가 일어나 주방으로 가서 음료수를 가져왔고, 이블린이나 딕 그레이, 그리고 번이 왔다 갔다 했다. 시간의 흐름에 대한 끔찍한 느낌도, 교도소 밖에서는 변호사들이 형 집행 정지를 요청하기 위해 준비하고 있을 것이라는 인식도 없었다.

5

그날 저녁 일찍 처음 방에 들어갔을 때, 스탠저는 게리와 자기들을 갈라놓던 유리가 없어 그에게 다가가 만질 수도 있다는 걸 깨닫고는 따뜻하게 인사하며 그와 악수했고, 그의 어깨에 팔을 둘러 반쯤 포옹하면서 남자들이 인사할 때 하는 식으로 어깨를 툭 쳤다. 스탠저는 그들이 함께 있다는 것이 말하자면 일종의 승리라고 생각했다. 그는 그 기분 좋은 행복감에 젖어 들었다.

잠시 후, 계속해서 즐거운 저녁 시간을 보내는 중에 론이 BYU의 권투 팀에서 권투를 했던 경험을 이야기하기 시작했다. 게리가 자기도 권투를 조금은 안다고 말했다. 두 사람이 자리에서 일어나 스파링을 시작했다. 론은 주먹을 한두 번 날리는 시늉을 하는 정도일 거라고 생각했지만, 게리는 좀 더 시합에 가깝게 하고 싶어 했다. 그는 실제로 권투를 하지는 않았으나 길거리 싸움꾼이었고, 실전에서 주먹을 많이 날려 본 사람이었다. 론은 맞지 않으려고 계속 옆으로 피했지만, 물론 그게 이 모든 일의 목적은 아니었다. 오직 길모어만이 강렬한 투지를 보였다. 세게 칠수록 즐길 것이 많았다. 게리에겐 확실히 치사한 구석이 있었다. 그가 주먹을 꽉 쥐고 때리면 론은 어깨와 손으로 그것을 막아야 했다. 어느 시점에는, 마치 아직도 장난인 것처럼 게리가 자신의 스타일을 분석하며, "나는 선공을 날리지 않아. 받아치는 편이지."라고 말하고는 바로 선공을 날렸다. 론은 그 공격을 살짝 피하고, 게리에게 몸을 밀착시켜 그를 묶어 놓은 다음 다시 빠져나와 거리를 벌렸다. 게리는 계속 추격했다. 그건 보통의 스파링처럼, 들어가서 상대를 살짝 치고는 자기가 정말 세게 칠 수도 있었다는 걸 보여주기 위해 물러나는 방식이 아니었다. 게리는 진짜로 주먹을 연달아 강하게 날려 론을 거의 쓰러뜨릴 뻔했다. 물론 처음 이삼십 초 동안은 론도 기분이 좋았다. 게리보다 빨랐으니까. 하지만 일 분이 지나자 숨을 쉴 때마다 자기 나이를 세기 시작했다. 게다가 게리는 자기보다 키가 몇 인치 더 크고 팔도 더 길었다. 곧 스탠저가 최고 보안 교도소에 들어설 때마다 느꼈던 그 분위기를 그대로 느낄 수 있었다. 이 모든 죄수들은 자기들에게 몸이 있다는 것을 알았고 웨이트 트레이닝을 했다.

그들의 존재는 심리적으로 압박을 주었다. 마치 그들의 몸이 이렇게 말하는 것 같았다. "이봐, 난 너보다 더 자유로울 권리가 있어." 그래서 론은 게리에게 몸을 가까이 붙여 그를 껴안고 웃으면서, 스파링이 끝났다는 신호를 줄 기회를 찾았을 때 다행이라고 생각했다.

권투를 한 후 게리는 전화를 걸기 시작했다. 론은 그가 컨트리 뮤직을 틀어 주는 방송국과의 통화에서 그들이 얼마나 별로인지 농담을 건네며 「당신 마음의 발자취를 따라 걸으며」를 틀어 줘서 고맙다고 말하는 소리를 들었다. 다음으로 그는 페이건의 사무실로 들어가 어머니에게 전화를 걸었다. 물론, 론은 굳이 그 통화 내용을 들으려 애쓰지는 않았다. 게리는 조니 캐시와도 전화 연결이 되었다며 신이 나서 나왔다. 그러고는 마치 전축이 돌아가는데 함께 춤출 사람이 없는 사람처럼 안절부절못하며 이리저리 움직이기 시작했다. 그래도 분위기는 여전히 좋았다. 함께 권투를 해서 그런지, 게리와 론 사이에는 일종의 친밀감이 형성되어 있었다. 저녁에는 기복이 나타나기 시작했지만, 그런대로 괜찮았고 분위기도 좋았다. 여느 긴 밤이 그러하듯, 왁자하게 흥이 났다가 푹 가라앉기도 했다. 분위기가 잠잠해졌을 때, 게리가 론에게 다가와 단둘이 할 말이 있다고 말했다. 두 사람은 다른 사람들로부터 떨어진 면회실 구석의 장의자에 앉았다.

게리가 자기에게 5만 달러가 있다고 말하며 론의 눈을 똑바로 쳐다보았다. 그의 옅은 회청색 눈동자가 새벽빛만으로는 좋은 날씨가 될지 험악한 날씨가 될지 판단이 안 되는 이상야

릇한 아침 하늘처럼 깊어 보였다.

"그래요, 론." 그가 말했다. "나는 5만 달러, 정확히 말하면 5만 달러에 접근할 수 있는 권한을 가지고 있는데, 그걸 당신에게 줄게요. 당신은 다음에 밖으로 나갈 때, 당신의 여벌 옷 열쇠를 나한테 맡기기만 하면 돼요." 여벌로 가져온 다른 옷들은 뒤쪽 작은 방에 있는 사물함 안에 있었다. "여긴 너무 소란스러워서 교도관들이 모를 거예요. 그냥 열쇠를 두고 가면 돼요."

"무슨 생각 하는 거예요?" 론이 물었다. 론은 자신이 얼마나 어리석게 행동하고 있는지 믿을 수가 없었다. "그러니까, 정말로, 게리, 무슨 생각을 하고 있는 거죠?" 그가 재차 물었고, 그 순간 문득 깨달았다. 그는 두 배로 바보가 된 기분이었다.

"론." 게리가 말했다. "내가 당신 옷을 입고 이중문을 통과할 수 있다면 나는 나가는 거예요. 거기엔 바깥문만 있고, 그건 항상 열려 있죠. 난 그냥 여기저기 찢기며 철조망을 타고 올라 맨 위의 말린 철사 위로 넘어갈 거예요. 철사에 몇 군데 찔리겠지만, 그 정도야 뭐 대수겠어요?"

"그런 다음 뛰어내린다고요?" 론이 물었다.

"그렇지." 게리가 말했다. "뛰어내린 다음 뛰기 시작하는 거죠. 저기를 나가면 난 그냥 사라지는 거예요. 여벌 옷은 놔둬요, 알았죠?"

이제 론은 게리가 매일 해 온 고된 맨몸 운동이 무엇을 위한 것이었는지 깨달았다. 그는 억지로 게리의 시선을 맞받아 쳐다보았다. 론은 자신이 그 정도는 해냈다고 생각했다. 그리고 대답했다. "게리, 처음 시작할 때, 부정은 저지르지 않기로 합의했잖아요." 그런 다음 마음먹고 말했다. "난 당신에게 정말 정이 들었어요. 당신을 위해 할 수 있는 건 뭐든 할 겁니다. 하지만 내 아이들과 가족을 위험에 빠뜨릴 순 없어요."

게리는 고개를 끄덕였다. 그렇게 고개를 끄덕이는 것으로 모든 것을 인정했다. 낙담했다기보다 오히려 확신을 얻은 것 같은 표정이었다.

론은 토니와 아이다가 떠날 때 게리가 토니의 모자와 아이다의 코트를 입고 그들과 함께 이중문으로 들어가는 시늉을 하던 장난스러운 장면을 기억했다. 당시에는 정말 웃겼다. 모두가 웃고 있었다. 출입문에서 경비를 서던 신입 교도관도 웃었다. 론이 이전에는 한 번도 본 적 없는 어린 친구였다. 하지만 그 교도관이 실수로 두 개의 문을 한 번에 다 열었다면, 게리는 사라졌을 것이다. 와! 문득 이런 생각이 들었다. 이 남자가 한 말은 진심이었구나. 그는 자기가 교도소에 계속 있어야 한다면 죽고 싶다고 했다. 하지만 만약 밖으로 나갈 수 있다면, 그렇다면 또 이야기가 달라지는 것이다.

6

장의자에 앉아, 무릎의 통증보다 하던 생각을 계속하려고 애쓰며, 슬픔과 피로, 그리고 마음 깊은 곳의 번뇌를 모두 감내하고 있던 번은 꽤나 감정이 격해져 있었다. 자신의 얼굴이 돌처럼 굳어 있는 것을 알았지만, 그대로 유지하는 것이 점점 힘들었다. 게리가 전화에 대고 "정말 조니 캐시예요?"라고 말했을 때는, 감정이 거의 터져 나올 뻔했다. 그것이 울음이었는지 웃음이었는지는 자신도 알 수 없었다. 조니 캐시라니, 세상에.

이제 게리는 번이 앨버트슨 식품점에서 사다 준 모자를 쓰고 돌아다니고 있었다. 지나치게 큰 로빈 후드 스타일의 궁수 모자였다. 마지막으로 하나 남아 있던 것이었다. 번이 아이다를 보며 말했다. "그 녀석은 어차피 괴상한 것들을 걸치니까, 저걸 사야겠어."

어떻게 이상한 모자를 쓰고 싶어 한다는 이유로 그를 사랑할 수 있을까? 아, 게리는 이날 밤 정말 사랑으로 가득 차 있었다. 게리가 이토록 풍요로워 보인 건 처음이었다. 이제 그를 화나게 하는 건 교도소뿐이었지만, 그럴 때에도 그는 엉뚱한 태도를 보였다. "나의 마지막 밤이잖아요." 그는 활짝 웃으며 줄곧 이렇게 말했다. "그러니 더 이상은 처벌할 수 없지."

그러자 번은 다시 울음이 터질 것 같았다. 그는 게리가 이런 말을 했던 오래전 그날을 떠올렸다. "번, 이 상황에 대해 이야기해 봐야 소용없어요. 전 그 남자들을 죽였고, 그들은 죽었어요. 그들을 되살릴 수도 없어요. 그럴 수 있다면 되살렸겠죠."

7

얼마 후, 스탠저는 불안함을 느꼈다. 게리와 탈출에 대해 이야기한 건 마음을 진정시키는 데 별로 도움이 되지 않았던 까닭에, 그가 제안했다. "저기, 피자나 먹죠." 그리고 페이건 교위에게 물었다. "허가 좀 받을 수 있을까요?"

모두가 좋아했다. 스탠저가 가진 돈이 6달러뿐이어서, 미어스만 신부가 조금 보태 주었고, 페이건 교위가 2달러를 내놓았고, 몇몇 교도관들도 얼마간 돈을 보탰다. 그러자 번이 몽상에서 깨어나 말했다. "아무도 낼 필요 없어요. 피자는 내가 삽니다. 당신들은 피자를 가져다주기만 하면 돼요."

페이건이 그들을 데려다줄 운전자와 함께 차 한 대를 자진해서 내주었다. 그런 다음 론과 밥, 그리고 그 교도관이 밖으로 나가 주차장에서 잠시 멈춰 섰고, 그사이 스탠저는 차에서 슬쩍 내려 래리를 찾은 다음 이렇게 말했다. "게리가 새벽 1시 30분쯤 당신에게 전화하고 싶대요."

실러가 말했다. "좋아요, 나도 당신들과 함께 가겠소."

이제 언론은 더 이상 실러를 따라다니지 않았다. 추위는 모두에게 영향을 미쳤다. 사람들은 각자 자기들 밴 안에서 술을 마시고 있었기 때문에, 실러는 주변을 돌아다니다 아무도 모르게 경찰차에 도착할 수 있었다. 앞좌석에 앉은 교도관이 "누구요?"라고 물었지만, 실러는 그저 "당신들과 같이 나가기로 한 사람이오."라고만 대답한 뒤, 차에 올라타 뒤에 드러누웠다. 그러는 동안 스탠저는 어느 기자에게 붙잡혔다. 그와 무디는 오 분 후에야 돌아올 수 있었다. 그들은 출발했고 바깥 출입문이 열리면서 교도소를 빠져나왔다. 실러가 바닥에서 일어났고 모두가 웃었다.

래리를 오렘까지 데려다준다면, 교도소 측에서는 차가 왜 그렇게 오래 자리를 비웠는지 의아해할 터였다. 차라리 북쪽 솔트레이크 근처 외곽으로 향하는 게 낫겠다는 생각이 들었다. 거기서 실러는 운전기사에게 전화했다. 그 모든 상황에도 불구하고, 그는 여전히 자정 전에 모텔로 돌아와 게리의 전화를 기다릴 수 있었다.

'피자헛'이 유일하게 문을 연 곳이었고, 그들은 마지막 손님이 되어 햄, 살라미, 페퍼로니가 올라간 피자를 주문했다. 밥 무디는 그 조합이면 모든 사람을 만족시킬 수 있을 거라고 생각했다. 그들은 마트에서 맥주도 샀다. 교도소로 돌아온 그들의 차는 수색을 당했고, 맥주는 압수당했다. 화가 났지만, 그들을 조사한 교도관은 융통성이 없는 사람이었고, 교도소 경내에서 술은 용납되지 않는다고 말했다. 아이러니하게도, 그는 피자 상자는 쳐다보지도 않았다. 그들이 그 안에 권총 다섯 자루를 숨겨 두었을지도 모르는데. 그들이 바깥 출입문에서 입구 도로를 따라 행정 건물 앞까지 가자, 탑 꼭대기에 있던 교도관이 어두운 구름 속에서 들려오는 신의 목소리처럼 그들에게 피자에 대한 결정이 내려졌다고 말했다. 반입할 수 없다는 것이었다.

그들이 여전히 이의를 제기하는 동안 새로운 소식이 들려왔다. 결국 그들은 피자를 들고 들어갈 수 있었다. 다만 게리는 피자를 먹을 수 없었다. 그가 최후의 만찬 목록에 피자를 넣지 않았다는 이유였다.

무디는 교도소장실의 장면을 떠올릴 수 있었다. 큰 회의가 한 번 열렸을 것이다. 뭐라고? 외부에서 음식을 들여온다고? 막아! 그들이 최고 보안 교도소 문 앞에 도착했을 즈음, 밥과 론은 너무 화가 나서, 그 자리에 선 채 추위에 떨며 피자를 먹었다. 그들이 들어갔을 때, 페이건 교위는 그 상황에 몹시, 아주 몹시 당황해하고 있었다. 그는 흰머리에 콧수염을 기른 마른 체격의 작은 사내로, 평소에는 활발하고 유쾌한 사람이었지만, 지금은 상사들의 반응 때문에 풀이 죽어 있었다. 잠시후 교도관 한 사람이 다가와 게리도 한 조각 먹어도 된다고 말했다. 물론 게리는 그때까진 피자 근처에도 가지 않으려 했다. 페인트 기포가 생긴 벽을 한 번 쳐다보고 말했다. "모두들 나의 마지막 식사를 즐기길 바랍니다."

그사이 미어스만 신부가 계속 들락거렸다. 그는 행정 건물에서 무슨 일이 벌어지고 있는지를 그들에게 계속 알려 주었고, 밥이 생각하기엔 아마 그쪽에도 이쪽 소식을 계속 전했을 것이다.

이 소동이 끝난 후, 도처에 굴욕감이 감돌았다. 어젯밤 게리는 수많은 요리 중 무엇이든 요청할 수 있었다. 교도소장이 신청서에 서명했을 것이고, 그는 그 요리를 오늘 밤에 먹을 수 있었을 것이다. 이젠, 너무 늦었다. 하지만 두어 명의 약사들이 그에게 약을 더 주러 왔다. 피자는 못 먹게 하면서 각성제는 먹이고 있었다. 스탠저는 "참 잘들 한다."라는 게 교도소 행정에 가장 적합한 말이라고 생각했다.

그들은 또한 스털링 베이커와 루스 앤 베이커의 면회가 허용되지 않고 있다는 소식도 들었다. 교도소 측에서 스털링에 대한 신원 조회를 한 결과, 전과 기록이 있었기 때문이다. 교통 위반 딱지 두 장. 정말이지 대단한 전과 기록이었다. 무디는 혼잣말로 중얼거렸다. 멍청하고, 어리석고, 황당하군.

8

생일 파티 때 친구들로부터 수십 통의 전화가 걸려 와서, 토니는 게리를 생각할 필요가 없었다. 그럼에도 토니는 엄마에게 계속해서 다시 돌아가고 싶다고 말했고, 아이다는 "오, 얘야, 거기 있는 기자들이 이제는 네가 누군지 다 알아."라고 대답했다. 토니는 생각했다. '좋아, 5시에 일어나야겠어.'

그녀의 시댁 식구들은 일찌감치 떠났다. 그리고 그녀와 하워드는 잠시 그곳에 앉아 이야기를 나눴다. 다시 게리와 함께 있고 싶어 하는 그녀의 마음을 그도 느꼈을 것이다. 물론 그녀는 하워드를 떠나고 싶지 않았다. 게다가 그 기자들! 눈앞에 들이닥치는 불빛들은 무서웠다. 또한 질문 하나하나에 기자들의 신경이 짤깍거리는 소리가 들릴 정도였다. 다른 짐승들과 함께 우리에 갇힌 짐승이 된 기분이 든 것은 그때가 처음이었다.

하워드가 그녀의 생각을 읽었는지 "가자, 여보, 내가 기자들을 뚫어 줄게."라고 말했다. 그래서 두 사람은 아이다에게 쪽지를 남기고 떠났다. 교도소에 도착한 건 10시가 가까운 시간이었고, 교도소 정문을 통과하는 데만 사십오 분이 걸렸다. 그때쯤엔 경비가 삼엄했다. 토니의 얼굴은 알았지만, 하워드는 처음 보는 얼굴이었기 때문에 그들은 그를 통과시키지 않으려 했다. 그녀가 소장에게 가서 이야기해야 했고, 그러기 위해 혼자서 행정 건물 밖의 기자들을 뚫고 나가야 했다.

샘 스미스는 하워드를 들여보내려 하지 않았다. 토니는 계속 밀어붙이면 소장도 누그러질 거라고 생각했지만, 하워드는 그렇게까지 하고 싶어 하지 않았다. 그는 계속 이렇게만 말했다. "몇 시간 후면 죽을 사람과 어떻게 앉아서 대화를 나누겠어?"

그들이 이중문을 열었을 때, 토니의 아빠와 게리가 간이침대에 함께 앉아 있었다. 번은 졸리고 게리는 긴장한 상태였지만, 사람들이 드나드는 것에 익숙해졌는지, 첫 번째 문이 쾅 닫히고 두 번째 문이 열리는데도 고개조차 들지 않았다. 그녀가 실제로 방 안에 들어오고 나서야 게리가 그녀를 보고 벌떡 일어났고, 그녀를 안아 번쩍 들어 올렸다. 그가 말했다. "돌아올 줄 알았어. 네가 돌아와서 정말 다행이야."

그는 그녀를 공중에서 빙글 돌리고는 껴안고 다시 한번 그녀에게 키스했다. 번은 "뭐 하러 다시 와? 아침 되려면 아직 멀었는데."라고 말하면서도 그들을 내버려두었다.

두 사람은 자리에 앉아 대화를 시작했다. 게리가 그녀의 손을 꼭 잡고 말했다. "더 오래 함께 있을 수 있으면 좋을 텐데."

"나도 아쉬워." 토니가 말했다.

"뭐." 그가 말했다. "어쩌면 다 이유가 있는 걸지도 몰라. 우리가 진즉 관계를 발전시켰다면, 오늘 밤이 그렇게 큰 의미가 없었을지도 모르지."

그리고 니콜의 사진을 좀 보겠느냐고 물으며, 테이프로 붙인 상자를 꺼내 조심스럽게 포장을 풀고는 니콜의 어린 시절 사진을 보여 주었다. 그는 보기 싫으면 보지 않아도 된다는 말을 덧붙이면서, 니콜의 나신을 그린 아름다운 소묘 두 장을 꺼냈다. 그리고 50센트에 네 장을 찍을 수 있는 사진 기계로 찍은 일련의 사진들도 함께 내밀었다. 니콜은 가슴을 드러내고 있었다. 이 사진들은 게리에게 큰 의미가 있는 게 분명했다. 토니는 그 사진들이 음란하게 생각되지 않았다. 정말 의미 있는 사진들이었다. 그러는 동안, 게리는 니콜이 다섯 살, 여덟 살, 열 살 때 찍은 사진들을 계속 보여 주며, 니콜이 얼마나 예쁜 아이였는지 이야기했다.

토니가 말했다. "지금은 아름다운 여인이지." 그녀의 어렸을 때 모습에 대해 왜 이렇게 열을 올리는 거지?

"한 번 더 보면 좋을 텐데." 그런 다음 그는 다시 상자를 테이프로 봉하고, 교도소 동기들의 사진으로 가득 찬 다른 상자를 열어, 그들이 어느 기관에 수감되어 있었는지 알려 주었다. 몇몇 교정 공무원들이 약을 들고 들어와, 그에게 컵과 함께 건네며 "지금 바로 먹어."라고 말하자, 게리가 말했다. "날 못 믿는 게 분명해, 그렇지?"

그들이 떠났을 때, 토니는 여전히 게리와 단둘이 있었다. 그가 오래전에 애넛이 자기에게 주었던 명판을 들고 말했다. "이

걸 니콜에게 주고 싶어." 그때 토니는 게리가 정말로 결백했던 게 틀림없다고 생각했다. 그렇지 않다면, 그것을 니콜에게 남기지 않았을 테니까.

전축이 돌아가고 있었고 게리가 말했다. "자, 어서, 나 춤추지 않은 지 오래됐어."

그래서 두 사람은 일어섰다. 토니는 게리가 노래하는 걸 들어 본 적이 있었다. 그의 노래 실력은 정말 형편없었다. 그러니 춤 실력은 더욱 형편없으리라는 걸 빤히 예상할 수 있었다. 하지만 그녀는 그것을 즐겼다. 바닥에 앉아 그의 소지품들을 살펴보자니 그와 아주 가까워진 느낌이 들었다. 브렌다와 마찬가지로 토니도 네 번 결혼했는데, 두 번의 결혼 생활은 고작 몇 달 만에 끝났다. 하워드와는 네 번째 결혼이었고, 구 년째 지속 중이었다. 그 어느 때보다 문제도 적었고 좋은 결혼이었지만, 바로 지금처럼 특별한 감정을 느껴 본 적은 없었다. 토니는 이 두 시간만으로도 게리를 평생 알고 지낸 느낌이었다.

음악은 빨랐다. 게리가 토니에게 자신의 우스꽝스러운 모자를 씌우고는 머리를 가볍게 만져 주었고, 두 사람은 춤을 추었다. 토니는 최선을 다해 따라갔다. 춤이 끝나자 게리가 말했다. "난 정말 춤을 못 춰. 춤추러 갈 기회도 별로 없었으니, 뭐."

두 사람은 웃음을 터뜨렸고, 그가 그녀에게 조니 캐시와 전화 통화를 했는데 연결 상태가 좋지 않았다는 이야기를 해 주었다. 그래도 그는 그때 "당신이 진짜 조니 캐시예요?"라고 물었고, 대답을 듣자마자 "음, 나는 진짜 게리 길모어예요."라고 외쳤다.

두 사람은 다시 앉았고, 게리가 말했다. "오늘 밤 너와 함께 하면서, 내가 수년 동안 브렌다와 쌓아 온 어떤 감정을 너에게서도 느꼈어. 일을 처리할 때 너와 네 언니를 좀 더 공평하게 대할걸 그랬어." 토니가 의아한 표정을 짓자, 그가 말했다. "너와 하워드에게는 3000달러를 주었고, 브렌다와 조니에게는 5000달러는 주었지. 똑같이 주지 못해 미안하다. 난 정말 널 잘 몰랐어." 그녀가 그에게 그 돈은 아무 의미가 없다고 말했다. 그가 말했다. "오늘 밤 넌 나에게 여러 사람이야. 넌 니콜이고, 브렌다이고, 그리고 어떤 면에서는 내가 기억하는 젊은 시절의 어머니 같거든."

토니는 자신이 그의 마음을 읽고 있는지는 모르겠지만, 그가 자기 어머니를 다시 한번 팔로 감싸 안고 싶은 강한 충동을 느끼고 있다고 생각했다. 토니는 또한 오늘 밤 간절히 그와 함께하고 싶었지만 병원에 입원해 있는 브렌다를 생각했다. 마치 자신이 브렌다이면서 자기 자신이기도 해서 두 사람 모두 거기서 춤을 추며 게리의 팔을 잡고 있는 것 같은 이상한 기분이 들었다.

가끔 교도관 두어 명이 게리와 악수하러 들어오면, 게리는 "내 사인 원해요?"라고 물었다.

"물론이지, 게리." 그들은 그에게 대답하곤 했다. 그러면 그는 펜을 빌려 그들의 셔츠 주머니나 소매 끝동에 사인을 해 주었고, 토니는 그들이 모두 마치 그를 정말 좋아하는 것처럼 행동한다고 생각했다. 약사가 다시 돌아오자 게리가 말했다. "여기 이 사람은 날 돌봐 주는 친구야."

그러자 그 약사가 툴툴대며 말했다. "그래, 자네가 하는 온갖 허튼짓 덕분에 내가 아주 바쁘지."

그러는 내내, 토니는 하워드가 바깥 주차장에서 떨고 있는 모습을 떠올렸다. 마침내 그녀는 게리에게 "있잖아, 5시까지 엄마를 모시고 다시 올게."라고 말했다.

그러자 게리가 말했다. "아침에 네가 내 옆에 있으면 좋겠어." 그러고는 두 팔로 그녀를 꽉 끌어안으며 말했다. "오늘 밤 함께 있어 줘서 고마워." 그는 그녀를 한 번 더 안으며 말했다. "시원하고 평화로운 여름 저녁이고, 사랑이 가득한 방이야. 넌 이 밤을 온통 환하게 밝히고 사랑으로 가득 채워 줬어." 그러고는 그녀의 양 뺨을 두 손안에 담고 이마에 키스했다. "넌 오늘 밤에 내게 나의 니콜을 다시 데려왔어." 그가 말했다. 그런 다음 그녀를 깊이 껴안았다.

토니가 말했다. "이제 가야 해."

게리가 그녀를 문으로 안내했다. "내일 아침에 보자. 집에 가서 아이다를 돌봐 줘." 그러고는 덧붙였다. "하워드에게 안부 전해 줘. 하워드가 날 보려고 왔다니 정말 좋다."

토니는 하워드가 오지 않은 이유를 교도소장이 허락하지 않아서만이라고 게리가 생각하도록 내버려둔 채 밖으로 나갔다. 그녀의 뒤로 첫 번째 문이 닫혔을 때, 게리는 철창을 잡고 다른 문이 열릴 때까지 지켜보았다. 두 번째 문이 그녀의 뒤로 닫히자 그녀는 외투를 입고 떠났다. 그녀는 다시 그를 보지 못했다.

9

그때까지는 피자 사건에도 불구하고 정말 즐거운 파티였고, 모두가 기분이 좋았으며, 하나의 너무 큰 문제가 다른 모든 문제들을 잊게 만들어 버린 것 외에는 아무런 문제도 없었다. 하지만 토니가 떠난 후, 게리는 피자로 벌어진 일에 대해 새삼 다시 화를 내기 시작했다. 그는 매우 심각해져서 크게 화를 냈다. 론은 게리가 항상 "난 최후의 식사를 원하지 않아. 그들이 날 가지고 장난칠 테니까."라고 말했던 것을 기억했다. 론은 지금은 게리와 이야기하고 싶지 않았다.

무디도 마찬가지였다. 면회실에 죽음의 기운이 감돌기 시작했다. 그것은 이전에도 있었지만, 모두에게 힘을 주었다. 이제는 그것이 문 밑으로 연기처럼 스며들었다. 밤이 깊어 갔다. 주변이 조용했다. 전축도 작동하지 않았고, 번도 잠이 들었다. 딕과 이블린 그레이는 졸고 있었다. 론은 주방으로 가서 교도관들과 이야기를 나눴다. 그때 게리가 밥에게 다가왔다. "나와 옷 바꿔 입지 않을 거죠, 그렇죠?" 그가 물었다.

그러자 밥이 대답했다. "그래요. 안 바꿀 거예요."

게리는 밥이 자기 옷을 그에게 주기만 하면 어떻게 밖으로 나갈 수 있는지 설명하기 시작했다. 교도관들은 전혀 문제가 아니었다. 그는 밥 무디가 되어 이중문을 통과해 최고 보안 교도소의 문을 열고 나가서 아무도 믿지 못할 정도로 잽싸게 철조망 울타리를 넘을 작정이었다. 철조망을 타고 올라가서 꼭대기에 둥글게 말린 부분 위로 앞구르기를 할 터인데, 그 와

중에 피부에 구멍 한두 개쯤 뚫리는 거야 뭐 대수겠는가. 그러고는 열나게 달리는 거지. 그들은 절대 자기를 찾지 못할 거다. 침울한 순간이었다.

"당신이 그렇게 해 준다면 난 여기서 나갈 수 있어요." 게리가 말했다.

밥은 그저 사물함에서 여벌 옷을 꺼내 구석에 놓아두기만 하면 된다. 원한다면 게리의 괴상한 로빈 후드 모자를 가져다가 잠시 쓰고 있으면 도움이 될 터였다. 그것이 졸음에 겨운 교도관이 게리 길모어를 분간해 낼 수 있는 거의 유일한 특징일 것이다. "아뇨." 밥 무디가 말했다. "난 그럴 수도 없고, 그럴 생각도 없어요, 게리."

클라인 캠벨은 밤새 들락거렸기 때문에 분위기가 바뀐 것을 알아챘다. 처음 두어 시간 동안은 크리스마스 아침 같았다. 하지만 캠벨은 솔트레이크에서 강연하기 위해 저녁 7시 30분까지는 떠나야 했고, 자정이 가까워서야 돌아왔다. 그때쯤엔 모든 것이 변해 있었다. 이전에는 교도관 한 명이 간이침대 머리맡에, 길모어가 가운데에, 그리고 캠벨이 발치에 앉아 있었다. 의미 없는 얘기들을 한창 떠들어 대던 와중에, 길모어가 베개 밑으로 손을 뻗어 작은 위스키 샘플을 꺼냈다. "오, 이런." 캠벨이 깜짝 놀라며 고개를 돌렸다. "나는 아무것도 못 본 척, 못 들은 척, 말 안 할 거야. 자, 마음껏 마셔, 친구. 그냥 마셔." 길모어가 웃음을 터뜨렸다. 그게 아까 있었던 일이었다.

강연이 끝난 후, 캠벨은 음식점에 들러 식사도 하지 않고 서둘러 교도소로 돌아왔고, 모두가 피자를 다 먹어 치운 것을 발견했다. 피자는 한 조각도 남아 있지 않았다. 그와 길모어 두 사람만 뱃속이 비어 있었다. 둘만 있게 되었을 때, 캠벨이 말했다. "이번이 마지막이 될 것 같군."

"그대로 진행되겠죠." 게리가 말했다. "이젠 막을 수 없어요."

"있잖아, 우린 다시 만날 거야. 저세상에 뭐가 있든, 자네와 나에게는 다를 게 없을 거야." 캠벨이 말했다.

그들은 페이건 교위의 사무실에 있었고, 게리는 여전히 마치 치코 마크스[184]의 것처럼 보이는 깃털 달린 모자를 쓰고 있었다.

"종교적인 면에서, 자네가 느끼는 것이 옳든, 내가 느끼는 것이 옳든, 어느 쪽이든 우린 다시 만나게 될 걸세. 어떤 형태로든, 게리, 내가 자넬 좋은 사람이라고 생각한다는 걸 자네도 알았으면 해."

길모어와 함께 보내는 시간이 길어질수록 게리가 살인도 저지를 수 있는 사람이라는 사실을 스스로에게 상기시키는 것이 점점 더 어려워지는 게 끔찍하다고 캠벨은 생각했다. 사실 지금에 와서는 대부분의 시간 동안 길모어는 전혀 그런 일을 할 수 있는 사람처럼 보이지 않았다. 적어도 캠벨이 매일 보는 제복 입은 사람들과 그렇지 않은 사람들 대부분의 얼굴과 비교해 보면 더욱 그랬다.

미어스만 신부는 무디와 스탠저에게 자신은 사형 집행 참관 경험이 두 번 있어서 다른 사람들에 비해 유리한 상황이라

---

184) Chico Marx(1887~1961). 미국의 코미디언, 배우이자 피아니스트.

고 말했다. 그는 교도소장과 직원들에게 오늘 밤 실제 사형이 집행되는 아침에 밟을 절차들과 동일하게 모든 절차를 연습해 볼 필요가 있다는 점을 납득시켰다고 설명했다. 몇몇 교도소 관계자들이 리허설에 동의했고, 모두가 참여할 때 차분하고 품위 있게 진행되도록 준비했다. 그들은 모든 과정을 해 보았고, 누군가는 스톱워치로 소요 시간을 측정했다. 그런 중요한 절차를 준비할 때 통상 하는 일이었다. 사형 집행의 세부적이고 기술적인 과정 전체를 미리 연습해 보는 것이 중요했다.

32장

천사와 악령이 악마와 성자를 만나다

1

열두 시간도 더 전, 일요일 정오 전에 얼 도리어스는 마이클 로댁의 전화를 받았다. 길 아테이가 집행 정지를 요청한다는 소식이었다. 한 시간이 조금 지난 후 로댁이 다시 전화를 걸어왔다. 화이트 대법관이 아테이의 신청을 기각했다는 소식이었다. 워싱턴에서 더 이상 연락이 오지 않자, 얼은 아테이가 사용할 수 있는 법적 조치를 다 소진했다고 확신했고, 아내랑 아이들과 함께 처가에 가서 그날 처음 느긋하게 휴식을 취했다. 하지만 이른 저녁 집으로 돌아오니, 밥 핸슨이 전화를 걸어와 그날 밤 징크스 대브니가 납세자 소송에 관한 심리를 원한다고 말했다. 리터의 법정에서 열릴 예정이었다.

그럼에도 얼은 처음엔 크게 걱정하지 않았다. 대브니는 연방 세금이 사형 집행에 사용되고 있다는 것을 전혀 입증할 수 없었다. 이 모든 것에서, 최후의 필사적인 시도가 뿜어내는 음습한 냄새가 났다.

도리어스와 빌 배럿이 뉴하우스 호텔 로비에 들어섰을 때, 징크스 대브니는 이미 공동 변호인인 주디스 월바크와 함께 그곳에 있었다. 밥 핸슨, 빌 에번스, 데이브 슈벤디만도 함께 있었고, 거기에다 호텔 직원이 있었다. 그게 다였다. 그들은 19세기 개척 시대의 우아한 서부 분위기가 나도록 꾸며진 뉴하우스의 로비에 둘러앉아 있었다. 궁전과 매춘업소의 중간 정도랄까. 충전재로 과하게 부풀려진 선홍색 벨벳 소재의 가구들이 있었고, 붉은 깔개들과 두 개의 반원을 그리며 펼쳐졌다가 중이층에서 합쳐지는 흰색의 이중 계단이 있었다. 크고 격식 있는 방이었지만, 지금은 조금 허름해 보였다. 하지만 이 호텔은 리터 판사가 머무는 곳으로 유명했다. 그러나 두어 시간 있어 보니 그곳은 기다리기에 그다지 좋은 장소가 아니었다.

리터는 자기 방에 올라가 있었고 ACLU와 법무 장관이 아래층에 있다는 사실을 분명 알고 있었을 것이다. 하지만 더 이상의 소식은 없었다. 밥 핸슨은 리터가 집행 정지를 내주면 어떻게 할지 고민하다가, 루이스 판사에게 전화했다. 루이스 판사는 제10연방 항소 법원 소속으로 리터보다 한 단계 위인 만큼, 리터의 판결을 무효로 할 수 있었다. 핸슨은 루이스 판사에게 그날 저녁 솔트레이크에서 특별 심리를 소집해 줄 수 있는지 물었다.

그러나 루이스 판사는 혼자서는 심리를 열지 않을 거라고 말했다. 한 연방 판사가 다른 판사가 내릴 결정을 무효화하는 것은 너무 큰 부담이었다. 특히 그러한 결정으로 한 사람을 사형대에 보내게 된다면 더욱 그러했다.

9시쯤, 대브니는 용기를 내어 다시 한번 자신들이 로비에 있다는 것을 리터 판사에게 알려 달라고 프런트 직원에게 부탁했다. 법률 서류를 위층으로 보내겠다는 말도 전해 달라고 했다. 예상보다 짧은 시간 안에 리터 판사가 로비로 전화를 걸어왔고, 모두 길 건너편에 있는 법정에 가 있으라고 일렀다. 경비원이 그들을 들여보내 줄 거라고 했다.

핸슨에게 이 소식을 전하는 대브니의 말투에는 흥분한 기색이 전혀 없었다. 원래 버지니아 출신으로 이름이 (버지니우스를 의미하는) V. 징크스 대브니인 그는 뿔테 안경을 끼고 여름에는 시어서커 재킷을, 겨울에는 트위드 재킷을 입는 특징 없는 외모의 남자였다. 그는 마치 상대방과 십 년 동안 알고 지냈을지는 몰라도 그런 이유로 목소리를 높일 필요는 없다는 듯이 쾌활하면서도 적당히 거리감 있는 말투로 말했다. 극적인 상황에서도 부러 대수롭지 않은 듯이 반응했다. 그것을 너무 잘해서, 극적이지 않은 그의 태도 자체가 극적으로 보일 정도였다. 어쨌든 얼은 그 소식을 들었을 때 극적인 반응을 보였다. 사건에서 패소했다는 느낌이 확실히 들었다. 그는 솔직히 리터 판사가 그것을 고려조차 하지 않을 거라고 생각했다. 법적 논거가 너무 빈약했고, 소장이 너무 늦게 제출되었기 때문이다. 그리고 밥 핸슨이 그들과 함께 있지 않을 거라는 사실에 그는 더욱 우울해졌다. 법정에서 밥의 얼굴이 보이면 승소 가능성에 말 그대로 나쁜 영향을 줄 거라고 생각했고, 그래서 밥은 떠났다. 그는 잠을 좀 자 둘 생각이라고 했다. 얼은 더욱 낙담했다. 밥이 나중에 그 잠이 꼭 필요해질 거라고 예상하는 것처럼 들렸던 탓이다.

점검 등(燈) 몇 개만 켜진 어두운 법원 복도를 걸어가려니 괜히 으스스했지만, 변호사들이 각자의 테이블 앞에 자리를 잡고 앉았을 즈음엔, 여러 명의 범죄 및 법원 담당 기자들이 하나둘 들어오기 시작했다. 모두들 더욱 심각한 분위기에 휩싸였다. 그리고 리터를 향한 긴 기다림이 시작되었다.

이 사건에서 피고 측인 법무부 차관보 테이블에 앉은 얼은 원고 측의 징크스 대브니와 주디스 월바크를 지켜보았다. 얼은 성질을 가라앉히려 애쓰며, 실러에 대한 반대 신문을 제대로 하지 못했던 때를 떠올렸다. 어쨌든 그는 몹시 화가 났다. ACLU가 이제 와서 소송을 제기하는 것은 전적으로 부당하다고 느꼈다. 그는 그들의 논거가 약하다는 사실은 개의치 않았다. 조금이라도 그럴듯한 것이라면 무엇이든 가져오는 것이 윤리적이라고 생각했다. 사실과 법의 99퍼센트가 불리하더라도 시도는 해 볼 수 있다. 하지만 사형 집행 전날 밤까지 기다린 것은 부당했다. 만약 얼의 사무실이 상당한 근무 시간을 할애해서 이러한 문제를 해결하기 위해 애쓰지 않았다면 어땠을까? 그런 선견지명이 없었다면, 그들은 준비되지 않은 상태에서 ACLU를 상대해야 했을 테고, 그건 유타주 입장에서는 부당한 상황이었을 것이다.

2

원고 측 테이블에 앉은 주디 월바크도 몹시 화가 난 상태였다. 징크스 대브니는 훌륭한 법정 변호사였지만, 월바크 자신은 그런 종류의 소송 경험이 거의 없었다. 그녀는 자신이 속한 ACLU에 강한 불만을 느꼈다. 왜 이런 중요한 사건에서 그들은 자격 미달의 자신과 미온적인 징크스를 내세울 수밖에 없었던 걸까? 그는 매우 훌륭한 변호사였지만, 딱히 ACLU의 열렬한 지지자는 아니었다. 징크스는 솔트레이크에서 유망한 경력을 쌓고 있었고, 새롭게 떠오르는 젊은 법률 인재가 이 모든 맹렬 모르몬교도들 사이에서 시민 자유의 옹호자로 알려지는 것은 도움이 되지 않았다. 엄청난 자유주의적 전문 지식을 제공해야 할 동부 대형 로펌의 거물급 ACLU 변호사들은 모두 어디로 갔단 말인가? 그녀는 이해할 수 없었다. 이렇게 크고 흥미로운 사건을 지역 인재에게 맡긴다는 게 말이 되나?

주디는 자기가 아는 수단을 총동원했다. 거기에는 밥 핸슨을 겁주기 위해 멜빈 벨리와의 대화 내용을 언론에 공개하는 것도 포함되어 있었다. 만약 유타주가 자기로 인해 수백만 달러의 손해를 본다면, 법무 장관에게는 재앙일 수 있었다. 그러나 그녀가 그 모든 노력 끝에 얻은 것은 정말 이상하고 거만한 반응뿐이었다. 핸슨은 유타주 사형 법규의 합헌성에 대해서는 의문의 여지가 없다고 말했다. 의문의 여지가 없다고? 그야, 바보 같은 입법부만이 사형에 대해 항소를 요구하지 않는 법안을 통과시킬 테니까. 보수주의자들 사이에서도 사형에 대해서는 신중해야 한다는 의견이 지배적이었다. 아무도 더 이상의 유혈을 원하지 않았다. 보수적인 관점에서조차, 사형 판결을 얻어 내는 가장 좋은 방법은 아주 사소한 이유로 사람을 죽이는 것을 방지하기 위한 모든 안전장치를 강조하는 것이었다. 하지만 유타주 — 늘 그렇듯이 유타주 — 는 항소 의무화 조치를 소홀히 했다. 이보다 더 모자랄 수 있을까? 지진아[185] 정도?

그렇긴 해도, 주디스는 이 납세자들의 소송이 너무 가식적이고 형식적이라고 생각했다. 그나마 다행인 것은 그녀가 주지사, 부지사, 법무 장관, 교도소장에게 편지를 보낼 수 있었다는 것이었다! 이들 모두에게 부당 행위와 불법 지출에 대해 추궁했다. 그들의 표정을 보지 못한 게 아쉬웠다. 그 편지들은 자신의 딸이 전달했는데, 딸아이는 참으로 다행스럽게도, 아버지의 유대인 혈통 때문인지 정치적으로 매우 의식이 높은 젊은 여성이었다. 그리고 어머니가 돈을 벌기 위해 변호사 일을 하고 있다는 사실을 알게 되었을 때 속상해했다. 잘못된 일이라고 생각했다. 돈을 걱정해서는 안 된다고, 그냥 밀고 나가 정치적 소송을 제기해야 한다고 생각했다. 저런, 주디 월바크는 생각했다. 그 애가 그렇게 생각한다니 다행이야. ACLU의 자원이 얼마나 보잘것없었는지를 보여 주는 또 하나의 예는, 이번 일요일에 딸이 심부름을 하지 않았다면 주디가 피고 측의 누

---

185) 원문 'Idiot child'는 차별적, 비하적으로 여겨져 사용이 지양되는 표현이지만 과거에는 공식적 의학적 분류처럼 쓰이기도 했다. 우리말에서는 '지진아'가 이와 비슷한 성격을 지닌다고 판단되어 선택했다.

구에게도 편지를 보낼 수 없었으리라는 점이다.

3

기다리는 동안 징크스 대브니는 리터 판사에 대해 들었던 이야기들을 떠올리기 시작했다. 리터 판사를 잘 아는 사람들로부터 전해 들은 소문에 따르면, 리터 판사는 스스로를 광기의 사막 속 선의의 전초 기지로 여겼다. 자신이 후기 성도들에 대해 복수를 이어 가고 있다는 비난은 사실이 아니라고 그는 말하곤 했다. 그는 모르몬교도들을 복수할 가치가 있는 대상으로 여기지 않았다. 태어날 때는 가톨릭 신자였지만, 이제는 종교 대신 미국 헌법을 따르게 된 그 판사는 종교 교리로 사람의 생각을 바꾸려는 어떤 시도도 못 견뎌 했다. 모르몬 교회가 토지를 소유하고, 은행을 경영하고, 정치인을 통제하는 방식은 더욱 적극적으로 싫어했다. 그들의 종교 교리보다도 그는 그것을 더 불쾌하게 생각했다. 종교 교리에 대해선 어리석다고만 생각했다. 그 모든 조지프 스미스[186]의 기적들이라니. 하지만 모르몬이라는 이유만으로 불리한 판결을 내리는 일은 절대 없었다. 그는 스스로가 사건의 사실들을 매우 깊이 존중한다고 생각하고 싶어 했다.

---

186) Joseph Smith(1805~1844). 흔히 '모르몬교'로 알려진 예수 그리스도 후기 성도 교회의 창시자.

그러나 변호사들의 무능함을 대하는 리터의 태도는 모르몬교 신자든 아니든 상당수 법조인들의 마음에 두려움을 불러일으키기에 충분했다. 언젠가 리터는 한 변호사의 변론이 너무 형편없다고 느껴져서, 그가 의뢰인에게 얼마를 청구했는지 물었다. 500달러라는 대답을 들은 리터가 말했다. "그 금액이 벌금이 될 겁니다." 그런 다음 그의 의뢰인에게는 이렇게 말했다. "당신은 이미 벌금을 납부했습니다. 변호인에겐 한 푼도 더 주지 말아요."

그 불쌍한 변호사는 책상 밑으로 들어가 숨고 싶었을 것이다. 또 다른 변호사의 경우 계속 너무 낮은 목소리로 말하자, 리터가 그에게 물었다. "왜 속삭이는 겁니까?"

그 변호사가 대답했다. "너무 무서워서요."

베테랑 법정 변호사도 일반인이 치과에 가는 것처럼 리터 판사의 법정에 들어갔지만, 리터는 치과 의사가 충치를 찾아내는 것보다 빠르게 논쟁의 방향을 간파하는 두뇌의 소유자였다. 그는 자신의 시간을 낭비하는 사람들에게 지옥을 선사했다. 일을 잘해야 할 뿐만 아니라, 일하는 속도 또한 빨라야 했다.

리터를 옹호하는 사람들조차 그 조급함이 노판사를 많은 곤경에 빠뜨렸다고 말하곤 했다. 일단 법적인 문제가 명확해지면 그는 판결을 내렸다. 50개 혹은 100개의 인용문을 포함하여 길고 신중한 의견서를 공들여 작성하는 일 따윈 하지 않았다. 그러면 제10연방 항소 법원은 기록이 완전하지 않다고 불평하며 그의 판결을 뒤집었다. 나중에, 대법원은 그의 판결을 확정했다. 대법원이 그의 판결을 확정하는 비율은 항소 법원의 파기 환송률과 정확히 반대였다. "그들은 그냥 너무 멍청해서 내가 옳다는 걸 모르는 거야." 그는 항소 법원에 대해 이렇게 말하곤 했다.

물론, 그가 지능이 부족하다고 여긴 판사들에 대한 이 경멸 감 때문에, 리터는 자신이 유리하게 판결했던 당사자가 바로 그 판결이 뒤집힘으로써 가장 큰 피해를 입는다는 사실을 깨닫지 못했다. 이삼 년 후 대법원이 리터의 판결을 확정할 즈음엔 이미 원래의 당사자에게 어떤 도움이 되기에는 너무 늦어 버린 경우가 많았다.

이러한 이야기 중 몇 가지는 솔트레이크 법원에서 전설이 되었다. 하지만 대브니는 또한 리터 판사의 개인적 삶에 대해 들려줄 수 있을 만큼 그를 잘 아는 사람들과도 이야기를 나눴고, 그의 사생활에서는 그 전설들이 사실이 아님을 알게 되었다. 사실 리터는 외로운 삶을 살았다. 거의 매일 하는 일이라곤 고작 뉴하우스 호텔의 자기 방에서 길을 건너 법원 판사실로 가는 게 전부였다. 술꾼이자 바람둥이라는 소문이 자자했는데, 로스쿨에서 가르치던 옛날에는 그랬을지 모르지만, 최근 몇 년 동안은 그가 여자와 함께 있는 모습을 본 사람이 아무도 없었다. 술도 거의 마시지 않았다. 수년 동안 마을에서 가장 좋은 술집은 리터의 판사실이라는 말이 있었고, 월리스가 책상 밑에 좋은 술을 숨겨 두고 있는 건 사실이었다. 또한 가끔은 변호사를 초대하여 함께 잔을 기울이기도 했다. 하지만 그는 알코올 중독자는 아니었다. 수년 전에 술을 많이 마시면 안 된다는 의사의 말을 들은 후로, 그는 술을 많이 마시지 않았다. 실제로 몇 년 동안 그가 술에 취한 모습을 본 이는 아무도 없었다. 한번은 그의 법률 서기인 크레이그 스메이가 샌프랜시스코 여행 중에 상당한 수고를 들여 리터가 가장 좋아하는 스카치위스키인 글렌리벳 한 병을 구해다 주었지만, 리터는 그 술을 육 개월 동안 책상 밑에 놓아두었다가 결국 개봉하지 않은 채로 스메이에게 돌려주었다. 마실 수가 없었다. 건강이 허락하지 않았다. 삼사 개월마다 심장 마비가 오거나 수술을 받아야 했다. 그러나 이 주 후에는 마치 노장 올림픽 선수처럼 백발에 혈색 좋은 얼굴로 판사석으로 다시 돌아오곤 했다. 이 남자의 회복 능력은 믿을 수 없을 정도였다.

하지만 언제나 외로운 사람이었다. 친구라고는 오랫동안 알고 지낸 변호사 몇 명과 나이 지긋한 기자 몇 명뿐이었다. 해리 트루먼 정부 시절 모르몬교도들이 리터에 대한 비난을 제기한 이후, 리터는 모두와 거리를 두었다. 그가 여러 사람과 함께 있는 모습이 목격된 것은, 어느 해 크리스마스이브에 꼭 와달라며 크레이그 스메이와 그의 아내를 저녁 식사에 초대했을 때가 유일했다. 그들이 호텔에 도착했을 때, 빌린 방 안의 큰 테이블 주변에 사람들이 스물다섯 명 있었는데, 아들딸과 손주들을 데려온 비교적 나이 든 사람들이었다. 모두 리터 판사를 빌이라고 불렀다. 그들은 그가 어렸을 때부터 알고 지낸 친구들이었다. 그 순간까지도, 크레이그 스메이는 판사 역시 당연히 성(姓) 말고 이름도 가지고 있는 인간이라는 생각을 하지 못했다.

이렇게 오래 기다려야 하는 상황에서는, 리터에 관한 마음 따뜻한 이야기들만 기억하는 편이 나았다. 그래서 대브니는 리터와 야생 무스탕[187]에 대한 이야기를 음미하려고 했다. 보호 구역에 있던 수백 마리의 무스탕을 잡아다가 축산업자에게 보낸 혐의로, 일부 인디언들이 연방 정부를 고소했다. 리터는 정부가 인디언들에게 말 한 마리당 200달러를 배상하라고 판결했다. 정부는 항소했고 리터의 판결은 뒤집혔지만, 사건은 다시 그에게 돌아왔다. 다음 재판에서 부족의 추장 중 한 명이 그 말이 의식용 조랑말이었다고 증언했다. 이를 근거로 판사는 말 한 마리당 가치를 400달러로 판단했다.

리터는 나중에 친구들에게 정부가 배상해야, 그것도 충분히 배상해야 한다고 생각하게 된 이유는 말들이 판자들 사이사이 틈이 있는 트럭에 가득 실렸고, 무스탕 한 마리의 다리가 그 틈 사이로 튀어나와 있었기 때문이라고 털어놓았다. 그 일을 하던 사람들이 문을 열어 그 말을 빼낼 수도 있었지만, 그렇게 하면 품이 너무 많이 들까 봐, 누군가가 전기톱으로 그 말의 다리를 그냥 잘라 버렸다. 어차피 그 동물들은 개밥이 될 거라는 이유였다. 리터가 말했다. "이 일은 정부가 우리의 말들에 대해 얼마나 무신경한지를 보여 주지."

리터가 너에게 주는 건 설렘과 긴장감이야. 이제 대브니는 자신에게 말했다. 그의 법정을 떠난 후에는, 스스로에게 "이 나라 어디를 가도 이런 판사는 또 없을 거야."라고 말할 수 있

---

187) 북아메리카 서남부에 서식하는 야생마.

을 것이다. 소송에서 이기고 지는 것보다 정말 대단한 경험을 했다는 게 더 중요할 수도 있었다. 그로 그럴 것이, 러니드 핸드 판사도 윌리스 리터는 자신이 알았던 판사 중 가장 지성이 뛰어난 사람에 속한다고 쓴 적이 있었다. 바로 그 점에 기대야 했다.

4

일요일 밤 10시를 훨씬 넘긴 시간이었다는 점을 고려하면, 얼은 마침내 법정에 모습을 드러낸 리터 판사가 놀라울 정도로 활기차 보인다고 생각했다. 주디는 신과 같은 그의 목소리에 깊은 인상을 받았다. 리터가 한 말이라곤, "서류에 문제는 없는 것 같군요. 발언해 보세요."가 전부였지만, 그녀는 사랑에 빠졌다. 느리고 깊은 울림이 있는 목소리. 통통하고 친절하면서도 엄격해 보이는 사람. 만약 신이 80세에 가까운 나이라면, 그는 노아의 홍수 이야기 속의 주님에 잘 어울렸을 것이다.

길 아테이가 마침 법정에 있다는 것을 주디는 알아보았다. 리처드 지오크와 그의 파트너 대니 버먼 같은 이 도시 최고의 진보 성향 변호사들도 있었다. 그들이야말로 진보적이면서도 소위 솔트레이크 기득권층에 속하는 사람들이라고 할 수 있었다. 징크스는 그들을 청중으로 두고도 순조롭게 시작할 수 있을 터였다. 그는 재판정에서 변론하는 것을 좋아했고, 이런 종류의 압박에 조금도 흔들리지 않았다. 군더더기 없는 완벽한 변론으로 시작했다. 그가 성공적인 변호사가 될 수 있었던 바로 그 이유였다. 주디는 자신이 그 자리에 있었다면 핸슨 법무 장관이 이 자리에 나타날 용기도 없었다는 얘기를 계속하느라 시간을 낭비했을 거라고 생각했다. 그와 달리 징크스는 바로 자신의 논점으로 들어갔다.

대브니는 리터 앞에서 두 건의 배심원 재판을 진행한 적이 있었고, 그의 법정에 25~30회나 출석했었다. 전설 때문인지 모르지만, 언제든 리터의 예민한 부분을 건드릴까 봐 불안감을 떨칠 수가 없었다. 리터가 자기들에게 불리한 판결을 내릴 수도 있으니 말이다. 판사가 신속함을 중시한다는 것을 고려할 때, 대브니는 오늘 밤 말을 많이 하는 것이 위험할 수 있음을 알고 있었다. 하지만 그는 논거가 빈약한 사건일수록 다양한 방식으로 접근해야 힘을 얻을 수 있다고 생각했다. "재판장님." 대브니가 시작했다. "저희는 이 나라의 거의 모든 법원에서 정의를 실현하기 위해 노력해 왔습니다. 이번 소송은 저희가 명백히 위헌이라고 여기는 것, 다시 말해 유타주 대법원이나 미연방 대법원에서 사형 규정을 검토하기도 전에 유타주가 한 사람을 처형하는 행위를 막기 위한 마지막 노력입니다……."

대브니는 자신의 주장을 서면으로 작성하지 않았다. 그가 말해야 할 내용은 다섯 개의 종이 더미에 담겨 있었다. 일단 시작하면, 그는 여러 가지 논점을 다루고 그것들을 탐구할 수 있었지만, 먼저 고소 내용을 요약해야 했다. 납세자 소송이었기 때문에, 그의 주장은 공적 자금이 '불법적으로' 지출되고 있다는 것이어야 했다. 그래서 그는 이제 유타 법령이 위헌으로 판명되더라도, 주정부가 여전히 책임을 져야 할 수도 있다고 말했다.

서론을 마친 대브니는 자신의 서면에는 포함되지 않은 숨겨진 주장을 추가하기로 결정했다. "최근에 길모어 씨가 사형을 피하기 위해 싸울 수도 있다는 사실을 알게 되었습니다. 만약 니콜 배럿이 그렇게 해야 한다고 그를 설득한다면 말이지요."

이런 사실을 알게 된 것은 다른 ACLU 변호사 몇 명과의 논의 및 스탠저와의 수익 없는 짧은 대화를 통해서였기 때문에, 대브니는 재빨리 덧붙였다. "저희에게 이러한 구제를 요청할 근거가 정말 있는지는 확신할 수 없습니다만, 길모어 씨가 그런 특정한 마음 상태라면, 그가 그녀의 변호사나 법원이 지정한 정신과 의사의 입회하에 배럿 양과 만나 자신의 입장을 바꿀지 결정할 수 있도록 허용해야 합니다. 우리가 한 사람의 처형을 앞에 두고 있다는 점을 고려하면, 그것은 매우 작은 요구라고 생각됩니다."

대브니가 그 말을 넣은 것은 그럴듯하게 들린다고 생각했기 때문이다. 판사의 마음을 움직여 ACLU에게 유리한 판결을 내리는 데 조금 더 가까워지는 효과가 있을지도 몰랐다. 이런 소송에서 이기기 위해서는 판사의 마음을 사로잡는 법적인 이유뿐만 아니라, 그의 본능적인 감정에도 호소할 수 있는 무언가를 제공해야 하는 경우가 종종 있었다. 대브니는 곧 어째서 유타주의 사형 규정이 유효하지 않은지에 대한 논거를 제시할 것이고, 리터는 ACLU가 옳다고 판단하면서도 여전히

"게리 길모어가 죽기를 원하는데, 뭐 어쩌겠소?"라고 말할 수 있었다. 하지만 만약 니콜과 한 번만 만나게 하여 길모어가 죽음에 대한 생각을 바꿀 수 있다고 제안한다면 어떨까? 글쎄, 대브니는 그것이 리터의 마음에 들 수도 있겠다고 생각했다.

이제 변호사는 법적 근거에 대해 논의하기 시작했다. 유타주 법령에는 의무적인 심사[188] 조항이 없기 때문에 중요한 예방책이 사라졌다고 그는 말했다. 피고인의 의사와 상관없이 사형 선고를 받으면 항소해야 합니다. 그렇게 하지 않으면 이후 사건들에서 다른 피고인들을 어떻게 보호하겠습니까? 원심 판사는 심각한 법적 오류를 저질렀을 수 있고, 이는 반복될 수 있습니다.

대브니는 다음으로 헌법을 거론했다. 리터 판사가 오십 년 전 로스쿨 시절부터 책상에 너덜너덜해진 헌법책을 보관하고 있다는 사실은 모두가 알고 있었다. 그래서 징크스는 이 사건이 수정 조항 8번과 14번을 위반할 것이라고 말했다. 두 조항에는 사형이 "변덕스럽거나 자의적이어서는 안 된다."라는 규정이 있었기 때문이다.

얼 도리어스가 베시 길모어 사건[189]에서 대법원의 다수 의견을 인용할 것이 분명했기에 대브니는 직접 그것을 인용했다. "게리 길모어는 유타주 대법원에 항소할 수 있는 권리를

---

188) 의무적 항소심 심사는 항소 여부와 상관없이 법원이 직권으로 항소심에서 형을 검토하는 제도이다.

189) 베시 길모어가 아들인 게리 길모어의 형 집행 유예를 요구하는 소송을 제기한 것을 가리킨다.

충분히 알면서도 의도적이고 명확한 이해를 바탕으로 그 권리를 포기했습니다." 대브니가 큰 소리로 읽었다. 이 말은 길모어가 항소할 권리를 가지고 있음에도 이를 사용하지 않는 것을 선택했다는 뜻이라고 그가 말했다. 그러나 한 가지 명심해야 할 것은, 의무적인 심사의 문제가 법원에 제기되지 않았다는 점이었다. 실제로 화이트 대법관은 심지어 길모어가 "의무적 항소심 심사를 요구할 권리를 포기할 수 없다."라고까지 했다. 버거 대법관은 "그 문제는 우리가 판단해야 할 사안이 아니다."라고 덧붙였다. 따라서 대법원은 베시 길모어 사건의 쟁점에 대해 판결을 내린 것이 아니라고 대브니는 주장했다. 오히려 그 반대였다. '그레그 대 조지아주', '프로핏 대 플로리다주' 그리고 '주렉 대 텍사스주' 판결들[190]을 근거로, 대법원은 의무적인 항소심 심사를 정확히 요구하는 법령을 지지했으며, '콜린스 대 아칸소주'와 '닐 대 아칸소주' 판결도 그런 의무적 심사를 빠뜨렸다는 이유로 대법원에서 파기 환송된 바 있었다.

"재판장님, 이 법정은 정의가 승리할 수 있는 마지막 기회입니다." 대브니가 모두 진술을 마쳤다.

---

190) 1976년의 이 세 판례는 모두 사형 제도의 합헌성을 확인한 중요한 사건들이다.

도리어스가 답변을 시작했다. 그들은 "게리 마크 길모어를 사형시킬 목적으로…… 연방 자금이 불법적으로 지출되고 있기 때문에" 여기 이 법정에 있었다. 하지만 "우리는 사형 집행을 위해 특별히 책정된 연방 자금이 없다는 것을 알고 있습니다."라고 얼은 진술했다.

논쟁은 단숨에 결정될 수 있는 단계에 이르렀다. 리터 판사가 처음으로 입을 열었다. "저 말에 대해 어떻게 생각하나요, 대브니 씨?"

"판사님께 답변드리자면, 저희 정보에 따르면 교정국의 1976~1977 회계 연도 예산에 50만 1000달러의 연방 보조금이 포함되어 있습니다."

도리어스가 이것은 일반 예산이라고 대답했다. "원고 측은 이러한 특정 자금이 사형 집행을 위해 지정되었다는 사실을 입증하지 못합니다."

대브니는 "연방 기금 50만 달러가 유타 교도소 사무국에 지급되었습니다. 저는 유타 교도소 사무국이 게리 길모어의 예정된 사형 집행과 관련이 있다고 생각합니다."라고 말하려고 했다. 하지만 리터가 아무 말도 하지 않고 그 문제를 그냥 묻어 두려는 듯 보여, 더는 언급하지 않았다.

얼 도리어스는 분명히 이 점을 다시 공격할 것이고, 이에 대비해 대브니는 명쾌한 대법원 판결을 소개할 준비가 되어 있었다. 이것은 가장 의심스러운 납세자 소송에서조차 원고 자격을 정당화할 수 있을 것이었다. 하지만 대브니는 그것을 너무 일찍 꺼내 놓고 싶지 않았다. 그 판결은 십 년도 더 된 것이었고, 이후 대법원의 판결들로 인해 영향력이 줄었기 때문이다. 상대방에게 깎아내릴 여지를 너무 많이 주지 않기 위해 마지막까지 아껴 두는 편이 나았다.

도리어스의 다음 주장은 "오늘 밤 막판 항소를 구실로 제기된 이 사안들은 원고들이 적어도 두 달 전부터 알고 있던 사안들"이라는 것이었다. 소송을 제기하는 데 엄청난 지연이 있었다는 뜻이다. 학교의 인종 차별 폐지와 관련한 1971년의 대법원 판결인 '곰포츠 대 체이스' 판례에서, 마셜 대법관은 "통상적인 상황이라면 강제 명령이 발부되었을 것"이라면서도, 이 사건이 너무 늦게 접수되었다고 언급했다. 그래서 마셜 대법관은 이를 거부했다. ACLU가 "사형 집행을 고작 아홉 시간 앞두고 이 소송을 제기한 것은 '곰포츠' 사건과 매우 유사합니다. 원고 측은 너무 오랫동안 자기들의 권리를 뭉개고 있었습니다."라고 도리어스는 말했다.

법무 장관실의 다음 차례는 빌 에번스였다. 그는 대법원이 사형 사건에 대해 두 가지 조건만을 요구했다고 주장했다. 하나는 별도의 재판 및 감형 심리가 필요하다는 것이었다. 유타주는 그 조건을 충족했다. 다른 요건은 형량을 결정하는 사람은 반드시 지침이 될 수 있는 기준을 제공받아야 한다는 것이었다. 이 요소는 유타주의 시스템에도 있었다. 게다가 대법원은 의무 항소만이 이 요건을 충족하는 유일한 제도라고 말한적이 없었다.

다음은 빌 배럿이었다. "이 납세자 소송으로, 원고는 세금의 부당한 지출을 막으려는 것이 아니라 사형 집행을 막으려는 것입니다. 그들은 정직한 의도를 가지고 재정(財政) 소송을 제기하는 것이라는 점을 입증하지 못했습니다." 짧지만 강한 지적이었다.

대브니는 이제야말로 자신의 특별한 주장을 꺼내야 할 때라고 느꼈다. "저, 재판장님, 배럿 씨는 원고 적격 문제를 논의하면서 매우 중요한 사례를 빠뜨렸습니다. 바로 1968년 미연방 대법원 판결인 '플래스트 대 코언' 건입니다. 재판장님, 납세자들이 의회와 상원의 특정 자금 지출을 막기 위해 제기한 소송이었던 이 사건에서, 워런 대법원장은 원고가 미국 정부의 납세자라는 것만이 이 소송이 제기된 유일한 근거라고 판시했습니다. 그럼에도 워런 대법원장은 원고가 실제로 적절한 지위를 가지고 있다고 판단했습니다."

리터 판사가 고개를 들었다. "그거 다시 말해 보시죠." 그가 말했다.

대브니가 느끼기에 핵심은 바로 여기에 있었다. 그는 원고 적격이 있든 없든 사건의 중심인물로 부상할 것이었다. 워런 대법원장이 납세자들에게 유리하게 판결한 근거는 "한쪽은 자금, 다른 한쪽은 법적 이익의 유형 사이에서 균형을 찾는 개념"이라고 그는 설명했다. 공공의 권리에 대한 침해 위험은 크지 않지만, 많은 금액이 관련된 납세자 소송이라면, 그것은 정당한 소송이자 충분한 원고 적격이 인정되는 소송이었다. "반면, 법적 이익이 극도로 중요한 경우라면 법원이 금전적 이익에 그리 신경 쓸 필요가 없습니다." 한쪽이 낮으면 다른 한쪽은 높아야 했다. 사형은 가장 중대한 형벌이니만큼, 대브니는 꼭 많은 세금이 걸려 있어야만 원고 적격이 인정되는 건 아니라고 보았다. 그 권리가 너무 중요하기 때문에 관련된 금액은 적어도 상관없었다.

6

그 후 대브니는 더욱 자신감이 붙었다. 리터는 대답하지 않았지만, 대브니는 점점 입지가 단단해지는 것을 느꼈다. 이제 그는 사건의 다른 측면들을 공격할 수 있었다. "사람들은 길모어 씨가 유타주 대법원에서 심리를 받았다고 합니다." 대브니가 말했다. "거기에서 있었던 심리는, 재판장님, 오직 길모어 씨에게 다음과 같이 질문하는 게 전부였습니다. '항소하고 싶습니까? 하고 싶지 않습니까?' 그가 답변했습니다. '하고 싶지 않습니다.' 재판부가 물었습니다. '당신은 지금 자신이 무엇을 하고 있는지 알고 있습니까?' 그가 대답했습니다. '네, 알고 있습니다.' 그러자 그들이 말했습니다. '좋습니다. 항소는 취하한 것으로 처리하겠습니다.' 거기서 했던 심리란 바로 이런 것이었죠. 길모어 씨가 항소를 원치 않는다는 사실이 유타주 대법원이 그걸 다루지 않아도 된다는 뜻은 아닙니다. 의무적이고 유의미한 항소심 심사가 있어야 하며, 유타주 대법원의 이십 분짜리 심리는 어떤 식으로든 그렇게 해석될 수 없습니다.

길모어가 원했던 것과 상관없이 유타주 대법원은 이 사건을 맡아야 했습니다. 그렇지 않으면, 우리는 길모어 씨에 대한 사형 선고가 미국 헌법의 8번 및 14번 수정 조항에 위배되는지 여부를 알 수 없습니다. 그것이 변덕스럽거나 자의적인지 알 수 있는 방법은 길모어 건을 다른 모든 사형 관련 항소심 건과 비교하는 것뿐입니다. 길모어 사건은 그 어느 건과도 비교된 적 없습니다. 유타주 대법원이 왜 재판 기록이나 판결문조차 가지고 있지 않은지 이해할 수 없습니다."

에번스가 일어섰다. "재판장님, 만약 실제로 길모어가 반드시 항소를 제기해야 한다는 것이 미국 대법원의 의견이라면, 길모어가 이성적이고 자발적으로 항소권을 포기했다고 대법원이 판결하는 것은 명백히 비논리적이라고 저희는 주장합니다. 이는 명백히 비논리적입니다. 저희의 의견으로는, 하나가 다른 하나의 성립 가능성을 완전히 제거하는 겁니다."

대브니가 답변했다. "유타주는 저희가 제기한 문제에 대해 제대로 인식하지 못하고 있는 것 같습니다. 저희는 게리 길모어의 항소 포기에는 관심이 없습니다. 문제는 유타주가 8번 및 14번 수정 조항들을 위반하여 개인을 사형시킬 수 있느냐는 것입니다. 국가가 변덕스럽게 혹은 자의적으로 사형을 집행할 수 있을까요? 그 질문을 검토하는 유일한 방법은 항소심 수준의 모든 사형 사건들을 비교하는 것이지만……."

하지만 이 시점에서 리터 판사가 끼어들었다. 그는 처음으로 목소리에 신랄한 기색을 띠며 말했다. "자, 자, 알겠으니 그 정도만 해도 될 것 같군요."

대브니가 고개를 끄덕였다. 그는 경고를 받은 셈이었다. "재판장님, 이것으로 제 변론을 마치며, 저희가 타당하고 유효한 소송을 제기했다고 믿는다는 점만 말씀드리겠습니다. 길모어 씨의 형 집행을 유예하는 적절한 잠정적 금지 명령에 서명해 주실 것을 정중히 요청합니다. 감사합니다."

주 정부 측에서는 더 이상 할 말이 없었고, 리터 판사는 오후 11시 39분에 휴정을 선언했다.

7

처음에 주디스는 자기들이 이겼다고 생각했다. 워낙 논거가 탄탄한 사건이었고, 양측 모두 충분한 심리를 거쳤기 때문이었다. 변론을 빨리 마치라고 압박을 가하는 일도, 판사석에서 냉소적인 반응을 보이는 일도 없었다. 리터 판사는 거의 아무 말도 하지 않고 퇴정했다. 유일한 문제는 그가 너무 오랫동안 입정하지 않았다는 것이다. 그가 이십 분 안에 돌아오지 않자, 주디 윌바크는 걱정이 되기 시작했다.

한 시간 후에도 그는 돌아오지 않았다. 그녀는 무슨 일이 어지고 있는 건지 이해할 수 없었다. 리터가 이렇게 오래 걸린다는 건, 분명 그들에게 불리한 판결을 내리고 있다는 의미였다. 대브니의 훌륭한 변론을 들은 후에, 길모어의 사형 집행에 동조하는 것은 리터에게 윤리적으로도 도덕적으로도 어려운 일일 거라고 그녀는 생각했다. 판사가 이렇게 시간을 오래 끈다는 건 나오기가 부끄러워서임이 분명했다. 주디는 자신들의 소송 근거가 얼마나 약한지 다시금 느꼈다.

법정의 다른 쪽에서, 얼 도리어스는 완전히 상반된 결론을 내렸다. 판사가 판결을 내리기까지 너무 오래 걸린다는 바로 그 이유 때문이었다. 리터는 보통 자신의 의견을 문서로 작성하지 않았다. 판사석에서 바로 의견을 내놓는 것이 보통이었다. 때로는 변호사들이 발언을 마친 직후 순식간에 발표하기도 했다. 그가 의견서를 작성하고 있다는 건 그가 항소심에서도 타당하다고 인정될 만큼 충분히 논리적인 문서를 만들려고 한다는 것을 시사했다. 마이크 디머도 얼의 의견에 동의했다. 그는 밖으로 나가 밥 핸슨에게 전화를 걸어 패소가 예측된다고 전했다. 만약 그렇다면, 판결문이 낭독된 후 모두 주의사당 건물로 가야 한다고 핸슨이 디머에게 말했다.

휴정 시간이 아주 길어졌다. 변호사들은 뉴스 기자들과 어울렸다. 모두 불안해 보였다. 얼은 지난 며칠 동안 쌓인 피로가 얼마나 극심한지 점점 실감하고 있었다. 머리 위를 나는 새들보다 더 빠르게 잇달아 소송들을 치러 내지 않았는가.

이 무렵, 약 80킬로미터 떨어진 곳에서 노얼 우튼이 잠자리에 들었다. 하지만 그는 잠을 이룰 수 없었다. 조용한 프로보의 밤, 그는 자정이 넘도록 깨어 있었다. 우튼은 오전 6시가 되기를 기다리고 있었다. 그 시간이 되면 그의 조사관이 와서, 사형을 참관할 수 있도록 그를 주립 교도소로 데려다줄 예정이었다.

33장

길모어의 마지막 녹음테이프

1

모두가 반쯤 잠이 든 새벽 1시경, 게리는 페이건 교위의 사무실로 이동하여 트래블로지 모텔의 래리 실러에게 전화를 걸었다. 내내 전화기 옆에서 대기하던 실러는 지난 한 달 동안의 모든 질문들을 목구멍까지 꾹꾹 눌러 담은 채로 전화를 받았다. "기분은 어때요, 챔피언?" 이것이 그의 첫 마디였다.

"괜찮아요." 길모어가 말했다. "나한테 뭘 물어보고 싶어요? 뭘 알고 싶어요?"

"몇 가지 다시 확인하고 싶은 것들이 있어요."

"개인적인 얘기 좀 해도 돼요?"

"그럼요, 당신이 개인적인 얘길 해 주면 좋겠어요."

"당신이 내 동생을 기분 나쁘게 했고, 난 그게 맘에 안 들어요." 게리가 말했다.

"네, 테이프에서 들었어요." 실러가 그에게 말했다.

"음, 직접 말하고 싶었어요. 그게 맘에 안 들었다고."

실러는 생각했다. '그렇게 화가 난 것 같지는 않네. 사실상 빨리 하자고 말하는 거야.'

래리가 헛기침했다. "좋아요, 그다음부터는 내가 할게요, 알겠죠?"

"해 봐요."

그는 빨리 본론으로 들어갔다. "게리, 지금 새벽 1시라는 시점에서……."

"뭐라고요?" 길모어가 말했다.

"새벽 1시인데." 래리가 카드를 읽어 내려가며 계속 말을 이었다. "당신의 삶에 대해 아직도 숨겨야 할 게 있다고 생각하나요?"

"예를 들면 뭘요?"

"저기, 그게 뭔지 말해 달라는 게 아니잖아요. 난 그저 당신이 뭔가를 숨기고 싶다는 느낌이 드는지 물어보는 거예요."

길모어가 한숨을 쉬었다. "구체적으로 염두에 두고 있는 게 있어요?" 그가 물었다.

"음, 예를 들어 젠슨과 부시넬 외에 다른 사람을 죽인 적이 있나요?"

아마 그의 낭만주의적인 면 때문일지도 모르지만, 죽음을 앞둔 사람은 자신을 드러낼 준비가 되어 있을 거라는 생각이 있었고, 실러는 길모어가 전에 사람을 죽인 적이 있는지 정말 알고 싶었다. "그런 적 있나요?" 실러가 다시 물었다.

"아뇨." 길모어가 말했다.

"아니라고요." 실러가 그의 말을 반복했다. 또 한 번의 좌절이었다. 잠시 침묵이 흘렀다. 더 이상 이어 갈 방법이 없었다. 그는 다른 방식의 질문을 시도해야 했다. "어머니나 아버지와의 관계에서 당신에게 너무 개인적인 일이라 죽는 순간까지도 말하고 싶지 않은 것이 있나요?"

대체 어떤 모자 관계이기에 어머니가 아들을 보러 오지 않는단 말인가, 라고 그는 생각하고 있었다. 설사 들것에 실려 오는 한이 있더라도 말이다! 실러는 이해할 수 없었다. 게리가 어머니에게 무슨 잘못을 저질렀든, 아니면 어머니가 게리에게 그랬든, 둘 사이에 숨겨진 원한이 있는 게 분명했다. 그것에 대한 실마리라도 얻을 수 있다면 좋을 텐데. 하지만 아무도 베시 길모어에게 접근하지 못했다. 데이브 존스턴은《LA 타임스》를 위해 혼자서 포틀랜드에 갔으나 그녀와 이야기를 나눌 수 없었다. 그녀는 말할 준비가 되어 있지 않았고, 데이브 존스턴은 실패했다.

"빌어먹을." 길모어가 전화로 말했다. "열받게 하는 질문이네요. 다른 사람들이 뭐라고 했는지는 전혀 상관없어. 난 당신에게 사실을 있는 그대로 말했으니까. 있잖아요, 우리 엄만 정말 대단한 여자예요. 관절 류머티즘으로 사 년 정도를 고생하면서도 불평 한번 한 적이 없다니까. 자, 이걸로 뭐 알 수 있는게 있어요?"

"당장 알 수 있는 게 많죠." 실러가 목쉰 소리로 말했다.

"우리가 어렸을 때 아빠는 교도소를 자주 들락거렸어요."

길모어가 말했다. "상습적인 수감자였죠. 엄마는 이렇게 말씀하시곤 했어요. '뭐, 걸어 나왔으니 됐지.' 그러고는 덤덤히 넘어가셨죠. 엄만 최선을 다했고, 항상 우리 곁에 있었어요. 우릴 삼시세끼 챙겨 먹이고 따뜻하게 재웠어요."

"그래요." 실러가 말했다. "당신 말을 믿어요."

"당신의 어머닌 어땠는데요?" 길모어가 물었다.

"내 어머닌 거칠고 강인한 분이셨어요. 매일 일하셨죠. 어머닌 나랑 형을 영화관에 넣어 두곤 했어요. 어머니가 아버지를 위해 바닥을 닦는 동안, 우린 매일 영화를 봤어요."

훗날 그는, 인간의 동기라는 것은 대부분 영화 줄거리들이 머릿속에 심어 놓은 행동 양식에서 비롯된다는 생각에 도달했다. 그런 영화 줄거리를 떠올리게 하는 발언을 하면, 사람들은 그에 따라 행동했다. 그래서 그가 길모어에게 들려준 이야기는 어떤 영화 장면 같은 것이었다. 실제로, 그의 가족이 재정적 어려움을 겪은 것은 고작 몇 년이었고, 그 기간 동안 그의 어머니가 때때로 바닥을 닦아야 했지만, '무릎 꿇고 사는 삶'이라는 발상이 확실히 길모어를 누그러뜨린 것 같았다.

게리가 말했다. "내 어머닌 식당 종업원으로 일했어요. 돈이 없었는데, 우리가 가진 아름다운 집을 지키려고 애썼죠. 차를 몰고 들어가면 원을 그리며 돌 수 있는 멋진 진입로가 있는 집이었죠. 어머닌 그걸 원했어요. 원하는 게 몇 가지가 있었죠. 그런데 잃었어요. 그걸 잃고 트레일러로 이사했어요. 그래도 한 번도 불평하지 않았어요."

"어머닐 정말 사랑하는군요, 그렇죠?" 실러가 말했다.

"젠장, 그래요." 게리가 말했다. "엄마가 나한테 못되게 굴었다는 빌어먹을 헛소리는 듣고 싶지 않아요. 손찌검 한번 한 적 없다고."

그 순간 혼선이 생겼다.

"여보세요." 어떤 목소리가 말했다.

"여보세요." 게리가 말했다.

"페이건 씨인가요?" 그 목소리가 말했다.

"누구세요?" 게리가 물었다.

"소장입니다."

"저는 길모어입니다만." 게리가 공손히 말했다. "페이건 씨가 승인한 전화 통화를 하는 중입니다."

"그렇군, 고맙소." 샘 스미스가 말했다. "실례했소." 그러고는 전화를 끊었다. 교도소장의 목소리에는 어쩐지 자신의 감정을 억누르는 것 같은 느낌이 묻어 있었다. 실러는 서둘러야겠다는 생각이 들었다.

실러 옆에는, 테이블 아래 바닥에 누워 녹음기에 짧은 선으로 연결된 이어폰을 통해 대화를 듣고 있는 배리 패럴이 있었다. 실러는 배리의 얼굴을 보며 그의 반응을 확인하고 싶었지만, 자신이 앉은 각도에서는 8×13센티미터 규격의 카드에 무언가를 적는 배리의 손만 가끔씩 시야에 들어왔다.

실러는 답변을 듣지 못한 질문에 마지막으로 도전했다. "난 당신이 힘든 시간을 보냈다고 생각해요." 실러가 말했다. "당신은 문제에 휘말렸고, 성질도 급하고 참을성도 없었죠. 하지만 살인자는 아니었어요. 무슨 일인가가 일어났어요. 무언가가, 어떤 느낌이나 감정 혹은 사건이 당신을 젠슨과 부시넬을 죽일 수 있는 사람으로 변모시킨 거예요."

"난 줄곧 살인이 가능한 사람이었어요. 내 안엔 내가 싫어하는 면이 있어요. 타인에 대한 감정이 완전히 결여된, 아주 냉정한 사람이 될 수 있죠. 내가 지독히 심한 잘못을 저지르고 있다는 걸 알아. 그럼에도 그걸 계속할 수 있는 거죠."

그것은 딱히 실러가 듣고 싶었던 대답이 아니었다. 그는 일화를 원했다. "난 여전히 살인을 결심하는 사람의 머릿속에서 무슨 일이 벌어지는지 이해가 안 돼요."

"자, 자." 길모어가 말했다. "들어 봐요. 한번은 포틀랜드의 도로를 운전하고 있었어요. 반쯤 취한 채로 돌아다니는 데 남자 둘이 술집에서 나오더라고요. 그때 나는 열아홉 살이나 스무 살쯤의 애송이였는데, 그놈들 중 하나는 내 또래의 치카노였고, 다른 하나는 마흔 언저리로 보이는 나이가 좀 든 놈이었어요. 그래서 내가 말했죠. 이봐요, 당신들, 여자 좀 만나 볼래요? 타요. 그러자 그들이 뒤에 탔어요. 그때 난 49년식 2도어 쉐보레를 몰았어요. 패스트백[191] 알죠? 아무튼 놈들이 차에 타자, 나는 클라카마스 카운티의 아주 어두운 곳으로 차를 몰고 갔죠······. 지금 내가 말하는 건 절대 사실이에요. 지어낸 이야기도, 과장하는 것도 아니에요. 이게 거짓이면 난 완전히 좆 될 거야. 내가 지금 빌어먹을 문자 그대로 진실을 말하고 있다는 걸 신성한 모든 것을 걸고 예수 그리스도께 맹세

---

191) 차체 뒤쪽이 부드럽게 기울어지며 떨어지는 디자인.

해요. 이건 정말 이상한 이야기거든."

"알겠어요."

"그들을 뒤에 태우고 그때부터 여자들 이야기를 시작했어요. 여자들 가슴이 풍만하고 떡 치는 걸 좋아한다는 둥, 파티가 한창인데 남자가 부족해서 내가 남자들을 구하러 나온 거라는 둥, 이야기를 꾸며 냈죠. 그 둘은 반쯤 취한 상태였어요. 그리고 나는 그들을 태우고 좆같이 깜깜한 도로를 운전해 갔어요. 자갈이 깔려 있었지만 거칠지 않고, 검고 매끄럽고 평평하고, 군데군데 깨진 곳이 있는 좆같은 콘크리트 도로였어요. 그렇게 기억해요. 그러고는 손을 아래로 뻗어서 좌석 밑을 더듬었죠. 야구 방망이나 파이프를 차에 늘 가지고 다녔거든. 아무튼 좌석 아래로 손을 뻗었는데…… 잠깐만요."

실러는 이야기를 주의 깊게 듣고 있지 않았다. 그는 그것이 녹음되고 있다는 것을 알고 있었고, 그래서 배리가 길모어에게 질문할 게 있는지 확인하기 위해 테이블 너머로 몸을 기울였고, 그러는 동안 파이프인지 야구 방망이인지 뭔지에 대한 얘기를 듣고 있었는데, 다음 순간 게리가 이렇게 말하는 소리가 들렸다. "이런 개좆같은!"

실러는 침묵 속에서 변화를 느낄 수 있었다.

"방금 페이건 교위 말로는 리터가 집행 정지 명령을 발부했다는데, 이 개새끼. 빌어먹을 개씨발 새끼가." 게리가 말했다.

"알았어요." 실러가 말했다. "일단 이 개 같은 상황을 정신 차리고 잘 버텨 봅시다. 당신은 할 수 있어요. 전에도 잘 버텼잖아요." 이제 그는 그 이야기를 듣고 싶었다.

대신, 그는 게리가 페이건과 대화하는 걸 들어야 했다.

"리터가 확실히 정지 명령을 발부했어요." 게리가 마침내 래리에게 말했다. "납세자의 돈으로 날 쏘는 게 불법이라는군."

"그렇군요." 실러가 부드럽게 말했다. 한참 동안 말이 없다가 그가 단언했다. "가장 가혹한 고문이 무엇인지 정의할 수 없겠죠. 방금 리터가 한 짓이 바로 그거예요."

"그래요." 길모어가 말했다. "리터는 우왕좌왕하는 어리숙한 바보예요. 그래, 그래." 그가 말했다. "그래, 그래, 그래, 그래, 그래, 그래. 좆같이 더러운 새끼. 납세자 소송이라니. 그 돈 내가 내면 될 거 아냐. 내가 총알도 사고, 총도 사고, 사수에게 돈도 지불하겠어. 이런 씨발 빌어먹을. 다 끝났으면 좋겠어." 금방이라도 울음이 터질 것 같은 목소리였다.

"당신에겐 끝낼 권리가 있어요." 실러가 말했다. "양도할 수 없는 권리죠."

"핸슨을 찾아와요." 길모어가 말했다.

"빨리 전화기 들어, 아가씨들." 실러가 루신다와 데비에게 소리쳤다. "솔트레이크시티의 핸슨이라는 변호사를 찾아."

길모어가 말했다. "그는 유타주의 빌어먹을 법무 장관이야."

"유타주의 법무 장관이래, 알았지?" 실러가 여자들에게 반복했다.

"그에게 리터보다 상급 판사를 찾아가서 리터의 말도 안 되는 짓을 뒤집으라고 전해요." 실러가 생각했다. '아무래도 나부터가 영화를 너무 많이 봤나 보네.'

게리에게 살라고 권하는 자신의 목소리가 들렸다. 수많은 영화에서 들었던 그런 격려의 말이었다. "게리, 어쩌면 당신은 죽을 운명이 아닌지도 몰라요. 당신의 이야기 속에 아주 엄청 나고 아주 깊은 무언가가 있어서, 지금 당장은 죽을 운명이 아 닌지도 몰라요. 아직 해야 할 일이 남아 있을 수도 있죠. 그게 무엇인지 우리는 모를 수 있어요. 어쩌면 죽지 않음으로써 당 신은 빌어먹을 전 세계를 위해 엄청난 일을 하고 있는지도 몰 라요. 어쩌면 지금 당신이 겪고 있는 고통이 그 두 사람의 생 명을 되갚는 방식인지도 몰라요. 어쩌면 당신은 사회와 우리 문명이 앞으로 나아갈 길을 위한 초석을 다지고 있는지도 모 르고요. 어쩌면 지금 당신이 겪고 있는 형벌이 죽음보다 더 큰 형벌일 수도 있고, 어쩌면 그로 인해 많은 좋은 일이 생겨날 수도 있어요."

그는 불현듯 자신이 길모어의 마음보다 스스로에게 더 큰 영향을 미치고 있다는 사실을 깨달았다. '아이고, 녹취록에서 내가 얼간이처럼 들리겠군.'이라고 실러가 생각했고, 큰 소리 로 말했다. "내 말 안 듣고 있군요, 그렇죠?"

"뭐라고요?" 게리가 물었다. "아니, 듣고 있어요."

"다른 쪽도 한번 생각해 봐요. 다음 한 시간도 같이 견뎌 보자고요. 그들이 당신을 세상 누구보다 고통스럽게 만들고 있다는 거 당신도 알잖아요."

게리의 목소리는 금방이라도 짜증이 폭발할 것처럼 들렸다. "부탁 하나만 들어줘요." 그가 말했다. "이 빌어먹을 전화를 끊 어야 하거든. 페이건 씨가 쓰고 싶다네요. 당신의 그 아가씨들 에게 연락해요."

"알았어요."

"그들에게 나 대신 입 맞춰 줘요. 그들더러 핸슨 씨에게 연락하라고 해요. 어떻게 하면 그 자식을 이길 수 있는지 당장 알아내요. 그 멍청한 리터 말이에요. 그는 언제든 무슨 짓이건 할 놈이거든. 그리고 나한테 다시 전화해요."

"전화는 당신이 해야 해요." 실러가 말했다. "난 당신한테 전화 못 하잖아요."

"삼십 분 후에 다시 전화할게요."

"삼십 분 후에. 정신 똑바로 차려요."

"알았어요."

래리가 말했다. "상황이 거지 같지만 정신 차려요."

"빌어먹을." 게리가 대답했다. "제기랄, 젠장, 빌어먹을!"

2

새벽 1시가 되어서야 리터 판사가 판사석으로 돌아왔다.

"유타주의 사형 규정은." 그가 법정에 있는 모든 사람들에게 큰 소리로 낭독했다. "어떤 법정에서도 합헌으로 판결된 바 없습니다……. 의혹이 해소될 때까지…… 합법적인 사형 집행이란 존재할 수 없습니다. 피고인의 동의가 주 정부에 사형 집행 권한을 부여하지 않습니다."

낭독은 계속 이어졌고, 주디스 월바크는 다시 숨을 쉬기 시작했다. 행복감이 그녀를 관통했다. 멀리하고 싶었던 공포감이 저 멀리 사라졌다. 리터 판사를 포옹할 수도 있을 것 같았다. 그는 묵직하게 울리는 노인의 목소리로 이렇게 결론을 내렸다. "법이 너무 불확실하고 그 남자를 처형하는 일을 지나치게 서두르고 있습니다."

세상에, 그 목소리는 옛 뉴스 영상 속 프랭클린 델러노 루스벨트의 목소리만큼이나 좋았다! 판사는 대브니와 월바크를 위해 임시 금지 명령에 서명해 주었고, 열흘 후인 1월 27일 오전 10시에 이 문제를 심리하기로 했다.

빌 배럿, 빌 에번스, 그리고 마이크 디머는 다음 단계를 논의하려 애썼지만, 법무 장관실로 돌아온 그들은 풀이 죽어 있었다. 그들은 아침에 직무 집행 영장 소송을 제기하고 덴버로 서둘러 가는 것이 최선의 방법이라는 결론을 내렸다. 불럭 판사로부터 유예를 받아 낼 수 있다면, 비록 열두 시간이나 열네 시간이 늦어지더라도 내일 사형 집행이 이루어질 터였다.

3

불럭 판사는 사교 모임에 참석하기 위해 솔트레이크에 와 있었다. 돌아와서 잠자리에 들기 전에, 그는 라디오를 켰고 집행 정지 소식을 들었다. 그는 속으로 '이제 끝났네.'라고 생각했다. 밖에 보안관의 암행 순찰차가 주차되어 있었는데, 판사가 밖으로 나가 그 경찰에게 말했다. "이제 이 주변에 머물 필요 없네. 자넨 집에 가는 게 좋겠어."

보안관 사무실은 그날 밤 일찍 불럭 판사에게 전화를 걸어, 사형 집행에 반대하는 사람들의 시위가 있을 수도 있음을 알렸다. 그들은 그의 집을 보호 차원에서 지켜보고자 했다.

판사는 생각했다. '글쎄, 내 안전은 걱정하지 않지만, 혹시 이 무리들이 내 잔디밭에서 십자가 같은 걸 불태울지도 모르는 일이지.'

그는 실제로 폭력이 발생할 거라고는 예상하지 않았지만, 재산을 보호하기 위해서는 보안관의 제안을 받아들여야겠다고 생각했다. 약간의 감시는 그의 아내와 아이들이 방해받는 것을 막는 데 도움이 될 것 같았기 때문이다.

불럭 판사는 지역 주민들에 대해서는 걱정하지 않았다. 하지만 누군가가 사형당하면 전국적으로 수십만 명이 분노하고, 일부는 마을로 몰려올지도 몰랐다. 그들은 평화주의자라 실제로 폭력을 행사하는 성향은 아니지만, 시위에는 적극적이었다. 판사는 생각했다. 잔디밭에 십자가가 세워질 수도 있겠군.

하지만 리터 판사가 정지 명령을 발부했으니 문제가 생길 일은 없었다. 불럭은 제10연방 항소 법원에 항소하면 대법원까지 가겠구나, 라고 생각하며 다시 잠을 청했다. 결국 대법원에서는 지금 결정되는 사안과는 다른 쟁점들이 논의될 것이다. 그는 졸음이 쏟아지는 걸 느끼며 스스로에게 말했다. "이제 재판 과정에 들어갔으니, 그 끝을 걱정할 만큼 내가 오래 살지 못할 수도 있어."

어떤 사건들은 이십오 년씩 걸리기도 했으니까. 불럭 판사는 잠이 들었다.

4

줄리 제이코비는 철야 집회에 참석했다가 집에 가서 잠시 쉰 다음, 다시 교도소로 돌아가 밤을 새울 작정이었다. 하지만 잠시 티브이를 켰다가 사형 연기 소식을 알게 되었다. 플로리다의 새니벌에 머물고 있던 남편이 마침 전화를 걸어왔다. 아까 티브이에서 그녀를 봤다고 했다. 그녀가 철야 집회에 참여하는 모습이 카메라에 찍혔다는 것이다. 이어, 다음 날 아침 일찍 그녀와 함께 교도소로 가기로 약속했던 ACLU 회원의 전화를 받았다. 이 여성이 말했다. "뉴스 들었어? 그렇게 일찍 일어나지 않아도 될 것 같아."

줄리가 이해하기로, 리터 판사의 판결은 번복될 수 없었다. 그녀 역시 잠자리에 들었다.

5

면회실에서 스탠저는 최고 보안 교도소의 재소자들이 쏟아내는 탄성을 들었다. 그 소리가 감방과 감방을 잇는 긴 복도를 따라 울려 퍼졌다. 스탠저는 이어폰으로 라디오를 듣고 있는 최고 보안 교도소 재소자들의 존재를 완전히 잊고 있었다. 어느 순간 갑자기 그 소리가 들렸다. 박수를 치는 건지 환호하는 건지, 아니면 괴롭게 신음하는 건지 구분할 수 없었다. 지축이 흔들리는 것 같은 깊고 혼란스러운 소리였다. "집행 정지야!"라는 외침이 감방 전체에 울려 퍼지는 것을 듣고 그는 텔레비전을 켰다. 그 순간, 전화 통화를 하러 갔던 게리가 돌아와 티브이 세트를 향해 돌진하다시피 했다. 스탠저는 그가 주먹을 날릴 거라고 생각했다.

클라인 캠벨은 한두 번 게리가 화내는 모습을 본 적이 있었다. 그는 보통 사람들과는 다른 방식으로 분노를 표출했다. 길모어의 분노는 아주 깊은 내면으로부터 나온다고 오래전에 이미 판단한 바 있었다. 다른 남자들은 벽을 내리치거나 책을 집어 던졌지만, 길모어는 이를 악물고 낮게 으르렁거리기만 했다. 그런 다음 분노를 짓눌러 부수려는 듯 양손으로 깍지를 껴서 힘을 주었다. 이날 밤 리터에 대한 소식이 전해졌을 때, 게리는 자신의 손을 부러뜨릴 듯이 보였다. 그가 이렇게까지 화난 모습은 캠벨도 처음 보았다.

밥 무디는 스스로 생각하기에 부적절한 두근거림을 느꼈다. 그 순간 그가 자기 의뢰인에게 "잠깐만요, 게리, 미안한데, 그들이 꼭 죽일 필욘 없잖아요!"라고 말했다면 그는 절대 받아들이지 않았을 것이다. 그도 그럴 것이 밥은 그의 얼굴에 떠오른 표정을 보았다. 게리는 지금껏 자신의 형을 받아들일 준비를 해 왔다. 의지를 억지로 다잡았는지, 아니면 두려움을 나뭇잎 떼어 내듯 떼어 냈는지, 어떤 방법으로 그럴 수 있었는지는 무디도 알지 못했다. 그가 그것을 어떻게 해냈든, 판사는 그를 지옥으로 보낸 것이었다. 게리의 안에서 무언가가 무너지기 시작했다. 그는 더욱 침울하고 더욱 위협적이 되었으며 키도 줄어든 느낌이었다. 그는 "오전 8시 전에 목을 맬 거야. 죽을 거야. 신발 끈을 사용하면 되겠지."라고 말하면서 돌아다녔다. 무디는 그 신발 끈에 대해 들어 본 적이 있었다. 스탠저가 언젠가 게리와 페이건의 사무실에서 이십 초 동안 단둘이 있었던 때의 이야기를 들려주었다. 페이건이 잠시 방 밖으로 나가야 했었다. 이십 초도 안 되는 시간이었을 것이다. 십 초였을 수도 있다. 그 시간 안에 게리는 페이건의 책상 서랍에서 신발 끈을 훔쳤다. 경비가 매우 삼엄해서 무언가를 훔치거나 보관한다는 게 결코 쉽지 않았지만, 게리는 지난 이 주 동안 그 신발 끈을 갖고 있었다. 이제 그는 그것을 사용하겠다고 말하고 있었다.

무디와 스탠저는 더 이상 견딜 수 없었다. 그들은 중범죄자 수용 공간에서 나와 주차장으로 이동해 취재진들과 어울렸다. 갑자기 함성이 터져 나왔다. 교도소 경내를 빠져나가는 특정 차량을 수많은 티브이 조명이 비추기 시작했다. 바로 그때, 스탠저와 무디는 리터 판사가 연방 보안관과 함께 교도소로 차를 몰고 가서 교도소장에게 직접 집행 정지 명령을 전달했다는 소식을 한 기자로부터 들었다. 리터는 덩치가 크고 나이가 많았지만 주차장을 지나갈 때는 취재진의 눈을 피하기 위해 차 바닥에 몸을 웅크린 듯했다. 문서를 직접 전달하다니, 그 판사의 전형적인 행태였다. 아마 그렇게 하지 않으면 영장이 바닥 틈새로 빠져나갈 거라고 예상한 듯했다.

그가 막 정문을 빠져나간 뒤, 무디와 스탠저의 귀에 기자들의 투덜거림이 들려왔다. 그들은 그날 밤 가장 중요한 인터뷰 기회를 빼앗겼다는 사실에 분노했다. 하지만 동시에 헤드라인을 장식할 가능성에 들떠 있었다. "리터, 영장을 전달하다"라고 한 기자가 말했다. 다른 기자가 "리터와 동승한 영장"[192]이라고 응수했다. 모두들 어쩐지 묘하게 뒷맛이 쓴 기분이었다. 그들은 추위 속에서 잠을 깨고 밴에 시동을 걸었으며, 술을 좀 더 마시다가 다시 하나씩 잠에 빠져들었다. 집행 정지가 유지된다면 괴롭고 긴 밤이 될 터였다.

면회실로 돌아온 무디는 교도소가 사실상, 좋아, 게리, 이제 더 이상 각성제는 없어, 라고 결정했음을 알 수 있었다. 사형을 선고받은 평범한 재소자에게 각성제를 내줄 순 없었다. 그가 삼십 일을 더 이곳에 머물지도 몰랐다. 분노와 각성제 성분으로 가득 차 한껏 의기충천했던 게리도 점차 가라앉을 수밖에 없었다.

잠시 후, 그는 혼자서 어디론가 갔다. 미어스만 신부가 녹음기를 가져왔고 게리는 밤새, 사형 집행 후 니콜에게 전해질 녹음테이프를 만들 계획이었다. 스탠저는 그 테이프에 어떤 내용이 담길지 상상이 안 됐지만, 오래 궁금해할 필요가 없었다. 삼십 분도 지나지 않아 게리가 론의 곁에 다가앉더니 말했다. "당신도 듣게 해 줄게요."

---

192) 원문은 "Writ Rides with Ritter." 연달아 이어지는 'R' 발음을 이용한 말장난이기도 하다.

6

"자기야, 사랑해." 테이프가 시작되었다. "자기는 나의 일부야. 그리고 오래전 5월에 우리는 니콜과 게리의 선생님들, 스승들, 그리고 사랑하는 사람들 앞에서 서로에게 맹세했지. 우린 아주 오랫동안 서로를 알아 왔으니까."

"이거 지극히 사적인 이야기일 것 같은데요." 스탠저가 그에게 말했다.

"그냥 들어 봐요." 게리가 말했다. "있잖아요, 니콜과 나는 당신이 상상하는 것 이상으로 사적인 것들에 대해 함께 이야기했어요. 내 모든 사적인 생각을 그녀와 나눴죠. 우리가 서로에게 이야기할 때 어떤 느낌인지 당신이 알았으면 해요."

그래서 스탠저는 귀를 기울이기 시작했다. 하지만 테이프에서는 점점 더 사적이고 성적인 내용이 흘러나왔다. 게리가 그녀의 은밀한 부위에 키스하는 것에 대해 이야기하기 시작할 무렵, 테이프는 매우 사적이고 날것의 영역으로 들어갔다. 스탠저는 다시 항의하기 시작했다. "게리, 음, 이건 정말 사적인 이야기잖아요."

"그래, 어떻게 생각해요?" 게리가 물었다.

스탠저가 대답했다. "내 생각엔, 게리, 이건 정말, 정말 사적인 내용이에요."

이 녹음에서 나온 목소리는 론이 이전에 게리에게서 들었던 것과는 전혀 다른 이상한 목소리였다. 과시적이고 가식적이며 발음이 불분명했다. 그러다 가끔씩 발음이 매우 또렷해졌다. 마치 그의 여러 인격이 차례로 나타나는 것 같았다. 배우가 하나의 가면을 썼다가 벗고, 또 다른 가면을 쓰고 새로운 목소리를 내는 것 같다고 론은 생각했다. 게리는 때로는 젠체하는 목소리를, 때로는 약하고 거의 울 것 같은 목소리를 내곤 했다. 전반적으로, 스탠저는 듣지 않고 싶지 않았다. 게리가 자리를 뜰 때마다, 론은 전부 다 듣지는 않으려고 계속 빨리 감기를 눌렀다. 하지만 그는 깜짝 놀랐다. 예상했던 것보다 게리는 훨씬 표현이 풍부했다. 스탠저는 자신도 사랑하는 사람에게 그런 말을 할 수 있을지 자신이 없었다.

7

"머리가 맑은 이른 아침이 사색하기 가장 좋은 시간이지만, 나처럼 이런 곳에 있다 보면, 원치 않아도 시끄러운 종소리에 잠이 깨어, 당장 일어나지 않으면 들어가 침구를 빼앗겠다고 큰 소리로 위협하는 소리를 듣게 돼. 철과 콘크리트가 철컹거리며 부딪히는 소리를 들어야 하니 무척이나 짜증스럽고 잠에서 깨어도, 알잖아, 순수한 사고가 안 돼. 그런 걸 하려면 조용히 긴장을 풀어야 하거든. 있잖아, 요정, 사랑해." 그가 말했다. "당신의 귀여운 보지를 빨고 싶어. 씨발 빌어먹을, 난 죽을 각오가 되어 있어. 아, 씨발 새끼들. 내가 당신을 사랑한다는 것만 기억해 줘. 여느 멍청한 남자들처럼 머릿속이 내내 좀 혼몽해. 온갖 여자애들이 편지를 보내와. 호놀룰루에서 편지를 보낸 여자애들은 열네 살이야. 이름은 스테이시와 로리인데, 떡 치는 얘기랑 마약 하는 얘기만 해. 그런데 있잖아, 애들이 다 좋은 가정 출신이더라고. 그중 한 아이가 니콜에 대해 알려 달라더라. 당신에 대해 알고 싶다나. 그래서 내가 이렇게 말해 줬지. 그녀는 세상에서 가장 아름답고 섹시한 여자야. 너무 요 정 같아서, 귀여운 꼬마 요정 같아서, 난 그녀를 거의 내내 발 가 벗겨 놨지. 요정, 요정, 나의 요정." 그의 목소리가 점점 잦아들었다가, 마음을 가다듬은 듯 니콜에게 말했다. "걔가 답장을 보내왔는데, 이렇게 말하는 거야. 음, 저도 빨간 머리에 다 주근깨도 있어요. 마침 크리스마스가 목전이라 두 사람에 게 각각 100달러씩 보내 줬어. 게리와 니콜이 주는 크리스마 스 선물이었지. 걔들이 달라고 한 건 아니야. 걔들은 아무것도 바라지 않았어. 그냥 내가 그런 걸 하는 걸 좋아해." 그는 말 을 조금 더듬더니 말했다. "걔들에게 게리 길모어 티셔츠도 보 내 줬어. 걔들에게 그걸 입든지 하라고 했어. 안에 아무것도 안 입고 입어도 된다고 했지. 많은 여자애들이 나한테 편지를 보내서 갖가지 이야기를 해. 사랑한다는 얘기도 하지. 그런데 걔들은 날 몰라. 만약 안다면 사랑하지 않겠지. 걔들은 그저 매일 신문에 이름이 오르내리는 개새끼한테 반한 것뿐이야. 있잖아, 걔들한테 살짝 수작을 걸기도 하지만, 난 언제나 그들 에게 말해. 아, 저기 말이야, 나 여자 친구 있어. 네 마음을 헷 갈리게 하려던 건 아니었어. 하지만 난 세상에서 제일 멋진 여 자를 만났고, 그녀는 내 일부야. 오직 당신뿐이야, 니콜, 다른 사람은 결코, 절대, 절대……. 내 모든 걸 다해 당신을 사랑해.

당신에게 내 마음과 영혼을 줄게." 그가 한숨을 쉬었다. "신문에서 읽었는데 말이야…… 사람을 휘어잡는 매력을 지닌 사악한 개자식이 최면 걸듯 여자를 홀려 자살로 내몰았다고 그러더라……. 나 원……. 당신이 어떻게 생각해야 하는지 말해 주진 않을게. 당신이 말했듯이, 당신은 법원의 명령으로 망할 정신 병동에 갔고, 그곳 패거리들에게 감시받고 있지. 내 생각에 그 패거리 대부분이 당신을 노리는 것 같아. 당신한테 돈이 좀 있잖아. 자기야, 나 페노바르비탈 60알을 먹었어. 열두 시간 동안 혼수상태였다고. 그런데 몸이 너무 튼튼한 걸 어떡해. 교도소에 너무 오래 있느라 지나친 음주나 흡연으로 몸을 망친 적이 없거든. 사형이 유예되면 그놈들 좆 되라고 내가 직접 목을 매 버릴 거야."

그가 크게 숨을 내쉬고는 노래를 부르기 시작했다. 스탠저가 들어 본 것 중 최악의 목소리였고 음정도 전혀 맞지 않았다. 게리는 자기가 음이 틀렸다는 사실도 전혀 모르는 눈치였다. 가만가만 부드럽게 노래해야 하는 곳에서 그는 괴로운 신음 소리를 냈다. 목이 막힌 듯 답답한 소리가 나왔다. 음에 어느 정도 가까워지긴 하는데 끝내 맞지 않아 귀에 거슬렸다. 그래도 그는 「영원의 바위」[193]를 부르기 시작했다.

"내가 이 덧없는 숨을 내쉬는 동안, 침대에서 눈꺼풀을 감을 때…… 내가 미지의 세계로 날아오를 때, 나의 심판의 시

---

[193] 18세기 영국 작곡가 어거스터스 몬터규 토플레이디가 1763년에 작사한 찬송가.

간에 주를 보게 하소서, 영원의 바위여, 주 안에 나를 숨기게 하소서." 그가 노래를 멈췄다. "있잖아, 내가 조니 캐시랑 얘기했다고 했잖아, 와." 그가 큰 소리로 웃었다. "조니 캐시도 내가 실재한다는 걸 알고 당신이 실재한다는 걸 알아. 그는 우릴 좋아해……. 오, 니콜…… 나는 찰리 맨슨 같은 유형이 아니야. 당신의 마음을 흔들어 이걸 하게 만들려는 게 아니야……. 당신이 아이들을 키우며 계속 살아가고 싶다면, 당신은 유명한 여자고, 돈도 많잖아. 당신이 더 많이 버는 걸 나도 보고 싶어. 하고 싶은 대로 해, 자기야. 하지만 누구와도 자지 마." 이제 그는 속삭이듯 말했다. "누구의 것도 되지 마. 자기야, 그러지 마, 당신은 내 거니까. 규율, 구속 ― 어쩌면 여자는, 나도 모르겠다, 젠장……. 난 7시 49분에 사형당할 거야……. 내 앞에 성가집이 있는데, 당신은 예쁘고 섹시해. 그리고 뭔가 특별한 매력이 있어, 자기야. 사람들 눈에 확 띈단 말이야. 음, 난 남자들한테는 흑심이 있다는 걸 알아. 그 개자식들이 흑심을 품고 있다가 기회를 포착하겠지. 그들은 당신을 보고, 당신이 얼마나 예쁜지 보고, 내가 죽는다는 걸 생각하고, 당신의 돈을 원하고, 당신을 원하겠지. 당신에겐 누구라도 원할 만한 매력이 있어. 바라는데, 정말 바라는데, 오 세상에, 빌어먹을 그저 바라는데…… 젠장, 난 당신을 원해, 자기야." 그가 느닷없이 울기 시작했다. "아, 씨발." 그가 속삭였다. "지금 기분이 너무 안 좋아. 몇 시간 후엔 죽어 있을 거라고 생각했어……. 자유롭게 당신과 만날 줄 알았어……. 당신이 계속 살아가도 상관없어……. 당신에겐 아이들이 있으니까, 난 당신

더러…… 나서서 자살하라는 게 아니야. 나한텐 그건 너무 힘든 일이야……." 이제 그가 속삭였다. "난 그저 당신이 누구와도 자지 않았으면 해. 당신이 내 거였으면 해, 오직, 오직…… 오직, 나만의 것. 오, 자기야, 난 이 빌어먹을 세상에서 벗어나고 싶어……. 난 갖고 있던 돈을 다 나눠 줬어. 10만 달러를 말이야……. 당신에게 그 이야긴 하고 싶지 않았어. 자랑하는 것처럼 보이고 싶지 않았거든. 당신이 나보다 더 돈이 많으니 그냥 당신에게 솔직하고 싶어. 저들이 날 죽일 거라고 생각했어, 한심하고 역겨운 겁쟁이들……. 더러운 개좆같은 새끼들……." 목소리에 힘이 빠졌다. 그는 녹음테이프에 단조롭게 웅얼거리고 있었다. "니콜, 무슨 일이 벌어지고 있는 건지 모르겠어. 어쩌면 우리는 좀 더 오래 살아야 할지도 몰라. 있잖아, 난 당신이 가져다준 걸 모두 먹었어……. 세코날 스물다섯 알과 달마인 열 알을 자정에 먹었어. 그럴 필욘 없지만 난 찬송가를 꽤 많이 알아. 가톨릭 찬송가야……. 어젯밤 신부님이 나와서 미사를 드렸어. 세상에, 미사보다 지루한 건 없어……. 니콜…… 당신은 내 거야, 아, 난 우리의 사랑에서 엄청난 힘을 느껴. 당신에게 당신의 모든 것을 다해 날 사랑해 달라고 부탁했었지. 당신이 미치도록 그리워. 오직 당신만을 원해. 그리고 신에게 맹세코, 당신을 가질 거야. 당신에게서 멀리 떨어지지 않을 거야. 어떤 고난을 겪어야 하든, 어떤 무시무시한 악마와 싸워야 하든, 무엇을 극복해야 하든 상관없이, 당신에게 나를 명확히 드러낼 거야. 내가 뭘 해야 하든 전혀 상관없어. 고문을 당하든, 고통을 겪든, 몇 번의 생을 거쳐야 한다 해도 다 괜찮아.

내가 당신을 부드럽고 애틋하게, 거칠고 요란하게 사랑하는
걸 당신을 알 수 있을 거야. 벌거벗은 채로도, 그리고 온몸을
감싼 채로도……."

8

번은 그동안 게리를 주의 깊게 지켜보고 있었다. 다른 사람
들이 모두 잠든 후, 게리는 라디오를 켰다. 볼륨을 너무 높여
귀에 거슬릴 정도였다. 그러고는 누워서 잠든 척했지만, 좀처
럼 잠을 이루지 못하는 것 같았다. 잠시 후 게리는 일어나서
라디오를 끄고 이리저리 서성대다가, 노여운 눈빛으로 벽에
주먹을 날릴 것 같은 표정을 지었다가, 다시 한번 잠을 자려고
시도했다.

안경을 쓰고 정기적으로 미용실에 다니는지 빨간 머리를
짧게 말아 올린 날씬한 중년 여성 이블린 그레이가 이제 게리
에게 다가가 그를 위로하려 했다. "게리, 뭐라도 내가 도울 일
이 있을까?"

게리가 그녀를 쳐다보며 말했다. "내가 원했던 건 그저 약간
의 사랑뿐이었어."

이블린 그레이는 가슴이 뭉클해졌다. 너무 감동을 받았는
지 급기야는 눈물을 흘렸다.

"그래, 그럴 줄 알았어." 번이 혼자 중얼거렸다. "내가 원했던
건 그저 약간의 사랑뿐이었어."

그날 저녁 일찍이 게리를 감방에서 데리고 나와 사람들을 만나게 해 주었을 때, 교도관들은 그가 다시는 사형수 감방으로 돌아가게 되진 않으리라 여겨 그의 소지품도 함께 가져다 주었다. 상자 여러 개를 가득 채운 소지품 외에, 게리의 우편물이 담긴 수많은 비닐봉지가 있었다. 잠시 휴식을 취해 보려던 게리가 얼마 후 자리에서 일어나 번에게 말했다. "보여 주고 싶은 게 있어요."

게리가 잡다한 장신구와 외국 동전을 뒤적이는 동안, 두 사람은 나란히 앉아 있었다. 게리가 번에게 니콜한테 줄 상자 포장을 도와달라고 부탁했다. 그들은 편지와 특별한 물건들을 골라내기 시작했다. 그 일이 끝나자, 게리는 상자들을 다시 정리했다. 그가 문득 고개를 들어 올리더니 말했다. "번, 그들이 안 하면 난 스스로 목숨을 끊을 거예요." 그의 어투가 너무도 평온하고 덤덤해서, 결국 번은 바로 그날 게리가 자살할 거라고 판단했다. 게리는 사형 집행 시간이 지나간 후 너무 오래 기다리지 않을 생각이었다.

'어떤 식으로든 정오 전에는 죽겠구나.' 번은 혼자 이렇게 생각했다.

그들은 마지막으로 종이류를 살펴보았다. 게리는 번이 사다 준 로빈 후드 모자를 벗어 니콜에게 줄 상자에 넣었다. 그리고 상자를 테이프로 봉했다. "이 모든 것을 니콜에게 확실히 전달하겠다고 맹세해요." 게리가 말했다. 그러자 번이 대답했다.

"난 네가 원하는 대로 할 거다. 너도 알잖니."

34장

산악 지대 너머로

1

얼, 빌 배럿, 마이크 디머, 그리고 다른 직원들이 사무실로 돌아오기 무섭게, 밥 핸슨에게서 전화가 왔다. 그가 말하길, 루이스 판사가 몇 시간 안에 항소를 심리하기로 동의하면서도, 그 정도로 중대한 결정은 덴버의 3인 합의부에서 내려져야 한다는 조건을 명시했다고 했다. 따라서 핸슨은 그들에게 솔트레이크를 출발하기 전 새벽 4시까지 모든 법적 서류를 완벽하게 준비해 두라고 일렀다. 소형 항공기의 속도를 고려하면, 산악 위를 지나가는 두 시간의 비행이 될 것이고, 그들은 새벽 6시 전에 도착할 것이었다. 제10연방 항소 법원에 제출할 수준 높은 서면을 작성하기엔 시간이 빠듯했다.

얼이 느낄 수 있는 건 피곤함뿐이었다. 그들은 한밤중에 비서도 없이 거기서 바로 그 일을 해내야 했다. 아이러니하게도,

옆에 비서가 없다는 사실이 가장 곤란한 부분이었다. 법률 부분은 이미 조사되어 있었다. 업무를 나눠서 하면 주어진 시간 안에 문서를 작성할 수 있었다. 예를 들어, 얼은 11월에 리터 판사가 《트리뷴》에 길모어와의 독점 인터뷰를 허락했을 때 이미 직무 집행 영장 초안을 작성해 두었기 때문에 세 시간을 절약할 수 있었다. 이제는 이미 학습된 절차적 단계에다 현재 사건의 사실들만 연결하면 되었다. 하지만 비서가 없다는 이유만으로 일이 지체되었다. 슈벤디만과 도리어스는 타이핑 속도가 엄청나게 느렸다. 얼은 오타가 가득한 문서를 덴버의 제10연방 항소 법원 같은 상급 법원에 제출해야 한다는 것이 괴로웠다. 어떤 종류의 문서든 그냥 일단 완성하고 보라는 지시를 받았지만, 그래도 그렇게 엉성하게 타이핑한 문서를 넘긴다는 건 무척 찜찜한 일이었다. 솔트레이크 보안관실의 상황실 요원이 그들을 도울 여성 두 명을 보내오고서야, 그는 안도했다.

또 다른 문제가 발생했다. 게리 길모어에게서 전화가 왔다. 물론 그들은 받지 않았다. 사무실에 있는 모든 사람들의 반응이 똑같았다. 주 정부가 사형수와 협의하기만 하면 된다는 것이었다. 그럼에도 얼은 감명을 받았다. 그는 여전히 길모어가 마지막 순간엔 "항소하고 싶습니다."라고 말할 거라 예상했다. 처음엔 이렇게 하겠다고 사회를 속여 놓고는, 마지막에 가서는 완전히 말을 바꿀 거라고 생각했다. 하지만 밤이 깊어질수록, 길모어가 형이 집행되기를 정말 원할지도 모른다는 생각이 들기 시작했다.

새로운 불안감이 법무부 차관보들을 짓누르기 시작했다. 밥 핸슨은 오전 6시까지 그들을 덴버에 도착하게 만들 계획이었지만, 사형 집행은 오늘의 일출 시간인 7시 49분으로 예정되어 있었다. 비행기 착륙 후 한 시간 오십 분 안에 법원으로 이동하여 사건을 진행하고 판사의 판결을 받아 내는 것이 과연 가능한 일이란 말인가? 고든 리처즈라는 이름의 법률 연구원이 얼의 대리인으로서 교도소에서 밤을 보내고 있었는데, 도리어스는 이제 그에게 전화를 걸었다. 리처즈는 샘 스미스에게 7시 15분까지 연락을 받지 못하면 7시 49분까지 사형을 집행할 수 없다고, 다시 말하지만 절대로 집행할 수 없다고 말했다. 또한 고든은 덴버에서 걸려오는 전화가 적법한 전화인지 확인하기 위해 '웨스트버지니아 출신의 미키' 같은 암호가 필요할 터였다. 도리어스는 제10연방 항소 법원의 서기인 하워드 필립스가 파크 힐이라 불리는 교외의 유도라 거리에 살고 있다는 사실을 알고 있었기 때문에, 리처즈에게 암호를 알려 주었다. '파크 힐의 유도라.'

이제 도리어스는 불럭 판사의 명령이 실제로 7시 49분에 실행되어야 하는지를 조사하기 시작했다. 그는 유타주 법규에서 관련 법령을 찾아보았다. 아니나 다를까, 상충하는 두 개의 관련 규정이 있었다. 77-36-6 조항은 법원이 사형 집행 날짜를 선언해야 한다고 규정하고 있었다. 또 다른 77-36-15 조항은 교도소장이 지정된 시간에 판결을 집행해야 한다고 규정하고 있었다. 얼은 오래된 법적 문제에 직면해 있었다. 날짜냐, 시간이냐.

불럭 판사는 판결에 약간의 개척자 풍미를 더하기 위해 일출 시간에 사형을 집행하도록 설정했을 가능성이 높았다. 본질적으로 그것은 불필요한 말이었다. 이와 같이 특별한 경우, 얼은 특히 두 번째 법령에서 사형이 정해진 날짜에 집행되지 않으면 새로운 시간이 선언되어야 한다고 했기 때문에, 그것은 무시할 수 있다고 생각했다. 그것은 확실히 '시간'이 날의 동의어로 사용되고 있음을 나타내는 것 같았다. 집행 날짜를 정했는데 정해진 날짜에 집행되지 않았다고 해서, 다음 집행은 더 구체적으로, 즉 정해진 순간에 이루어져야 한다고 가정하는 것은 말이 되지 않았다. 그런 관행은 혼란을 초래할 수 있었다. 교도소장이 집행 신호를 일 초라도 늦게 준다면 어쩔 것인가? 현실적으로 말도 안 되지! 얼은 이 규정의 의도가 시간이 아닌 날을 의미해야 한다고 결론 내렸다. 따라서 불럭 판사의 '일출 시간'은 법적으로 불필요한 표현이라고 언명될 수 있었다. 이것이 그 문제에 대한 얼의 생각이었다.

그는 마이크 디머와 재빨리 이 문제에 대해 이야기했다. 밥 핸슨과 슈벤디만과 배럿과 에번스와 자신이 덴버로 날아가는 동안, 디머는 법무부 차관으로서 솔트레이크에서 요새를 지키기로 했다. 그러나 서둘러 나눈 대화였다. 어쨌든 그들은 소송 서류를 준비해야 한다는 압박을 받고 있었다. 이미 늦어지고 있었다. 새벽 4시로 예정된 밥 핸슨의 이륙이 지연될 수밖에 없었다. 시곗바늘이 가슴속을 맴도는 불안감처럼 쉬지 않고 움직였다.

워싱턴의 ACLU의 변호사 알 브론슈타인은 동부 표준시로 새벽 5시에 전화를 받았다. 유타주는 새벽 3시였다. 사형반대전국연합의 대표인 헨리 슈바르츠실트에게서 걸려온 전화였다. 그는 브론슈타인에게 밥 핸슨이 덴버로 날아갈 계획임을 알렸다. 슈바르츠실트는 방금 소식을 접했고, 아직 신문은 보지 못했지만, 법무 장관이 리터 판사에 대해 직무 집행 영장 소송을 제기할 거라고 생각했다. 그리고 제10연방 항소 법원이 리터 판사의 판결을 뒤집을 경우에 대비해 브론슈타인이 대법원에 가 있기를 원했다. 그래서 브론슈타인은 사건의 이름도, 제목도 모른 채 법적 서류를 준비하느라 밤을 지새웠다. 소송의 출발점인 누가 누구를 상대로 제기한 소송인지조차 전혀 알지 못한 상태였다. 그는 법적으로는 엄밀히 말해 이십사 시간 열려 있는 대법원에 전화를 걸었지만, 아무도 응답하지 않았다.

새벽 4시가 넘은 어느 시점에, 필 핸슨이 침대에서 일어나 라디오를 켰다. 그런데 세상에, KSL[194]에서 난데없이 법무 장관과 다른 주요 인사들이 덴버로 날아가고 있다는 소식이 흘러나왔다. 물론 그는 리터에게 전화를 걸었고, 판사는 자기가 미리 예측했어야 했다고, 꿈에서라도 그들이 그런 짓을 하리

---

194) 1970년대 유타주에서 매우 유명했던 라디오 방송 채널. 1920년대에 처음 방송을 시작해, 1970년대까지 솔트레이크시티 지역에서 중요한 뉴스 및 정보를 제공하는 주요 방송사로 자리 잡았다.

라는 걸 알았어야 했다고 말했다. 어쨌든 위험을 덜려면 그 상황에 대해 더 많이 논의해야 할 것 같았다. 시간을 계산해 보니, 제10연방 항소 법원이 7시 49분까지 모든 단계를 통과할 방법은 없었고, 이제 세 시간도 남지 않은 상황이었다. 제시간에 사형을 집행하는 것은 불가능했다. 최악의 경우, 제10연방 항소 법원이 추후 다시 선고를 내리겠다고 결정할 수도 있었다. 필 핸슨은 다음 날 시민 소송을 시작하기 위한 행동을 개시할 수 있을 거라고 생각했다.

3

주디스 월바크와 징크스 대브니는 덴버에서 재판에 임할 준비가 되어 있지 않았다. 리터 판사의 법정에서 팔짱을 끼고 거리로 나섰지만, 중앙 홀에 도착하자 취재진으로 발 디딜 틈이 없었다. 두 사람은 거기서 벗어나기 위해 징크스의 사무실로 달려가야 했다. 주디스는 기자들을 좋아했지만, 징크스는 그렇지 않았고, 그런 식으로 취재진들에게 둘러싸여 꼼짝 못하는 상황을 싫어했기 때문에, 둘은 도서관으로 도망쳤다. 기자들이 이미 그의 사무실 외부에 자리 잡고 있었다. 그때 징크스 대브니의 아내에게서 전화가 왔다. 밥 핸슨이 새로운 조치에 관해 그에게 알리고 싶어 한다는 내용이었다.

징크스가 항공사에 전화를 거는 동안, 주디스는 도서관에 남아 제10연방 항소 법원에서의 절차를 확인해 보았다. 그가 다시 돌아와서 상업용 항공편이 없다, 따라서 자신은 갈 수 없다고 말했다. 밥 핸슨이 비행기를 어렵게 구해 왔으나, 보험에 가입되어 있지 않은 비행기였다. 그는 그 비행기를 타지 않겠다고 했다. 주디가 말했다. "징크스, 제10연방 항소 법원 경험이 있는 사람은 당신이잖아요. 이 사건은 당신이 처리하는 게 훨씬 나아요."

대브니는 그녀에게 그만한 가치가 없다고 말했다. 자신은 그런 개인적인 위험을 감수하지 않겠다고 했다.

그녀는 몹시 놀랐다. 물론 수년에 걸쳐 꽤 많은 사람들이 로키산맥 상공을 경비행기를 타고 날아가다가 산산조각이 났다는 이야기를 듣긴 했다. 심지어 산에 유령이 있다고 생각할 수도 있었다. 이전에도 마주친 적이 있고, 평소에는 거의 공감할 수 있는 공포증이었지만, 지금은 그녀가 법을 잘 모른다는 것이 문제였다. 그녀는 제10연방 항소 법원에서 혼자 일어서서 변론해야 했다. 제10연방 항소 법원은 물론 다른 항소 법원에도 가 본 적이 없었다. 세상에, 이건 마치 그녀를 전문가용 고급 코스에 홀로 남겨 두는 것과 같았다. 이봐요, 난 그저 예전에 인류학을 전공했던 학생일 뿐이라고요. 그녀는 소리치고 싶었다. 이 법은 나에겐 너무 난해하다고요.

그녀는 이 남자를 잘 알지 못했지만, 징크스가 그 작은 비행기를 타고 가지 않으리란 건 너무도 분명했다. "그만한 가치가 없어요." 그가 조용히 되뇌었다.

떠나기 전에 주디 월바크는 제10연방 항소 법원의 규칙 사본과 『미국의 법학』에서 두 권 정도를 챙겼는데, 그것은 일종의 초급 법률 백과사전이었다. 그녀와 징크스는 덴버에 있는 ACLU 변호사들 중 제10연방 항소 법원 경험이 많은 변호사 몇 명과 전화 통화를 했고, 그들은 연방 법원 앞에서 그녀와 만나기로 약속했다. 자기들이 기술적인 측면을 다룰 거라고 말했다. 주디는 덴버의 ACLU 사람들에게 깊은 감명을 받았다. 이렇게 훌륭한 변호사들이 이런 급작스러운 상황에서도 도울 준비가 되어 있다는 건 정말 큰 행운이었다.

하지만 비행기에 오르는 과정은 매우 불쾌했다. 핸슨이 전화해서, 그녀를 차에 태워 루이스 판사의 집에 들렀다가 모두 함께 공항으로 갈 거라고 말했다. 주디는 법무 장관실 사람들과 함께 비행하고 싶지 않았지만 선택의 여지가 없었다. 그렇게 핸슨이 왔고, 그녀를 차에 태웠다. 이윽고 그녀는 조금씩 화가 치밀기 시작했다. 그들은 공항을 향해 서쪽으로 가는 대신 루이스 판사를 태우기 위해 방향을 바꾸어 솔트레이크를 죽 가로질러 이스트 벤치까지 가야 했다. 주디스로서는 이런 아이비리그 거리들, 즉 하버드 대로와 예일 언덕, 그리고 뉴잉글랜드 타운하우스를 본뜬 커다란 집들 사이에서 이렇게 쓸데없이 시간을 허비하는 대신 연구를 할 수 있었을 것이다. 주디가 본 것이라곤 한밤중에 흔들리는 헐벗은 느릅나무 가지들뿐이었다. 핸슨이 이런 식으로 꼼수를 쓰는 게 좀 치사하다고 생각했고, 그에게 그렇게 말하려고도 했다. 하지만 핸슨은 아마 자신이 판사와 사전에 대화한 적이 없었다는 걸 증명할 증인이 필요했을 뿐이라고 해명하리라.

글쎄, 그가 잔디밭 너머 꽤 멀리 떨어져 있는 판사의 집 문 앞까지 걸어가, 현관에서 그와 잠시 대화를 나눈 뒤, 마침내 차가 있는 곳까지 나오는 동안, 그게 뭐든 하고 싶은 말을 할 시간이 있긴 했다. 그 남자에게 영향을 주는 말은 아니었다. 핸슨과 루이스 판사는 낚시 얘기를 했고, 서로의 사무실 사정에 대해서도 이야기했다. 주디는 흠, 나도 정말 살짝 끼어들어서 판사에게 무슨 일이 일어나고 있는지 말하고 싶네, 라고 생각하는 중이었다. 하지만 안 되겠군. 핸슨이 루이스 판사에게 나무 골프채에 대해 말하고 있었다. 두 사람은 드라이버와 니블릭[195]에 대해, 그리고 나무가 다시 각광받고 있다는 이야기를 주고받았다. 남자들의 세계라 이거지! 그녀는 판사에게 그가 참가했던 몇몇 토너먼트에 대해 물어보고는, 그런데요, 제발 제 의뢰인을 죽이지 않으셨으면 좋겠어요, 라고 말해야 할 것 같았다.

그녀는 루이스가 아이젠하워 대통령이 제10연방 항소 법원 판사로 임명한 유타주 공화당원이라는 이야기를 들은 바 있었다. 그는 확실히 보수적인 옷차림에다 깔끔하게 면도한 겸손하고 예리해 보이는 얼굴의 매력적인 중년 남성이었다. 어디 중역 회의실 같은 곳에 앉아 있으면 딱 어울릴 것 같은 침착하고 무미건조한 태도의 소유자였다. 지금 그와 밥 핸슨은 사건을 제외한 모든 주제에 대해 60대 노인들처럼 이야기를 나누고 있었다. 전체적으로 친절하고 공평한 태도였지만, 그녀는 루이스 판사가 리터 판사를 언급한 내용이 신문에 인용된 것

---

195) 과거에 사용되던 숏 아이언을 가리킨다.

을 기억했다. 칭찬의 말은 아니었다.

솔트레이크 공항의 메인 터미널을 돌아 작은 경비행기 격납고 중 한 곳으로 차를 몰고 갔다. 도착하고 보니, 핸슨의 차관보들은 아직 도착하지 않은 상태였다. 루이스 판사는 시간에 맞추지 못할까 봐 다소 우려하는 표정이었다.

4

도리어스, 배럿, 에번스, 그리고 슈벤디만은 모두 마지막 장이 복사되기를 기다리고 있었다. 새벽 4시에 슈벤디만이 문서들을 종이 상자에 넣었고, 그들은 복도를 지나 출구로 질주했다. 밖으로 나온 그들은 취재진에 둘러싸였다. 카메라 불빛 때문에 눈이 부셨다. 고속 도로 순찰차가 남쪽 문 옆에서 기다리고 있었다. 그들은 출발했다. 경광등을 켠 순찰차가 얼이 한 번도 본 적 없는 뒷길을 지나 공항으로 향했다. 그들은 잠들어 있는 주택들 곁을 시속 100킬로미터로 달려 지나갔을 것이다.

도착하자마자, 그들은 기자들의 노도와 같은 질문들, 고함 소리와 온갖 소음에 휩싸였다. 청백색 불빛이 너무도 강렬하여 도리어스와 슈벤디만은 다른 사람들을 따라 격납고를 나와 활주로를 가로질러 비행기 안으로 들어서면서도 자기들이 어디로 가고 있는지 제대로 확인할 수 없었다. 새벽 4시 30분에, 그들은 다시 몰려든 기자들과 카메라 불빛 속에서 쌍발 엔진의 '킹 에어'[196]에 탑승했다. 밥 핸슨, 빌 배럿, 빌 에번스, 데이브 슈벤디만, KSL의 기자인 잭 포드, 루이스 판사, 주디 월바크와 얼은 거의 즉시 떠났다. 이미 십 분을 지각한 상태였다.

비행기가 이륙하자 밥 핸슨은 곧 부조종사와 대화를 나누기 시작했다. 비행기의 속력과 북풍의 속도, 예상 도착 시간을 물었다. 그런 다음 기장에게 무전기로 택시가 그들을 마중 나와 줄 수 있는지 확인해 달라고 요청했다. 운전자들이 공항의 어느 지점으로 가야 하는지 정확히 알까요? 법원까지 가는 최적의 경로를 숙지하고 있을까요? 그는 어느 것도 우연에 맡기려 하지 않았다.

주디를 더욱 짜증 나게 만든 것은 좌석 배치였다. 루이스는 어느 쪽과도 대화에 말려들거나 대화 내용을 듣지 않기 위해 비행기에서 가장 불편한 자리, 즉 끔찍하게 비좁은 뒤쪽의 작은 보조 좌석을 선택했다. 그의 앞에는 기자가 앉았다. 그리고 앞쪽에서 뒤쪽으로 길게 곡선으로 이어지는 벤치 비슷한 좌석이 있어서, 옆으로 나란히 앉을 수 있었다. 주디는 핸슨과 슈벤디만 사이에 앉았고, 그 때문에 약간 포위된 느낌이었다. 유타주에서 그녀가 특별히 좋아하지 않는 변호사가 한 명 있다면, 그건 바로 밥 핸슨이었다. 그는 아주 강하고 정의로운 분위기를 풍겼다. 검은 머리에 뻣뻣하고 무표정한 얼굴, 짙은 뿔테 안경과 정장 등 모든 것이 "나는 완벽한 관료이자, 완벽한 경영자이자, 완벽한 정치인이다."라고 말하는 것 같은 잘생

---

196) 미국 비치크래프트사가 만든 6~11인승 소형 비행기.

긴 남자였다. 그것이 그에 대한 주디의 나름 관대한 평가였다.

다른 쪽의 슈벤디만은 괜찮은 사람이라고, 정말 상냥한 남자라고 그녀는 생각했다. 로스쿨 시절부터 알았지만, 굳이 지금 친분 관계를 들먹여서 그를 곤란하게 만들고 싶지 않았다. 통로 건너편에는 콧수염 기른 테리어처럼 말끔하고 늘 활기 넘치고 준비된 태도를 지닌 일벌레 도리어스와 열정적이고 순진한 인간의 전형인 빌 에번스가 있었다. 그리고 안경을 끼고 콧수염을 길렀으며 키가 크고 비쩍 마른 빌 배럿이 있었다. 맙소사, 그녀는 법무 장관과 법무부 차관보들에 둘러싸여 있었다. 그리고 그들은 멍청했다!

바로 그녀 앞에서 핸슨이 도리어스에게 사형 집행 연기에 대해 조사했느냐고 물었고, 그러자 또다시 바로 그녀 앞에서, 도리어스가 관련 판례들에 따르면 정확한 시각 후에 사형이 집행되더라도 합법적이라고 보는 것 같다고 대답했다. 핸슨은 이 정보를 스미스 소장에게 전달해야 한다고 말했다. 그러자 주디스가 핸슨에게 물었다. "그런 미심쩍은 근거로" 소장에게 그렇게 무거운 부담을 지우는 것이 정말로 공평하다고 생각해요?

그 전에도 조종실은 충분히 긴장된 분위기였다. 중요한 심리를 앞두고, 특히 답답하고 비좁은 비행기 안에서 서로 맞서는 변호사들이 이렇게 가까이 붙어 있어서는 안 되는 일이었지만, '미심쩍은 근거'라는 발언 이후 분위기는 더욱 무거워졌다. 핸슨은 그녀의 질문에 직접 답변하지는 않았지만, 잠시 후 슈벤디만에게 착륙 후 가능한 한 빨리 전화기를 수배해서 교도소장과 불럭 판사와 카운티 검사 우튼에게 전화를 걸어, 사형 집행 명령을 수정할 수 있게 준비시키라고 지시했다.

핸슨은 사형 집행 일정에 대해 다시 한번 걱정하고 있었다. 그가 슈벤디만에게 거듭 지시했다. "거기 도착하자마자 전화해."

주디스는 생각하고 있었다. 유타 법에 따르면 법원에 직접 가야 하는데, 전화로 모든 일이 이루어지고 있군. 으스스하네.

그녀는 최대한 지저분하게 굴기로 결심했다. 미소 띤 얼굴로 그들에게 계속 물었다. "뭐라고 말씀하셨죠?"

핸슨이 대답했다. "이 사람에게 전화하라고 했소."

그리고 이름을 알려 주었다. 그녀는 그것을 모두 적어 두었다. 지독한 반감이 일었다. 그가 조종사에게 엔진이 현재 속도를 유지할 만큼 상태가 괜찮은지 물었을 때, 그녀는 속으로 생각했다. '그럼, 괜찮아야지. 절반은 모르몬교도들이 소유한 건데. 시내 절반이 그렇듯 말이야.'

모르몬교는 오래된 원시 기독교라고 주디는 생각했다. 그들은 경전을 문자 그대로 해석하고 받아들였다. 그녀는 자기 조부모님처럼 신실한 모르몬교도들이 잠자리에 들거나 성관계를 할 때조차 벗지 않는 특별한 속옷을 입은 모습을 떠올렸다. 기껏해야 일주일에 한 번이나 감히 오염된 공기에 살갗을 노출하려나. 언제나 율법을 문자 그대로 따르는 바리새인[197]

---

197) 고대 유대교의 종교 집단. 모세의 율법을 매우 중시했고, 이를 문자 그대로 해석하고 지키려는 경향이 강했다. 그들의 율법주의 태도는 종종 형식에 치우치고 본질을 간과한다는 비판을 받기도 했다. 그래서 현대에서는 '바리새인'이라는 표현이 때로는 규율이나 법을 문자 그대로 따르면서 형식

이나 다름없지.

　그녀는 피의 속죄를 싫어했다. 오래전 옛 모르몬교도들처럼 생존에 필사적인 사막 사람들에게나 완벽한 신앙이라고 그녀는 생각했다. 그들은 잔인하고 질투심 많고 복수심에 불타는 주님을 믿었으니까. 물론 그들은 피의 속죄에 집착했다. 그녀의 귀에 브리검 영의 목소리가 들리는 것 같았다. "제단 위의 제물로 속죄할 수 있는 죄가 있습니다……. 그리고 어린 양이나 송아지, 혹은 멧비둘기의 피로는 용서될 수 없는 죄가 있습니다. 그런 죄는 반드시 사람의 피로 속죄해야 합니다."

　네, 선생님, 피의 욕망을 충족시키시고, 피의 속죄로 죄가 사해졌으니 당신은 희생자에게 친절을 베푼 거라고 스스로에게 말하세요. 결국 당신은 그 사람에게 내세에 갈 기회를 줬으니까요. 영생을 위한 이 사업은 분명 사형, 잔혹함, 전쟁에 기여했다. 아 글쎄, 자기만 바라보는 수많은 아내를 거느렸던 브리검 영은 뻔뻔하게도 아내 중 누가 간음한 사실을 알게 된다면 선한 기독교인으로서 그녀를 무릎에 앉히고 가슴에 칼을 꽂는 것이 바람직하다고 말하지 않았던가. 그렇게 해야 그녀도 외부의 어둠으로 내몰리지 않고, 사후 세계에서 기회를 얻게 된다나. 주디는 역겹다는 듯 소리를 냈다. 원시 기독교지 뭐야! 내가 버클리 대학으로 간 게 다행이지.

만 중시하는 사람들을 비꼬는 의미로 사용되기도 한다.

5

월바크 씨가 질문을 멈춘 후, 얼은 구두 변론의 일부를 검토한 후 잠을 청했다. 하지만 어두운 밤이었고 비행은 험난했다. 강한 북풍으로 인해 난기류가 점점 심해졌다. 이제 엔진이 최대 출력을 내자, 굉음이 기내 전체를 진동시켰다. 도리어스는 비행기가 통제 불가능해질까 봐 걱정되기 시작했다. 비행기는 확실히 무겁고 불규칙하게 날고 있었다. 덴버를 십오 분 남짓 남겨 둔 지점에서는 매우 강력한 난기류를 만나 한 번에 100미터 넘게 뚝 떨어지기도 했다. 도리어스는 마침 그때 우연히 후방을 바라보다가, 루이스 판사가 공중으로 날아올라 낮은 천장에 머리를 부딪치고는, 즉시 읽고 있던 서류를 바닥에 던지고 다시 머리를 부딪치지 않도록 동체 지붕을 부여잡는 것을 목격했다.

얼은 겁에 질렸다. 바람과 모터가 합심하여 극도로 격렬하게 울부짖는 소리를 냈고, 지금까지의 비행 중에 가장 끔찍한 난기류를 만난 것이다. 이런, 내가 추락하고 길모어가 산다면 그것도 참 별일이겠어, 라는 생각이 스쳐 지나갔다.

얼은 신이 사람들의 의로움을 보상하거나 악행에 벌을 내린다고 생각하지 않았다. 사실 그 반대일 수도 있었다. 종교는 인간을 좀 더 안전하게 만들어 주지 않았다. 그런 식으로는 아니었다. 예를 들어 모르몬교의 현 지도자인 스펜서 킴벌의 삶은 비극의 연속이었다. 열두 살 때 어머니가 세상을 떴고, 말년에는 인후암에 걸려 후두를 절반 가까이 절제해야 했다. 그럼에도 그는 계속해서 연설가로 활동했다. 그 후 그는 개심 수술[198]을 받았다. 흠잡을 데 없는 미덕을 지닌 사람이었지만, 불운이 이어졌다. 의로운 삶을 살수록, 마귀에게는 더 큰 도전이 되었을 것이다. 마귀는 의로운 사람들을 타락시키기 위해 더 열심히 일했으리라. 물론 얼이 이 난기류를 자연적인 요소 이상의 더 크고 사악한 힘으로 격상시킨 건 아니었지만, 그로 인해 개인적으로 몇 가지 생각을 하게 된 것은 사실이었다. 살면서 경험한 최악의 비행이었다.

접이식 보조 좌석에 앉아, 말 그대로 변기 위에 놓는 푹신한 쿠션에 걸터앉은 채로, 루이스 판사는 자신만의 고된 여정을 감내하고 있었다. 머리를 부딪친 후 그는 담배를 피우기로 결정했다. 그는 여섯 개 주를 도는 순회 법정[199] 일을 하면서 160만 킬로미터를 비행했지만, 프로펠러 비행기를 타는 건 드문 일이었다. 소음 때문인지, 아니면 토요일 오후부터 자신과 아내 모두 잠을 못 이룬 탓인지, 아테이 청문회 이후 끊임없이 울리는 전화, 터무니없이 이른 시간에 걸려오는 전화 — 신문은 연방 법원에서 무슨 일이 일어나고 있는지 알 권리가 있습니다, 판사님 — 로 인해, 그는 어느새 담배 한 개비로 위안을 구하고 있었다. 일 년 동안 이토록 담배가 간절했던 적은 없었다.

그러다 그날 밤 새벽 2시에 덴버에 있는 브라이튼슈타인을

---

198) 심장을 노출하여 직접 육안으로 보고 하는 수술.
199) 항소 법정을 가리킨다.

깨워서 새벽에 법정에 나와야 한다고 말해야 했고, 브라이튼 슈타인이 내뱉는 법관답지 않은 말 몇 마디를 들어야 했다. 그것은 동료를 깨워서 전할 만한 소식이 아니었다. 그래도 길모어에 대해 뭔가 조치를 취해야 했다. 이런 식의 반복적인 집행 정지는 이제 잔혹하고 비정상적인 처벌로 여겨질 만한 수준이 되고 있었다.

루이스 판사는 결국 무너졌다. 머리를 부딪친 탓일 수도 있었다. 태풍이 불어닥치는 협곡을 롤러코스터처럼 통과하는 상황이었다. 그는 담배 한 대를 달라고 요청했다. 기장이 한 갑이 있으니 갑째로 가져가라고 대답했다. 판사는 그렇게 했고, 일 년 만에 처음으로 담배에 불을 붙였다. 그리고 자기가 불을 붙였는지도 의식하지 못한 사이에 다시 두 번째 담배를 피웠고, 꽤 오래 피우리라는 것을 알았다. 담배에 불을 붙이는 것은 마치 귀향과도 같았다.

아버지가 판사였고 형이 변호사였기 때문에, 루이스 판사는 자라면서 자신이 변호사나 어쩌면 판사가 되리라는 것을 한 번도 의심해 본 적이 없었다. 그의 가족에게 법은 땅과 같았다. 그것은 뿌리를 내렸다. 그래서 루이스는 항상 리터를 어느 정도는 이해한다고 생각했다. 루이스는 심지어 유타 대학교 로스쿨에서 리터 밑에서 공부하기도 했다. 그는 오늘 밤 리터의 판결을 충분히 파악할 수 있었다. 루이스라면 사형이 말도 안 된다고 생각한 판사를 크게 비판하지 않았을 것이다. 그야, 사형 사건에서 시간을 다투며 일하는 것은 판사에겐 정신적으로 가장 충격이 큰 일일 테니까. 검토가 충분하지 않았다는 감정에서 벗어나 확신을 가질 시간이 항상 필요했다.

하지만 오늘 아침에는 다른 가능성에 직면해야 했다. 길모어를 반복해서 사형에 직면하게 하는 것은 잔인한 일일 수 있었다. 루이스는 세 번째 담배에 불을 붙였다. 그러자 생각이 다른 방향으로 흘러갔다.

이제 그는 오늘 있을 사형이, 오랜 세월 만에 처음으로 행해지는 것인 만큼, 과거의 피바람으로 돌아가는 계기가 되지 않을까 걱정하고 있었다. 이것이 사형수들을 서둘러 탕, 탕, 탕, 제거해 버리는 계기가 되지는 않을까? 이는 미국의 세계적 이미지에 전혀 도움이 되지 않을 것이었다. 루이스는 이번 사건을 두 명의 동료 판사들과 함께하게 되어 다행이라고 생각했다.

6

비행기가 십 분 늦게 도착했고, 주디는 지금 절차를 지연시킬 방법은 자기가 비행기에서 내리다 넘어져 다리가 부러지는 것뿐이라고 판단했다. 그러면 그들은 멈출 수밖에 없을 것이다. 물론 그러지 않을 수도 있지만. 어쨌든, 그녀는 너무 겁이 많았다. 다리를 부러뜨리기 전에 문제를 현실적으로 해결할 방법을 찾아야 했다.

비행기가 비치크래프트-텍사코 소형 항공기 공항 활주로를 천천히 이동하다 멈춰 섰다. 주차장에 극도로 밝은 스포트라이트가 켜져 있었고, 그들이 멈추자 더 많은 조명들이 올라오면서, 데이브 슈벤디만의 표현에 따르면, 분위기가 초현실적으로 변했다. 솔트레이크에서 그런 장면을 떠나왔던 그들이 이제 다시 같은 장면 속으로 복귀했다. 폭풍이 무시무시하게 몰아치는 어두운 하늘을 지나, 결국 지상의 눈부신 빛 속으로 돌아온 것이다. 비행기의 문이 열리자, 꿈속의 스포트라이트처럼 환한 불빛이 들어왔다. 사방에 보이는 게 다 언론 관계자들이었다. 불빛에 눈이 먼 채로, 변호사들은 시동이 걸린 채 대기 중인 택시로 향했다.

법원에 도착하자, 다른 언론 관계자들이 영화 카메라와 마이크를 들고 중앙 홀로 몰려들었다. 솔트레이크시티 채널 2의 앵커 샌디 길무어는 그들보다 먼저 자신의 비행기를 타고 덴버로 날아와 있었다. 이제 그는 그들에게 농담을 건넸다. 왜 이렇게 오래 걸렸어요? 세상에! 어이없는 상황들이 이어졌다. 루이스 판사는 건물에 들어가는 데에 어려움을 겪고 있었다. 근무 중인 경비원은 야간에만 근무하던 사람이라, 제10연방 항소 법원의 수석 재판관을 본 적이 없었다. 그래서 이 시간에는 누구도 서둘러 들여보내지 않았다.

마침내 문이 열렸고, 판사는 그들에게 승강기를 타고 4층으로 올라가라고 말했다. 그들은 언론 관계자들과 법정까지 말 그대로 경주를 벌였다.

7

워싱턴에서 오전 9시가 가까워질 무렵, 알 브론슈타인이 화이트 대법관에게 자필로 쓴 신청서를 들고 대법원 서기 마이클 로댁의 사무실에 도착했다. 브론슈타인은 그 서류에 '윌리스 W. 리터 판사 대 유타주'라는 제목을 붙였고, 로댁에게 그들이 특이한 절차적 입장에 놓여 있다고 말했다. 자기가 알기로는, 덴버의 항소 법원이 아직 조치를 취하지 않았지만 시간이 촉박한 상황이었고, 그래서 혹시라도 필요할 경우에 대비해 서류를 가지고 이곳에 있고 싶다는 것이었다. 로댁이 말했다. "좋아요. 같이 기다립시다." 그리고 브론슈타인을 위해 작은 임시 사무실을 마련해 주었다.

35장

새벽

1

교도소에서 집으로 일찍 돌아온 토니는, 새벽 4시 30분에 일어나 월요일 아침에 유타 남부로 출근해야 하는 하워드와 잠시 시간을 보냈다. 하지만 상황이 상황인지라 두 사람은 거의 잠을 이루지 못한 채 침대에서 몸을 일으켜야 했다.

그리고 교도소로 세 번째 돌아온 그녀에게 교도소 측은, 게리를 다시 만나기엔 너무 늦었다고 말했다. 면회객들이 곧 최고 보안 교도소를 떠날 참이라, 그녀를 데리고 들어갈 수 없다는 것이었다. 말도 안 되는 소리였다. 그들은 그녀를 최소 보안 교도소에서 오랫동안 기다리게 하더니, 딕 그레이를 데려왔다. 그가 말했다. "토니, 거기 다시 가려고 하지 마. 어젯밤 모습대로 그를 기억하렴."

그녀가 고개를 저었다. "작별 인사를 해야 돼요."

"아냐." 딕 그레이가 말했다. "그러면 게리가 더 힘들어질 수 있어. 네가 감정을 주체하지 못하면, 그도 그럴 수 있잖니."

그 순간 토니는 게리가 정말 무서워하고 있고 죽고 싶어 하지 않는다고 느꼈다.

실러가 5시 45분에 정문에 도착하자, 교도관들은 믿을 수 없어 했다. "어젯밤, 난 아예 안 들어갔거든요." 실러가 말했다.

"아, 아니, 당신은 들어갔어요."

"글쎄요." 실러가 시인했다. "네, 5시 30분에 들어갔죠. 하지만 6시 5분 전에 도로 나왔어요."

그들이 어깨를 으쓱했다. 그 말이 거짓인 건 알지만, 뭐 어쩌겠는가? 교도관이 그를 대기 장소로 안내하기 위해 나왔다. 실러가 차를 주차했고, 두 사람은 산등성이 너머 어딘가에서 해가 막 떠오르기 시작한 차디찬 밤에 최소 보안 교도소까지 내내 걸어갔다. 아직은 어둑했지만, 동편 하늘이 점차 창백해지고 있었다.

이 산악 지대에서는 동트기까지 삼십 분밖에 남지 않았대도 해가 뜨기까지는 두 시간이 걸렸다. 실러는 계속 걸었다. 교도관이 정말 친절했다. 그는 실러가 오랫동안 잠을 못 잤다는 것을 감지한 듯, "멈춰서 쉬고 싶으면 그래도 돼요."라고 말했다.

그들이 모두 일종의 해방에 가까워지고 있는지 실러는 알 수 없었지만, 이 교도관은 확실히 성격이 좋았다. "커피 마실래요?" 그가 물었다.

교도관이 자신을 데리고 가는 것뿐이었지만, 실러는 이전에는 교도소에서 경험하지 못한 차분함과 평온함을 느꼈다. 6시

오 분 전이었다. 뒤를 돌아보니, 어두웠던 하늘에 한 겹 파란
물이 들어 조금 밝아져 있었다. 동쪽 지평선에 맑은 빛이 보였
고, 주변의 교도소 건물들이 수도원처럼 느껴졌다.

그는 최소 보안 교도소의 면회실로 안내되었다. 그곳에 가
장 먼저 입장한 사람 중 한 명이었다. 그는 앉아서 사형 집행
과정을 기록할 메모장을 생각하다가, 이틀 전 종이를 보지 않
고 글을 쓰기로 결심했을 때 가져갔던 바로 그 메모장을 꺼내
려고 주머니에 손을 넣었다. 손에 수표책만 잡혔다. 이제 수표
뒷면에다 메모를 해야 할 판이었다. 그 사실을 인식하자, 그의
장이 송아지가 울부짖듯 격렬히 요동쳤다. 하필 메모장을 놓
고 오다니, 이렇게 멍청할 수가. 경련을 참으려 배를 힘껏 움켜
쥐느라 눈물이 고일 지경이었다. 만약 기자가 지금 수표책을
손에 쥔 그를 본다면.

면회실 근처에 화장실이 있었는데, 그는 오 분마다 화장실
을 들락거려야 했다. 게다가 거의 정신이 나갈 정도로 소변이
마려웠지만, 아무것도 나오지 않았다. 아무것도. 뱃속이 전부
엉망이었다. 살면서 이런 기분은 처음이었다. 모든 게 엉망진
창이 되고 있었다.

2

솔트레이크에 남아 있던 마이크 디머는 사무실에 틀어박혀
가능한 모든 서적을 모아 놓고, 해가 뜬 후에도 합법적인 사

형 집행이 가능한지 연구하고 있었다. 아무것도 찾을 수 없어 점점 더 낙담이 됐다. 진땀이 나는 순간이었다. 그렇게 중요한 주장을 펼쳐야 하는데, 뒷받침할 자료도 없이 그곳에 홀로 있다니. 그런데 6시 30분에 덴버에 있는 슈벤디만으로부터 전화가 걸려 와 핸슨의 말을 전했다. 노얼 우튼이 불럭 판사에게 명령서를 다시 쓰게 할 수 있다면 법률적 의견에 의존할 필요가 없다는 것이었다.

우튼은 밤새 침대에 누워, 다가오는 아침에 진저리를 쳤다. 자신이 총살 장면을 목격할 이유가 없다고 생각했다. 그러고 싶지 않았다. 며칠 전 우튼은 불럭 판사와 상의했고, 판사는 법령의 '초대'라는 단어를 거절할 수 없는 제안으로 해석했다. 다른 판사를 찾아갔더니 그는 "당신에겐 도덕적 의무가 있어요. 당신이 시작했잖소."라고 말했다. "그들에게 상관 말고 꺼지라고 해요."라고 하는 판사도 있긴 했다. 노얼은 스미스 소장에게 말했다. "초대를 정중히 거절합니다."

샘 스미스가 답변했다. "당신이 와 주면 정말 고맙겠소. 법무 장관이 당신이 와야 한다고 하더군요."

그걸로 끝이었다.

그렇게 몇 시간이 흘렀다. 그는 잠을 자지 않았고, 텔레비전이나 라디오도 켜지 않았다. 그의 조사관인 브렌트 불럭이 아침에 교도소로 함께 가기 위해 도착하고서야 리터의 집행 정지 소식을 들었지만, 그는 어쨌든 나가서 무슨 일이 벌어지고 있는지 알아보기로 마음먹었다.

행정실에 들러서는 밥 핸슨이 덴버로 갔다는 소식을 들었다. 교도소장이 7시 49분까지 진행할 준비가 되지 않았을 경우 어떻게 해야 하는지 물었을 때, 마침 솔트레이크의 디머에게서 전화가 걸려 왔다. 노얼에게 사형 영장의 문구를 변경해 달라고 요청하는 내용이었다.

하지만 불럭 판사에게는 사정을 알려 줘야 했다. 그는 깜짝 놀랐다. 설마 누군가 한밤중에 비행기를 타리라고는 생각하지 못했던 것이다. 그런 일로 판사를 침대에서 불러낼 수 있을 거라고도(사실 술집에서 불러내는 것도 마찬가지였고) 생각하지 못했다. 하지만 그 생각을 마음속으로조차 발설하지 않았다. 이제 노얼은 일출 문제로 그의 사형 집행 명령을 변경할 준비가 되었는지 묻고 있었다. 그 문제를 깊이 생각할 시간은 없었지만, 불럭 판사는 예전의 고뇌가 다시 돌아오는 느낌이었다. 이미 판결이 난 사안이니 다시 형을 선고할 필요는 없다고 스스로에게 말했다. 이제 남은 문제는 시간뿐이었다. 그래서 그는 우튼에게 요청을 받아들여 명령을 변경하겠다고 말했다. 그는 심지어 지난 10월에는 시간을 아침 8시로 정했던 것을 기억해 냈다. 하지만 육십 일을 넘긴 12월에 교도소장이 말했다. "만약 우리가 이 일을 다시 하게 된다면, 시간을 일출 때로 정할 수 있을까요? 8시는 아침 식사랑 교도소 청소 시간에 방해가 되거든요. 행정적인 입장에서도 아주 일찍 하는 게 확실히 도움이 될 겁니다."

불럭 판사는 말했다. "그럼요, 이르든 늦든 언제든지요. 한밤중에 해도 괜찮소. 난 상관없어요."

일출 시간에 누군가를 처형하는 건 군대에서나 하는 일이었다. 누군가를 처형하기에 좋은 시간은 없었다. 세상에서 가장 독실한 모르몬교도가 아니더라도, 자신이 죽음으로 내몬 사람을 저세상에서 마주할 수 있다는 생각에 마음이 다소 뒤숭숭한 것은 당연했다.

3

7시 10분경에 교도관 몇 명이 최고 보안 교도소의 면회실로 들어와 모두에게 게리와 작별 인사를 해야 한다고 말했다. 교도소장은 사형 집행 절차가 시작된 것처럼 진행하라는 명령을 내렸다. 그래서 그들은 그를 준비시키기 시작했다. 물론 덴버에서 소식이 올 때까지 아무도 확실히는 알지 못했다. 따라서 그것은 어색한 이별이었다. 약간 산만한 느낌도 있었다. 이블린과 딕 그레이는 이미 떠났고, 이제 론과 번이 이중문을 통과해 대기 중인 차에 올라탔다. 클라인 캠벨과 밥은 그곳에 남아 게리가 자신의 담당 교도관들과 악수를 나누는 모습을 지켜보았다. 게리는 심지어 한 교도관의 어깨에 팔을 두르기도 했다. 그리고 또 다른 교도관에게는 활짝 웃으며, "당신은 흑인 개자식이지만, 어쨌든 난 당신이 좋아요."라고 말했다. 그 흑인 교도관은 그것을 기분 좋게 받아들였다. 여기 이 거칠고 강한 젊은 친구들이 거의 울기 직전이었다. 그때 빌어먹을 다른 교도관 무리가 밀고 들어왔다. 적갈색 재킷을 입은 그들은 덩치가 컸고, 손에 족쇄를 들고 있었다. 길모어가 그들을 향해 말했다. "좋아요, 시작합니다."

그는 침착했다. 그가 손을 내밀었고 캠벨은 대기 중인 차에 타기 위해 자리를 떴다. 그러나 클라인이 출입문을 통과한 후 뒤돌아보니, 족쇄를 놓고 실랑이가 벌어지고 있었다. 무디는 그것을 분명히 보았다.

"이봐, 내가 걸어 나갈게. 그딴 건 정말 필요 없다고." 게리가 교도관들에게 말했다.

교도관들이 말했다. "이게 교도소 절차야. 우린 명령을 따를 뿐이야."

그건 실수였다. 게리는 이제 약 기운이 완전히 빠져나가 거의 탈진한 상태였다. 지금은 압박을 가할 때가 아니었다.

그 실랑이가 끝나기 전에는 마치 집단 강간이 벌어지는 것처럼 보였다. 교도관들에게 다시는 당하지 않겠다는 의지를 보여 주기 위해, 마지막 한판 승부를 벌이는 것 같았다. 무디는 외치고 싶었다. "그냥 들어와서 '게리, 이제 때가 됐어.'라고 말하고 그가 남자답게 걸어 나오는지 그냥 지켜볼 수는 없소? 그가 그러지 않는다면 그때 가서 족쇄를 채우면 되는 것 아니오. 멍청하고 멍청한 고릴라들 같으니."

그들은 계속 게리를 붙잡았고, 게리는 계속해서 "아직 갈 준비가 되지 않았어."라며 반항했다. 게리는 마지막으로 무엇이든 부여잡으려 했다. 그러자 그들이 그를 붙잡아 다른 문을 통해 데리고 나갔다. 다른 교도관들은 무디에게 나가라고 요구했다. 무디는 밖으로 나가 자신을 정해진 장소로 데려다줄 차량에 탑승했다.

36장

휠링 출신의 미키,
그리고 파크 힐의 유도라

1

법무 장관 측 사람들이 법정에 들어서자마자, 세 명의 판사로 구성된 재판부가 방에서 나왔다. 루이스 판사와 함께 윌리엄 E. 도일 판사와 진 S. 브라이튼슈타인 판사였다. 얼이 시계를 흘끗 쳐다보았다. 7시 십 분 전이었다.

밥 핸슨이 자리에서 일어나 자신의 보조 변호사들을 소개한 후, 기본적인 배경 설명을 시작했다. 판사 중 한 명이 끼어들었다. 바로 본론으로 넘어갈까요? 밥이 고개를 끄덕였고, 얼에게 사건의 첫 부분을 발표해 달라고 요청했다.

얼이 모두 발언을 시작했다. 바로 그때 루이스 판사가 높은 판사석에서 아래를 내려다보며 ACLU 측에서는 아무도 나서지 않았다고 말했다. 당혹스러웠다. ACLU의 변호인단석이 텅비어 있었다. 아무도 그들이 어디에 있는지 몰랐다. 얼은 홀로 연단에 올라서 있었다.

그는 미치도록 화가 났다. 모두가 사태의 긴급성을 인식해야 했다. ACLU는 의도적으로 심리를 지연시키려 한 것이 틀림없었다. 얼은 거기 서서 삼 분, 오 분, 육 분, 그리고 칠 분이 흘러가도록 속절없이 기다렸다. 기다림이 길어질수록 화가 더 끓어올랐다. 마침내 주디가 다른 ACLU 변호사들과 함께 법정에 들어섰다. 그는 그녀를 노려보았다. 실은, 그녀와 눈싸움에 돌입했다. 그녀도 분노에 차서 똑같이 그를 노려보았다.

2

건물에 들어선 주디의 머릿속에 가장 먼저 떠오른 생각은 '우리 쪽 사람들을 어디서 만나지?'였다. 정해진 것은 아직 아무것도 없었다. 전화로 사건의 각 부분이 배정되어 있었다. 이제 주디가 로비에 들어서자마자, 매력적인 젊은 여성이 다가와 알아듣기 힘들 정도로 빠르게 자신을 소개하면서, 그녀를 기다리는 네 명의 변호사들이 있는 변호사 휴게실로 재빨리 안내했다. 그들이 자리에 앉기 무섭게, 슈벤디만이 서기와 함께 급히 들어오며 말했다. "시작됐어요. 법정에서 여러분을 찾고 있어요."

아, 이런. 주디는 생각했다. 시작부터 이게 뭐람. 벌써부터 법정 모독이라니.

주디는 눈에 띄지 않게 들어가려고 했지만 분위기가 너무 험악했다. 판사들이 법복을 입고 지금까지 그녀가 본 적 없는 높은 판사석에 앉아 있었다. 바닥에서 1.8미터 높이는 되어 보였다. 그들을 바라보며 말하려니 마치 무릎을 꿇고 우러러보는 느낌이었다.

거기다 도리어스가 그녀를 노려보았다. 아침 7시에! 주디는 어차피 그 시간엔 항상 눈을 부릅뜨고 있었다. 그녀가 혼잣말했다. "정말 꼴 보기 싫고 같잖아." 그러고는 받은 만큼 똑같이 노려봐 주었다.

얼은 모두 발언을 이어 갔다. "재판부 여러분, 저희에겐 심각한 시간의 문제가 있습니다. 오전 7시 40분에 길모어 씨의 사형 집행이 예정되어 있습니다."

지금은 오전 7시였다.

루이스 판사가 십오 분간의 변론 시간을 주겠다고 말했지만, 얼은 십 분도 채 쓰지 않았다. 압박감이 변론을 강화하는 것 같은 느낌이 들었다. 그는 원고 측이 전날 저녁 9시에 소송을 제기했다면서, 납세자의 권리가 심각하게 침해되었다고 우려하기엔 좀 늦은 시점이었다고 꼬집었다. 그는 이 발언의 진실성을 충분히 느꼈다. 그가 말을 이었다. "ACLU는 국가 권력의 합법적인 행사를 지연시킬 목적으로 납세자 소송이라는 장치를 사용하고 있습니다."

그는 자신의 분노에 정서적으로 동조하고 있었다. 소송 자격이 없어, 전혀 없다고!

그는 리터 판사가 사법적 재량권을 심각하게 남용했다고 주장했다. 그 누구도 이 사형 집행에 특정 연방 자금이 사용되고 있음을 입증하지 못했다. 게다가 리터 판사는 유타주 법령이 위헌이라고 상정했다. 그러나 이 법령의 합헌 여부는 이미 미국 연방 대법원에서 결정된 사안이었다. 법원이 법령에 결함이 있다고 판단했다면, 게리 길모어가 항소할 권리를 포기할 수 있다고 판결하지 않았을 것이다.

　빌 배럿은 다음 발언을 통해 ACLU의 원고 적격을 문제 삼을 예정이었다. 그러나 재판부는 ACLU의 의견을 먼저 듣고 싶다고 말했다. 그러자 ACLU의 변호사 중 한 명인 스티브 피바가 이 사건이 적절하게 법원에 제기되지 않았고 주장하려 했다. 그는 오전 3시부터 동틀 녘까지 징크스 대브니와 전화를 주고받았고, 리터가 자신의 권한을 넘어선 행동을 하지 않았기 때문에 유타주가 직무 집행 영장을 청구할 수 없다는 의견에 도달했다. 만약 유타주 주지사에게 어떤 사소한 법이 위반되었다는 이유로 주 의사당 건물을 세 블록 남쪽으로 옮기라는 명령이 내려졌다면, 그건 직무 집행 영장 청구 요건에 해당할 것이다.[200] 하지만 이건, 적어도 겉보기에는, 정식 소송이었다. 신청이 제기되었고 승인되었다. 윌리스 리터가 아니었다면, 법무 장관실은 직무 집행 영장을 들고 올 엄두조차 내지 못했을 것이다.[201] 그렇게 대브니와 피바는 이 문제에 대해 논

---

200) 직무 집행 영장(Mandamus)은 원칙적으로 사법부가 행정부에 특정 행위를 강제하는 명령이므로, 남용될 경우 사법부의 행정권 침해로 비칠 수 있다. 따라서 통상적으로는 신중하게 행사되어야 할 비상 수단으로 간주된다.
201) 앞서 한 신문의 기사에서 리터를 일컬어, "주로 보수주의자들이 지배

의할수록, 더욱 자신감이 붙는 것 같았다.

그러나 피바가 이러한 주장을 꺼내 들자, 브라이튼슈타인 판사는 몹시 화를 냈다. 이런, 주디스는 그 남자의 얼굴을 믿을 수가 없었다. "이 문제에 관한 법이 뭔지는 나도 알아요." 그가 피바에게 말했다. "오늘 아침 5시 30분부터 우리가 뭘 읽고 있었다고 생각합니까?"

전형적인 상황이지. 젊은 변호사가 나이 많은 판사에게 호되게 당하는 것. "우리에게 법에 대해 가르칠 필욘 없어요, 어쩌고저쩌고. 당신 말은 충분히 들었어요, 어쩌고저쩌고. 사건의 본안에 집중해요." 주디스의 귀에는 그렇게 들렸다.

피바는 이건 그렇게 막무가내로 밀어붙일 사안이 아니며, 요점은 너무 사소한 문제로 판사에게 직무 집행 영장이 발부되고 있는 것이라고 주장하려 했지만, 법원은 받아들이지 않았다. 몇 분 더 지나자, ACLU는 사건을 지연시키고 있다는 경고를 받았다. 그때 ACLU 변호사 중 한 명이 일어나 월바크 씨가 이어서 진행할 것이라고 말했다.

주디스가 자신의 변론을 펼쳤다. 징크스가 제시했던 내용을 서둘러 반복하는 것에 불과했다. 그녀는 자신의 요점을 말하면서 얼 도리어스를 노려보았다. 오늘 밤 그녀는 그가 아주 심하게 거슬렸지만, 딱히 무슨 일을 해서가 아니었다. 그가 스스로 옳다고 생각했기 때문이었다.

하고 후기 성도 교회의 영향을 강하게 받는 주에서 자유주의자이자 반(反) 모르몬 민주당원"이라고 정의했다.

주디스가 자리에 앉자, ACLU의 다른 팀원이 전반적으로 사형 제도에 반대하는 발언을 했다. 판사들이 그의 발언을 끊었다. 사건은 점점 더 빠르게 진행되었다. 빌 배럿이 다시 원고 적격 문제를 논의하려 했지만, 재판부는 그 사안은 이미 잘 알고 있으니 다음 문제로 넘어가라고 했다. 빌 에번스가 유타주 법령의 합헌성을 변호하기 시작했다. 판사들이 그를 막았다. 그 사안은 자기들이 맡은 사건과 관련이 없다고 말했다. 재판이 더욱 단호하고 빠르게 진행되었다. ACLU 측 변호사 중 한 명이 사형제에 관해 논의하려고 하자, 재판부가 그의 말을 끊고 휴회를 선언했다. 이제 판사들이 의견서를 작성할 것이었다.

판사석을 떠나기 전에 루이스 판사가 발언했다. "다른 사람들에게 권리가 있듯이 길모어 씨에게도 권리가 있습니다. 사형 집행이 진행되는 과정에서 실수가 있었다면, 그것은 그 자신이 초래한 것입니다." 그리고 그들은 퇴정했다.

이제 얼 도리어스는 데이브 슈벤디만에게 아무 전화나 찾아서 고든 리처즈와 연결하라고 말했다. 먼저 '파크힐의 유도라'라는 암호와 함께 자신의 신원을 밝힌 다음 고든에게 전화를 끊지 말고 기다리라고 말해 놓아야 했다. 슈벤디만은 곧바로 나가서 내내 뛰다시피 하여 법원 서기실로 갔다. 법원 서기실에는 비서 말고는 아무도 없었기 때문에, 그는 비어 있는 책상에 앉아 유타 주립 교도소의 리처즈에게 수신자 부담 전화를 걸었다. 암호를 말한 후, 그는 자기들이 승소할 것 같다고 전했다. 전화를 연결한 채로 두 사람은 담소를 나누었다. 리처즈는 밤에 몹시 추웠고, 길모어를 태울 밴과 참관자들을 태울 자동차가 각각 최고 보안 교도소와 최소 보안 교도소 바깥에 준비되어 있다고 말했다. 두 대의 차량 모두 시동을 켜 놓은 상태였다.

재판부의 판결을 기다리면서, 얼은 자기편이 이겼다고 확신했다. 그는 심지어 며칠 만에 처음으로 평온함을 느꼈고, 밥을 향해 그 일을 하도록 모두를 독려하고 덴버까지 오게 해 줘서 감사하다고 말하기 시작했다. 말을 하면서 예상했던 것보다 훨씬 더 큰 감정에 휩싸여, 순간적으로 눈물이 비칠까 봐 크게 당황하기도 했다. 그는 사건에 기꺼이 관여하고, 직원들을 극한까지 밀어붙이기를 주저하지 않는 법무 장관이 있다는 사실을 확실히 감사하게 생각했다.

삼 분 후, 판사들이 들어왔다. 그들은 판결문을 읽지 않았다. 법원 서기인 하워드 필립스가 건조하고 무심한 어조로 대신 낭독했다. 그가 말하는 동안, 주디는 그들이 하지 않은 많은 일 중에, 법정 속기사를 배석시키지 않은 것도 있다는 사실을 떠올렸다. 따라서 속기록도 남지 않을 것이다. 판사들이 획 자리를 뜨더니, 또 획 돌아왔다. 끔찍했다. 그녀는 그곳에 앉아서 서기의 낭독에 귀를 기울였다.

"이렇게 주문한다. 하나, 직무 집행 영장을 승인한다. 유타 주 지방 법원 판사 월리스 W. 리터가 오늘 오전 1시 5분경에 내린 잠정적 금지 명령을 무효로 하고, 취소하며, 효력을 정지한다. 월리스 W. 리터 판사는 길모어를 위해 정식으로 공인된 변호사 또는 길모어 본인이 해당 문제를 제기하지 않는 한, 계리 길모어와 관련된 어떤 방식, 어떤 종류의 추가적인 조치도 취하지 말 것을 명령한다. 1977년 1월 17일 오전 7시 35분에 작성됨."

얼이 법정에서 뛰쳐나왔다. 취재진 몇 명과 부딪혔고 비키라고 소리소리 지르며 내달렸다.

데이브 슈벤디만의 귀에 복도에서 다급하게 뛰는 발소리가 들리는가 싶더니, 얼이 문을 벌컥 열고 들어와 전화기를 와락 붙잡았다. 그러고는 고든 리처즈에게 직무 집행 영장이 승인되었다고 전했다. 교도소는 사형 집행에 필요한 모든 조치를 시작해야 했다.

수화기 너머로 들려오는 리처즈의 목소리는 극도로 긴장되어 있었다. 그는 이 결정이 최종적인 것인지, 상대방이 대법원에 상고할 것인지를 계속 물었다. 얼은 무슨 일이 있었는지 더욱 상세하고 정확하게 반복해서 설명한 후, 리처즈에게 사형 집행을 시작하라는 명령을 전하라고 말했다. 고든이 적어도 삼십 분은 걸릴 거라고 말했다. 반드시 일출시에 집행해야 하는 것 아니냐고 물었다. 그때까지 준비를 마치는 건 불가능했다. 도리어스가 중요한 것은 시간이 아니라 날짜라는 결론에 도달했다고 말했다. 리처즈는 여전히 확신하지 못하는 듯했다. 그는 디머와 이야기해 보겠다고 말했다. 도리어스가 동의했다. 디머에게 확인해 봐.

하지만 리처즈는 여전히 긴장한 목소리로 말했다. ACLU가 앞으로 삼십 분 안에 대법원으로부터 집행 정지 명령을 받아낼 수 있을까요?

그럴 수 있지. 가능성은 낮지만, 없지는 않아. 혹시라도 그런 전언이 온다면 대법원에서 직접 올 거라고 도리어스가 말했다. '웨스트버지니아주 휠링 출신의 미키'에게서 온 전화일 터였다. 리처즈는 디머에게 전화해 보겠다는 말을 반복했다.

　이윽고 ACLU 측 변호사들이 달려왔다. 그들은 대법원에 전화하고 싶다고 했지만, 그들과 함께 도착한 하워드 필립스가 자신의 전화를 사용하는 걸 허용할 수 없다고 말했다. ACLU 사람들은 즉시 손가락으로 얼을 가리켰다. 저자도 전화를 사용했는데 왜 자기들은 안 되느냐고 물었다. 필립스는 자신도 몰랐다고 대답하면서 얼에게 비키라고 요구했다. 얼이 지체없이 비켰다. 그때쯤 필립스는 기분이 너무 상해서 ACLU 사람들에게 자기 주머니에 25센트 동전이 가득하니, 공중전화를 쓰고 싶으면 마음껏 쓰라고 비아냥거렸다.

　그들이 떠난 후, 도리어스는 복도로 나가 4층 복도의 창문을 통해 밖을 내다보았다. 아래쪽 건물 앞 광장에서 기자들이 밥 핸슨을 인터뷰하는 모습이 보였다. 덴버에 해가 떠오르고 있었다. 도리어스는 방금 전 제시한 변론이 이 상황에서 할 수 있는 최선이었다는 사실에 진심으로 뿌듯함을 느꼈다. 창문에 비친 자신의 모습을 보니, 수염이 자랐고 눈자위가 붉었다. 목욕이 필요했지만, 기분은 좋았다.

　매우 불쾌한 청문회였다고 루이스 판사는 생각했다. 아마도 그가 판사석에서 겪은 일들 중 정신적으로도 감정적으로도 가장 힘든 순간이었을 것이다. 그러다 그는 속으로 말했다. "어쨌든, 대법원은 그 문제에 전혀 관여하지 않았어. 기회는 충분했지만, 그러지 않았지."

자신과 동료 판사들이 옳았다는 합리적인 확신이 있었다.

37장

길을 떠나다

1

고든 리처즈는 오전 7시 35분에 마이크 디머에게 전화를 걸어, 덴버에서 리터의 집행 정지를 해제했다고 전했다. 이제 사형 집행 절차를 진행해도 될까요? 디머는 완전히 놀란 기분이었다. 대뜸 전화기에 대고 소리쳤다. "해제했다고?" 그는 몹시 충격을 받았다.

디머는 그렇듯 빠르게 형이 집행될 거라고는 전혀 예상하지 못했다. 내심 절반쯤은, 집행일이 다시 삼십 일 더 미뤄지거나, 집행되더라도 아침 느지막한 시간일 거라고 짐작했었다. 정오쯤에야 분명한 소식이 있겠거니 했다. 그러나 이제 그는 서둘러 정신을 차렸다. 그리고 리처즈에게, 교도소장에게 행동을 취해도 된다고 전하게 했다. 하지만 리처즈는 마음에 걸리는 게 있었다. 미국시민해방연맹이 대법원에 상고할 예정이라는 소식이 들렸기 때문이다. 그쪽 결과를 기다려야 할까요? 디머는 당장 유효한 합법적인 명령은 오직 불럭 판사의 수정된 형 집행 시간이라고 답변했다. 그는 형 집행을 진행하는 데 법적으로 아무런 장애가 없다고 보았다. 대법원 포함 모든 법원의 집행 정지 결정을 예측해야 할 법적인 의무는 없었다. 디머는 길모어를 최고 보안 교도소에서 통조림 공장으로 옮기는 데 최소 삼십 분이 걸릴 것임을 알고 있었다. 덴버에서 명령이 떨어졌으니 시작하지 않을 이유가 없었다.

하지만 리처즈와 전화 통화를 마치자마자, 디머는 제10연방 항소 법원의 하워드 필립스에게 전화로 직접 법원 명령을 확인해 달라고 요청했다. 필립스가 전화기에 대고 큰 소리로 읽어 주었다. 바로 직후, 디머의 개인 사무실 번호를 알고 있던 UPI 기자로부터 인터뷰를 요청하는 전화가 걸려 왔다. 디머는 나중에 다시 전화하겠다고 했지만, 기자는 질문을 멈추지 않았다. 상대가 무례하지는 않지만 끈질기게 묻자, 결국 디머는 전화를 끊기 위해 답변을 해야 했다. 네, 우린 그를 사형시킬 겁니다. 그 기자를 완전히 무시하고 싶지는 않았다.

7시 55분경에 고든 리처즈가 다시 전화했다. 길모어는 이제 집행 장소로 이동했고, 샘 스미스는 절차를 밟을 준비가 되어 있어요. 뭐라고 권고하실래요? 다시 한번, 마이크는 모든 것이 신속하게 진행되는 것에 놀랐다. 그는 리처즈에게 다른 집행 정지 명령에 대해서는 들은 바가 없다고 확인해 주었고, 리처즈에게 그대로 진행하고, 일이 끝나면 바로 전화하라고 지시했다.

디머는 자신이 책임을 지는 것이 중요하다고 생각했다. 고든 리처즈는 로스쿨 3년 차 학생에 불과했다. 이런 큰 사건에서 교도소 측에 법률 자문을 해 준다면, 나중에 변호사로 활동하는 데 걸림돌이 될 수 있었다. 주 변호사 위원회는 학생이 자문해 준 것을 결코 용서하지 않을 터였다. 그래서 디머는 나, 디머가 '길모어를 처형하라'고 말한 사람임을 분명히 했다. 나중에 ACLU가 부당 사망 소송을 제기한다면, 그 책임을 떠안을 사람은 자신이었다. 물론 디머는 밥 핸슨과 연락할 수도 있었지만, 밥과 그는 거의 모든 주제에 관해 생각이 매우 비슷했기에, 다른 말을 하지는 않을 거라고 확신했다. 그래서 그는 생각했다. 우린 어디 안 가니까, 고소할 테면 하라지.

지금 매더슨 주지사에게 전화를 걸어 생각이 바뀌었는지 물어볼 수도 있었지만, 그와는 이미 몇 차례 대화를 나눈 바 있었다. 주지사의 입장은 관여하고 싶지 않다는 것이었다. 그런 그에게 이제 와 굳이 기회를 줄 이유는 없었다. 그가 알기로, 매더슨은 집에서 자고 있을 것이었다. 디머는 주지사를 깨우고 싶지 않았다. 아침 일찍 일어나 앉아 문득 마음이 불편해져서는, 갑자기 '그래, 내가 뭐라도 해야겠어.'라고 결심하고 교도소에 전화하게 하고 싶지 않았다. 그는 차라리 주지사를 완전히 배제하는 편이 낫다고 생각했다.

그러는 동안 디머는 사형 집행이 7시 49분 근처에서 완료되기를 바랐다. 일출 시간에 가까우면 문제가 더 깔끔하게 해결될 테니까. 디머는 시간이 날짜를 의미한다는 도리어스의 주장을 잘 알고 있었지만, 명령에는 어느 정도 구체성이 있어야 한다고 주장하는 반론도 있다고 생각했다. 만약 상대 측이 이번 쟁점에 대해 심리가 없었다는 이유로 불럭 판사의 새로운 명령이 부당하게 내려졌다고 문제를 제기한다 해도, 디머는 자신들의 주장을 더 보강할 필요는 없다고 생각했다. 길모어가 처형될 시간은 일출 시간에 가까울수록 좋았다. 법은 사소한 일을 과대 해석하는 것을 좋아하지 않았다. 집행 시간에서 몇 시간 어긋나는 것보다는 몇 분 어긋나는 것이 반론에 노출될 여지를 줄여 줄 터였다.

하지만 고든 리처즈에게 진행시키라고 말한 뒤, 그는 자신이 박동하는 게리 길모어의 심장을 손에 쥐고 책상에 앉아 있음을 깨달았다. 정말 진실의 순간이었다. 디머는 육 년 동안 육군 예비군으로 있었고, 육 개월 동안 포병 부대에서 현역으로 복무했지만, 전투에 참가한 적은 없었다. 그래서 그는 지금 자신이 느끼는 감정이 바로 눈앞에서 누군가를 죽이려고 할 때 느끼는 감정과 같을지 궁금했다. 그는 확실히 예상했던 것보다 복잡한 감정을 느꼈다. 예를 들어, 전화를 끊은 후 자리에 앉아 있기가 괴로웠다. 사무실은 고요하고 쓸쓸했다. 밤새 일하느라 녹초가 되었고, 씻지 못해 온몸이 찝찝했다. 수염이 상당히 자랐고, 양말에선 쉰내가 났다. 피곤할 뿐만 아니라 기진한 상태였다. 일요일은 항상 바빴다. 그는 밥 핸슨 사무실의 2인자였고, 또한 자신이 다니는 교회에서는 감독의 제2 보좌였다. 길모어 사건처럼 법률 업무가 주당 육칠십 시간을 차지하는 경우를 제외하면, 그는 매주 교회 활동에 이십오 시간에서 사십 시간 정도를 할애했다. 그럼에도 그는 어제 하루 종일 교회에서 시간을 보냈고, 어젯밤부터 월요일 새벽까지 일했다. 자신은 사형 제도에 찬성하는 쪽이었음에도, 오랜 시간 동안 감정적으로 소진되고 있었다는 생각이 문득 들었다. 왠지 그는 항상 자신이 그 형을 집행할 사람이라고 예상해 왔었다. 어쨌든 그는 사형의 효용을 믿었다.

2

디머는 우리가 의롭게 살 수 있는지 시험받기 위해 이 땅에 왔다고 생각했다. 회개가 핵심이었다. 개인은 자신이 저지른 잘못에 대해 일생 동안 배상해야 했다. 그러나 이런 식으로 용서받을 수 없는 범죄가 몇 가지 있었다. 그중 하나가 살인이었다. 살인도 용서받을 수 있지만, 이번 생에는 불가능했다. 용서는 다음 생에 이루어져야 했다. 회개하려면 목숨을 내놓아야 했다. 따라서 디머는 자신이 사형 집행을 승인하여 게리 길모어의 존재를 무효화하는 거라고 생각하지 않았다. 오히려 자신은 길모어가 영원의 길에서 언젠가는 살인에 대해 용서를 얻을 수 있는 영적 영역으로 넘어갈 수 있도록 돕는 셈이었다.

사무실에 홀로 앉아, 자신의 크고 지저분한 몸을 응시하며, 디머는 뼛속까지 피곤함을 느꼈을지도 모른다. 하지만 자신의 목표와 야망에 부합하여, 그는 그 위치에 있는 사람은 결단을 내리고 그것을 지킬 수 있어야 한다고 생각했다. 그래서 고든 리처즈와의 마지막 통화 후 기다리는 동안, 그는 혼자 생각했다. '어쩌면 내가 이 일을 맡게 된 이유가 있을지도 몰라. 아마 내가 바로 이 일을 감당할 수 있는 사람인 게지.' 무슨 일을 할 때마다 그런 생각이 들었다. 그는 자신이 더 나은 사회를 만들기 위해 좋은 일을 하라는 사명을 받은 사람으로서 이 땅에 보내졌다고 생각하길 좋아했다. 그는 자신이 더 큰 계획의 일부로 미리 운명 지어져 있기를 바랐다.

따라서 언제든 밥이 법무 장관직에 출마하지 않기로 결정할 때, 디머는 준비되어 있을 것이었다. 그는 수년간 공화당원으로 활동해 왔고, 야망이 있었기 때문이다. 결국 그 야망에는 주지사가 되는 것도 포함되어 있었다. 교회는 자유 의지를 믿으면서도, 하나님께서 미리 예정된 계획을 가지고 계시며, 개인들이 이를 이행하는 데 실패하지 않는 한 반드시 실현될 것이라고 가르쳤다. 만약 그가, 디머가, 정부 지도자가 된다면, 그가 그렇게 되리라 예정되어 있었을 가능성이 있고, 따라서 그 계획을 충실히 실행하고 있는 셈이었다. 오늘 이 사람을 처형하는 무게를 짊어지는 것조차도 자신에게 부여된 사명의 일부이며, 이는 미래에 더 큰 책임의 무게를 감당하기 위한 준비일지도 몰랐다

3

워싱턴의 대법원에서 알 브론슈타인의 서류가 화이트 재판

관에게 전달된 시각은 9시 40분, 덴버 시각으로는 7시 40분이었다. 십 분 만에 서류가 되돌아왔다. 화이트 재판관은 집행 정지 신청을 기각했다. 브론슈타인은 대비가 되어 있었다. 항소 법원과 관련된 사건에서는 먼저 해당 법원을 관할하는 대법원 판사에게 직접 항소해야 했고, 이 경우에는 화이트 재판관이었다. 이제 그는 마셜 재판관에게 동일한 신청서를 제출했다. 신청서는 몇 분 만에 "신청 거부"라는 서명과 함께 반송되었다.

이제 브론슈타인은 전체 법원에 제출할 수 있도록 그것을 브레넌 재판관에게 제출해 달라고 요청했다. 마이클 로댁이 그것을 가지고 나갔고, 잠시 후 부서기장인 프랜시스 로슨이 돌아와, 대법원 재판부가 정기 회의를 시작하기 위해 법관 대기실에 있었지만, 브론슈타인의 신청서를 검토하기 위해 다시 돌아갔다고 알려 주었다. 매우 이례적인 일이었다. 오 분 후, 로댁은 브론슈타인에게 짧은 편지를 한 통을 건넸다. 대법원 재판부 전체가 수석 대법관 버거를 통해 10시 3분에 집행 정지 신청을 기각했다는 내용이었다. 유타주 시각으로는 8시 3분이었다. 마지막 남은 법적 수단이 모두 소진되었다. 이제 게리 길모어의 처형을 막을 수 있는 건 아무것도 없었다.

38장

손쉬운 사냥[202]

1

실러가 교도관들의 안내를 받아 들어간 최소 보안 구역 내 어느 방 안에는 모르는 사람들이 많았다. 그들은 한 명씩 들어와서 혼란스러운 기색을 보이지 않으려 애쓰며 접의자를 가져와 앉았다. 아무도 입을 열지 않았다. 장례식 같은 분위기는 아니었지만, 아주 정중하고 고요한 분위기였다.

그때 토니 거니가 들어왔다. 래리는 비로소 인사를 건넬 만한 상대를 찾았고, 이내 그녀와 이야기를 나누었다. 그 덕분에 경직된 분위기가 깨졌다고 할 수는 없어도 적어도 대화가 시

---

202) 원문은 'Turkey shoot'으로, 미국의 칠면조 사격 대회에서 유래한 표현이다. 움직이지 못하게 한 칠면조를 가까운 거리에서 쏘는 방식이기 때문에, 반격할 수 없는 상대를 일방적으로 공격하거나 학살하는 상황을 비유적으로 나타낼 때 사용된다.

작되었다. 곧 많은 사람들이 대화를 나누기 시작했다.

잠시 후, 번이 다가와 실러가 눈여겨보던 남자를 가리켰다. 다소 차가운 인상에다 티 나게 부분 가발을 쓴 그의 곁에는 엄격해 보이는 여성 두 명이 앉아 있었다. 실러는 그 남자가 장의사일 거라고 짐작했지만, 번이 말했다. "저이는 게리의 안구를 적출할 의사예요."

그리고 스탠저가 방에 들어왔다. 그는 몹시 화가 나 있었다. 불럭 판사가 명령을 지연시켰다는 것이다. 이제 게리는 하루 중 어느 시간에든 처형될 수 있었다. "믿어져요, 래리?"

실러는 스탠저가 게리의 처형을 원하지 않는다는 것을 알 수 있었다. 사실 무디가 다가왔을 때, 론은 이번에도 헛수고로 끝날 거라고 주장했다. 사형은 결국 집행되지 않을 거라는 것이었다. 실러는 구석에서 누군가가 말하는 것을 들었다. "우릴 여기에 세 시간은 잡아 둘지도 몰라."

바로 그때 교도관 한 명이 뒷문에서 뛰어 들어와 어깨 너머로 몇 마디를 크게 외쳤다. "뒤집혔어요." 그가 외쳤다. "그대로 진행됩니다."

그 순간 스탠저는 처음으로 게리 길모어가 총에 맞아 죽는다는 사실을 깨달았다. 명치를 세게 맞은 기분이었다. 온몸이 오싹했다. 소름이 돋았다. 낯선 반응이 온몸에 퍼졌다. 론은 난생처음으로 신경이 곤두서는 것을 느꼈다. 심장이 얼음으로 뒤덮인 것 같았다. 그는 종이 뒷면에 무언가를 적는 실러를 보면서 생각했다. '그가 이 모든 것을 기록하고 있어서 정말 다행이야. 난 움직일 수조차 없으니까. 걸을 수나 있을지 모르

겠군.'

이윽고 교도관들이 참관자들을 이송하기 시작했다. 그들의 차로 이끌리면서 스탠저는 자기가 금방이라도 토할 것처럼 보이리라는 걸 알고 있었다. 숨을 쉬는 것만큼이나 죽음에 가까워진 기분을 느끼면서 그는 자기가 미쳐 가고 있는 건 아닌지 의심했다. 왜냐하면 그는 게리가 절대 사형당하지 않으리라는 데 100만 달러를 걸었을 테니까. 그래서 일이 쉬웠던 점도 있었다. 그는 게리의 욕망을 수행하는 일에서 도덕적 딜레마를 느낀 적이 없었다. 사실 국가가 이 일을 끝까지 마무리할 거라고 정말로 믿었다면, 그는 게리를 대변할 수 없었을 것이다. 지금껏 그것은 연극이었다. 그는 자신을 무대 위의 인물 이상으로 중요하게 여긴 적이 없었다.

2

주차장 밖에서는 기자들이 잠에서 깨어나고 있었다. 밴의 문을 두드리는 소리가 여러 번 들렸다. "총살대가 오고 있어."라고 누군가가 외쳤다.

《뉴 타임스》를 위해 취재 중이던 로버트 샘 앤슨은 이렇게 적고 있었다.

다시 한번 모두가 달리고 있다. 대략 100미터 정도 떨어진 최고 보안 교도소에서 경찰차 한 대와 그 뒤를 따르는 밴이 정문 가까이에 멈춰 섰다. 이제 코트도 걸치지 않은 샘 스미스가 추위도 잊은 채 꼿꼿하고 단호한 자세로 건물을 향해 걸음을 옮긴다. 7시 47분, 한 무리의 사람들이 최고 보안 교도소의 출입문에서 모습을 드러낸다. 이 거리에서도 길모어가 아주 선명하게 보인다. 그는 흰색 바지와 검정색 티셔츠를 입고 있다. "다 괜찮아 보이는데?" 교도관 중 한 명이 말한다. "이제 남은 건 서류 작업뿐이야." 그의 동료가 대답한다.

길모어가 나타나자 기자들은 흥분한 군중으로 돌변한다. 놀란 가축 무리처럼 우르르 몰려간다. 카메라 조명이 공중으로 미친 듯이 기울어지고, 카메라맨들은 그것을 제 위치로 옮기기 위해 안간힘을 쓴다. 프로듀서들이 큰 소리로 지시를 내린다. 교도소 건물 앞에서 검은 가죽 재킷과 청바지 차림의 허랄도 리베라가 오직 허랄도 리베라만이 소화할 수 있는 멋진 모습으로 마이크에 대고 외치고 있다. "로나 관련 꼭지는 킬해. 그건 없애고, 나한테 방송 시간을 줘. 내가 총소리를 듣게 해 줄 테니까. 약속해. 총소리를 들을 수 있을 거야.'

최고 보안 구역에서 나온 게리는 호위를 받으며 밴으로 이동했고, 운전석 뒤쪽 자리에 앉았다. 미어스만이 그의 옆에 앉자, 스미스 교도소장이 올라탔고, 세 명의 새로운 교도관이 뒤이어 차에 탔다. 밴은 남자 일곱 명을 태우고 천천히 달렸다. 최고 보안 구역에서 통조림 공장까지 이어지는 교도소 길 약 400미터 구간 전체에서 유일하게 움직이는 차량이었다.

출발하자마자, 게리는 수갑을 찬 두 손을 바지 주머니로 뻗더니 접힌 종이 한 장을 꺼내 잘 보이도록 무릎 위에 올려놓았다. 잡지에서 오려 낸 니콜의 사진이었다. 그는 그 사진을 뚫어져라 쳐다보았다.

밴 운전자가 시동을 걸기 위해 열쇠를 돌리자, 이전에 켜놓았던 라디오가 다시 켜졌다. 모두가 소스라칠 만큼 밴 안에 긴장감이 가득 찼다. 그때 노래 가사가 들려왔다. 운전기사가 곧 손을 뻗어 라디오를 끄려고 했지만, 게리가 고개를 들고는 "그냥 켜 둬요."라고 말했다. 그렇게 그들은 이동하기 시작했고, 라디오에서는 음악이 흘러나왔다. 노랫말은 흰 새의 비행에 관한 것이었다. "우나 팔로마 블랑카."하고 후렴구가 이어졌다. "난 그저 하늘을 나는 새. 우나 팔로마 블랑카, 산 너머로 날아간다네."[203]

운전기사가 다시 말했다. "라디오를 켜 둘까요?"

게리가 다시 "네."라고 대답했다.

"새로운 날, 새로운 날이야." 노랫말이 이어졌다. "나는 태양을 향해 날아가지."

그들은 차를 타고 천천히 이동했고, 노래가 흘러나왔다. 미어스만 신부는 게리가 더 이상 사진을 보지 않는 것을 알아차렸다. 마치 노래 가사가 더 중요하다는 듯.

언젠가 내가 패배했을 때,

---

[203] 다음에 나오는 노래는 조지 베이커 셀렉션의 「우나 팔로마 블랑카」이며, 스페인어로 '하얀 비둘기'를 뜻한다. 해방과 자유를 상징하는 가사로, 1970년대에 큰 인기를 끌었다.

언젠가 그들이 쇠사슬로 날 구속했을 때,
　그래, 그들은 내 힘을 꺾으려고 했어.
　오, 아직도 그 고통이 생생해.

이제 아무도 입을 열지 않았고 노래는 끝까지 흘러나왔다.

　아무도 내게서 자유를 빼앗을 수 없네.
　그래, 아무도 내게서 자유를 빼앗을 수 없어.

　노래가 끝나자 그들은 조용히 이동하여 통조림 공장에 도착했고, 게리를 대신하는 모델과 함께 이른 아침 시간에 연습했던 방식으로 그 교도관들이 한 명씩 차례로 하차했다. 이제 그들은 게리를 통조림 공장 안으로 아주, 아주 순조롭게 데리고 들어갔다. 미어스만은 연습이 큰 성과를 거뒀다고 느꼈다.

　어젯밤 난 꿈속에서
　하얀 새가 되어 창문 밖으로 날아갔어요……
　오늘 밤 난 내 영혼에게 날 당신에게 날려 보내달라고 말할 거예요.

3

　최고 보안 구역에서 통조림 공장까지 이동하는 내내 「라 팔

776

로마 블랑카」가 흘러나왔다. 미어스만 신부는 특별한 감정을 느끼지는 않았다. 다른 모든 것과 마찬가지로, 모든 것이 순조롭게 진행되기 위해서는 특정한 단계들을 밟아야 했다. 그가 가장 염두에 두고 있던 것은 다음 단계를 미리 생각하는 것이었고, 그래서 밴에 탈 때조차 실수가 없게 하는 것이었다.

멋지게 계획된 일이었다고 미어스만 신부는 생각했다. 게리 길모어가 탄 차량이 최고 보안 구역에서 통조림 공장으로 이동할 때, 교도소 구내의 모든 차량이 멈추고 이 차량 하나만 지나가도록 하는 것까지 그들은 아주 신중하게 계획해 두었다. 이는 보안상의 이유로 모든 것을 철저히 보호하기 위한 조치였다. 밴이 이 지점에서 저 지점까지 가는 데 걸리는 시간을 인간적으로 가능한 한 가장 정확히 알 수 있도록, 교도소 당국은 스톱워치로 이송 시간을 일일이 측정했다. 미어스만 신부는 이러한 단계의 논리에 너무 몰두한 나머지, 이 모든 과정에서 게리가 조금이라도 불안해하지 않도록 하는 게 최우선이라는 것 외에는 다른 감정을 돌아볼 여유가 없었다. 그는 게리 길모어의 차분한 마음가짐이 절차 내내 순조롭게 이어지다가, 순조롭게 마감되기를 바랐다. 그런 조용한 생각의 흐름 속에서, 검정색 겨울 외투를 두른 채로 미어스만 신부는 다른 사람들과 함께 통조림 공장에 도착했다.

이제 밴을 계단에 최대한 가깝게 대는 것이 중요했다. 게리는 족쇄를 차고 있을 것이고, 미어스만 신부의 머릿속에는 게리가 길고 느리고 고통스러운 걸음을 해서는 안 된다는 생각이 가장 먼저 떠올랐다. 실제로, 모든 절차가 마무리되고 그들이 사형실로 이어지는 아홉 개 내지 열 개의 나무 계단을 올라가서 마침내 길모어를 그 의자에 앉힐 때까지, 미어스만 신부는 이런 세부적인 행동 요강에서 관심을 거두지 않았다. 길모어가 의자에 앉고서야 미어스만 신부는 그들이 이제 집에 도착했으며, 모든 것이 순조롭게 흘러갈 거라고 느꼈다.

노얼은 교도소장실을 나와 통조림 공장 쪽으로 걸어갔다. 그는 늑장 부리듯 걸었다. 운이 좋으면 그가 도착하기 전에 모든 일이 끝날 수도 있었다. 하지만 유타 카운티 보안관이 그를 태우기 위해 차를 세웠고, 그들은 어떤 창고의 문 앞까지 차를 몰고 갔다. 부소장 리온 해치가 우튼에게 들어오라고 손짓했다. 그곳은 회색 시멘트 블록 벽으로 된 큰 방이었다. 그는 곧바로 뒤쪽으로 갔기 때문에, 그것이 그가 볼 수 있는 전부였다. 많은 사람들이 와 있는 것을 보고 노얼은 깜짝 놀랐다. 덩치 큰 남자들이 다수 그의 앞에 서 있었다. 그들이 그의 시야를 완전히 가렸다. 괜찮았다. 그는 누구에게도 방해가 되고 싶지 않았다. 그는 빈 페인트 통, 낡은 타이어, 버려진 기계와 함께 뒤쪽에 머물렀다.

4

덴버에서, 얼 도리어스는 복도를 배회하다가 KSL의 잭 포드가 통화 중인 것을 발견했다. 잭이 부스에서 나오자마자, 얼은 교도소 상황을 물었고, 길모어를 태운 차가 막 통조림 공장에 도착했다는 소식을 들었다.

얼이 시련이라고 생각한 전 과정 가운데, 한 사람이 곧 죽임을 당하리라는 사실이 실감된 것은 이때가 처음이었다. 이제 그는 자신에게서 처음 메시지를 전달받았을 때 고든 리처즈가 느꼈을 긴장감을 온몸으로 느꼈고, 이로써 교도소 직원들의 심정도 어느 정도 가늠할 수 있었다. 그는 소장이 느낄 깊은 고뇌에 공감하고 공명했다. 자신의 친구 샘 스미스에게, 한 남자의 사형 집행을 명령하는 것은 쉬운 일이 아닐 터였다.

하지만 얼은 길모어에 대해서는 정말이지 아무런 연민도 느끼지 않았다. 이 남자가 희생자 가족에게 끼친 영향, 지난 몇 달 동안 아이들을 거의 만나지 못하는 등 얼 자신의 삶에 끼친 훨씬 덜한 영향조차도 그에게 많은 연민을 느끼지 못하게 하는 이유였다. 그저 교도소장을 생각하니 슬플 뿐이었다.

주디스 월바크는 법정에서 나온 후 복도의 높은 창문에서 회색빛 새벽이 다가오는 것을 내려다보면서, 자신이 감정적으로 텅 비어 있음을 깨달았다. 이 순간 주디스를 가장 괴롭힌 것은 씻지 못해 온몸이 꿉꿉하고 찝찝하다는 것이었다. 그날 밤 집에 가거나 셔츠를 갈아입을 기회조차 없었다. 땀에 젖고 피곤하고 정말 넌더리가 났다. 그녀는 자신이 너무 무덤덤한 것에 충격을 받았다. 재판부가 비열하게 행동했다고 생각했고, 도리어스에 대해 불쾌한 감정을 느꼈지만, 그게 다였다.

5

최소 보안 구역 밖에는, 사형 집행을 참관할 사람들을 기다리는 차들이 줄지어 서 있었다. 짧은 진입로 끝에서, 실러는 캠핑카 한 대가 통조림 공장이라고 불리는 시멘트 벽돌 건물에 바짝 대고 후진하는 것을 보면서 혼잣말을 했다. "사형 집행인들이네."

그때 위에서 무슨 소리가 들리는 바람에 그는 깜짝 놀랐다. 교도소에서 배포한 보도 자료에 따르면, 교도소 상공 450미터 높이까지 통제될 예정이었다. 하지만 바로 머리 위로 헬리콥터가 지나가고 있었다. 나중에 실러는 한 신문사가 통제를 교묘히 피해 길모어가 이송되는 장면을 촬영할 수 있었던 이유는 보도 자료에 비행기만 명시되어 있고 헬리콥터는 포함되지 않았기 때문이라는 사실을 알게 되었다.

통조림 공장 바로 뒤편 하역 플랫폼에 여분의 방처럼 만들어진 검정색 캔버스 구조물을 보고, 실러는 사형 집행인들이 그곳에서 대기하고 있으리라는 사실을 알았다. 그때 그의 차가 건물의 다른 모퉁이를 돌았고, 앞에 번과 무디와 스탠저가 차에서 내려 출입구 계단으로 올라가는 모습이 보였다. 차례가 되어 문을 통과하면서 실러는 오른쪽 눈꼬리로 의자에 앉아 묶여 있는 게리의 모습을 볼 수 있었다. 그는 무언가를 제대로 보기도 전에, 영화 세트장처럼 밝지는 않지만 게리가 있는 방 끝에 조명이 켜져 게리를 비추고 있고, 방의 나머지 부분은 어둡다는 사실을 깨달았다. 게리는 작은 단상 위에 있었다. 마치 무대 같았다. 의자가 너무 도드라져서, 총살보다는 오히려 전기 처형이 이루어질 것 같은 느낌이었다.

실러가 앞으로 걸어가자 게리의 머리 뒷모습이 옆얼굴로, 다음엔 얼굴이 조금 보이기 시작했다. 그 순간 길모어가 실러의 존재를 알아보고 눈짓을 했고 실러도 고개를 끄덕여 답했다. 다음으로 그가 알아차린 것은 길모어가 의자에 단단히 묶여 있지 않다는 것이었다. 실러에게 처음으로 강하게 와닿은 것은 바로 그 점이었다. 모든 것이 느슨했다.

끈이 팔과 다리에 둘러 묶여 있었지만, 모두 1인치는 족히 헐거웠다. 구속된 손을 바로 잡아 뺄 수도 있을 것 같았다. 실러는 계속 앞으로 나아갔고, 이윽고 바닥에 그려진 선을 보았다. 저 뒤에 서라는 한 공무원의 말에, 그가 몸을 돌려 의자 쪽으로 갔다. 이제 다시 길모어를 오른쪽에 둔 상태에서, 왼쪽으로 구멍 여러 개가 뚫려 있는 검정색 가림막이 보였다. 그와의 거리가 7.5미터쯤 됐고, 길모어와의 거리도 그와 비슷했다. 이제, 그는 잘 살펴보았다.

실러가 게리를 직접 본 것은 12월 이후 처음이었다. 이 순간, 게리는 초점 없이 멍한 눈에, 피곤하고 기력 없고 말라서, 실러가 본 그 어느 때보다도 늙어 보였다. 매우 빛나는 눈을 가진 늙고 피곤한 새 같았다.

게리가 여전히 평정심을 잃지 않고 있다는 사실이 매우 인상적이었다. 실러한테까지 들릴 만큼 말소리가 크진 않았지만, 게리는 자신을 묶고 있는 교도관들, 교도소장, 그리고 신부에게 무언가를 말하며 대화를 이어 가고 있었다. 주위엔 적갈색 재킷을 입은 사람들이 여덟 명 정도 있었을 것이다. 실러는 그들을 두고 교정 직원들이라고 기록하려다, 그것이야말로 자신이 경계하고 싶었던 행동임을 깨달았다. 기자들이 흔히 하는 억측은 없어야 했다. 그래서 그는 그들이 교정 직원이라고 추정하지 않았다. 그들은 그저 붉은 외투를 입은 사람들일 뿐이었다. 어느덧 사진작가로서의 눈이 그 장면에 익숙해지자, 그는 다음에 관찰한 것을 믿을 수가 없었다. 사형 집행용 의자라는 게 작고 낡은 사무용 의자에 불과했고, 그 뒤에는 낡고 더러운 매트리스가 모래주머니와 통조림 공장의 돌벽에 기대어 놓여 있었기 때문이다. 의자와 모래주머니 사이에 매트리스를 억지로 끼워 넣은 꼴이, 마지막 순간에 짜낸 편의적인 방책임이 분명했다. 아무래도 밤중 어느 시점에 혹시라도 총알이 뚫고 나가 벽에 맞고 튀어나올 수도 있으니 모래주머니로는 충분치 않다고 판단한 것 같았다. 하지만 실러는 그 더러운 매트리스가 몹시 거슬렸다. 그는 혼자 생각했다. 맙소사, 그래 놓고 암살자들의 소총 구멍 주위에는 검정색 캔버스 천을 깔끔하게 꿰매 놓은 거야? 다음 순간 그는 자신이 '암살자'라는 단어를 사용했음을 깨달았다.

그럼에도 세심하게 준비된 가림막과 지저분하고 주먹구구식 배경막을 가진 게리의 의자가 이루는 대조는 무시할 수 없었다. 심지어 그의 팔을 묶은 띠도 싸구려로 보였다.

6

론 스탠저가 처음 느낀 인상은 방에 사람이 많다는 것이었다. 세상에, 관중이 너무 많았다. 사형 집행은 관중 스포츠임에 틀림없었다. 그는 게리를 처음 보기 전부터 이미 그것을 크게 느꼈고, 아직 머리에 자루가 씌워지지 않은 것에 감사했다. 다행이었다. 길모어는 자루를 쓴 괴물 같은 존재가 아니라 여전히 인간이었다. 론은 자신이 검정색 봉투에 얼굴이 가려진 게리를 볼 때 받을 충격에 대해 마음의 준비를 하고 있었음을 깨달았다. 하지만, 아니었다. 게리는 묘하게 유머러스한 표정으로 군중을 응시하고 있었다. 스탠저는 그가 무슨 생각을 하는지 알고 있었다. '누구든 아는 사람이 있는 사람은 이 사냥 대회에 초대받을 수 있습니다.'

스탠저는 여기에 언급할 만한 사람이 있을 거라고는 생각하지 않았지만, 흰 선 뒤에는 최소 50명이 있었다. 조금이라도 영향력이 있는 경찰이나 관료라면 누구나 들어올 수 있었다. 밥 무디는 샘 스미스에 대해 종종 이렇게 말하곤 했다. "그는 매우 성실한 사람이야. 다만 무능할 뿐이지. 완전히 무능해."

스탠저가 한 번도 본 적 없는 보안관들과 카운티 순찰대원들이 난데없이 우르르 나타났다. 이런 데 안 와 보고 어떻게 이 직종에서 존중받을 수 있겠어?

무디는 초대받은 사람들 모두에게 분노를 느꼈다. 샘 스미스는 초대객이 다섯 명일지 일곱 명일지를 두고 그들에게 온갖 난리를 쳤었다. 이제 이 모든 쓸데없는 사람들이 선(線) 뒤에서 북적이고, 사형 집행인들은 가림막 뒤에서 이야기를 나누고 있었다. 그들이 무슨 말을 하는지는 들리지 않지만, 말하고 있다는 건 알 수 있었다. 교정 본부장인 어니 라이트가 마치 텍사스의 관료처럼 커다란 흰색 카우보이모자를 쓴 채 여기저기 다니며 사람들에게 인사를 건네는 모습을 보자 밥은 몹시 화가 났다.

무디는 가림막 뒤의 소총수들이 일부러 게리를 쳐다보지 않고 등을 돌린 채 무리를 지어 대화를 나누고 있다고 느꼈다. 저들은 마지막 순간에 명령을 받고서야 돌아설 것이다. 밥 무디 옆에 자리 잡은 론 스탠저는 일어나서 모두에게 말하고 싶었다. "거참 인심 한번 대단하네. 사람을 쏴 죽이기 전에 피자 한 조각을 안 주려고 하니 말이야."

하지만 차마 말을 꺼내지는 못했다. 너무 신경질적으로 들릴 테니까. 그는 이렇게 소리쳤을 것이다. 저 사람에게 피자랑 맥주 여섯 캔을 줄 순 없었겠지. 차라리 교도관들 뱃속에 들어가게 했을 거야, 안 그래?

클라인 캠벨이 방에 들어섰을 때 가장 먼저 든 생각은 이거였다. 세상에, 표라도 팔았나? 그럼에도 캠벨은 모두가 극심한 공포에 휩싸여 있는 걸 느낄 수 있었다. 그 공포가 사형장 전체의 분위기를 지배하고 있었다. 어느 공직자가 무언가를 빠뜨릴지도 모른다는 전형적인 관료적 불안감이었다. 그러면 모든 정치적 혹은 법적 대가를 치러야 할 테니까. 캠벨은 게리에게 "기분이 어때요?"라고 말하는 것으로 만족했고, 그런 다음 의자 한쪽에 섰다. 미어스만 신부는 반대쪽에 서 있었다. 미어스만 신부가 물 한 잔을 가져왔고, 신부가 잔을 입에 대 주자 길모어가 한 모금 마셨다.

한 공무원이 번에게 다가와 게리가 그와 얘기하고 싶어 한다고 전했다. 번이 게리를 비추는 불빛 쪽으로 걸어가자, 그의 조카가 아기처럼 파란 눈으로 그를 올려다보았다. 번은 그를 그 의자에서 끌어내고 싶었다. 그냥 그 의자에서 끌어내어 그를 다시 자유롭게 해 주고 싶었다. 번은 감정이 북받쳐 오르는 것을 느꼈다. 그가 그 의자에 앉아 있는 게 정말 싫었다. 게리가 말했다. "저기, 이 시계를 가져가요. 반드시 니콜이 가졌으면 좋겠어요."

그는 시계를 깨뜨려서 시곗바늘을 7시 49분에 맞추고는 테이프로 붙여 놓았었다. 이제 그가 그것을 번에게 건넸다. 그동안 내내 지니고 있었던 게 분명했다. 게리가 말했다. "니콜을 잘 돌봐 주겠다고 약속해 주세요."

번은 도대체 게리가 어떻게 자신이 니콜을 돌볼 수 있다고 생각하는지 알 수 없었지만, 어쨌든 게리는 누구에게라도 부탁해야 했다. 두 사람은 악수를 나눴고, 게리는 마치 번의 손가락 관절을 으스러뜨리기라도 할 듯 의자에 앉은 채 잡은 손에 힘을 주기 시작했다. 그가 번에게 말했다. "자, 자, 기회를 한 번 줄게요."

그러자 번이 말했다. "게리, 내가 원한다면 널 그 의자에서 끌어낼 수도 있어."

게리가 말했다. "그래 줄래요?"

번은 선 뒤에 있는 자신의 자리로 돌아가, 몇 주 전에 게리가 자신과 아이다에게 참관인이 되어 달라고 부탁했을 때 나눴던 대화를 떠올렸다. 그때 번은 말했었다. "아이다는 안 보는 게 좋겠다."

그러자 게리가 말했다. "하지만 이모부는 그 자리에 있었으면 좋겠어요, 번."

"내가 감당할 수 있을지 모르겠구나." 번이 말했다. "못 할 것 같다."

게리가 말했다. "음, 이모부가 거기 있으면 좋겠어요."

"어째서?" 번이 물었다. "내가 왜 거기 있으면 하는 건데?"

"글쎄요, 번." 게리가 말했다. "이모부에게 보여 주고 싶어요. 제가 어떻게 사는지는 이미 보여 드렸잖아요." 그가 장난기 어린 미소를 지었다. "제가 어떻게 죽는지도 보여 드리고 싶어요."

번은 지금 이 모든 것이 그때 했던 말의 일부라고 생각했다. 왜냐하면 선 뒤로 물러나서도 게리의 손이 여전히 자신의 손에 닿아 있는 것을 느끼면서, 번은 그에게 말하고 싶었기 때문이다. "게리, 방금 정말 잘했어."

다음으로 밥 무디가 와서 악수를 나눴다. 게리의 손은 밥이 예상했던 것보다 작았지만, 차갑지도 열이 날 정도로 뜨겁지도 않았다. 여느 다른 사람들의 손처럼 따뜻하고 살아 있는 손이라는 게 그저 충격적일 뿐이었다. 게리가 그를 바라보며 말했다. "어, 무디, 당신에게 내 머리카락을 남겨 줄게요. 나보다 더 절실하게 필요하잖아."

다음 차례는 실러였다. 그는 걸어 올라가면서 어떤 말이 적절할지 계속 고민했다. 하지만 막상 그곳에 도착하자, 이 모든 엄청난 상황에 압도되는 느낌이었다. 마치 대포 안에 들어가 달을 향해 발사되거나 철제 상자에 들어가 바다 깊은 곳으로 떨어질 남자에게, 진정한 후디니에게 작별 인사를 하는 것 같았다. 그가 길모어의 두 손을 부여잡았다. 그 남자가 살인자여도 상관없었다. 그가 성인이라도 마찬가지였다. 이 순간에는 두 경우 모두 똑같이 실러가 판단할 수 있는 범위를 넘어선 듯 보였기 때문이다. 그가 말했다. 아니 그렇다기보다, 자기 입에서 나오는 소리를 들었다. "내가 왜 여기 있는지 모르겠어요."

길모어가 대답했다. "내가 탈출할 수 있도록 도와줘야죠."

실러는 의자에 앉아 있는 그를 바라보며 말했다. "인간적으로 가능한 최선의 방법으로 그렇게 할게요."

그 말대로 가장 정직한 방법으로 모든 것을 처리하겠다는 생각을 하고 있는데, 길모어는 자신만이 방금 한 말의 의미를 알고 있다는 듯 묘하게 윗입술만 비틀어 올린 채 웃어 보였고, 그 웃음이 점차 넓어지더니 가끔 그가 보여 주던 미소로 바뀌었다. 자칼처럼 사악하고 미묘하게 조롱하듯, 입술을 얇고 길게 늘여 지은 미소. 실러는 그 마지막 표정으로 길모어를 기억하게 될 것이었다. 두 사람은 악수를 나눴지만, 길모어의 악력은 약했다. 실러는 자신이 그 순간을 제대로 처리했는지 알지 못한 채 자리를 떴다. 애초에 그게 처리해야 할 순간이었는지조차 알 수 없었다. 자신과 길모어는 사실 아무런 관계가 아닌 것 같은 느낌이 들었다.

번은 집안 어른이었기 때문에 제일 먼저 갔고, 그다음은 밥 무디였지만, 실러는 마지막 차례가 되고자 했다. 스탠저는 '설마 이 상황에서 그런 걸 따지겠다고? 농담이지?'라고 생각했고, 결국 순번 다툼에서 이겼다. 래리가 먼저 나갔다. 정작 자기 차례가 오자, 스탠저는 할 말이 하나도 떠오르지 않았다. 그냥 "조금만 더 견뎌요. 끝까지 버텨요."라고 중얼거릴 뿐이었다. 게리는 별로 강인해 보이지 않았다. 사실 기력이 없어 보였다. 눈에 약효가 다 사라진 여파가 역력했다. 그는 용감해 보이려고 애썼지만, 이제는 말을 내뱉는 것조차 쉽지 않은 듯, 그저 "괜찮아요."라고만 했다. 두 사람은 악수를 나눴다. 게리가 손을 힘껏 꽉 쥐자 스탠저가 그의 어깨에 팔을 둘렀고, 게리는 느슨한 끈 사이로 손을 움직여 론의 팔을 툭 건드렸다. 그러는 동안 스탠저는 길모어의 손이 생각보다 말랐다고 계속 생각했다. 이윽고 두 사람은 서로의 눈을 들여다보았다. 일종의 마지막 포옹이었다.

론이 선 뒤의 자기 자리로 돌아오자마자, 교도소 직원이 다가와 귀에 쓸 솜이 필요하냐고 물었다. 그제야 론은 모든 사람들이 솜을 가지고 있는 것을 알아차렸고, 자기도 솜을 가져가 귓속에 꽂아 넣었다. 그러고는 빨간 전화기가 놓인 의자가 있는 방 뒤편으로 걸어가는 샘 스미스를 지켜보았다. 샘 스미스가 전화를 걸고 다시 돌아와서, 어떤 선언문을 읽기 시작했다.

실러는 들으려고 애쓰면서 그것이 어떤 공식 문서일 거라고 판단했다. 평소라면 귀 기울여 들을 만한 말은 아니었지만, 솜 사이로 샘이 어쩌고저쩌고하는 소리가 들렸다. 그러는 내내 게리는 교도소장을 바라보는 것이 아니라, 샘의 커다란 몸을 피해 시야를 확보하려고 의자에서 몸을 이리저리 기울였고, 거의 의자가 넘어갈 정도까지 기울여 사형 집행인들을 가려 놓은 장막 뒤의 얼굴들을 확인하고 거기서 순간적으로 드러난 감정들을 포착하고자 했다.

그때 교도소장이 "하고 싶은 말이 있습니까?"라고 물었고, 게리는 천장을 올려다보며 잠시 망설이다가 이렇게 말했다. "이제 해치웁시다."

그게 다였다. 번은 그것이 이제껏 자신이 본 중 가장 용기가 뚜렷이 부각된 순간이라고 생각했다. 목소리가 떨리지도 목이 메지도 않았고, 망설임 없이 내뱉어진 말이었다. 게리는 그 말을 할 때 번을 쳐다보았다.

스탠저가 듣기에는, 게리는 뭔가 멋지고 품위 있고 똑똑한 말을 하고 싶었지만, 딱히 심오한 말을 떠올리지 못한 것 같았다. 약물의 여파로 그는 너무 기력이 쇠해 있었다. 아무 말도 하지 않기보다는, "이제 해치웁시다."라는 말을 최대한 또렷하게 말하려고 애썼다.

그것은 이십사 시간 넘게 깨어 있었고 온갖 약물을 다 복용한 탓에 이제 후유증에 시달리는 남자에게서 예상할 만한 모습이었다. 약 기운이 빠져나가 기운 없는 그는 그동안 론이 본 모습 중 가장 늙어 보였다. 아, 그는 매우 지쳐 있었다. 론은 처음으로 그의 얼굴에서 깊은 주름을 볼 수 있었다. 길모어는 자살 시도 후 변호사들과 처음 만났을 때처럼 창백해 보였다.

미어스만 신부가 종부 성사를 집전하기 위해 다가갔다. 노얼은 마음의 준비를 단단히 하고, 앞에 있는 덩치 큰 남자들어깨 너머로 살짝 엿보며, 사면 위원회 청문회에 왔을 때의 게리를 떠올렸다. 그날 게리는 매우 자신만만했다. 마치 모든 카드와 에이스, 그리고 필요한 것을 손에 쥐고 있는 것처럼 보였다. 우튼의 생각에, 이제 그는 그것을 가지고 있지 않았다.

그리고 실러는 같은 남자를 보면서, 그가 겉으로는 체념한 듯 보이지만, 존재감과 권위라고 부를 만한 무언가를 가지고 있다고 생각했다.

미어스만 신부가 종부 성사를 마쳤다. 그들이 자루를 들고 앞으로 나오자, 길모어가 그에게 "도미누스 보비스쿰."이라고 말했다. 미어스만 신부는 자신이 느끼는 감정을 어떻게 표현해야 할지 몰랐다. 그보다 더 자동적인 반응을 이끌어 내는 말은 없었을 것이다. 미어스만 신부는 사제가 된 이래 십 년, 이십 년, 삼십 년 동안 사람들에게 몇 번이고 이렇게 인사했다. 그가 미사 중에 "도미누스 보비스쿰."이라고 말하면, "엣 쿰 스피리투 투오."라는 대답이 돌아오곤 했다.[204]

그러니 이제, 길모어가 "도미누스 보비스쿰."이라고 말하자, 미어스만 신부는 마치 복사(服事)처럼 "엣 쿰 스피리투 투오."라고 대답했다. 그 말이 신부의 입에서 나오자, 게리가 히죽 웃으며 말했다. "언제나 미어스만이 있을지니."

'이런 순간에는 언제나 사제가 곁에 있을 거라는 말을 하고 싶었던 게지.' 미어스만 신부는 속으로 생각했다.

---

204) 도미누스 보비스쿰(Dominus vobiscum)은 '주님께서 여러분과 함께', 엣 쿰 스피리투 투오(Et cum spiritu tuo)는 '또한 사제의 영과 함께'라는 뜻의 라틴어 인사말이다.

빨간 코트를 입은 남자 서너 명이 다가와 길모어의 머리에 자루를 씌웠다. 그 후로는 아무런 말도 하지 않았다.

정말 아무 말이 없었다. 그들이 길모어의 허리와 머리를 묶어 고정시켰다. 미어스만 신부는 그들이 처음 길모어를 의자에 묶을 때, 목이 말라 물을 원하는 그에게 자신이 물을 주었던 장면을 떠올렸다. 그러고도 그는 물을 더 달라고 했었다.

이제 옆에 있던 의사가 길모어의 검은 셔츠 위에 둥근 모양으로 잘린 흰 종이를 핀으로 꽂았다. 그런 뒤 의사가 뒤로 물러났다. 미어스만 신부가 크게 성호를 그었다. 그가 수행해야 할 마지막 행위였다. 그런 다음 그 역시 선을 넘어갔고, 자루를 뒤집어쓴 의자 위의 인물을 돌아보았다. 전화벨이 울렸다.

세상에, 꼭 영화 같네. 사형이 취소되려는 거야, 라는 것이 노얼의 첫 반응이었다. 실러는 수표책에서 조심스럽게 찢어 낸 수표 위에 기록하고 있었는데, 자루가 게리의 머리 위로 느슨하게 내려온 것을 발견했다. 마치 네모난 상자를 씌운 듯했다. 어떤 식으로든 얼굴에 밀착되지 않았다. 포대 아래의 얼굴 윤곽을 전혀 알 수 없었다.

전화 통화 소리를 들으면서 스탠저는 생각했다. '이건 최종 확인 같은 거다.' 샘 스미스가 전화를 끊었고, 선 뒤의 자기 자리로 돌아왔다. 마침 실러의 옆이었다. 그가 래리에게 솜을 더 건네주었고, 두 사람은 서로의 눈을 바라보았다. 그때 실러는 샘 스미스의 팔이 움직였는지 안 움직였는지 알 수 없지만, 교도소장 어깨의 움직임에서 무언가를 본 것 같았다. 론과 밥 무디와 클라인 캠벨이 카운트다운이 시작되는 소리를 들었고,

노얼 우튼은 귀에 넣은 솜 위로 손가락까지 꽂아 귀를 막았다. 캠벨의 눈에 게리의 몸은 차분해 보였다. 클라인은 저 남자가 보여 주는 침착함을 믿을 수가 없었다. 길모어는 제대로 죽고 싶다는 의지가 너무 강해서 카운트가 시작될 때도 주먹을 꽉 움키지 않았다.

스탠저는 혼잣말로 "쓰러지면 안 되는데."라고 중얼거렸다. 그는 어떻게든 자신의 머리를 보호하려고 손을 올리고 있었다. 솜을 통해 곧장 무거운 숨소리가 들렸다. 가림막 틈 사이로 튀어나온 소총의 총구들이 보였다. 그는 총구와 희생자 사이의 거리가 너무 가까운 것에 충격을 받았다. 그들은 절대 빗맞히고 싶어 하지 않는 것 같았다. 솜을 비집고 "하나." 그리고 "둘." 하는 속삭임이 들렸고, 다음 순간 "셋."이라는 말 대신 "탕, 탕, 탕." 하고 총성이 울렸다. 소리가 너무 커서 무서울 정도였다. 론의 어깨에서 허리까지 근육이 수축했다. 근육 전체가 경련을 일으켰다.

실러는 세 발의 총성을 들었고, 네 번째 총성이 울리기를 기다렸다. 게리의 몸이 홱 흔들리거나 의자가 움직이는 일은 없었다. 실러는 네 번째 총알을 기다리다가, 나중에야 두 발이 동시에 발사된 것을 알았다. 노얼 우튼은 그 순간 게리를 보려고 했지만 군중 뒤에 있어서 아무것도 보이지 않았다. 그는 다른 누구보다 먼저 문밖으로 나가 최소 보안 교도소 바로 옆에 세운 자신의 차로 곧장 다가가서 올라탄 뒤, 교도소를 빠져나갔다. 취재하는 기자들과 사진기자들이 있었지만, 그는 멈추지 않았다. 누구와도 이야기하고 싶지 않았다.

번의 귀에는 그저 엄청 크게 "쾅!" 하는 소리만 들렸다. 그 순간에도 게리는 손가락 하나 까딱하지 않았다. 조금의 떨림 도 없었다. 왼손은 움직이지 않았고, 총에 맞은 후 고개가 앞 으로 떨어지는가 싶었지만, 끈으로 고정된 탓에 들린 채로 있 었다. 바로 그때 오른손이 천천히 공중으로 올라갔다가 천천 히 내려왔다. 마치 "이젠 됐어요, 여러분."이라고 말하는 것 같 았다. 실러는 그 동작이 마치 피아니스트가 손을 건반 위로 내리기 전에 들어 올렸을 때의 손가락처럼 우아하다고 생각 했다. 검은 셔츠에서 스미어 나온 피가 흰 바지 위로 흘러내렸 고, 이내 게리의 다리 사이 바닥 위로 떨어지기 시작했다. 화 약 냄새가 사방에서 진동했다. 그때 불이 꺼졌고, 실러는 핏방 울 떨어지는 소리에 귀를 기울였다. 피가 떨어지는 소리가 정 말 들리는지 확신할 수 없었지만, 그는 그것을 느꼈고, 그 피 와 함께 길모어의 몸속에서 생명이 연기처럼 빠져나가는 것처 럼 보였다. 어지럼증을 느낀 론 스탠저는 혼자 중얼거렸다. "기 절할 사람은 너뿐이고, 여기 이 많은 사람들이 있는 데서 바 닥에 쓰러지면 창피할 거야." 그리고 그는 등 근육이 수축하 는 힘에 비틀거리며 뒤로 물러난 다음 두 팔을 내밀어 누군가 를 붙잡아 몸을 지탱했다. 이어 시신을 다시 보기 위해 뒤를 돌아보았다. 그때 길모어의 오른손이 들렸다.

론이 눈을 감았다가 다시 떴을 때는 피가 게리의 무릎에 고 였다가, 발로 흘러내려 테니스 신발을 뒤덮고 있었다. 그가 최고 보안 교도소에서 늘 신던 빨간색과 흰색과 파란색이 조합된 그 이상한 테니스 신발이었다. 신발 끈은 이제 피에 푹 젖어 있었다.

의사가 청진기를 가져왔고 고개를 저었다. 길모어는 아직 숨이 붙어 있었다.

론은 게리가 페이건의 사무실에 잠시 있던 날을 떠올렸다. 그 십 초 동안 게리는 나비처럼 책상 위를 날아다녔다. 그는 책상 서랍을 열어 숟가락과 신발 끈을 꺼냈고, 오케스트라를 지휘하는 사람처럼 모든 것을 샅샅이 뒤졌다. 정말 대단했다. 길모어는 어쨌든 재능 있는 도둑이었다. 페이건이 "그래, 알았어, 조."라고 전화 통화를 마치는 순간 모든 것이 마무리되었다. 교위가 돌아섰을 때, 게리는 꾸벅꾸벅 조는 올빼미처럼 고요히 앉아 있었고, 스탠저는 유리창 반대편에서 눈을 크게 뜨고 있었다.

그 후 게리는 신발 끈에 대해 우스갯소리를 했다. 목매달기 충분하다고 론에게 말하곤 했다. 그리고 이제 그것을 훔쳤던 손이 공중으로 올라갔다가 내려왔다. 신발 끈에 묻은 피를 가리키고 있을 수도 있었다.

그들은 이십 초 정도를 더 기다렸다. 그런 다음 의사가 다시 다가갔고, 미어스만 신부가 다가갔고, 그리고 샘 스미스가 다가갔다. 의사가 게리의 팔에 다시 한번 청진기를 대 본 뒤, 샘을 향해 고개를 끄덕였다. 샘이 허리끈을 풀고, 길모어를 머리끈에서 빼내어, 시신의 뒤에서 탄환이 관통한 자국을 살펴보았다.

스탠저는 화가 났다. 길모어가 총에 맞는 순간 모두가 나갔어야 했고, 이 모든 일의 일부로서 참여해서는 안 됐다. 샘이 시신을 조사하는 동안에도 길모어는 미어스만의 두 손 안으로 쓰러졌다. 사출구를 찾기 위해 길모어의 등을 샅샅이 살피는 동안 신부가 머리를 잡고 있어야 했다. 미어스만의 손 위로 피가 흘러 손가락 사이로 떨어지기 시작하자, 번이 눈물을 흘렸다. 미어스만 신부도 울었다. 교도관 한 사람이 마침내 돌아서서, 선 뒤에 있는 사람들에게 말했다. "떠날 시간입니다."

실러가 걸어 나오며 혼자 중얼거렸다. "우린 무엇을 성취한 거지? 그렇다고 살인이 줄어들지는 않을 텐데."

그동안 미어스만 신부와 클라인 캠벨은 길모어의 팔과 다리를 풀었다. 캠벨은 줄곧 눈의 중요성에 대해 생각하고 있었다. 그가 혼자 중얼거렸다. "왜 아무도 움직이지 않는 거야? 안구부터 살려야 하잖아."

8

불과 몇 분 전 교도소장실에서, 고든 리처즈는 미국 대법원의 부서기에게서 전화를 받았다. 브레넌 재판관이 불참한 가운데, 대법원 재판부 전체가 ACLU의 집행 정치 신청을 방금 처리했고, 이를 기각했다는 내용이었다. 리처즈는 조금 화가 났다. 피터 벡이라는 이름의 이 서기는 '웨스트버지니아 휠링 출신의 미키'라는 말을 들어 본 적이 없다고 했다. 저기, 벡 씨는 로댁 씨가 어디에서 태어났고 그의 별명이 뭔지 아시나요? 리처즈가 물었다. "마이크인가요?" 백이 말했다.

그러자 리처즈는 로댁 씨가 직접 전화를 걸어 줄 순 없겠느냐고 물었다. 그가 알아차리기도 전에 전화가 대기 상태로 넘어갔다. "서둘러요 제발." 리처즈가 백에게 소리쳤다. "이건 정말 중요하다고."

대법원에서 전해 온 확인되지 않은 정보를 가지고 그는 거기 앉아 있었다. 그래서 교도소장실에 함께 있던 교도소 간부들에게 "통조림 공장 쪽 사람들에게 대기하라고 하세요."라고 외쳤다. 하지만 간부들이 고개를 저었다. 방금 사형이 집행되었기 때문이다.

삼 분 후 로댁과 연결되었다. 리처즈가 그의 별명과 출생지를 물었다. 별명은 미키라고 그가 대답했다. 하지만 그의 출생지는 펜실베이니아의 스목이었다.

"웨스트버지니아는요?" 리처즈가 물었다.

"저는 스목에서 태어났어요," 로댁이 말했다. "하지만 웨스트버지니아로 갔죠. 전 웨스트버지니아 변호사 협회 회원이에요."

이 정보를 얼 도리어스에게 제공했었나요? 리처즈가 물었다. 아닌 것 같은데요. 로댁이 말했다. 그러다 마침내 그가 기억해 냈다. "아, 맞아요, 그 친구가 허위 전화를 받는 일이 없도록 확실히 하고 싶어 했죠." 그렇군. "사형 집행이 아직 안 끝났나요?" 로댁이 물었다.

리처즈가 전화를 끊으면서 간부 중 한 명에게 말했다. "만약 전화가 동시에 걸려왔다면 끔찍하지 않았을까요?"

번, 밥 무디, 론 스탠저, 그리고 래리 실러는 차를 타고 행정 건물까지 갔다. 짧은 이동 시간 동안, 그들은 교도소장보다 먼저 언론 성명을 발표할지 여부를 논의했다.

스탠저가 말했다. "난 우리가 해야 한다고 생각해요. 래리, 당신 생각은 어때요?"

실러가 대답했다. "우리가 성명을 발표할 의무는 없어요. 가장 먼저 도착하는 사람이 가장 먼저 언론과 이야기하겠죠."

그러자 스탠저가 말했다. "우리가 소장보다 먼저 치고 나가죠."

번이 말했다. "당신이 사형 집행에 대한 질문에 대답할 수 있소, 래리? 난 그 얘긴 하고 싶지 않아요."

기자 회견은 행정 건물 2층에 있는 법정처럼 생긴 대형 회의실에서 열렸다. 이미 사면 위원회 청문회만큼이나 붐볐다. 취재진, 카메라, 미친 듯이 쏟아지는 하얀 조명, 밀고 들어오는 사람들로 그때와 똑같이 난리법석이었다. 실내 온도가 38도에 가깝게 느껴졌다. 숨 쉴 공간조차 없었다.

위층으로 올라가는 과정에서 그들은 이리저리 밀렸다. 밥 무디 앞에서 전기 케이블 몇 개를 가지고 작업하던 어느 티브이 직원이 무디를 지나가게 해 주는 일로 매우 무례하게 굴자, 밥이 길을 가로막고 있던 암수 연결 케이블을 잡아당겨 분리해 버렸다. 무디가 지나갈 때, 그 티브이 직원이 소리쳤다. "아이런, 전기가 끊겼네. 끊겼어."

그들이 무대에 도착했을 때, 실러가 번에게 말했다. "당신이 먼저 이야기하지 그래요?"

그러자 번이 아픈 다리를 쉬기 위해 의자에 앉았다. 그는 길게 말하지 않았다. "저로선 무척 속이 상한 일이지만 그 앤 소원을 이뤘어요. 죽으면서…… 존엄을 지키며 죽었으니까. 제가 할 말은 그게 답니다."

밥 무디가 말했다. "매우 잔혹하고 잔인한 일이라고 생각합니다. 우리가 우리 자신과 사회, 그리고 우리의 시스템을 더 잘 살펴보기를 바랄 뿐입니다. 감사합니다."

론이 말했다. "그는 항상 분위기를 가볍게 유지하려 애썼어요. 자신의 죽음을 알고 준비하는 선물을 받았기 때문이라고 했죠. 자기는 정말 운이 좋다고요. 그는 항상 조용히 명상할 수 있는 시간을 고대했는데, 오늘 게리 길모어는 조용한 안식을 얻었고, 영원토록 안식할 수 있게 되었습니다."

실러가 말했다. "저는 제 개인적인 감정을 표현하기 위해 이 자리에 온 것이 아닙니다. 번이 떠난 후, 여기 계신 분들이 알고 싶어 하는 사실이 있다면 이야기해 드리겠습니다. 번이 있는 자리에서 말씀드리기엔 적절한 내용이 아니라고 생각하니, 그때 여러분의 질문에 답하겠습니다."

그가 방을 둘러보았다. 《LA 타임스》의 데이비드 존스턴과 오렘 트래블로지만이 미소로 화답했다. 그때 거스 소렌슨이 윙크를 보냈다.

티브이 공동 중계방송의 아나운서: 이제 단상을 떠나는 사람들은 지난 두 달 동안 당시 죽고 싶다고 말했던 게리 길모어의 바람을 이루도록 도와준 변호사 론 스탠저와 로버트 무디입니다. 또한 유타주 프로보에 거주하는 길모어의 이모부 번 다미코도 떠나고 있습니다. 그는 교도소에서 가석방된 길모어를 받아 준 인물입니다. 그리고 지금, 한동안 이 사건에 관여했던 문학 에이전트이자 영화 제작자인 로런스 실러가 남아 있습니다.

데이브 존스턴은 실러를 지켜보며 그 남자의 침착함에 점수를 주기로 했다. 이 기자 회견장의 모두가 이 이야기를 보도할 수 없도록 묶어 둔 그에게 이를 가는 상황에서, 실러는 여전히 기자로서의 본분을 다하고 있었다. 존스턴은 온몸이 떨릴 만큼 아드레날린이 엄청나게 분출되고 있을 거라고 생각했지만, 실러에게선 떨림의 기색이 전혀 보이지 않았다.

실러는 노란 선과 검정색 자루, 게리가 입고 있던 검정색 티셔츠와 흰색 바지, 그리고 총격에 대해 이야기했다. "……천천히, 붉은 피가 검정색 티셔츠에서 스며 나와 하얀 바지 위로 떨어져 내렸습니다. 제가 보기엔 약 십오 초에서 이십 초 동안 게리의 몸에서 움직임이 감지되었지만, 그것이 사망 후의 움직임인지 사망 전의 움직임인지는 제가 판단할 수 있는 문제가 아닙니다. 목사와 의사가 게리에게 다가갔습니다." 실러가 말했다. 그는 피곤에 지친 기자들이 쉽게 받아 적을 수 있도록 느리고 명확한 문장으로 계속 말을 이어 갔다.

그리고 이제 샘 스미스의 차례였다.

샘 스미스: 공식 입장은 없습니다. 실러 씨가 세부 사항을 잘 설

명했다고 생각합니다. 질문에 답변하겠습니다.

질문: 공식 집행 시간이 언제였나요, 소장님?

샘 스미스: 공식 시간은 8시 07분입니다.

질문: 어떻게 신호를 보내셨나요?

샘 스미스: 실제로 신호를 보낸 건 아닙니다. 모든 것이 준비되었음을 알렸죠.

질문: 그걸 어떻게 하셨나요?

샘 스미스: 그냥 손짓으로요.

질문: 총살대의 분대장이 있었나요?

샘 스미스: 네, 있었습니다.

질문: 총살대의 분대장이 신호를 준 겁니까?

샘 스미스: 그 안에서 무슨 일이 있었는지는 저도 모릅니다.

질문: 참관한 40명은 누구누구였나요?

샘 스미스: 글쎄요, 제가 세기로는 실러 씨가 말한 것과 달랐습니다.

질문: 소장님은 40이라는 숫자에는 동의하지 않는다는 겁니까?

샘 스미스: 네, 저는 그 숫자에 절대 동의하지 않습니다.

질문: 그럼 몇 명이 있었습니까?

샘 스미스: 그보다 적었습니다.

질문: 30명? 20명?

샘 스미스: 정확한 숫자는 밝히지 않겠습니다.

질문: 소장님, 저희가 지금 현장을 살펴볼 수 있을까요?

샘 스미스: 모든 것이 깨끗이 정리되고 인원 통제가 가능해지면 즉시 가능합니다.

샘 스미스가 단상에서 내려가자, 존스턴이 실러에게 다가가 말했다. "당신에게 놀랐어요. 당신 진짜 기자네요."

실러의 눈에 반짝임이 일었다. 존스턴은 그 칭찬이 그의 마음 깊숙이 가닿았음을 알 수 있었다. "그래요, 정말 멋졌어요." 존스턴이 말했다. "그런데 왜 그걸 다 내준 거예요?"

래리가 고개를 갸웃하더니, 혀를 축 늘어뜨린 커다란 독일 셰퍼드처럼 익살맞은 미소를 지었다. 그가 말했다. "정말 중요한 건 아무것도 내주지 않았어요."

하지만 그는 입이 근질거렸다. "길모어의 마지막 말은 내가 말한 것과는 달랐어요."

존스턴이 웃음을 터뜨렸다. 뭔가 더 있을 거라는 느낌이 들었다. "래리." 그가 말했다. "그걸 거짓말로 볼 사람들도 있을 거예요."

"아뇨." 실러가 말했다. "'이제 해치웁시다.'가 모두가 들은 마지막 말이었어요."

존스턴이 혼자 생각했다. '이건 그가 반드시 털어놓아야 할 비밀이야. 그는 결국 한 사람에게라도 말하지 않고는 못 배기는 아이 같군.'

"음." 래리가 그에게 비밀을 지키겠다는 약속을 받은 뒤 말했다. "게리가 신부에게 라틴어로 말했어요."

"그랬어요? 무슨 말이었는데요?"

"알아도 발음을 못 해요." 실러가 말했다. 그리고 다시 익살스러운 미소를 지어 보였다. "하지만 알아낼 거예요."

그들은 함께 차를 몰고 사형 장소로 향했고, 통조림 공장

에 도착했을 때 실러는 자신이 본 광경을 믿을 수가 없었다. 사건에 대한 그의 설명은 한 가지를 제외하고는 모든 면에서 정확했다. 색깔을 잘못 보았던 것이다. 가림막의 검은 천은 검정색이 아니라 파란색이었고, 바닥의 선은 노란 선이 아니라 흰색이었으며, 의자는 검정색이 아니라 진녹색이었다. 그는 사형 집행이 이루어지는 동안 무언가가 자신의 색상 인지에 영향을 주었음을 깨달았다.

그는 두 번째로 사형 집행 장소를 떠나면서, 기자들이 의자와 모래주머니, 그리고 매트리스의 구멍들 위로 바글바글 몰려드는 모습을 뇌리에 남겼다. 마치 동일한 종의 생명체들이 한곳에 몰려들어 먹이를 정신없이 먹어 치우는 것 같은 광경이었다. 그가 문을 나설 때, 한 남자가 다른 남자에게, 앞보다 뒤에 더 큰 구멍을 내어 시신이 엉망이 되는 걸 막고 충격으로 몸이 튀어 오르는 것도 방지하기 위해 철피복 탄환[205]이 사용되었다고 설명했다.

---

205) 납탄을 철로 감싸서 관통력을 높인 탄환.

7부

식어 가는 관심

39장

텔레비전

1

얼이 복도에 서 있는 동안, 취재 기자 한 사람이 달려와 말했다. "게리 길모어가 죽었대요."

얼은 다시 창밖을 내다보았다. 건물 앞에 모여 있는 다른 취재 기자들과 환하게 빛나는 덴버의 태양, 그리고 출근하는 사람들이 보였다. 아래층의 메인 로비로 내려온 그에게 솔트 레이크 채널 2 텔레비전의 샌디 길무어가 인터뷰를 요청했다. 그가 허락하자, 길무어는 그에게 사형 집행이 진행될 수 있음을 교도소에 알리는 사람이 된 소감을 물었다. 자신의 책임은 제10연방 항소 법원이 리터 판사의 결정을 뒤집었다는 사실을 그들에게 알리는 게 전부였다고 얼은 설명했다. 그게 답니다. 그는 자신의 복잡한 심경에 대해서는 거론하고 싶지 않았다.

그런 뒤, 얼과 밥 핸슨, 그리고 나머지 사람들은 택시를 타고 그곳을 떠났다. 주디 월바크는 다른 비행기를 타고 집으로 돌아간다는 소식을 들었다.

2

토니는 아이다, 딕 그레이, 이블린 그레이, 그리고 사형 집행 장소에 초대받지 못한 모든 사람들과 함께 최소 보안 구역에서 기다렸다. 적갈색 재킷을 입은 교도관이 방으로 들어와서 말했다. "누가 와서 말해 줬나요?"

토니가 말했다. "아니요."

그 남자는 창백한 얼굴로 심하게 떨고 있었다.

그가 말했다. "다 끝났어요. 게리는 죽었어요."

아이다가 울기 시작했다. 정말 잘 버텨 왔는데, 이젠 터지고 만 것이다. 그러자 교도관들이 정말 잘 챙겨 주었다. 몇 사람이 와서 교통편에 대해 도울 일이 있는지 물었고, 토니는 아빠가 돌아오기를 기다리고 있다고 대답했다. 잠시 후, 그중 한 사람이 그녀의 아버지가 트럭이 주차된 타워 옆에서 기다리고 있다고 알려 주었다. 교도소 간부들은 토니를 매우 친절하게 밖으로 안내했다. 그녀는 사형 집행 직전에 그들이 어머니에게 필요한 게 있는지, 커피를 원하는지를 묻는 등 세심한 배려를 아끼지 않았던 것을 떠올렸다. 마치 이곳이 장례식장이고, 이들은 장례를 돕는 사람 같았다.

두 사람이 트럭에 도착했을 때, 번은 아직 거기 없었다. 주차 구역은 차량과 사람들로 거대하고 복잡해 보였다. 기자들이 파리 떼처럼 몰려들어 한쪽 창문으로는 어머니를, 다른 창문으로는 토니 자신을 인터뷰했고, 토니의 입에서 결국 험한 말이 나올 때까지 두 사람을 괴롭혔다. 그때쯤 토니는 정말 한계에 다다랐다. 토니는 창문을 열어 놓고 담배를 피우고 있었는데, 그들 중 한 사람이 다가와 토니가 고개를 젓는데도 계속 인터뷰를 요청했다. 이 티브이 방송인은 얘기하고 싶지 않다는 토니의 의사를 존중하지 않고, 창문에 마이크를 대고 말했다. "여기에 놔도 될까요?"

그러자 그녀는 곧장 그것을 어디에 놓을 수 있는지 알려 주었다. 그의 손이 사방으로 파닥거렸다. 나중에 한 여자 친구가 「굿모닝 아메리카」에서 몇 마디가 잘려 나간 게 티가 나더라는 말을 전했다.

그때 지팡이를 손에 쥔 번이 그들에게 다가오려 애쓰는 모습이 보였다. 혼이 나간 것 같은 얼굴이었다. 분명히 고통스러워하고 있었다. 토니가 보기엔 아빠의 무릎이 더 이상 버티지 못할 것 같았다. 그녀는 트럭에서 뛰어내렸다. 기자 세 명의 그녀의 팔을 붙잡았다. 세 명이라니, 나 원 참. "몇 마디만 해 주세요."

그녀가 뭔가 말하려는 듯 마이크 하나를 와락 움켜잡더니 냅다 바닥에 내던져 수십 조각을 냈다. 그러고는 번에게 소리쳤다. "아빠 트럭은 나중에 가져가요. 지금은 다른 차 뒤에 막혀 있어요."

그런 다음 그녀는 번을 자신의 트럭에 태우고 르하이의 자기 집으로 갔고, 그에게 커피를 주고 안정을 취하게 한 뒤 프로보의 '스픽 앤 스팬' 카페로 가서 함께 아침 식사를 했다. 두 시간쯤 뒤에, 번은 토니와 함께 교도소로 가서 자기 차를 끌고 왔다.

3

게리가 사형당하기 전, 피트 갤로반은 밤새 시립 수영장에서 일했다. 그날 아침 일찍 집에 돌아왔을 때, 그는 몹시 피곤했다. 그는 무릎을 꿇고 주님께 기도했다. 자신이 게리에게 품었던 일부 가혹한 감정들을 용서해 달라고. 그는 어떤 식으로든 게리를 미워하고 싶지 않았다. 그것이 걱정이었다. 사실 너무 걱정되어 눈물이 나기까지 했다. 그때 게리가 방 안으로 들어오는 느낌이 들었다.

피트가 무릎을 꿇고 기도하고 있는데, 게리가 남자 둘과 함께 방으로 들어왔다. 게리는 흰색 셔츠와 흰색 바지를 입고 있었고, 동행한 사람들은 흰색 정장에 넥타이를 맨 모습이었다. 과거나 미래의 친척일 수도 있었지만 피터는 알 수 없었다.

게리는 이제 피트에게 아무런 악감정이 없다고 말했다. 그는 사형 집행 직후 친척들이 자신의 영혼을 맞이하기 위해 그곳에 있었다고 설명했다. 주님께서 보내 주신 거라고 했다. 피트에게는 게리가 정확히 이런 말을 하고 있는 게 아주, 아주 분명해 보였다.

게리는 기분이 좋아 보였고 온갖 새로운 감각을 경험하고 있다고 말했다. 그들은 정말 재미있었다. 그는 피트에게 자신은 벽을 통과해 걸어 다니는데, 정말 신기한 경험이라고 말했다. 마치 놀이공원에 온 어린아이가 된 기분이라고 했다. 이제는 전 세계의 모든 교도소도 방문할 수 있게 되었다면서, 비행기에서 유골이 뿌려지는 대로 모든 곳을 돌아다닐 계획이라고 말했다. 그리고 가끔씩 프로보로 돌아올 거라고 했다.

게리는 이제 자신이 마지막에 용기와 굳건한 의지로 가득 차 있었기 때문에 주님께서 비슷한 문제를 가진 사람들을 위해 자신을 본보기로 사용하실 계획임을 밝혔다. 천년의 평화가 끝나면 그의 영혼이 나설 것이다. 그는 피트에게 자기는 영적으로 더 높은 사람 중 하나가 될 가능성이 매우 높다고 했다. 자기는 이생에서 매우 심오한 선택을 해 온 영적으로 역동적인 사람이며, 그것이 이전의 많은 나쁜 결정들을 상쇄할 수 있다고 들었다고 했다. 지금 이 상황을 회피하지 않고 용기 있게 맞서면, 주님은 반드시 자기를 쓰실 거라고도 했다.

게리가 떠난 직후, 피트는 엘리자베스에게 전화를 걸어 이 이야기를 해 주었고, 게리의 이름을 기도 명단에 올려, 전 세계 모든 모르몬교 성전에서 매일 수많은 사람들이 게리 M. 길모어를 위해 기도하도록 하겠다고 말했다.

4

다음은 1월 17일의 사건들에 관해 얼 도리어스가 기록한 내용의 일부이다.

우리가 하는 이야기를 들은 택시 기사가 도착지에 거의 다 와서 우리가 길모어 사건과 관련 있는 사람들인지 물었다. 우리는 모두 웃으며 그에게 그동안 있었던 일을 설명해 주었다.

공항에 도착했을 때, 대합실에서 한 무리의 사람들이 텔레비전으로 뉴스를 보고 있었던 것이 기억난다. 그들이 우리에게 방금 게리 길모어가 총에 맞아 사망했다고 알려 주었다. 잭 포드가 믿기지 않는 표정으로 그들에게 어떻게 알았느냐고 물으며 자신은 아무것도 모른다는 듯이 행동했던 것도 기억한다. 나는 잭에게 사실 우리가 소송을 제기한 당사자들인데 사람들을 속이는 것은 잔인하다고 말했다. 하지만 그건 농담이었다. 그 후 우리는 비행기에 탑승했고 유타로 돌아갔다. 돌아올 때는 훨씬 편안했다. 우리는 길모어 이외의 주제들에 관해 이야기했지만, 덴버까지 갈 때보다 집으로 돌아오는 데 시간이 더 걸린 느낌이었다.

우리가 다시 유타에 도착했을 때, 공항에는 취재진이 한 명도 없었다. 솔트레이크시티는 매우 조용해 보였다. 비행기에서 내린 뒤, 질문하는 기자들 없이 우리끼리 차까지 걸어갔다. 게리 길모어의 죽음과 함께 언론의 관심도 사라진 것이 적절해 보였다.

하지만 공항에서 집까지 오는 마지막 구간, 집에서 한 블록도 채 떨어지지 않은 곳에서, 얼은 누군가가 "로버트 핸슨, 히틀러 추종자"라고 써 놓은 빈 광고판을 보았다. 빌 배럿과 자신이 그곳에 살고 있으니 지역 사회의 누군가가 자기 생각을 그들에게 알리고 싶어서 그 광고판을 붙인 것인지, 아니면 우연의 일치인지 그는 알 수 없었다.

5

브렌다는 1월 10일에 병원에 입원하여 11일에 수술을 받았다. 엿새 후 사형 집행이 이루어질 때, 그녀는 수술 부위가 잘려 나가는 것 같은 통증에 시달리고 있었다. 전날 믿을 수 없을 정도로 많은 사람들이 그녀에게 전화를 걸어왔다. 누군가가 그녀에게 전화를 걸어 기도를 해 주었고, 그 통화가 라디오 방송으로 송출되었다. 병원에 있는 사람들이 그녀에게 자기들이 기도하고 있다고 말했다. 그런 차에 허랄도 리베라가 전화를 걸어와 그녀의 병실에서 생방송 티브이 인터뷰를 하고 싶다고 했다. 브렌다는 생각했다. 정말 끔찍하네, 설마 농담이겠지.

그녀는 감당할 수 없었다. 토니의 생일 밤, 게리와 통화하면서 그녀는 그의 목소리를 듣는 게 이번이 마지막이라는 것을 알았다. 설상가상으로 그녀는 잠을 잘 수가 없었다. 병원에서 그녀에게 세코날 캡슐을 주었지만 별 소용이 없었다. 두 시간 후, 간호사가 손전등을 들고 들어와 브렌다가 잠들었는지 확인했다. 불빛이 비치는데 어떻게 자겠느냐고 투덜거리자, 의사가 세코날을 한 번 더 처방했다.

두 시간마다 세코날이 투여됐지만, 그녀는 새벽 4시에 그들이 주사기를 들고 들어올 때까지 잠을 이루지 못했다. 그러다 7시 30분에 잠에서 깼다. 약에 반쯤 취한 상태였지만, 그들이 그를 죽일 것인지 아닌지 알아야 했다. 티브이를 켜고는 그에게 집행 정지 처분이 내려졌다는 소식을 들을 때까지 병실에 있던 모두를 미치게 만들 정도로 날뛰었다. 그게 그녀가 그날 아침 처음 접한 소식이었다. 브렌다는 완전히 제정신이 아니었고, 히스테리에 휩싸여 자신이 기쁜 건지 슬픈 건지도 분간되지 않았다. 그러다 몇 분 만에 상황이 반전되었다. 그때쯤 브렌다는 열이 확 올랐다 내리는 게 아드레날린 때문인지 요동치는 심장 때문인지조차 알 수 없었다. 단 몇 초 후에 화면에 퍼뜩 자막이 떠올랐다. 게리 길모어 사망! 그 후 일 분 후 의사가 그녀를 보러 왔고, 과도한 흥분이 잦아들기를 참을성 있게 서서 기다리다가 "오늘은 좀 어떠세요?"라고 물었다. 그녀는 생각했다. '아, 이 무신경한 개자식아, 저리 꺼져.'

그녀는 아무도 곁에 없었으면 싶었다. 의사가 다시 기분이 어떤지 묻자, 간호사가 방금 있었던 일을 설명했다. 의사가 말했다. "아, 정말 안됐지만, 그는 진작 처리해야 했어요."

브렌다가 말했다. "퇴원 서류나 내 줘요. 진통제 처방도 필요해요. 그리고 당장 내 방에서 나가요."

그녀가 그에게 베개를 집어 던졌다. 그가 말했다. "계속 그런 태도를 고수하면 오늘 퇴원 못 할 수도 있어요."

그녀가 말했다. "무슨 상관인데? 어차피 난 당신이 맘에 안 들어. 당신이 날 수술할 줄 알았다면, 입원도 안 했을 거야."

이때쯤 그는 그녀에게 아주 꼴 보기 싫은 사람이 되어 있었다. 의사가 퇴원 서류에 서명한 후, 그녀는 조니에게 전화를 걸었다. 11시가 되자 그녀는 퇴원했다. 집으로 돌아갈 때는 수많은 기자들이 귀찮게 구는 것을 피하기 위해 뒷길로 몰래 나가야 했다. 브렌다는 사흘이 지날 때까지 그 사건의 꽤 많은 부분을 기억하지 못했다.

6

길모어가 처형되던 시각에, 콜린 젠슨은 클리어필드에 있는 집에서 출근 준비를 하고 있었다. 그녀는 현재 대체 교사로 일하고 있었고, 이 일을 시작한 지 이 주밖에 안 된 상황이었다. 그날은 새로운 학생들과 첫 수업을 하는 날이었다. 아침에 옷을 입을 때만 해도 그녀는 사형 집행이 유예된 걸로 알았다. 첫 뉴스에서 그렇게 들었기 때문이다. 그런데 학교에 도착해 보니 이미 사형 집행이 끝나 있었다. 그녀가 문을 열고 들어갈 때, 반 아이들이 그 일에 대해 이야기하고 있었다. 아이들이 그녀도 이 사건과 관련 있다고 속삭이는 소리가 들렸다. 그래서 그녀는 반 아이들에게 짧게 한마디 했다.

저녁에 아래층에 앉아 모니카에게 젖을 먹이고 재울 때면 그녀는 아이에게 아빠 사진을 보여 주며 누구인지 말해 주었다. 그럴 때마다 콜린은 조용히 마음속으로 모니카에게 말을 걸었고, 그 한 살짜리 아기에게 맥스가 죽었다는 사실을, 아빠가 죽었다는 사실을 전하고자 했다. 하지만 반 아이들에게는 이런 말을 하지 않았다. 일단은, 그저 모르는 아이들을 위해 자신이 누구인지, 그리고 자신이 이 모든 일에 어떤 관련이 있는지를 이야기해 주겠다고 말했다. 그러면서 그 일은 다시 거론할 필요가 없다고 덧붙였다. 또 그들만 괜찮다면 수업과 강의로 넘어갈 준비가 되어 있다고 말했다.

7

그날 아침, 잠에서 깬 필 핸슨은 침대에서 티브이를 시청하며 하릴없이 고개만 저었다. 자신을 한 대 쥐어박고 싶은 심정이었다. 티브이를 보며 그는 생각했다. '그들이 한밤중에 그 일을 감행하리라는 걸 조금이라도 눈치챘다면, 미리 서류를 준비해서 리터에게 또 다른 집행정지 명령서를 받아 냈을 텐데.'

8

월요일 아침 7시에, 루신다는 래리가 진행한 게리의 마지막 인터뷰가 담긴 테이프 내용을 타이핑하고 있었다. 이어폰을 타고 길모어의 목소리가 들려왔다. 그가 래리에게 자기가 얼마나 죽고 싶은지를 계속 말하는 것이 불쌍했고, 안쓰러운 마음이 들었다.

사무실에 텔레비전이 켜져 있었다. 허랄도 리베라가 "자, 우린 여기 교도소 앞에 와 있습니다."라고 말하고 있었다. 전 세계가 지켜보고 있다는 사실이 문득 실감 났다. 그 사형수의 목소리가 그녀의 귓속에서 작게 흘러나오고 있었다.

그녀와 배리와 데비는 밤을 꼬박 새웠고 정말 진이 다 빠져 있었다. 이제 그들은 채널을 변경했다. 「제퍼디」[206] 같은 게임 쇼가 계속 뒤를 이었다. 오렘에서는 아침 7시에 「제퍼디」가 방영되었다. 그런 다음엔 다른 게임 쇼가 계속 이어졌다. 뉴스를 볼 수가 없었다. 그가 총에 맞았는지 아닌지 알아내느라 몹시 혼란스러운 상황이었다. 배리는 화가 나서 제정신이 아니었다. 그가 티브이 화면에 대고 욕설을 퍼붓기 시작했다. 놀랍도록 문학적이면서도 외설적인 언어였다. 루신다는 티브이가 그냥 너무 끔찍하다고 생각했다. 한바탕 끔찍한 일들이 벌어졌는데, 그들은 그걸 알아내기 위해 마냥 기다려야만 하는 상황이었다. 화면의 이미지들이 마구 뒤섞이고 엉망이 되더니 어떤 목소리가 흘러나왔다. "게리 마크 길모어가 사망했습니다."

헉!

---

206) 1964년에 시작되어 현재까지도 큰 인기를 끌고 있는 미국의 텔레비전 퀴즈 쇼.

9

아름답고 화창한 날이었다. 줄리 제이코비는 일찍 일어나 화분에 물을 주고 있었다. 집행 정지가 떨어져 기분이 좋았다. 다행이라고 생각했다. 그녀는 겨울 햇살이 그냥 너무 좋았다. 그때 워싱턴 소재 「가톨릭 뉴스 서비스」의 한 남자로부터 전화가 왔다. "일이 터졌어요."

그녀는 어떻게 해야 할지 몰라 제자리에서 맴돌았다. 나중에야 그녀는 이 일에 자신의 전부를 쏟아붓지 않았다는 사실에 조금은 안도감을 느꼈다. 이 일이 세상을 바꾸지 못하리라는 걸 그녀는 줄곧 알고 있었다.

시간이 좀 더 지난 그날 아침, 그녀는 《솔트레이크 트리뷴》에서 자신의 이름이 잘못 기재된 뉴스 기사를 보았다. 그녀는 리터 판사 법정의 납세자 소송에 이름을 올린 네 명 가운데 하나였지만, 《솔트레이크 트리뷴》은 줄리 제이코비가 아닌 '뮬리 제이콥스'로 인쇄했다. 그녀는 그것을 보고 웃음을 터뜨렸다. 이제부터 자신의 열두 살짜리 아들이 필요할 때마다 자신을 '뮬리'라고 부르리라는 걸 알았기 때문이다. 또한 셜리 페들러를 그토록 여위게 만들었던 살인 협박이 가득한 증오 편지와 전화도 피할 수 있을 터였다.

10

라디오를 통해 그 소식이 전해졌을 때, 셜리는 사무실에 혼자 있었다. 마지 자신이 총에 맞은 것처럼 충격을 받았다. 그녀는 책상에 고개를 숙이고 흐느끼기 시작했다.

그날 아침, 그녀는 여러 가지 성명을 준비했다. 하지만 믿을 수 없게도 — 정말로 모욕적이게도 — 기자들이 갑자기 증발했다. 셜리는 이 모든 일의 가장 소름 끼치는 측면을 발견했다. 이 기자들은 마치 이렇게 말하는 것 같았다. "그가 총에 맞아 죽었으니 이제 더는 뉴스거리가 아니야."

세상에나, 전국에서 몰려든 기자들이 솔트레이크의 모든 유명 레스토랑을 차지하고 있다가, 이제 모두 사라져 버린 것이다. 사형 집행 당일 그녀는 사무실에 앉아 있었지만, 그녀를 쫓아와 귀찮게 구는 기자는 한 명도 없었다.

11

깁스는 게리의 사형이 집행되기 전 일주일 동안 매일 하루 종일 유치장에 앉아 있었고, 사형 집행 전날 밤에는 다리 통증 때문에 상당히 약에 취한 상태였다. 아침에 라디오에서 사형 소식을 들었을 때는 멍하고 정신이 혼미할 뿐이었다.

12

데니스 보아즈는 12월에 며칠 동안 아이오와에 가서 한 티브이 프로그램의 심포지엄에 참석했다가, 포드 대통령이 퇴임 전에 게리의 형을 감경할지도 모른다는 말을 들었다. 그래서 그는 만약 사형제를 유지할 거라면 그것이 모두에게 형평성 있게 적용되어야 한다는 내용의 전보를 보냈다. 모든 사람에게 동일하게 적용되는 법이 마련되기 전까지는 사형 집행이 있어서는 안 된다는 것이었다. 포드에게선 아무런 답변이 없었다.

사형이 집행되던 날, 그는 고요한 슬픔을 느끼며 눈물을 흘렸다. 게리는 1월 17일에 죽었다. 그날은 숫자 6으로 환원되었고, 6은 곧 형제 관계의 원형을 상징했기에, 자연스럽게 그는 카인과 아벨을 떠올렸다. 데니스가 길모어와 함께 일하던 기간 동안, 그의 오른쪽 눈썹 위에 붉은 자국이 생겼다. 여드름이 아니라 죽음을 의미하는 자국이었다. 처음 발견한 건 11월이 끝나 가던 때였는데, 둥글고 붉은색이었지만 여드름은 아니었다. 거의 두 달 동안 그 자리에 있다가, 게리가 사망한 후 사라졌다. 어쨌든 흥미로웠다. 그는 그런 것들에 주목했다.

13

니콜은 게리가 오늘 처형될 거라는 사실은 알았지만 정확한 시간은 알지 못했다. 아침에 병동 식당에서 돌아오는 길에 갑자기 침대에 누워야겠다는 생각이 들었다. 사람들이 크게 문제 삼기 시작했지만, 그녀는 그냥 자기 방으로 걸어갔다. 사람들도 더는 아무 말도 하지 않았다. 그녀는 침대에 누워 게리를 떠올리려 애썼다. 며칠 동안 그가 총에 맞아 뒤로 쓰러지는 순간이 꿈에 나왔다. 그녀가 본 게리는 총에 맞을 때 항상 서 있었다. 지금 그녀의 머릿속에는 환자에게 정육면체로 맞추라고 준 빨간 블록만 보였다.

그 블록들이 머릿속을 맴돌았고, 그 블록들을 밀어 내리려 할 때, 갑자기 어둠 속에서 고통과 공포에 질린 게리의 얼굴이 빠르게 다가왔다. 그는 뒤로 쓰러지는 것이 아니라 곧바로 그녀를 향해 다가왔다. 그녀는 침대 위에서 몸을 뒤척이다 눈을 떴고, 그게 다였다. 그날 그녀는 다시금 그의 존재를 느껴 보려 애썼지만 실패했다. 며칠 동안 그녀는 그가 곁에 있는 느낌을 전혀 받지 못했다.

14

게일런이 죽은 뒤, 베시는 자신이 그 일을 절대 극복하지 못하리라 생각했다. 하지만 이번 일은 더 끔찍할 터였다. 마지막 날 밤 교도소에 전화를 걸어 작별 인사를 할 때, 게리가 말했다. "울지 마요."

"난 울지 않을 거다, 게리."라고 그녀는 말했지만, 사실은 너무도 이렇게 말하고 싶었다. "죽지 마라, 게리, 죽지 마. 제발, 제발, 죽지 마라."

하지만 그건 게리가 그곳으로 향하기 위해 마음속에서 어렵게 쌓아 가던 것을 무너뜨릴 뿐이었다. 그가 감수하고 있는 게 무엇이든 말이다. 그러니 그녀는 조심해야 했다. 그야말로 악몽 같았다.

몇 시간 동안 시곗바늘 소리에 귀를 기울이며, 베시는 생각을 멈출 수 없었다. '그 애의 악몽은 끝나겠지만, 나의 악몽은 영원히 끝나지 않겠지.'

그날 아침 일찍 미칼이 받은 신문에는 사형 집행 정지 명령이 내려졌다는 기사가 실려 있었다. 그들은 「굿모닝 아메리카」를 켰다. 조금 앞서 베시가 티브이를 켜지 말라고 했었다. 그녀는 듣고 싶지 않았다. 만약 그 일이 일어난다면, 그녀는 몇 시간 동안 그 일에 대해 알고 싶지 않았다. 더욱이 티브이에서 그 일에 대해 떠들어 대는 건 정말 듣고 싶지 않았다. 하지만 미칼이 신문을 가져온 후, 누군가가 — 프랭크 주니어인지 미칼인지, 아니면 그의 여자 친구인지, 자기가 용서하지 못할까 봐 기억하진 못하겠지만 — 그들 중 한 명이 말했다. "이젠 안전해요. 집행 정지 명령이 떨어졌대요. 「굿모닝 아메리카」를 켜도 돼요."

그들은 티브이를 켰다. 어떤 목소리가 말했다. "게리 마크 길모어가 사망했습니다."

마치 하늘에서 들려오는 소리 같았다. 베시는 가슴이 미어지도록 울었다.

삼십 분쯤 후 조니 캐시가 전화해 미칼에게 조의를 표했다.

더그 히블라가 찾아왔을 때쯤, 베시는 원망이 가득한 상태였다. 얼굴에는 방금 집이 폭격당한 사람 같은 표정이 떠올라 있었다. "나가." 베시가 말했다. "당신들이 내 아들을 죽였어."

"무슨 말이에요, 베시?" 더그가 말을 더듬었다. "난 그를 알지도 못했어요."

"유타의 당신들이 내 아들을 죽였어."

그는 "전 오리건 출신인데요."라는 말은 하지 않았다.

"산이여, 너희들은 지옥에나 가." 베시가 혼자 중얼거렸다. "너흰 이제 더 이상 내 것이 아니야."

바깥 안마당에는, 카메라를 든 사진 기자들이 베시의 트레일러 문 앞에 모여 있었다.

40장

유해

1

집으로 돌아오는 길에 스탠저가 물었다. "이제 뭘 할 거야?"

"모르겠어." 무디가 말했다. "사무실로는 못 가겠어."

스탠저가 웃음을 터뜨렸다. "오후에 시간이나 때울 궐석 판결 하나 필요해?"[207]

"아니." 무디가 진심을 다해 말했다. "그건 도저히 못 참을 것 같은데."

그들은 그 일에 관여했던 누군가와 이야기를 나누고 싶은 생각이 간절했다. 며칠 후면 각자 아내와 함께 일주일간 휴가를 떠날 예정이라 업무를 정리하기 위해선 정신없이 뛰어다녀

---

207) '궐석 판결'은 피고가 응소하지 않아 법원이 원고의 주장만을 바탕으로 내리는 판결로, 실무상 비교적 단순한 절차로 처리되는 경우가 많다.

야 하는 상황이었지만, 지금은 사무실로 돌아갈 수가 없었다. 대신 그들은 "래리한테 가 보자."라고 말했다. 하지만 오렘 트레블로지에 도착했을 때, 실러는 아직 돌아오지 않은 상태였다. 그래서 그들은 배리 패럴과 이야기를 나눴다. 무슨 말이든 계속 지껄여야만 했다.

차로 이동하는 동안, 그들의 눈앞에 순간순간 어떤 장면들이 스쳐 지나갔다. 스탠저는 게리의 손이 올라갔다 내려가는 광경과 바지 위에 고인 피가 기억에 생생했다. 그 생각을 머릿속에서 지울 수가 없었다. 그는 그런 기억을 없애 버리고 싶었다. 머릿속으로 손을 집어넣어 그 기억을 붙잡아 밖으로 튕겨 내고 싶었다.

그래서 그들은 배리 패럴과 대화하는 게 좋았다. 전에는 사이가 좋았던 적이 없지만, 론은 배리가 겉으로는 전문적인 태도를 유지하면서도 내심 강한 반응을 보이고 있는 것을 알아챘고, 그래서 그 대화에 만족감을 느꼈다. 무디도 마찬가지였다.

그리고 패럴은 그동안 이 사람들이, 무디와 스탠저가, 정말이지 인간성이라곤 없어서 어떤 질문도 의미 있게 파고들지 못하는 데다 변호사로서 호기심조차 없다면서 밤중에 분통을 터뜨린 적이 한두 번이 아니었다. 그런데 이제는 분노를 가라앉힐 이유가 있다고 느꼈다. 그들은 게리의 죽음을 무척 안타깝게 여기고 있었다. 정말로 누군가가 죽임을 당했다는 것을 이해하고 있다고 패럴은 생각했다.

게다가 그는 그 모든 과정을 세세하게 듣고 싶었고, 길모어가 자신의 지성을 최대한도로 발휘하여 이토록 진정성 있게 죽음을 맞이하려 했다는 것에 자기가 얼마나 고마움을 느끼는지 그들에게 전하고 싶었다. 길모어가 그보다 더 잘할 수 있었던 일이 과연 있을까 싶었다. 지난 며칠간 그를 괴롭혔던 의구심, 즉 누군가의 영혼과 양심에서 비롯된 고귀한 생각마저 썩어 빠진 질문으로 변질시키고, 조개껍질이 외부의 손길을 거부하듯 외부의 간섭을 거부하는 사람의 내밀한 부분을 성가시게 들쑤시는 이 온갖 추잡하고 불쾌한 일에 자신 또한 연루되어 있는 건 아닐까 하는 의구심을 덜어 내는 데 그것이 도움이 되었다.

실러가 들어오자 그들은 앞다투어 말을 걸고 이야기하고 서로에게 질문하고 지칠 때까지 왁자하게 떠들어 댔고, 그런 뒤에야 무디와 스탠저는 각자 집으로 돌아갔다. 론은 자신에게 이런 식으로 지속적인 반응을 일으킨 일은, 지금까지 케네디 대통령의 암살 사건밖에는 없었다고 생각했다. 이제 집에 도착한 그는 피곤한 느낌에 바로 잠자리에 들었지만 잠을 이룰 수가 없었다. 눈을 감으면 그 모든 광경들이 다시 떠올랐고, 피부는 건드리기만 해도 통증이 느껴졌다.

2

둘만 남자 패럴이 실러에게 말했다. "아침 식사는 했나?"

"아니." 실러가 말했다.

"생각 있어?" 패럴이 물었다.

"계속 설사해서 힘들어 죽겠어." 실러가 말했다. 그는 이제 자도 될 것 같다는 생각이 들었다.

그때 배리가 올려다보며 말했다. "아, 맞다, 있잖아, 자네 어머니가 전화하셨어."

실러는 이 주 동안 어머니에게 연락하지 못했다. 그가 전화했고, 어머니가 사형 집행 후 기자 회견을 텔레비전으로 봤다는 걸 알게 되었다. 그녀는 그가 괜찮은지 확인하고 싶어 했다. 아들의 얼굴 꼴이 마음에 들지 않았던 것이다. 조금 지쳐 보인다고 그녀는 생각했다.

실러가 자기는 아직 살아 있다고 어머니를 안심시켰다. 통화를 끝내고 위층으로 올라가 잠이 들었지만, 몇 시간 후《뉴욕 타임스》의 한 여자 때문에 잠에서 깼다. 그녀에게 인터뷰 약속을 해 준 적이 있지만, 이제 그는 인터뷰하지 않겠다고 말했다. 《타임》에서 전화가 왔고, 《뉴스위크》에서도 전화가 왔다. 전화벨이 계속 울렸다. 그들은 그가 사형 집행 현장 사진을 가지고 있는지 알고 싶어 했다. 직접 와서 인터뷰하고 싶다고 했다. 실러는 자기는 만만한 대상이 되지 않겠다는 취지로 한마디 해야 했다. "당신네 편집자들이 사진을 요구하더군요." 그가 《뉴스위크》에게, 그리고 《타임》에게 말했다. "그러니 나랑 얘기하고 싶으면, 당신이 무슨 말을 할 건지부터 조율해 보죠. 날 사업가라고 부르지 말아요. 날 기자라고 불러야 한다는 점을 확실히 해 두죠." 그는 실제로 규칙을 정하기 시작했다. "이 주 전에 당신들은 날 사업가라고 부르고, 기획자라고 불렀죠. 그러고는 이제는 사진을 달라, 사형 집행 이야기를 더

해 달라고 하는군요. 글쎄, 화가 나네." 그가 말했다. "몇 가지 기본 규칙을 정해야 해요. 내가 작고한 레니 브루스[208]의 아내 인터뷰를 가로챘다고 말하고 싶다면 내가 자랑스러워하는 책 『미나마타』에 대해서도 써 줘요. 매릴린 먼로의 사진을 원한다면 내가 수은 중독에 대해 발표한 글의 사진도 넣어요." 그가 말했다. "이야기를 한쪽으로 치우치게 할 거면 다른 쪽으로도 균형을 맞추라는 말이에요." 그렇게 강하게 밀어붙이고 나자, 이 모든 엉망진창 속에서도 그는 혈관에 다시 피가 도는 것을 느낄 수 있었다.

3

데저트 뉴스
침묵하는 다수는 더 이상 침묵하지 않는다.

레이 보렌

《데저트 뉴스》 상근 기자

1월 17일. 지난주 '루이스 해리스'[209]가 전국적으로 실시한 설문 조사에 따르면, 미국인들은 71대 29의 비율로 총살에 의한 길모어의 사형을 지지했다.

---

208) Lenny Bruce(1925~1966). 1960년대 미국의 코미디언이자 사회 비평가로, 금기시하는 주제를 다루며 표현의 자유를 옹호한 인물이다.
209) 여론 조사 전문가이자 통계학자 루이스 해리스(Louis Harris)가 1956년에 설립한 여론 조사 기관.

데저트 뉴스

일출을 앞두고 감정이 고조되다

태머라 스미스

《데저트 뉴스》 상근 기자

1월 17일, 유타 주립 교도소. 기대, 체념, 분노, 실망, 좌절, 그리고 혼란이 오늘 이른 아침 시간 동안 게리 마크 길모어의 수감 구역에서 연이어 찾아온 감정들이었다.

오후 4시 7분에 길모어의 마지막 식사가 그의 감방으로 배달되었다. 스테이크, 감자, 빵, 버터, 완두콩, 체리 파이, 커피, 우유로 구성된 식사였다. 그는 커피와 우유만 마셨다.

오후 8시와 9시 사이에, 그가 교도소 직원에게 라디오 방송국 KSOP에 전화를 걸어, 자신이 가장 좋아하는 두 곡 — 「눈물의 계곡」과 「당신 마음의 발자취를 따라 걸으며」— 을 신청해 달라고 부탁했다.

전화 교환원 두 명이 밤새도록 전 세계에서 걸려온 전화를 받았다.

독일 뮌헨의 한 여성은 열일곱 차례나 전화를 걸었다.

"내 남편은 강제 수용소에서 죽었어요." 그녀가 말했다. "같은 일이 그곳에서도 벌어지고 있네요. 미국도 그보다 나을 게 없어요."라는 게 그녀의 거듭된 주장이었다.

또 다른 여성 통화자는 삼 주 전에 게리가 죽어서는 안 된다는 꿈을 꿨다면서 울먹였다.

4

실러는 제리 스콧의 임무를 사무실을 지키는 일에서 솔트 레이크에서 게리의 시신을 맞이하는 것으로 재배치했다. 부검이 진행되는 동안 괴상한 사람들이 문제를 일으키지 않도록 확실히 단속해야 했다.

차로 오렘에서 병원으로 가는 길에, 제리는 게리를 재판 직후 카운티 구치소에서 유타 주립 교도소로 데려갔던 자신이 이제 어쩌면 그의 유해를 마지막으로 보는 사람이 될지도 모른다는 생각에 잠겨 있었다. 누군가의 머릿속을 온통 차지할 만큼 대단한 우연이었다.

유타 대학 병원 5층에 있는 부검실은 부검대가 두 개 있는 널찍한 방이었고, 제리는 경찰 업무 덕에 그곳이 익숙했다. 주 정부가 부검을 의뢰한 시신들이 그곳에서 부검되었다. 오늘 아침만 해도 솔트레이크 북쪽 강에서 익사한 여성의 시신이 방금 들어왔고, 그녀와 나란히 3미터 정도 떨어진 곳에 게리의 시신이 놓여 있었다.

부검대들 주위에 남자 세 명과 여자 세 명이 둘러서 있었다. 그중 두 명은 길모어의 안구를 적출하고 다른 한 팀은 이식할 장기를 떼어 내느라 바쁘게 움직이고 있어서, 처음에는 누가 의사인지 구분하기 어려웠다. 그들은 모두 몹시 서둘러 일하는 것 같았고, 모든 것을 신속하게 꺼내야만 하는 것은 분명해 보였다. 그런데도 그 모습을 내내 지켜보던 또 다른 의사는 계속 이렇게 말했다. "좀 더 서둘러 줄래요? 할 일이 많아요." 그리고 잠시 후 또 물었다. "아직 안 끝났어요?"

마침내 그 특수 의사 중 마지막 사람이 "자, 이제 당신들 차례예요."라고 말했고, 일반 부검 팀이 그를 인계받았다.

제리는 불과 1미터 정도 떨어진 곳에 서 있었다. 그는 무슨 일이 벌어지고 있는지 궁금했다. 검시관이 그에게 부검의 증인이 될 수 있다고 말하면서 그의 이름과 함께 부보안관인 코델 존스의 이름을 적었다. 제리는 그곳에서 그를 만나 다행이라고 생각했다. 나중에 게리의 시신이 병원에서 화장터로 이송될 때 밖에 있는 사람들과 문제가 생길 것이 예상되었기 때문이다. 실제로 그는 코델 존스에게 군중 통제를 도와달라고 요청했다. 제리가 병원 문가를 내려다보며 모여 있는 사람들의 수를 세어 보니 적어도 20명은 되었다. 그 가운데 진짜 기자들은 얼마 안 됐고, 어떤 변태나 자극적 긴장을 추구하는 사람들이 10여 명이었다. 그래서 제리는 무언가 문제가 생기거나, 어쩌면 선동꾼들과 시비가 붙을 수도 있다고 예상했다.

이식을 담당한 의사가 게리의 음모 위쪽부터 가슴뼈까지 열어 둔 상태였다. 이제 부검 팀이 그를 씻어 냈고, 부검의가 메스를 들고 가슴뼈에서 목까지 절개한 후 양쪽 어깨까지 절개를 이어 갔다. 그런 다음 절개 부위를 위로 당기기 시작했다.

그는 길모어의 피부를 마치 셔츠를 반쯤 벗기듯 어깨 위로 벗겨 낸 후, 톱으로 가슴뼈를 목까지 자른 다음 가슴 쪽 뼈 구조를 제거하여 물이 흐르는 커다란 개방형 싱크대에 놓았다. 그리고 길모어의 심장에서 남은 부분을 꺼냈다. 제리 스콧은 자신의 눈에 보이는 것을 믿을 수가 없었다. 심장이 잘게 부서져 절반도 남아 있지 않았다. 도저히 심장으로 보이지 않았다. 의사에게 물어봐야 했다. "저기 죄송한데," 그가 말했다. "이게 그거예요?"

의사가 대답했다. "네."

"음, 그는 아무것도 못 느꼈겠죠, 그렇죠?" 제리 스콧이 물었다.

의사가 말했다. "네."

제리가 앞서 총알 패턴을 살펴본 결과, 물잔으로 덮이는 작은 구멍 네 개가 깔끔하게 나 있었고, 모두 서로 0.5인치 이내에 모여 있었다. 의사들이 꽤 많은 사진을 조심스럽게 찍었다. 매직 마커로 모든 구멍에 번호를 매겨 놓고는, 게리를 뒤집어 등의 사출구들도 사진으로 찍었다. 그 자국을 보면서 제리는 총살대 사람들이 전혀 흔들리지 않았음을 알았다. 다들 제대로 한 방을 쏜 게 눈에 보였다.

물론 제리는 자신도 총에 맞을 수 있다는 생각을 항상 했다. 근무 중 언제든 일어날 수 있는 일이었다. 총에 맞는다는 게 어떤 느낌일지 계속 궁금할 수밖에 없었다. 이제, 그는 게리의 심장을 보며 "그는 아무것도 느끼지 못했겠죠?"라고 거듭 물었다.

의사가 대답했다. "네, 전혀요."

제리가 물었다. "그런데, 총에 맞은 후에도 그가 움직였나요?"

의사가 대답했다. "네, 약 이 분 정도요."

"그냥 신경 반응이었던 거죠?" 제리가 물었다.

의사가 말했다. "네." 그리고 덧붙였다. "그는 죽었지만, 우리는 그가 움직임을 멈출 때까지 공식적으로 기다려야 해요. 그게 약 이 분 후였어요."

그 이후로는 정말 섬뜩해졌다. 제리는 그것을 인정할 수밖에 없었다. 그들이 길모어 몸의 다른 부위들을 들어내기 시작했다. 소화관, 위, 창자 등 모든 것을 꺼낸 다음 각 장기에서 작은 조각들을 잘라 냈다. 한 사람은 머리 쪽에서 계속 작업하고 있었고, 어느덧 길모어의 혀를 손에 쥐고 있었다.

"왜 그걸 가져가는 거죠?" 제리가 물었다. 자신의 질문이 의사들을 귀찮게 하는 건 아닌지 알 수 없었지만, 어차피 지켜봐야 하니 무슨 일이 벌어지고 있는지 알아보는 게 낫다고 생각했다. 해부 의사가 대답했다. "샘플을 채취하려고요."

혀를 석판 위에 내려놓고 반으로 자른 다음 한 조각을 작게 잘라냈다. 그리고 그것을 방부 용액이 담긴 병에 넣었다.

시체라면 볼 만큼 보고 비행기 추락 사고 현장에도 많이 가 본 터라 훼손된 주검이 어떤 모습인지 알고 있었지만, 앉아서 시신이 절단되는 광경을 지켜보는 건 제리에게도 충격적인 경험이었다. 이들은 이 작업에 대단히 능숙했고 일하는 동안 서로 편하게 이야기를 주고받았다. 정육점에서 소고기 한 덩이를 손질해도 이보다 무덤덤할 수는 없었을 것이다. 가끔씩 그들은 익사 여성을 맡은 다른 의사들에게 큰 소리로 말을 걸곤 했다. 그 여자는 너무 뚱뚱해서, 배를 가르니 위가 허벅지까지 내려올 정도였다. 그들은 그건 아무것도 아니라는 듯 작업을 계속했다.

이제 제리가 있는 쪽 부검대의 머리맡에 있던 남자가 게리의 왼쪽 귀 뒤에서 머리 위쪽으로 가로질러 아래쪽 귀까지 절개한 다음, 절개 부위 양쪽의 두피를 꽉 잡고 곧장 아래로 당겨서 얼굴 가죽을 벗겼다. 얼굴 전체가 고무 마스크의 뒷면처럼 뒤집히도록 턱 아래까지 잡아당겼다. 그런 다음 톱을 들고 두개골을 빙 둘러 절개했다. 퍼티나이프 같은 것을 집어 들고 뼈를 비집어 사이를 벌린 뒤 머리 꼭대기 부분을 똑 떼어 냈다. 구멍 안으로 손을 집어넣어 뇌를 꺼내 무게를 측정했다. 제리가 보기에 700그램이 조금 못 되어 보였다. 그런 다음 뇌하수체를 제거하여 한쪽에 놓고 식빵 썰듯 썰었다.

"왜 그렇게 하는 거예요?" 제리 스콧이 물었다.

"음." 의사 중 한 명이 말했다. "종양을 찾으려고요."

의사들이 그에게 뇌의 여러 다른 부위들에 대해 설명하기 시작했다. 자신들은 게리의 운동 신경에 어떤 문제가 있는지 살펴보고 있다고 말했다. 하지만 모든 것이 괜찮아 보여다.

이제 그들은 게리의 문신 사진을 찍었다. 왼쪽 어깨에는 '엄마'가, 왼쪽 팔뚝에는 '니콜'이 새겨져 있었다. 그들은 그의 지문을 채취한 뒤, 해부에 필요하지 않은 모든 장기들을 들어서 몸과 머리의 빈 공간에 다시 넣었고, 마치 다시 가면을 씌우듯 얼굴 가죽을 팽팽하게 위로 당겨 뼈와 근육에 다시 딱 붙인 후, 톱으로 잘라 낸 두개골 뚜껑을 다시 두개골에 맞춰 놓았다. 그리고 두피와 몸의 절개 부분을 다시 꿰맸다. 그 작업이 끝나자, 그것은 다시 게리 길모어처럼 보였다.

이 모든 과정이 진행되는 동안 제리 스콧은 길모어의 아랫

잇몸에 치아가 두 개만 있고 윗잇몸에는 하나도 없다는 사실에 주목했다. 그들이 게리의 의치를 다시 끼워 넣었다. 이제 다시 복원된 게리의 모습을 보며, 제리 스콧은 그가 그렇게 마른 사람임에도 꽤 두터운 체지방층을 가지고 있다는 사실에 놀랐다. 그래도 몸 상태가 꽤 좋아 보였고, 뱃살을 제외하면 거의 운동선수 같은 체격이었다.

제리가 손목시계로 시간을 확인했다. 오후 1시 30분이었다. 그곳에서 네 시간이나 보낸 셈이었다. 그때 워커 장례식장 직원이 와서 길모어를 바퀴 달린 접이식 침대에 눕혔고, 그 위에 시트와 질 좋은 담요를 차례로 덮은 후 거리로 밀고 나가 운구차에 실었다. 길모어의 시신이 실린 운구차는 솔트레이크의 슈라이너 화장장으로 이동했다. 부검하는 데 네 시간이 걸렸기 때문인지 병원 밖에 기다리는 사람은 없었고, 화장장에 도착했을 때도 경찰관 두 명이 그들을 맞이했을 뿐 다른 사람들은 보이지 않았다.

시신과 함께 소각되기 때문에 관은 저렴한 것으로 준비되어 있었다. 합판으로 만들어졌지만 적갈색 벨벳으로 감싸여 있었다. 옆면에는 은색 가로대가 달리고, 내부에는 고급스러운 흰색 공단이 깔려 있었으며 아주 고급스러운 공단 베개도 있었다. 금속으로 화려하게 만든 관에는 전혀 미치지 못했지만, 평범한 나무 상자보다는 나았다.

이날 제리 스콧이 받은 지시 중 하나는 누구의 시신인지 제대로 확인하고 태우라는 것이었다. 그래서 관이 용광로에 들어가기 직전에 그는 시트를 들어 올려 게리의 얼굴을 확인했다. 그들은 예열 중에 튀어 나오는 1미터가 넘는 화염을 막기 위해 일찍이 닫아 둔 커다란 화구 문을 들어 올리고 상자와 시신을 넣었다. 가마에 넣고 몇 분 동안 태운 뒤, 그들이 제리에게 보여 주기 위해 다시 한번 문을 열었고, 그곳을 운영하는 남자가 긴 부지깽이로 관의 머리 쪽을 깨부수었다. 그런 다음 그들은 약 35x35센티미터의 가마 구멍을 통해 내부를 응시하기 시작했다. 제리 스콧은 그 구멍을 통해 게리의 머리를 볼 수 있었다. 이미 두피가 타들어 가서 피부가 옆으로 떨어져 나가고 있었다.

게리의 얼굴이 서서히 타들어 가, 살갗이 검게 변해 사라졌다. 그다음엔 근육이 타기 시작했고, 길모어의 가슴 위에 포개져 있던 팔이 오그라들면서 들리더니 급기야는 양손의 손가락이 하늘을 가리켰다. 그것이 제리 스콧의 머릿속에 마지막으로 남은 게리의 모습이었다. 그는 시신이 불타는 내내 이 광경을 머릿속에 떠올렸다. 꽤 긴 시간이었다. 시신이 용광로에 들어간 시간이 2시 30분이었는데, 5시가 되어서야 작업이 끝났다. 이제 남은 건 약간의 재와 숯처럼 변한 유골뿐이었다.

5

'더 스터럽'에서 웨이트리스로 일하는 토니 거니의 친구 두 명이 저녁 근무 시간 전에 이곳에 와서 바에 앉았다. 이곳은 댄스 플로어가 있는 크고 어두운 칵테일 라운지였고, 물론 유타주이기 때문에 술을 마시려면 클럽 멤버십을 구입해야 했지만, 그렇게 어려운 일은 아니었다. '더 스터럽'은 저녁이 되면 활기가 넘쳤고, 프로보와 솔트레이크 사이에서 술과 춤을 즐길 수 있는 몇 안 되는 멋진 장소 중 하나였다. 하지만 지금은 오후라 조용했고, 어둑한 공간에 두어 명이 앉아 있었다.

토니의 친구인 윌라 브랜트가 서빙 직원인 앨리스 앤더스에게 라운지에 앉아 있는 세 남자가 누구냐고 물었다. 처음 본 사람들이 분명했다. 앨리스는 그들이 게리의 사형 집행인 중 일부라고 대답했다.

"어떻게 알았어?" 윌라가 물었다.

직원이 대답했다. "그야, 내가 저 사람들을 사형 집행인으로 신청했으니까. 저 사람들은 솔트레이크 '프롱혼 클럽'의 회원들이고, 우린 그 회원들을 특별 대접해 주거든."

윌라는 담배 한 갑을 가지러 가면서 일부러 그들이 앉은 테이블 옆을 지나갔다. 남자 중 한 사람이 말했다. "앉아서 같이 얘기 좀 나누지 않을래요?"

그들은 그곳에 앉아 술을 마시며 달러 지폐로 '라이어스 포커'[210]를 하고 있었다. 윌라가 자리에 앉았고, 그들은 아주 잠시 게임을 이어 갔다. 그러다 한 남자가 입을 열었다. "우리를 피에 굶주린 놈들이라고 생각하겠죠, 안 그래요?"

"글쎄요." 윌라가 말했다. "누군가는 해야 할 일이었으니까

---

210) 각 플레이어가 자신이 가진 지폐의 일련번호 숫자를 속여 내기를 하는데, 상대의 말이 사실인지 거짓인지 가늠하면서 더 높은 숫자를 가진 사람을 찾는 게임이다.

요. 게리가 원한 일이기도 했고요." 그녀는 거기까지만 말했다. 토니 거니 및 다른 가족들을 안다는 말은 하지 않았다.

그러자 그 사형 집행인이 말했다. "좀 잔인한 거 볼래요?" 그가 그녀에게 끈 조각과 총탄을 보여 주며 말했다. "이게 게리를 죽인 총알이고, 이건 그의 팔을 묶었던 나일론 끈 중 한 가닥이에요."

한번 만져 보고 싶으냐는 질문에, 윌라는 아니라고 대답했지만, 자신도 어쩔 수 없다는 듯이 얼굴에 살짝 선웃음을 띄우며 만져 보았다. 그가 그것들을 도로 주머니에 집어넣었다.

이제 그 테이블에 있던 다른 사람이 자기 차에는 길모어의 머리에 씌웠던 자루가 있다고 말했다. 그것에 대해 많은 말을 하지는 않았다. 그냥 그걸 가지고 있다고만 했다. 그들은 확실히 술을 마시고 있었다.

남자 중 한 사람은 작고 다부진 체격에 삼십 대 중반의 대머리였고, 다른 한 사람 역시 삼십 대 중반으로, 머리칼은 밝은 갈색이고 183센티미터 정도 키에 평균 체중으로 보였는데, 배만 불룩 튀어나온 몸매에 안경을 끼고 있었다. 이 두 사람이 주로 떠들었고, 세 번째 남자는 입을 다물고 있었다. 그는 검은 머리에 평균 체격이었지만 수염이 풍성하고 콧수염이 희끗했으며 눈에 눈물이 고여 있었다. 마침내 그는, 만약 자신이 어떤 경험을 하게 될지 알았더라면 절대로 그 일을 하지 않았을 거라고 말했다. 그러다 윌라가 조금 알고 지내던 르네 웨일스라는 젊은 기혼 여성이 자리에 합류했고, 그들은 모두 함께 라이어스 포커를 한참 더 쳤다.

잠시 후, 사형 집행인들은 자기들의 시민 밴드 무전기(CB)에 대해 이야기하기 시작했다. 셋 다 무전기를 갖추고 있었지만, 한 명이 자기 무전기의 도달 거리에 대해 자랑하기 시작했다. 어느새 르네 웨일스가 픽업트럭에 있는 시민 밴드 무전기를 확인하기 위해 그와 함께 떠났고, 사십오 분이 지나서야 다시 돌아왔다. 르네는 그 남자와 함께 들어왔는데, 뭔가 실컷 재미를 보고 온 듯 두 사람의 얼굴에 달뜬 표정이 떠올라 있었다.

41장

매장

1

다음 날인 1월 18일 화요일 아침, 실러는 데비, 루신다, 그리고 배리 패럴과 함께 모여 사무실을 정리하는 문제와 대여한 장비를 반납하는 방식에 관해 논의했다. 그런 사무실 살림에 관한 회의 도중에 스탠저에게서 전화가 왔다. 그날 오후에 게리의 추도식이 스패니시 포크에서 열릴 예정이라는 내용이었다. 모두가 래리와 배리의 참석을 원했다.

실러가 여자들에게 말하자, 그들도 가고 싶다고 했다. 데비는 심지어 울기까지 했다. 당연히 그것으로 상황은 마무리되었다. 데비와 루신다 역시 초대를 받았다. 그 후 언론의 눈을 피하기 위해 몇 번인가 장소를 옮겨야 했고, 결국 교회가 아닌 스패니시 포크의 장례식장에서 추도식이 열렸다.

그때 마침 태머라가 사무실에 들어왔는데, 실러는 그녀에게 말하지 않기로 결정했다. 그녀가 그 일에 대해 기사를 쓰지 않을 거라는 믿음이 없었기 때문이다. 하지만 여자들이 하는 말에서 무슨 일이 벌어지고 있는지 재빨리 알아챈 태머라가 래리에게 따졌다. 그녀는 격분했다. 완전히 제정신이 아니었다. "난 지금껏 당신들과 함께했어요." 그녀가 말했다. "나도 이 팀의 일원이에요. 왜 난 갈 수 없는 거죠?"

실러는 이렇게 말할 수밖에 없었다. "저기, 당신을 못 믿는다는 말이 아니야. 그저 위험을 감수할 수가 없어서예요. 이건 내 이야기가 아니라서 유출할 수가 없거든."

태머라는 화가 났고, 생각할수록 더 화가 났다. 자기는 못 가는데 루신다와 데비는 간다는 사실이 미치도록 질투가 났다. 그녀가 못생겨 보인 거의 유일한 순간이었다. 사실 태머라는 너무 화가 나서 마치 불붙은 사람 같았다. 완전히 기자다운 모습이었다.

장례식장은 대로변에 위치한 단층 건물로 옅은 치장 벽토로 되어 있었고, 색유리창이 정면을 둘러 가로로 띠처럼 이어져 있었다. 스테인드글라스처럼 보이도록 의도했을 거라고 실러는 짐작했지만, 그보다는 커피 테이블 위의 모자이크처럼 보였다. 분명 멋진 건물은 아니었다.

놀랍게도 그곳에는 40명이나 되는 사람들이 있었다. 실러는 베시의 자매들을 소개받았다. 딱히 이름을 기억하려고 애쓰지 않았지만, 그들이 한 명씩 다가와서 감사의 인사를 건넸다. 무엇에 대해 감사하는 것인지는 알 수 없었다. 그때 오르간 연주가 시작되었다.

캠벨: 우리의 영원한 하나님 아버지, 저희는 이 특별한 추모 예배를 시작하며 고인이 된 게리 마크 길모어를 위해 겸허한 마음으로, 그리고 그가 과거에도, 현재에도, 미래에도 영원히 훌륭한 인물임을 깊이 존경하고 경외하는 마음으로, 잠시 멈추어 기도합니다. 아버지, 수년 전 청소년 사법 제도에 커다란 비극이 일어나, 훌륭한 사람, 당신의 자녀인 한 젊은이를 이 나라에서 법정에 세우고 감금하였습니다. 저희들은 그를 훌륭하고 사랑스러운 사람으로 알고 있고, 그 기억을 언제나 간직하고 유지할 것입니다. 당신의 아들 예수 그리스도의 이름으로 기도하오니, 이제 저희들과 함께하소서. 아멘. (잠시 침묵) 오늘 오후에 게리의 어머니가 토니 거니를 통해 여러분께 전할 말이 있다고 합니다.

토니: 베시 이모가 여러분께 대신 말씀을 전해 달라고 부탁하셨어요. 읽을게요. "제 아들에 대한 멋진 추억이 많아요. 그 아이가 저에게 준 아름다운 물건들, 그 아이가 그린 유화, 그리고 저를 위해 주문한 수공예 가죽 지갑도 있죠. 하지만 가장 값진 것은 게리가 제게 준 사랑과 친절이었어요." ……저는 또한 저와 언니인 브렌다를 대신해……(흐느끼며 무너진다.)

번: (토니의 메시지를 읽는다.) 어, 저는 또한 저와 언니인 브렌다를 대신해, 우리 모두 게리를 그리워할 거라고 말하고 싶습니다. 우리는 그가 행복한 모습, 고난을 겪는 모습을 지켜보았습니다. 그리고 그가 지금은 평안히 쉬고 있음을 우리 모두는 잘 알고 있습니다.

캠벨: 매우 감사합니다. 이블린 그레이 부인이 특별한 시를 써서

게리에게 직접 선물했는데, 그중 한 편을 오늘 읽어 드리고 싶다고 합니다. 이블린은 사촌입니다.

이블린: 친애하는 게리에게.

인생의 폭풍우가 몰아치는 바다에서처럼
죽음이 그런 영적인 삶들을 끝낼 수 있을까?
파도 위를 표류하는 연약한 영혼,
아니, 그들은 어두운 문들이 이끄는 대로
더 넓은 바다를 향해한다.
집에 도달했을 때 보이는 또 다른 문이 보일 때까지.
그분의 사랑으로 이루어진 손바닥의 빈 공간에 담긴
그 고요를 헤치며 나아간다.
그들은 아름다운 바다를 향해한다. 아주 넓고
오직 신만이 그 경계를 아는 그런 바다를.

감사합니다.

캠벨: 잦은 방문을 통해 게리를 아주 잘 알게 된 또 한 사람은, 법률 시스템을 통해 그의 삶에 들어온 사람이었습니다. 로버트 무디 변호사입니다.

무디: 친애하는 친구 여러분, 저는 우리가 이렇게 게리를 기억하는 시간을 갖는 것이 마땅하다고 생각합니다. 우리가 그것에 대해 이야기했을 때, 그는 이렇게 말했습니다. 네, 그래요, 날 기억해 주었으면 해요. 내 추도식을 열고, 와 주실 분들께 번 이모부가 한말씀해 주셨으면 해요. 지난 몇 달에 걸쳐 게리를 오

랜 시간 만나면서, 우리는 한 인간, 창의적인 개인, 깊이 사유하는 개인을 알게 되었습니다. 게리는 우리 중 누구나 가졌던 기회를 누리지 못했습니다. 그는 독학으로 배웠고, 진정 독학으로 살아왔습니다. 그는 폭넓은 독서를 통해 많은 것들을 알게 되었습니다. 게리는 자신만의 철학을 발전시켰고, 신에 대한 자신만의 감수성을 키웠습니다. 자신에게 가해진 수감 생활의 한계 속에서 그것을 해냈죠. 그리고 이 자기 교육은 그와 대화하는 우리 각자에게 무언가를 가르쳐 주었습니다……. 우리가 항상 기억하게 될 한 가지는, 그토록 오랫동안, 그토록 열심히 사랑을 갈구하던 게리가 지난 몇 주, 몇 달 동안에야 이 세상에 사랑이 존재한다는 것, 결코 찾을 수 없던 사랑이 자신을 위해 존재한다는 것을 깨달았다는 사실입니다. 오늘 게리를 기억하면서, 실로 사랑은 모두를 위한 것이며, 다른 사람들이 게리에 대해 뭐라고 말하든, 그의 사랑은 그곳에 있음을 기억합시다. 그리고 저는 게리가 평화를 찾았고…… 신을 만났음을 확신합니다. 감사합니다.

캠벨: 고마워요, 밥. 이제 딕 그레이 형제가 특별한 메시지를 전하고자 합니다.

딕 그레이: 저는 큰 상실감을 느끼고 있습니다. 그의 형제들이 보내온 이 메시지들을 제가 읽어 드리겠습니다. "지금 게리 길모어에 대한 많은 이야기가 돌고 있는데, 일부는 좋고 일부는 나쁘고 일부는 사실이고 일부는 그렇지 않지만, 제가 아는 게리 길모어는 다른 사람들처럼 좋기도 하고 나쁘기도 했습니다. 제가 게리 길모어에 대해 가장 크게 기억하는 점은, 그가 어렸

을 때 법이 그를 교정하기 전까지는 다른 모두와 다를 바 없이 평범했다는 것입니다. 그렇습니다, 법의 교정을 받기 전엔 게리 길모어도 우리 모두와 같은 사람이었습니다. 한마디로 말해, 법이 게리 길모어를 교정했기 때문에, 우리는 오늘 여기에 모인 것입니다." 그의 형 프랭크였습니다. 다음은 동생 미칼의 메시지입니다. "게리, 나는 형이 더 나은 세상, 더 자비로운 세상을 찾았기를 기도해. 형의 유산이 우리에게 삶의 가치를 일깨워 주기를 바라며, 어떤 형태로든 죽음의 미화나 상업화가 아니기를 기도해. 이미 고통을 겪은 가족들을 위해 기도하듯이 우리 가족을 위해 기도하며…… 우리의 이익을 대변한다고 주장하는 그 누구도 그 가족들에게 진 빚을 잊지 않기를 기도해. 게리, 우리가 좀 더 많은 시간을 보냈다면 좋았을 텐데. 사랑과 회한을 담아, 미칼."

캠벨: 고마워요, 딕. 유타 주립 교도소의 교정 사목인 토머스 R. 미어스만 신부가 게리와 교도소 안에서 있었던 일을 지금 이 자리에서 여러분께 들려드리고 싶다고 합니다.

이제, 참석한 거의 모든 사람들이 큰 관심을 가지고 귀를 기울였다. 그들 대부분은 모르몬교도였기 때문에, 가톨릭 신부의 연설을 실제로 들어 본 적이 없었다.

미어스만: 제 이름이 미어스만 신부라는 것에서 아시겠지만, 저는 유타 주립 교도소의 가톨릭 사제입니다. 아, 게리 길모어와 저의 관계는 아마 여기 계신 어느 누구와도 달랐을 겁니다. 제

가 게리의 삶에 들어가게 된 것은, 사형 선고를 받은 한 남자의 아주 이례적인 발언 때문이었죠. 처음 만났을 때 제가 그 말을 했어요. 저는 그것이 꽤 이례적인 발언이라고 말했고, 만약 그 말이 진심이라면 제가 그것을 이루기 위해 할 수 있는 모든 일을 하겠다고 제안했어요. 그리고 그가 한 말을 여러분 모두 들어 보셨을 거라고 생각합니다. 그는 '품위 있게 죽고 싶다'고 했어요. 그렇게 우리의 관계는 시작되었습니다. 우린 특히 밤에 자주 만났어요. 낮에는 그가 여러 가지 일로 무척 바빴기 때문이죠. 사람들이 그를 보러 왔고, 정식으로 방문을 요청하기도 했고, 음…… 그의 이름은 점점 더 유명해졌고, 적어도 그의 이름과 그가 하는 일과 그런 것들에 대해 세계적으로 국제적으로 널리 알려지게 되었습니다……. 우리는 이런 식으로 만남을 이어 갔고, 당연하게도, 끝이 정말 가까워졌을 땐 진지해질 수밖에 없었죠. 모든 일에는 때와 장소가 있기 때문에, 사형 집행을 앞두고 마지막 감시가 시작되기 전날 밤, 우리는 함께 모였어요. 자정 무렵이었고 주방에 교회가 세워졌습니다. 교도관 중 한 명이 마침 가톨릭 신자였고, 우리 용어로 말하자면 그가 미사를 집전하는 사제를 보좌했는데, 그 사제가 바로 저였어요. 미사의 두 전례[211]가 진행되는 동안 우리는 성경을 읽었고, "어떤 복음을 읽어야 할까요?"라는 질문이 나왔을 때, 그는 그만의 특유한 방식으로 이렇게 말했습니다. "제 이름이 게리 마크이니, 성 마크(마가)의 복음을 읽읍시다." 나중에는, 뭐, 교도

---

211) 일반적으로 '말씀 전례'와 '성찬 전례'를 가리킨다.

관들도 어느 정도 감동을 받았고, 그리고 그들은 물론 게리가 매우 깊은 생각에 잠겨 있다는 걸 알아챘어요. 특히 그 후에는 가만히 식탁 위에 앉아만 있더군요. 그리고 음, 우리는 그에게 아주 단순하게 말했습니다. 우리는 당신이 품위 있게 죽고 싶다고 말했을 때 당신의 삶 속으로 들어갔다, 그리고 우리는 그 일이 성취될 때까지 당신의 삶 속에 머물러 있을 거다, 하지만 가톨릭 사제로서 살아가는 매일매일, 유타 주립 교도소든 병원이든 로마의 성 베드로 성당이든 그 어디에서든 내가 제단에 설 때마다 매일 나는 당신을 위해 기도할 거라는 사실을 알아주길 바란다고요. 그러니, 잘 모르겠지만, 이게 제 생각의 일부입니다. 아마 더 많이 있을 텐데 시간이 없어서 많이 적진 못했어요. 하지만 그를 많이 사랑했던, 그리고 물론 그리워할 여러분에게 도움이 되었으면 좋겠습니다. 지금 이 순간, 우리가 이런 말을 했다는 것이 어쩌면 그를 아는 데 도움이 될 겁니다. 그리고 그의 마지막 말을 전하는 것보다 더 나은 말은 없을 것 같군요……. 도미누스 보비스쿰. 주께서 여러분 모두와 함께하시길. 감사합니다.

캠벨: 고맙습니다, 신부님. 여러분 모두와 마찬가지로 저도 진짜 게리 마크 길모어가 모습을 드러내기 시작하면서 깊은 감동을 받았습니다. 그를 존경하게 된 사람이 또 있습니다. 론 스탠저를 소개합니다.

스탠저: 밥과 저는 그에게 제2의 가족이나 마찬가지였다고 생각합니다. 삼사 일 정도를 제외하고 우리는 매일 그와 함께 있었죠. 믿지 못하시겠으면 제 집사람에게 물어보세요. 아, 그들은

아주 잘 알고 있었죠. 크리스마스가 되고 가족들이 모두 모이고 으레 그렇듯 모두 즐겁게 보내는데, 무디와 스탠저는 어디에 갔을지 한번 맞춰 보라고요. 하지만 실제로 저는 이때 제 생애 처음으로, 그리고 아마도 유일하게, 저 자신을 선하고 참된 그리스도인이라고 여겨도 괜찮겠다는 생각이 들었습니다. 왜냐하면 저는 주님의 가르침대로 교도소로 들어가 도움이 필요한 사람들을 도우려고 애썼기 때문입니다.

하지만 게리와 이야기를 나누면서 제가 배운 것을 우리 모두가 실천할 수 있기를 바랍니다. 우리 모두가 알다시피, 게리는 아이들을 사랑했어요. 그는 우리에게 아이들과 어떻게 지내는지 물어보곤 했는데, 그는 항상 저더러 가족을 잘 부양하고, 아이들과 친하게 지내되 엄격해야 하고, 작은 실수가 더 큰 실수로 자랄 수 있음을 알려 주어야 한다고 말했죠. 한번은 얼굴에 그 특유의 미소를 지으며 이렇게 말하더군요. "아이들이 계속 잘못을 저지르다가는 결국 또 다른 게리 길모어가 될 수도 있어요."

캠벨: 고마워요, 론. 게리는 저에게도 큰 친절을 베풀었습니다. 제가 고비를 넘기도록 도와줬어요. 저는 육 개월 후에 교도소 일을 그만둘 겁니다. 게리는 예방이 치료보다 가치 있으며, '청소년'과 '정의'라는 두 단어는 잘 어우러지지 않는다는 것을 확신하게 해 주었거든요. 제 계획은 제 땅이 좀 있는 유타 남부로 이사해서 소년들을 위한 목장을 짓고, 법적으로 어려움을 겪는 14세 이하의 아이들을 데려다 사랑으로 보살피는 것입니다. 여기서 사람들이 한 말들을 종합해 보면, 게리가 남기고 싶었던 것은 사랑이었습니다. 그는 아마도 그곳의 누구보다 사랑할

능력이 많았을 것입니다. 그는 저에게 깊은 사랑을 주었고, 제 안에는 결코 떠나지 않을 게리 마크 길모어의 일부가 남아 있음을 알아주셨으면 합니다.

그는 자신의 추도식에서 불러 주었으면 하는 노래를 특별히 요청했고, 그것에 대해 이야기하면서, "이 노래는 이 세상을 떠날 때의 나를 대변해요."라고 말했습니다. 「놀라운 은총」이라는 위대한 찬송가인데, 오늘은 무디 부인께서 불러 주시겠습니다.

로버트 무디의 아내: (노래한다.)

놀라운 하나님의 은총, 그 소리 감미로워라.
그 소리가 나 같은 몹쓸 놈을 구하셨나니.
한때 길을 잃었으나 지금은 찾았고
눈멀었으나, 이젠 볼 수 있다네.
수많은 위험과 역경, 그리고 유혹들을
난 이미 거쳐서 왔다네.
그 은총이 나를 안전하게 여기까지 이끌었고
그 은총이 나를 본향으로 인도하리.

캠벨: 정말 감사합니다. 아름다운 노래였어요. 저는 게리가 여러분 모두를 사랑했다는 사실을 압니다. 하지만 특히 제가 양쪽 모두에게서 엄청난 사랑이 흘러넘쳤다고 확신하는 사람은 그의 이모부인 번이었습니다……. 이제 번이 마지막 메시지를 전합니다.

번: 형제자매 여러분, 친지 여러분, 1977년 1월 18일인 오늘, 저

는 게리의 부탁으로 여러분 앞에 섰습니다. 이 모든 것이 저에게는 매우 낯설고, 이전까지는 한 번도 해 본 적이 없는 일입니다……. 하지만 게리와 약속했으니, 그를 위해 몇 마디 해 보고자 합니다. 그가 저지른 일을 변명하기 위해서가 아니라, 왜 그런 짓을 저질렀는지 설명하기 위해섭니다. 물론 저로선 어려운 일입니다. 제가 설명할 수 있는 가장 좋은 방법은 게리가 자신을 깊이 사랑한 여자를 깊이 사랑했다는 것입니다. 그리고 그들이 가졌던 문제는 아마도 우리 중 일부가 가진 것과 같은 문제였을 겁니다. 하지만 게리는 그냥 그것을 감당할 수가 없었어요. 그는 무언가를, 누군가를 공격해야 했고, 불행히도 그렇게 했습니다. 게리는 이것으로 자신이 저지른 일을 속죄할 수 있기를 바라면서 죽음을 맞이했습니다. 그는 훌륭한 두 가족에게 이런 짓을 저질렀지만, 자기에겐 목숨이 하나뿐이라면서, 하나 더 있었다면 그것도 내놓았을 거라고 말하더군요. 그는 몇몇 불운한 사람들이 다시 건강해지는 데 도움이 되기를 바라면서 신체의 특수 부위들을 사람들에게 드리고 과학에 기증했습니다. 지난 몇 달 동안…… 저는 게리를 처음 알게 된 이후 그 어느 때보다 많이 그를 알게 되었고, 게리의 내면을 보았어요. 그는 인간적이고 다정하고, 그리고 네, 그래요, 이해심 많고 사랑할 줄 아는 사람입니다. 게리는 하나님과의 새로운 삶을 향해 나아가고 있으니, 게리가 곧잘 말하던 대로, "여러분은 너무 마음 쓰지 마세요." 예수 그리스도의 이름으로, 아멘.

2

추도식 후, 스탠저는 래리 실러를 유골함이 놓여 있는 옆방으로 청했다. 그곳에서 래리는 게리가 자신의 유골을 스페니시 포크에 뿌려 달라고 요청했다는 사실을 알게 되었다. 게리에겐 소중한 추억이 있는 곳이었기 때문이다. 번은 게리가 다시는 밀폐된 공간에 있고 싶지 않을 거라고 생각했다. 평생 갇혀 있었으니까. 이제 그는 대지 위에서 바람이 부는 대로 자유롭게 돌아다니고 싶을 터였다.

그들은 비행기에서 유골을 뿌릴 예정이었다. 그리고 론은 게리가 래리도 비행기에 함께 타기를 원했다고 말했다. 게리의 요청이었다. 실러는 가고 싶지 않다고 말했다. 자기가 있을 곳이 아니라고 생각했다. 그들은 번이 그 요청을 받았고, 미어스만 신부와 클라인 캠벨이, 그리고 론 스탠저도 거기 있게 될 거라고 말했다. 결국 그도 동의할 수밖에 없었다. 하지만 그는 여전히 그것이 잘못되었다고 느꼈다. 추도식 내내 그는 길모어를 가깝게 느끼지 못했고, 조문객들이 분명 느꼈을 모든 감정에도 공감하지 못했다. 비행기를 타는 것도 그런 식일 터였다. 그래도 다음 날 아침, 모두가 비행기를 타고 오르기로 했다. 실러는 그날 나머지 시간을 짐을 싸면서 보냈다.

19일인 수요일에 그는 프로보 공항으로 나갔고, 그들은 모두 6인승 비행기에 탑승했다. 앞 두 좌석에 조종사와 스탠저가 자리했고, 번과 캠벨이 그들 뒤에, 그리고 미어스만와 실러가 맨 뒤에 앉았다. 모든 것이 매우 간단했다. 그들은 신발 상자 크기의 종이 상자를 가지고 있었고, 비행기가 하늘에 오르자 스탠저가 그것을 열었다. 게리의 유골은 빵을 파는 데 사용하는 비닐봉지, 빵 회사의 로고 등이 인쇄된 셀로판 봉지에 담겨 있었다. 그 광경에 실러는 기겁했다. 스탠저가 창문 옆에 이 봉지를 들고 있었는데, 봉지에는 색색의 문양이 가득 인쇄되어 있었다. 화려하다기보다 싸구려 느낌이었고, 59센트짜리 빵 봉지 같았다. 검고 어둡고 약간 위엄 있는 느낌일 거라는 실러의 상상과 달리, 유골은 회색과 흰색이었고 뼛조각이 섞여 있었으며, 때가 타고 낡은 느낌이었다.

게리는 유골이 어디에 뿌려지기를 바라는지 명시해 두었다. 그가 스패니시 포크와 스프링빌, 그리고 프로보의 여러 장소를 골랐기 때문에, 스탠저는 네다섯 번에 걸쳐 유골을 뿌려야 했다. 하지만 그는 창밖으로 손을 내밀지도 않고 그저 창문을 조금 열어 낸 틈 사이에 봉지의 입구를 끼워 내놓았을 뿐이었다. 조종사는 스탠저가 낮은 쪽에 위치하도록 비행기를 기울였고, 공기가 유골을 빨아 냈다. 그다지 극적이랄 것 없는 느린 작업이었다. 뒷좌석에서 미어스만이 실러에게 추도식에 대해 이야기했다. 미어스만이 게리가 죽으면서 가톨릭교회로 돌아왔다고 암시하려는 게 빤히 보였지만, 실러는 썩 와닿지 않았다. 게리는 마크라는 이름을 싫어했고, 심지어 계약서에서 그것을 지워 버리기도 했었다. 물론 게리가 자신의 중간 이름에 대해 양가 감정을 가졌을 수는 있다. 그러나 실러는 미어스만의 이야기를 상당히 에둘러 들었다.

그들이 유골을 뿌리고 내려오자, 배리 패럴이 공항에서 기다리고 있었다. 그의 옆에는 실러가 정말로 인터뷰를 피하고 싶은 《뉴욕 타임스》의 여기자가 함께 있었다. 하지만 그는 그 작은 사실을 패럴에게 알려 두는 일을 소홀히 하고 말았다. 그래서 비행기에서 내리자마자 《뉴욕 타임스》 기자와 마주해야 했다. 그녀의 표정을 보니, 아무래도 배리가 그들이 비행기를 타고 무엇을 했는지 알려 준 것 같았다. 실러는 궁지에 몰렸고, 끔찍한 인터뷰를 했다. 그 이야기는 언론을 통해 알려졌다. 이제 길모어 유골의 종착지가 어디인지는 더 이상 비밀이 아니었다.

그날 늦게, 그는 《타임》과 인터뷰 한 건을 했고, 《뉴스위크》와도 한 건을 한 후, 제트기를 타고 LA로 향했다. 두 잡지 모두 그의 조건에 동의했지만, 어차피 그가 둘 다 장악하고 있었다. 11월에 《뉴스위크》가 실러와 하루 이틀 정도 공동 작업을 한 적이 있기 때문에, 그는 이제 그들이 그 작은 사실을 기사에서 언급하지 않으면, 《타임》에 알리겠다고 말했다. 그리고 《타임》에는 만약 그들이 자신에 대해 균형 잡힌 소개를 하지 않으면, 사형 집행 당일에 게리의 사진을 찍기 위해 《타임》 소속의 다른 기자에게 전달해 달라면서 자기에게 미녹스[212] 카메라를 슬쩍 넘겨준 사실을 《뉴스위크》에 알리겠다고 말했다. 그렇게 해서 그는 잡지들로부터 공정하고 적절한 대우를 받았다. 특혜를 바란 게 아니었다. 그저 공정하고 적절한 대우, 그것이 그가 원한 전부였다.

---

212) 아주 작은 크기로 유명한 스파이 카메라.

42장

언론의 관심이 이울고

1

타임

교도소장이 '그 절차'라고 부른 것은 단 십팔 분 만에 마무리되었다. 잇따른 총성을 들은 인근 3개 감방에 있던 수감자들은 거친 욕설을 퍼부으며 괴성을 질렀다.

솔트레이크 트리뷴

ACLU는 핸슨을 살인 공범이라고 부른다

1977년 1월 18일. 전국사형반대연합의 뉴욕 코디네이터이자 미국시민자유연맹의 사형 프로젝트 책임자인 헨리 슈바르츠실트가 유타주 당국에 대해 거친 말을 쏟아 냈다.

"이것은 길모어 씨의 자살이 아니라, 핸슨 씨가 공범으로 가담한 사법 살인이었습니다."라고 슈바르츠실트 씨가 솔트레이크 힐튼 호텔에서 열린 기자 회견에서 말했다.

그는 "주 법무 장관이 제10연방 항소 법원으로 그토록 서둘러 달려갔다는 사실은 피에 대한 갈망을 드러낼 뿐"이라고 덧붙였다.

"문명국을 자처하는 이 사회에서 이런 일이 벌어졌다는 사실에 경악을 금치 못합니다."라고 사형제 반대론자는 말했다.

"이 사태를 초래한 냉담함과 인간적 타락의 깊이가 가늠되지 않을 정도입니다."

슈바르츠실트 씨는 자신의 말이 거칠었음을 인정하면서도, 상황이 강경한 어조를 요구한다고 덧붙였다. "핸슨 씨가 그 말을 어떻게 받아들이든 상관없어요."

솔트레이크 트리뷴

정의가 실현되었다. 핸슨이 사형 집행에 대해 말하다

데이브 존슨

트리뷴 전속 기자

1977년 1월 17일. 법정에서 사형 집행 정지에 대해 직접 반대론을 펼쳤던 유타주 법무 장관 로버트 B. 핸슨이 월요일에 죄수가 사망한 후 "정의가 실현되었습니다."라고 말했다.

"사형은 모든 법을 집행하려는 사회의 의지를 상징합니다. 우리 법의 가장 엄격한 것을 집행하지 않으면, 범죄자는 다른 법(에 따른 처벌)이 자신에게 부과되지 않을 거라는 결론을 내릴 수도 있습니다."라고 핸슨 씨는 말했다.

"어떤 죽음도 마음을 고양시키지 않으며, 누구든 죽으면 큰 슬픔이 따르기 마련입니다." 삼십 시간 동안 수면을 취하지 못해 수척해진 얼굴로 핸슨 씨가 덧붙였다. "하지만 저는 길모어 씨가 더 이상 살아 있지 않다는 사실보다, 두 피해자의 유족들을 생각할 때 훨씬 더 깊은 슬픔을 느낍니다."

《솔트레이크 트리뷴》에는 핸슨의 기사 바로 옆에 그의 대형 사진이 실렸다. 그러나 그 기사 옆자리의 슈바르츠실트 관련 기사에는 이런 표제가 붙어 있었다. '사법 살인.'

밥 핸슨은 자신을 사납게 공격하는 글을 보는 데 익숙했지만, '사법 살인'이라는 말에는 기분이 무척 상하고 말았다. 그는 그 ACLU 남자를 고소할지 오랫동안 고민했다. 그는 자신이 공인인 만큼 상대방의 악의가 상당했음을 입증해야 한다는 걸 알고 있었다. 핸슨의 입장에서 볼 때, 슈바르츠실트의 발언은 악의가 가득했지만, 문제는 표제에 대한 책임을 슈바르츠실트에게 물을 수 없다는 것이었다. 그것이 이 기사에서 가장 노골적인 부분이었음에도 말이다. 이것은 문제였고, 핸슨은 매우 불쾌했다.

2

사형 집행 후 얼마 지나지 않은 어느 날, 주디 월바크는 얼 도리어스에게 자신이 그를 어떻게 생각하는지 알려 주기 위해 주 정부 청사로 갔다. 별로 권할 만한 행동은 아니었지만, 그녀는 그의 사무실에 앉아서 스스로를 어떻게 생각하는지 물었다. 얼이 말했다. "주디, 당신은 우리가 한 모든 일이 끔찍하다고 생각할지 모르지만, 우리도 마찬가지로 당신이 한 모든 일이 완전히 부당하다고 믿었다는 걸 알아야 해요. 앞으로 다른 사건에서도 함께 일해야 할 테니 감정을 잘 다스렸으면 좋겠군요."

그가 정확히 그런 표현을 사용하지는 않았을지 몰라도, 그녀의 귀에는 그런 취지로 들렸다. 그녀는 더는 들어줄 수가 없었다. "얼." 그녀가 대답했다. "말해 봐요. 당신에겐 어린 자녀들이 있잖아요. 당신이 이 사형 집행에서, 말하자면, 조력자였다는 사실을 아이들이 알게 될까 봐 불안하지 않아요?"

그가 고개를 끄덕였다. 확실히 신경이 쓰인다고 말했다. 아이 중 한 명이 자신과 핸슨 법무 장관이 냉혈한 살인 사건에 연루되었다는 말을 어디선가 들은 적도 있었다. 그는 아이들에게 전부 다 설명해 주어야 했다.

자신의 책상 앞에서, 얼은 주디가 자기에게 와서 따질 자격이 있다고 느꼈다. 사실, 그는 그녀가 그렇게 해 줘서 기뻤다. 이번 건 같은 감정적인 사건 후, 변호사들은 각자 자기 갈 길을 갔다. 그는 나중에 거리에서 서로 마주쳤을 때, 서로 눈만 흘기고 지나쳐야 하는 상황이 마음에 들지 않았다. 사실 그는 주디스가 용기를 내서 가슴속 불만을 쏟아 내는 것이 대단하다고 생각했다. 몇 년 동안 반목을 이어 가는 것보다는 낫다고 생각했다.

사무실을 나선 뒤에야 주디는 자신이 사형 집행으로 인해 큰 고통이 느껴지기를 줄곧 기다렸음을 깨달았다. 하지만 그런 고통은 찾아오지 않았다. 찾아온 것은 오직 모든 것을 집어삼키는 분노뿐이었다. 그녀는 확실히 심각하게 반응했고, 그러지 않았다면 얼 도리어스를 만나러 가지 않았을 것이다. 하지만 길모어의 죽음 자체에 대한 감정적 반응은 전혀 없었다. 그녀는 그것이 자신이 때때로 느꼈던 끔찍한 감정, 곧 자신이 길모어의 권리와 충돌하고 있다는 느낌 때문은 아니었는지 자문했다.

솔트레이크 트리뷴

유타의 처형: 우리는 죽이러 왔다

밥 그린

필드 신문 연합[213]

1977년 1월 20일. 우리는 우리가 죽은 자의 의자 앞, 그의 핏자국이 선연한 모래주머니 주변에서 득실거렸다는 사실을 당신에게 말하지 않았다. 우리가 캔버스 천으로 둘러진 총살대의 자리로 재빨리 몰려가서, 소총들이 자리했던 세로로 난 구멍들 너머로 눈을 가늘게 뜨고 의자를 바라보며, 사형 집행인들이 보았던 것과 똑같은 광경을 우리 스스로에게 선사했다는 사실도 말하지 않았다.

우리가 모든 것을 만졌고, 죽음의 창고에서 만질 수 있는 표

---

213) 20세기 초반에 시카고를 중심으로 다양한 신문사들을 소유했던 마셜 필드(Marshall Field, 1834~1906)의 이름을 따서 만든 신문사 연합.

면이란 표면에 죄다 손을 대 보았다는 사실을 말하지 않았다. 우리가 그렇게 열심히 욕심껏 행동하는 광경을 믿기지 않는 듯 멍하니 바라보던 교도관들의 표정에 대해서도 말하지 않았다. 우리가 사형수의 의자에다 — 가죽 등받이에 총알 구멍이 뚫린 바로 그 의자에다 — 무슨 짓을 했는지도 말하지 않았다. 그건 말하지 않았을 거다. 그렇지 않은가? 우리가 손가락을 구멍에 넣고, 손가락을 휘휘 돌려보며 그 죽음의 구멍들이 얼마나 깊고 넓은지 직접 느껴 보았다는 것, 그 모든 걸 느껴 보았다는 것을 말하지 않았다.

3

브렌다는 완전히 녹초가 되어 있었다. 집에 돌아와 혼몽한 상태로 침대에 누워 있을 때, 사람들이 그녀를 병문안하러 찾아왔지만, 누가 왔었는지는 거의 기억하지 못했다. 자기도 뭐라고 말은 한 것 같은데, 무슨 말을 했는지 기억이 나지 않았다. 사흘이 하루처럼 느껴졌다. 그러다 열이 나더니 심하게 토하기 시작했다. '빨리 씻고 장례식에 가야지.'라는 생각뿐이었다. 욕실까지는 어찌어찌 갔다. 장례식이 이틀 전에 치러졌다는 사실을 알지 못했다. 게리의 마지막 예식에 함께하지 못했다는 사실을 알았을 때, 그녀는 정말 큰 충격을 받았다. 그를 실망시켰다고 생각했다.

4

사형 집행이 있고 며칠 후, 니콜은 싸움에 휘말렸다. 저녁이 되자 그녀는 다시 잠들고 싶은 욕구를 강하게 느꼈다. 아직 시간이 되지 않았지만 그녀는 드러누웠고, 네다섯 명의 환자들이 그녀를 끌어내러 왔다. 그들이 몸에 손을 대자, 니콜이 팔을 휘두르기 시작했다.

그녀는 누군가의 코를 거의 부러뜨릴 뻔했고, 어느 순간에는 다섯 여자들을 모두 때려눕힐 뻔도 했다. 그런 식으로 아마 삼 분 이상 지속되었을 것이다. 다섯 명의 여자들과 싸우기에는 긴 시간이었다. 마침내 그들이 그녀를 바닥에 납작하게 눌러 눕혔지만, 그녀가 계속 발을 빼내어 차려고 하자, 결국 그녀를 뒤집어 엎드리게 하고는 그 차가운 바닥에서 맹세컨대 빌어먹을 이십 분 동안 그 위에 올라타 있었다. 각각 팔이나 다리를 하나씩 차지하고 앉아 있었다. 문득 그 상황이 너무 우스꽝스럽게 느껴진 그녀가 큰 소리로 웃기 시작했다. 마치 심장이 터질 것처럼 웃었다.

물론 그녀를 잡고 있는 사람들은 그 상황을 재미있다고 생각하지 않았다. 하지만 그녀는 자신이 혼자 웃는 게 아니라고 느꼈다. 누군가가 자신과 함께 웃고 있었다. 그것이 게리라는 걸 그녀는 알았다. 그가 그녀의 귀에 대고 말하고 있었다. 야, 쌍년아, 이제 너도 그게 어떤 기분인지 알겠지.

그 후, 그들은 며칠 동안 그녀를 가둬 두었다. 그 기간 동안 그녀는 종종 웃음을 터뜨렸다. 여전히 혼자 웃고 있는 게 아닌 것 같았다.

이 모든 시간 내내 그녀는 게리 때문에 울지는 않았다. 그럴 필요가 없었다. 그는 스스로를 동정하지 않았다. 그녀는 정신 병원에서 나가면 그가 자신과 가까워지기를 계속 바랐고, 어쩌면 자신은 여전히 자살할 수도 있다고 생각했지만, 그건 정말 모르는 일이었다. 단언하기 어려웠다.

5

스탠저와 무디는 토요일에 출발하는 멕시코만 크루즈를 예약해 놓고도, 주말까지 기다리기가 싫어서 목요일 오후에 아내와 함께 뉴올리언스로 떠났다. 그들은 6시에 저녁을 먹었고, 육체적으로 너무 지쳐서 모텔로 돌아가 열두 시간을 내리 잤다.

다음 날 밤, 식당에 앉아 있는데 옆 테이블에 앉은 여자의 언성이 약간 높아졌다. 그녀의 남편이 웃으며 말했다. "그냥 내버려두면 알아서 집으로 갈 겁니다."

그는 농담을 한 것이지만, 그녀가 자세를 바로잡고 말했다. "저는 로스쿨 학생이고 중요한 사건에 대해 연구하고 있다는 걸 알아주셨으면 해요. 게리 길모어 사건이요. 혹시 들어 보신 적 있나요?"

밥의 아내 캐서린이 참지 못하고 말했다. "이 사람들이 바로 길모어의 변호사들이에요."

그 여자의 얼굴에 떠오른 것 같은 그런 표정을 볼 수 있다면, 법정에서 체면을 구기는 일쯤은 얼마든지 감수할 수 있었다.

6

다음 며칠 동안, 얼 도리어스는 길모어의 유골 처리 문제로 몹시 화가 났다. 공중보건법에 따르면 유골을 뿌리는 행위는 불법이었으며, 미리 알았더라면 막을 수 있는 일이었다. 얼은 교도소에서 이 사실을 알았으면서도 연락하지 않았다는 사실을 알게 되었다. 그는 그냥 잊어버리자고 생각했다. 그렇게 파고들 만한 일은 아니었고, 게다가 그는 무척 피곤했다. 밥 핸슨이 그에게 11월부터 거의 매일 밤 9시나 10시까지 일해 오면서 쌓은 보상 휴가를 좀 사용하라고 일렀다.

얼은 특별한 장소에 가서 오랜 시간을 보내는 것이 아닌 짧은 휴가를 원했기 때문에, 아내와 가족을 데리고 친척이 사는 오렘으로 갔다. 고속 도로를 벗어나자마자 트래블로지를 발견한 그는 방을 예약하기 위해 안으로 들어갔다. 여직원이 등록부를 작성하기 시작했을 때, 전화벨이 울렸고, 얼은 그녀가 "걱정하지 마세요, 다미코 씨."라고 말하는 걸 들었다. 그녀가 전화를 끊자 얼이 말했다. "번 다미코가 이 모텔과 무슨 관련이 있는 거죠? 그 사람이나 실러 씨가 이곳 주인이라면, 난 떠나겠소."

"저기, 실러 씨와 그의 직원들은 어제 체크아웃했는데요."

얼은 혼자 중얼거렸다. "길모어에게서 벗어날 수가 없군."

나중에 얼은 덴버의 연방 법원 복도에서 길모어가 죽었다는 소식을 들은 후 창밖으로 사람들이 출근하는 모습을 바라보던 그 쓸쓸한 순간을 종종 떠올렸다. 그는 내내 혼자였다. 변론을 하는 동안에도 그는 고독한 인물이었다. 그래서 창밖을 내다보며 다른 사람들이 광장에서 기자들과 인터뷰하는 모습을 지켜보는 자신을 의식하는 것이, 어쩐지 자연스럽게 느껴졌다. 그는 어느 정도 실망감을 느꼈음을 인정해야 했고, 자신은 고통을 즐기는 순교 행위를 하고 있다고 스스로에게 말하며 웃어넘기려고 최선을 다했다. 그가 작은 일 하나하나를 제대로 해내기 위해 미친 듯이 열심히 일하고 싶었다면, 누가 언론의 주목을 받든 개의치 않을 만큼 감정적으로 성숙해져야 할 터였다.

그는 곧 이러한 요구를 스스로에게 시험해 볼 수 있었다. 몇 주 후, 유타주 역사학회에서 사무실을 방문하여 유타주 역사에 관한 책 한 편을 위해 모든 사람을 인터뷰했다. 하지만 그들은 얼을 찾아오지 않았다. 그날 마침 그는 사무실에 없었다. 그것은 길모어 관련 거의 모든 업무에서와 마찬가지로 진행되었다. 언론이나 역사가들이 있을 때, 그는 항상 현장에 없었다. 핵심은 일이 잘 마무리되었다는 것에 만족하는 것이라고 그는 스스로를 다독였다.

솔트레이크 트리뷴

길모어 사진에 대한 조사를 명령하다

조지 A. 소렌슨

트리뷴 교외 담당 편집자

1977년 1월 28일. 목요일 유타주 교정 위원회는 길모어가 사형 집행이 있기 얼마 전에 작은 병에 담긴 위스키를 마시는 사진이 《타임》과 《뉴스위크》에 실리게 된 경위에 대해 조사를 명령했다.

솔트레이크 트리뷴

주 정부가 길모어의 사형 집행에 6만 달러를 지출하다

조지 A. 소렌슨

1월 30일. 유죄 판결을 받은 살인범 게리 마크 길모어를 재판에 회부하고 두 번의 자살 기도가 이루어지는 동안 그를 살리는 데 유타주 납세자들은 6만 달러 이상의 비용을 부담했다.

유타주 카운티 검사 노얼 T. 우튼이 추산한 1만 5000달러에서 2만 달러의 실제 재판 비용을 제외하면, 나머지 모든 비용은 추가 인력이나 초과 근무에 근거한 것이다.

교도소 전체 직원 320명 중 200여 명이 사형 집행 당일 새벽 3시에 다시 호출되었다.

유타주 법무 장관 로버트 B. 핸슨은 자신의 차관보들과 비서들의 추가 업무 비용을 1만 9000달러로 추산한다. 마지막 날에는 직원 일부가 최대 삼십 시간을 연속으로 근무했다.

8

토니 거니에게 가장 힘들었던 일 중 하나는 게리의 옷을 가지러 유타 대학 병원에 가는 것이었다. 그 옷들은 며칠 동안 보관실에서 방치되다가, 결국 너무 악취가 심해서 냉동해야 했다.

토니는 이 언 뭉치를 받아 차 트렁크에 넣었지만, 집으로 돌아오는 길에 녹아 버렸다. 그녀가 돌아왔을 때쯤엔 이미 일터에 지각하기 일보직전이었지만, 망설일 여지는 없었다. 그 옷들을 당장 세탁기에 넣어야 했다. 그 냄새에는 생명이 다한 육신의 악취가 가득 배어 있었다.

9

몇 주가 지나자 증오 메일이 줄어들기 시작했고, 셜리 페들러는 어느 정도 일상으로 돌아왔다. 다만 ACLU 사무실에 들어설 때 복도가 기자들로 북적이지 않으니 기분이 이상했다. 셜리는 게리 길모어에게 여전히 많은 감정적 에너지를 쏟고 있었기 때문에, 평범한 세상이 기이하고 아주 협소해 보였다.

길모어가 죽었을 뿐만 아니라, 그녀 자신도 일종의 별개 현실에 있는 느낌이었다. 가끔 하늘을 가로지르는 안개처럼, 그와 묘한 교감을 나누는 느낌이 들기도 했다. 마치 어떤 생각을 주고받는 것 같았다. 그가 삶의 압박에서 벗어나 자유를 얻은 것 같아 그녀는 행복했다. 역설적이지만, 그녀는 그것이 마음에 들었다.

43장

뒷이야기

1

시카고에서 실러와 패럴은《플레이보이》인터뷰의 최종 편집을 위해 밤낮없이 일했고, 23일 일요일 저녁 5시가 되어서야 마칠 수 있었다. 실러가 그 마지막 밤의 시작에 맞춰 트래블로지 모텔을 떠나 교도소로 향한 지 정확히 일주일 되는 시점이었다.

원고를 제출할 당시, 그들은 대략 1만 9000단어를 넘겼으리라 짐작했다.《플레이보이》와 1만 5000단어를 인쇄하기로 계약했기 때문에 분량은 그 정도면 충분했다. 그런데 그들이 2만 5000단어 가까이를 제출했다는 소식이 그날 저녁 늦게 전해졌다. 실러가 보기에 에이브러햄 링컨 — 젊고 잘생기고 유대인인 에이브러햄 링컨[214] — 과 약간 닮은 편집자 아트 크

_____

214) 일반적으로 사람들이 기억하는 링컨은 젊지도 잘생기지도 않은 기독

레치머가 "한 단어도 자르기가 두려웠다."라고 말했다. 배리 골슨도 동의했지만, 추가로 지면을 확보할 수 있을지에 대해서는 회의적이었다. 크레치머가 골슨에게 말했다. "우리가 할 수 있는 것 중에 이 일을 끝까지 해내는 것 이상으로 중요한 건 없어." 그러고는 소설 한 편을 빼 버렸다.

그 후 실러는 크레치머에게 기존의 틀을 깨고 '플레이보이'와 '길모어' 대신 '인터뷰어'와 '길모어'를 사용하자고 설득해 보았지만, 휴 헤프너[215]라면 무엇보다 인터뷰어가 곧 '플레이보이'라는 등식을 고집하리라고 짐작했다.[216]

패럴이 서문을 작성했고, 배리 골슨이 그것을 고쳐 쓰는 즐거움을 누렸다. 마침내 실러를 자신의 영역에서 상대하며 주도권을 쥐게 되었다고 골슨은 생각했다. 실러는 이제 잠을 자고 싶었다. 패럴도 자고 싶었다. 하지만 막바지 타이핑 작업을 위해 시카고에 온 데비는 작업이 끝나자 지하 바의 유리 벽을 통해 수영하는 사람들을 볼 수 있는 휴 헤프너 저택의 유명한 실내 수영장에서 수영하고 싶어 했다. 괜히 전직《플레이보이》버니가 아니었다. 그래서 크레치머는 저택을 개방했다. 그곳엔 아무도 없었다. 헤프너가 로스앤젤레스에서 거주하기 때문에

교인인 것을 염두에 둔 농담이다. 미국 문맥에서 '유대인'은 종종 지성, 교양, 출판업과 같은 업계에서의 두각, 혹은 정치적, 문화적 민감성을 상징하는 경우가 있다.

215) Hugh Hefner(1926~2017).《플레이보이》의 창립자이자 편집장.

216) 인터뷰의 문답 형식에서, 휴 헤프너라면 질문자 자리에 특정 인터뷰어의 이름이 아니라 잡지 이름인 '플레이보이'가 들어가야 한다고 고집할 거라는 뜻이다.

이제 저택에는 아무도 안 살았지만, 데비는 수영하러 갈 수 있었다. 반면 패럴과 실러는 그저 "아, 난 됐어요."라고 말하고는 새벽 3시에 사우나에서 드러누워 쉬었다.

로스앤젤레스로 돌아온 실러는 캐서린 베이커의 변호사인 필 크리스텐슨으로부터 니콜이 퇴원할 거라는 소식을 들었다. 병원 정문 앞에 서 있는 기자들의 모습이 번쩍 떠올랐다. 그는 니콜을 만난 적도 없고, 그녀가 자신을 어떻게 생각하는지도 몰랐다. 심지어 그녀가 계약을 이행할지조차 확신할 수 없었다.

아니나 다를까, 바로 그 시점에 래리 플린트[217]의 새로운 누드 잡지 《시크》에서 니콜의 누드사진 연재에 대해 5만 달러를 제안했다. 5만 달러라니! 그들은 매우 정중했다. '누드'라는 단어를 사용하면서 말이다. 아마 '스프레드 샷'이라는 말은 몰랐던 모양이다.[218] 래리는 《시크》 측에 사진작가 리스트를 만들어서 가져오라고 요구했다. 잠시 그들을 따돌리기 위한 계책이었다. 그런 다음 캐서린 베이커에게 전화를 걸어 말했다. "니콜을 즉시 유타에서 데리고 나가야 해요. 안 그러면 기자들이 사방에서 쫓아다닐 거예요. 당신과 당신의 아이들에겐

---

217) Larry Flynt(1942~2021). 미국의 언론인, 영화인, 방송인이자 잡지 발행인. 여러 성인 잡지와 비디오를 발행했으며, 그중 《허슬러》가 가장 유명하다.

218) '스프레드 샷'은 성인 잡지나 사진에서 더 노골적이고 자세한 누드사진을 가리키는 속어로, 일반적인 누드사진보다 신체의 특정 부위를 더 적나라하게 노출한다. 이 문장에서는 '누드'라는 말을 썼지만, 사실 그들이 요구하는 건 더 노골적인 사진임을 비꼬고 있다.

휴가가 필요합니다. 해변에서 살아 본 적 있나요?"

캐서린이 말했다. "오리건에 살았을 때 니콜이 해변을 무척 좋아했어요."

"좋아요." 실러가 말했다. "제가 말리부에 집을 하나 구해 보죠. 당신과 니콜과 당신의 가족이 제 손님으로 오는 겁니다. 강요하지는 않을게요. 그냥 그곳에서 벗어나 다른 환경에서 한 달 정도 쉬어요."

캐서린은 좋아하며 반겼다. 래리는 황급히 웨스턴 항공과 협의하여 니콜과 그녀의 아이들을 위한 항공권을 가명으로 예약했고, 여섯 번의 비행에 대한 요금을 미리 지불했다. 그런 다음 제리 스콧에게 전화를 걸어, 정해진 아침 시간에 캐서린의 집으로 가서 짐을 실어 공항에 가져다 놓고 돌아와 베이커 부인을 차에 태운 뒤, 선드버그와 조율하여 니콜을 병원에서 정확한 시간에 퇴원시켜 재빨리 공항으로 데려가라고 지시했다. 그들은 차로 정확히 삼십오 분 정도 소요될 것으로 예상하고, 십 분의 오차를 두었다. 비행기가 이륙하기 사십오 분 전에 니콜을 데리러 가기로 했다. 모든 준비가 완료되었다.

니콜은 떠날 준비가 되어 있었을 뿐만 아니라, 사실 자신의 외출복을 가지러 마지막으로 병원 복도를 걸어가고 있었다. 그때 한 여자가 "게리에 대해 어떻게 생각해요?"라고 물었다. 니콜이 대답했다. "그가 살아 있다면, 난 처음부터 그대로 똑같이 할 거예요." 그러자 그들은 곧장 그녀를 도로 입원시켰다.

실러는 그 후 사오 일 동안 전화통에 매달려 있었다. 그는 우즈 박사 및 다른 의사들과 통화했다. 카이거와도 통화했다. 그는 니콜이 생활하게 될 환경에 대해 계속 설명하며, 무슨 일이 생기면 의사를 부르겠다고 약속했고, 니콜을 언론으로부터 격리시키겠다고 맹세했다. 그는 이 약속을 강조했다. 그는 카이거에게 이 모든 내용이 담긴 전보를 보냈고, 더 긴 편지를 택배로 보냈다. 그는 병원 측에 그녀의 퇴원을 법원에 건의하여 병원의 부담을 덜라고 제안했다.

이 계획은 다시 전면적으로 시행되었다. 이번에는 실러가 유타로 가기로 결정했다. 일이 벌어지기만을 기다리다가 또다시 불리한 상황에 놓일 수는 없었다. 루신다를 말리부로 보내 월 1500달러에 집을 구했다. 실러는 집세와 보증금을 곧장 지불하고 유타로 떠났다. 그는 켄 선드버그의 사무실에서 니콜을 만나기로 약속했다. 그곳에 앉아 있는 동안, 번에게서 전화가 걸려 왔다. 게리가 니콜에게 전해 달라던 상자를 내가 갖고 있어요. 그걸 어떻게 해야 할까요?

"글쎄요, 번." 실러가 말했다. "솔직히 말할게요. 제 입장은, 아무것도 숨기지 말라는 겁니다."

"먼저 상자를 살펴보겠소?" 번이 물었다.

"아뇨." 실러가 대답했다.

번이 말했다. "게리가 마지막 밤에 니콜을 위해 녹음한 테이프가 있어요. 난 들어 봤소."

그의 침묵이 실러의 질문을 부추겼다. "얼마나 나쁜데요?"

"그러니까, 그녀에게 자살을 부탁하는 내용이더군요."

"그렇다면, 우리, 그거 주지 말죠." 그는 잠시 생각하다가 혼자 중얼거렸다. "상자를 열 때 내가 거기 있어야 할지도 모르 겠군." 그 순간, 그는 그 상자들 역시 비밀로 할 작정이었다.

하지만 게리는 이미 그녀에게 편지로 그 상자들에 대해 알 린 상태였다.

사무실에서 니콜을 기다리던 중, 필 크리스텐슨의 전화를 받았다. 그 노변호사에게는 니콜의 서명을 기다리는 새 계약 서가 있었다. 니콜에게 들어오는 돈의 20퍼센트를 자신의 수 임료로 받는다는 내용이었다. 실러는 몹시 화를 냈다. 크리스 텐슨이 말했다. "우리는 많은 시간을 투자했어요." 그리고 변 호사는 계속해서 이 일에 들인 시간과 앞으로 해야 할 일들 을 설명했다.

"아니." 실러가 말했다. "그녀가 스스로 결정하게 해요." 그는 크리스텐슨이 이 일에 그다지 열정적이지 않은 것 같은 느낌 을 받았다.

삼십 분 후, 니콜이 사무실에 나타났다. 간단했다. 언론은 그날 그녀가 퇴원한다는 사실을 전혀 몰랐다. 병원 측이 법원 에 가서 이십사 시간 안에 그녀를 퇴원시키는 것에 대해 판사 의 동의를 얻고는, 외부에는 그녀의 퇴원이 사 일 후라고 발표 했던 것이다. 그래서 언론은 그녀의 퇴원 파티가 칠십이 시간 후에 있을 거라고 생각했다.

실러는 서니, 피버디와 함께 선드버그의 2층 사무실에 있었 는데, 몸매가 끝내주는 여자가 청바지와 셔츠를 입은 모습으 로 아주 조용히 들어왔다. 그녀는 가벼운 몸놀림으로 그의 옆 을 지나가서 아이들을 들어 올려 포옹하고 입 맞췄다. 아이들은 그녀를 보고 정말 기뻐했다. "엄마, 엄마." 하고 계속 불러댔다. 니콜도 울고 캐서린 베이커도 울었지만, 아이들은 울지 않았다. 그들은 손에 장난감을 들고 니콜에게 말하고 있었다. "이거 봐봐. 래리 아저씨가 사 주셨어."

그러자 그녀가 몸을 돌렸고, 실러는 무척 기뻤다. 예상했던 것보다 훨씬 매력적이었고, 조용하면서도 어딘가 야성적인 분위기를 풍기는 아이라는 걸 생각하면 얼굴에 개성과 섬세함이 엿보인다고 생각했다. 정말 훌륭했다. 그 즉시 그의 마음속에서 길모어의 위상이 한 단계 높아졌다. 게리와 니콜은 어떤 추잡한 로맨스 같은 게 아니라 흥미로운 관계였다.

실러는 이제 바닥에 무릎을 꿇고 그녀를 향해 환하게 웃으며 말했다. "내 소개를 하죠. 나는 커다란 악당 늑대, 래리 실러예요."

그녀는 가식이 없었다. 그냥 생각나는 대로 말했다. "게리가 당신에 대해 말해 줬는데, 생각했던 모습과는 다르네요."

그녀는 단어 하나하나에 많은 생각을 담은 듯 자신의 숨결이 가득한 부드러운 목소리로 말했다. 천천히 흘러나왔지만, 어린 소녀치고는 강한 개성을 담은 말투였다. 실러는 그녀가 무슨 말을 하는지 알 것 같았다. 길모어는 그를 계속 할리우드에서 온 똑똑한 터프가이라고 했기 때문에, 그녀는 말쑥한 남자를 예상했었다. 하지만 그는 파카 차림의 크고 어수선한 모습이었다. 물론 그가 의도한 연출이었다. 니콜과 만날 때 정장과 넥타이는 안 될 말이었다. 완벽한 선택이었다. 제기랄, 그녀는 여행 가방도, 아무것도 없었다.

그는 니콜을 잠시 아이들과 놀게 한 후, 옆 사무실로 데려가 앉히고 말했다. "있잖아요, 당신은 내가 누군지 전혀 모를 거예요. 하지만 어떤 이유에서든 게리는 나한테 많은 것을 믿고 맡겼어요. 내가 계획을 좀 세웠는데, 당신에게 곧 설명해 줄게요. 내 계획이 마음에 들면, 우린 오 분 안에 이곳을 나가서 비행기를 타야 해요. 당신이 마음에 들지 않는다고 말해도 서로 감정 상할 일은 없어요." 그는 그녀가 캘리포니아에 가야 한다고 생각하는 이유를 설명했다. "있잖아요, 많은 사람들이 당신이 다시 자살을 시도할 거라고 나한테 경고하더군요."라고 솔직하게 말했다.

그녀는 그 일을 언급한 것에 대해 존경을 표하듯 고개를 끄덕였다. 그러자 그가 덧붙였다. "해변에 작은 집이 있어요. 산책도 하고 이런저런 생각도 할 수 있죠. 난 거기 갈 거예요." 그는 잠시 머뭇거렸지만 껄끄러운 일을 해치우기로 결심하고는, 그녀에게 계약서에 서명한 기억이 있는지, 그리고 자신과 계약한 사실을 알고 있는지를 물었다. 그녀는 알고 있다고 대답했다.

"좋아요." 그가 말했다. "어떻게 생각해요? 하고 싶나요?"

"네." 니콜이 말했다. "저도 캘리포니아에 가고 싶어요."

그러자 그가 덧붙였다. "당신의 변호사들도 당신이 떠나기 전에 서명할 계약서가 있다고 하더군요."

"제가 서명해야 할까요?" 그녀가 물었다.

두 사람은 점점 죽이 잘 맞고 있었다.

"글쎄요." 그가 말했다. "그 안에 무슨 내용이 들어 있는지는 말하지 않겠지만, 형편없긴 해요."

그녀가 다시 웃었다. 멋진 미소라고 그는 생각했다. 그것은 그녀의 중심 어딘가에서 시작되어 휘핑크림처럼 얼굴 전체에 천천히 퍼졌다. 입술이 도톰했는데, 그 덕에 강인하고 멋진 웃음이 만들어졌다. '이봐요, 당신도 나보다 나을 게 없잖아요.'라고 말하는 것 같았다. 생기 넘치는 그녀의 모습에 그는 놀라고 말았다. 눈을 사로잡을 만큼 깨끗하고 젊은 여성이었다. 이런 희망찬 분위기 속에서 그들은 사무실을 나서서 공항으로 갔고, 캘리포니아로 떠났다.

하지만 비행기에서 그녀는 늘어지기 시작했다. 그는 그녀가 모든 사람으로부터 멀어지는 걸 느낄 수 있었다. 마치 영혼을 잃어버린 사람처럼 보였다. 사방의 창문들이 안개에 먹힌 집 안을 배회하는 가여운 떠돌이 같았다. 실러는 뱃속 깊은 곳에서 두려움의 벌레가 꿈틀거리는 것을 느꼈다.

2

LA의 공항에서 그들이 도착하기를 기다리면서, 루신다는 녹음테이프에서 게리가 니콜에게 이야기했던 몇 가지 행동들에 대해 생각했다. 다른 누구에게서도 들어 본 적 없는 종류의 것들이었다. 그래서 루신다는 지금 활주로 쪽에서 자신을 향해 다가오는 사람이 니콜이라는 걸 좀처럼 믿을 수 없었다. 하지만 그녀는 자신도 놀랄 만큼 니콜이 무척 안쓰럽게 느껴졌다. 니콜은 아주 작고 외로워 보였다. 마치 다른 세계에서 강제로 뽑혀 이곳에 이식되었지만, 이 세계를 이해할 능력은 없는 사람 같았다. 그런데 지금 니콜은 표지에 게리의 사진이 실린 소형 《뉴스위크》를 손에 쥔 채 엄마와 아이들을 데리고 그녀에게 다가오고 있었다. 루신다의 기분을 최악으로 만든 것은 바로 그 잡지였다. 니콜은 어느 것도 제대로 파악하지 못하는 사람 같았다. 무감하고 멍한 표정이었다. 래리와는 심리적인 거리가 느껴졌다. 루신다는 니콜이 그를 싫어하는지, 아니면 그들 모두를 싫어하는지 알 수 없었다. 그녀에게서는 그 누구와도 관계를 맺지 않겠다는 거부감만이 느껴졌다.

차를 타고 말리부로 가서, 래리는 니콜과 루신다를 데리고 마트에 갔고, 루신다는 그가 베이커 가족을 위해 160달러 상당의 식료품을 사는 것을 지켜보았다. 루신다가 생각하기에 그건 아마도 그들이 평생 함께 가져 본 것보다 더 많은 양의 음식이었을 테지만, 니콜은 아무 말도 하지 않았다. 그냥 통로를 걸어 다닐 뿐이었다. 래리가 "이거 좀 필요할 것 같지 않아요?"라고 말해도, 그녀는 그저 주변에 잘 차려입은 돈 많은 사람들이 북적이는 이 멋진 말리부 슈퍼마켓의 매대 사이를 계속 걷기만 했다.

래리는 어색한 분위기를 만회라도 하려는 듯 계속 식료품을 집어 담았다. 어느새 바구니 두 개가 가득 찼다. 니콜은 마치 음식에는 전혀 관심 없다는 듯 미소를 지을 뿐이었다. 래리가 니콜에게 더 필요한 것이 있느냐고 묻자, 그녀가 대답했다. "네, 인스턴트 감자가 먹고 싶어요."

나중에, 루신다는 캐서린 베이커를 차에 태워 LA의 고속 도로 위를 달리면서, 화장을 진하게 한 이 작고 마른 체격의 예민한 여성에게서 게리 이야기를 들었다. 게리가 총 몇 자루를 가지고 자기 집에 온 적이 있는데, 그녀는 늘 그가 무서웠다고 했다. 지금껏 니콜에게 너무 많은 관심이 쏟아졌으니, 캐서린도 자기 이야기를 끼워 넣고 싶은 것 같았고, 그걸 바로 아이들 앞에서 하고 있었다. 이야기가 두서없이 흘러나왔다. 하지만 루신다는 이야기에 푹 빠져들었다. 아이들이 끼어들 때마다 입을 다물어 주었으면 좋겠다 싶을 정도였다.

슈퍼마켓에서 돌아온 후, 실러가 니콜에게 가장 먼저 한 말은 니콜이 집안일을 책임져야 한다는 것이었다. 이번 달에 지출할 수 있는 현금이 1000달러가 있으니, 그중 원하는 금액을 지금 남기고 가겠다고 했다. 그녀가 사용할 스테이션왜건도 준비되어 있었다. 이제 그는 잠시 작별을 고하려 했다. 하지만 떠나는 순간, 그는 니콜이 게리가 남긴 상자를 열어 그가 쓴 편지 속 어떤 내용을 읽고 스스로 목숨을 끊을지 모른다는 생각이 불현듯 들었다. 그녀에게선 그런 일을 저지를 만한 차분함이 느껴졌다. 그는 겁이 더럭 났다.

그는 그녀에게 활짝 웃으며 작별 인사를 했고, 다음 날 다시 올 테니 안심하고 편히 쉬라고 말했다. 하지만 병원에서 벗어난 첫 밤에 그녀 홀로, 그러니까 그녀의 엄마와 아이들하고만 남겨 두고 그가 떠난다는 사실에 그녀가 얼마나 놀랐을지 짐작할 수 있었다. 그가 말했다. "저기, 당신은 자유의 몸이에요. 내일 당신을 보면 좋겠어요. 하지만 당신이 내일 날 보지 않겠다고 해도 잃을 건 없어요."

말은 그렇게 했지만, 집으로 돌아가면서 그는 그 어느 때보다 두려움을 느꼈다.

사실은 집에 다 도착할 때까지 버티기도 힘들었다. 비벌리 힐스로 가는 도중 3분의 2 지점에서 그는 차를 세우고 방금 도착한 척하며 전화를 걸었다. "내가 무사히 집에 도착했다는 걸 알려 주고 싶어서요."

그는 아이스크림 하나도 팔 수 없을 것 같은 목소리로 말했다. 하지만 물론 그녀가 정말로 포기한 건 아닌지를 확인하기 위해 목소리를 들어야 했다.

3

그날 밤 니콜은 상자를 열었다. 게리는 니콜에게 메르샤움 파이프를 남겼는데, 니콜은 그것이 값어치가 나가는 물건인지 알지 못했다. 그저 비눗방울 불기 좋겠다는 생각이나 했다. 그리고 그 안에는 게리가 사형 집행 추정 시간에 맞춰 고장 낸 시계가 있었다. 그녀는 게리가 그런 짓을 한 것이 멋지다고 생각했다. 그냥 시계 하나를 건네받았다면 무슨 의미가 있겠는가? 상자 안에는 성경책도 있었다. 게리는 성경을 너무 많이 받아서 성물방을 열 수 있을 정도라고 썼지만, 이것은 그가 두 번째로 자살을 시도한 날 당도한 성경책이었다.

그녀는 게리가 남긴 두 사람에 관한 뉴스 기사를 읽다가,

게리에게 편지를 보낸 열 살짜리 권투 선수 앰버 짐의 사진, 그리고 앰버 짐이 보낸 수많은 편지들을 보았다. 앰버 짐이 아직 어린 소녀였음에도 니콜은 그 편지들을 읽으며 실제로 질투심을 느꼈다. 그리고 울고 싶었다. 게리의 사형 집행 시간이 다가왔을 때, 자기 말고도 많은 사람들이 그를 생각하고 있었다는 사실을 니콜은 처음으로 실감했다.

그리고 리처드 깁스의 사진이 있었다. 게리는 그 뒷면에 이렇게 적어 놓았다. "위장 요원이자 쥐새끼. 경찰의 끄나풀. 그는 정말 나를 속였다." 상자 안에는 다양한 연령대의 니콜과 그녀의 가족 사진, 그리고 많은 사람들이 게리에게 보내온 편지들이 있었다. 성 미카엘 메달 하나. 남색 스웨터가 최고였다. 정말 좋은 스웨터였고, 그녀는 그것을 세탁하고 싶지 않았다. 그날 밤에 입고 그 후에도 몇 번 입었다. 절대 세탁하고 싶지 않았다. 하지만 시간이 지나자 냄새가 고약해져 세탁하지 않을 수 없었다.

4

첫 일주일 동안 실러는 인터뷰를 시작하지 않았다. 그다음에는 방해받지 않을 공간을 어디에서 확보해야 할지가 문제였다. 말리부의 집은 위층에는 침실 세 개, 1층에는 주방, 식당, 거실이 있고, 해변과 가까운 아래층에는 놀이방이 있었다. 니콜의 어머니가 침실 하나를 썼고, 베이커가(家) 아이들이 다른 침실에서 잤다. 그리고 니콜은 서니, 제러미와 함께 커다란 킹사이즈 침대에서 잘 계획이었지만, 그녀는 1월 말과 2월 초 말리부의 겨울 햇살 아래, 춥고 바람 부는 베란다에서 지내는 것을 더 좋아했다. 춥고 바람이 많이 불었지만, 그녀는 그곳을 선택했다. 사실상 그곳으로 이사한 셈이었다. 그녀의 책이 모두 베란다에 나와 있었다.

두 사람은 결국 온갖 장소에서 인터뷰를 진행했다. 이제 병원에서 벗어난 니콜은 방 안에 갇혀 있는 것을 싫어했기 때문에, 실러는 식당에서 녹음을 시작하거나 니콜을 데리고 드라이브를 하며 차 안에서 이야기를 나누었다. 그렇게 며칠이 지난 후, 그는 그녀가 자신이 기대했던 것보다 많은 이야기를, 사실 게리가 해 주었거나 해 줄 수도 있었던 것보다 많은 이야기를 해 준다는 것을 알게 되었다.

그녀 안에는 인터뷰에 대한 열정이 마치 심장처럼 깊이 자리 잡고 있는 것 같았다. 언젠가 그 이야기를 게리에게 들려주었듯이 실러에게도 들려주어야만 한다는 듯. 자신의 죄책감을 해소하기 위해서가 아니라(가끔 그녀에게서 깊은 죄책감이 느껴졌다.) 더 깊은 어떤 이유 때문에 모두 다 털어놓아야만 하는 것 같았다. 그녀가 왜 그토록 열심히 모든 것을 털어놓고, 자기가 이해할 수 있는 최선의 방법으로 무슨 일이 일어났는지 설명하려 하는 것일까? 실러는 몹시 혼란스러웠다. 그녀는 게리와의 사이에서 있었던 좋지 않은 모든 일들까지, 좋았던 모든 일들에 대해서만큼이나 솔직하게 묘사했다. 나중에는 그녀가 지옥을 경험한 뒤 한 가지 단순한 메시지를 가지고 돌아온 것은 아닌지 궁금해지기까지 했다. "세상에서 헛소리를 듣거나 말하는 것만큼 불쾌한 건 없다."

물론 인터뷰가 더디게 진행될 때도 있었다. 그녀는 인터뷰가 시작되자마자 가장 놀랄 만한 문제들을 인정했고, 심지어 '리 삼촌'에 대해서도 이야기했지만, 소소한 일들을 인정하는 것에는 크게 신경을 썼고, 아주 이상한 일을 창피해했다. 가끔은 그가 보기에 사소한 사실들을 말하기 꺼려 해서 골머리를 썩기도 했다.

실러: 이제 조금만 털어놔 봐요. (오랜 침묵)

니콜: 안 돼요, 래리.

실러: 살인 얘기는 할 수 있고, 게리가 당신 목을 조른 얘기도 할 수 있고, 리 삼촌이 당신을 추행한 얘기도 할 수 있는데, 배럿이 당신 머릿속을 가지고 장난친 얘기는 할 수 없다는 거예요?

니콜: 뭐, 할 수는 있겠죠. 하지만 그가 한 말을 구체적으로 말할 수는 없어요.

실러: 왜 안 되죠? (오래 말이 없다가) 배럿이 당신보다 거룩해서?

니콜: (웃음) 웃기지 마요, 래리. 그 얘긴 안 할래요. 하고 싶지 않은 말은 하지 않을 거예요.

실러: 당신은 그저 당신이 나보다 더 강하다는 걸 증명하려고 그러는 거예요, 그게 다야.

니콜: 아뇨, 전 무언가를 증명하려고 그러는 게 아니에요.

실러: 아니, 당신은 그래.

니콜: 그냥 창피해서 그래요.

실러: 어떻게 나한테 창피해할 수가 있어요? 아니 그러는 게 어디 있어. 이 빌어먹을 녹음기 끌까요? 이것 때문에 창피한 거예요? 어떻게 나한테 창피해할 수가 있는지 이해가 안 돼요. 정말 모르겠어.

니콜: 그래요. 당신은 절대 모를 거예요. (침묵)

실러: 제발, 이건 꼭 이해해야겠어요. 예시라도 하나 들어 줘요. 이거 진짜 항상 나오는 얘기잖아요. 제발, 장난치지 말고 제대로 말해 줘요. 제발.

니콜: (웃음) 아, 이런. (속삭인다.)

실러: "아, 이런." 제발요.

니콜: 래리, 저도 노력 중이에요. 그걸 말할 수가 없어요, 알겠어요? 전 정말 애쓰고 있다고요. 안 돼요. 잊어버려요.

래리: 잊어버릴 수가 없죠. 그냥 넘어갈 수 없다고.

니콜: 알았어요. 다음에요.

실러: 이번에 꼭 알아야겠어요. 다음이 아니라. 예를 하나 들어 봐요. 그러니까, 당신은 버릇이 당신의 빌어먹을 머릿속을 엉망으로 만들어 놔서 미드웨이로 간 거잖아요.

니콜: (웃음) 저는 미드웨이에서 일어난 일 중 어느 것도 버릇이 원인이라고 말한 적 없어요.

실러: 그래요, 당신은 그가 원인이라고 말하지 않았어요. 그로 인해 당신이 어떤 식으로 느끼게 된다고 말했죠. 그가 당신에게 한 말 때문에.

니콜: 맞아요.

실러: 그런 미소 짓지 말아요. (웃음) 그런 미소 짓지 말아요. 당

신은 저쪽을 바라보다가, 갑자기 날 돌아보며 그렇게 옅은 웃음을 짓는다고.

니콜: (웃음) 당신을 비웃는 거예요.

실러: 뭐라고요?

니콜: 당신을 비웃는다고요.

실러: 내가 너무 순진해서?

니콜: 아뇨.

실러: 내가 그런 공상이나 상상을 할 만한 경험을 갖지 못해서?

니콜: 아뇨, 그거랑은 상관없어요. 당신이 포기하지 않고 계속 슬그머니 그 주제로 돌아오니까 그러죠.

실러: 내가 은근슬쩍 그러는 면이 좀 있지, 그렇죠?

니콜: 네, 가끔은요. (오랫동안 말이 없다.)

실러: 당신은 남자들을 많이 만나고 다녔어요. 미드웨이에서 왜 남자들을 만나고 다닌 거예요?

니콜: (긴 한숨, 더 오랜 침묵, 또다시 한숨, 계속되는 침묵. 혼자 킬킬 웃으며) 제가 왜 그러고 다녔는지는 모르겠지만, 한 가지는 알아요. 항상 알고 있었지만 오랫동안 생각조차 하지 않았을 뿐이죠. (잠시 말이 없다가) 전, 뭐랄까, 주기적으로, 아예 한 번도 해 본 적 없는 남자나…… 있잖아요, 한 번도, 어…….

실러: 만족스러운 섹스?

니콜: 네. 그런 걸 해 본 적 없는 남자를 만나곤 했어요.

실러: 그렇군요.

니콜: 잘생긴 남자들, 그러니까 자기가 원하면 어떤 예쁜 여자든 만날 수 있을 것 같은 남자는 멀리했어요.

실러: 알겠어요. 그러니까 당신은 섹스 경험이 아예 없거나 만족스러운 경험이 없는 것처럼 보이는 남자를 추구했다는 거죠?

니콜: 맞아요.

실러: 동기는 무엇이었나요?

니콜: (긴 한숨) 젠장, 당신은 정신과 의사예요. 아니, 당신은 정신과 의사가 아니야, 맞아. 알겠어요, 알겠어.

실러: 동기가 뭐였어요?

니콜: 당신이 물어보니 말해 줄게요. 당신한텐 정말 빤하잖아요, 안 그래요?

실러: 아니, 맹세코 안 빤해요.

니콜: 안 믿기는데요.

실러: 그게 진실이야, 어린 친구, 맹세코 진짜라고.

니콜: 으, 그렇게 순진한 척할 거예요?

실러: 왜냐하면 만약 내가 알았다면…… (웃음) 자, 내 말 좀 들어 봐요, 니콜. 내가 알았다면 말했을 거고, 당신에게 내 말이 맞느냐고 물었겠지. 내가 당신과 함께 일하는 방식을 곰곰이 생각해 봐요. 그게 진실이야.

니콜: (조금 웃다가, 오랜 침묵) 음, 좋아요, 배럿이 제게 확신시켰기 때문이에요. 제가 잘 못 하니까, 음, 내가 할 수 있는 유일한 길은…… 잘하는 게 뭔지 모르는 사람과 만나는 것뿐이라고요.

실러: 당신이 잠자리에서 형편없는 여자라고 배럿이 믿게 만들었다는 건가요?

니콜: 네.

인터뷰에 관해서라면, 실러도 만만치 않은 상대를 만났다는 것을 알았다. 이십 년 동안 언론계에 몸담으며 그가 밝혀낸 사실들은 어느 정도 '뜬소문 덩어리'를 기반으로 하지 않은 것이 없었지만, 니콜과 그는 잘 맞았다. 그는 속임수를 자주 쓸 필요가 없었고, 그것은 그에게 깊은 감동을 주었다. 그는 혹시라도 길모어에 관한 인터뷰를 할 때가 오면, 자신을 보호하지 않고 진실을 말하겠다고 다짐했다.

이제 실러는 확실히 스테피와 예전 관계를 회복했다. 그는 사랑에 빠져 있었다. 자신만의 공주님과 결혼할 예정이었다. 그는 그것을 자신에게 찾아온 최고의 행운 중 하나라고 생각했다. 하지만 자신이 가진 행운의 다른 면은 믿기지가 않았다. 그것은 그가 생애 처음으로 여자와 친구가 되었다는 사실이었다. 니콜이 자살하지 않을 거라는 자신의 기념비적인 도박이 성공할 거라는 사실을 깨달았을 때, 실러에겐 스스로에 대한 애정 같은 것이 생겨나기 시작했다. 앞으로 몇 주, 몇 달, 몇 년 동안 그녀가 자살하지 않을 거라고 믿을 수 있었던 이유 중 하나는 바로 자신에 대한 그녀의 우정 때문이었다. 그에게 그런 짓을 저지르기엔 그녀가 얻을 보상이 너무 적었다. 그래서 그는 인터뷰를 계속 이어 갔고, 가끔은 작가로서 자신이 너무 무능하다는 생각에 자다가도 울고 싶었다.

44장

계절들

1

에이프릴은 병원에서 힘든 시간을 보낸 후, 말리부에 있던 베이커 가족과 합류했다. 그녀는 환자와 직원들이 자기를 몹시 괴롭혔으며 머리를 벽에 부딪기까지 했다고 고해바쳤다. 책과 신문들이 계속 반입되었다. 끔찍했다. 그녀는 게리에 관한 것을 전부 읽고 또 읽었다.

이제, 말리부에서도 그녀는 여전히 공황 상태였다. 잠을 자다가도 깨어 "엄마, 괜찮아요? 정말 괜찮아?"라고 외치곤 했다. 밤은 계속되었다.

낮에는 에이프릴과 니콜이 자주 다투었다. 둘은 좀처럼 사이가 좋아지지 않았다. 상황은 나아지기도 하고 나빠지기도 했지만, 캐서린이 확신할 수 있는 것 몇 가지가 있었다. 그중 하나가 그날이 가기 전에 에이프릴과 니콜이 고양이들처럼 서로 으르렁대리라는 것이었다.

2

그해 겨울 말, 노얼 우튼은 솔트레이크 카운티의 보안관 사무실에서 변호사 두어 명과 마티니를 마시고 있었다. 한 사람이 말을 꺼냈다. "이 친구들은 여전히 길모어에게 약을 밀반입한 혐의로 니콜을 기소하길 바라더군."

노얼 우튼이 말했다. "빌, 제발, 그게 무슨 도움이 되겠어? 잊어버려."

"그러게." 빌이 말했다. "벌써 거절한다고 말했지. 관심 없다고."

우튼은 내심 그녀가 약을 어떻게 들였는지 알아내고 싶어 죽을 지경이었다.

어느 날 샘 스미스가 번에게 전화를 걸어 어떻게 술을 교도소로 밀반입했는지 알고 싶다고 했다.

"대체 무슨 말도 안 되는 소릴 하는 거요?" 번이 그에게 말했다. "내가 방법을 알 리 없잖소."

샘이 다시 전화했다. 번의 입을 열게 하려고 애썼지만, 어떤 이유에선지 번은 그 일에 관해 전혀 알지 못했다.

3

　말리부에서 한 달을 보낸 후, 니콜은 아이들과 함께 로스앤젤레스에서 사는 것이 좋겠다고 판단했고, 산 페르난도 밸리에 그리 비싸지 않은 집을 구했다. 마을 끝에서 다섯 블록 떨어진 곳에 있는 작고 허름한 단층집이었다. 스패니시 포크의 집과 거의 비슷한 느낌이 났다. 길 아래로 사막이 시작되고, 1.5킬로미터 정도의 거리에 산이 솟아 있었다. 니콜은 아이들을 주간 학교에 다니게 하고, 자신도 학교에 다니며 직장을 구해 일하려고 노력했지만, 지루한 나날들이었다. 남자가 없었다. 그녀의 삶에는 아무것도 없었다.

　니콜은 게리가 남겨 준 돈으로 캠핑카를 구입하고 운전면허를 따서 유타주로 나갔다가 돌아왔다. 그녀는 게리의 재판이 한창 진행 중이던 10월의 그 밤에 '선다우너스' 클럽의 남자와 하룻밤을 보낸 이후로 성관계를 가진 적이 없었다. 그러다 4월 말에 유타에서 돌아오는 길에 히치하이커를 한 명 태웠다. 그동안 온갖 유형의 남자들이 추근거리는 길고 힘든 시간을 보내며, 니콜은 성관계 없이 여생을 보낼 수 있을지 고민하고 있었다. 게리에게 충실하다 보니, 그녀는 시도 때도 없이 울컥하기도 하고, 무기력하고 따분해하다가 안달하며 감정의 끝을 오가곤 했다.

　히치하이커와 잠자리를 한 후, 그녀는 더 이상 게리의 존재를 가까이에서 느끼지 못했다. 그 후로도 오랫동안 게리의 존재를 느끼지 못했다. 마치 그가 떠난 것처럼 느껴졌다. 그 후 그녀는 우울증에 시달렸고 거의 죽을 것 같은 기분이었다. 그래도 그녀는 꾸준히 성관계를 가졌다. 성관계로는 아무것도 해결되지 않았지만, 성관계를 갖지 않는 것으로 해결되는 것도 없었다. 어느 쪽이든, 그녀는 사랑에 빠지지는 않을 작정이었다.

그럼에도 여전히 성관계를 가지면 추해진다는 느낌이 들었다. 그녀는 해결책을 찾아보려고 노력했다. 그녀는 살아 있는 사람이었다. 누군가와 사랑을 나누면서 긴장을 조금이나마 해소할 수 있다면, 그리고 언젠가 그들이 떠나간 뒤에는 그들에 대한 기억조차 사라지고, 그녀나 그녀의 몸이나 그녀의 마음이나 그녀의 기억과는 더 이상 아무런 관련이 없게 된다면, 그렇다면 게리를 배신했다고 할 수는 없지 않은가?

하지만 누군가와 성관계를 가지면 가질수록 그와 점점 더 멀어졌다. 그녀는 마음속에서 표류하고 있었다. 스스로를 발전시키기 위한 어떤 계획도 시작하기가 어려웠다. 래리는 그녀가 스스로 늪에서 빠져나올 수 있을 만큼 똑똑하다고 말했지만, 사실 그녀는 다 귀찮았고, "아, 됐어. 난 진흙탕에 빠졌고 그냥 여기 있을래."라고 말하고 싶은 유혹을 느꼈다.

니콜이 정말 떨쳐 내고 싶었던 생각은 게리가 더 이상 존재하지 않는다는 것이었다. 그런 가능성은 차마 생각하기조차 싫었다. 그가 저세상에서도 존재하지 않을지 모른다고 믿기에는 너무 우울했다.

4

그해 여러 차례, 친구들이 길모어 얘기를 꺼내면 배리 패럴은 적당한 때 나서서 테이프를 틀어 주곤 했다. 사람들은 길모어의 목소리를 궁금해했다. 그래서 배리는 종종 카세트테이프 중 하나를 틀어 주었는데, 게리의 목소리를 들으면 마음이 아주 차분해지곤 했다. 다른 사람들은 그 테이프를 무척 흥미로워하면서 절대 *끄지* 않기를 바랐다.

5

래리는 이제 게리와 알고 지냈던 프로보의 여러 다양한 사람들과 인터뷰를 진행했고, 루신다는 녹음된 것들을 타이핑했다. 몇 달 후 그 일이 줄어들기 시작하자, 루신다는 리처드 닉슨과 일련의 텔레비전 인터뷰를 진행하던 데이비드 프로스트의 사무실로 자리를 옮겼다.

루신다는 로스앤젤레스 센추리 시티의 한 사무실에서 일주일에 사흘씩 오후 4시부터 오전 8시까지 프로스트의 테이프를 타이핑했다. 텅 빈 고층 건물에 갇혀 녹음기에서 흘러나오는 리처드 닉슨의 목소리를 듣는 것은, 게리 길모어의 목소리를 듣는 것만큼 흥미롭지 않았다. 그녀에겐 아직도 길모어의 목소리가 생생했다. 그녀의 머릿속에서 그의 목소리는 마치 카우보이 같았다. 짓궂고, 거칠고, 비음 섞인 음성에, 간결

한 말투였으며, 소년 같고, 연약하고, 작은 알갱이들 속에 꾹
꾹 눌러 담긴 사랑으로 가득한 목소리였다.

6

사형이 집행되고 일 년 후에, 캐서린 베이커가 실러에게 편
지를 보냈다.

있잖아요, 래리. 예전에 나는 게리를 안쓰럽게 생각했지만,
그가 내 딸들에게 한 짓과, 지금도 여전히 하고 있는 짓을 생각
하면 그를 백번이라도 다시 죽일 수 있을 것 같아요. 난 매일 게
리와 함께 살아요. 에이프릴이 마음속에 품고 있는 그에 대한
두려움이 우리 모두를 미치게 만든다고요! 밤이 그 아이를 찾
아오면, 우리 모두에겐 악몽이 시작돼요. 그 아이는 어둠이 무
서워 죽겠대요. "그가 저 밖에서 총으로 사람들을 죽이고 있
기" 때문이죠. 그 아인 게리라고 말하지 않아요……. 그냥 "그"라
고만 하죠. 그리고 정말 끔찍하게 괴로워해요. 지난주 새벽 4시
엔 병적으로 흥분해서 "그가 밖에서 사람들을 죽이고 있어. 이
제 더 많은 사람들을 죽이러 갔어. 서둘러, 그가 더 많은 사람
을 죽이기 전에 우리가 가야 해!"라고 말하더군요. 잠을 잘 때
는 — 심지어 잠결에도 — 늘 이 모양이에요. 우리가 모두 여
기 있어도 아무 소용이 없어요. 그가 들어와서 우리를 죽일 수
없다는 걸 밤새 확인해야 하죠. 에이프릴이 매시간 "엄마, 괜찮

아? 우리 어떡해??!"라며 우리를 깨우는 바람에 아무도 잠을
이룰 수가 없어요. 정말이지 래리, 길모어가 너무 미워서 내가
죽여 버릴 수 있게 그가 여기 있으면 좋겠다고 바랄 정도에요!
에이프릴이…… 잠결에 하는 말과 피만 보면 발작하는 걸로 보
아, 게리의 신발과 바짓가랑이가 피와 뇌수에 뒤덮여 있었던 게
분명해요. 벽에 피가 튀었다면 신발과 바짓가랑이에도 당연히
묻었겠죠. 이제 더 이상 어떻게 해야 할지 모르겠어요. 나는 게
리에 대한 그 애의 감정을 시시에겐 말 못 해요. 그 앤 그런 감
정을 숨기지만, 음악에 이입해서 게리를 떠올리며 오랫동안 눈
물을 흘리곤 해요. 그 마음이 시 속에 담겨 있어요. 나는 에이
프릴에게 게리 이야기를 꺼낼 수 없어요. 그 아인 게리의 이름
을 언급하지도, 언급하려 하지도 않으니까요. 전날 밤 그 애가
"저기 그가 온몸에 피를 묻히고 미치광이 같은 눈빛을 하고 있
어."라며 잠꼬대를 하더군요. 게리 말고 누가 그 애를 꿈속에서
괴롭히겠어요! 나는 그의 미치광이 같은 눈빛을 알아요. 그가
총을 가지러 왔을 때, 그리고 에이프릴을 데리고 갔을 때 눈빛
이 그랬죠. 나도 정신과 상담이 필요한 것 같네요, 그렇죠? 하
하. 아뇨, 필요 없어요, 난 멀쩡해요. 그저 길모어의 유령과 싸
우는 데 도움이 좀 필요할 뿐이에요.

어느 날 아침, 니콜은 LA를 떠난 후 방황 끝에 정착한 오리
건의 작은 마을에 있는, 지금 임차해 사는 작은 아파트 주방
에 앉아, 전날 밤을 함께 보낸 남자와 커피를 마시고 있었다.
그녀가 테이블 위에 있는 무언가를 집으려고 손을 뻗었는데,

갑자기 손이 이상해 보였다. 게리가 준 오시리스의 반지가 망가져 있는 것이 눈에 들어왔다. 세팅에 금이 가 있었다.

몇 달 동안 마음을 꽤 잘 다스려 왔지만, 갑자기 너무 아파서 테이블 앞에 앉은 채로 그냥 울음을 터뜨리고 말았다. 망가진 반지를 본 지 불과 몇 초도 안 되어서의 일이었다. 게리 때문에 그렇게 크게 울어 본 건 정말 오랜만이었다. 한 달여 만에 처음이었다.

이제 게리라는 존재가 과연 남아 있는지조차 확신이 들지 않았다. 자신의 믿음이 거기서 끝나는 건지 알 수 없었다. 그는 그녀의 머릿속에서 거의 희미해진 존재였다. 그가 정말 죽었나 보다고 그녀는 생각했다.

7

1977년 크리스마스를 즈음하여 번은 역기를 사서 유타 주립 교도소의 죄수들을 위해 전달했다. 게리가 사형 집행 후에 해 달라고 부탁한 일이었다.

힘든 한 해였고, 상황은 나아지지 않았다. 번은 다리 상태가 너무 악화되어 다시 수술을 받아야 했지만, 돈이 없었다. 하루 종일 서 있을 수 없는 탓에 가게를 팔아야 했다. 게리의 재산에 대한 소송도 이어졌다. 유타주가 스나이더와 에스플린의 법률 비용을 그에게 청구하며 소송을 제기했고, 맥스 젠슨의 생명 보험을 보증했던 회사들도 소송을 걸고 있었다. 데비 부시넬이 제기한 10만 달러 소송도 남아 있었다. 그러던 중, 아이다가 심각한 뇌졸중을 겪었고, 번은 삼 주 동안 병원에서 그녀에게 하루 세끼를 먹이며, 다시 걷고 말하는 법을 가르치기 위해 고군분투했다. 그녀의 병원비만 해도 2만 달러에 달할 터라, 자신의 수술은 엄두도 못 냈다.

8

게리가 살인을 저질렀다는 말을 브렌다에게서 전해 들은 그날부터, 베시의 한쪽 발목이 안쪽으로 휘기 시작했다. 그리고 게리가 사망한 날부터 그 다리는 그녀가 걷는 것을 더 이상 허용하지 않았다. 그 전까지만 해도 그녀는 우편물을 받으러 사무실에 갈 수 있었다. 사무실은 트레일러 세 대만 건너면 될 만큼 가까운 거리에 있었지만, 그녀는 이제 그곳으로 가려는 엄두조차 내지 못했다. 다리가 움직여 주지 않았기 때문이다.

의자에 앉아서, 그녀는 솔트레이크의 유령 들린 집과 이웃이었던 친절한 유대인 부인을 떠올렸다. 베시는 그 집에 살던 것이 무엇이든, 그 친절한 유대인 부인이 경고했던 것이 무엇이든, 그것이 그 몇 년 동안 게리의 안에서 살기 시작했을 거라고 생각하곤 했다.

이제 그녀는 아이다가 뇌졸중을 겪었다는 소식을 들었다. 어느 날 밤 집에서 번이 돌아보니, 아이다가 뇌졸중으로 쓰러져 있더라는 것이었다. 베시는 번에게 말할 수도 있었을 것이다. 오래전 솔트레이크의 그 집에서 게리에게 붙었던 무언가가 최근에 아이다에게 붙은 게 틀림없다고. 하지만 베시는 번에게 말하지 않았다. 결국 따지고 보면, 그녀는 번과 그리 잘 아는 사이가 아니었다. 그래서 그 유령이 이젠 그의 집에 자리 잡고 있노라고 알려 줄 수가 없었다.

하지만 그녀는 시어머니인 페이를, 그리고 가구가 제자리에 가만히 있지를 않던 새크라멘토의 오래된 집을 떠올렸다. 베시는 커피잔과 받침들이 어지럽게 놓인 트레일러의 탁자를 앞에 두고 마치 백년은 된 것 같은 빛바랜 잠옷 차림으로 의자에 앉아서 혼자 중얼거렸다. "나는 이제 지옥에서 돌이킬 수 없는 지점까지 와 버렸구나."

트레일러 공원 밖에서는, 자동차들이 맥러플린 대로를 지나가고 있었다. 가끔씩 자동차 한 대가 입구의 낡은 흰색 나무 아치 아래를 지나, 그녀의 어두운 창문 앞까지 다가와서 멈춰 섰다. 그녀는 그들의 시선을 느낄 수 있었다. 그녀는 목숨을 위협하는 편지들을 받았지만 무시했다. 심장에 네 발의 총알을 맞은 아들을 둔 여인에게 편지들은 아무런 해가 되지 못했다.

게리에 관한 노래를 써서 출판을 허락해 달라는 사람들이 보낸 편지들도 받았다. 그런 편지들도 무시했다.

그녀는 그저 자리에 앉아 있었다. 밤에 차 한 대가 트레일러 공원으로 들어와 주변을 돌아다니다가 속도를 줄이고 멈추기라도 하면, 그녀는 그 차 안에 있는 누군가가 자신이 창가에 혼자 있으리라는 생각을 하고 있다는 걸 알았다. 그러면 혼자 중얼거리곤 했다. "저들이 날 쏘고 싶다면, 나한테도 게리만큼의 배짱은 있어. 올 테면 오지."

지하 감옥 깊은 곳에 온
당신을 환영해.
지하 감옥 깊은 곳에서
당신의 두려움을 숭배해.
지하 감옥 깊은 곳에,
나는 거하네.
당신의 안녕을 바라는지는
나도 모르겠어.

지하 감옥 깊은 곳에 온
당신을 환영해.
지하 감옥 깊은 곳에서
당신의 두려움을 숭배해.
지하 감옥 깊은 곳에,
나는 거하네.
당신의 안녕을 비는 자가 보내는
피에 젖은 키스.

— 옛 죄수의 노래

후기

1

이 책은 일리노이주 매리언 소재 미국 연방 교도소에서 석방된 1976년 4월 9일부터 구 개월여 후 유타 주립 교도소에서 사형이 집행될 때까지, 게리 길모어 및 그와 관련된 남성과 여성 들의 활동을 사실적으로 기록하기 위해 최선을 다했습니다. 따라서 『처형인의 노래』는 각종 인터뷰, 문서, 법정 소송 기록을 비롯해, 유타와 오리건을 여러 차례 방문하여 수집한 기타 원본 자료에 직접적으로 근거합니다. 100명 이상의 사람들을 직접 대면 인터뷰했고, 상당수의 사람들과 전화로 대화를 나눴습니다. 정확한 횟수를 더 이상 셀 수 없을 때까지 총 300여 건의 개별 인터뷰가 진행되었으며, 시간은 십오 분에서 네 시간까지 다양했습니다. 열 명의 인터뷰 대상이 각각 열 시간 이상씩 테이프에 녹음된 경우도 있을 것입니다. 물론 지난

이 년 반에 걸친 니콜 베이커와의 인터뷰 시간은 삼십 시간에 달했고, 베시 길모어와의 대화 시간은 그보다 더 길 수도 있습니다. 녹음된 대화 내용을 전부 글로 옮기면 1만 5000페이지에 달하리라 생각합니다.

이 책은 그렇게 밝혀진 사실들을 바탕으로 만들어졌으며, 최대한 정확한 이야기를 담고 있습니다. 그렇다고 해서 목격자들의 기억보다 훨씬 더 진실에 가깝다는 의미는 아닙니다. 중요한 사건들은 가능한 한 다른 기록들을 통해 확인되었지만, 이야기의 성격상 그런 입증 작업이 항상 가능했던 것은 아닙니다. 물론 같은 사건에 대해 두 개의 진술이 상충하는 경우도 있었습니다. 이러한 증거의 충돌에서, 필자는 가장 가능성이 높아 보이는 판본을 선택했습니다. 필자가 항상 옳다고 가정하는 것은 만용일 겁니다.

사건들의 순서를 확립하기 위해 상당한 시간이 소요되었습니다. 제 조사원인 제르 허젠버그는 사람들이 기억을 되살릴 때 특유의 결함이나 버릇이 드러난다는 사실을 발견했습니다. 어떤 사람들은 별개의 일화가 각기 며칠 간격을 두고 일어난 것으로 기억하지만, 사실 다른 자료들을 통해 사건의 시간 순서를 임시적으로 구성해 보면 특정 사건과 다른 사건이 이 주 간격으로 일어난 것으로 확인될 수도 있습니다. 정확한 사건 발생 순서는 동기를 이해하는 데 매우 중요하다는 사실이 곧 드러났기 때문에, 그것을 정확히 맞추는 데 모든 노력을 기울였습니다. 꼭 역사만을 위해서가 아닙니다. 사건의 순서가 정확할 때 인물을 좀 더 잘 이해하게 되기 때문입니다. 물론 정확한 날짜를 알 수 없는 사건도 많습니다.(예를 들어, 니콜과 게리가 정신 병원 뒷마당에서 신나게 뛰어놀았던 봄날 밤처럼 말입니다.) 사건의 시간적 위치를 대략적으로만 파악할 수 있었기에, 순서에서 중대한 오류가 없기만을 바랄 뿐입니다.

신문 기사와 같은 부차적인 자료를 인용할 때에는 약간의 재량권을 발휘할 수 있었습니다. 때로는 말줄임표 없이 단어나 구를 삭제하기도 했고, 아주 가끔은 문장의 위치를 바꾸거나 단락을 옮기기도 했습니다. 이는 신문 문구를 더 부각시키거나 우스꽝스럽게 만들기 위함이 아니라, 오히려 반복을 피하거나 혼란스러운 언급을 없애기 위한 절차였습니다.

길모어의 인터뷰는 다듬어졌고, 아주 가끔 문장의 위치가 옮겨졌습니다. 길모어의 어법을 개선하려는 목적에서가 아니라, 적어도 그를 예의 있게 대하기 위해서였습니다. 그러니까, 그의 발언을 녹취록으로 검토할 때, 사람들이 본인의 발언을 대하는 것의 절반만큼이라도 존중해 주려는 것이었죠. 음성에서 인쇄물로 전환할 경우, 그 정도의 손질은 필요합니다.

하지만 길모어의 편지들에 대해서는, 평균보다 높은 수준으로 보여 줘도 괜찮을 것 같았습니다. 그의 생각이 니콜에게 미치는 영향을 보여 주고 싶었고, 그것은 그의 지능이 우리에게 깊은 인상을 주도록 허용함으로써 가장 잘 달성될 수 있을 것입니다. 게다가 그는 때때로 글을 잘 쓰기도 했습니다. 잘 쓴 편지들은 원형을 거의 그대로 두었습니다.

마지막으로, 필자의 창작물을 고백하려 합니다. 이 책의 시작과 끝에 나오는 「옛 죄수의 노래」는 아쉽게도 오래된 단시

(短詩)가 아니라 새로운 것으로, 필자가 십 년 전에 자신의 영화 「메이드스톤」[219]을 위해 창작한 것입니다.

또한 프롤릭신을 투여한 정신과 의사를 상대로 존 우즈가 진행한 반대 신문은 사실 몇 년 후 로런스 실러와 저 자신이 실제로 인터뷰한 내용이며, 우즈 박사의 친절한 허락을 받아 그의 머릿속 대화로 표현한 것입니다.

그에 더해, 특정 인물들의 이름과 신상 정보는 개인 정보 보호를 위해 변경했습니다. 물론 가상의 이름들과 살아 있거나 죽은 사람의 이름들이 유사한 것은 순전한 우연의 일치입니다.

2

특정한 분의 기여가 없었다면 책을 쓸 수 없었을 거라고 말하는 것은, 애초에 그 책을 쓸 가치가 있다고 상정하는 것이기 때문에 항상 주제넘은 짓입니다. 그러나 이 책의 길이를 고려할 때, 여기까지 읽은 독자라면 누구나 앞 페이지들에서 흥미로운 내용을 발견했을 것이라고 가정해도 무방할 것입니다. 그러니 니콜 베이커의 협조가 없었다면 이 사실의 기록 — 감히 말하건대, 이 이야기는 실제 이름과 실제 인생이 담긴 실화

219) 노먼 메일러가 직접 제작, 감독하고 출연한 영화로, 1970년에 개봉되었다.

입니다 — 을 소설처럼 구성할 수 없었을 것이라고 말해 둡시다. 하지만 니콜 베이커가 실러에게, 그리고 그 후 저에게 기꺼이 전하려 했던 경험의 내밀한 성격을 고려할 때, 제겐 더 많은 이야기를 끌어내고자 하는 의욕이 생길 정도로 처음부터 이야기 재료가 충분했습니다.

책의 마지막 부분에서 이미 보여 주었듯이, 니콜과의 인터뷰 작업은 주로 로런스 실러가 맡았습니다. 그중 상당수는 제가 이 일을 맡을지 여부가 확실해지기도 전에 완성되었습니다. 길모어의 사형 집행이 이루어진 후 몇 달 동안, 실러는 매주 프로보나 솔트레이크에 가서 하루에 두세 건의 긴 인터뷰를 진행했습니다. 계약이 체결되고, 1977년 5월에 제가 일을 시작할 준비를 마쳤을 때, 실러는 이미 60여 건의 인터뷰를 수집했고, 그 후로도 더 많은 인터뷰를 진행하고 유타와 오리건을 수없이 방문할 예정이었습니다. 그것이 제 작업에 대한 그의 귀중한 기여 중 첫 번째였고, 다른 하나는 그가 직접 기꺼이 인터뷰에 응한 것이었습니다. 아마도 실러는 자신이 얻을 수 있는 최고의 책을 원했을지도 모르겠습니다. 그는 자신의 초상화를 그려 내도록 포즈를 취했고, 결점을 숨기지 않고 드러내 보여 주었습니다. 또한 오래된 방식이 드러나면 이제 더 세련된 기법으로 나아가게 될 것이라는 확신 속에서 자신의 비밀을 드러냈고, 그리하여 자신의 구체적인 구상 내용과 기본 계획의 논리까지도 전달했습니다. 그리고 그 후 몇 달 동안, 그는 후회하지 않았고, 재고하려는 기색도 보이지 않았습니다. 설사 후회나 재고를 했더라도, 겉으로 티 내지 않았지요. 실러가 아니었다면, 『처형인의 노래』 후반부를 시도하는 것은 현실적으로 불가능했을 것입니다. 니콜 베이커와 로런스 실러에게 깊은 감사를 드립니다. 기대할 수 있는 수준보다 훨씬 더 많은 기여를 해 주신 다른 분들께도 감사의 말을 전하고 싶습니다. 이름이 가장 먼저 떠오르는 번 다미코, 베시 길모어, 그리고 브렌다 니콜, 이 세 분은 기여도가 컸고, 자신의 시간을 아낌없이 내어 주었으며, 사실과 다른 점들을 확인하고 세부 사항을 검증하는 데 늘 흔쾌히 응했을 뿐만 아니라, 이 작업에 자신만의 개성을 불어넣어 주었습니다. 실제로, 이 책을 쓰면서 누린 즐거움 중 하나는 그들과 친분을 쌓는 것이었습니다. 에이프릴, 찰스, 캐서린, 리키, 스털링 베이커에게도, 그리고 짐 배럿, 데니스 보아즈, 얼 도리어스, 배리 패럴, 피트 갤로반, 리처드 깁스, 토니 거니, 그레이스 맥기니스, 스펜서 맥그래스, 로버트 무디, 론 스탠저, 주디스 월바크, 존 우즈 박사에게도 거의 동등하게 감사의 말을 전하고 싶습니다. 하지만 사실 이런 식으로 범주를 정하는 것은 인터뷰에 응한 다른 모든 분들에게 공정하지 않은 일입니다. 거의 모든 분들이 자신의 이야기를 전하는 데 아낌없는 노력을 보여 주었기 때문입니다. 여기에 그들의 이름을 나열해 보겠습니다. 앤서니 암스테르담, 웨이드 앤더슨, 길 아테이, 캐시 베이커, 루스 앤 베이커, 수 베이커, T. S. 베이커 부부, 제이 바커, 빌 배럿, 마리 배럿, 토머스 배럿, 클리프 보너스, 앨빈 J. 브론슈타인, 브렌트 불럭, J. 로버트 불럭 판사, 크리스 캐피, 데이비드 캐피, 켄 커훈, 클라인 캠벨, L. 그랜트 크리스텐슨, 러스티 크리스텐슨, 글레이드 크리스텐슨, 밭 콘린, 몽 코트, 버지니어스 (징크스) 대브니, 아이다 다미코, 마이클 디머, 팸 더드슨, 포터 더드슨, 로저 이튼, 마이클 에스플린, 노먼 풀머, 엘리자베스 갤로밴, 리처드 지오크, 프랭크 길모어 주니어, 스탠리 그린버그, 스티븐 그로, 그로 박사, 하워드 거니, 필 핸슨, 로버트 핸슨, 켄 홀터먼, 더그 히블러, 하윌즈 박사, 알렉스 헌트, 줄리 제이코비, 앨버트 존슨, 데이브 존슨, 데이비드 T. 루이스 판사, 캐시 메이너드, 웨인 맥도널드, 토머스 미어스만 신부, 빌 모이어스, 조니 니콜, 제럴드 닐슨, 놀런 경감, 마틴 온티버로스, 글렌 오버튼, 피콕 경위, 셜리 페들러, 마지 퀸, 루 앤 레이놀즈, 마이클 로댁, 제리 스콧, 크레이그 스메이, 스키너 교위, 루신다 스미스, 태머라 스미스, 크레이그 스나이더, 데이비드 서스킨드, 크레이그 테일러, 프랭크 테일러, 줄리 테일러, ('선다우너스'의) 월리, 웨인 왓슨, 웨슬리 웨이사트 박사, 노얼 우튼.

여기에 덧붙여, 돈 애들러, T. 에이컨, 폴 J. 애킨스, 밀드레드 밸서, 메리 버나디, 프랭크 블램, 토니 본, 마크 브라운, 빈스 카피타노, 호이트 컵 소장, 다이너마이트 셰이브, 르로이 어프, 리처드 프레이저, 두에인 풀머, 샐리 히블러, 밀드레드 힐먼, 자비스 박사, 젠슨 형사, 톰 라이던, 해리 밀러, 존 밀스, 빌 뉴얼, 앤드루 뉴턴, 앨런 로 박사, 로런스 살켄버거 교위, 실리 주교, 린다 스톡스, 워드먼 교감, 해럴드 휘틀리 교감, 놀리 윌리엄스, 조 윈터 박사 등이 인터뷰에 응해 주었습니다. 구성상의 이유로 이 책의 지면에는 (가끔 이름이 언급되는 것 외에는) 등장하지 않았지만, 그들이 이 책에 미친 영향은 작지 않았습니다. 필자는 오리건 주립 교도소를 여러 차례 방문하여, 길모어가 그곳에서 수년간 수감 생활을 하는 동안 알고 지냈던 교도관과 죄수들을 인터뷰했고, 교도소 생활을 이해하는 데 강력한 도움을 받았습니다. 관리자 측에서는, 특히 교도소 상황에 대한 자신의 엄격한 평가를 포함하여 여러 방면에서 매우 유용한 협조를 아끼지 않은 호이트 컵 소장, 휘틀리 교감, 살켄버거 교위, 격리 수용실과 독방의 경비 교도관들이 도움을 주었고, 폴 J. 애킨스, 빈스 카피타노, 르로이 어프, 앤드루 뉴턴, 그리고 톨리 윌리엄스 등이 동료 죄수로서 길모어에 대한 기억을 공유해 주었습니다. 맥클래런 소년원 생활에 대한 명료하게 잘 쓰인 매우 상세한 원고를 제공해 준 두에인 풀머에게도 큰 빚을 졌습니다. 이들이 제공한 정보는 책에 직접적으로 드러나지는 않았지만, 말하자면 일련의 사적 자료로서 없어서는 안 될 숨은 맥락을 이루었고, 이를 통해 길모어가 생애 마지막 구 개월 동안 보여 준 몇몇 행동들의 동기를 훨씬 더 잘 이해할 수 있었습니다. 그들의 지원에 더해, 잭 H. 애벗의 편지들도 언급하지 않을 수 없습니다. 그는 서부 교도소에서 인생의 대부분을 보낸 죄수로, 출간 가치가 상당한 일련의 뛰어난 편지들을 저에게 보내왔습니다. 그는 강경파 죄수들이 따르는 규범과 도덕, 그들의 고통, 철학, 함정, 자부심, 그리고 불가침성에 대한 추구를 묘사해 주었습니다. 저는 최근 몇 년간의 교도소 문학에서 이와 견줄 만한 언어를 보지 못했습니다.

미칼 길모어는 고맙게도 1977년 3월 10일자 《롤링 스톤》에

형을 면회했던 일에 관한 글을 공개했고, 샘 스미스는 교도소 견학을 허가해 주었습니다.

마지막으로, 콜린 젠슨과 데비 부시넬에게 가장 특별한 감사의 말을 전하고 싶습니다. 그들은 남편들의 모습을 그려 내는 일에 동의함으로써, 그들의 삶에서 가장 충격적이고 고통스러운 시간을 다시 떠올리는 것을 감수해야 했습니다. 인터뷰 대상과 인터뷰어 모두에게 가장 고통스러운 인터뷰였지만, 이 책의 균형을 위해 매우 가치 있는 인터뷰였습니다.

조사 및 문서화 작업에서 도움을 준 재닛 바카스, 딘 브룩스, 버너뎃 앤 수녀님, 클레이턴 브러, 머리 L. 캘버트, 몰리 멀론 쿡, 피터 플로리, 캐틀린 개러티, 레니 햇, 예레 헤르첸베르크, 다이애나 브로드 헤스, 수전 레빈, 프랜시스 로슨, 메리 올리버, 도나 포드, 데이브 슈벤디만, 마사 토마시즈, 그리고 상당한 속도와 뛰어난 솜씨로 막대한 스타일링 작업을 해낸 마이크 매텔에게 감사의 말을 전합니다.

이 원고를 읽고 의견을 준 노리스 처치, 버나드 파바르, 캐럴 굿선, 로버트 루시드, 스콧 메러디스, 스테파니 실러, 그리고 존 T. 윌리엄스에게 계속 빚을 지고 있습니다. 여기에 이 원고를 읽고 논평해 주었을 뿐만 아니라, 십 년 동안 제 비서이자 인터뷰어이자 조사 보조원이자 비평적 독자로서 함께해 준 주디스 맥널리의 이름을 덧붙이고 싶습니다. 그녀가 없었다면 이 책을 십오 개월 만에 완성할 순 없었을 것입니다.

마지막으로, 1979년 5월 12일에 고인이 되신 '리틀, 브라운 출판사'의 라니드 G. 브래드퍼드를 추모합니다. 일생을 문학에

헌신했던 훌륭하고 고귀한 분이자, 십 년 동안 제 편집자였던
그는 이 작품의 출판을 매우 기뻐했을 것입니다.

작품 해설

사형수 게리 길모어와 미국의 초상

> 감히 말하건대, 이 이야기는 실제 이름과
> 실제 인생이 담긴 실화(True Life Story)입니다.
> "이 인터뷰들을 편집하려면 정말로 좋은 작가가 필요할 겁니다."

1 게리 길모어와 사형제 논쟁, 그리고 미디어

1977년 1월 17일, 유타 주립 교도소에서 게리 마크 길모어의 사형이 집행되었다. 그는 유타주에서 무고한 시민 두 명을 잔혹하게 살해한 범죄자였으며, 동시에 '사형당할 권리'를 주장하며 시스템에 저항한 문제적 인물이었다. 그의 재판과 처형이 이루어지는 동안 법적, 윤리적 논쟁 및 미디어의 광기가 미국 전체를 휩쓸었다.

노먼 메일러의 『처형인의 노래』는 이 전대미문의 사건이 펼쳐지는 게리 길모어의 생애 마지막 구 개월을 다룬다. 이 작품의 역사적 의미를 이해하기 위해서는 당시 사형제 논쟁의 맥락을 살펴볼 필요가 있다. 1967년 이래로 미국에서는 사형 집행 유예가 이어지고 있었다. 작품 속에도 언급되지만 이러한 흐름은 1972년 연방 대법원의 기념비적인 판결인 '퍼먼 대 조지아'에서 정점에 달했다. 대법원은 당시의 사형 제도가 배심원에게 과도한 재량권을 부여하여 "자의적이고 변덕스러운" 방식으로 적용되고 있으며, 이는 수정 헌법 제8조가 금지하는 "잔인하고 비정상적인 처벌"에 해당한다고 판결했다. 이 판결은 사실상 미국 전역의 사형 선고를 중단시키는 효과를 가져왔다. 이후 각 주들은 사형 선고 기준을 보다 "명확하고 객관적인 기준"에 따라 재정비하는 입법 활동에 착수했고, 사 년 뒤 연방 대법원은 '그레그 대 조지아' 사건에서 새로 개정된 법률들이 합헌이라고 판결하여, 사형제를 공식적으로 부활시켰다. 이렇듯 미국의 사법 시스템이 거대한 지각 변동을 겪던 시기에 게리 길모어가 등장한다. 그는 새 법률 아래에서 사형을 선고받고 처형됨으로써 십 년 만에 미국 땅에서 사형당한 첫 번째 인물이 되었다.

길모어 사건이 전국적인 미디어 현상이 된 것은, 그의 처형이 미국에서 사형제가 부활하느냐를 결정지을 상징적인 사건이었기 때문만이 아니다. 항소를 제기하려는 변호사들과 '미국시민자유연맹'을 비롯한 수많은 사형 반대 단체들이 그를 구명하기 위해 필사적으로 노력하는 동안, 정작 사형수 본인이 자신의 처형을 적극적으로 요구하는 아이러니가 극적인 요소를 더했다. 형 집행을 완수하려는 측과 사형 폐지론자 측이 마치 스포츠 경기를 하듯 경쟁했다. 본문에서 길모어의 '이야기'를 상품화하려는 영화 제작자 실러와 서스킨드의 판권 획득 경쟁 역시 스포츠 경기에 비유된다.

서스킨드의 말이 맞아요. 그는 댈러스 카우보이즈고 난 고등학교 풋볼 팀에 불과하죠. 하지만 난 지금 모든 장비를 갖추고 경기에 출전할 준비가 되어 있어요. 그런데 댈러스 카우보이즈는 지금 어디 있죠? 경기장에 도착하지도 않았잖아요. (2권 246쪽)

이 모든 논쟁은 점차 길모어를 주인공으로 하는 하나의 구체적이고 실존적인 드라마로 응축되었다. 국가가 한 개인의 생명을 박탈할 권리가 있는가라는 윤리적 질문에, 한 개인이 국가에게 자신의 '죽을 권리'를 요구할 수 있는가라는 더욱 기이하고 실존적인 질문이 더해졌다. 1966년에 (길모어 본인도 읽은) 트루먼 커포티(Truman Capote)의 『냉혈(In Cold Blood)』이 엄청난 성공을 거둔 이후, 실제 범죄 사건을 문학적으로 다루는 '트루 크라임' 장르가 대중적인 인기를 끄는 양상이었고, 길모어의 특수한 상황과 동반 자살 시도 등 자극적인 이야깃거리 등이 대중의 호기심과 상상력을 부추겼다. 수많은 취재 기자들이 "떼를 지어, 수표책을 흔들어 대며, 온갖 꼼수를 써 가며" 달려들었고, "그의 인생 마지막 몇 달은 막대한 비용을 들여 철저하게" 파헤쳐졌다. 마침내는 "취재라는 행위 그 자체가 유일한 뉴스거리처럼 보일 정도"(디디온[1])가 되었다. 길모어는 순식간에 《타임》의 표지를 장식하는 '1976년의 인물'이 되었다.

---

1) 조앤 디디온(Joan Didion, 1934~2021). 작가, 기자. 미국의 뉴저널리즘 시대를 이끌었다고 평가받는다.

2 길모어 '이야기'

『처형인의 노래』를 이야기하면서 빼놓을 수 없는 인물이 있다. 이 소설의 주요 '등장인물'이기도 한 사진 기자이자 영화 제작자인 로런스 실러이다. 탁월한 사업가이기도 했던 그는 사건 초기부터 이 이야기의 상품적 가치를 감지하고 유타로 향했고, 게리 길모어와 니콜 베이커를 비롯해 주변 인물들의 인터뷰 독점권을 발 빠르게 확보했다. 그러나 수만 페이지에 달하는 인터뷰 녹취록과 기록들을 하나의 '작품'으로 엮어 내는 건 다른 문제였다. 그는 몇 년 전 매릴린 먼로의 전기(『매릴린』, 1973년) 작업에서 협업했던 작가 노먼 메일러를 떠올렸다.

출간 전에는 '게리 길모어 책'으로 불렸고, 상업적인 목적으로 사람들의 이목이 집중된 범죄를 다루려 한다는 비판적인 시선들이 있었다. 그러나 메일러는 워터게이트와 닉슨의 불명예 퇴진, 그리고 베트남전 패배 이후 환멸감과 패배주의 정서가 지배적인 1970년대 중후반 미국 서부의 황량한 풍경 속에서 목적 없이 흘러가는 인간 군상을 집요하게 파고들었다. '재활'이 아니라 '재범'을 야기하는 교정 시설의 폭력과 사법 시스템의 모순을 드러냈다. 인도주의를 외치는 진보 단체들이 사형제 부활을 막기 위해 정작 죽고 싶다는 개인의 의지를 묵살하는 아이러니와, 죽음을 '선택'해야만 자유로워질 수 있는 사형수 게리의 '실존적 딜레마'를 조명했다. 그리고 이를 상품화하는 미디어의 도를 넘는 취재 행태를 가감 없이 폭로했다. 그럼으로써 한 개인의 운명이 어떻게 시대의 가장 첨예한 균열을 드러내는 상징이 되었는지를 보여 주었다. 메일러는 이 작품으로 1980년 픽션 부문에서 퓰리처상을 수상했다.

3 『냉혈』을 넘어

메일러는 이미 1969년에 펜타곤으로 진격하는 베트남전 반전 시위대를 다룬 『밤의 군대들(Armies of the Night)』(1968)로 논픽션 부분에서 퓰리처상을 수상한 바 있었다. 한 작가가 픽션과 논픽션 두 부문에서 모두 최고상을 거머쥔 것은 전례 없는 일이었으며, 이는 그가 평생에 걸쳐 장르의 경계를 허물고자 했던 실험가였음을 증명한다. 『밤의 군대들』에서 자기 자신, 즉 '노먼 메일러'를 삼인칭 소설 주인공으로 등장시켜 주관적 진실을 탐구하는 '뉴저널리즘' 방식을 채택했던 메일러는 『처형인의 노래』에서는 정반대의 전략을 구사한다. 그는 자신의 목소리를 서사에서 거의 완벽하게 소거하고, 100명이 넘는 인물들과 진행한 인터뷰 자료와 신문 기사 및 관련 기록들을 몽타주처럼 엮어 내는 방식을 택한다. 이러한 스타일의 변화는 단순히 미학적인 선택이 아니었다. 그것은 살인 범죄와 그 후과라는 민감한 소재를 다루면서, 서술자의 판단을 철저히 배제하고 서로 다른 목소리와 시각 들을 최대한 객관적으로 병치하려는 윤리적 태도의 발현이었다. 바로 이런 점에서 『처형인의 노래』는 트루먼 커포티의 『냉혈』과도 차별화된다. 2007년 《파리 리뷰》와의 인터뷰에서 메일러는 '실제 범죄에 기반한 소설'이라는 장르에서 커포티의 선구적인 면을 인정하면서도, 자신의 접근 방식이 커포티보다 윤리적이고 객관적이었다고 주장했다. 그리고 『냉혈』이 '논픽션 소설'의 효시로 평가받는 것을 의식하여, 자신의 소설을 '실록 소설(True Life Novel)'이라고 부르기를 선호했다.

커포티는 사형수 페리 스미스와 오랜 시간 직접 대면하고 편지를 주고받으면서 심리적, 감정적 유대를 형성했다. 그리고 사건의 비극성과 범죄자의 심리에 초점을 두고 세련된 문체로 사실을 미학적으로 재구성했다. 반면 게리 길모어가 사망하고 미디어의 관심이 어느 정도 가라앉은 이후 프로젝트에 합류한 메일러는 사안에서 한발 떨어져 보다 넓은 시각으로 조망할 수 있었다. 그는 심미적 완벽함 대신 거대한 스케일의 생생한 리얼리티를 내세웠다. 건조하고 기능적인 문체로 마치 1970년대 미국의 '만인보(萬人譜)'를 쓰듯 수많은 인물들 각각의 서로 다른 내력, 날것의 언어와 모순된 진술들, 사소한 낱낱의 사실들을 그대로 노출시킨다. 한 개인의 범죄와 죽음을 통해 미국 서부의 밑바닥 인생부터 동부의 미디어 엘리트까지, 미국 전체를 아우르는 거대한 파노라마를 그려 낸 것이다. 그렇게 1000페이지 이상 축적된 사실들의 압도적인 무게(책 자체의 무게를 포함하여)를 독자 스스로 견디며 시대를 이해하고 진실을 포착하도록 유도한다.

4 두 개의 미국: '서부의 목소리'와 '동부의 목소리'

『처형인의 노래』의 가장 두드러진 구조적 특징은 작품을 '서부의 목소리'와 '동부의 목소리'로 나눈 것이다. 1권 '서부의 목소리'는 게리 길모어가 가석방되어 나온 1976년 4월부터 살인을 저지른 뒤 재판을 통해 사형을 선고받기까지의 과정을 다루고, 2권 '동부의 목소리'는 미디어의 경쟁적인 '이야기' 사냥과 몇 차례의 법적인 공방 끝에 마침내 게리의 사형이 집행되는 과정, 그리고 그 이후의 뒷이야기를 들려준다. 이 이분법적 구조는 단순히 시공간적 구분을 넘어, 미국 사회의 근원적인 분열, 즉 삶의 원초적 경험과 그것을 수집하고 가공하고 소비하는 시스템 사이의 거대한 간극을 드러내는 장치이다.

'서부의 목소리'의 유타주는 몇몇 등장인물들이 추억하는 신화 속 개척지가 아니라 모르몬교의 엄격한 규율 이면에 백인 하층 계급의 삶이 적나라하게 펼쳐지는 장이다. 특히 게리와 니콜의 절박하지만 파괴적인 관계는 '서부' 삶의 우울한 단면을 극명하게 보여 준다. 소년원을 시작으로 인생의 절반 이상을 마치 "다른 행성"과도 같은 교도소에서 보내다 이제 막 사회로 복귀한 게리는 좀처럼 현실 세계의 문법에 적응하지 못한다. "아는 것도 많고 어휘력도 뛰어나지만" 바깥세상 사람들과 소통하기 힘들다.(죄수 깁스와 게리의 대화가 구치소장의 귀에 "도통 이해할 수 없는 전문 용어"처럼 들리는 것과 마찬가지이다.) 그래서 아예 침묵하거나 다른 사람들의 귀에 "끔찍하게"

들리는 교도소 일화들을 혼자 떠들어 댈 뿐이다. 교도소에서
그랬듯 물을 마시고 옷을 입어 보는 것조차 허락을 구하면서
도 판매대의 맥주를 그냥 집어 오는 것에는 아무런 문제의식
을 느끼지 않는다. 인생의 대부분을 사회와 격리되어 살다 보
니 "생계를 위해 일하거나 청구서 값을 치르는 법"은 모르고
그저 "어떤 일이 생기든 굳세게 버티는 게 중요"하다는 교도소
의 생존 방식을 금과옥조처럼 여긴다. 오로지 힘의 논리에만
길들여진 탓에, 폭력적이고 충동적이다. "다음에 일어날 일을
알지 못하는" 그 자신과 달리, 독자는 그의 통제 불가능한 일
방통행식 존재가 초래하는 불협화음이 결국 파국으로 치달으
리란 걸 알고 있다. 그래서 그가 맥주를 마시거나 여성에게 수
작을 거는 사소한 장면에서도 독자는 '언제 터질까' 조마조마
해진다. 결국 니콜과의 관계가 파탄에 이른 뒤, 그는 두 건의
충동적이고 무의미한 살인을 저지른다. 작가는 이 장면을 아
무런 판단이나 분석 없이 그저 건조하게 기술한다.(독자는 끝
까지 살인의 정확한 이유를 알지 못한다.)

　니콜의 경우 어린 시절 아버지의 친구에게 성적 착취를 당
한 경험이 삶의 많은 부분에 영향을 미친다. 그녀는 정신 병
원에 보내지고, 의지에 반해 난교에 끌려 들어가기도 하며, 딸
의 '문제'를 해결하려는 아버지에 의해 열다섯 살 때부터 결혼
과 출산으로 내몰린다.(사실 작품 속에서 강간, 이른 결혼과 출산,
잦은 이혼, 정신적·경제적 불안정 등은 비단 니콜만의 몫은 아니다.)
중단된 교육과 가난, 가족과의 갈등, 마약과 무절제한 성관계,
그리고 "자기들이 내킬 때 그녀를 때리던" 남자들의 폭력에 대

한 니콜의 증언이 이어진다. 그리고 '남자의 폭력'이라면 게리도 예외가 아니다.

'서부'는 또한 논리와 이성으로는 설명할 수 없는 운명론적이고 신비주의적인 공기로 가득 차 있다. 불길한 예감과 전조, 피의 복선, 비극적 아이러니가 잠재한다.

> 프로보는 음식점으로 유명한 도시는 아니라고 번이 알려 주었다.
> "그럼 무엇으로 유명한데요?" 게리가 물었다.
> "알 게 뭐야." 번이 말했다. "어쩌면 낮은 범죄율 아닐까." (1권 45~46쪽)

번의 생각과 달리, 게리의 운명에 중요한 역할을 하는 세 여성은 게리의 존재에서 비극을 감지한다. 게리는 니콜을 처음 본 순간 그녀가 전생에서부터 이어져 온 자신의 운명임을 확신한다. 니콜 역시 게리에게 운명적으로 끌린다. 게리가 가석방된 죄수라는 사실도 그녀에게 문제가 되지 않는다.

> 교도소에 갇혀 있다는 것이 어떤 기분인지 알았다. (…) 교도소는 다른 누군가가 손가락으로 코를 막아서 숨이 부족한 상태를 의미했다. 손가락이 사라지는 순간, 갑작스레 들이치는 공기에 정신이 아찔해질 것이다. 교도소란 너무 이른 나이에 결혼하여 아이들이 생긴 상황과도 비슷했다. (1권 159쪽)

니콜 역시 환생과 업보를 믿기에, 지금 죽어야만 내세에 다시 만나 제대로 된 삶과 사랑을 완성할 수 있다는 게리의 암시에 쉽게 설득된다. 게리가 기꺼이 사형을 받아들이고자 한 배경에는 이런 믿음도 있을 테다. 한편 니콜은 "게리에게서 연원한 어떤 사악한 존재가 자신의 곁에 있는 이상한 느낌"을 받는다. 그러면서 그가 "악령을 끌어당기는 자석 같은 존재가 아닌지" 궁금해한다. 사실 게리는 작품 속에서 여러 번 '악령'에 비유된다.

말수 적지만 정중하고 친절했던 어린 시절의 사촌 게리를 추억하는 것으로 『처형인의 노래』의 문을 연 브렌다는 게리의 가석방에도, 그의 체포와 사형 선고에도 결정적인 기여를 하는 인물이다. 그녀가 공항에서 게리를 픽업하여 돌아오는 길 옆으로 보이는 '유타 주립 교도소'는 처음부터 게리의 운명을 암시한다. 그녀는 가석방 후 첫 밤을 보낸 아침에 게리의 눈을 보며 "슬픔이 차오르는 것"을 느낀다. 그녀는 또한 "문제가 생길 것 같은 예감"에 휩싸이는데, 이것은 게리의 이동 경로가 100년 전 모르몬 조상들이 택했던 길과 거의 같고, 그가 들어오게 된 곳이 "모르몬교의 본거지"라는 것과도 관련이 있다. "피를 흘리게 한 자는 피의 대가를 치러야" 한다는 초기 모르몬교의 교리는 훗날 게리가 살인의 대가를 치르기 위해 (피 흘리는) 총살형을 고집하는 것에 대한 복선이 된다.

게리의 어머니 베시는 게리의 혈통 속에 이미 일탈과 반항의 씨앗이 잠재해 있음을 느낀다. 게리의 조부라고 암시되는 탈출 마술사 후디니는 평생 속박과 탈출의 기예를 거듭하다 비극적인 죽음을 맞이한 인물이다. 게리의 조모는 배우 출신의 영매술사이며 게리의 아버지는 곡예사이자 사기꾼이다. "게리가 세 살 때부터 그가 처형당하리라는 걸 알고 있었다고" 생각하는 베시는 일종의 예언가적 존재이다. 그녀의 소급적 예언은 독자에게 이 비극이 피할 수 없는 것이었다는 느낌을 심어 준다.

환생, 혈통과 가문, 인과응보와 피의 복수를 응시하는 세 여성의 시선은 게리를 단순한 '악인'이 아니라 조상의 피에 새겨진 폭력성과 광기가 발현되어 죽음으로 대가를 치러야 하는 숙명적인 존재로 만든다. 게리의 '재활'은 실패가 예정되어 있고, '서부'의 인물들은 반복되는 상실과 불행을 경험한다. "프로보에 처음 정착한 사람들의 딸"이며 "양쪽으로 개척자들의 손녀이자 증손녀"인 베시는 상실과 몰락을 거듭하다 게리의 사형 집행 소식을 접한 후엔 유일한 의지처인 '와이산'마저 마음에서 버린다.("너흰 이제 더 이상 내 것이 아니야.") 베시는 아들의 처형이 길모어 가문의 치명적인 몰락을 예고하는 건 아닌지 자문하는데, 이것은 개인의 비극이 가문의 비극, 나아가 국가의 비극으로 확장됨을 암시한다. "안 그래도 바닥인 상황에 또 하나의 불행이 더해"지는 경험은 비단 마지 퀸의 것만은 아니다. 『처형인의 노래』는 결코 마지처럼 "그 일을 그냥 흘려보내지" 못할 베시의 고독한 모습으로 막을 내린다.

"다른 행성"의 게리가 폐쇄적인 모르몬교 사회에 불시착함으로써 비롯된 비극의 다성적 코러스가 '서부'의 지배적인 목소리라면, 2권 '동부의 목소리'를 지배하는 것은 판권 확보에 열을 올리는 동부의 출판업자들과 영화 제작자들, 법리 싸움을 하는 변호사들, 그리고 막무가내로 마이크를 들이대는 미디어가 자아내는 소음이다. 소설적 서사와 공판 기록, 법조문, 심문과 티브이 인터뷰, 편지, 전보, 신문과 잡지 기사 들이 각자의 목소리를 낸다. 1부의 묵직한 비극이 2부로 넘어오면서 "폭력의 슈퍼볼"이자 미디어 서커스로 변질되는 과정은, 자본주의 시스템이 어떻게 한 인간의 죽음을 상품화하고 소비하는지를 숨김없이 보여 준다. 이 과정의 중심에는 인터뷰 독점권을 사들여 이 책(『처형인의 노래』)의 기반이 된 자료를 수집한 로런스 실러가 있다. 누군가의 삶과 죽음이 '이야기'로, 나아가 미디어 상품으로 가공되고 소비되는 양상은 실러가 처음 길모어 사건을 대하는 방식에서 드러난다.

……모든 판권을 확보하지 못하더라도 여전히 진정한 티브이 프로그램이 될 수 있음을 입증해야 했다. 예를 들어, 니콜의 허락이 없더라도 길모어의 허락을 얻으면, 교도소에서 출소하여 오래된 죄수로서의 습관과 싸우다가 결국 사람을 죽이는 남자에 관한 시나리오를 구성할 수 있었다. 출소 후의 고통에 대한 실제적 탐구인 셈이다. 그렇게 하면 사형 및 사람에게 죽을 권리가 있는가를 다루면서도, 사랑 이야기는 건드릴 필요가 없다.

반면에, 여자의 판권은 확보하지만 길모어의 서명을 얻는 데 실패한다면, 같은 범죄자와 사랑에 빠진 두 자매의 흥미로운 싸움을 보여 줄 수도 있다고 실러는 말을 이었다. (…) 또는 니콜에게 완전히 집중하여, 몇 번의 결혼을 거치면서 부양할 아이들이 생기고, 그러다 범죄자와 사랑에 빠지는 젊은 여자에 대한 탐구로 전환할 수도 있다. 살인을 별거 아닌 일로 취급하고, 사회가 신뢰하지 않은 남자와 살면서 겪게 되는 애정과 관련한 어려움들을 강조하는 것이다. (2권 151~152쪽)

실러의 이 말은 독자에게 이 작품 역시 특정한 방식으로 '편집된' 텍스트적 재현물임을 상기시킨다. '동부의 목소리'는 '서부의 목소리'라는 텍스트가 어떻게 탄생하게 되었는지를 기록하는 자기 반영적 성격을 띤다. 게리 길모어의 이야기를 들려주는 동시에 그것이 하나의 '이야기'가 되어 가는 과정도 폭로되는 것이다. 이런 의미에서 이 작품은 단순한 범죄 실화를 넘어 실재와 재현, 진실과 상품의 경계가 무너진 현대 미디어 사회에 대한 심오한 성찰이기도 하다.

5 「뻐꾸기 둥지 위로 날아간 새」, "싸구려 쓰레기"와 영웅 사이

이 책에서 잭 니컬슨 주연의 「뻐꾸기 둥지 위로 날아간 새」가 여러 번 언급되는 것은 우연이 아니다. 실제로 게리가 가석방되기 불과 몇 달 전(1975년 11월) 미국에서 개봉된 이 영화는 사건이 벌어지던 당시에도 엄청난 인기를 끌었다. 작중에서 게리는 이 영화가 촬영되는 광경을 감방 창문 너머로 지켜

본 적이 있으며, 자신이 "영화 속 잭 니컬슨처럼, 똑같은 방식으로" 수갑과 족쇄가 채워진 채 바로 그 정신 병원에 보내졌었다고 자랑하듯 말한다.

게리는 스스로를 주인공 '맥머피(잭 니컬슨)'와 동일시한다. 맥머피처럼 인간의 자유 의지를 짓밟는 거대한 시스템에 저항하는 사람, 그것이 그의 자아상이다. 그는 동료(죄수)를 배반하고 시스템에 협조하는 '밀고자'나 '치안대'를 극도로 경멸한다. 재판부를 향해 겁쟁이라고 일갈하고, 진보 단체들의 위선을 조롱하며, 자신의 의도를 멋대로 재단하는 미디어에 분개한다. 실제로 평생 시스템에 의해 규정된 삶을 살아오다 자신의 의지로 죽음을 결심한 순간, 그는 어떤 '존엄성'을 띠기 시작한다. 그런 그의 모습은 살인범이 아니라 "영적 지도자"처럼 보인다. 그의 예술적 재능, 지적 능력, 좌중을 휘어잡는 "무비 스타"의 매력과 "카우보이"처럼 고독하고 반항아적인 풍모가 부각된다. 그의 변호사들을 비롯해 주변 사람들이 그의 지성에 매료되고 그에게 연민과 애정을 느낀다. 어느덧 게리는 죽기를 선택함으로써 생애 처음 자유 의지를 실현한 사형수를 다루는 실존주의 드라마의 '히어로(주인공)'가 된다.

그러나 메일러가 쌓아 올린 복합적인 디테일들은 게리 길모어가 그저 '영웅'이 되도록 놔두지 않는다. 게리는 미디어의 관심을 성가셔하면서도 '길모어 영화' 속에서 자신의 역할을 맡을 배우에 대해 지대한 관심을 보이는데, 이는 그가 미디어의 스포트라이트를 받는 동안 '죽음을 두려워하지 않는 사형수'라는 자신의 '이미지'에 자못 심취해 있었음을 보여 준다. 에이프릴은 잭 니컬슨(맥머피)의 "뻣뻣한 걸음걸이"에서 게리의 바지에 묻은 핏자국을 떠올린다. 그녀가 잭 니컬슨을 보고 게리를 떠올린 것은 게리가 자기 생각처럼 '시스템에 저항하는 영웅'이어서가 아니라 범죄자(살인자)이기 때문이다. 그가 '가장 믿음직한 죄수'라고 평가했던 깁스가 사실은 그가 가장 경멸하던 '밀고자'였음이 밝혀진다. 특히 길모어는 사형 전날 밤에도 자신의 변호사를 이용해 탈출을 모색하는데, 이것은 길모어가 여전히 이기적이고 충동적이며 믿을 수 없는 죄수임을 증명한다.

메일러는 후기에서 살해당한 두 남성의 남겨진 아내들과 진행한 인터뷰를 가리켜 이 책의 "균형"을 위해 더없이 가치 있는 인터뷰였다고 언급한다. 실제 범죄를 문학적으로 형상화할 때, 정작 피해자가 소외되는 양상을 염두에 둔 발언이 분명하다. 그리고 "균형"은 비단 여기에만 해당되는 태도는 아닐 것이다. "관여"하기 위해서가 아니라 "역사를 기록하기 위해" 여기 있다는 실러의 말처럼, 메일러는 인물들의 심리를 판단하거나 분석하지 않는다. 그저 행위와 말과 모순되고 복합적인 사실들의 총합을 통해 진실이 드러나게 할 뿐이다.

6 실러와 메일러, 그리고 뒷이야기

다시 실러의 이야기를 하지 않을 수 없다. 작중에서 게리가 양면적인 인물이듯, 실러 역시 입체적인 면모를 가진 인물이다. 메일러는 실러가 끊임없이 돈 계산을 하고 판권 계약에 집착하는 모습을 가감 없이 보여 준다. 이는 우리가 지금 읽고 있는 이 이야기가 얼마나 자본주의적이고 속물적인 과정을 통해 만들어졌는가를 숨기지 않는 태도이다. 실러는 특종을 위해 "시체 파먹는 독수리"처럼 행동하는 사업가지만, 동시에 "진정한 역사를 기록하려는 열망"을 품은 '저널리스트'이기도 하다. 그는 길모어 이야기와 관련하여 자신의 정체성을 '사업가'가 아닌 '저널리스트'로 규정한다. 스스로를 오직 흥밋거리만 찾아다니며 편법을 마다하지 않는 다른 '미디어 원숭이'들과 구별하려고 애쓴다. 하지만 결국 자신도 그들과 별반 다르지 않을까 하는 생각에 괴로워한다.

자기가 하는 일이 도덕적으로 옳은지 더 이상 알 수가 없다는 생각이 들었고, 그러자 더욱 눈물이 났다. 그는 몇 주 동안 자신은 저 서커스의 일부가 아니라고, 자신을 위로 끌어올리는 본능이 있다고, 형편없는 보도가 아니라 역사를, 진정한 역사를 기록하려는 열망이 있다고 스스로에게 말해 왔지만, 이제는 자신이 결국 서커스의 일부가 된 것 같고, 심지어 가장 큰 부분이 되었을지도 모른다는 느낌이 들었다. (…)
"내가 어떤 사람이든, 기자이든 사업가든 뭐든 간에, 그에 맞는 책임이 있어. 결국 아무것도 되지 못할 수도 있지만, 나 스스로에게 진정성을 쌓아야 할 의무가 있어." (2권 585~586쪽)

표면적으로 작가 노먼 메일러의 목소리는 거의 지워져 있지만, 실러는 어떤 면에서 작가의 '대리 자아(Alter-ego)'이기도 하다. '사업가'와 '저널리스트' 사이에서 줄다리기하며 자신의 윤리적 위치를 끊임없이 고뇌하고, 진정성과 역사적 책무를 다짐하는 실러의 이런 자기반성적 태도는 작가 메일러에게일종의 윤리적 '알리바이'를 제공한다. 또한 실러가 "실러, 처음으로 넌 이야기를 지어낼 수도, 꾸며 낼 수도, 윤색할 수도 없어."라며 스스로를 일깨우는 말은 이 작품에서 메일러가 가지는 작가적 태도이기도 하다.

동시에 실러가 이 작품을 위해서는 "정말로 좋은 작가"가 필요한데, 자신의 작가적 역량은 "자다가도 울고 싶어질" 정도로 부족하다고 고백하는 부분은, 역설적으로 이 방대한 자료를 위대한 소설로 승화시킨 메일러 자신의 '유능함'과 '존재감'을 은밀히 과시하는 대목으로도 읽힌다.

하지만 이 위대한 소설은 현실에서 비극적인 뒷이야기를 남겼다. 후기에도 언급되듯이, 메일러는 교도소에 갇힌 또 다른 살인범 잭 H. 애벗의 문학적인 재능에 매료되었고, 후에 그의 가석방을 적극적으로 돕는다. 소설 속 완벽한 '거리 두기'와 달리, 메일러는 어쩌면 죽은 길모어에게서 느꼈던 매혹을 살아 있는 애벗에게 투영했는지도 모르겠다. 그러나 사회로 나온 애벗은 불과 육 주 만에 식당 종업원을 살해했고, 메일러는 자신의 치명적인 판단 오류에 대한 비판에 직면해야 했다.

작가의 이런 윤리적 실패와는 대조적으로, 자본주의는 게리 길모어의 비극을 통해 가장 화려한 성공 신화를 만들어 냈다. 길모어의 죽음을 가장 성공적으로 상품화한 것은 아마 실러도 메일러도 아닌 '나이키'의 광고 대행사일 것이다. 그들은 사형당하기 직전 길모어가 남긴 말("이제 해치웁시다.(Let's do it.)")에서 영감을 받아 "Just do it."이라는 전설적인 슬로건을 탄생시켰다. 형 집행을 앞둔 살인범이 내뱉은 체념의 한마디는, 이제 맥락이 완전히 지워진 채 전 세계인의 도전 정신을 고취하는 상업적인 구호가 되었다. 59센트짜리 싸구려 빵 봉지에 담긴 길모어의 유골은 유타 사막의 바람에 날려 흩어졌지만, 그가 남긴 마지막 '목소리'는 자본주의의 가장 화려한 슬로건이 되어 여전히 존재감을 과시한다. 이것이야말로『처형인의 노래』가 포착해 낸, 모든 것이 소비되고 마는 미국의 적나라한 초상이 아닐까.

이은경

참고 자료

1. 국내 번역서

노먼 메일러, 권택영 옮김, 『밤의 군대들』, 민음사, 2007.

트루먼 커포티, 박현주 옮김, 『인 콜드 블러드』, 시공사, 2011.

2. 기사, 인터뷰, 서문

"게리 길모어와 미국의 사형제," 《한국일보》, 10월 24일.(https://www.hankookilbo.com/News/Read/202001131507011448)

Didion, Joan. "I Want to Go Ahead and Do It." *The New York Times Book Review*, October 7, 1979.

Mailer, Norman. "The Art of Fiction No. 193." Interview by Andrew O'Hagan. *The Paris Review*, No. 181 (Summer 2007).

O'Hagan, Andrew. Introduction to The Executioner's Song, by Norman Mailer. London: Vintage, 2014.

3. 영상 자료

노먼 메일러, 「노먼 메일러 인터뷰」, Academy of Achievement, 2004년 6월 19일.

(https://www.youtube.com/watch?v=DOResLRBENM)

작가 연보

1923년 미국 뉴저지 주 롱브랜치의 유대인 가정에서 출생했다.

1939년 뉴욕 시 브루클린 보이스 고등학교 졸업 후, 하버드 대학 항공기술학과에 입학했다.

1943년 대학을 우등으로 졸업했다.

1944년 2차 세계 대전에 참전해 남태평양의 필리핀 군도에서 중사로 복무했다.

1946년 제대 후 프랑스의 소르본 대학에서 유학했다.

1948년 참전의 경험을 바탕으로 쓴 사실주의 소설 『벌거벗은 자와 죽은 자(The Naked and the Dead)』를 발표했다. 좋은 평을 얻고 이후 미국 문단의 주목을 받았다.

1951년 냉전을 다룬 소설 『바버리 해변(Barbary Shore)』을 출간했다.

1955년   대안 잡지 《빌리지 보이스(The Village Voice)》에 공동 발간
         인으로 참여했고 『사슴 공원(The Deer Park)』을 출간했다.

1959년   『하얀 흑인(The White Negro)』과 『나 자신을 위한 광고
         (Advertisements for Myself)』를 출간했다. 이후 미국 문화
         에 커다란 영향을 미치고 특히 젊은 층에 영향력이 큰 인
         물로 주목받았다. 1962년부터 1972년 사이 출간한 17권
         의 책 가운데 5권이 전미도서상의 4개 다른 영역의 후
         보로 올랐다.

1965년   현실과 환상의 경계가 무너지는 소설 『아메리카의 꿈
         (An American Dream)』을 출간해 다시 한번 주목받았다.

1966년   『식인종과 기독교인(Cannibals and Christians)』을 출간
         했다.

1967년   『우리는 왜 베트남에 있는가?(Why Are We in Vietnam?)』
         를 출간했고 『노먼 메일러 단편집』을 출간했다.

1968년   역사적 기록과 소설적 허구의 경계를 무너트리는 뉴저
         널리즘 소설 『밤의 군대들(The Armies of the Night)』을
         발표해 퓰리처상과 전미도서상을 수상했고 《하퍼스 매
         거진(Harper's Magazine)》에 보도한 글로 조지 폴크상을
         수상했다. 이후 뉴저널리즘 소설이라는 새로운 장르를 정
         착시켰다.

1969년   뉴욕 시장 선거에 출마했다.

1971년   아폴로 11호의 발사를 자세히 다룬 『달 위에서의 불(A
         Fire on the Moon)』을 발표했고 페미니즘에 대한 견해를
         피력한 『성의 죄수(The Prisoner of Sex)』를 출간했다.

1979년 유타 주의 사형수 게리 길모어의 실제 삶을 재현한 소설
『처형인의 노래(The Executioner's Song)』로 두 번째 퓰리
처상을 수상했다.

1983년 3000년 전 이집트를 배경으로 쓴 장편 역사소설 『고대
의 저녁들(Ancient Evenings)』을 출간했다.

1984년 소설 『강한 남자들은 춤을 추지 않는다(Tough Guys
Don't Dance)』를 출간했다.

1991년 1300쪽에 상당하는 미국 CIA 연대기적 소설『매춘부의
유령(Harlot's Ghost)』을 출간, 베스트셀러에 올랐다.

1995년 리 하비 오스월드의 전기 『오스월드의 이야기(Oswald's
Tale)』를 출간했다.

1997년 예수 그리스도의 생애를 그린 소설 『아들이 전하는 복
음(The Gospel According to the Son)』을 출간했다.

1998년 픽션과 논픽션 선집『우리 시대의 시간(The Time of Our
Time)』을 출간했다.

2003년 글쓰기에 관한 수필 모음집 『으스스한 예술(The Spooky
Art)』을 출간했다.

2005년 미국 문학 공로상을 수상했다.

2007년 악마의 시점으로 히틀러의 출생 과정과 어린 시절을 그
린 소설『숲 속의 성(The Castle in the Forest)』으로 다
시 한번 평단의 주목을 받았다. 『아들이 전하는 복음』의
짝으로 평가받기도 한다.

11월 10일 급성 신부전으로 뉴욕 맨해튼 마운트 시나이
병원에서 타계했다.

세계문학전집 **478**

처형인의 노래 2 동부의 목소리들

1판 1쇄 찍음 2026년 3월 24일
1판 1쇄 펴냄 2026년 3월 31일

지은이 노먼 메일러
옮긴이 이운경
발행인 박근섭, 박상준
펴낸곳 (주)민음사

출판등록   1966. 5. 19. (제 16-490호)
서울특별시 강남구 도산대로1길 62(신사동) 강남출판문화센터 5층 (우편번호 06027)
대표전화 02-515-2000 팩시밀리 02-515-2007
www.minumsa.com

한국어 판 © (주)민음사, 2026. Printed in Seoul, Korea

ISBN 978-89-374-6478-2 04800
ISBN 978-89-374-6000-5 04800 (세트)